SÓ O AMOR PODE CURAR

Clara Benicio

SÓ O AMOR PODE CURAR

JANGADA

Copyright © 2012 Clara Benicio.

Texto de acordo com as novas regras ortográficas da língua portuguesa.

1ª edição 2015.

1ª reimpressão 2015.

Todos os direitos reservados. Nenhuma parte desta obra pode ser reproduzida ou usada de qualquer forma ou por qualquer meio, eletrônico ou mecânico, inclusive fotocópias, gravações ou sistema de armazenamento em banco de dados, sem permissão por escrito, exceto nos casos de trechos curtos citados em resenhas críticas ou artigos de revistas.

A Editora Jangada não se responsabiliza por eventuais mudanças ocorridas nos endereços convencionais ou eletrônicos citados neste livro.

Esta é uma obra de ficção. Todos os personagens, organizações e acontecimentos retratados neste romance são produtos da imaginação do autor e usados de modo fictício.

Editor: Adilson Silva Ramachandra
Editora de texto: Denise de C. Rocha Delela
Coordenação editorial: Roseli de S. Ferraz
Preparação de originais: Alessandra Miranda de Sá
Produção editorial: Indiara Faria Kayo
Editoração eletrônica: Estúdio Sambaqui
Revisão: Nilza Agua e Vivian Miwa Matsushita

DADOS INTERNACIONAIS DE CATALOGAÇÃO NA PUBLICAÇÃO (CIP)
(CÂMARA BRASILEIRA DO LIVRO, SP, BRASIL)

Benicio, Clara
   Só o amor pode curar / Clara Benicio. – 1. ed. – São Paulo : Jangada, 2015.

ISBN 978-85-64850-93-4

1. Romance brasileiro I. Título.

15-00302   CDD-869.93

Índices para catálogo sistemático:
1. Romance : Literatura brasileira   869.93

Jangada é um selo editorial da Pensamento-Cultrix Ltda.

Direitos reservados
EDITORA PENSAMENTO-CULTRIX LTDA.
Rua Dr. Mário Vicente, 368 — 04270-000 — São Paulo, SP
Fone: (11) 2066-9000 — Fax: (11) 2066-9008
http://www.editorajangada.com.br
E-mail: atendimento@editorajangada.com.br
Foi feito o depósito legal.

A meu pai, Lourival Benicio, em memória.

Não se afobe, não
Que nada é pra já
O amor não tem pressa
Ele pode esperar em silêncio
Num fundo de armário
Na posta-restante
Milênios, milênios
No ar...

– Chico Buarque, *Futuros Amantes*

• Capítulo 1 •
COMEÇO

Quero deixar aqui, entre parêntesis, meia dúzia de máximas das muitas que escrevi por esse tempo. São bocejos de enfado; podem servir de epígrafe a discursos sem assunto:
[...]
Não te irrites se te pagarem mal um benefício: antes cair das nuvens que de um terceiro andar.

– Machado de Assis,
Memórias Póstumas de Brás Cubas

A minha vida realmente começou depois do acidente. Não que eu não tenha vivido antes ou que a minha vida não tenha sido boa o suficiente para reiniciá-la a partir dali. Não. Na verdade, tive uma infância excelente e uma adolescência maravilhosa. Sempre cercada pelo amor de meus pais, irmãos e amigos. Mas sabia que eu não era como a maioria das pessoas, que simplesmente vivem sem questionar sua existência. Sabia que um acontecimento como aquele muda a vida de uma pessoa, pelo menos uma pessoa como eu. Nada seria como antes, a minha vida assumiria um outro sentido, embora eu estivesse só começando, pois tinha apenas 17 anos.

Assim, mesmo sendo a filha do meio, tendo que entender a preferência natural que os pais têm pelo filho mais velho ou o mais novo, nunca tive nenhum atrito com meus irmãos por causa disso. Diria até mesmo que não saberia viver sem os dois, meu mais que adorado irmão Charles e minha amada irmã Fernanda.

Minha vida começou dali em diante, porque eu não era mais a mesma pessoa depois do acidente. Havia mudado, amadurecido prematuramente.

Não lembro muita coisa do acidente em si, só que eu e meu pai, Marcos, voltávamos da serra de Petrópolis e chovia bastante. Quando se distraiu por um segundo no volante, o carro derrapou na pista e ele não conseguiu controlá-lo.

Sempre reclamei do seu triste hábito de não usar cinto de segurança. Ele justificava dizendo que agia como antigamente, quando as pessoas não precisavam se preocupar com isso, o trânsito era tranquilo demais para se pensar em acidentes. Ele sempre dizia: "Filha, não se preocupe, nada vai me acontecer, eu dirijo muito bem". E nesse dia eu vi quanto o cinto de segurança era vital.

Fomos jogados para fora da pista. O carro capotou mais de uma vez, deslizou vários metros pelo chão molhado e se chocou contra uma árvore. Tudo se passou muito rápido, embora eu tenha uma imagem da cena em câmera lenta: o vento forte entrando pela janela do carro, as árvores fazendo *loopings*, a chuva me molhando.

Eu só tinha fragmentos desse momento na memória, captados enquanto perdia e recuperava a consciência, mas recordo que sentia frio e alguma coisa parecia me segurar no lugar, porque eu não conseguia me mover. Lembro-me também de muitas vozes e luzes, mas tudo muito distante, como se eu estivesse bem longe dali. Não sentia dor, dor física, não naquele momento; talvez porque não estivesse realmente acordada. Dizem que, quando a dor é forte demais, beirando o insuportável, você não a sente, porque o corpo esconde a sensação. Dizem. Talvez seja mesmo verdade, já que eu não senti nada.

Não sabia quanto tempo havia se passado até eu recuperar os sentidos – talvez dias, semanas. Naquele estágio de letargia em que me encontrava, não tinha a menor noção de tempo, nem conseguia ver nada. Mas, por um período que me pareceu bastante longo, de vez em quando conseguia ouvir ruídos indistintos e pessoas falando, mas sem entender o que diziam.

Tenho uma leve lembrança de alguém dizendo: "Ela ainda não sabe o que aconteceu. Vai ser muito difícil quando acordar". Eu queria falar, tentava perguntar o que tinha acontecido, o que seria tão difícil para eu entender. Mas, embora tentasse e tivesse até a impressão de estar falando, eu não emitia nenhum som, não conseguia.

Em outro momento, alguém perguntou se eu estaria ouvindo alguma coisa ou sentindo dor. E me lembro de alguém com uma voz conhecida responder, em tom profissional, mas doce e familiar, que eu não sentia dor porque estava sedada, em coma induzido, e provavelmente também não tinha consciência de nada.

É, realmente, eu não sentia dor. Na verdade, não sentia nada. Não tinha nenhuma percepção física do meu corpo, mas conseguia ouvir, não com total acuidade, porque os sons eram distantes, mas o bastante para saber que não estava morta, embora, muitas vezes, tivesse a sensação de estar deixando o corpo e me libertando de tudo o que me prendia àquele lugar. E a sensação de estar viva era ainda maior, porque eu conseguia, em meio às vozes, distinguir a doce voz de meu irmão, Charles, como se ele nunca tivesse saído do meu lado, permanecido ali comigo, pelo mesmo tempo em que eu estivera, sentindo tudo o que eu sentia.

Estávamos na metade de setembro quando aconteceu o acidente. Lembro-me disso porque estava conversando com meu pai no carro sobre aquele dia, 15 de setembro de 1990, e sobre as providências que precisávamos tomar, pois era aniversário de minha mãe e ele ainda precisava comprar flores para ela. Era esse também o motivo da enorme pressa que ele tinha de chegar em casa.

Foi ao me lembrar disso que me dei conta do tempo e de que precisava acordar. Estava atrasada para a festa de aniversário de minha mãe. Então, veio-me instantaneamente a imagem de meu pai e do seu lindo sorriso infantil e encantador.

Pai!

Abri os olhos lentamente e percebi que não estava em casa. Aliás, não estava em nenhum lugar que me fosse familiar. Demorei alguns segundos para poder enxergar. Era como se estivesse desacostumada à luz. E aquela luz era diferente, forte demais, ofuscando totalmente a minha visão. Era tudo muito brilhante! A sala, as pessoas. Havia muitos aparelhos ligados a mim e uma máscara de oxigênio cobria quase todo o meu rosto.

Vi de imediato a minha perna esquerda, que estava suspensa por um suporte saindo do teto, e um gesso que ia do joelho ao pé. O gesso estava aberto na lateral e, quando tentei olhar, reparei num ferimento ainda exposto, embora não conseguisse movimentar direito a cabeça, pois doía muito. E, se não fosse pelos doces rostos que aguardavam ansiosamente meu despertar, teria entrado em pânico naquele momento, sentindo-me tão frágil e indefesa.

Tentei falar, mas a máscara em meu rosto me impediu. Foi quando meu irmão me perguntou se eu conseguia respirar direito e assenti com a cabeça. Então, com cuidado, ele retirou a máscara respiratória.

– Que dia é hoje? – foram minhas primeiras palavras, quase um sussurro, porque minha garganta doía muito. Eu perguntava como se ainda houvesse tempo de desejar feliz aniversário a minha mãe.

– Calma, Bia! – Charles falou, percebendo a minha inquietação. Na verdade, nunca deixei de ouvir a voz dele, que era a minha certeza de estar viva. E agora ele segurava a minha mão e me olhava com olhos cuidadosos, como se quisesse absorver toda a dor que eu ainda sentisse. – Como você se sente? Está com dor? Tivemos que diminuir os sedativos para que pudesse acordar.

– Que dia é hoje? – repeti ansiosa, forçando a voz e com lágrimas nos olhos. Sabia que tinha acontecido algo sério, porque percebi naquele momento que estava num hospital.

– Vinte de novembro – Charles me respondeu, esperando a minha reação e segurando ainda mais forte a minha mão.

– Meu Deus, como já faz tempo! O que aconteceu? Cadê meu pai? Por que ele não está aqui comigo?

– Fique calma, Bia. Você vai ficar bem, mas precisa se acalmar, precisa ser forte – disse Charles, com a voz suave mas tensa, deixando de lado o costumeiro ar profissional que ele mantinha mesmo em situações difíceis. – Você está na UTI do Hospital Universitário. Foi trazida para cá depois do acidente e esteve em coma durante todo esse tempo, dois meses e cinco dias. Já estávamos muito preocupados por você ter ficado desacordada por tanto tempo. Tivemos medo de perder você também – disse ele, e então me abraçou chorando. Nesse momento, percebi que só eu havia sobrevivido ao acidente.

Demorei algum tempo para me acalmar. Eu chorava convulsivamente, mas não chorava sozinha. Meu irmão querido chorava comigo, com a mesma emoção. Chorávamos por nossa dor, pela perda de nosso pai, e eu chorava também por estar ali, por ter perdido a oportunidade de me despedir dele. Vi, no entanto, que, apesar da tristeza por minha dor, Charles estava também aliviado; ele chorava, sobretudo, por eu estar viva, por ter conseguido sair do coma. Ele chorava de alegria.

Havia mais gente na sala, que se emocionou com o nosso sentimento. Instantaneamente, percebi a presença de minha amiga Iris; minha irmã mais nova, Fernanda; do professor do meu irmão e também médico da família, doutor Rui, e de minha mãe, que estava visivelmente abalada e, nessa hora, juntou-se a nós num abraço.

Charles, falando depois como profissional, pois era também médico-residente no Hospital Universitário, explicou o que havia acontecido comigo. Apesar das graves fraturas que sofri – na bacia e fraturas expostas em toda a perna esquerda, principalmente no tornozelo, por ter ficado presa nas ferragens –, o que mais o preocupava era a pancada da cabeça, que tinha provocado um traumatismo.

Ele se preocupava, sobretudo, com a possibilidade de esse trauma deixar alguma sequela, afetando a visão ou o sistema motor. Explicou que, enquanto estive desacordada, tinha passado por cirurgias no joelho, no tornozelo, na coxa, na bacia, mas que tudo estava cicatrizando muito bem e que, com bastante fisioterapia, eu ficaria boa logo. Eu precisaria permanecer mais tempo no hospital, talvez mais um mês, para fazer mais algumas cirurgias e ter certeza de que não ficaria nenhuma sequela por causa da pancada na cabeça.

O tempo passou lentamente, mas eu soube aproveitar cada instante que fiquei ali. Fiz algumas boas amizades com pacientes, a equipe médica, o pessoal do raio X e a equipe voluntária de apoio às pessoas hospitalizadas. Vi também quanto existe gente boa no mundo, que deixa sua casa, sua vida, para ajudar desconhecidos, pessoas fragilizadas, como as que estavam ali, debilitadas num leito de hospital. Senti que precisava fazer alguma coisa também, que podia ajudar de alguma forma. Cheguei mesmo a conversar com Charles sobre o assunto, mas ele foi taxativo:

– Não, Bia, isso está fora de cogitação no momento. Você não está em condições de ajudar ninguém, precisa se recuperar primeiro. Falaremos sobre isso mais tarde e, por favor, não insista. Não falo como irmão, e sim como seu médico.

Eu queria desenvolver algum projeto para ajudar na recuperação das pessoas, mas teria que adiar meus planos.

Ali, tive a oportunidade de conhecer várias alas do hospital e aprendi a me solidarizar com o sofrimento dos outros, que, muitas vezes, era bem maior que o meu. Antes do acidente, eu não pensava que existiam pessoas sofrendo; apenas vivia. Mas talvez isso não fosse muito grave, afinal, eu não passava de uma menina, não tinha ainda o discernimento necessário para avaliar essas coisas, mas também nunca pensei no mundo em que meu irmão vivia. Jamais imaginei que, por trás daquela doçura e alegria constantes, havia um homem forte, pronto para encarar um lado duro e sombrio da vida. Não pensava que ele convivia o tempo todo com o sofrimento alheio, com a alegria da vida, da cura, mas também com a dor da morte, e isso me deu muito em que pensar.

Pude constatar, então, o quanto meu irmão era bom, generoso, e o quanto eu precisava confiar nele, confiar nos seus conselhos e determinações. Eu precisava me recuperar, para voltar a pensar naquilo mais tarde.

Preocupava-me o fato de tudo ter acontecido no final do ano letivo; faltava pouco para as provas finais. Por isso tive que estudar muito e fazer as provas no hospital mesmo, já que não podia ir à escola. Sinceramente, estava ansiosa, com um pouco de receio de não conseguir, mas sempre tive notas boas, então confiei numa força maior que a minha, uma força interior que me dizia que eu iria superar tudo aquilo.

O dia em que acordei, o mesmo dia em que soube que havia perdido meu pai, foi o último em que chorei. Aquele foi um marco do recomeço da minha vida, em que faria de tudo para nunca decepcionar minha família, sobretudo meu irmão, que tinha uma carga bem maior que a minha. A dor dele era a minha dor também, mas ele tinha também a responsabilidade de demonstrar a mesma força que meu pai, de cuidar de três mulheres que naquele momento precisavam ainda mais dele. Sabia que não seria fácil para Charles, então teria que fazer a minha parte mostrando tanta força quanto ele.

Aquele foi também o momento em que percebi que adquirira uma espécie de dom. Eu olhava para as pessoas e tinha a impressão de ver sua aura, um brilho misterioso em volta delas. Mas não era algo que eu realmente visse, era mais uma impressão. Não achei que se tratasse de algo sobrenatural, tampouco de magia ou fantasia. Considerava apenas um dom, como o talento que algumas pessoas têm para a música ou outras artes, embora fosse algo bem real, pelo menos para mim. E eu teria que me acostumar a conviver com aquilo.

Li muito durante o tempo em que estive no hospital. Livros eram o principal presente que eu recebia, a maioria de autoajuda, mas esses eu nunca lia; não tinha interesse. Achava que a minha vida era real o suficiente, dura o suficiente para eu aprender com ela, e a própria vida seria minha terapia.

Mas li outros tipos de literatura, e foi ali mesmo no hospital que descobri a minha vocação para os livros, para ler nas entrelinhas e ver que existia muito mais nas páginas de um livro que apenas uma história a ser contada. Então, decidi fazer faculdade de Letras. Na verdade, queria muito conhecer mais profundamente as obras, os autores, e poder passar isso de alguma forma para outras pessoas, e acreditei que a literatura seria um meio. Mas não sabia quando poderia fazer isso. Possivelmente, teria que adiar um pouco meus planos, uma vez que precisava me recuperar primeiro, e o caminho seria longo.

Três meses depois do acidente, recebi alta do hospital. Incomodava-me a ideia de ter que usar cadeira de rodas por um bom tempo. Mas nunca tive dificuldades para me adaptar aos desafios que a vida me apresentava. Então, resolvi enfrentar mais esse e embarquei nessa nova aventura, que seria a minha recuperação.

Voltar para casa, depois do acidente, não foi tão ruim quanto eu pensava: foi fascinante. Sabia que faltava alguém ali, que o ambiente não estava completo, que havia um vazio. Mas, naquele dia, mesmo com a imensa dor que carregava pela falta de meu pai, enchi-me de coragem e percebi que a vida não podia ser desperdiçada, que eu precisava viver bem, por todas as pessoas que estavam ali e me amavam e por quem também não estava ali, mas que eu sabia que me amava onde quer que estivesse.

A minha casa estava exatamente igual à ocasião em que eu a vira pela última vez. Era uma casa de muro baixo, pintada numa cor clara, em tom creme. Do lado de fora, dava para ver as cadeiras na varanda, as roseiras de minha mãe e a poltrona branca de meu pai, que também ficava na grande área externa.

A grande porta branca da entrada estava entreaberta, à minha espera, eu imaginava. Passei pelo portão nos braços de Charles, que me carregava no colo. Atravessamos a varanda e entramos em casa. Ele me colocou na cadeira de rodas e a empurrou até a sala; eu precisaria de algum tempo para poder manobrar a cadeira sozinha.

Quando passamos pela sala branca, percebi que nada havia mudado. A mesma TV, o jogo de sofá cor de caramelo, com as almofadas espalhadas sobre ele, o quadro que eu gostava ainda na parede – com a gravura de ruas molhadas –, a mesa de jantar e, em seguida, a enorme cozinha, que separava a sala dos outros cômodos da casa, dando caminho para o longo corredor, que levava aos quartos; o meu era o último.

Meu quarto estava como eu o havia deixado: a cama arrumada, tudo no mesmo lugar. Minha mãe logo quis saber se eu estava bem, beijou meu rosto e, em seguida, Fê fez o mesmo, e se certificaram de que eu estava confortável, mas saíram logo depois, para que eu ficasse mais à vontade. Só Charles entrou comigo, guiando a cadeira. Em seguida saiu também.

Havia alguns livros na escrivaninha e o *CD player* estava na mesinha de cabeceira, do mesmo jeito que eu tinha deixado, com alguns CDs espalhados ao lado. Abri o aparelho para ver o que eu estava escutando, mas já sabia o que era. Chico Buarque. Fechei a tampa e apertei o *play. João e Maria* começou a tocar.

Lembrei que, no dia do acidente, estava apressada para sair, tanto que nem cheguei a guardar os CDs, deixando-os, assim, desorganizados. Olhei a pilha de livros na escrivaninha e um me chamou a atenção, porque estava bem manuseado, com a capa voltada para baixo e uma página marcada. Era Machado de Assis. Meu exemplar de banca de jornal de *Memórias Póstumas de Brás Cubas*.

Nunca entendi bem a minha admiração por esse livro. O Brás era um personagem fraco, um tanto patético; nunca conseguia concretizar seus objetivos de vida. Precisou da morte para que enfim resolvesse fazer algo por si mesmo, que era contar a própria história. Ainda assim, ele me agradava, fascinava-me. Brás me fazia rir; ele me atraía para o seu mundo.

Abri na página marcada e havia uma frase grifada: *antes cair das nuvens que de um terceiro andar.* Ri. Talvez fosse o significado da literatura para mim: cair das nuvens. Larguei o livro e passei a observar a foto no porta-retratos ao lado dele. Uma foto minha com meu pai. A saudade que senti foi incrível, mas não chorei.

Enquanto olhava a foto, alguém bateu na porta.

– Oi – disse Charles, entrando no quarto e falando como quem não quer interromper nada, mas também não quisesse me deixar sozinha por muito tempo. – Como você está? Quer conversar?

Eu sabia que ele estava perguntando não só como irmão, como sempre fazia quando queria trocar uma ideia e nos recostávamos nos travesseiros da minha cama, sem ver o tempo passar. Ficávamos totalmente entretidos em nossas conversas, desligados por completo do mundo real e deleitados com aqueles momentos gratificantes que passávamos juntos, como uma família amorosa deveria ser – e era, no nosso caso.

Não. Naquele momento, Charles me questionava sobretudo como médico, porque era incrível como o meu querido irmão era irritantemente profissional e levava seu ideal de medicina a sério, sobrepondo-o até mesmo a seu lado fraternal. Mas eu tinha certeza de que aquilo tudo se devia principalmente à preocupação e ao cuidado que ele tinha por mim, em me ver bem, saudável. Permiti então que ele me sondasse daquele jeito, porque sabia que era muito mais amor, instinto de proteção, do que qualquer outra coisa.

– Estou bem – respondi. – Estava dando uma olhada nas minhas coisas e parece que não mudou nada.

– Não faz tanto tempo assim, Bia – disse Charles. – E, além do mais, não queríamos que você notasse mudança alguma. Queríamos que se sentisse em casa... de novo... como se nunca a tivesse deixado.

– Você não vai me fazer chorar, irmãozinho – falei. – Três meses não parece muita coisa para você?

– Na verdade, pareceu uma eternidade – respondeu ele. – Os dias mais longos da minha vida, os mais torturantes e em que me senti mais impotente também.

– Não fale assim, querido. Você se saiu maravilhosamente bem, Charles. Sabe, quando acordei no hospital, você nem parecia meu sensível irmão. Era muito mais o médico competente que sempre demonstrou ser. Vi o quanto você é bom nisso e o quanto pode ajudar as pessoas, como me ajudou, porque me senti muito segura com você ao meu lado; em paz.

– Obrigado, Bia – agradeceu ele. – Que bom que consegui disfarçar. Eu estava em farrapos, oscilando, por um fio, entre a sanidade e a loucura, mas você me salvou na hora em que abriu os olhos.

– Obrigada também, querido. Charles, pude ver, naquele dia, o quanto sua alma é iluminada. Você tinha um brilho incrível, meu irmão, e, sabe, nunca havia percebido isso antes... quero dizer, antes do que aconteceu... do acidente.

– Explique isso – pediu ele. – Não estou entendendo o que quer dizer com "brilho incrível".

– Esquece, Charles – respondi, tentando mudar de assunto. – É algo estranho, que não sei bem explicar.

– Tente. Sei que você me acha racional demais, até mesmo por causa da minha profissão, mas você sabe também que pode contar comigo para qualquer coisa, que não precisamos esconder nada um do outro. Até mesmo se eu tiver que diagnosticar sua loucura, se for o caso.

– Bem, quando acordei no hospital, percebi algo diferente. – Fiz uma pausa, depois prossegui, enquanto Charles apenas escutava. – Havia muita luz. Não era só a luz da sala, que já era ofuscante por si só; era uma luz que emanava das pessoas, uma espécie de aura em volta delas. Algumas luzes eram mais fortes do que as outras, mas havia a impressão desse brilho. Como eu não tinha explicação plausível para isso, deduzi que a alma das pessoas se manifestava através daquele brilho, porque eu podia sentir a força que vinha delas, e isso me ajudou a acordar, a lutar pela vida. Mas não consigo explicar, só sentir. Por isso, prefiro atribuir essa sensação a um dom, um presente que recebi de alguém que me queria viva. Bem, não pretendo contestar essa minha nova condição. Vou apenas aceitá-la, sem procurar sentido para tudo isso. Vou só deixar acontecer.

– Não sei o que dizer, Bia. Só posso pensar que você sempre foi meio mística, intuitiva demais. Talvez tenha desenvolvido um sentido a mais – concluiu Charles.

– Você e suas teorias realistas! – falei. – Mas é uma boa explicação. Um sentido a mais. É, vou acreditar nisso. A propósito, você tem uma alma linda, a mais bonita, até agora, de todas as pessoas que vi desde... desde que acordei.

– Ah, tenho uma novidade para você! – comentou ele, mudando de assunto. – Sabe quem está vindo aqui para vê-la?

– Nem imagino. Alguém quer me ver, é? – brinquei.

– Deixa de ser irritante – disse ele, reconhecendo a brincadeira e fazendo uma cara de bobo, com uma careta para me provocar riso, e depois voltou a ficar sério. – Todo mundo quer ver você, Bia. O telefone não para de tocar. Só não deixei que essa casa ficasse abarrotada de gente neste exato momento, porque acho melhor você descansar um pouco. Recomendações médicas, mocinha! E isso não é um conselho, é uma ordem.

– Vou me acostumar a ter um irmão médico e superprotetor. Ah, e lindo! Fico até me perguntando por que você ainda está solteiro e tão solitário.

– Acho que tenho coisa demais com que me preocupar, Bia. Não tenho tempo para essas coisas no momento.

– Mas não é justo, Charles. Você é novo demais para servir de babá e médico particular 24 horas por dia. Você precisa sair mais, meu irmão...

– Vamos deixar esse assunto para outra hora, está bem? – ele desconversou. – Ainda não falei para quem abri a exceção de uma visitinha.

– É verdade. Então, fala. O que está esperando?

– É Márcia, sua professora preferida.

– Márcia! – repeti o nome, lembrando-me dela no mesmo instante. – Que bom que a Márcia está vindo. Sinto falta dela.

Márcia, minha professora de inglês, era uma professora especial, daquelas em quem você se espelha e que deseja ter para toda a vida; daquelas a quem você agradece por ser quem é. Na verdade, sempre quis ser professora, por isso, quando conheci Márcia, imaginei o tipo de professora que eu gostaria de ser: exatamente como ela. Márcia levava a profissão muito a sério, mas, acima de tudo, era amável com os alunos, sincera, amiga.

– Ouviu a campainha? – perguntou Charles, interrompendo meus pensamentos. – Deve ser a Márcia. Ela tem uma surpresa para você que acho que vai gostar. Espera um pouco aí, eu já volto!

Ele saiu para atender à porta, mas não demorou. Logo estava de volta, pedindo que minha professora entrasse.

– Márcia, minha querida! – cumprimentei-a, aproximando-me com um leve movimento da cadeira de rodas. – Você está linda como sempre, sabia?

Márcia era uma mulher de cabelos claros com longos cachos, olhos claros esverdeados, lábios finos e uma pele bem clara e limpa, sem nenhum disfarce; nunca a vi usando maquiagem forte. Nada nela era artificial, e ela estava sempre linda. Talvez até nisso eu me espelhasse nela, já que nunca gostei muito de maquiagem. Quando me via obrigada a usar uma maquiagem mais forte, acabava tirando tudo, mesmo tendo demorado horas para concluir. Acabava usando apenas um delineador para os olhos e um brilho labial.

– Linda é você, minha querida! Minha aluna preferida! – disse Márcia, aproximando-se de mim e beijando minha testa.

– Que honra ouvir isso! – agradeci. – Vindo de você, é realmente um grande elogio. Você sabe o quanto a admiro, minha querida. E se um dia eu conseguir realizar meu sonho de ser professora, quero ser como você.

– Obrigada, Bia. Mas acho que esse sonho está bem mais próximo do que imagina. E esse é o principal motivo para eu estar aqui, além de lhe fazer uma visita, é claro.

– Então, conta!

– Bem, vim trazer as suas notas. Sei o quanto foi difícil para você ter que passar por todas as provas ainda no hospital, e sei o quanto deve estar ansiosa para receber o resultado.

– Diz logo! Fui reprovada, não fui?

– Nada disso. Muito pelo contrário. Você se saiu muito bem, meu amor. E, com essas notas, será muito bem recebida em qualquer universidade. Você passou com uma média excelente, Bia, e está apta a se inscrever no vestibular. As inscrições já começaram. Já escolheu o curso?

– Na verdade, já penso nisso há algum tempo, mas não sei se vou prestar o exame do vestibular neste início do ano... Ainda vou passar um tempo nessa cadeira, tenho algumas cirurgias para fazer, e a fisioterapia vai ser uma fase bem difícil. Acho que vou ter muito com que me preocupar depois das festas de final de ano, que já estão chegando.

– Que história é essa de "não sei se vou prestar o exame do vestibular"? Você vai sim! – disse ela, como se não aceitasse as minhas palavras. – Você é muito forte, e sei que vai superar tudo isso. Em breve vai ficar muito feliz por não ter deixado nada para depois.

Márcia era muito persuasiva, e eu sabia que ela já tinha me convencido a não parar, a seguir em frente, sem adiar meus planos para o futuro.

– Literatura – falei, respondendo à pergunta dela sobre se havia escolhido o curso.

– É uma ótima escolha, Bia! Tenho certeza de que vai ser aprovada no vestibular e ser uma professora incrível.

– Como você.

– Você é sempre muito gentil! – disse Márcia, passando a mão em meu cabelo. – Na certa nunca deve ter dado trabalho algum a sua mãe e seu... – Ela parou antes da palavra *pai*, como se achasse que tinha falado demais.

– Tudo bem, Márcia – tranquilizei-a. – Vou ter que enfrentar essa nova realidade. Ele vai me fazer muita falta, mas vou ter que superar. E ele está muito presente em minha vida. Não posso mais vê-lo, falar com ele, contar com ele para me aconselhar quando preciso, contar para ele sobre minhas decisões, mas sei que ele sempre vai estar comigo, posso sentir isso. A alma não morre; ela sobrevive em nosso coração, em nossas lembranças.

– É verdade, minha querida, e posso ver que são ótimas lembranças.

– As melhores que qualquer pessoa poderia ter.

– Bem, isso não é tudo. Tenho mais uma coisa para lhe dizer. Mas prometo não ficar muito tempo. Seu irmão médico me alertou de que você precisa de repouso.

– Ele é um exagerado, isso sim!

– Mas é melhor ouvi-lo. Não é todo mundo que tem a sorte de ter um irmão maravilhoso, e, ainda por cima, médico.

– Nisso você está completamente certa!

– Bem, como ia dizendo, está chegando o seu baile de formatura. Será daqui a uma semana, dois dias depois do seu aniversário de 18 anos. E todos contam com você lá. Agora você já está formada no segundo grau, moça, e precisa comemorar. Será uma nova fase.

– Não sei se vou a essa festa, Márcia. Mas prometo que vou pensar no assunto.

– Pense mesmo. Vai ser ótimo para você sair um pouco, se distrair. E aproveite para tirar Charles de casa e do hospital. A vida social dele deve estar bem pior do que a sua – disse ela, já se levantando para ir embora e me dar um beijo. – Então, até breve, minha linda!

– Pode deixar que vou resolver isso! Você agora me deu um ótimo motivo para ir ao baile. Meu irmãozinho precisa mesmo sair, ainda que tenha que carregar a mala sem alça junto – falei, rindo do meu próprio infortúnio. – Até breve, Márcia. Foi muito bom ver você, e obrigada pelas notícias!

Quando Márcia saiu, eu tinha muito em que pensar. Mas antes precisava descansar, era verdade. Pois, como Charles previra, eu me sentia realmente cansada, exausta.

• Capítulo 2 •
ARMADURA DOURADA

> – Sim. Sabe, eu queria uma boneca, e meu pai havia escrito pedindo que a mandassem, mas quando o barril chegou, não havia bonecas, e sim um par de pequenas muletas. Acharam que poderiam ser úteis para alguma criança. Foi aí que começamos tudo.
> – Bem, não entendo como é este jogo... – disse Nancy, quase exasperada.
> – Bem, o jogo era encontrar um motivo para ficar contente com todas as coisas, não importa o que fossem. E começamos ali mesmo... com as muletas.
>
> – Eleanor H. Porter,
> *Pollyanna*

Já estava quase pronta quando o telefone tocou.

– Alô?

– Oi, Bia! – falou minha amiga Iris, do outro lado da linha. – Estou ligando para saber se está tudo bem, se você está precisando de alguma ajuda para ir ao baile. Vestido, cabelo, essas coisas...

– Não, Iris, está tudo bem. Tirando a minha insegurança e vontade de não sair, de ficar em casa, está tudo bem.

— Você já está pronta? Estou quase terminando de me arrumar. Se precisar de ajuda, posso passar aí antes.

— Não, não precisa, amiga. A Fê me ajudou com a roupa e a maquiagem. E depois Charles vai passar aqui, quando terminar o plantão do hospital, para nos levar.

Eu me sentia muito estranha, na verdade. O fato de precisar da ajuda constante de outras pessoas era um tanto frustrante para mim, porque sempre tinha me virado sozinha, então aquilo tudo me aborrecia um pouco. Fê, minha irmã caçula, e minha mãe sempre me ajudavam com as questões práticas, como tomar banho, vestir-me e tomar os medicamentos. Eu ainda não podia fazer todos os movimentos e precisava ficar a maior parte do tempo na cama. A cadeira era usada mais fora de casa ou às vezes, quando me sentia entediada na cama. E eu ficava entediada o tempo todo! Mas ainda sentia dor... Os ferimentos ainda não estavam curados por completo. Havia cicatrizes em muitas partes do meu corpo, no quadril, no joelho e também no tornozelo, mas, segundo meu irmão, com o tempo as marcas ficariam quase imperceptíveis.

Charles era muito cuidadoso. Queria que eu ficasse o máximo de tempo em repouso absoluto. Mas isso era muito difícil para mim, que sempre tinha sido muito livre, muito dinâmica. Ele dizia: "O corpo se cura com o tempo, Bia. Mas é preciso repouso, dar o tempo de que ele precisa para isso, para se curar. Seus ferimentos foram muito graves e você precisa se cuidar para ficar boa logo".

Fê e Iris eram minhas grandes companheiras, amigas de verdade, mesmo tão jovens. Iris tinha apenas um ano a mais que eu, e Fê não passava de uma criança, com apenas 14 anos, embora fosse muito madura.

— Quer dizer que Charles vai ao baile? — perguntou Iris, toda interessada no meu irmãozinho.

– É, vai sim. E acho que vou mais por ele do que por mim.

Charles era responsável demais. Não saía mais com os amigos, só pensava na medicina e na família 24 horas por dia. Depois da morte de papai, ele tinha assumido o papel de pai. Bem, certamente seria bom para ele ver gente da sua idade e se divertir um pouco.

– Nossa, nem acredito que vou conhecer seu irmão sem aquela fachada de médico responsável! – exclamou Iris.

– É impressão minha ou senti certo interesse de sua parte por ele? – perguntei, curiosa.

– Não posso dizer que não. Também, com um irmão lindo desses, quem não teria interesse? Aquilo não é um homem, é um deus! A fila de garotas interessadas nele deve ser enorme; talvez eu nem tenha chance.

– Deve ter uma fila grande mesmo, mas ele não pensa nisso, amiga. Está totalmente focado na profissão e na família, e isso acaba afastando as pessoas. Ei, espera aí! Você não acha que é um pouco nova para ele?

– Estou com quase 19, lembra? Sou maior de idade e, depois dos 18, Bia, nem se nota mais a nossa diferença de idade. E ele não é nenhum velho. Quantos anos tem?

– Tem 26. Ainda é um bebê...

– Um bebê lindo e muuuito interessante, aliás!

– Ei, vai com calma! Tenho ciúme do meu irmãozinho, e não sei se estou preparada para dividir a atenção dele com outra pessoa, mesmo que essa pessoa seja a minha melhor amiga.

– Ai, Bia, quanta possessividade! Eu não tiro pedaço! Sabe, antes do acidente, nunca tinha prestado atenção no Charles, mesmo tendo cruzado com ele algumas vezes em sua casa; ele parecia meio invisível para mim. Talvez eu fosse nova demais para notá-lo. Mas agora, quando tive a oportunidade de observá-lo melhor, de ver o cuidado dele com você, a responsabilidade que assumiu diante da falta do pai, mesmo estando arrasado por dentro... Nossa! Isso me impressionou muito. No hospital, tive a chance de trocar algumas palavras com ele, mas muito rapidamente, e tudo bem profissional. A verdade é que nunca fomos apresentados da maneira correta.

– Desculpe, Iris, era brincadeirinha – falei. – Tenho um pouco de ciúme dele, sim, mas é só cuidado. Acho que fico pensando que gostaria que ele escolhesse uma mulher à altura dele e tenho medo de que isso não aconteça. Mas, olha, fico feliz por você ter se interessado. Acho que você é perfeita para ele, poderia fazê-lo muito feliz. Não vou prometer nada, mas hoje vou corrigir o erro de nunca ter apresentado os dois. O resto é com você! Faça por merecer.

– Obrigada, amiga. Vou esperar ansiosa por vocês no baile, está bem? Até mais tarde.

– Até mais tarde, amiga. Nos veremos daqui a pouco.

Por fim, Charles chegou, aparentando muito cansaço, e até achei que fosse desistir, mas ele não parecia ter mudado de ideia.

– Oi, Bia. Já está pronta? Vou só tomar um banho e a gente sai, está bem?

– Sim, já estou pronta, mas a Fê foi se vestir agora. Ela passou muito tempo me embonecando; agora é a vez dela.

– E fez um ótimo trabalho – disse Charles, entrando no quarto e parando diante de mim. – Já se olhou no espelho? Você está espetacular, maravilhosa, irmãzinha!

– Está dizendo isso só porque é meu irmão e quer melhorar o meu astral.

– É aí que você se engana, maninha. Além de linda, não precisa de ninguém para levantar o seu astral. Na maioria das vezes, é você quem melhora o astral dos outros, não o contrário. Agora dê uma olhadinha no espelho e conclua por si mesma se não está mesmo linda.

Nos últimos tempos, tinha procurado não olhar a minha imagem no espelho, talvez por medo do que poderia ver refletido nele. Mas Charles me instigou, então empurrei a cadeira até o meu guarda-roupa, para olhar no espelho fixado atrás da porta, e me olhei pela primeira vez depois do acidente.

Na verdade, nunca tinha parado para pensar se era bonita ou não. Essa coisa de narcisismo nunca foi meu forte. Eu sempre observava a beleza dos outros, não a minha. E, depois do acidente, quando tinha passado a enxergar a beleza além da aparência, por causa do meu "sentido a mais", isso de observar as pessoas passou a ser bem mais forte em mim.

Mas me olhei mesmo assim. Fê havia passado muito tempo cuidando da minha "beleza". Ela tinha feito as sobrancelhas, alisado ainda mais o cabelo com o secador, me maquiado mais que o necessário e feito as unhas. Então, quase não reconheci a minha imagem no espelho. Parei para apreciar a imagem da garota de 18 anos, com seus cabelos escuros, muito lisos, longos, quase na altura da cintura. Olhos da mesma cor do cabelo, longos cílios escuros, boca bem desenhada, lábios cheios e delicados, nariz afilado, pele muito clara e aveludada, rosto pequeno e ovalado. Então, sorri para mim. Aquela não parecia eu, mas era. E, embora aparentasse um pouco de tristeza, o sorriso iluminou o rosto da moça no reflexo.

Do espelho, podia ver também o meu corpo. Eu estava mais magra, claro, mas meu corpo era bem proporcional, embora achasse que o vestido tinha valorizado a minha silhueta. Fê e mamãe o tinham comprado para mim, mas só naquele momento pude observá-lo melhor. Era um bonito vestido longo, branco e de tecido fino, esvoaçante. Parecia muito com o vestido usado pela mocinha do filme *Dio, Come ti Amo*. Talvez tenha sido de caso pensado, já que elogiei o vestido da protagonista do filme quando eu e Fê o tínhamos visto outro dia. Ela com certeza quis me agradar.

Eu estava bonita, não podia negar. Mas qualquer pessoa ficaria bonita depois de tanto tempo se arrumando. Era exagero de

Charles dizer que eu estava "espetacular" e "maravilhosa". Com certeza, o olhar de irmão valorizou a minha aparência.

– Bia, vamos? Já estou pronto e Fê também. Mamãe não quer ir, então somos só nós três – chamou Charles, tirando-me dos meus pensamentos.

– Ai, Charles, não sei se estou pronta realmente. Agora que chegou a hora, minhas pernas estão tremendo.

– Deixa de ser boba! Você está linda e vai dar tudo certo.

Ele falou com tanta certeza, que me passou segurança.

– Então está bem... Vamos. Aliás, você também está lindo. Você é lindo, Charles.

Meu irmão era mesmo de tirar o fôlego. Não era à toa que minhas amigas ficavam ouriçadas quando o viam. Ele era alto, tinha um corpo bonito e um sorriso encantador, cabelos e olhos escuros, lábios finos, nariz perfeito, como de uma escultura de deus grego, e, além de tudo, era extremamente simpático e generoso. E com aquele traje elegante, então, parecia um ator de cinema.

Quando chegamos ao baile, a festa já estava fervendo. A entrada do colégio até o salão do baile estava toda iluminada e com enfeites brilhantes. Além de ser a época da comemoração do término dos cursos, o colégio também estava decorado para as festas natalinas e tudo ficava muito iluminado nessa época.

Charles me tirou do carro em seus braços, colocou-me na cadeira e me olhou, preocupado.

– Está tudo bem? Precisa de um tempinho antes de entrar?

– Está tudo bem, Charles. Só me sinto um pouco estranha... Essa situação é muito nova para mim, mas vou conseguir. Vamos entrar.

– Claro, meu amor. Fique calma, vai dar tudo certo...

Quando entramos, havia muita gente dançando na quadra da escola. Vi vários dos meus amigos. Carla e Germano, Cíntia e Pedro, Carol e Adriano, Iris e Paulo. Estavam todos ali. E Fê tratou logo de se juntar a eles.

Charles colocou a cadeira bem ao lado da pista, para facilitar meu contato com as pessoas. Assim, quando meus amigos me viram, todos foram me cumprimentar. Foi a hora de abraços, beijos e apresentações. Apresentei minha família aos meus amigos e aproveitei para apresentar formalmente Iris a Charles.

– Bem, sei que vocês já se conhecem, mas ainda não foram apresentados como manda o figurino. Charles, esta é Iris, minha melhor amiga. Iris, este é Charles, meu irmão preferido.

– Lembrando que ela só tem um irmão... – disse Charles, já puxando assunto. – Muito prazer, Iris. Nunca tive a oportunidade de conversar com você informalmente e agradecer pela força e o carinho que tem dispensado a minha irmãzinha querida.

– O prazer é todo meu, Charles. Foi bom mesmo ter essa oportunidade. Bia adora você, e sempre tive curiosidade de saber mais sobre esse irmão idolatrado de quem ela tanto fala.

– Por que vocês não vão dançar? – falei para os dois, tentando manter um clima menos formal e mais romântico, tentando criar uma oportunidade para que ficassem a sós, pois imaginei que essa seria a vontade de Iris. – Assim, podem se conhecer melhor.

– Está bem. Você quer dançar? – Charles perguntou a minha amiga.

– Tudo bem. Não sou boa dançarina, mas, se você me conduzir...

– Fique tranquila, eu cuido disso! Danço até que bem.

Quando os dois foram para a pista de dança, Iris me olhou pelas costas de Charles, dizendo baixinho:

– Além de lindo, ainda dança bem!

– Não vamos demorar, Bia – falou Charles, voltando-se um pouco para trás.

– Não se apressem, vou ficar bem.

Os dois continuaram andando para a pista e se juntaram aos outros casais.

Fiquei ali pensando um pouco, olhando meu irmão querido e minha melhor amiga, e imaginando o quanto seria bom se eles se entendessem, se interessassem um pelo outro. Na verdade, sempre me preocupei com que Charles não encontrasse uma mulher tão boa quanto ele; ele merecia isto: encontrar uma alma boa como a dele, e Iris era perfeita. Eu já amava profundamente os dois, então seria realmente maravilhoso ter Iris como cunhada, fazendo parte da família. Mas era melhor não criar expectativas, o tempo se encarregaria disso. A minha parte eu já havia feito.

– Oi, princesa! – alguém me chamou, desviando minha atenção para o lugar de onde vinha a voz infantil.

Era um lindo garoto que me chamava, com uns 5 ou 6 anos de idade. E, nossa! Ele era extremamente iluminado! Senti que ele tinha uma força muito positiva.

Era estranho observar as pessoas assim, ver a vibração delas, mas já estava quase me acostumando com aquilo. E estava claro que aquele "dom" não iria me abandonar; portanto, precisava me acostumar mesmo.

– Oi – respondi educadamente.

– Gostei muito da sua armadura prateada – disse a linda criança, olhando fixamente para mim. – Também tenho uma, mas hoje ela ficou em casa e eu vim disfarçado. Minha tia me disse que eu precisava ficar bem bonito para a festa e não podia vestir a armadura.

– E ela tem razão, você está mesmo muito bonito!

– Você deve ser uma guerreira muito poderosa, para vestir uma armadura tão bonita assim. Ou uma princesa – disse o menininho, olhando para mim admirado e imaginando que minha cadeira e o meu gesso fossem uma armadura. – Parece que você está com medo – disse o garotinho, ainda me observando.

– Não, não é medo. Estou um pouco assustada, sim, mas vai passar.

– Não se preocupe, eu protejo você. – Continuava achando que era um guerreiro.

– Obrigada, cavalheiro – agradeci. – Você é muito gentil e deve ser um grande guerreiro também.

– Sou mesmo – disse ele, com um sorriso lindo. – Minha armadura é dourada e tem superpoderes.

– Posso ver que sim. Sei que não a trouxe hoje, mas posso sentir que é muito poderosa. E você é um principezinho muito bonito e muito protetor também, como um verdadeiro príncipe deve ser. Obrigada por me proteger hoje; significou muito para mim.

Fiquei maravilhada com aquele garoto lindo ali comigo, achando que eu era uma princesa de armadura prateada. Ele não via a minha dor, o meu sentimento de impotência; estava totalmente indiferente à doença, à cadeira, observando apenas o lado mágico da situação.

E, olhando-o de perto, vi que ele era realmente muito semelhante àqueles príncipes dos contos de fadas. Se não fosse a situação real e dolorosa que eu vivia naquele momento, podia achar que estivesse mesmo em um momento mágico. O principezinho era mesmo iluminado, com seus belos cabelos de fios dourados e seus lindos olhos azuis. Ele todo brilhava. Uma aura especial, pensei, feliz com meu novo sentido, com aquela sensação nova de enxergar as pessoas.

– Quer dançar comigo, princesa? – perguntou o menino.

– Dançar? Não acho que seja possível, talvez não seja uma boa ideia – falei, mas tentando não dar a entender que era por causa da cadeira.

– Por quê? Você não sabe dançar? Mas eu sei... Minha tia me ensinou.

– Tenho certeza que sim. Mas não é por isso. Na verdade, acho que minha armadura vai atrapalhar um pouco – respondi, entrando na fantasia dele.

– Acho que não atrapalha, e você está bonita de armadura – respondeu a criança, sorrindo de forma infantil.

Então ele segurou uma das minhas mãos e a levantou um pouco. Pôs a mão direita na minha cintura, esticando-se todo, e eu apoiei minha outra mão em seu pequeno ombro – e nós dançamos.

Com certeza aquele foi um instante mágico! Foi incrível a sensação de paz e harmonia que me invadiu diante da ingenuidade e da beleza da imaginação daquela criança. Aquilo não tinha explicação, mas naquele momento eu me senti amada, protegida, feliz. E, quando a música terminou, só pude dizer:

– OBRIGADA.

– De nada – ele respondeu educadamente, surpreendendo-me ao demonstrar tamanha educação com tão pouca idade.

Nesse momento, ouvi alguém se aproximando rápido.

– Olá, minha querida!

Era Márcia, minha estimada professora de inglês.

– Oi, Márcia! Você veio mesmo! Os professores não costumam aparecer nos bailes, só os coordenadores, e ainda por obrigação. Para os professores se torna meio repetitivo depois de anos lecionando, não acha?

– É um pouco, sim, mas hoje é um baile especial. Queria ver você e cumprimentá-la. Vejo que conheceu Pedro, meu sobrinho. Ele não está incomodando você, está? – perguntou Márcia, pegando a mão do sobrinho.

– Claro que não! Nem brinque! Ele é um amor, nos divertimos muito e ele me fez companhia.

– Bem, querida, infelizmente, não vou poder ficar mais. Estou atrasada para outro compromisso. Só vim por você, para lhe dar um abraço e me despedir, já que se formou e agora vai seguir outro caminho, que é a universidade.

– É verdade. Então, é a hora do adeus? – perguntei, um pouco triste. Adorava Márcia.

– Não diria adeus, mas um até breve. – Ela falou com certa melancolia, como se aquilo fosse algo com que já se acostumara.

– Sempre vou ligar para você, Bia. E você vai ser da área da educação, portanto imagino que vamos nos encontrar por aí.

– Assim espero! Quero que saiba, Márcia, que adorei suas aulas e que você é uma inspiração para mim.

– Obrigada, querida, isso significa muito, e eu não vou me esquecer de você. Bem, então, até breve!

– Até breve!

Ela me abraçou e beijou minha face. Eu me voltei para o garotinho.

– Até breve para você também, cavaleiro da armadura dourada.

– Tchau, princesa! – despediu-se o garotinho, acenando para mim.

Eu me sentia como Pollyanna Whittier, do livro *Pollyanna*. Em meio a tantas tristezas, à imensa dor de ter perdido meu pai e de não mais poder dividir com ele momentos como aquele, em meio a toda aquela situação dolorosa, eu me vi fazendo o seu "jogo do contente".

Até aquele momento, não havia entendido muito bem o pensamento da autora, fazendo com que sua personagem buscasse o tempo todo o lado positivo das coisas, mesmo que ele nem sequer existisse. Histórias como aquela eram dolorosas, perturbadoras para o corpo e a alma, e a personagem estava sempre sendo testada, devendo provar sua força, bondade, sanidade. Talvez o "jogo do contente" fosse uma maneira de Pollyanna, mesmo criança, buscar sempre a presença do pai e fazer das suas lembranças um porto seguro diante de sua tristeza e realidade decadente. Talvez fosse uma espécie de autoproteção para tentar ser feliz, embora vivesse em uma realidade infeliz. Lidar com o imaginário parecia algo realmente poderoso, e funcionava, porque, embora me sentisse triste, embora naquele momento estivesse consciente de tudo o que havia perdido, pensava também no quanto eu havia ganhado. Pensava nas outras pessoas em situações piores que a minha e pensava, sobretudo, em como poderia contornar as minhas limitações.

Eu ia refletindo sobre todas aquelas coisas enquanto saíamos do baile e nos dirigíamos para o carro. Então meu doce irmão me tirou da minha cadeira de rodas e, me erguendo em seus braços fortes, colocou-me no banco do passageiro.

– Uma estrela por seus pensamentos – disse-me ele, enquanto prendia o meu cinto de segurança.

– Não preciso de mais uma estrela, Charles. Já tenho a mais bonita, que é você... meu norte, meu guia, meu porto seguro!

– Obrigado, Bia, mas, mesmo com o elogio, eu gostaria de saber o que está incomodando você, o que a deixou triste. Não gostou da festa de formatura?

– Não é isso. Gostei da festa, só não gostei da situação toda, de me sentir tão limitada, tão dependente. Fico pensando em você, meu irmão, me carregando nos braços o tempo todo, tendo que me ajudar em tudo... Não é justo.

– Deixe de bobagem... Você sabe que é temporário. E quem disse que não vou querer uma retribuição depois, hein?

– Não acho que exista pagamento para tudo o que faz por mim. Você é bondoso demais, Charles. E era nisso que eu pensava: em como tenho sorte por ter uma família tão maravilhosa. Acho que estava fazendo o "jogo do contente" e percebendo o quanto há de bom em tudo isso.

– "Jogo do contente"? O que é isso?

– É só uma história de um livro que li; depois explico – respondi, meio sonolenta.

– Está bem, mas agora descanse. A noite foi exaustiva para você. Tente dormir um pouco, querida. Não me importo nem um pouco de carregar você até a cama.

– Obrigada, querido! Amo você.

– Eu também, Bia.

• Capítulo 3 •
AMIGO

[...]
Quase o amor, quase o triunfo e a chama,
Quase o princípio e o fim – quase a expansão...
Mas na minh'alma tudo se derrama...
Entanto nada foi só ilusão!

– Mário de Sá-Carneiro,
Dispersão, "Quase"

    Como eu tinha previsto, não consegui me safar da minha festa de aniversário, que aconteceu alguns dias depois de eu completar 18 anos. Não houve jeito, por mais que tentasse argumentar com Charles, dizendo que não queria festa, que não era o momento para isso, porque nossa mãe não estava bem. Ela andava triste, deprimida demais com a ausência de meu pai. Já tinham se passado alguns meses desde a morte dele, mas o estado introspectivo dela só piorava com o tempo. E havia ainda o vestibular, que seria dali a duas semanas. Embora eu estivesse preparada, não conseguia deixar de sentir o friozinho no estômago de nervosismo pelo futuro acontecimento.

Mas Charles e Fê foram irredutíveis e insistentes. Charles sempre dizendo que seria muito importante eu rever meus amigos, sair, encontrar pessoas, conversar. Eu explicava que me sentia ótima, que não havia tristeza em mim e que meus livros vinham sendo uma ótima companhia nos últimos tempos.

Mesmo assim, ele não se deixou convencer pelo meu poder de persuasão. Chamou todos os meus amigos do último ano da escola, alguns conhecidos da rua em que morávamos, a professora Márcia, um primo de Florianópolis que estava na nossa cidade, além de alguns amigos do hospital, e resolveu dar uma festinha para mim.

A casa ficou apinhada de gente. Todos me cumprimentavam, desejavam melhoras, perguntavam sobre minha experiência. E essa era a pior parte: ter que contar e recontar – na verdade, reviver – tudo pelo que havia passado e que eu queria mesmo era deixar para trás.

E havia ainda a minha melhor amiga Iris, que estava animadíssima, e não só pelo fato de estarmos juntas, já que éramos amigas de verdade, mas pelo fato de também poder ficar perto de Charles.

Desde a formatura eles tinham se interessado um pelo outro. Então, parecia que meu plano de juntar duas boas almas havia dado certo. O problema é que Charles era ocupado e concentrado demais, e minha recuperação tinha se tornado uma obsessão para ele, o que dificultava um pouco que as coisas caminhassem. Assim, essa minha festa de aniversário com certeza já teria um bom propósito, que era unir meu irmão querido e minha melhor amiga. Nada me deixaria mais feliz naquele momento.

– E então, amiga, como você está? – perguntou Iris. – Chateada com a festa que Charles preparou? Eu disse que você não queria, mas ele é muito determinado, só me restou aceitar. Eu era voto vencido. Eram ele e Fê contra mim.

– Eu sei. Fique tranquila, Iris, conheço meu irmão. Quando ele encasqueta com uma coisa, não tem jeito, nada o faz mudar de ideia. Principalmente porque ele agora cismou de me distrair, vive falando que sou jovem demais e que preciso encontrar meus amigos. Mas, espera aí! Então quer dizer que você anda falando com Charles sem que eu saiba?

– Bem, na verdade, a gente se fala de vez em quando, sim – confessou Iris. – Ele é extremamente ocupado e dedicado ao trabalho, mas é também muito gentil, e sempre faz o possível para me agradar. Acho que está surgindo um interesse entre nós.

– Iris, amiga, você não imagina o quanto isso me deixa feliz! – falei, aliviada por meu plano de juntar os dois ter funcionado. – Mas, por favor, não vá roubar meu irmãozinho só para você – avisei, ciumenta.

– E você acha mesmo que isso seria possível? Aquele ali morre de amores por você e não há nada que mude isso. Mas e aí, o que achou da decoração? – perguntou ela, já mudando de assunto.

– Sinceramente? – Eu até queria fazer uma crítica, mas preferi agradecer. – Acho que vocês exageraram um pouquinho, mas está tudo lindo. Obrigada, amiga!

A casa estava toda decorada. Flores espalhadas para onde quer que se olhasse, até mesmo sobre as mesas, que Charles mandara colocar na sala e na lateral da casa – porque ele sabia que a casa estaria cheia. Tudo muito colorido, talvez porque meu irmão quisesse alegrar mais o ambiente, deixá-lo mais jovial, sempre querendo me agradar. Era uma decoração bonita, embora talvez meio infantil.

Mas eu sabia que ele não havia feito tudo sozinho; Iris o ajudara. E minha amiga nunca tinha sido muito boa em decorações, por isso, "exagerado" era o mínimo que eu podia achar de tudo aquilo. Contudo, era de coração, realmente para me agradar. Assim, eu só tinha que agradecer; eles mereciam esse reconhecimento.

Enquanto observava as pessoas com meu novo olhar especial, um pouco irritada com a "iluminação" a mais do ambiente, algo me chamou a atenção, e foi exatamente quando vi meu primo, Arthur.

– Olá, priminha! Tudo bem? – perguntou ele, enquanto Iris aproveitava para circular um pouco pela casa. – Você está linda, Bia! Nem parece que esteve doente.

Arthur era o filho mais velho do irmão de meu pai. Ele tinha ido passar o fim de semana no Rio, a negócios, e aproveitara para me ver.

Nós não convivíamos muito, só nos falávamos por telefone, já que ele morava desde o nascimento em Florianópolis. Por isso, só nos víamos raramente, em festas ou nas férias.

Mas o que mais me chamou a atenção logo que o vi foi a "falta" de luz ao redor dele, o que o diferenciava das outras pessoas ali. Embora fosse uma pessoa muito alegre, vibrante, até um pouco eufórica, ele parecia esconder uma tristeza muito grande ou um vazio, que sugava sua luz.

– Tudo bem, primo – respondi ao cumprimento dele. – E você, tudo bem? Charles me falou que está apenas de passagem. Vai ficar só durante o fim de semana mesmo? Você poderia ficar um pouco mais aqui com a gente.

– Isso mesmo, só o fim de semana. Ah, e obrigado, mas não posso ficar muito. Já concluí meus negócios por aqui e parto ainda nesta madrugada para Floripa – disse ele.

– Uma pena não termos tempo para uma conversa mais longa. Na verdade, gostaria muito de saber como vão as coisas, como está sua vida, primo... Mas tudo bem – falei, um pouco relutante. – E minha tia e meu tio, como estão?

– Estão ótimos. Preocupados com você também. Ficaram tristes com o que aconteceu, principalmente porque não conseguiram falar com você, já que estava no hospital quando estiveram aqui para... Bem, melhor não falar mais sobre isso, já passou. Mas mandaram lembranças e estimam suas melhoras.

– Agradeça a eles por mim.

Ele parecia pouco à vontade, no rosto uma expressão forçada de alegria.

Arthur referia-se à morte de meu pai e à ocasião em que meus tios tinham vindo ao Rio de Janeiro para o funeral, e também ao fato de não poderem falar comigo por eu estar em coma no hospital. Por isso, quando havia interrompido o que dizia, na certa se retraíra por achar que tinha falado demais e que talvez me magoasse com o assunto.

– Pode deixar, dou a eles seu recado – disse, com jeito de quem queria escapar da conversa.

– Mas está tudo bem mesmo, Arthur? – insisti. – Você parece preocupado – falei, tentando achar uma maneira adequada de abordar o assunto. Não queria dizer que ele parecia triste.

Meu primo demorou para responder, como se pensasse a respeito, mas, por fim, falou:

– Está tudo bem, sim. Não se preocupe, prima, só estou cansado, é isso. Bem, depois conversamos mais. Agora preciso cumprimentar meus primos e a tia Amélia. Até logo, Bia!

Seu sorriso era exultante quando se afastou de mim, porém tive a forte sensação de que era uma exultação dissimulada.

– Até logo, primo... Se quiser conversar, já sabe – insisti, na tentativa de dissuadi-lo, mas ele já estava longe e apenas acenou com a mão em resposta. Com certeza não queria falar sobre o assunto que o incomodava.

Embora ele tivesse dissimulado bem, na verdade não me convencera do seu "ótimo" estado de espírito, como ele mesmo havia dito, e de que era só cansaço.

Depois que nos despedimos, tentei algumas vezes falar com meu primo novamente, para sondar um pouco mais, mas aquela não era a hora nem o lugar. Mesmo assim, preocupava-me não sentir a luz dele, como eu percebia em todos ao redor, embora em alguns mais, em outros menos. Aquilo me chamou a atenção, deixando-me tensa. Mas, como não havia jeito, resolvi relaxar. Talvez aquele meu sentido a mais não funcionasse com todo mundo. Talvez algumas pessoas fossem imunes ao meu raio X particular e capazes de não mostrar sua aura para os outros. Imaginei que, da mesma forma que eu enxergava aquele brilho nas pessoas, devia haver também pessoas com capacidade de esconder esse brilho. Se era algo voluntário ou não, jamais saberia, até porque não aceitava de verdade o meu dom; via-o como uma espécie de sequela do acidente.

Correu tudo bem na festa e consegui fazer meu irmãozinho feliz; para mim, isso bastava.

Os dias passaram rapidamente e o fato de eu ainda precisar da cadeira de rodas me incomodava um pouco. Tudo era mais difícil, como o banho, por exemplo, quando Fê e minha mãe precisavam me colocar numa cadeira especial sob o chuveiro, pois eu não podia ficar de pé.

Era ruim não ter privacidade, depender o tempo todo dos outros. Mas, quanto a isso, eu nada podia fazer, só aceitar a generosidade das pessoas. Esforçava-me muito na fisioterapia, até mais do que deveria, na tentativa de abreviar meu tempo naquela cadeira. Eram sessões diárias, e Charles já me chamava a atenção para que diminuísse o ritmo. Ele dizia que eu estava indo muito bem e que tudo aconteceria a seu tempo, que eu não precisava pular fases. E ele tinha razão, pois não adiantava tentar me livrar da cadeira antes do tempo, esforçando-me demais, já que isso me deixava extremamente exausta. Além disso, eu sentia que o resultado acabava sendo o oposto, prendendo-me ainda mais a ela pelo cansaço. Por isso, resolvi agir da forma correta, deixando que o tempo curasse, como dizia meu irmão.

Enfim, chegou o dia do tão temido vestibular... Tinha certeza do que queria, da carreira que pretendia seguir. Mas, mesmo assim, às vezes ficava em dúvida e me perguntava se a minha vocação era mesmo ser professora. E se eu estivesse errada? E se ensinar literatura não fosse o ideal para mim? Bem, não havia como ter certeza, e só o tempo poderia responder a essa indagação.

Conversar com Iris não ajudou muito. Ela era muito prática, não se preocupava em saber qual seria a sua vocação. Eu tentava me convencer de que isso devia ser natural, qualquer jovem da minha idade provavelmente tinha esse tipo de insegurança, mas, mesmo assim, não conseguia relaxar.

Charles havia me dito uma vez que a maioria das pessoas – até mesmo na maturidade – ainda não sabia o que realmente queria da vida. E, portanto, eram normais essas minhas dúvidas e tudo o que eu sentia.

Segundo me disse, felizmente com ele tinha sido diferente, pois nunca tivera dúvidas de que profissão seguir; jamais se imaginou fazendo outra coisa que não fosse exercer a medicina. Ele queria ajudar as pessoas doentes, principalmente as mais humildes e menos favorecidas. Tinha muita compaixão pela dor dos outros e queria usar seu conhecimento, seu trabalho no hospital, para tentar buscar a cura, salvar vidas. Então, via a medicina como sua verdadeira vocação. Disse-me também que eu havia escolhido a profissão certa, que a carreira de educadora parecia ser algo perfeito para mim. Pediu que não me preocupasse mais com aquilo, que apenas relaxasse e aproveitasse aquele momento tão importante da minha vida.

E foi exatamente o que fiz. Fui para aquela prova totalmente convicta de estar agindo da maneira correta. Relaxei, seguindo os conselhos do meu irmão querido, e talvez por isso o resultado tenha sido tão bom. Na verdade, não foi um bicho de sete cabeças como eu pensava, e até que me saí bem.

O primeiro dia de aula na faculdade foi muito interessante. Já não me preocupava mais com o meu "sentido a mais". Ignorava-o, na verdade, sem lhe dar mais atenção.

Era uma aula de linguística, e achei curiosa a maneira como a professora se comportava em sala de aula, com muito mais formalidade do que em uma aula do ensino médio. Notei que o título de professor universitário dava aos professores um certo ar de superioridade, e eles davam a entender que esperavam ser tratados com grande respeito por causa disso.

Como em todo primeiro dia de alguém em alguma coisa, fiquei um pouco na defensiva, esperando o desenrolar da situação, até que pudesse me sentir mais segura. Foi quando alguém falou comigo, bem no meio da aula.

– Olá, meu nome é Rapha, Raphael Bussolari. E você, como se chama? – disse um rapaz desconhecido, de um modo um pouco atropelado.

Confesso que me assustei, não esperava que o rapaz ao meu lado falasse comigo bem no meio da aula, como se estivesse curioso para me conhecer ou simplesmente entediado com as explicações da professora. Ele simplesmente se virou para mim, puxou a manga da minha blusa para chamar a minha atenção, e falou comigo. Doido!

Fiquei sem jeito, com medo de responder e ser repreendida pela professora, mas não podia deixar o rapaz falando sozinho.

– Bia, Beatrice Vittorini – respondi baixinho.

Achei que depois disso ele fosse dar um tempinho na conversa, mas continuou falando.

– Oi, Bia, primeiro dia? Ou você é aluna ouvinte de outro curso?

– Primeiro dia – respondi, achando estranho o modo como ele falava comigo, como se já me conhecesse havia tempos.

– É meu primeiro dia também, mas acho tudo um pouco parado demais... Talvez porque seja o primeiro dia, não é?

– Talvez – respondi disfarçadamente, dando a entender que preferia não falar durante a aula. Mas não adiantou. Ele me olhava sorrindo e não parecia ter intenção de desistir. Então, achei melhor dizer mais alguma coisa. – Mas você parece mesmo um pouco elétrico para um curso como este... Bem, acho melhor fazer um pouco de silêncio, a professora já está olhando.

– Tudo bem. Depois da aula, então? Podemos conversar um pouco no pátio? – pediu ele, insistente.

– Combinado.

Dando-se por satisfeito, ele parou de falar. Pelo jeito, eu acabara de encontrar um novo amigo, meu primeiro amigo de faculdade.

No decorrer da aula, comecei a pensar no rapaz com quem tinha acabado de falar. Havia nele uma força, um poder de atração interessante, e era extremamente iluminado, quase tanto quanto Charles. Então, eu me senti calma e em paz, e percebi, mesmo tendo conversado pouquíssimo com ele, que seríamos amigos. Algo me dizia isso.

Já estávamos no final do semestre e não demorou muito para que Rapha percebesse que aquele não era o curso ideal para ele. Era, como ele mesmo dizia, um curso parado, mais voltado para o interior das pessoas. Rapha era dinâmico demais e se sentia infeliz nas aulas. Precisava de algo mais prático, menos introspectivo e metafórico; algo mais compatível com o dinamismo dele, e que certamente não encontraria na literatura.

Mas Rapha se sentia triste em desistir, sobretudo porque tínhamos nos tornado amigos inseparáveis e uma ruptura assim seria dolorosa. Para mim também não seria fácil, visto que meu amigo já era alguém especial na minha vida. Mas eu sabia que uma amizade como a nossa resistiria a tudo, não importavam a distância e o tempo; soube disso desde o primeiro dia, portanto, era meu dever ajudá-lo.

– Bia, queria conversar com você sobre uma coisa, uma coisa chata – disse Rapha, logo que a aula terminou.

Fomos conversar no pátio da universidade, o nosso lugar preferido. Era ali que nos encontrávamos todos os dias nos intervalos das aulas e sempre que queríamos trocar alguma ideia sobre nossas vidas. Tratava-se de um lugar especial para nós, um pequenino bosque circular cercado de bancos de cimento, ligeiramente encobertos pelas árvores imensas e floridas do *campus*, por isso estavam sempre à sombra, mesmo no meio do dia. Era tranquilizador encontrar Rapha todos os dias naquele local. Iria sentir falta daquilo, mas ficaria muito mais triste se continuasse a ver a infelicidade diária do meu amigo.

Eu já havia deixado a cadeira de rodas fazia uma semana, o que tornava a minha rotina um pouco mais leve, pois dependia apenas das muletas. Embora, segundo Charles, fosse preciso delas por mais um bom tempo, usar muletas era bem melhor do que a cadeira. Eu podia me locomover com mais facilidade e não precisava tanto da ajuda de Rapha, embora ele nunca se incomodasse com isso. Aliás, Rapha nem percebia as minhas limitações. Ele apenas acompanhava meu ritmo, como se a cadeira ou as muletas nem sequer existissem. Esse era meu lindo amigo, que também tinha um rosto de anjo, um querubim dourado de sol, porque o surfe era seu esporte preferido.

Então, diante de tanta bondade, generosidade, altruísmo e dedicação à nossa amizade, eu não podia deixar que ele sofresse, mesmo correndo o risco de nos afastarmos, o que eu achava quase impossível.

– Rapha, amigo, já sei sobre o que você quer falar, e quero que saiba que tem meu apoio incondicional – falei, deixando claro que não importava se o assunto era chato ou difícil; estaria com ele para o que decidisse.

– Mas eu ainda nem falei, Bia... – surpreendeu-se Rapha.

– Você quer mudar de curso – concluí –, mas não quer se afastar de mim, certo? Você tem medo de me magoar...

– Nossa! Você me conhece mesmo, Bia!

– Não se preocupe com isso, Rapha, vai ficar tudo bem. Você tem tudo a ver com o curso de Direito, infinitamente mais do que com o curso de Literatura.

– Mas eu não falei nada sobre outro curso. Como você sabia? – perguntou ele, curioso.

– Como você mesmo disse, conheço você e já venho observando seu comportamento há algum tempo; não foi difícil chegar a essa conclusão.

– E você não acha isso tudo um erro, que estou perdendo tempo?

– De forma alguma. O que você passou aqui, Rapha, não foi tempo perdido. Foi tempo vivido, necessário para que encontrasse seu caminho. E mais: essa sua decisão pela Literatura, embora não tenha sido a mais adequada, fez com que nos encontrássemos e, quanto à nossa amizade, não há dúvida de que ela deu certo. Essa sua primeira decisão trouxe você para mim, então obrigada por esse "tempo perdido".

– Mas, Bia, e a nossa amizade?

– Querido, amo você, nunca se esqueça disso. Seja aqui, nesta linda cidade do Rio de Janeiro, ou na China, não importa; vamos sempre ser amigos, e não acho que uma mudança para outra universidade vá alterar alguma coisa na nossa amizade ou nos separar. Aliás, acho até que vai ser bom! Assim, você não tem que ficar me pajeando o tempo todo e vai ter mais tempo para você, para outros amigos, para as garotas...

– Bia, para! Você sabe que isso não me atrapalha em nada. Adoro acompanhá-la em todo lugar. Também não tenho interesse em outras amizades. Já tenho a melhor amiga que uma pessoa poderia querer, e a maior gata desta universidade!

– Uma gata quebrada, você quer dizer – falei, brincando. – Essas muletas não são nada sensuais.

– Em qualquer outra pessoa, talvez não, mas em você, minha amiga, são bem sensuais, sim. Você fica maravilhosa até mesmo de muletas. Por favor, não esquenta com isso, está bem?

– Vou tentar.

– E o que você me diz sobre eu me mudar para a Federal?

– Acho ótimo! E acho melhor você correr, porque provavelmente vai precisar prestar uma prova e as inscrições já estão se encerrando.

Rapha me olhou com uma cara assustada, franzindo a testa, como se tivesse se esquecido de algo e se lembrado naquele exato momento.

– É verdade, você tem razão, Bia. Tinha me esquecido que hoje é o último dia de inscrição. Preciso correr.

– Então vá logo, amigo! Não se preocupe comigo. Ligo para Charles vir me buscar ou posso tomar um táxi, se for o caso.

– De jeito nenhum! – disse ele, parecendo ofendido. – Levo você em casa e depois vou até a Federal fazer minha inscrição.

– Tudo bem. Se prefere assim...

Nos quatro meses de aulas que se seguiram, depois que Rapha entrou no curso de Direito, ele fez questão de me buscar em casa todos os dias e me levar de volta quando a aula terminava.

Isso me irritava um pouco. Não queria dar trabalho ao meu amigo, mas adorava a companhia dele, por isso deixava que ele fizesse isso, mesmo parecendo tão egoísta da minha parte. Na verdade, eu me sentia mal por monopolizar a presença dele.

Assim, mesmo sem a companhia do meu amigo querido em sala de aula, eu estava animada, principalmente porque Rapha parecia feliz no outro curso, mais empolgado com as aulas, os professores, a faculdade em si. Ele tinha encontrado sua verdadeira vocação.

Eu me sentia um pouco insegura, às vezes, por pensar que Rapha pudesse arranjar outra melhor amiga e se esquecer de mim, mas Rapha nunca mudou; continuou sendo o meu velho e fiel amigo. E, mesmo em outra universidade, sempre insistiu em manter a rotina de me pegar em casa logo cedo e me levar para a faculdade. Depois, saía de lá, atravessava a cidade e seguia para a faculdade dele, mesmo que isso representasse um grande sacrifício. Sinceramente, eu não sabia se merecia um amigo tão bom, e ficava pensando nisso às vezes.

Naquela noite, enquanto pensava em Rapha, lembrei que precisava estudar, pois teria prova no dia seguinte. Comecei, então, a me concentrar no autor que seria o assunto da prova: Mário de Sá-Carneiro. Não era exatamente o tipo de poesia de que eu gostava. Ele era muito voltado para seu "eu" interior, quase egocêntrico. Fiquei ali, diante dos livros espalhados sobre a cama, pensando em como as opiniões eram divergentes. Havia até mesmo quem comparasse a poesia de Mário com a de Fernando Pessoa, talvez pela diferença gritante entre os dois poetas: Fernando Pessoa tinha se multiplicado em vários "eus", diferentemente de Mário, que se resguardara no próprio mundo. A minha cabeça parecia ferver, de tanto que eu pensava naquilo, sem progredir com minhas ideias.

Comecei a refletir sobre as características marcantes do poeta, no seu lado visionário e solitário. A vaidade narcisista também, que, em contraponto com o desprezo por si mesmo evidenciado nos versos, remetia um pouco à percepção do próprio "eu" interior. Continuei refletindo, mas estava muito difícil encontrar a concentração de que precisava; estava dispersa e me sentia cansada também.

Passei a pensar no poema, não no poeta, tentando identificar as características que me vinham à mente. Pensei no *Quase*, que, ao que parecia, era um poema carregado das características tão peculiares do poeta, já que demonstrava a necessidade de chegar e nunca conseguir, e de ser apenas uma parte, um quase, e nunca estar completo, inteiro.

Assim, eu parecia estar conseguindo mostrar o desprezo por si mesmo demonstrado pelo autor, deixando-me levar pelas emoções, e, consequentemente, o retraimento demasiado, que cavava o abismo introspectivo do poeta.

Passei a pensar no suicídio dele. Fiquei triste naquele momento, por não entender tamanho sentimento de autodestruição. Aí comecei a me lembrar de uma das estrofes do poema, que, em um dos versos, dizia: "Assombro ou paz? Em vão... Tudo esvaído". E pude perceber a dúvida, a angústia, a falta de realização. Embora não entendendo, passei a aceitar esse sentimento, que era desconhecido em mim.

Eu estava com muito sono e tinha pouco tempo para minhas conclusões; mesmo assim, continuei insistindo. Acabei por concluir que o poema parecia demonstrar a ideia do poeta de mediocridade, da frustração de ser quase; era um sentimento profundo, eu pensava. Uma mediocridade imensamente sentida, um medo angustiante da não realização completa. Mas não conseguia ter certeza de tudo o que pensava ou tentava entender sobre o poema. Precisava estudar mais, sabia disso, e havia muitas dúvidas a serem esclarecidas; porém, estava mesmo cansada, por isso deixei-me dominar pelo sono.

• Capítulo 4 •
DOCE SURPRESA

> *[...] É a tragédia a representação duma ação grave, de alguma extensão e completa, em linguagem exornada, cada parte com o seu atavio adequado, com atores agindo, não narrando, a qual, inspirando pena e temor, opera a catarse própria dessas emoções.*
>
> – Aristóteles,
> *A Poética Clássica*, "Poética"

Eu já aguardava em frente ao portão quando Rapha parou o carro.

– Oi, Bia, estou atrasado, não é? Precisa de ajuda para entrar? – perguntou ele, referindo-se às minhas muletas; eu ainda precisava delas.

– Nada disso – respondi. – Já não basta essa sua obsessão em não me deixar fazer esforço algum, ainda quer me carregar no colo?

– Sabe que não me oponho a isso, se for preciso. É um prazer, para mim, ajudar você, minha amiga. Também porque preciso exercitar meus músculos, não é mesmo? Então, não posso perder nenhuma oportunidade – disse ele, brincando com a situação.

– É verdade, e parece que você anda se exercitando bastante, pois está com os músculos bem definidos... E um abdômen! As meninas devem ficar loucas! – falei, enquanto me acomodava no banco do carona.

– Você notou, é? Achei que amiga não olhasse essas coisas.

– Está brincando! Rapha, você é meu amigo, eu sei, mas é homem e bonito, por isso não posso deixar passar despercebida qualquer coisa em você. E não é porque somos amigos que não vou notar sua beleza ou fazer um elogio.

– Obrigado, Bia – agradeceu ele, sorrindo. Então ligou o carro e partiu. – É bom saber que não sou invisível para você ou que não me vê como se eu também fosse uma garota, mas como homem, independentemente da nossa relação.

– É, mas e quanto a você? Como me vê? Como se eu fosse um rapaz como você? – provoquei.

– Está brincando! Você, minha amiga, é a garota mais gata que eu já conheci. Gosto de tudo em você, sabia? Não só da sua beleza exterior, que chama mesmo a atenção, mas de todo o conjunto.

– Jura? Nunca pensei nisso! – falei, surpresa.

– Claro! Sou homem, e posso afirmar que você é uma mulher muito linda. E, sabe, meus amigos são todos doidos para conhecer você, aí ficam me perguntando se a gente está namorando ou coisas desse tipo.

– É mesmo? E o que você fala para eles?

– Bem, que nos amamos muito, mas como amigos – afirmou Rapha. – Que sabemos que poderíamos ficar juntos, se quiséssemos, mas que nossos corações sabem que já somos muito felizes assim, que somos bem resolvidos como amigos. Então, não pensamos no lado físico, e jamais arriscaríamos, até porque nossas almas também são amigas e, provavelmente, se houvesse uma outra vida para se viver e tivéssemos nos encontrado lá, seríamos amigos nela também. Ah! Falo ainda que sou louco por você, que faria qualquer coisa por você e que isso está muito além da aparência. É por tudo o que você é, tudo o que tem aqui dentro – concluiu ele, colocando a mão no meu coração.

Certamente, Rapha demonstrava que era através dele, do meu coração, que ele me enxergava. Então, naquele momento, percebi que nossa amizade era maior do que eu pensava e que seria para sempre. E não poderia ser diferente. Rapha era uma daquelas pessoas apaixonantes, com quem se podia contar para tudo. Ele não media esforços, não pensava em si mesmo antes de ajudar um amigo, apenas agia. Na verdade, não tinha a menor noção do quanto era bom, do quanto a amizade dele era importante. Pelo menos, para mim, era essencial, e, provavelmente, eu não saberia mais viver sem ele.

– Amo você, sabia? – confessei depois da declaração de amizade dele, porque não havia outra coisa a ser dita.

– Idem, minha amiga... Também amo muito você.

Ficamos um tempo assim, sem pensar em nada, sem falar nada, apenas refletindo sobre a vida. Então, enquanto ele dirigia, eu me imaginei velhinha, tendo essa mesma conversa com ele, os dois ainda amigos...

– Chegamos – falou Rapha, interrompendo meus devaneios e me trazendo de volta à realidade. Lembrei, então, que eu tinha um assunto para tratar com ele antes de nos despedirmos, antes que me deixasse na faculdade, como fazia diariamente.

– Ainda temos um tempinho? – perguntei. – É que eu queria perguntar uma coisa, e só agora me ocorreu. Desculpe, sei que está atrasado para sua aula.

– Tudo bem, Bia, meu professor desse primeiro horário nunca chega na hora. Temos alguns minutos, fique tranquila. Pode falar.

– Rapha, é que ando pensando muito em trabalhar, acho que já está na hora. Vou fazer 19 anos, e Charles paga tudo para mim. Sei que ele não se importa, mas quero fazer minha parte, mesmo que seja pouco. Eu não pensava assim antes, vivia em um mundinho perfeito, tudo já traçado, como se tivesse apenas que esperar. Mas algo mudou depois do acidente. Não quero mais ser essa garota mimada que recebe tudo de bandeja, não quero que Charles assuma tudo. Sabe, não é justo que ele se responsabilize por todas as despesas: as dele, e agora as minhas, que não são poucas. Não está certo. Mas não sei bem por onde começar. Então queria saber sua opinião, se você tem alguma ideia ou sabe de algum lugar onde eu possa fazer, talvez, um trabalho temporário, algo leve.

Rapha fez uma expressão de quem refletia sobre o que tinha ouvido e, ao mesmo tempo, procurava uma resposta, mas com uma certa reprovação no olhar. Eu podia ver a ruguinha na testa dele, como se já pensasse nos obstáculos...

– Bia, na verdade, tenho uma ideia, sim, mas não acho que Charles vá concordar com essa sua decisão – disse Rapha, confirmando minha suposição.

– Eu sabia que ia dizer isso. Mas pode falar, amigo, que eu me entendo com Charles. Ele vai ter que aceitar.

– Bem, se não se importar em trabalhar à noite, conheço uma pessoa que pode ajudá-la.

– À noite? Mas que tipo de trabalho é?

– Essa pessoa se chama Guglielmo, ele tem um restaurante de comida italiana com o mesmo nome.

– Guglielmo? Do restaurante Famiglia Guglielmo?

– Sim, esse mesmo. Ele é amigo da minha família. Você sabe que sou descendente de italianos, não sabe?

– Sim, você me falou sobre isso, quando explicou a origem do seu sobrenome.

– Pois bem, eles vieram para o Brasil há alguns anos e fizeram fortuna aqui. De vez em quando frequento o restaurante e ele me fala dos meus parentes, da tia Anna e da italianada. Se quiser, falo com ele. Acho que seria bom para você, já que estuda pela manhã, e ainda sobraria a parte da tarde para estudar. Você poderia trabalhar meio período à noite. O que acha?

– Acho maravilhoso! – respondi, eufórica com a ideia. – Mas o que eu poderia fazer lá?

– Bem, você entende muito desse negócio de vinhos, vive lendo sobre isso. Conhece os vinhos que combinam com determinados pratos, as origens, os aromas. Na semana passada, a moça que fazia isso, acho que se chama *sommelier*, teve que se afastar para ter bebê, então o Gui está procurando alguém para ocupar o lugar dela; aí, pensei em você. Carla ficava sempre no início da noite, depois trocava de turno com Augusto, que é quem fica até de madrugada. O que acha da ideia de trabalhar como *sommelier* num restaurante?

– Perfeita, amigo! Você faria isso por mim? Falaria com ele?

– Claro, sem dúvida!

– E será que ele vai me aceitar?

– Com seu talento, simpatia e beleza? Tenho certeza que sim!

– Mas tem um probleminha...

– O quê? – Rapha arregalou seus grandes olhos castanhos, numa expressão de dúvida.

– As muletas. Ainda preciso delas por algum tempo.

– Fique tranquila, Bia, não acho que vá ser problema. Gui é gente muito boa, generoso. Não vai ser isso que vai impedi-la de ter seu trabalho.

Já havia se passado pouco mais de um ano desde o acidente, e Charles não me deixava fazer nada que não fosse quase exclusivamente cuidar da minha recuperação, abrindo exceção apenas para os estudos. Foi um custo fazê-lo entender que eu precisava trabalhar, que não era apenas um capricho ou consciência pesada por ele arcar com todas as despesas da casa. Na verdade, nosso pai sempre nos ensinou o valor do trabalho, e usei isso para dissuadi-lo da sua ideia de me impedir de aceitar o emprego.

Meu pai sempre dizia que o trabalho, por mais simples que fosse, era absolutamente necessário, e que era preciso gostar dele, gostar do que quer que se estivesse fazendo. Dizia que era preciso dedicação para que uma pessoa tivesse objetivo de vida e não procurasse viver a felicidade dos outros, mas a sua própria.

Então, bati o pé, e não aceitei o "não" de Charles quando o informei da minha decisão de trabalhar. Bem, era quase um pedido de permissão, visto que, depois da morte de nosso pai, Charles tinha assumido a responsabilidade por mim e pela nossa irmã mais nova. Ele havia se tornado mais que um pai desde então, tamanha era sua dedicação e cuidado. E eu devia muito a ele, não podia deixar de respeitar sua opinião. Eu o amava demais.

– Bia, ainda é cedo para isso – disse Charles, já sabendo que seria difícil não ceder aos meus argumentos. – Você já tem a faculdade, a fisioterapia, o trabalho voluntário no hospital, a doação de sangue, muito contra a minha vontade, você bem sabe... e agora isso de querer trabalhar, e à noite! Não acha que já cedi demais?

– Charles, sempre fomos amigos em tudo e sempre respeitei sua opinião, principalmente agora que nosso pai não está aqui para me orientar. Mas você sabe também que sempre fui independente, e não é justo me privar de algumas coisas que acho essenciais. Você sabe que preciso disso, sou assim, e não é fácil mudar para agradar os outros. Você deve se lembrar do que nosso pai dizia sobre o trabalho, e você mesmo sempre me disse para ser quem sou e não deixar que os outros digam o que devo ser, lembra?

Bem, isso foi o bastante para que meu amado irmão reconhecesse que eu tinha razão e entendesse que não conseguiria me convencer do contrário.

E, como quem queria provar para si mesma que estava certa, eu vivia me desdobrando para dar conta do recado, às vezes sentindo-me realmente exausta, como naquela noite, em que tive de convencer todo mundo de que me sentia bem, só para poder trabalhar.

Tentei disfarçar para Charles o meu cansaço quando saí, porque ele já estava a ponto de me obrigar a ficar em casa. Mas consegui arrancar de mim mesma o sorriso necessário para convencê-lo, e foi só por isso que ele me deixou sair, mesmo com uma pulga atrás da orelha.

Ao Gui, tive que pedir para que não exigisse muito de mim naquela noite, porque estava realmente cansada, e ainda sentia uma forte dor no tornozelo, insistente, apesar dos analgésicos que havia tomado. Mesmo com a ajuda das muletas, eu não estava conseguindo seguir o mesmo ritmo das outras noites. Gui continuava insistindo para que eu voltasse para casa, porém não cedi.

– Bia, não há necessidade de você ficar hoje – disse-me ele, vendo a minha expressão de dor. – Estou vendo que você não está bem, e não quero ser o responsável por atrapalhar seu tratamento. Também tem outra coisa: você tem dois guarda-costas, seu irmão e Rapha, bem dispostos a entrar por aquela porta – ele apontou para a entrada do restaurante – e me obrigar a mandá-la embora. Rapha provavelmente já se arrependeu de ter dado a dica para você trabalhar aqui. Eles amam você, Bia, só querem protegê-la, e estão certos; não quero problema com eles. Vá para casa, por favor. O movimento está fraco hoje, eu e os rapazes cuidamos de tudo.

Gui parecia sinceramente preocupado. Com uma expressão de compaixão no rosto, olhos enternecidos e uma voz calorosa, ele parecia comovido com meu estado, deixando transparecer seu lado paternal. Mas ceder era reconhecer que eu estava errada em querer trabalhar, e eu não admitia isso.

– Gui, meu amigo, por favor, não me mande embora, está bem? – pedi com olhar de súplica. – É só uma indisposição, vai passar logo.

Nesse momento, enquanto eu conversava com Gui, percebemos uma leve discussão numa das mesas atrás de nós. Parecia que um cliente queria informações mais precisas sobre determinado vinho, se combinava com um prato específico. Carlos, auxiliar de Augusto, o *sommelier*-chefe, parecia estar ficando nervoso por não conseguir responder a todas as perguntas do cliente, que exigia a presença do *sommelier* responsável. Carlos tentava argumentar, dizendo que a *sommelier* não estava se sentindo bem no momento e não poderia ir até a mesa dele.

Àquela altura Gui e eu já não estávamos mais conversando e tínhamos nos virado para a mesa de onde partia a discussão.

– Vou até lá – falei para Gui, pressentindo que o cliente estava disposto a fazer um escândalo.

– De jeito nenhum! Fique aqui, eu resolvo isso – respondeu ele, já se voltando para a mesa onde estava o cliente.

Observei enquanto Gui se aproximava, pedia desculpas em nome do restaurante e explicava a situação inusitada, dizendo que o *sommelier*-chefe não estava ali e que a outra *sommelier*, no caso eu, não poderia ir até a mesa, por estar impossibilitada. Nesse momento o cliente se levantou, aborrecido.

– Bem, se ela não pode vir aqui, então eu vou até ela. Pode me levar até lá, por favor, Guglielmo?

– Sinceramente, não vejo necessidade, senhor Rodrigo, eu mesmo posso... – O cliente nem sequer deixou que ele terminasse a frase.

– Faço questão. Quero ver com meus próprios olhos e tentar entender essa situação "inusitada" – disse ele com sarcasmo na voz.

– Está bem, acompanhe-me, por favor – concordou Gui, dispondo-se a levá-lo até mim.

Enquanto Gui conduzia o cliente, pude ver que se tratava de um homem elegante. Alto, com uma pele morena clara, cabelos negros e brilhantes, e olhos da mesma cor que os cabelos. Estava muito bem-vestido, como se estivesse numa reunião de negócios, e era realmente bonito – não lindo, mas com uma beleza peculiar e um charme envolvente.

Quando ele se aproximou, desci da banqueta do bar e fiz menção de pegar as muletas, mas parei diante da expressão de surpresa do cliente, ao ver a minha dificuldade para ir ao encontro dele.

– Ah, desculpe! – disse ele, parecendo envergonhado. – Sinceramente não imaginei.

– Senhor Rodrigo, esta é Beatrice Vittorini, nossa *sommelier* – disse Gui, apresentando-me. – Como eu disse, é uma situação passageira; ela não está em condições de se movimentar hoje. Queira nos desculpar, não queríamos aborrecê-lo de forma alguma.

– Não, Guglielmo, eu é que peço desculpas. Já entendi, fique tranquilo – respondeu o homem, ainda mais envergonhado.

– Senhorita Beatrice – disse ele, dirigindo-se a mim –, desculpe, por favor, a minha grosseria, exigindo sua presença em minha mesa. Posso entender perfeitamente agora, vendo suas limitações – continuou ele, olhando para as minhas muletas.

– Fico constrangida por ter causado toda essa confusão – respondi, meio desconcertada. – Acho que lhe devo desculpas. É que hoje, especificamente, tive uma indisposição. Ainda assim, espero poder consertar meu descuido. E então, no que posso ajudá-lo?

Ele continuava olhando para as minhas muletas como se estivesse em choque.

– Algum problema, senhor Rodrigo? – insisti. – Acho que é esse seu nome, não é? Ouvi Guglielmo dizendo... Algo errado, o senhor está bem? – Acompanhei o olhar dele para tentar entender o silêncio, e vi que ele ainda fitava as muletas. – Ah, as muletas... Algum problema por eu estar de muletas?

– Rodrigo, isso mesmo, esse é o meu nome – respondeu ele, como se despertasse de um transe. – E não, não há problema algum com as suas muletas, senhorita Beatrice; acho que é esse seu nome, não é? Na verdade, é justamente o contrário, estou impressionado. É que nunca... nunca vi... ninguém tão... linda e exuberante... de muletas. Desculpe a franqueza, se estou sendo grosseiro novamente, talvez até desrespeitoso, não costumo ser...

E dificilmente alguém me surpreende dessa maneira. Mas é que realmente estou impressionado com você; é isso.

Depois da explicação, o cliente me olhou sem jeito, pediu desculpas outras tantas vezes, disse para eu não me preocupar e pediu licença para voltar à mesa.

Tentei insistir para que voltássemos ao assunto do vinho, o motivo que o havia levado até mim, mas ele não teve mais interesse e se afastou, embora continuasse a me olhar da mesa, enquanto conversava com as pessoas que o acompanhavam.

Dias depois, quando estava a caminho de casa com Rapha, comentei com ele sobre o episódio do cliente e meu amigo estranhou, porque eu não costumava falar da minha rotina no restaurante.

– Por que está me contando isso? – perguntou Rapha, curioso e meio que se fazendo de desentendido.

– Como assim? Só estou contando um fato que ocorreu... achei interessante.

– O fato ou o cliente? – ele quis saber. – Porque você nunca me conta nada do restaurante, Bia. O que foi? Esse cliente chamou muito sua atenção? Ele é bonito? Porque já estou ficando com ciúme.

– Não, não é nada disso – falei, como se estivesse ofendida. – Só me surpreendi com o modo como ele me tratou e me olhou, com toda aquela curiosidade. Nunca vi ninguém me olhar assim.

– Assim como? Com desejo? – sondou Rapha, olhando-me nos olhos. – Você nunca viu porque talvez nunca tenha pensado nisso, tinha outras prioridades. Mas talvez isso esteja mudando. E só você não percebe, porque eu percebo o tempo todo os homens olhando para você com esse mesmo olhar que me descreveu.

– Pode até ser que você tenha razão, mas já passou, acho que foi só impressão. Na verdade, ele nem sequer voltou ao restaurante, e talvez nem volte mais.

– Tomara mesmo – disse Rapha. – Não estou a fim de dividir minha amiga com nenhum marmanjo.

– Relaxa, amigo, isso não vai acontecer. E, mesmo que eu me apaixone por alguém, nada vai mudar entre nós.

– Não acredito que já esteja admitindo essa possibilidade, Bia! Parece que foi mais sério do que eu pensava...

– Bobo!... Meu coração é só seu, meu ciumento preferido.

– Ah, é? Então quero lhe fazer um convite. Quero que vá a minha casa neste fim de semana. Vou apresentá-la a alguém, e também vamos fazer um passeio... Você vai voar comigo.

Eu queria saber que passeio era aquele e que história era aquela de "voar", mas ele não quis falar mais nada. Avisou que só falaria no fim de semana, eu teria de esperar.

– Mas e aí? Como vai a faculdade? O que você está estudando lá? Algo interessante? – perguntou Rapha, mudando de assunto.

– Estamos estudando teoria da literatura.

– E?

– E vendo Aristóteles, a *Poética*. É meio complexo...

– Bem, eu gostaria de saber um pouco a respeito.

– Então vamos fazer assim: vou explicar resumidamente e aí você me fala se quer mesmo conhecer o assunto. Tudo bem?

– Tudo bem.

– Aristóteles, que, imagino que você já conheça, em alguns de seus escritos, precisamente na *Poética*, fala sobre a arte e defende a teoria sobre a catarse.

– *Catarse*? O que é isso?

– A palavra em si significa "purificação", no sentido de expurgar. Mas na literatura, principalmente na Tragédia, o público passa por uma forte descarga emocional, que é quando acontece uma espécie de purgação das emoções que vivencia durante o espetáculo. Assim, os sentimentos encenados fazem com que o público experimente uma sensação de conforto, de alívio, de êxtase, de leveza. E através dessa evasão, ele pode atenuar suas próprias dores e sentir alegria, purgar seus sentimentos, tudo isso ao atingir a catarse.

– Nossa, amiga! Isso é bem interessante!

– É, sim. E hoje é objeto de muito estudo. Aristóteles analisou o termo na obra representada, mas atualmente ele é utilizado em várias áreas, como na medicina, pela psicanálise, por exemplo. Também no cinema, quando parece que o seu espírito se eleva ao assistir o filme e você se sente feliz. Até mesmo com a simples leitura de um livro, quando chegamos ao ponto máximo da leitura, o ápice, e acontece aquela evasão incrível, uma felicidade até, simplesmente por estar ali, desfrutando da história. Bem, tudo está incluído no estudo da catarse.

– Maravilha, Bia! Quer dizer que, quando a leitura de um livro fica muito prazerosa e de repente eu me sinto bem e feliz com ela, mesmo que não seja necessariamente uma história alegre, mas que eu sinta uma grande emoção por estar lendo, ou quando saio do cinema extasiado e leve, isso é catarse?

– Sim, numa linguagem leiga, é isso mesmo. Parabéns! Você conseguiu captar o que eu tentei dizer. Não é tão fácil. Os autores costumam complicar um pouco, fazendo comparações com outros autores, como Platão, por exemplo, e aprofundar os conceitos no campo das artes, ou da moral, mas resumidamente a catarse está ligada ao expurgo e à evasão dos sentimentos. Então, você captou muito bem a mensagem.

– Não, Bia, não sou eu, acho que você é que é ótima. Será uma excelente professora!

– Sério, Rapha? Bem, obrigada, amigo. Ouvir isso é maravilhoso, sabia?

Quando entrei em casa, depois que Rapha me deixou no portão, Charles me avisou que havia chegado algo para mim e que a "coisa" estava no meu quarto. Ele disse isso com um risinho no canto da boca, cujo motivo não entendi.

Então, quando entrei no quarto, tive uma grande surpresa. Havia vários ramalhetes de rosas enormes espalhados por todos os cantos, todos de cores diferentes. Girei para ver melhor o lindo cenário e Charles ficou atrás de mim, tão curioso quanto eu.

– O que é isto? – perguntei, surpresa. – Nem é meu aniversário!

– Sinceramente, não sei, mas esperava que você pudesse me dizer – falou Charles, meio decepcionado ao ver que eu também não tinha ideia do que significava aquilo.

Olhei de novo, tentando identificar quem tinha enviado aquelas flores, e percebi que em um dos ramalhetes havia um envelope muito elegante com as iniciais RD impressas nele em letras cursivas. Peguei-o rapidamente e abri o envelope, tirando o cartão de dentro, ansiosa para entender todo aquele exagero. Ao tirar o cartão, vi que a mensagem era escrita de próprio punho, numa letra muito bonita.

Cara Beatrice, queria me desculpar pela indelicadeza com você, então tomei a liberdade de pedir – pedir não, implorar – a Guglielmo para que me desse seu endereço, e espero que não fique chateada por isso, mas não resisti... Como não sabia sua cor preferida, achei melhor variar um pouco. Espero que goste das flores.

Peço desculpas pela demora. É que tive que viajar no dia seguinte ao que a conheci no restaurante. Para me redimir, gostaria que aceitasse um convite para almoçar ou jantar comigo; você vai perceber que não sou aquela pessoa rude do outro dia.

Ah, tomei a liberdade de pegar seu telefone também. Ligo mais tarde para saber a resposta. Vou ficar contando os minutos, ansioso, na espera de um "sim". Com afeto, Rodrigo Duarte.

• Capítulo 5 •
VOANDO

Que pode uma criatura senão,
entre criaturas, amar?
amar e esquecer,
amar e malamar,
amar, desamar, amar?
Sempre, e até de olhos vidrados, amar?

– Carlos Drummond de Andrade,
Claro Enigma, "Amar"

Charles ficou perplexo. Não sabia do episódio do restaurante, pois eu só havia contado a Rapha e Iris. Expliquei tudo muito rapidamente e, no fim, meu irmão deu sua opinião.

– Acho que você deve aceitar o convite.

Pela expressão no rosto dele, estava claro que Rodrigo havia ganhado um fã. Charles observava as flores com um sorriso no rosto, como se admirasse a atitude decidida de Rodrigo.

– Como é? Você não se importa nem um pouco em saber quem é essa pessoa, apenas diz para eu aceitar? – repreendi Charles.

– Não é isso, Bia, é que foi um gesto educado, de um perfeito cavalheiro. E, vamos admitir, você está mesmo precisando se distrair um pouco! Vai ser bom para você. E não acho que ele seja uma pessoa perigosa ou que inspire cuidados. De qualquer maneira, veja antes com o Gui se ele conhece esse rapaz, veja de quem se trata, e depois vá jantar com ele. Apenas se divirta, irmãzinha!

Eu precisava me decidir. Não havia dúvida de que aquele homem era muito interessante, e talvez valesse mesmo a pena conhecê-lo melhor. Mas será que eu estava preparada para conhecer alguém? Tinha de decidir logo, porque ele não demoraria a ligar. Rodrigo não era mais um garoto, era um homem, sabia o que queria, e com certeza aquele não seria só um flerte casual.

Uma opinião feminina – era disso que eu precisava! Iris. Com certeza ela me ajudaria. Já sabia de toda a história do cliente, pois eu já havia comentado com ela pouco antes de falar com Rapha. A opinião dele eu já sabia: estava com ciúme, por isso não adiantava falar com meu amigo. Iris, sim, seria a solução para o meu dilema.

– Oi, Iris, estou atrapalhando? Se quiser, posso ligar outra hora.

– Não, de jeito nenhum. Fala. Não estou fazendo nada agora.

– Amiga, preciso de uma opinião. É importante e urgente.

– Então, fala! Quer me matar de curiosidade? – Ela parecia mesmo curiosa, tamanha a inquietação que ouvi em sua voz.

– Lembra que contei do Rodrigo, o cliente do restaurante?

– Sim, lembro. O que tem ele?

– Pois bem, ele me fez uma surpresa enorme hoje. Mandou um caminhão de rosas e me convidou para sair. Então, queria saber sua opinião: o que você acha? Eu devo ou não aceitar o convite dele?

– É claro que você deve aceitar, Bia! Aquele homem chamou muito sua atenção, amiga, e a hora é essa de saber se vocês têm alguma afinidade, se há alguma atração ou não entre vocês. Mas antes quero saber os detalhes, me conte tudo! – pediu ela, eufórica.

Iris era uma pessoa tão fácil de lidar, tão boa e sem malícia, que tudo ficava leve quando ela estava presente. Era muito pragmática, e vivia num mundo particular, totalmente descomplicado. Costumava achar tudo simples de resolver, não via dificuldade em nada.

– Depois eu conto, amiga, porque ele já deve estar ligando – respondi. – Prometo que depois você vai saber de todos os detalhes. Bem, já me decidi: vou a esse encontro!

Quando Rodrigo chegou para me pegar, não esperei que entrasse em minha casa. Combinei com Charles que seria melhor não criar expectativas, nem com ele nem com relação a minha mãe. Por isso achei melhor ele cumprimentar Charles no portão mesmo. Depois saímos para o nosso jantar.

Rodrigo era verdadeiramente um cavalheiro. Conduziu-me até o carro, sempre extremamente educado, embora fosse visível que estivesse aborrecido pelo fato de não ter entrado em minha casa e conhecido minha família. Ofereceu-me ajuda com as muletas e me pareceu bem à vontade desta vez, diferente da última ocasião em que nos víramos.

– Bia... – começou ele, depois fazendo uma pausa, enquanto dava partida no carro. – Parece que é assim que todos a chamam, não é?

– Sim, eu prefiro Bia. Mas só meus amigos e familiares me chamam assim.

– E quanto a mim, posso chamar você assim também? Embora eu não seja da família... ainda... – Ele falou o "ainda" num sussurro. – Mas gostaria que me considerasse um amigo.

– Claro que sim! Pode me chamar de Bia.

– Então, já estou perdoado pelo incidente no restaurante? Gostou das flores?

– Está perdoado, sim. E as flores são maravilhosas, adorei a surpresa.

Conversamos pouco até chegarmos ao restaurante, pois não era muito longe. E ele dirigia um pouco rápido demais, mas muito bem.

Quando já estávamos acomodados na mesa reservada por ele, voltamos a conversar com mais tranquilidade.

– Você deve estar se perguntando – ele recomeçou –, o que um cara da minha idade quer com uma garota tão jovem feito você, estou certo?

– Não, está errado – respondi prontamente. – Primeiro, não sou tão nova assim; e, segundo, você fala como se fosse um velho, o que tenho certeza de que não é. – Ele pareceu surpreso, a boca entreaberta, como se quisesse falar e lhe faltassem as palavras, mas respirou e continuou.

– Nossa! Você me impressionou de novo – disse ele. – Afinal de contas, quantos anos você tem? Sei que não é gentil perguntar a idade de uma mulher, mas é que preciso me certificar de que não estou cometendo nenhum crime ao sair com você. Além disso, acho que você não tem idade ainda para se preocupar em esconder os anos...

– Tenho 19.

– Ufa, que alívio! Estava com medo de que tivesse, sei lá, 16 ou 17... Não que eu fosse desistir, claro, mas teria que esperar até você atingir a maioridade antes de convidá-la para sair de novo.

– Com 17 eu não poderia trabalhar à noite num restaurante. Também não acredito que meu irmão me deixasse sair sozinha com um homem, um desconhecido, se eu fosse menor de idade.

– É verdade. Tem razão. Desculpe. É que você me deixa um pouco nervoso, confuso, e acho que queria puxar assunto também, queria conhecê-la melhor.

– Bem, pergunte o que quiser, então – falei, e ele pareceu mais tranquilo, a expressão do rosto mais relaxada.

– Você podia me falar do seu trabalho, por exemplo. Por que trabalhar de *sommelier*? E, mesmo não tendo 17 anos, não acredito que tenha começado há muito tempo, já que só tem 19. Não me parece um trabalho ideal para uma quase adolescente.

– Você está curioso por eu trabalhar à noite e com vinhos, certo? E se perguntando se o horário de trabalho não seria impróprio para uma jovem, ou talvez se bebo muita bebida alcoólica, ou coisa do tipo... certo?

– Mais ou menos. Acho que estou mais preocupado do que curioso.

– Não, eu não tomo bebidas alcoólicas, nadinha... E trabalho à noite porque gosto desse tipo trabalho.

– E como você faz para entender tanto de vinhos sem experimentar? Opinar sobre vinho não é uma coisa fácil, algo que se possa aprender só na teoria... Para ser especialista é preciso um conhecimento mais profundo...

– Livros... – eu disse, e ia continuar quando ele me interrompeu.

– Como assim, "livros"? Não entendi.

– Leio tudo a respeito. Você sabia que a literatura proporciona grandes viagens? É possível inclusive conhecer os vinhos; seus sabores, aromas, combinações, origens, a história. É possível até mesmo sentir o sabor, dependendo do tipo de descrição que o autor faz do seu objeto de estudo, da forma como ele o apresenta. Na verdade, não preciso exatamente beber para conhecer bem a matéria-prima do meu trabalho.

– Sinceramente, continuo não entendendo. Para mim, a degustação do vinho é uma arte, e me parece que você está pulando uma etapa importante deixando de experimentar para conhecer os sabores e depois poder compará-los.

– E quem disse que isso não é possível? Experimento à minha maneira, uso minha imaginação, e funciona muito bem. Deixe eu tentar explicar uma coisa. Quando um autor fala de determinado lugar, país ou experiência, não quer dizer que necessariamente esteve lá ou viveu a experiência, mas o leitor é perfeitamente capaz de criar quadros mentais e vivê-la também à sua maneira. Vou dar um exemplo, talvez assim fique mais claro para você.

Nesse momento, procurei em minha memória um poema curto que ajudasse Rodrigo a compreender melhor.

– Drummond, em seu poema "Amar", quando diz que o ser humano nasce para amar, escreve: "Este o nosso destino: amor sem conta" ou "Amar a nossa falta mesma de amor, e na secura nossa amar a água implícita, e o beijo tácito, e a sede infinita". Ele escreve de tal forma, que faz o leitor compreender o sentimento ou senti-lo também. Aí, quando você lê o poema, pode sentir a intensidade das palavras, a angústia, a pressa de amar. E ainda há um sentimento de contradição quando você o lê; sobretudo por causa das indagações, há um paradoxo, mas principalmente um forte sentimento de amor. Então, você entende o sentido de amor a partir do ponto de vista do "eu poético" do escritor; você sente que não pode lutar contra o amor e se rende, e é possível até sentir a dor do amor e "a sede infinita" através da efemeridade da vida; mas, mesmo assim, é preciso viver esse amor, porque é "o nosso destino: amor sem conta".

– Mas você está falando de ficção e eu falo da vida real.

– Exatamente. A literatura é ampla. E, como eu disse, você pode estar falando de algo vivido ou não. No caso do vinho, se eu leio a experiência de um enólogo, e busco formar a minha experiência sobre a coisa vivida pelo autor; se sou capaz de sentir através das palavras escritas, vou vivenciar algo real, e isso pode me proporcionar a experiência de que necessito.

– Acho que sou capaz de entender isso – disse ele sorrindo, como se reconhecesse que eu podia estar certa.

– Rodrigo, a palavra escrita num livro é um instrumento muito poderoso. Usada da maneira correta, pode fazer coisas muito boas, pode ajudar muito. Pode dar alegria, oferecer uma mão amiga, acalmar, salvar, elevar o espírito... Até no meu caso, em que preciso de determinado conhecimento para exercer minha profissão, ela pode ser e, na verdade, foi extremamente importante.

– Sem dúvida acho que você me convenceu. Bem, vou procurar ler mais livros, já que estou saindo com uma pessoa culta.

– Não exagere... Mas confesso que sou suspeita para falar de livros. Na verdade, gosto demais de ler, é meio que um vício, sabe? Pelo menos me parece um vício bom. Mas e você? O que faz? Estuda? Trabalha?

– Sou empresário. Trabalho com exportação e sou formado em Comércio Exterior. Bem, gosto muito do que faço, tenho a chance de viajar bastante... Não o seu tipo de viagem, mas aquele que envolve avião, malas, passaporte, essas coisas, e eu adoro.

– Mas você é muito jovem para já ter uma vida tão estruturada!

– Não sou tão jovem assim. Tenho 25 anos. É tempo suficiente para definir uma carreira, se formar e até mesmo... casar, se encontrar a pessoa certa – disse Rodrigo, pronunciando a palavra *casar* pausadamente, como se significasse algo especial para ele.

– É verdade. Mas por que uma pessoa tão viajada e ocupada como você teve a ideia de sair comigo, que sou tão diferente do seu mundo?

– Você acredita em amor à primeira vista?

– Nossa! Agora foi você que me surpreendeu, e está exagerando de novo. Mas, respondendo à sua pergunta, acredito, sim, em amor à primeira vista. – Fiz uma leve pausa, olhando-o timidamente; queria dizer as palavras certas, fazer as perguntas certas. – Fale-me sobre isso, sobre essa sua ideia de amor à primeira vista.

– Bia, a primeira vez em que a vi naquele restaurante, fiquei muito impressionado. Desde então, não paro de pensar em você. Sabe, sempre fui uma pessoa muito decidida, tenho que ser assim, até mesmo por causa da minha profissão. Bom, eu tinha que fazer alguma coisa para resolver a situação, para entender esse sentimento dentro de mim, então, a única forma que vi foi tentar encontrar você novamente e ver o que eu sentia na sua presença. Eu queria... Na verdade, precisava desesperadamente conhecer você melhor, vê-la de novo. Mesmo que fosse para ouvir de você que não sentia o mesmo.

Olhando aquele homem falando incansavelmente, vendo o desespero dele em demonstrar que havia sentido algo especial por mim, por alguém que ele não conhecia, que só havia visto uma única vez, não pude deixar de me comover. Eu não sentia o mesmo por ele, claro, não um amor à primeira vista, como ele havia falado; mas não podia ignorar que ele também me impressionava. Havia muita franqueza nele, sinceridade, a confiança que transmitia e o amor que demonstrava em todos os gestos – no olhar, nos gestos cuidadosos ao falar comigo, na doçura das palavras... Não havia como não gostar dele.

Certamente não foi amor à primeira vista para mim, mas, talvez, se eu pudesse escolher, seria por uma pessoa como ele que eu me apaixonaria. Então, com certeza, algo também muito especial acontecia comigo. Sim, eu poderia amá-lo um dia, e isso só saberia se tentasse.

– Não posso dizer que senti exatamente o mesmo por você, Rodrigo. Na verdade, não estava procurando ninguém, por isso não posso dizer que foi a mesma coisa para mim. Mas posso afirmar que você me impressionou, e que poderíamos, talvez, sair mais vezes para nos conhecer melhor.

– Quer dizer que eu posso ter esperanças? Este não será nosso último encontro? – perguntou ele, eufórico, com um bonito sorriso nos lábios e um brilho terno no olhar. Nele todo resplandecia uma energia equilibrada, terna.

– Não, não será. Mas você vai ter que ir com calma, eu não tenho tanta experiência assim em relacionamentos; você vai ter que ter um pouquinho de paciência comigo. Quero dizer, para eu me acostumar com a ideia e compreender melhor o que está acontecendo.

– Fique tranquila, Bia, eu vou ser o homem mais paciente do mundo. Espero até a vida toda, se for preciso.

O nosso jantar foi maravilhoso. Rodrigo me pareceu uma pessoa encantadora, e foi muito bom conhecê-lo. Mas logo depois do nosso primeiro encontro ele disse que teria de fazer uma de suas viagens. Queria cancelá-la para que pudéssemos continuar nos conhecendo melhor – ele pretendia marcar outro encontro o mais breve possível –, mas não achei prudente. Não queria começar uma relação já limitando Rodrigo em relação a algo importante para a vida dele. Não desejava privá-lo de nada por minha causa, principalmente do trabalho, algo que ele dizia adorar. Seria cada coisa no seu tempo. Por isso, eu o incentivei a viajar.

Rodrigo quis argumentar, claro. Tinha medo de que as coisas pudessem mudar enquanto estivesse fora, mas eu o convenci de que as dúvidas dele eram infundadas.

– Duas semanas passam rápido – eu lhe disse.

E ele só aceitou depois que concordei que no próximo encontro ele conheceria minha família.

– Quero criar expectativas, Bia – disse ele. – Quero fazer as coisas da maneira correta; não está certo ficar saindo com você sem conhecer sua família antes. Quero ser apresentado formalmente à sua mãe, à sua irmã e principalmente a Charles, seu irmão. Sei que isso significa muito para você também. Charles meio que assumiu o papel de pai, e acho muito importante ter o consentimento dele para o nosso namoro.

A palavra *namoro* soou muito forte para mim, formal demais, pegando-me de surpresa. Não sabia se estava preparada para um compromisso assim, mas essa era uma exigência da qual ele não abria mão, então tive que ceder.

Seria bom ficarmos alguns dias longe um do outro. Assim, eu poderia preparar o terreno. Tinha que conversar com Charles, contar tudo para Iris – que estava extremamente curiosa – e, sobretudo, precisava contar a meu amado amigo Rapha.

O encontro que teria com Rapha no fim semana era a oportunidade perfeita. Aproveitaria para falar com ele sobre o namoro com Rodrigo, já que havíamos combinado um passeio. Ele queria me apresentar a uma pessoa e me levar para voar. Seria uma boa oportunidade para conversarmos. Sabia que não seria fácil para ele, mas meu amigo também sabia que, mais cedo ou mais tarde, algo desse tipo acabaria acontecendo comigo. E eu teria que entender também quando chegasse a vez de ele sair com alguém.

– Bia, está tentando me dizer que está namorando? – perguntou Rapha, enquanto dirigia a caminho de sua casa. Eu engoli em seco.

– É, acho que estou – respondi baixinho, com medo de provocar o ciúme dele.

– E acha que vou ficar com raiva de você por isso?

– Estou com mais medo de você se afastar de mim por causa disso; eu não suportaria. Amigo, eu amo você e não saberia mais viver sem sua amizade.

– Bia, minha linda, eu já sabia que isso ia acontecer a qualquer momento. Tinha que estar preparado, porque não posso querer outra coisa para você que não seja apenas a sua felicidade, mesmo que signifique ter de nos afastar. Nada seria mais egoísta do que privar você de conhecer uma boa pessoa, de ter uma vida normal; nunca faria isso. Fique tranquila, amiga. Confesso que vou sofrer com a distância, mesmo que seja mínima, porque isso vai acontecer, você sabe. Mas daremos um jeito. Vamos adaptar nossa amizade a essa nova situação e seremos felizes assim também. – Ele ficou alguns instantes em silêncio e depois voltou a falar: – Mas eu gostaria de saber uma coisa. Você está feliz, Bia? Porque isso é o que realmente importa para mim.

– Sim, estou, Rapha. É diferente para mim, é estranho ainda, é novo, mas gosto da situação, e sinto vontade de viver esse sentimento.

– Então, é o que basta! Vou ajudar você em tudo o que precisar. Pode contar comigo.

– Obrigada, amigo, por entender – falei, apertando a mão dele.

– Agora você quer ou não conhecer meu amigo e depois fazer nosso voo? – perguntou ele, parando o carro na garagem de casa.

Rapha me fez uma enorme surpresa quando entramos na casa dele. Pensei que ele iria me apresentar a uma pessoa, um parente dele ou uma garota, mas, quando abrimos a porta, um lindo cachorrinho pulou nos braços dele, um filhote de husky siberiano.

– Bia, esse é meu mais novo amigo, Sebas. Bem, Sebas para os íntimos. O nome dele é Sebastian.

– Sebastian? Do músico Sebastian Bach?

– É, é isso mesmo. Adoro Bach, você sabe, e resolvi fazer uma homenagem ao músico, colocando o nome dele nesta pessoinha aqui. – Rapha afagou o pelo do cãozinho, depois o colocou no chão. – Achei que o nome caiu muito bem nele, não concorda?

– Concordo sim. É um lindo nome para um lindo cão. – Nesse momento, Sebas veio até mim e lambeu meu pé, aí aproveitei para falar com ele, abaixando-me para tocar seu pelo. – Olá, Sebas... Eu sou Bia, amiga do seu amigo. – Passei a mão na cabeça dele e o cachorrinho começou a lamber minha mão. Depois subiu no meu colo e lambeu meu rosto; parecia sorrir para mim. Imaginei que, com toda aquela festa, ele havia me aceitado como amiga dele.

Não nos demoramos muito na casa de Rapha, que ficava num condomínio fechado bem próximo ao Parque da Tijuca. Era o lugar ideal para um homem solteiro que tinha um cão e gostava de viajar. Quando saímos de lá, Rapha me contou a história de Sebas. Disse que ele havia sido abandonado no aeroporto. Um amigo dele que trabalhava lá perguntou se Rapha não queria ficar com o cãozinho. Contou que ele mesmo gostaria de ficar com ele, mas que o condomínio do prédio onde morava não permitia animais, principalmente daquele porte, mesmo sendo uma raça dócil como a de Sebas. Foi assim que meu amigo, que tinha um coração enorme, resolveu ficar com ele.

Antes do cair da tarde, já estávamos na Pedra da Gávea para fazer nosso voo de instrução. E só naquele momento Rapha me revelou que faríamos um voo de asa-delta. Rapha era profissional no assunto, e, embora eu nunca tivesse voado de asa-delta, confiava plenamente na habilidade dele.

Enquanto se preparava para o voo, ele aproveitou para me explicar como tudo aquilo funcionava. Disse que eu não precisava me preocupar com nada, que deixasse tudo com ele e apenas aproveitasse a aventura, que seria pura adrenalina. E foi o que fiz.

Rapha quis também explicar um pouco sobre o lugar, dizendo que a Pedra da Gávea era o maior rochedo à beira-mar do mundo e que existiam muitas lendas sobre ela. Uma delas contava que a pedra era vista, em outras épocas, como um portal mágico, e fazia referência até mesmo a discos voadores. Eram lendas, claro, mas eu não podia deixar de me fascinar pelas histórias, mesmo que não fossem verdadeiras, uma vez que a literatura estava sempre muito presente em minha vida.

A Pedra da Gávea, porém, embora eu não a conhecesse tão bem quanto Rapha, não me era desconhecida, já que ficava na região em que eu e Rapha morávamos, na Tijuca, e aquela visão da enorme elevação de pedra era algo muito familiar para mim; era meu caminho de todos os dias. Mesmo assim, jamais tinha pensado em saltar de cima da pedra, como muitos faziam, mesmo sabendo que estaria segura, com instrutor e um equipamento para voo. Eu era meio covarde para pensar em coisas desse tipo, em esportes radicais. Só mesmo Rapha era capaz de me levar a fazer algo daquele tipo, e me sentia tranquila com ele ao meu lado.

Visitada por turistas de todo o mundo, a Gávea, segundo Rapha, era ainda mais famosa por sua altura, pois ficava a mais de oitocentos metros acima do nível do mar e por isso era perfeita para voos de asa-delta.

Bem, mesmo sabendo que estava segura, não havia como não sentir medo. A visão de cima, de onde eu me encontrava, era assustadora, principalmente porque eu ainda usava uma muleta. Mas Rapha disse para eu não me preocupar, explicando que eu não precisaria das pernas lá em cima.

– Como assim, não vou precisar das pernas?

– Bia, no voo que vamos fazer, você vai ficar suspensa sobre as minhas costas, pendurada mesmo, e não vai precisar fazer nada, só curtir.

– E eu vou sentir muito medo?

– É claro que não! Você vai adorar, minha querida. Corajosa do jeito que é, vai até querer ir de novo. Bia, quando você sentir o vento no rosto, a velocidade, o ar passando rápido pelos pulmões, e apreciar lá de cima essa paisagem maravilhosa do encontro do céu com o mar, além da areia branca da praia, você não vai mais saber o que é medo. Vai sentir apenas felicidade por fazer parte de toda essa beleza que a cerca. É pura adrenalina, mas suavizada pela grandiosidade do momento.

– E como é esse voo? Demora?

– Leva uns vinte minutos até chegar lá embaixo.

– Ai, meu Deus! Vinte minutos no céu... Não sei se tenho essa coragem toda!

– Calma, Bia, relaxa. É ótimo ter asas!

Enquanto falava, Rapha arrumava o equipamento, colocando um suporte aqui, um gancho ali, posicionando uma fivela ou apertando um nó. Parecia muito concentrado em se certificar de que tudo estivesse seguro. Verificou o paraquedas de emergência, depois colocou o capacete em minha cabeça, apertando o fecho.

– A gente sai daqui, exatamente dessa ponta da rampa, aí corre alguns passos em direção a ela. – Ele apontou para a rampa de madeira construída para o salto. Nesse instante, vi que havia chegado o momento e não pude deixar de sentir um frio na barriga. – Depois que alcançarmos o ponto de saltar, pulamos montanha abaixo; aliás, eu corro e eu salto; você vai se limitar a ficar olhando. Já que você é bem leve, só precisa apoiar seu peso nas minhas costas. Aí, quando pularmos, deslizamos por alguns minutos no ar, para equilibrar o equipamento, e desceremos para a praia. Leva mais ou menos uns quinze minutos para pousarmos lá embaixo. – Ele mostrou um ponto minúsculo onde, possivelmente, seria o lugar do pouso. – A vista da Mata Atlântica é maravilhosa, você vai amar. E aí, vamos?

– Tudo bem, quando você quiser. Confio em você.

Rapha, então, posicionou a asa-delta na pista de voo e, com a ajuda de um dos amigos instrutores, correu sobre a pista de madeira comigo nas costas dele. Não foi algo tão simples quanto ele dissera, já que Rapha teve que suportar muito peso, mas meu amigo sabia exatamente o que fazia. Provavelmente havia calculado isso também. Depois disso, descemos a montanha.

No início da queda, quase tive um ataque cardíaco ao sentir a descida brusca da asa logo que deixamos a pista. Mas, quando ela se equilibrou, consegui enfim abrir os olhos e ver a loucura incrível que estávamos fazendo.

Aquele voo de asa-delta foi uma das experiências mais incríveis que já tive na vida. O vento soprava forte, mas, após a primeira descida, ficou mais suave, tornando-se uma brisa leve. E o agradável aroma do mar encheu o ar de frescor e alegria.

Eu confiava muito em Rapha, por isso tudo foi maravilhoso. Enquanto a asa-delta brincava com o vento no ar, pude apreciar o esplendoroso pôr do sol da Baía de Guanabara – o mais lindo do universo, esculpido em um cenário único: a praia de Copacabana e o Corcovado.

Tudo estava calmo e silencioso no céu da minha linda cidade maravilhosa naquele momento. O sol se escondia depois de um dia perfeito. E eu estava ao lado do amigo mais perfeito do mundo.

Quando pousamos na praia, Rapha me desamarrou e depois me abraçou. Eu ainda tremia. Ele sorria. Estávamos realmente felizes, e ficamos ali na praia, deitados na areia, conversando e olhando o mar, até o cair da noite. Estávamos em paz.

• Capítulo 6 •
UM AMOR TRANQUILO

Sim, me leva pra sempre, Beatriz
Me ensina a não andar com os pés no chão
Para sempre é sempre por um triz
Ai, diz quantos desastres tem na minha mão
Diz se é perigoso a gente ser feliz

– Chico Buarque e Edu Lobo,
"Beatriz"

... Por que te amar
Amor da minha vida
Faz flutuar
E perceber
O meu redor
Como viver
É lindo.

– Ariston Barbosa,
"Por Que Te Amar"

Rodrigo era um namorado maravilhoso. Atencioso, respeitador (até demais...), cavalheiro, amigo e muito apaixonado. Mas, embora já estivéssemos juntos havia mais de um ano, tinha algo que me incomodava um pouco: Rodrigo viajava demais. Era a profissão dele, eu sabia, mas eu passava muito tempo esperando por ele e sentia medo de a saudade se transformar em acomodação e a nossa relação começasse a se desgastar. O único lado bom disso tudo era que eu tinha bastante tempo para os meus amigos, sobretudo Rapha, já que Iris só falava no seu relacionamento (e futuro casamento) com meu irmão, e eu não me sentia mais tão necessária na vida dela. Mas, como seríamos cunhadas, a distância não seria mais problema, pois estaríamos ainda mais ligadas, fazendo parte da mesma família.

Rodrigo, depois de uns tempos, começou a falar muito em casamento também, em tornar nosso compromisso mais sério. Como eu resistia, dizendo que nunca me casaria sem estar formada, ele se conformou com um noivado não oficializado, porque eu não quis festa para formalizar a situação. Apenas concordei que nos casaríamos dali a alguns anos. Então, aceitei uma meia-aliança com brilhantes, que ele fez questão de me dar, já avisando que a próxima seria uma aliança de noivado formal e que o casamento sairia logo em seguida. Mesmo não sendo exatamente o que ele queria, Rodrigo ficou feliz.

Mas havia outra coisa que também me incomodava: eu ainda era virgem. Era estranho para mim, sempre tão moderna, namorar uma pessoa por tanto tempo e ainda não ter tido nenhum contato mais íntimo com ela. Rodrigo, porém, dizia-se conservador e queria que as coisas ficassem assim até o casamento; talvez por isso a pressa dele em se casar logo. Bem, com certeza, eu resolveria essa situação antes de me casar com ele. Não queria que minha primeira vez estivesse atrelada a um casamento. Sabia que o amava e que era correspondida, então não havia por que esperar, já que me sentia pronta.

No entanto, antes de pôr em prática minha decisão, precisava conversar com Charles, meu querido irmão-médico. Ele saberia me orientar melhor. Rodrigo estava viajando e seria um bom momento para eu me preparar para a minha primeira vez. Conversar sobre isso com Charles seria bom, e não haveria problema, já que nunca tivemos segredos um para o outro. Talvez ele se mostrasse um pouco superprotetor, mas eu já tinha 21 anos e me sentia madura para decidir por mim mesma.

Por isso, aproveitando que naquela noite Charles estava sozinho, fui ao quarto dele e bati à porta.

– Charles? Posso entrar? Está acordado?

– Entra, Bia, estou acordado, sim. Estou estudando um pouco.

Abri levemente a porta.

– Estudando a essa hora? O senhor já não se formou, moço?

– Sim. Mas desde quando estar formado é motivo para deixar de estudar? Logo, logo você vai saber disso. Um médico nunca para de estudar, Bia. A medicina é dinâmica, está sempre evoluindo, e preciso estar atualizado.

– É verdade. Você tem razão. É que me lembrei do seu tempo de faculdade, em que você varava noites e noites estudando. Parece estranho ver você assim de novo.

– É, eu sei. Mas entre, Bia. O que está fazendo aí parada na porta? Bem, parece que tem algo para me dizer, estou certo? Você não veio aqui só para falar de mim...

– Está certo, sim.

– É algo sério?

– Não muito. É delicado, eu diria, mas não existe outra pessoa com quem eu quisesse falar sobre isso a não ser você, Charles. Você sabe que sempre fomos confidentes. Então, queria pedir um conselho.

– Conselho? Do que se trata? Se eu puder ajudar, sabe que sempre pode contar comigo.

– Charles, é que ainda sou virgem, e acho que já estou pronta...

Charles arregalou os olhos, abrindo um leve sorriso, como se achasse graça. Depois ficou sério.

– Tem certeza de que quer ter essa conversa comigo, Bia? É tão íntimo...

– Tenho certeza, sim. Além de você ser a pessoa em quem eu mais confio no mundo, também é médico, e gostaria de uma orientação.

– Está bem, Bia. Sente-se aqui a meu lado. – Ele bateu a mão na cama, pedindo que eu me sentasse ao lado dele. – Bem, não é fácil ouvir da minha irmãzinha, que vai ser sempre um bebê para mim, que ela quer transar com o namorado e quer a minha opinião a respeito. Mas já sabia que isso ia acontecer um dia; só não sabia que eu seria informado do fato. Aliás, estou surpreso, pensei que já tivesse acontecido. – Ele parou um pouco para respirar, ou raciocinar. – Bem, me fala um pouquinho sobre tudo isso, sobre como está se sentindo, aí eu digo o que penso, de uma forma mais ponderada. Tem certeza da decisão que tomou?

– Charles, não tenho dúvidas de que é ele quem eu quero para ser meu companheiro, amigo, amante, meu marido. Mas também não quero ter que esperar até o casamento para que aconteça uma coisa que acho muito natural. Você sabe que eu não sou uma pessoa muito convencional.

– Mas você se sente feliz com ele? Completa?

– Sim. Não necessariamente completa, mas me sinto feliz. Rodrigo é um homem maravilhoso, pode fazer qualquer mulher feliz.

– E é esse o problema, Bia, você não é qualquer mulher. Já parou para pensar que vocês vivem em mundos completamente diferentes? Que andam em sentidos opostos?

– Não é bem assim, Charles. Somos diferentes, eu concordo, mas quem não é? E tem mais: nós nos entendemos muito bem, ele me faz feliz e eu o amo. Na verdade, nunca amei ninguém antes, e não sei se existe um amor maior do que esse. Tudo o que conheço sobre o amor é o que sinto e o que leio nos romances.

Mas sabemos que os romances não podem servir de comparação, já que é tudo ficção.

– Você acredita realmente nisso? – ele me perguntou, parecendo duvidar dos meus argumentos. E eu sabia que ele tinha razão, porque eu estava me contradizendo, pois acreditava piamente na descrição do amor dos livros, mesmo sendo ficcional.

– É, acho que acredito – menti, mas talvez apenas para mim mesma. – Ah, Charles, mesmo que isso tudo mude, mesmo que eu venha a pensar diferente um dia, qual o problema? Eu só quero viver o hoje, quero conhecer coisas novas, experimentar sensações novas, explorar o desconhecido. Não quero esperar até o casamento, porque não vai fazer diferença. Por favor, não seja tão antiquado. Você está parecendo o Rodrigo.

– É mesmo? Ele também pensa assim? Isso muito me surpreende. Esperar até o casamento? Com uma mulher como você por perto, não deve ser algo fácil...

– É, ele quer esperar. Quer tudo como manda o figurino. Mas eu não.

– Talvez ele tenha razão. Talvez você precise de mais um tempo. Bia, não é por ser antiquado ou por ciúme que digo isso. Quero que seja feliz, que a sua primeira vez seja especial, que seja com alguém que você realmente ame.

– E vai ser assim, Charles. Eu gosto muito do Rodrigo.

– E isso é o bastante?

– É.

– Então, vejamos... Vou encaminhar você para uma amiga minha, a doutora Fátima. Ela é ginecologista e vai saber orientá-la bem. Se quiser mesmo fazer as coisas da maneira correta, vai precisar fazer uns exames e tomar algumas precauções. Não vai querer me fazer titio antes do tempo, vai? – perguntou, sorrindo.

– Claro que não! Não penso nisso agora. Tem muita coisa que quero realizar antes de ter um filho.

– Então, passe no meu consultório amanhã, que apresento a doutora Fátima a você. Aí vocês conversam e marcam um horário para a consulta. A propósito, Rodrigo já sabe dos seus planos? – perguntou Charles, curioso e brincalhão.

– Na verdade, não. Mas tenho certeza de que ele vai gostar. Vou preparar o terreno antes, tentar conversar, para que ele saiba que não pretendo seguir as regras dele, e que ele vai ter que pensar melhor sobre o assunto e começar a mudar de opinião.

– Nossa! Vai ser uma conversa bem interessante! Mas fique tranquila; ele vai entender e aceitar o seu jeito de ser, minha irmã.

– Obrigada, Charles. Não sei o que seria de mim sem você.

– Não há de quê, irmãzinha. Sabe que sempre pode contar comigo. Amo você, Bia.

– Eu também amo muito você!

Charles me abraçou e, depois que saí do quarto, comecei a pensar em como faria o que planejava. Como convenceria Rodrigo? Então me lembrei do nosso primeiro beijo, e de como havia sido natural... bem no dia em que ele tinha feito questão de conhecer toda a família, duas semanas depois do nosso primeiro encontro. Lembrei como ele gostava da formalidade. Só depois de ser apresentado formalmente a minha mãe, Charles e Fê, ele se sentiu à vontade para dar o primeiro passo – o beijo.

Depois que jantamos com toda a família, ele pediu permissão para me levar ao cinema. E, antes mesmo de chegarmos, quando terminou de estacionar o carro, segurou minha mão esquerda, puxando-me um pouco, antes de eu abrir a porta do carro.

– Espera... Não sai ainda – disse Rodrigo, com um olhar malicioso.

– O quê? – Virei-me para ele, soltando o trinco da porta do carro.

Rodrigo, então, aproximou o rosto dele do meu delicadamente e passou a mão pelos meus cabelos, cheirando-os. Depois acariciou meu rosto e, com calma, como quem espera pacientemente para degustar um bom vinho, tocou de leve meus lábios. Como se esperasse a minha permissão, ele parou. Eu assenti com os lábios, tocando os dele com os meus. Ele entendeu. Mas, desta vez, beijou-me demoradamente, com mais vontade, mais desejo.

Retribuí o beijo e as carícias, que, até então, eram sensações novas para mim. E gostei muito. O meu corpo respondia a cada toque, porque sentia uma energia muito forte com aquelas sensações, e uma vibração maravilhosa passava por toda a minha pele – um arrepio diferente; libido, talvez... Era difícil pensar.

Da mesma maneira que aquele beijo havia acontecido naturalmente, assim como outros carinhos mais ousados depois, eu sabia que a minha primeira vez aconteceria assim também... naturalmente. E seria maravilhoso, pensava, como todos os momentos que havíamos passado juntos até então. E essa viagem de Rodrigo havia sido ideal para eu me preparar física e psicologicamente para esse momento especial da minha vida.

Depois que falei com Charles, alguns dias se passaram, e eu já havia seguido todas as orientações do meu querido irmão, como consultas, exames e tudo o mais. E esperava pela volta de Rodrigo para ter uma boa conversa com ele.

Quando cheguei em casa, depois de voltar da faculdade, tive uma surpresa muito bonita – havia um pacote sobre minha escrivaninha com um elegante cartão.

Por delicadeza, abri primeiro o cartão, que começava com um pequeno poema. Reconheci a letra de Rodrigo.

Fico tentando entender
Como posso amar tanto assim
Se nem ao menos você
Está aqui
Para ouvir...

*...Por que te amar
Amor da minha vida
Faz flutuar
E perceber
O meu redor
Como viver
É lindo.*

*E te lembrar
É estar contigo
Me faz ver flores
Sentir o ar
Notar o céu
Sentir-me no
Paraíso.*

*Pois meu amor
Transcende à noção
De tempo e espaço
É mais que infinito
Estejas onde estiveres.*

Sei que não sou um poeta, mas, mesmo assim, me atrevi a escrever esses versos, para demonstrar a saudade louca que sinto de você.
Estou lhe mandando um presentinho que comprei em uma das cidades por onde passei; acho que vai gostar. Achei a caixinha em uma refinada loja de artigos importados e me lembrei de você. Um beijo. Rodrigo.

Quando abri o presente, vi que era uma linda caixinha de joias em formato oval. Peguei a caixa e a abri para ver o que tinha dentro. Havia ali, embrulhado em um delicado lencinho de seda, um lindo casal dançando, feito aparentemente de madeira, em cor marfim. Eram lindos.

Percebi que embaixo da caixinha havia uma chave para dar corda. Girei a chave e uma bela música começou a tocar, enquanto a parte superior girava ao som da música. Não se tratava de uma caixa de joias, mas de uma caixa de música! Coloquei-a com o lindo casal sobre a escrivaninha e eles continuaram a bailar, girando ao som da melodia.

Concluí que um presente como aquele só poderia vir de alguém apaixonado. Rodrigo realmente me amava.

Com um P.S., Rodrigo terminou o cartão dizendo que voltaria em dois dias e precisaria fazer uma outra viagem, e nessa gostaria de me levar, porque não queria mais sentir tanta saudade.

Uma viagem juntos. Certamente seria a ocasião perfeita para ficarmos a sós. Não haveria nenhum empecilho, pois as aulas da faculdade estavam no fim e eu estava praticamente de férias. Quanto ao restaurante, pediria a Gui alguns dias de folga.

Aquela viagem era mesmo providencial, principalmente porque Rodrigo andava reclamando muito do meu trabalho e queria que eu o largasse. Mas ele sabia que isso não seria tão fácil. Tinha consciência de que eu não era o tipo de mulher que depende do marido, que eu desejava independência. Porém, alguns dias de viagem só para nós dois, distante do restaurante, das discussões, seria um momento de paz.

Senti necessidade naquele momento de uma voz amiga. Precisava urgentemente de Rapha, do meu amigo querido. Ele tinha acabado de chegar de uma viagem e eu já estava morrendo de saudade. Não via a hora de compartilhar minhas decisões, e resolvi ligar para ele.

– Rapha? – falei ao telefone.

– Oi, Bia – respondeu ele com uma voz sonolenta.

– Está tudo bem? Acordei você? Sua voz está meio estranha... Estou atrapalhando alguma coisa?

– Não, minha querida, você nunca me atrapalha. E, sim, eu estava dormindo.

– Desculpe... Ligo outra hora, então.

– Não, de jeito nenhum. Estava morrendo de saudade. Ia mesmo ligar para você, mas cheguei exausto! Foram muitas horas de voo.

Rapha fazia estágio em um escritório de advocacia e, de vez em quando, tinha que viajar com a equipe de advogados. Mas ele adorava, principalmente porque era a área em que queria atuar – Direito Internacional – e precisava da experiência que o escritório proporcionava. Ele dizia que logo abriria o próprio escritório, assim que se formasse. E não faltava muito. Em pouco tempo, eu e ele estaríamos formados.

– Mas você está cansado, amigo. Acho melhor você dormir mais um pouco.

– Não, Bia, estou precisando sair ao ar livre. O que acha de pedalarmos na Lagoa? O tempo está ótimo! Aí poderemos conversar e matar a saudade.

– Acho ótimo!

Depois que havia me recuperado por completo do acidente, Rapha sempre me estimulava a fazer aquele tipo de passeio. Dizia que eu precisava exercitar os músculos e os sentidos. Ele era um amante da natureza, e qualquer bom programa, para ele, tinha que ser ao ar livre. Rapha dizia que o contato com a natureza era a forma que encontrava para ficar mais próximo de Deus, de se sentir verdadeiramente vivo. Então, pedalar, voar de asa-delta, escalar, surfar, velejar, correr, tudo era motivo para ele me levar junto e fazer com que eu desfrutasse de um tipo especial de milagre da vida: o milagre da natureza, segundo ele.

Embora eu muitas vezes ficasse exausta nesses passeios, nunca reclamava, pois estar com Rapha era algo que eu adorava. Eu me sentia segura ao lado dele, mesmo com Charles pegando no meu pé e dizendo que aquelas atividades com Rapha eram muito arriscadas e que eu não deveria exagerar. Mesmo assim, cansada e correndo riscos, era um grande prazer estar na companhia do meu amado amigo; por isso, nunca recusava um convite dele para uma aventurazinha básica.

– E aí, me fala, o que aconteceu enquanto estive viajando? – perguntou Rapha, enquanto soltávamos nossas bicicletas do suporte na traseira do carro dele.

A Lagoa não era muito longe da minha casa e no caminho, enquanto dirigia, ele se limitou a falar da viagem, do voo estressante e de como detestava ficar tantas horas preso dentro de um avião, por isso eu ainda não havia tocado no assunto que queria conversar com ele. Meu amigo era assim mesmo, totalmente livre, e qualquer coisa que impedisse sua liberdade o deixava nervoso. Por isso, resolvi deixá-lo desabafar, até chegar a minha vez de falar.

– Não aconteceu muita coisa por aqui – respondi. – Mas tomei uma decisão na minha vida e queria que você soubesse e me desse sua opinião.

– Fala, Bia, você está me deixando curioso – disse ele, parando o que fazia e me olhando. – Algo errado? Posso ajudar?

– Não, nada de errado. Bem, é que é algo íntimo, um pouco delicado de se falar.

– Quanto mistério! Fala, garota! Acho que já nos conhecemos por tempo suficiente para não ter timidez. Acho até que nem temos segredos. Pelo menos, acredito que você saiba tudo sobre mim... e mais um pouco.

– Isso é verdade! Rapha, é que acho que já estou pronta, que já chegou a hora... você sabe... – Olhei para meu amigo de um jeito revelador e não precisei dizer ou explicar mais nada. Rapha me conhecia muito bem e sabia exatamente do que eu falava.

– Está se referindo à sua primeira vez? Você e Rodrigo? É isso?

– Sim. Acho que ele é a pessoa certa, e não há mais por que esperar até o casamento. Somos adultos. Bem, eu...

– Bia, por que está se justificando tanto? – disse ele, interrompendo-me. – Não era para ser mais simples? Tem certeza de que ele é a pessoa certa? Sabe, minha amiga, acho isso muito bacana, desde que seja uma decisão boa para você, desde que se sinta feliz.

– Ai, Rapha, você está falando igual ao Charles...

– É mesmo? Então você contou para ele também?

– Contei. Eu e Charles temos uma relação muito aberta. Além de tudo, ele é médico e eu precisava de umas dicas.

– Você não acha muita coincidência eu e Charles pensarmos de um jeito tão parecido? Será que não tem a ver com o fato de conhecermos você bem demais e de estarmos preocupados com a sua felicidade?

– Pode ser. Mas estou certa, sim, da decisão que tomei. Amo Rodrigo, Rapha, e acho que ele é a pessoa ideal para mim.

– Bem, se está tão segura sobre isso, só posso desejar felicidades, minha amiga. Essa é uma decisão muito importante. Você vai deixar de ser uma garota e se transformar em uma mulher, o que é muito especial na vida de uma pessoa. Fico muito feliz por você!

– Obrigada, Rapha. Sabe que eu amo você, não sabe?

– Idem, minha cara – falou ele, retribuindo minha declaração de amor.

Depois, paramos de caminhar com as nossas bicicletas e Rapha propôs que começássemos a pedalar.

Quando chegou de viagem, Rodrigo me falou que iríamos dali a dois dias para Natal, onde passaríamos uma semana. Ele estava indo a negócios, mas como não queria mais sentir tanta saudade e achava Natal uma bela cidade para um passeio – ensolarada, com lindas praias e paisagens paradisíacas –, achou uma boa ideia me levar junto, para que pudéssemos aproveitar alguns momentos sozinhos.

Rodrigo parecia muito animado com a ideia de viajarmos na companhia um do outro. E eu, particularmente, tinha um assunto muito importante a tratar com ele; aliás, a fazer, pois não me atrevi sequer a tocar no assunto. Pretendia convencê-lo de outra maneira, demonstrando todo o amor que sentia por ele. Então, a viagem de férias viria a calhar, e o lugar também me parecia perfeito para o que eu pretendia. Só precisava ser um pouco romântica, criativa, carinhosa e um tanto ousada. Nós nos amávamos, e ele entenderia as prioridades que eu tinha antes de partir para uma vida a dois.

A viagem até Natal foi bem tranquila. Pousamos no aeroporto por volta das quatro horas da tarde e combinamos que sairíamos para jantar num ótimo restaurante que Rodrigo já conhecia, depois que ele fizesse alguns telefonemas de negócios.

A ideia original era que ficássemos num hotel, mas um amigo de Rodrigo, Ricardo, que também era um dos sócios da empresa, tinha oferecido sua casa de veraneio na Praia do Forte, uma área urbana do litoral que ficava bem próxima às empresas que Rodrigo visitaria.

A princípio Rodrigo tinha recusado, com receio de que uma casa fosse me dar muito trabalho, mas Ricardo não aceitou um não como resposta. Falou que adoraríamos a região e que eu não precisaria me preocupar com nada, pois a residência tinha caseiro e outros empregados.

A cidade toda era linda. Uma praia atrás da outra. E, como Rodrigo adorava dirigir e já conhecia a cidade, alugou um carro no aeroporto e, no caminho para a casa do sócio, aproveitou para me mostrar a orla marítima e seus lugares preferidos naquela bela cidade.

A casa não era bem uma casa... Era mais para mansão – e espetacular! Como havia sido construída sobre um terreno elevado, apesar do muro alto que a cercava, já era possível vê-la à distância.

Com uma linda e enorme piscina, a luxuosa residência de veraneio consistia em uns dois mil metros quadrados de construção moderna, com detalhes rústicos em pedra – tudo de extremo bom gosto. Era uma propriedade imponente, mas graciosa.

O sócio de Rodrigo tinha pedido que os empregados nos preparassem o quarto principal, mas Rodrigo, ao chegar diante do quarto, já foi logo dizendo que eu ficaria ali e ele, no aposento ao lado. De início não falei nada. Não valia a pena começar uma viagem romântica com uma discussão inútil. Melhor seria esperar, agir com calma.

Antes de nos prepararmos para o jantar, os empregados se apresentaram e nos mostraram toda a casa, sempre muito gentis e prestativos. Aproveitaram ainda para me falar do lugar, dizendo que aquela era a última praia da área urbana e tinha uma paisagem muito peculiar: era cercada de pedras e tinha muitas piscinas naturais, extremamente agradáveis para banhos.

Eu me senti muito bem ali com Rodrigo. Feliz, viva e ardente; entusiasmada com todas as sensações que me vinham à pele, aos ouvidos, ao paladar, ao olfato. Estava completamente deliciada com tudo aquilo... definitivamente pronta.

O jantar foi maravilhoso. E não fomos a um restaurante, como havíamos planejado. Esperança, a cozinheira da casa, havia nos preparado um jantar especial com várias iguarias da região. Lagosta no leite de coco com um tempero um pouco picante, acompanhada de um prato que chamou de paçoca – uma espécie de carne seca desfiada e frita com farinha de mandioca e cebola. Com exceção da cebola, o prato era maravilhoso. Diante de tanta gentileza, não podíamos fazer uma desfeita. Ficamos em casa e jantamos à beira da piscina.

Rodrigo estava muito carinhoso e envolvente. E, sempre que ficávamos longe dos olhares dos empregados, nos beijávamos muito, com saudade e desejo. E não podia ser diferente – Rodrigo era um homem encantador, elegante, charmoso, e eu estava apaixonada.

A certa altura, quando ficamos realmente sozinhos, depois de Rodrigo dispensar os empregados, ele começou a ficar ofegante com nossos carinhos mais ousados.

– Acho melhor nos contermos um pouco, Bia – ele sussurrou, sem parar de me beijar. – Eu não sou de ferro.

– Por quê? – perguntei, também sussurrando, sem parar de beijá-lo. – Por que precisamos nos conter, Rodrigo? – Continuei a abraçá-lo, enquanto tentava achar as palavras certas para convencê-lo. – Não há nada que nos impeça, meu amor. Estamos sozinhos, felizes... numa cidade linda e com uma lua maravilhosa bem à nossa frente. Por que, Rodrigo? Por que precisa ser assim? Eu quero muito você – afirmei, voltando a beijá-lo ternamente na boca, deslizando meus lábios pelo seu queixo e voltando à boca. Ele estremecia a cada toque. Parecia haver eletricidade no ar, os nossos corpos cheios de desejo.

– Porque você sabe que quero fazer a coisa da maneira correta. Quero que seja minha mulher, que sejamos casados, para depois não haver mais limites no nosso amor – respondeu ele, agora mais desconcentrado, quase cedendo.

– Eu amo você, Rodrigo. E, mesmo que nos casemos só daqui a alguns anos, nada impede que vivamos completamente nosso amor agora. Nós nos amamos, e isso é o que realmente importa. As outras coisas... uma vida juntos, uma casa só nossa... construiremos com o tempo. Mas não precisamos esperar tudo isso para fazer amor. Rodrigo, estou pronta, pronta para você, e sinto que você também quer...

Sem dizer mais nada, ele me beijou longamente, com muito amor e paixão. Depois me tomou nos braços e me levou até o quarto, onde me colocou na cama com carinho.

– Eu a amo muito, Bia – disse ele, olhando nos meus olhos, com uma vontade incontrolável de me amar. – Sei o quanto este momento significa para você, minha querida. Queria que fosse diferente, que fosse especial, que estivéssemos casados, mas...

– Mas é especial, Rodrigo... E eu também amo você.

Não foi preciso dizer mais nada.

Quando acordei, no dia seguinte, ao lado de Rodrigo, aconchegada em seus braços, vi que havia tomado a decisão certa. Sentia-me feliz, amada e pronta para o que seria o nosso futuro juntos.

Amar Rodrigo, estar com ele assim, fisicamente, tê-lo em meus braços, parecia algo natural. Sabia que poderia fazer isso para sempre. Poderia fazer amor com ele pelo resto da minha vida. E seria bom, um amor tranquilo.

Capítulo 7
MUDANÇAS

I'vo piangendo i miei passati tempi
i quai pósi in amar cosa mortale,
senza levarmi a volo, abbiend'io l'ale
per dar forse di me non bassi essempi.

– Francesco Petrarca,
Canzoniere

Eu sabia que o relacionamento entre Charles e Iris iria dar nisto. Não foi novidade para mim quando Charles anunciou que iam se casar e Iris, radiante de alegria, veio me mostrar a aliança que havia recebido do meu irmão. Daí para o casamento foi só uma questão de tempo.

Charles e minha melhor amiga, e cunhada, mudaram-se para um apartamento dias antes da cerimônia, e, embora eu dissesse para Charles que ele deveria ficar com a nossa casa, porque logo eu também estaria casada e Fê e mamãe poderiam ir comigo, ainda assim ele preferiu sair. Meu irmão queria ter um lugar só dele nesse novo começo de vida.

Dali a alguns meses seria a minha formatura e de Iris, e, possivelmente, a de Rapha também – ele ainda estava enrolado com a monografia e não sabia se daria tempo de fazer a defesa para nos formarmos juntos.

Iris queria se formar logo. Dizia estar cansada de estudar e queria dar uma parada para se dedicar à vida de casada. Eu, particularmente, achava isso um erro. Uma mulher nunca deveria depender totalmente do marido. Casamento e independência financeira e psicológica, para mim, eram coisas que tinham que conviver pacificamente, e essa seria uma das minhas condições para aceitar a proposta de Rodrigo: ser independente, poder trabalhar e me manter financeiramente. Por isso brigávamos sempre que a questão vinha à tona, mas era algo que não estava em discussão para mim. Era uma decisão já tomada e da qual não abriria mão.

Iris e eu nos formamos no verão de 1995. Era até engraçado ver minha amiga com um barrigão de sete meses de gravidez, e de beca. Foi mesmo uma surpresa a chegada do primeiro filho deles; primeira filha, na realidade.

É certo que meu irmão sempre desejara formar uma família, ter filhos, mas não achava que seria tão cedo, logo depois do casamento. Acho que essa vontade dele impediu os cuidados necessários para o planejamento do bebê, mas, sem dúvida, estávamos todos maravilhados com a novidade.

Eu não quis festa de formatura, não quis comemorações, nem pompas nem formalidades. Na verdade, estava a cada dia mais preocupada com minha mãe. Ela se recusava a ter uma vida social, limitava-se apenas às comemorações familiares e a ir à igreja de vez em quando. Às vezes, eu notava um leve sorriso em seus lábios, como se tivesse uma sensação de alívio, como se estivesse à espera de algo que ela ansiava muito e que a deixava feliz. Eu tentava conversar com ela, para descobrir quais eram as suas necessidades, mas ela sempre me convencia de que estava tudo bem, de que eu não precisava me preocupar.

Rodrigo passou, então, a só falar em casamento. Ele me dizia que não havia mais desculpas, que agora eu já estava formada e que podíamos marcar a data. Argumentava que Charles havia tomado a decisão certa em se casar logo, em formar uma família, e que ele também queria isso: que tivéssemos nossa casa, nossa vida e nossos filhos. Isso me assustava um pouco, esse anseio dele. E eu nunca conseguia encontrar o momento certo para tomar essa decisão tão importante de me unir a ele plenamente.

Uma preocupação a menos foi o fato de minha irmã caçula ter decidido seguir a carreira de Charles; ela queria ser médica também. E melhor ainda foi quando ela conseguiu entrar na faculdade de medicina.

Logo nos primeiros anos depois da formatura, eu podia dizer que minha vida estava bem tranquila, principalmente porque havia realizado o sonho de ser professora. Já tinha me recuperado totalmente do acidente e estava pronta para novos projetos, sobretudo os que envolviam ajudar outras pessoas.

Assim, meu projeto de literatura no hospital encontrava-se em pleno funcionamento. Ajudava, é claro, o fato de eu ser professora universitária, lecionando na universidade federal, porque isso facilitava um pouco a doação de livros para a biblioteca do hospital.

Mas minha simplória biblioteca era ainda muito pequena, artesanal e ambulante, já que eu levava os livros até os pacientes nos horários de visita do hospital, num carrinho utilizado normalmente para levar refeições aos leitos. Era um trabalho cansativo, mas valia a pena. Era gratificante ver o sorriso das pessoas ao ouvir uma boa história.

Eu aproveitava os horários de folga para ir ao hospital, cuidar da alma dos meus queridos pacientes, e também lecionava na universidade federal como professora titular do curso de Literatura Brasileira e Estrangeira. E era muito bom acordar todas as manhãs, muito cedo, para ir à universidade dar aulas. Eram muitas horas por dia, é verdade, mas eu adorava! E pude comprovar que essa era de fato a minha vocação.

Abri a porta do quarto, já arrumada para o trabalho, e, como sempre, com os braços carregando toneladas de papéis, provas de alunos e material de trabalho. Mas estranhei o fato de não ouvir minha mãe na cozinha. Normalmente ela vinha me cumprimentar com o seu costumeiro bom-dia, beijava-me e me dava uma mãozinha com os livros. Mais estranho ainda foi ter percebido que a mesa não estava posta. Ela nunca deixava que eu saísse sem tomar meu café da manhã reforçado. Achava que eu trabalhava demais e era muito magrinha; que deveria me alimentar bem para dar conta de um dia cansativo de trabalho. Aí me obrigava, todas as manhãs, a tomar leite, comer frutas, cereais, iogurte, suco. Mas naquele dia ela não estava lá.

Chamei por Fê, mas ela não respondeu. Provavelmente estava no banho. Procurei minha mãe pela casa, achando que ela pudesse estar no jardim, cuidando das roseiras de que tanto gostava, mas não a encontrei lá.

Nesse momento, ao perceber a ausência dela no jardim, bem como seu doce e triste rosto querendo ser útil na cozinha, tive uma sensação muito ruim. Fui às pressas ao quarto dela, com a esperança de que fosse apenas um atraso matinal. Isso era possível, não era? Ia refletindo no caminho, acreditando que nada de ruim teria acontecido, mas já sufocada com maus pressentimentos.

Hesitei um pouco diante da porta. Não queria entrar, estava apavorada com a expectativa. Mas, com o coração acelerado, bati à porta uma vez. Nada. Bati novamente. Nada. Resolvi entrar.

Abri a porta com calma para não assustá-la, mas estava tudo silencioso, tudo escuro. Entrei. E, quando percebi que minha mãe ainda estava na cama, corri e me aproximei dela. Ela parecia dormir, a expressão muito tranquila.

– Mãe – falei baixinho, mas ela não se mexeu nem respondeu.
– Mãe! – chamei de novo, um pouco mais alto, mas ela continuou imóvel. Aproximei-me para tocá-la, mas, quando segurei sua mão, vi que estava fria. – Ai, meu Deus! Isso não pode ter acontecido!

Não deste jeito! – exclamei, nervosa e sem fôlego, o coração aos pulos. – Mãe, acorda, por favor, acorda! – continuei chamando, enquanto tocava seu rosto, seus braços frios e imóveis.

Depois de um tempo, parei e fiquei ali por um instante, sem reação, sem mover um músculo sequer, olhando para ela. Minha mãe parecia sorrir. Enfim, parecia feliz. Instantaneamente me dei conta de que ela não ia acordar, de que o acontecimento que ela tanto esperava havia chegado. Sem querer acreditar, tonta, trêmula, procurei o telefone para ligar para Charles. Eu precisava dele, precisava muito dele a meu lado. Disquei.

– Alô, Bia... São seis da manhã... Por que está me ligando tão cedo? Aconteceu alguma coisa? – perguntou meu irmão, a voz sonolenta.

– Charles, você precisa vir para cá. Agora! – falei, quase sem voz, sufocada pela dor.

– Estou indo, querida. Mas o que aconteceu? Fala! Você está me assustando... – Eu já podia ouvir seus passos pela casa, apressado para sair.

– Não posso dar certeza, Charles, mas acho que a mamãe está morta – falei, quase em desespero. Nesse instante, percebi que tinha algo errado comigo. Era para eu estar chorando, mas, mesmo sentindo uma dor imensa, um nó terrível na garganta, mesmo sentindo que meus olhos ardiam, ainda assim não conseguia chorar. Não havia lágrimas em meus olhos, só dor.

– Charles, o que eu faço agora?

– Não faça nada, Bia. Fique calma, cuide da Fê que já estou chegando aí com a ambulância.

Depois do funeral de minha mãe, achei que a casa ficou muito vazia. Não queria mais ficar ali. Eu e Rodrigo estávamos cada vez mais próximos. Ele não me deixava sozinha em momento algum, exceto quando realmente não podia mais adiar um compromisso de trabalho. Havia transferido todas as viagens para o sócio dele, que, embora solidário, já começava a reclamar do excesso de trabalho. Então, vendo-me assim tão desamparada, tão triste, Rodrigo insistiu ainda mais.

– Bia, meu amor, não há mais por que esperar. Não quero ver você assim triste e sozinha. Bia, minha vida, casa comigo? Por favor, seja minha mulher! Amo você, querida, mais que tudo. Quero muito começar nossa vida juntos, como marido e mulher. Quero ter nossa casa, quero que tudo o que é meu seja seu também, quero acordar ao seu lado todo dia. Você não faz ideia do quanto quero isso, do quanto sonho com isso. Olha, acho que já está na hora de você deixar esta casa, meu amor. Ela traz muitas lembranças. Vamos para outro lugar, para um lugar só nosso.

Aproximando-se ainda mais de mim, ele me abraçou, depois segurou minhas mãos e me fitou com um olhar penetrante.

– Bia, queria fazer esse pedido formal em um momento alegre; desejava que estivesse realmente feliz, pois queria ver seu sorriso. Mas acho que não podemos mais esperar, acho que este é o melhor momento, apesar de tudo.

Ele parou de falar, respirou um pouco e depois recomeçou:

– E então, você aceita? – insistiu, muito sério, olhando-me apaixonadamente. – Aceita se casar comigo? Sabe que eu a amo, e sabe também que me casar com você é tudo o que mais quero desde o primeiro dia em que a vi naquele restaurante. Jamais tive dúvidas de que você era a mulher da minha vida...

Fiquei emocionada com a demonstração de amor dele, com sua insistência, sua paciência. Olhei para aquele homem diante de mim, tão apaixonado, suplicante, e percebi que tinha de lhe dar uma resposta.

– Aceito – falei por fim.

– Se achar que esta não é uma boa hora, se precisar de mais um tempo, vou entender...

– Eu aceito, Rodrigo. Aceito ser sua esposa – disse, olhando para ele e achando engraçado o fato de ele não ter percebido que eu já tinha dado a resposta que ele tanto queria, tão preocupado estava em se justificar.

– O quê? O que você disse? – perguntou ele, incrédulo, como se não esperasse aquela resposta.

– Disse que aceito me casar com você.

Neste momento, exultante de alegria, ele me deu um abraço apertado e me beijou com paixão, depois sorriu para mim, feliz, parecendo uma criança que havia recebido o melhor de todos os presentes, como se todas as suas preocupações, dores e anseios não existissem mais. Rodrigo estava mesmo feliz.

Dias depois, trocamos alianças, formalizando nosso noivado, e ele tratou logo de marcar a data do casamento.

Rodrigo e eu nos casamos logo depois da morte de minha mãe, no início de 1998. Não havia mais sentido em adiar essa união. E, muito a contragosto por parte dele, foi um casamento simples, só no civil. Eu não queria uma cerimônia religiosa, não naquele momento.

Nossos dias como marido e mulher passavam tranquilamente, e eu me sentia segura ao lado dele. Estar casada com Rodrigo era muito bom; ele era uma pessoa maravilhosa, muito humana e extremamente generosa.

Mas nem tudo era calmaria. Embora ele fosse um excelente companheiro, embora nos entendêssemos bem em vários aspectos, com o tempo passamos a brigar muito, e, por diversas vezes, tratava-se de discussões desnecessárias. Na verdade, só os cinco primeiros anos do casamento foram maravilhosos. Mas, mesmo assim, mesmo não sendo um mar de rosas, eu ainda queria estar casada com ele. Confiava demais em meu marido e queria continuar a seu lado. Eu o amava verdadeiramente.

Depois desses anos de paz, vieram as desavenças, as incompatibilidades, as ofensas, a solidão, a tristeza. E as coisas foram mudando... Rodrigo foi ficando cada vez menos paciente e mais intransigente. E ainda havia as longas viagens, que se tornaram cada vez mais longas, além do fato de ele insistir para que eu parasse de trabalhar, dizendo que eu não precisava me preocupar com dinheiro, que o que ele tinha era mais do que suficiente para nós dois.

Se não fosse por todas essas coisas, e pelo ciúme destrutivo que Rodrigo tinha de mim, que crescia a cada ano; se não fosse pelas nossas constantes diferenças, nosso casamento teria sido perfeito.

Bem, pelo menos com relação às viagens dele havia um lado bom: eu tinha tempo para me dedicar a algumas coisas importantes para mim; por exemplo, o projeto de literatura no hospital. E eu me apegava a isso com muito zelo e afinco. Nas ausências de Rodrigo, aproveitava o tempo livre para ir constantemente ao hospital ficar com os doentes e ajudá-los da maneira que eu podia: com a literatura.

Era incrível o que um livro podia fazer por uma pessoa, a começar por um sorriso. Depois, com a dedicação à leitura, passavam a responder melhor ao tratamento, recuperavam-se mais rápido, ficavam mais calmos e viam a vida de uma forma mais leve. Até Charles reconheceu que a ideia da biblioteca estava ajudando bastante na recuperação dos doentes, sobretudo os mais rebeldes. Então, estar no hospital, principalmente aos domingos, era a minha rotina preferida e uma das minhas prioridades na vida.

Então, certo dia, quando eu estava numa das visitas aos pacientes do hospital, algo diferente aconteceu. Era domingo, por volta das quatro horas da tarde, e como de costume eu passava com meu carrinho de livros em cada leito do hospital, no horário de visitas. Entrei na ala dos acidentados, com a intenção de procurar alguém que quisesse ouvir um pouco de poesia, porque eram esses os livros que tinha selecionado para aquele dia: livros de poesia brasileira e alguns de poesia estrangeira também.

Entrei na enfermaria Sete do hospital, que estava lotada de familiares dos doentes acidentados. Algumas pessoas já me conheciam, pois estavam havia bastante tempo no hospital e tinham me visto passando com meu carrinho. Quase todos os pacientes estavam recebendo visitas, com exceção de um, que não tinha ninguém para lhe dar apoio. Isso me chamou a atenção.

Fui até o leito e fiquei observando o senhor que dormia ali. Ele parecia em paz, sua expressão era serena. Fiquei um tempinho ao lado da cama, esperando que ele abrisse os olhos; não queria acordá-lo. Mas ele não reagiu à minha presença, mesmo quando senti o impulso de segurar sua mão.

O paciente do leito ao lado, ao me ver, parou de comer um enorme pedaço de bolo, provavelmente trazido pela família, e olhou para mim com a intenção de dizer algo.

– Moça, ele não fala – disse o homem. – Já está aí faz uma semana, mas nunca fala nada. Uma vez, durante a noite, ele disse umas palavras estranhas, que parecia com "*madona* minha, *dove*... alguma coisa", mas não entendi nada. Ele estava dormindo, acho que estava sonhando. Depois disso, nunca mais disse nada. Às vezes, ele abre os olhos e chora, mas não fala uma palavra sequer.

– O senhor disse que ele falou as palavras *madonna mia*? Foi isso que ele disse? – perguntei.

– Sim, acho que foi isso.

– Acho que ele não é brasileiro – concluí. – E não vem nenhum parente dele visitá-lo? Você não sabe o nome dele?

– Não. Nunca veio ninguém. E ele chegou sem documento, só com a roupa do corpo. E ninguém nunca conseguiu saber nada dele, porque ele não fala.

Fiquei triste pelo homem abandonado ali naquele leito de hospital, sem se comunicar com ninguém, sem um conhecido para ampará-lo, sozinho no mundo. Eu queria muito poder ajudá-lo.

– Bem, vou ler um pouco para ele agora; talvez ele goste de ouvir, mesmo que não possa falar.

Deduzindo que se tratava de um italiano, resolvi procurar algo em italiano entre os meus livros. Tinha certeza de que havia algo. Então, depois de vasculhar minha biblioteca improvisada sobre o carrinho, encontrei o que procurava: um livro de poesias italianas. Comecei a ler:

I'vo piangendo i miei passati tempi
i quai pósi in amar cosa mortale,
senza levarmi a volo, abbiend'io l'ale
per dar forse di me non bassi essempi.

Eu lia os versos calmamente, bem próximo ao ouvido dele, para sobrepor a minha voz ao grande barulho na enfermaria. Mas, quando iniciei a segunda estrofe do poema, ele balbuciou baixinho, para minha surpresa:
– Francesco Petrarca. Laura?
– O quê? O que o senhor disse? – perguntei, esperando que ele pudesse me dizer algo que o ajudasse naquele momento.
– *Canzoniere* – continuou ele, referindo-se aos versos que eu havia lido.
– Então o senhor gosta de literatura? Conhece Petrarca? Mas o senhor fala português ou só italiano? *Come si chiama?* – perguntei em italiano, emocionada com sua reação ao poema e sem saber bem o que dizer ou se ele estava realmente ouvindo.
– Sim, um pouco. Minha mulher é *brasiliana*. Meu nome é Lorenzo.
– Olá, senhor Lorenzo! Meu nome é Bia. É um prazer conhecê-lo. O senhor sabe onde está? Sabe o que aconteceu com o senhor?
– Não, não sei. Não lembro.
– Tem alguém que eu possa avisar sobre o senhor? Sua mulher, onde ela está? Onde o senhor mora?
– Não sei. Minha cabeça dói muito.
– Está bem; não fale nada por enquanto. Fique calmo. Vou chamar meu irmão, que é médico aqui no hospital, e conversarei com ele. Depois volto para falar com o senhor.

– É uma promessa?

– Sim, é uma promessa. Volto amanhã. Mas, por favor, tente colaborar com as enfermeiras; elas só querem ajudá-lo a melhorar logo.

– *Va bene. A presto, signorina Bia.*

– Até breve, senhor Lorenzo.

Quando saí da enfermaria, fui logo à procura de Charles. Precisava lhe contar sobre seu paciente italiano. Mas, enquanto caminhava pelos corredores do hospital, fiquei imaginando como aquele senhor podia conhecer tanto a obra de um poeta tão antigo.

A poesia de Petrarca remonta aos poetas dos anos trezentos. Fazia parte do século XIV, época do nascimento do poeta. Será que ele era da mesma cidade, Arezzo, onde Petrarca havia nascido? E esse livro, *Canzoniere*, era escrito em italiano antigo, diferente do italiano falado na atualidade. Como ele poderia conhecer tão bem a obra? Na verdade, dificilmente uma pessoa comum, italiana ou não, conheceria e identificaria a obra só ouvindo alguns versos, principalmente porque ela era imensa, com mais de 350 composições. Como?, eu me perguntava. E ele conhecia Laura, a musa do poeta. O trecho que eu havia lido para ele era muito conflitante, uma invocação do poeta a Deus para que lhe purificasse a alma por causa das paixões terrenas que sentia, sobretudo o amor por Laura. E Lorenzo certamente tinha conhecimento disso, do contrário não demonstraria tamanha emoção ao se referir à obra. Portanto, era muito curioso que ele conhecesse tão bem os versos. Devia, muito provavelmente, ser alguém da área, algum estudioso de arte, história ou literatura. E eu precisava descobrir isso.

Charles ficou impressionado em saber que eu havia feito Lorenzo falar, mesmo que em outra língua. Seria de grande ajuda no tratamento dele, dizia Charles. Ele me contou que tinham sido frustradas todas as tentativas para fazê-lo dizer algo que pudesse ajudar a descobrir quem era. Lorenzo se recusava a falar.

Chegaram mesmo a pensar que o paciente pudesse ter perdido a fala, por causa de algum trauma, ou que tivesse de fato deficiência auditiva. Mas, depois desse episódio, Charles me disse, entusiasmado:

– Ele vai poder nos dizer quem é, vai nos dar um contato dele para que possa acompanhá-lo.

– Não, Charles, na verdade, ele fala, mas não faz ideia de quem seja. Só sabe que se chama Lorenzo, e nada mais. Está confuso, parece perturbado e sente dores na cabeça. Acho que vamos ter que cuidar disso por nossa conta.

– Mesmo assim, Bia, agora sabemos por onde começar. Podemos avisar à Embaixada e deixar que as autoridades cuidem disso. Já sabemos a nacionalidade dele, o que é um grande começo. Aliás, você já fez muito, não precisa mais se preocupar com isso.

– Charles, eu posso ajudá-lo. E prometi a ele que voltaria.

– Não, Bia, não é responsabilidade sua. O hospital pode cuidar disso.

Mesmo com as advertências de Charles, não podia deixar a situação daquele jeito. Sentia que precisava ajudar aquele pobre homem; algo me dizia isso. Aquele senhor parecia tão carente, tão necessitado de auxílio! Tinha de tentar fazer algo por ele. E já sabia exatamente quem poderia me ajudar a ajudar Lorenzo: Rapha. Além de extremamente generoso, meu amigo era um profissional habilidoso e dedicado. O fato de ser da área do Direito Internacional, com certeza, lhe daria mais facilidade para fazer uma pequena investigação. Talvez até fosse bem interessante, uma aventura, como Rapha costumava dizer em relação ao seu trabalho, que ele adorava.

E esse era o outro lado bom das viagens de Rodrigo: eu podia ficar perto de Rapha. O meu amigo era importante demais para mim, e me afastar dele era como desistir de uma parte da minha vida que completava minha felicidade. Nunca faria isso, ainda que me custasse algumas brigas com Rodrigo. E, mesmo sabendo que nossa amizade era inquestionável e incondicional, que resistiria ao tempo e à distância, ainda assim não estava disposta a correr o risco de me afastar dele.

Por isso, cada vez que Rodrigo viajava, era uma oportunidade de eu me encontrar com Rapha, pelo menos sem as cobranças do meu marido e o ciúme injustificado dele. Será que já não havia se passado tempo suficiente para ele entender que entre mim e Rapha não existia outra coisa que não fosse amizade? Será que ele não via que não era a minha amizade com Rapha que poderia nos afastar um dia? Rapha e eu éramos amigos de verdade, duas almas que se amavam incondicionalmente, e naquele momento eu tinha muito que conversar com ele.

— E aí, Bia, qual vai ser a nossa aventura de hoje? — gritou Rapha do portão, enquanto me esperava sair de casa. — Pensei em algo bem leve, só para a gente relaxar e conversar um pouco, tipo uma trilha aqui mesmo no Parque da Tijuca. Depois podíamos descer pela praia e fazer uma caminhada pela orla no final da tarde. O que você acha?

— Muito bom! — respondi, enquanto entrava no carro dele, e já mudando de assunto para que Rapha me falasse um pouco de sua vida, pois o tempo passava muito rápido quando estávamos juntos e nunca era suficiente para colocarmos o assunto em dia.
— Mas me fala: como vão as coisas? Como está o escritório?

— Está tudo ótimo. Estamos cuidando de um caso muito difícil, de um casal que se separou, mas ambos querem ficar com o filho.

— Hoje em dia não está tudo mais fácil, essa questão da guarda dos filhos?

— Sim, seria fácil, se os dois fossem brasileiros. O fato é que ele é americano e ela, brasileira, e as leis dos dois países divergem, então tem toda uma questão de tratados para se levar em conta. Bem, com certeza vai haver muita discussão. E você, Bia, como está? Como vai com o Rodrigo? Acho que não tenho sido um bom amigo; tenho deixado você muito sozinha.

A maneira como ele perguntou dava a impressão de que já previa uma resposta. Meu amigo me conhecia bem demais. Ele desconfiava de que alguma coisa me incomodava, e eu queria mesmo falar a respeito, mas, naquele momento, havia algo mais importante. Eu precisava falar sobre Lorenzo.

– Está tudo bem – disse, tentando convencer Rapha para poder falar sobre outras coisas.

– Tudo bem mesmo? Não parece que esteja tão bem assim. Você está com aquela ruguinha na testa, aquela que diz que você está preocupada com alguma coisa.

– Você me conhece mesmo, eu devia saber disso. Mas, sim, está tudo bem, não tão bem quanto eu gostaria, mas bem. Vou deixar esse assunto para daqui a pouco, porque agora preciso de um favor seu. Gostaria que me ajudasse a ajudar uma pessoa. Um paciente do hospital.

Expliquei a Rapha a história toda, sobre como eu tinha conseguido fazer Lorenzo se comunicar e como eu gostaria de ajudá-lo. Rapha ouvia tudo pacientemente, como se já pensasse numa forma de me ajudar.

– Então você quer descobrir alguma coisa sobre esse paciente, a identidade dele ou se tem alguém conhecido que possa ajudá-lo, é isso?

– Sim, mas não é só. Falei com Charles, e ele me disse que fisicamente Lorenzo está bem, o problema é que ele precisa continuar ocupando um leito do hospital, enquanto tantas outras pessoas acidentadas precisam da vaga. Contou que esse paciente já está lá há mais de duas semanas e que vai ter que receber alta. O hospital se comunicou com a Embaixada, e falaram que não há registro de nenhum italiano desaparecido, que não encontraram nada sobre Lorenzo e que é bem provável que ele more no país legalmente, por isso não podem fazer nada. Não sei o que fazer... Não quero abandoná-lo, mas não sei quanto tempo vai levar para se descobrir alguma coisa sobre ele. Pensei em lhe pagar um hotel. Ele não tem nada, é como uma pessoa que não existe, mas sei que Rodrigo vai se opor. O que eu faço, Rapha?

– O que você está me pedindo de verdade, minha amiga? Quer que eu abrigue seu novo amigo, é isso?

– Acho que estou pedindo demais, não é?

– Não é que seja demais, é que eu não estava preparado.

– Então, é um não?

– Não, não é um não, mas também não é um sim. Preciso pensar um pouco, Bia, ver como posso ajudar você. Quanto tempo mais você acha que Charles consegue segurar Lorenzo no hospital?

– Não sei bem, talvez mais uma ou duas semanas, não mais que isso.

– Está bem. Acho que é o que preciso para tentar descobrir alguma coisa sobre ele. Depois, se eu não conseguir nada, ele pode ficar uns dias comigo. Mas vou precisar conversar um pouco com ele, tentar descobrir algo, e ver também se ele é uma pessoa inofensiva, até por você, minha querida. Não quero que corra nenhum perigo, e preciso verificar isso pessoalmente.

– Tudo bem, amigo. Obrigada. Eu sabia que poderia contar com você.

– Sempre. Nunca se esqueça disso. Mas, espera, eu preciso conversar outra coisa com você. Vamos deixar o assunto Lorenzo para depois, está bem? É que eu preciso saber, Bia. Tenho achado você um pouco triste ultimamente e, na verdade, tenho sido um pouco omisso, por isso não quero perder essa oportunidade para conversarmos, já que tirei o dia só para você. Vamos lá, me fala: como estão, você e Rodrigo? É isso, não é? É Rodrigo quem tem feito você ficar tão pensativa ultimamente... Você está bem, Bia? – Ele parecia já saber a resposta, mas queria ouvir da minha boca.

– Nossa, quantas perguntas! Você me conhece mesmo. Mas está tudo bem.

– De verdade? Não parece. Bia, você nunca foi uma pessoa acomodada. Tem alguma coisa aí que não está batendo, que está deixando você passiva demais, e eu não gosto disso.

– Sabe, Rapha, meu casamento é muito bom. E acho que sou feliz. – Ele torceu o nariz em sinal de reprovação com o meu "acho que sou feliz", como se pensasse que não era totalmente verdade, como se faltasse entusiasmo, e ele tinha certa razão. – Mas, às vezes, me sinto muito sozinha. Rodrigo viaja demais. Sempre soube que isso aconteceria, e sei que tenho que entender, afinal é o trabalho dele. É só que tenho medo que a gente se afaste. Aí, quando ele viaja, e quando você viaja, fico infeliz... Parece que falta algo, sinto um vazio muito grande, e não era para ser assim.

– Desculpe, minha amiga, por deixá-la tão sozinha... – falou ele, triste por sua ausência esporádica na minha vida. – Eu entendo tudo isso. Mas, olha, nunca fui casado, e espero continuar assim por bastante tempo, mas sei, pela experiência dos outros, que a vida de casado é difícil mesmo. Tenho vários amigos casados que têm passado por crises no casamento, seja por incompatibilidade de gênios, por ideais diferentes, ciúme ou muito menos que isso. Mas as crises normalmente passam, principalmente quando existe amor, e eu acho que vocês dois se amam, acho sinceramente. E, sabe, alguns desses casamentos de que falei têm menos tempo do que o seu e já passam por dificuldade. Tenha um pouco mais de paciência, está bem?

– Pois é, o fato é que, mesmo sabendo que as crises existem, eu não queria que fosse assim. Queria que fosse mais leve, que não houvesse esse desconforto.

– Então, por que não viajam juntos? Você está de férias do trabalho por causa das férias escolares. E, quanto a Lorenzo, nem se preocupe, eu cuido dele enquanto estiver fora. Seria uma boa oportunidade para acompanhar Rodrigo numa de suas viagens, assim ficariam mais próximos e você aproveitaria para relaxar também.

– É verdade, acho que tem razão, amigo. Ele vai mesmo a Taubaté no final desta semana e deve passar duas semanas lá. Acho que vou junto.

– Ótimo! Duas semanas é exatamente o que preciso para resolver o caso de seu amigo. Aí, quando voltar, tudo já deve estar mais ou menos resolvido. A gente fica se comunicando por telefone nesse tempo.

• Capítulo 8 •
SORRISO INFANTIL

> *Se meu brilho te ofusca mais que o comum entre mortais, despojando-te da força dos teus olhos, não te espantes: tal provém da Visão Suprema, sempre revelando o bem aos nossos olhos. [...]*
>
> *E Beatriz, com talento oratório inigualável, deu início a sua explanação: "O maior dom que Deus concedeu ao mundo – aquele dom que melhor releva a Sua bondade –, o que Ele tem em mais alta conta, é o anseio de liberdade, do qual foram dotadas todas as criaturas pensantes. [...]*
>
> – Dante Alighieri,
> *A Divina Comédia*, Terceira Parte, "Paraíso"

A tarde estava muito quente e eu me sentia sufocada naquele quarto de hotel. Já fazia quase duas semanas que estávamos em Taubaté, e eu me sentia tão sozinha quanto em casa, com Rodrigo ausente devido às longas viagens, exatamente como ali. E, embora ele tentasse compensar isso, saindo comigo logo que chegava, mostrando-me tudo e ficando comigo o máximo de tempo que podia, ainda assim eu havia ficado duas semanas quase exclusivamente só! E o pior é que estava longe de casa, longe dos meus projetos e amigos, e presa num quarto de hotel.

Rodrigo estava demorando muito para voltar da reunião de negócios, algo que me deixava irritada, mesmo com o visível esforço dele para estar presente. Essa ausência constante, mesmo em momentos como aquele – uma viagem que, segundo ele, não seria só de negócios, mas para nos distrairmos e curtirmos a companhia um do outro –, não era uma coisa tão simples de entender. Mas parecia que não havia jeito de mudar nossa rotina. O vazio e a ausência eram uma constante.

Resolvi sair, por fim, para respirar um pouco de ar fresco e procurar alguma coisa interessante naquela cidade aparentemente rústica do interior de São Paulo. Queria ver algo diferente, algo que normalmente não veria com Rodrigo, por não ser exatamente algo que o interessasse.

Tomei um táxi e fui para o centro da cidade, à procura de alguma livraria ou antiquário onde pudesse ocupar o meu tempo, que naquele momento sobrava. Eu estava de férias, mas vivia numa longa espera por meu dedicado e profissional marido, que havia me prometido diversão. Então, não me restava outra coisa a não ser sair um pouco e ocupar o tempo ocioso. Gente, barulho, agitação – era disso que estava precisando.

Passei por muitas lojas e restaurantes lotados, mas não era o que eu procurava. Já tinha caminhado bastante, por isso parei numa grande lanchonete para descansar um pouco e respirar também, pois, embora Taubaté não fosse uma cidade muito ensolarada, o clima era abafado e, junto com a poeira, ressecava muito a garganta e provocava uma sensação de sufocamento.

Eu tomava tranquilamente uma garrafa de água mineral na calçada quando, ao levantar a cabeça para umedecer o pescoço com um pouco da água, encontrei o que procurava: uma linda loja de antiguidades, que também vendia livros antigos. Tinha certeza de que encontraria ali algo que me chamasse a atenção. Atravessei a rua, seguindo em direção a ela, e entrei.

A loja tinha uma aparência que a fazia parecer totalmente deslocada do comércio local, em que tudo era muito parecido. Era como entrar em um daqueles cenários de livro de capa e espada; algo surreal. Até o cheiro era diferente: um leve odor de páginas envelhecidas, que emanava das estantes com livros antigos empilhados, misturado a um aroma de ervas, talvez alecrim e pétalas secas de rosas, como se alguém tivesse colocado um punhado de ervas no fogo para exalar aquele cheiro delicioso. E, não fosse o fato de eu ter certeza de que estava no centro da cidade de Taubaté, acharia que me encontrava num castelo medieval da França, cercada de personagens inimagináveis. Estar ali era como mergulhar em histórias fantásticas em que se podia sentir o aroma do tempo.

Não demorou muito para que eu me sentisse ainda mais atraída pelo local, depois de folhear alguns livros antigos e observar certos objetos expostos. Alguns deles com certeza não estavam à venda, sendo parte da decoração, parte da fantasia a que nos conduzia aquele lugar. Algumas das peças chamavam a atenção de quem quer que entrasse ali, como era o caso de um antigo, mas conservadíssimo piano clássico à entrada da loja, que mais parecia um artigo de luxo do século XIX, utilizado em festas e saraus. Era incrível como a antiguidade me fascinava, me envolvia!

Vi então um livro que aguçou a minha curiosidade. Parei um segundo só para admirar a capa, de um material grosso, que eu desconhecia, semelhante a madeira antiga. As letras impressas também me impressionaram, pois pareciam entalhadas ali, douradas, num estilo tradicional à época do livro, que datava de cerca de 1300. E o nome da obra: *Divina Commedia*, escrita na língua mãe. Não se tratava de uma tradução para o português; era um livro original em italiano antigo.

Fiz menção de pegá-lo, feliz por encontrar uma antiguidade de meu interesse, quando fui surpreendida pelo toque de outra mão, fazendo o mesmo movimento, na intenção de pegar o livro.

O choque com a outra mão me causou um sobressalto, talvez por sentir algo estranho, forte, e não pude evitar me retrair, recolhendo a mão.

– Desculpe! – disse uma voz masculina, meio sem jeito. Ele também parecia ter se surpreendido com o movimento quase sincronizado de nossas mãos na direção do mesmo livro, e se tocando daquele jeito, como se nossos dedos tivessem por uma fração de segundo se entrelaçado.

Parei para olhar o homem que havia falado comigo e notei que havia uma luz muito forte em volta dele. Nesse instante, nossos olhos se encontraram.

– Não tinha visto que outra pessoa olhava o mesmo livro – explicou ele.

– Não, tudo bem, eu também não vi – respondi. – Na verdade, estava tão interessada em identificar a obra, que não vi nada, só tive o impulso de pegar o livro.

– Eu também!

Quando reparei melhor na pessoa que falava comigo, fiquei surpresa, porque aquela figura não combinava em nada com o ambiente: era apenas um garoto, embora não fosse possível perceber isso pela voz, que era grave e macia. No entanto, ao observar seu rosto de perto, logo percebi que era muito jovem, talvez tivesse uns 16 anos, pela pele lisa, viçosa e jovial. Mas só seu rosto entregava a idade, porque ele era alto, devia ter uns quinze centímetros a mais que eu, pelo menos um metro e oitenta de altura. Também tinha uma barba rala no belo rosto. Um lindo garoto, de olhos muito claros, pele clara também e cabelos quase loiros.

Isso me intrigou: a imagem da juventude num lugar tão antigo. Era estranho ver alguém tão jovem numa livraria-antiquário, em pleno mês de férias escolares; era algo inusitado. Também por se imaginar que, nas férias, os garotos daquela idade estariam em shoppings, cinemas e praças de alimentação, conversando com outros garotos e garotas da mesma idade, e não procurando livros antigos de língua estrangeira, sobretudo porque não se tratava de uma língua da atualidade. O italiano antigo só era interessante para estudiosos de literatura, não algo que causasse curiosidade no público em geral, principalmente nos adolescentes.

– Vai ficar com o livro? – o garoto quis saber.

– Na verdade, ainda não sei, mas, sinceramente, ele me chamou bastante atenção, e há uma boa probabilidade de eu ficar com ele. Mas isso depois de entrarmos num acordo, já que você parece estar tão interessado nele quanto eu, o que me causa muita estranheza, confesso.

– Por quê? Não pareço inteligente o suficiente para entrar numa livraria e me interessar por um dos livros? – instigou-me o jovem com a pergunta, pois parecia lógico, mas não era. Afinal, não se tratava só de uma livraria, nem de um livro qualquer. E mais: era ele o elemento deslocado ali, pela juventude e beleza.
– Na verdade, eu gosto muito de livros, principalmente os antigos – disse ele, instigando-me ainda mais, porque eu pensava da mesma forma.

– Não, você parece bem inteligente. Desculpe, não foi a isso que me referi – justifiquei-me, meio constrangida pela minha indelicadeza.

– E a que você se referiu? – rebateu ele, parecendo tão curioso quanto eu.

– É que esse não é um livro comum. É muito antigo, escrito numa língua que atualmente não é mais falada da mesma maneira. Por isso é estranho ver um jovem de, sei lá, 15 ou 16 anos se interessar por ele.

– Tenho 17, na verdade. Quanto ao livro, não vejo problema nenhum. Cada pessoa tem um gosto, e, como falei, gosto de livros antigos. A língua italiana, antiga ou atual, é maravilhosa, e Dante é muito interessante. Gosto do estilo sofrido dele, da luta interior entre o amor carnal e o amor divino... É, no mínimo, instigante. Acho curiosa a ideia que ele faz de inferno, purgatório e paraíso. Qualquer livro é uma espécie de viagem, na minha opinião, e este, no caso, é, literalmente, uma viagem.

– Você tem 17 anos? Tem certeza? – perguntei, perplexa, mas com um sorriso. – Por acaso não se apossou do corpo de um garoto de 17 anos, mas, na realidade, tem mais de 30?

Ele riu da minha piada sem graça. Percebi, naquela hora, que ele tinha o mesmo sorriso infantil de meu pai, e me emocionei ao vê-lo sorrindo, a ponto de ele parar de rir e me olhar com mais atenção.

– O que foi? Parece que você ficou triste de repente – concluiu com sensibilidade, observando meu rosto, que havia mudado de expressão.

– Não, não foi nada. É que seu sorriso me lembrou uma pessoa muito querida.

– E isso é ruim? Lembrar de uma pessoa de que gostamos?

– Na verdade, não. Deveria ser muito bom, mas é que essa pessoa morreu... Seu sorriso é exatamente igual ao sorriso infantil que meu pai tinha.

– Ah, desculpe, eu não sabia – disse ele sem jeito.

– Tudo bem, você não tem culpa de ter o sorriso igual ao de meu pai. E, sabe, não fiquei triste, só senti saudade. Mas já passou. Então, me fala, o que faz um garoto da sua idade num antiquário, quando deveria estar por aí num shopping, com a turma da escola? É mês de férias! Isso me parece meio estranho...

– Quanto a estar com a turma, vou fazer isso, sim, daqui a pouco. Mas você não acha que está sendo muito radical? Uma pessoa pode ser eclética, pode gostar de livros antigos e gostar de jogar conversa fora com os amigos da mesma idade. Uma coisa não substitui a outra. Isso me parece meio preconceituoso – concluiu ele corretamente, para a minha surpresa, de novo.

– Você tem razão. Desculpe mais uma vez, é que você me impressionou. Fiquei sem saber o que pensar.

– Impressionei mal ou impressionei bem? Talvez você tenha pensado que eu não sou uma pessoa como as outras, imagino. Nunca fui muito convencional mesmo.

– Impressionou bem, claro. Só fiquei um pouco chocada, porque, além do seu interesse inusitado, tem o fato de também conhecer muito bem a obra. Então, não era só curiosidade, era interesse verdadeiro, e isso me surpreendeu. Mas, por favor, não ligue para as minhas impressões. Vou tentar ser menos... preconceituosa da próxima vez.

– Já está contando com um próximo encontro? – perguntou ele com um sorriso. – Mas às vezes um encontro como este só acontece uma vez na vida, ou uma vez a cada vida.

– Realmente, não acho que vá encontrar outros garotos em busca de livros antigos em antiquários, mas me referi não a essa situação específica; referia-me a qualquer outra situação surpreendente que venha a acontecer comigo. Vou tentar não fazer julgamentos antecipados, foi isso que quis dizer.

– Obrigado, então.

– Obrigado pelo quê?

– Por ter entendido a situação, me entendido, eu acho. E por me dar esta chance de trocar ideias sobre algo de que gosto. Não é tão fácil encontrar pessoas com quem se possa conversar abertamente sobre assuntos tão específicos como este livro. Não é comum acontecer isso, e foi muito natural. Foi um prazer, eu diria.

– Senti a mesma coisa, e eu lhe agradeço também. Mas, então, como ficamos?

– Como ficamos com o quê?

– O livro. Quem vai ficar com ele? – Apontei para a obra na velha estante à nossa frente.

– Pode ficar com ele. Parece que você precisa mais dele do que eu. Você falou de tudo com um ar meio profissional, então imagino que, para você, este livro não seja apenas um prazer ou uma curiosidade. Parece que é um objeto de estudo. Você é professora ou algo assim?

– Você é muito observador, sabia? Obrigada por me ceder o livro. E muito prazer. Eu me chamo Bia, e você?

Estendi a mão para apertar a dele num gesto cordial. Ele retribuiu o gesto, apertando com firmeza a minha mão. Não consegui entender o que senti com aquele toque. Foi como se eu já conhecesse a pessoa que apertava a minha mão. Foi um toque reconfortante, como se eu já houvesse vivido aquele momento milhões de vezes; e foi também vibrante, porque meu coração acelerou, mas depois se acalmou, completamente em paz com o mundo ao redor.

– Leonardo – respondeu ele. – Mas pode me chamar de Léo. É assim que meus amigos me chamam.

– Os do shopping, imagino...

– Sim, os do shopping, e minha família também.

– Quer dizer que você fala italiano? – perguntei, ainda querendo puxar conversa, tão impressionada estava com a sagacidade dele.

– Sim, falo um pouco. Mas é mais porque gosto de obras italianas, principalmente a música. – Ele fez uma pausa e depois recomeçou a falar. – O livro me chamou a atenção por ser realmente uma antiguidade, e não poderia deixar de ter curiosidade, pois é a maior obra de Dante Alighieri, a compilação de sua arte, e uma história difícil, de muitos conflitos. Na verdade, tudo na obra é curioso, a começar pelo título de *comédia*, quando, na realidade, é uma simbologia para o encontro do poeta com Deus, em que alcança a felicidade, após seu sofrimento. E, embora exista o amor carnal do poeta pela jovem que o guia no paraíso, ainda assim não é um livro de amor; é muito mais a visão que o poeta tem da religião. Bem, como eu disse, não é um livro fácil de ser entendido, pois é preciso ter uma noção da vida do autor e da sociedade da época, que é bem antiga.

– Nossa, você está mesmo bem informado! – falei, impressionada. – Mas e quanto à música? Você falou que gosta de música, e aí começou a falar do livro e mudou de assunto.

– Na realidade, Bia, eu gosto de tocar, principalmente violão, e a música é muito importante para mim. Não sei explicar direito, só sinto isso.

Eu também me sentia assim, sem ter explicação para algumas coisas. Ouvindo-o falar, era como se fôssemos iguais, e ele conversava comigo como se nos conhecêssemos havia séculos.

– Então, quando entrei aqui na livraria, fui movido pela curiosidade, mas não especificamente pelo livro, já que o que primeiro me impressionou foi aquele piano na entrada. Bem, não sei se você reparou, mas o piano é maravilhoso!

– Sim, eu vi... É lindo mesmo...

– É caro demais para mim, claro. Mesmo assim, achei incrível! Um piano vertical, fabricado no século XIX e em perfeito estado! Percebi só de tocá-lo, antes de desistir dele e passar a olhar os livros. Eu me contentaria com algo mais acessível. Não poderia mesmo comprar o piano, nem acho realmente que esteja à venda. Deve fazer parte da decoração, mas nem tive coragem de perguntar.

– Livros antigos, piano... Nossa! Estou muito impressionada.

Nesse momento, o funcionário da loja, um homem já de certa idade, vendo que estávamos entretidos na conversa, aproximou-se e perguntou quem iria ficar com o livro, dizendo que já estava tarde e que precisava fechar a loja. Foi quando percebi que já escurecia e eu precisava voltar para o hotel.

Apontamos um para o outro ao mesmo tempo.

– Léo, faço questão de que fique com o livro. Acho que já foi o bastante por hoje você não poder levar seu objeto de desejo, que era o piano. Não quero carregar essa culpa de impedi-lo de levar pelo menos o livro. Você merece ficar com ele. Nunca vi ninguém falar assim com tanta adoração por uma obra. Acho, na verdade, que o livro já era seu antes mesmo de você encontrá-lo. Ele só estava esperando por você, e há muito tempo. Pode levá-lo. Não se preocupe comigo. Vou ficar mais feliz se ficar com livro.

– Tem certeza? Não vai ser uma frustração para você se eu ficar com ele?

– Certeza absoluta. Frustração seria se você não ficasse. Como eu disse, ele já era seu, vai ter o dono perfeito. Agora preciso ir, desculpe... Meu... marido... me espera – falei com relutância, sem saber bem por quê.

– Claro... Foi um prazer, princesa. Opa! Desculpe pelo "princesa"... Você é casada... Foi um prazer... *Beatriz*? Curioso isso... – Ele parou de falar de repente, depois de pronunciar meu nome, como se se lembrasse de algo. – Beatriz, na verdade, é o nome da protagonista ou da guia, melhor dizendo, de Dante neste livro. Para ser mais preciso Beatrice, já que ela era italiana.

– Meu nome é Beatrice também – esclareci, para que ele percebesse o tamanho da coincidência.

– Está brincando?! Jura? Beatrice?

– Sim. Meu pai gostava muito deste livro. Ele tinha uma versão bilíngue, que agora está comigo. Deu-me esse nome por gostar dele. Meu pai comentava: "fica bem em você, filha, é um nome forte, parece com você, e é bonito, muito bonito, assim como você. Foi por isso que escolhi esse nome" – comentei, saudosa. – O meu nome é Beatrice, mas todo mundo acha que é Beatriz ou Bia. Então não discuto, já que gosto de todos eles, mesmo preferindo Bia. Aliás, você pode me chamar de Bia também. Como dois amigos.

– Foi um prazer conhecê-la, Bia.

– Foi um prazer para mim também, Léo.

– E eu aceito ficar com o livro. Assim, vou sempre me lembrar deste momento e levar um pouquinho de você comigo. – Nessa hora, senti uma leve melancolia, como uma espécie de saudade que estivesse por vir, inexplicável. – Ah, antes que me esqueça, seu pai tinha razão sobre seu nome se parecer com você.

– É, realmente é um nome forte.

– É um lindo nome, foi a isso que me referi – disse ele, corrigindo-me. – Igual à dona dele... Bem, isto é um adeus? Quero que saiba que jamais vou esquecer este dia. Foi especial para mim...

– Sim, é um adeus. Preciso mesmo ir... Bem, também não acho que vá esquecer... Adeus, Léo – falei, estendendo a mão novamente para me despedir dele. Então ele a pegou e a beijou carinhosamente.

– Adeus, Bia.

Olhamo-nos dentro dos olhos, mais uma vez, e ele sorriu de novo, com o mesmo sorriso infantil de meu pai. Depois saí, o coração apertado, sem entender nada das sensações que fervilhavam dentro de mim e que nunca havia sentido antes nem jamais esqueceria. Mas mesmo assim parti, pensando na luz que emanava de Léo, na sua aura, que ofuscava a visão. Ainda olhei uma última vez, antes de passar pela porta de saída, meio zonza e melancólica, enquanto Léo falava com o atendente.

• Capítulo 9 •
AULA

É da natureza de nossa alma deixar-se de certo modo empolgar pelo verdadeiro sublime, ascender a uma altura soberba, encher-se de alegria e exaltação, como se ela mesma tivesse criado o que ouviu.

– Longino ou Dionísio,
A Poética Clássica, "Do Sublime"

A viagem a Taubaté não foi exatamente o que eu havia planejado. Queria ficar um tempo bem pertinho de Rodrigo, queria que aproveitássemos a companhia um do outro, tivéssemos um tempo para conversar, falar sobre amenidades, jogar conversa fora mesmo. Queria estar com ele e não pensar em mais nada, só em nós dois. Mas logo descobri que aquela era uma viagem de trabalho e, novamente, não haveria "nós" naquela cidade abafada.

Portanto, já era hora de voltar à vida normal, de voltar ao trabalho – dar minhas aulas. Mas antes eu precisava ter notícias de Rapha e das investigações sobre Lorenzo. Era hora de ligar para ele.

Enquanto eu pensava nos prós e contras da viagem de "férias", procurava meu celular, que não conseguia encontrar com a bagunça das malas de viagem e das pilhas de papéis que aguardavam o início das aulas na universidade. Até que, depois de ficar zanzando pela casa, consegui localizar o aparelho, quando ele começou a tocar embaixo de uma almofada no sofá da sala.

– Alô? – falei apressadamente, sem olhar o visor para identificar a chamada.

– Bia, já estava desistindo! Por que demorou tanto para atender? – perguntou Rapha, meio impaciente.

– Oi, Rapha! Que bom que você ligou! Ia mesmo ligar para você, mas perdi o celular em algum lugar da casa, não conseguia encontrá-lo. Foi graças a sua ligação que o achei. Desculpe a demora para atender, amigo.

– Agora entendi – falou ele, mais calmo. – Está perdoada.

– Alguma notícia sobre Lorenzo?

– Sim, mas você não acha melhor conversarmos pessoalmente?

– Boa ideia. Onde? Tem que ser aqui por perto, pois estou feito doida tentando organizar tudo para voltar à universidade.

– As aulas começam amanhã?

– Sim. E a casa está uma bagunça! Nem sequer tive tempo de preparar uma aula.

– Você é muito competente, vai se sair bem. E, já que está tão sem tempo, que tal tomarmos um açaí gelado no calçadão?

– Maravilha! Estou mesmo precisando sair um pouco e esfriar a cabeça. Você passa aqui para me pegar?

– Em vinte minutos.

Depois de contar tudo sobre a viagem a Rapha, lambuzar a cara do meu amigo de açaí e fugir dele, que, se fingindo de bravo, correu atrás de mim para fazer o mesmo, ele também reconheceu que a parte mais interessante da minha viagem tinha sido o passeio à livraria.

– Esse Léo parece que mexeu mesmo com você...

– Pare com isso, Rapha! Ele é apenas um garoto.

– Tecnicamente, sim – rebateu ele com malícia. – Mas um garoto com barba, um homem-feito, e, ao que parece, muito culto... parecido com você.

– Ainda assim, um garoto – respondi, colocando um ponto final no assunto.

Só depois passamos a falar de Lorenzo e descobri que Rapha não havia descoberto nada sobre ele e tinha decidido levá-lo para casa quando tivesse alta, enquanto continuava com as investigações.

Rapha, durante a minha viagem, tinha ficado bastante com Lorenzo e percebido, por si próprio, que o doce senhor era uma boa pessoa, inofensivo, e precisava realmente de ajuda. Por isso não viu problema em dar guarida a Lorenzo por alguns dias.

Eu sabia que isso aconteceria, porque meu amigo era muito generoso, e Lorenzo, da mesma maneira que aconteceu comigo, havia conquistado a confiança de Rapha e, provavelmente, sua amizade.

O mais engraçado foi que, antes da minha viagem a Taubaté, meu amigo tinha me dito todo animado que estava ansioso para pôr em dia o italiano dele, enferrujado por falta de prática. Mas depois se decepcionou, pois percebeu que Lorenzo falava bem o português e, misteriosamente, parecia fazer questão de sempre falar nessa língua. Rapha, claro, entendeu e aceitou a escolha de Lorenzo, mesmo decepcionado.

Assim, depois de conversarmos muito e matarmos um pouco da saudade – era incrível como eu e Rapha tínhamos afinidades e tanto o que falar –, marcamos um encontro para o dia seguinte, depois da minha aula, para irmos ao hospital conversar com o nosso amigo e explicar a nova situação dele.

Quando saí da universidade, no final da aula da manhã, fui direto ao hospital me encontrar com Rapha para conversarmos com Lorenzo.

– Olá, meu amigo! – falei, dirigindo-me a Lorenzo, enquanto segurava sua mão. – Como você está? Está dormindo? – Foi então que ele abriu os olhos e uma lágrima escorreu pela sua face. Parecia emocionado.

– Minha amiga Bia, você voltou! Pensei que tivesse me abandonado.

– Eu não prometi voltar? Precisei viajar, meu amigo. Mas deixei pessoas de minha confiança para olhar por você. Pessoas que amo muito, como meu irmão e meu amigo Rapha aqui. Vocês já se conhecem bem, não é?

– Eu sei, eu sei. Obrigado, Bia, por seu interesse. Você é muito generosa, minha amiga. Seu amigo e seu irmão também são ótimos.

– Obrigada, amigo. Mas você ainda não me disse como se sente.

– Estou bem. Meu corpo se curou e minha cabeça não dói mais como antes. Mas não consigo me lembrar de nada... Não sei o que fazer, para onde ir...

– Fique calmo. É justamente por isso que estamos aqui, eu e o Rapha. Conversei com Charles e ele me disse que você já pode ir para casa. – Lorenzo me olhou com uma expressão de desespero; tive realmente compaixão dele naquele instante. – Mas pode ficar tranquilo, pois tudo vai ficar bem, meu amigo. Charles me disse que você sofreu um trauma na cabeça por causa do atropelamento, por isso as dores e a amnésia temporária. Mas disse também que você vai melhorar com o tempo, medicação adequada e repouso. Como você não pode ficar no hospital, eu e Rapha achamos melhor que fique conosco. Ou melhor, na casa de Rapha, até que esteja completamente bom. Você vai gostar de lá, tenho certeza. Tem muito verde, é um ambiente de muita paz.

– É, vai ser bom para você, meu amigo – disse Rapha, reafirmando as minhas palavras. – Ah, e eu tenho um cachorro. Ele é muito dócil. Você gosta de cães?

– Sim, acho que sim... Qual a raça dele?

– É um husky, e se chama Sebastian.

– É um cachorro grande, então. E tem um lindo nome.

– Então quer dizer que aceita? – perguntei, aliviada. – Você vem conosco?

– Sim, Bia. Eu gosto de vocês, dos meus bons amigos... e não tenho mesmo para onde ir... – disse ele, rindo do estado precário em que se encontrava. Em seguida, abraçou nós dois, agradecendo.

Lorenzo gostou muito da casa de Rapha. Depois de algumas semanas, estava totalmente adaptado. Rapha não me falava nada sobre quanto tempo ficaria com Lorenzo em sua casa, mas eu sabia que nunca o expulsaria de lá, até porque tinha grande afeição por nosso novo amigo. Mas o tempo passava rápido, já fazia meses que Lorenzo havia deixado o hospital, e as novidades sobre as investigações não eram muitas.

– Bia, estou impressionado com a quantidade de Lorenzos que existem na Itália! – disse Rapha, decepcionado por não encontrar nada sobre nosso amigo. – É como os nomes Francisco ou Maria aqui no Brasil. Parece que todo mundo lá é Lorenzo. Se pelo menos ele soubesse o segundo nome dele ou o nome de algum conhecido, mas não sabe nada. Já reduzi a lista de nomes à metade, com base na idade ou na escolaridade, pois já sabemos que Lorenzo teve uma boa educação. Ele escreve e lê perfeitamente bem, e nos dois idiomas.

Rapha tentou me tranquilizar, dizendo que ele continuava telefonando para os possíveis Lorenzos e seus próprios parentes na Itália também ajudavam bastante, procurando diretamente na fonte. E, é claro, eu dedicava boa parte do meu tempo livre a isso também, com telefonemas e pesquisas na internet. Porém, o tempo corria contra nós. Rapha logo teria que se ausentar por um longo período.

Combinamos que eu tomaria conta de Sebas para ele. Mas não sabia se Rodrigo aceitaria uma pessoa "estranha" em nossa casa. Ele temia, sobretudo, por minha segurança, já que também ficava bastante tempo ausente. Mas depois de conversar algumas vezes com Lorenzo e também se comover com a história dele, já estava quase convencido a receber o bom senhor.

Charles sempre fazia suas visitas médicas e dizia que Lorenzo já estava quase bom, que a recuperação dele estava sendo um sucesso. Mas Lorenzo não ficava feliz, achava que causava incômodo às pessoas. Queria partir, mas não sabia como nem para onde. Charles disse que ele poderia ficar em sua casa, minha antiga casa, onde morava quando mamãe era viva. Mas não achei prudente. Eles já tinham dois filhos e Iris esperava o terceiro – como meu irmão sempre dizia: "quero uma família grande, Bia" –, e ainda havia a família de Iris, que sempre se hospedava lá.

– Não – falei para Charles, quando ele tentou me convencer de que Lorenzo ficaria na casa dele. – Ele vai ficar comigo, em minha casa, logo que Rapha viajar. Vai ser bom, assim ele me faz companhia.

– Quanto a isso, concordo – disse Charles. – Sabe, Bia, ando totalmente sem tempo para você, minha irmã, e lamento. É que, com a inauguração da clínica – Charles finalmente realizava o sonho de ter sua própria clínica, para tratar os pacientes de câncer, que era a área da medicina que resolvera seguir –, do meu sonho, na verdade, não tem sobrado tempo algum para mais nada. Iris também tem reclamado da minha ausência constante.

– Fique tranquilo, Charles, vai dar tudo certo.

– Mesmo assim, Bia, eu me preocupo com você. E, já que estamos falando no fato de você ficar sozinha, não acha que está na hora de você e Rodrigo terem um filho? Você não é mais uma jovenzinha, Bia. Daqui a pouco vai ficar complicado. Depois que a Fê foi estudar fora do país, você fica ainda mais sozinha, e isso me preocupa. Sabe, parece que falta algo em sua vida.

– Eu sei, Charles, mas não é algo que dependa só de mim. Bem, no começo foi consciente, confesso... Eu realmente não queria ter filhos no início do casamento. Primeiro, por causa da pós-graduação, depois as aulas na universidade e os trabalhos voluntários, mas não foi sempre assim. Eu quis. Até tentamos, eu e Rodrigo. Faz dois anos que não me preocupo com métodos contraceptivos, mas não aconteceu. Deve haver algo errado comigo, porque Rodrigo me contou um fato da juventude dele, que, ao que tudo indica, mostra que ele não tem problema de infertilidade. Ele pode ser pai normalmente. Bem, ele também não me pressiona, é feliz assim, só nós dois. Mas não me preocupo muito com isso. Você sabe que eu sempre quis adotar uma criança, independentemente de poder ou não ter filhos, só não achei o momento ainda para isso.

– Você não quer fazer uns exames para ter certeza?

– Não, agora não. Posso esperar mais um pouco, não acho que seja o momento.

– Bem, depois falamos sobre o assunto. Agora tenho uma emergência para atender, Bia. – Ele já corria pelo corredor do hospital, depois de ouvir seu nome anunciado nos alto-falantes, e quase me deixou falando sozinha. Então, saí do hospital e voltei à universidade para as minhas aulas.

Enquanto caminhava em direção à sala de aula, ia pensando nos preparativos para a mudança de Lorenzo e tentando me concentrar também no dia de trabalho, porque os alunos me esperavam.

– Olá, turma, bom dia! – cumprimentei meus alunos, começando mais uma semana. – Fizeram a resenha que pedi?

– Sim – responderam em conjunto.

– Por favor, André, recolha os trabalhos para mim e os coloque aqui sobre minha mesa.

– É pra já, Bia.

Eu gostava de ouvir meus alunos me chamando assim, pelo primeiro nome, sem pronome de tratamento. Sempre gostei da ideia de informalidade entre professor e aluno – espelhava-me em Márcia, minha adorada professora de inglês; ela era assim, informal –, desde que prevalecesse o respeito entre ambos.

– E então? Que tal comentarmos um pouco sobre o que vocês escreveram? Pedi que escolhessem um autor, lembram? Entre Aristóteles, Platão e Longino. Quem poderia falar um pouco? Podemos começar por Longino. André?

– Claro, Bia. Bem, pelo que se tem conhecimento, não há certeza sobre a data dos escritos, nem da autoria, mas há relatos de que tenha sido atribuída a Longino. Então, trabalhando o tema da eloquência, ele procurou, através do seu Tratado, falar acerca da argumentação e escrita, e também sobre os "vícios" e "virtudes" em torno da situação.

– Muito bem. E você pode falar um pouco sobre isso, os vícios e as virtudes?

– Sim. Na verdade, eu não entendi bem, mas um amigo meu, que viu meu material de estudo, disse que o autor, quando se refere aos defeitos ou vícios da linguagem, está se referindo à impossibilidade de se atingir o sublime, que, de acordo com o autor e com o que meu amigo me falou, seria a maior qualidade ou virtude com referência ao estilo.

– Bem, parece que seu amigo sabia o que estava dizendo. Ele é do campo da literatura?

– Não, ele faz jornalismo, mas é bem ligado nessas coisas de literatura. Acho que é porque gosta mesmo dos livros. Em São Paulo, onde ele morava, adorava ir a livrarias e lia bastante. Agora ele está meio sem tempo, mas conhece muito dos autores e suas obras.

– Ele estava certo quanto às informações que passou a você. Algo mais?

– Basicamente é isso – falou André. – Mas ele me deu umas dicas também sobre os defeitos da linguagem. Ah, também pediu que eu ficasse atento à natureza do sublime, bem como às suas fontes. Disse que era importante para eu ter uma base melhor sobre o assunto.

– Muito bom... Seu amigo lhe deu dicas muito boas. Peça que ele passe aqui um dia desses. Gostaria de conhecê-lo.

– Pode deixar, Bia, falo pra ele.

– Bem, quem vai complementar as informações passadas por André? Lúcia?

Eu gostava quando os alunos participavam da aula. Isso me lembrava as aulas da Márcia – sempre dinâmicas. Cheguei mesmo a sentir saudade dela nesse dia, recordando seu doce semblante. Uma pena que o tempo fosse capaz de afastar tanto as pessoas.

Márcia havia se mudado para São Paulo um ano depois de eu terminar o ensino médio. Trocamos algumas cartas, telefonemas, mas depois perdemos o contato. Durante a aula, quando André falou do amigo dele de São Paulo, não sei por que me lembrei muito dela ou de alguma coisa que não consegui identificar.

Quando cheguei em casa, depois de um longo dia de trabalho, vi que havia algo diferente. Logo do portão, notei que a casa estava toda iluminada, tanto o jardim quanto os ambientes internos. Ao entrar com o carro pelo caminho lateral que levava à garagem, vi que as luzes da piscina também estavam acesas. Estacionei o carro e me dirigi à entrada principal. Abri a porta da frente e logo senti um perfume muito leve e agradável de rosas, então notei que a sala estava repleta de lindas velas coloridas, espalhadas por todos os cantos. Mas a sala não estava vazia. No canto da parede lateral, próximo à janela da frente – aberta, com as cortinas esvoaçantes por causa do vento –, ele estava de pé, com um dos braços para trás, apoiando-se ligeiramente na parede. Na outra mão, segurava uma linda rosa e roçava levemente a flor nos lábios, olhando-me intensamente.

– O que houve? Algo especial? Desculpe se esqueci alguma data, eu realmente...

Rodrigo se aproximou de mim e não me deixou explicar mais nada, surpreendendo-me com um beijo caloroso. Depois tocou meus cabelos, cheirou-os e me abraçou, beijando carinhosamente meu ombro.

– Pra você – disse ele, entregando-me a rosa. Eu a peguei e a beijei. Rodrigo então continuou a me beijar. Depois ficou atrás de mim, abraçando-me pelas costas, e beijou a parte de trás do meu pescoço. Em seguida afastou meu cabelo e passou a abrir o zíper do meu vestido. Senti um arrepio e estremeci com o toque. Ele tocou meus ombros com os lábios, depois inspirou, querendo sentir o meu cheiro.

– A rosa é perfumada, admito, mas nada se compara a isto, ao cheiro de sua pele... – disse ele, beijando minhas costas. – Você me deixa louco, sabia?

Nesse instante, soltei no chão a bolsa e a pasta que ainda segurava, fiquei de frente para ele e o beijei, retribuindo o carinho.

– Estou adorando isso, sem dúvida, mas continuo no escuro. Não quer me dar uma dica? – pedi, querendo saber do que se tratava a surpresa. Rodrigo sempre era muito carinhoso, mas também previsível, e aquilo me pegou desprevenida.

– Faz doze anos que nos conhecemos naquele restaurante onde você trabalhava, no Guglielmo. Você se lembra? Foi em 1992.

– É claro que me lembro. Só não guardo a data, ano após ano, como você. Eu me lembro de quando você me pediu em namoro, da nossa primeira vez em Natal, e do casamento. Mas não sabia que essa data significava tanto para você. Já faz tempo. Mas lembro de como você foi rude e autoritário naquele dia.

– Acho que já pedi desculpas um milhão de vezes por isso, mas parece que nunca é o bastante. Peço mais uma vez que me desculpe – disse ele, beijando meu pescoço e meus cabelos. – Só me dei conta de que estava diante da mulher da minha vida depois de ter sido rude. Mas nunca vou me esquecer daquela linda mulher que usava um par de muletas, mas me olhava com altivez, totalmente superior a mim. Você já havia me dominado para sempre, desde aquele primeiro encontro.

Ele continuou a me beijar, cada vez mais intensamente. Eu queria conversar, dar uma resposta, dizer como me senti naquele dia, mas não consegui resistir às carícias dele. Estava quase completamente entregue a seus carinhos.

– Você preparou um jantar à luz de velas para nós! – falei, ofegante. – Posso sentir o cheiro da comida... Não quer esperar? – perguntei, sussurrando, quase rendida.

– O jantar fica para depois... – respondeu ele, a boca em meus lábios, beijando-me delicadamente. – A minha fome, no momento, é outra...

– E os empregados? – falei, sabendo que naquele ritmo não conseguiríamos chegar ao quarto.

– Todos dispensados...

E era só isso que eu precisava saber para poder me entregar inteiramente à fome de Rodrigo.

· Capítulo 10 ·
SOLIDÃO

Havia doze dias que Jorge tinha partido e, apesar do calor e da poeira, Luísa vestia-se para ir à casa de Leopoldina. Se Jorge soubesse, não havia de gostar, não! Mas estava tão farta de estar só! Aborrecia-se tanto! De manhã, ainda tinha os arranjos, a costura, a toilette, algum romance... Mas de tarde!

– Eça de Queirós,
O Primo Basílio

Já fazia quase quatro meses que Rapha havia saído de viagem. Ele precisava organizar a filial do escritório dele em Recife, que logo seria aberta. Ficaria mais alguns dias fora, mas eu morria de saudade. A vida era menos alegre sem meu amigo por perto.

Lorenzo, agora morando comigo, já estava melhorando. Já se lembrava de muitas coisas, embora fossem detalhes, como um livro que tinha lido, um filme que vira, as rosas do jardim da casa dele, a beleza de sua esposa, do mar da Itália, comidas e bebidas; mas nada que pudesse identificar sua origem. Ele não sentia mais dor, e tinha ficado amigo de Rodrigo também. Os dois costumavam conversar todas as noites; Rodrigo havia aprendido a gostar do doce senhor e até a admirá-lo. Meu marido dizia que Lorenzo era muito culto, muito educado, que não era uma pessoa comum, pois ele entendia de várias coisas, sabia apreciar uma boa comida e uma boa bebida, além de se comportar perfeitamente bem num ambiente social. Isso me dava certa tranquilidade, pois tinha medo, no início, de que ocorresse algum atrito na convivência dos dois. Mas tudo foi muito tranquilo.

Numa tarde, eu estava entediada, tentando me distrair com um livro, e Sebas, já velhinho, tinha a cabeça pousada nas minhas pernas; os dois no chão, no tapete da sala. Ele me fitava com um olhar triste, distante, como se sentisse falta de alguém. E eu sabia quem era.

– Eu também, Sebas – falei com ele –, também estou com saudade dele. Tomara que volte logo.

Nesse momento, o telefone tocou, e Maria, nossa ajudante, o entregou a mim.

– É para a senhora, dona Bia. É o doutor Rapha.

Maria tratava Rapha assim, por "doutor", porque ele era advogado e, em toda a sua simplicidade, ela dizia que "o doutor Rapha pode ser amigo, novinho, mas é doutor, e tem que ser chamado assim". Rapha pedia para não ser chamado de "doutor", mas ela nunca o atendeu. Depois de um tempo, não pedimos mais. Ela devia ter suas razões.

– Amigo, que saudade! Estou aqui com Sebas, e estávamos pensando em você!

– Desde quando você lê a mente dos cães?

– Desde o dia em que você partiu e ele passou a me olhar de um jeito triste. Aí entendi que ele sentia o mesmo que eu: saudade.

– Também sinto saudade, amiga. Mas estou ligando porque tenho novidades. Descobri, Bia, descobri uma pista sobre Lorenzo! Quando chegar aí, daqui a uma semana, conto tudo, e depois embarco para a Itália a fim de resolver as coisas juridicamente.

– Ah, meu Deus, Rapha! Que boa notícia! Mas, por favor, conte alguma coisa. Estou ansiosa demais para esperar uma semana.

– Não é muita coisa. Vou precisar ir à Itália para conseguir mais informações. Vai ser bom, porque vou rever meus familiares lá. Como você sabe, fiz muitos contatos na Itália, com autoridades, imprensa, por meio da internet, e diretamente com as pessoas também. Então, depois de centenas de telefonemas, enfim parece que alguém conhece um Lorenzo, que há tempos veio para o Brasil e não deu mais notícias. Ao que tudo indica, ele foi reitor da Universidade de Gênova, lecionou por muitos anos História, casou-se com uma brasileira e, quando se aposentou, veio morar aqui no Brasil com a mulher e o filho. Mas não é certeza de que estejamos falando da mesma pessoa, por isso preciso me certificar, indo até lá para coletar dados e pegar tudo o que puder: fotos, objetos pessoais, documentos, para tentar fazê-lo se lembrar da própria história.

– Obrigada, amigo. Isso é muita coisa, sim! É uma grande esperança!

Estava ansiosa pela volta de Rapha. Muita coisa dependia disso, uma pessoa precisava muito ouvi-lo para poder seguir seu caminho em paz. Mas eu precisava cuidar de outras coisas também. O projeto da biblioteca e da casa de leitura do hospital já estava em andamento, visto que eu havia conseguido algumas doações de livros, mas a estrutura, para que funcionasse adequadamente, precisaria de muita verba, algo que eu não tinha.

Lorenzo costumava me acompanhar ao hospital, quando eu ia fazer a leitura dos livros aos pacientes. Ele me dizia que gostava muito da minha iniciativa e que, se esse projeto o havia ajudado de alguma forma, poderia ajudar outras pessoas também. Ele se sentia grato, por isso queria auxiliar no que fosse possível.

No início, ficava só me observando andar pelos corredores do hospital, empurrando meu carrinho cheio de livros, mas depois se ofereceu para ler também, o que ele fazia muito bem. Parecia até que era algo com que tinha familiaridade. Ele ficou muito feliz com esse encargo, como uma criança quando ganha um presente por bom comportamento. A felicidade, enfim, começava a brotar naquele rosto triste.

O tempo passou. E um dia, quando eu chegava do trabalho, encontrei meu doce amigo Rapha sentado no sofá da sala, ainda de mala na mão e com a aparência de cansaço.

Corri para abraçá-lo. Ele se levantou com rapidez, absorvendo o impacto da minha corrida e do meu abraço, tendo até que se apoiar um pouco no sofá, para evitar que nós dois caíssemos.

– Rapha! Você não faz ideia do quanto estava ansiosa por sua chegada – eu disse, ainda ofegante por causa da corrida e da surpresa.

– Idem, minha cara. Se não fosse assim, não estaria aqui, ainda de mala na mão.

– É verdade, querido. Obrigada. Mas eu quero saber de tudo.

– Bem, o lado bom é que acho que vamos solucionar o problema de Lorenzo. Mas o lado ruim é que viajo amanhã de novo. Só tenho uma semana para resolver isso na Itália; preciso voltar logo.

Rapha me explicou tudo, o modo como conseguira as informações, suas expectativas e o que precisava fazer na Itália. Depois conversamos mais, sobre nós e a vida; mas logo ele teve que ir, sem ao menos me dar tempo de matar a saudade. Porém, era por uma boa causa.

Ele não demorou muito a voltar de viagem. Foram duas semanas, um pouco mais do que o planejado. O melhor é que o período na Itália havia sido mais proveitoso do que ele imaginara. Ele visitou os parentes, agradeceu a ajuda de todos e, sobretudo, confirmou suas suspeitas: Lorenzo era realmente a pessoa que ele presumia, a pessoa sobre a qual fora buscar informações. Ele era ex-reitor da Universidade de Gênova. A surpresa maior foi saber que ele tinha boa condição financeira, muitas posses na Itália, mas, infelizmente, não possuía nenhum parente vivo. A esposa, de quem ele só se lembrava da beleza cativante, também havia morrido, juntamente com o filho. Rapha soube disso porque o fato, acontecido no Brasil, tinha sido noticiado, na época, pelos jornais italianos, visto que Lorenzo era uma pessoa influente.

A reitora da Universidade de Gênova, Ignez Corado, também amiga de Lorenzo, contou para Rapha que o acidente havia ocorrido apenas dois anos antes, e Lorenzo tinha informado na universidade que faria um longo retiro, por isso não o procuraram mais, para respeitar sua dor. Mas, ao que tudo indicava, Lorenzo tinha ficado meio perdido no tempo, vagando solitário. E sua fortuna ficara intocada. Ele apenas mandava mensalmente, por crédito automático, um valor para a governanta, que era quem administrava a casa principal e cuidava do que podia na ausência do dono. Todos os outros imóveis estavam fechados, e Lorenzo não voltou mais para a sua antiga vida.

Rapha aproveitou para pegar todos os documentos de que precisava; tudo com a ajuda do Consulado ítalo-brasileiro, para tentar resolver juridicamente a situação do nosso amigo. Ele mesmo ficou encarregado de ser o curador de Lorenzo, até que ele recuperasse por completo a memória e pudesse retornar à vida normal. A partir de então, Lorenzo deixou de ser uma pessoa anônima, ele tinha um nome – Marco Lorenzo Tiezzi –, uma casa, uma vida. E, embora não tivesse mais as pessoas que amava, tinha novos amigos, que sempre o ajudariam.

Depois que eu soube das notícias, fiquei, além de feliz, surpresa por saber que aquele homem, por quem eu havia simpatizado tanto, tinha o nome de meu pai – Marcos. Coincidência ou não, eu jamais saberia, mas estava certa de que a empatia que sentira por ele era algo permanente. Eu tinha por ele, além de um profundo sentimento de amizade, o respeito e a admiração que uma filha amorosa tem pelo pai.

Lorenzo também, a cada dia, demonstrava-se mais paternal, protetor, e eu sabia que os laços que nos uniam não eram mais apenas de compaixão e simpatia, mas também de amor.

Desde o retorno de Rapha, eu esperava a hora certa para contar a Lorenzo sobre sua história. Precisava lhe dizer que havia uma vida esperando por ele, mas precisava dizer também que só teria que assumir sua antiga vida se quisesse. Eu estava disposta a cuidar do meu querido amigo pelo tempo que ele precisasse, ou para sempre, se assim desejasse. Ele precisava saber que tinha uma nova família e que podia ficar com ela; não precisava ir embora.

Combinei com Rapha para que me acompanhasse nessa nova empreitada: contar as novidades a Lorenzo. Para ele, Rapha não era mais um amigo de sua amiga. Depois que moraram juntos por um tempo, Lorenzo começou a cultivar por Rapha um sentimento fraternal, passando a considerá-lo um grande amigo. Lorenzo confiava muito nele.

O dia enfim chegou. Rapha já estava em minha casa, munido de todos os documentos de Lorenzo, bem como de fotos, cartas, cópias dos jornais que falaram do acidente. Então, nós contamos tudo. Rapha foi quem começou.

– Lorenzo, meu caro amigo, você sabe que fui à Itália para tentar descobrir sua história, não sabe?

– Sim, eu sei. E, pela forma como está falando, parece que descobriu alguma coisa, não foi?

– Sim, amigo – confirmou Rapha e fez uma pausa. Mas antes que ele recomeçasse a falar, procurando as palavras certas, eu falei.

– Lorenzo, quero que saiba, meu querido, que, independentemente de qualquer coisa, nada muda. Você é como um pai para mim, uma pessoa muito querida, que eu quero ao meu lado para sempre.

– *Sì, cara mia* – disse ele em italiano, os olhos calorosos, como se entendesse a situação e dissesse que a recíproca era verdadeira.

Rapha então começou a contar sobre a viagem, sobre o que havia descoberto. Explicou a situação dele, mas sempre com a mão em seu ombro, oferecendo o apoio de que Lorenzo precisava.

– Lorenzo, agora que sabe de tudo, queria lhe mostrar algumas fotos que eu trouxe da Itália, para saber se você se recorda de algo. Tudo bem para você?

– Sim. Onde estão as fotos?

Ele estava abalado, isso era certo. Podia ver os olhos angustiados dele, arregalados, a respiração superficial, a expressão assustada. Temi por meu amigo. Ele já era idoso, tinha mais de 70 anos, e havia passado por situações muito dolorosas. Não sabia o que isso poderia causar à saúde dele, e não queria arriscar.

– Lorenzo, se você quiser, podemos esperar um pouco mais para você ter tempo de refletir sobre tudo isso, se acalmar. Depois, quando se sentir pronto, nós continuamos essa conversa. Aí você vê as fotos, os documentos e os jornais. Amigo, não precisa ser tudo agora; você não precisa ter pressa.

– Não, Bia – disse ele, depois de refletir um pouco. – Eu quero ver, preciso ver. Não vai me acontecer nada, eu estou bem.

Rapha então abriu sua pasta e pegou alguns papéis.

– Estas são algumas fotos – disse Rapha, segurando um pequeno envelope. – Eu peguei em sua casa, em Gênova. Sua governanta, Costanza, fez questão de escolher as melhores, as mais significativas. – Rapha as tirou do envelope e as passou para as mãos de Lorenzo.

O nosso amigo olhou a primeira foto, que o retratava no gabinete de reitor da Universidade de Gênova. Ele suspirou, mas não disse nada, e passou para a outra, que era dele e vários colegas, possivelmente da universidade, num dia festivo. Também não disse nada. Depois passou para a foto seguinte. Ao ver a terceira foto, Lorenzo por fim expressou emoção. Era a foto dele e da esposa, vestidos de noivos, um ao lado do outro, as mãos entrelaçadas.

Lorenzo passou os dedos sobre a foto e lágrimas começaram a escorrer dos olhos dele. Não tinha muito que fazer, por isso eu só o abracei, mostrando que eu entendia o que ele estava sentindo. Eu também vira a foto de uma pessoa amada que havia perdido e, embora tivesse acontecido há muito mais tempo, a dor era igual, não importava quantos anos tivessem transcorrido.

– Calma, amigo – falei. – Acho que já é o bastante por hoje. Você vai ter todo o tempo do mundo para ver essas fotos. E nós vamos estar aqui, da mesma forma, para ampará-lo, para amenizar a sua dor, como se fosse nossa também.

– Obrigado, filha. Estou mesmo cansado e queria dormir um pouco. Você me ajuda a ir para meu quarto?

– Claro! – Auxiliei Lorenzo a se levantar, com o apoio de Rapha, e o levamos para o quarto dele. Depois falaríamos com nosso amigo, quando estivesse mais calmo e descansado.

Lorenzo, aos poucos, começou a se lembrar de tudo. Mas ele não estava mais só, portanto o processo foi menos doloroso do que se poderia imaginar.

Já fazia seis meses desde que soubera de sua verdadeira história. Quis ficar comigo, e eu o agradeci muito por isso; não queria que ele fosse embora.

Lorenzo começou a cuidar de suas coisas, interessar-se pela vida anterior, agora completamente lúcido, curado.

Charles, certo dia, foi até minha casa dar a notícia:

– Lorenzo, amigo, agora você está livre de mim e do hospital, pois está completamente recuperado.

Rapha, diante da notícia, não poderia ter tido outra atitude que não fosse a de devolver a curatela a Lorenzo, dizendo que o juiz já havia liberado a administração de todos os bens dele, e que ele já podia assumir a própria vida.

Embora não fosse intenção de Lorenzo me deixar, certo dia ele me disse, meio sem jeito, que desejava voltar à Itália. Falou que precisava conhecer de perto sua história, que tinha o dever de voltar. Disse que seria temporário, que logo voltaria para me visitar. Acrescentou que queria ter certeza sobre o lugar onde gostaria de terminar os seus dias.

– Pare com isso, amigo! – exclamei, quando Lorenzo mencionou o lugar onde gostaria de "terminar os seus dias". – Você vai viver muito, e nós vamos ter muitos momentos felizes juntos. Bem, se sente que precisa disso, que é necessário voltar às suas raízes, vou entender. Vou morrer de saudade, tenho certeza, e vou desejar todo dia que você volte logo, mas vou ficar bem, porque sei que vai estar procurando se encontrar, procurando encontrar sua paz. Então, vá, amigo, mas volte, porque preciso de você aqui.

E ele foi, mas não só ele. Rapha também precisou viajar, levando Sebas com ele, onde terminaria seus dias junto do dono, já que a viagem seria um pouco longa e Sebas estava bastante velho.

Iris já tinha três filhos – um ainda pequeno – e não tinha tempo algum para me dar atenção. E Charles não tinha olhos para outra coisa que não fosse o início do funcionamento da clínica, a mulher e os filhos. E era minha obrigação entender. Fê também estava longe; não havia previsão para finalizar o mestrado e voltar ao Brasil.

Rodrigo quase não ficava mais em casa, e, quando voltava das viagens, estava sempre cansado, tinha pouco tempo e disposição para conversar comigo, para me distrair. A maior parte do tempo brigávamos, e podia ser por qualquer motivo – falta de atenção ou alguma bobagem, como algo que estava faltando em casa ou uma mancha em uma de suas camisas ou um colarinho mal passado. Ele dizia que, já que éramos só nós dois, eu deveria dedicar mais tempo a ele e às coisas da casa. Jamais se conformou por eu me desdobrar em dez e dar atenção a outras pessoas também. Dizia que não era culpa dele se não ficávamos mais tempo juntos, porque, quando ele podia ficar em casa, eu estava na universidade ou fazendo trabalho voluntário.

Lorenzo, por sua vez, já estava havia vários meses na Itália e eu estava morrendo de saudade do seu jeito terno e amigo. Queria muito reencontrá-lo, e talvez fosse uma boa hora para fazer isso, para visitá-lo, já que a minha vida era só solidão, trabalhos voluntários, brigas, universidade, brigas, projeto da casa de leitura – que, graças a Lorenzo, já estava em andamento, devido a uma generosa doação feita por ele –, brigas e a saudade imensa dos meus amigos queridos. Eu precisava de férias.

Resolvi, então, que tinha que ver Lorenzo e que aquela era a hora ideal. Era o início das férias de final de ano, e Rodrigo estaria viajando por pelo menos um mês. Era tempo suficiente para matar um pouquinho da saudade que eu sentia do meu velho amigo.

Pedi que Charles se encarregasse da casa de leitura, o que ele aceitou prontamente – talvez visse a urgência com que eu precisava sair um pouco, viajar, e que qualquer empecilho seria um motivo para eu desistir. Ele falou para não me preocupar com nada, que ele e Iris dariam conta de tudo. Seria a minha primeira viagem à Itália.

Desembarquei no aeroporto de Milão às cinco horas da tarde, completamente atordoada com o fuso horário.

Lorenzo me esperava, todo emocionado, no portão de desembarque. Quando me avistou, apressou-se para me dar um abraço. Naquele momento tive certeza de que ali também era a minha casa.

Ele já me prevenira de que fazia muito frio na Itália naquela época do ano, mas não achei que fosse tanto. Mesmo com um casaco pesado, ainda assim eu tremia. Com certeza precisaria comprar roupas apropriadas para o clima.

Eram meados de dezembro, e eu ficaria ali até meados de janeiro, quando teria que voltar para as aulas na universidade. Lorenzo reclamou do pouco tempo que eu passaria com ele, mas entendeu que não podia me ausentar por tanto tempo do Brasil. Havia muita coisa no meu país que reclamava a minha presença, mas queria convencê-lo a voltar para casa comigo, pois já o considerava parte da minha família.

Lorenzo me levou primeiro para a casa dele – que não era bem uma casa, mais parecia um daqueles castelos medievais –, dizendo que eu precisava me aquecer e que depois me mostraria a cidade, a sua vida.

Conheci primeiramente os fiéis colaboradores de Lorenzo. Costanza era a governanta, aquela que mantivera tudo em ordem durante o tempo em que Lorenzo estivera afastado. Ela disse que sabia que ele voltaria, por isso apenas esperou, como se nada tivesse acontecido.

Conheci também o restante da equipe de empregados, o motorista, a cozinheira, a arrumadeira, o jardineiro – que foi quem manteve as amadas rosas de Lorenzo vivas e belas –, e conheci a tão famosa coleção de livros dele. Lorenzo tinha uma sala imensa cheia de livros, perfeitamente conservados, em estantes que iam até o teto, abarrotadas de obras memoráveis e de valor incalculável. Além de ter sido reitor e professor, Lorenzo também era estudioso da história da arte em geral e da literatura, especificamente. Essa a razão do seu grande conhecimento sobre as obras.

– Esta é minha grande fortuna! – disse-me ele ao me mostrar sua biblioteca.

Lorenzo foi muito atencioso durante todo o tempo em que estive na Itália. Mostrou-me a Universidade de Gênova, na qual fora reitor e onde assumira, depois de seu retorno, o cargo de honra de orientador de Estudos da Arte e Literatura Mundial – criado especialmente para ele, pela sua contribuição acadêmica à Região da Ligúria e ao país.

Conheci também as cinco províncias próximas a Gênova, que eram um lugar especial para Lorenzo. Ele adorava Cinque Terre, sobretudo Vernazza. Eram as cinco *comuni*: Monterosso, Vernazza, Riomaggiore, Corniglia e Manarola. Todas lindíssimas, cercadas por mar e montanhas – um cenário simplesmente deslumbrante. Mas, sem dúvida, Vernazza era a minha preferida.

Visitei, ainda, o Parque Nacional de Cinque Terre. Embora de acesso um pouco difícil, devido, principalmente, ao interesse pela proteção à fauna e flora da região, também porque era de extrema importância para o país preservar a cultura e a arquitetura local, ainda assim pude ter uma ampla visão do lugar, que, com certeza, seria uma visão inesquecível.

Outra coisa que fiz questão de conhecer e Lorenzo me mostrou em minúcias foi a gastronomia de Cinque Terre, bem como o vinho produzido na região. Sciacchetrà era a especialidade de vinho daquelas terras, como também o Bianco Cinque Terre. O doce de limão também me chamou a atenção – meu paladar não estava acostumado ao sabor agridoce do prato, mas era delicioso.

De todas as coisas lindas e inesquecíveis que tive a oportunidade de conhecer, Vernazza seria a imagem que eu levaria para sempre em meu coração. Vista de cima da trilha, a pequenina cidade parecia uma concha protegendo seu tesouro. O fim da tarde em Vernazza era algo que não se podia ver em qualquer lugar. Mesmo com o tempo nublado, com a claridade difusa pelas nuvens, era possível ver o rosa mágico do céu sobre o lindo mar azul. Avistar aquela bucólica cidade sobre as rochas dava-me uma enorme sensação de segurança, como se estivesse protegida por um forte de grandes batalhas. A paz transmitida pela doçura colorida das belas imagens era uma visão que eu sempre buscaria em minha mente, sempre desejaria ter por perto; era muito próximo da ideia que eu fazia de paraíso. E prometi a mim mesma que era para aquele lugar que eu voltaria quando tivesse sede de paz.

Lorenzo me deixou no aeroporto de Milão na hora do embarque. Ele não falou muito, mas pude ver a emoção contida em sua voz.

– Você volta, *figlia mia*?

– Sim, volto, Lorenzo.

– Promete?

– Prometo. – Ele havia perguntado a mesma coisa um ano antes, quando estava no hospital.

– Eu acredito em você; vou ficar esperando.

Ele me abraçou e me beijou a testa, mas desviou o olhar. Estava chorando. Depois foi embora... sem olhar para trás.

Capítulo 11
SEU OLHAR

> *Baltasar Mateus, o Sete-Sóis, está calado, apenas olha fixamente Blimunda, e de cada vez que ela o olha a ele sente um aperto na boca do estômago, porque olhos como estes nunca se viram, claros de cinzento, ou verde, ou azul, que com a luz de fora variam ou o pensamento de dentro, e às vezes tornam-se negros noturnos ou brancos brilhantes como lascado carvão de pedra.*
>
> – José Saramago,
> *Memorial do Convento*

A viagem à Itália me deixou pouco tempo para organizar meu retorno à universidade. O semestre de 2006 começava e, apesar da correria e do cansaço, eu podia dizer que me sentia renovada.

Passei pela secretaria do *campus* antes de ir para a sala de aula. Precisava pegar meu novo material e a lista de alunos.

– Bom dia, meninas! – cumprimentei rapidamente Suzy e Beth, as secretárias, que me olharam com curiosidade.

– Olá, Bia! Como foi a viagem? – perguntou Beth.

– Não poderia ter sido melhor!

– Pelo seu entusiasmo, dá para perceber que foi ótima mesmo! – comentou Suzy.

– Meu material está pronto? Estou meio atrasada.

– Aqui está, querida. – Beth me entregou o material de que eu precisava. – Ah, você tem um aluno novo. Na verdade, é um aluno ouvinte. O nome dele está aí na sua pasta. Um amigo dele, seu aluno André, está doente, e ele se ofereceu para assistir às aulas e pegar a matéria. Prestativo, não?

– Sem dúvida! – respondi apressadamente, pegando o material, sem ter tempo de olhar o nome do aluno.

– Não vai nos contar sobre a viagem? – perguntou uma delas, quando eu já estava saindo.

– Sim, claro! Mas depois da aula. Agora preciso correr para a sala. As fotos estão no carro; depois da aula eu pego para vocês darem uma olhada.

– Tudo bem. Boa aula, então! – desejou Suzy.

– Obrigada. E bom trabalho para vocês também!

Quando entrei na sala de aula, cumprimentando os alunos já conhecidos, fui tomada de surpresa ao passar os olhos pela sala e ver, no fundo, alguém que eu parecia já conhecer uma vida inteira.

O olhar dele encontrou o meu com a mesma surpresa, e ele me fitou fixamente, sem entender a situação.

Aquele olhar não era algo que eu pudesse esquecer, mesmo vendo-o uma única vez e por pouco tempo. Ao fitá-lo, eu me senti como se estivesse fora de eixo, deslocada, e de repente meu mundo encontrasse o equilíbrio que faltava, de que necessitava para manter os pés firmes no chão. Era como a calmaria de uma brisa leve da manhã depois de uma noite de tempestade, quando o sol enfim banhava a existência humana.

Pensei tudo isso numa fração de segundo, sem entender absolutamente nada daquilo que eu sentia. Era estranho, novo, agradável e inquietante ao mesmo tempo. Era como se uma saudade abrasadora finalmente estancasse diante dos olhos dele.

Fiquei paralisada por um segundo, porque eu não estava preparada para reencontrar aquele olhar. O pior é que isso não devia ter significado nenhum, mas ser apenas uma doce coincidência.

Ele sorriu de onde estava, no fundo da sala, ao ver a minha surpresa, a minha confusão interior. E parecia feliz. Eu já tinha visto aquele sorriso antes, eu o conhecia mais do que a mim mesma. Convivera com aquele sorriso por boa parte da minha vida, porque era a cópia perfeita do sorriso infantil de meu pai.

Depois da última vez que vi aquele sorriso no rosto daquele garoto, quase três anos antes, tantas foram as vezes que sonhei com ele, com a certeza de que jamais o veria novamente... E acordava triste, com um vazio, uma saudade inexplicável.

– Olá, turma! – falei, acordando do meu transe. – Como foram as férias?

Todos responderam ao mesmo tempo, sem que se pudesse distinguir quem falava o quê, tão grande era a algazarra no momento.

– Calma, pessoal! – quase gritei. – Todos vão falar, já que temos um semestre inteiro pela frente para colocarmos o assunto em dia, mas agora preciso começar a aula. Vamos lá?

Olhei para o fundo da sala, pegando ao mesmo tempo minha lista de alunos, e todos acompanharam meu olhar. Eu não precisava ver a lista para saber o nome dele, jamais o esqueceria. Mesmo assim, passei o dedo sobre os nomes dos alunos.

– Bem, parece que temos um aluno novo na sala. – Ele não tirava os olhos azuis dos meus, com a mesma curiosidade e ansiedade. – Leonardo, certo? – perguntei, olhando para ele. – Leonardo Prado.

– Sim, mas pode me chamar de Léo – respondeu ele, sem dizer nada sobre o fato de já nos termos visto antes. Talvez ele não lembrasse, talvez aquela lembrança inesquecível do garoto lindo no antiquário de Taubaté fosse só minha.

– Bem, Léo, aqui diz que você é um aluno ouvinte.

– Na verdade, sou amigo de André, seu aluno. Como ele está com catapora – quando disse isso, algumas pessoas na sala riram da situação –, e deve ficar um mês sem poder vir às aulas, eu me ofereci para vir e anotar a matéria para ele. André só se matriculou em duas disciplinas este semestre, e as duas são com você. Achei que não teria problema se eu pudesse ficar e dar essa ajuda a ele.

– Não, de jeito nenhum – assenti. – Você pode ficar, sim. E é muito gentil de sua parte. Não é qualquer pessoa que se dispõe a assistir aulas de literatura para ajudar um amigo.

– Para mim, sinceramente, é um prazer – disse ele. – Adoro literatura, e ele sempre falou muito bem das aulas. Vai ser uma experiência, no mínimo... diferente.

– Seja bem-vindo!... Aos poucos você vai acompanhar o andamento das aulas. Fique à vontade.

A aula passou rapidamente, talvez pela minha pressa em terminá-la. Eu estava pasma com a presença daquele garoto ali. Alguém que eu conhecera num momento inusitado, anos antes, e agora aparecia assim, inesperadamente, caindo de paraquedas no meio da minha aula. E aquele olhar, aqueles olhos... eram inquietantes. Mais uma vez eu estava diante daqueles olhos, que me tiraram o sono sem explicação alguma, como se já os conhecesse, já os tivesse visto uma vida inteira, ou vidas inteiras. Precisava me desvencilhar daqueles pensamentos. Não podia deixar que aquele jovem – que eu mal conhecia – mexesse tanto comigo simplesmente por estar na minha sala. E o meu coração comprovava a reação exagerada que eu sentia, acelerando, deixando-me tensa. Não estava entendendo, principalmente porque ele continuava me encarando como se sentisse o mesmo.

– Bem, turma, é isso aí. Por favor, não se esqueçam da palestra na quarta-feira. A gente se vê na próxima aula.

Depois, comecei a guardar o meu material, enquanto também respondia a algumas dúvidas dos alunos, que já se dirigiam para a porta. Terminadas as costumeiras conversas de fim de aula, eu já saía da sala, quando percebi uma mão no meu ombro.

– Bia – disse meu novo aluno, apertando meu ombro, e eu me lembrei instantaneamente do encontro de nossas mãos anos antes. A sensação de vibração e paz foi a mesma. E não podia ficar tão vulnerável ao toque de um desconhecido, que provavelmente desapareceria de novo do meu mundo da mesma forma inusitada que entrara.

– Pois não? – respondi, disfarçando o meu abalo. – Alguma dúvida?

– Não, nenhuma dúvida – disse ele. – Sua aula é ótima! Adorei. Na verdade, bem, acho que nos conhecemos num outro momento – eu jamais esquecera aquele momento –, e fiquei me perguntando se você lembra... se você se lembra de mim... – Fiquei feliz por perceber que ele também se recordava. – Estou mais velho... talvez tenha mudado um pouco.

– Você não está tão mais velho e não mudou nada – falei, sorrindo. Com exceção da pouca barba que usava na época, ele continuava igual, com o mesmo rosto lindo.

– Então, você se lembra de mim?

– Claro. Não faz tanto tempo assim!

– Eu sei, mas é que foi em outra cidade, e foi um encontro rápido.

Não podia lhe dizer que tinha sido um encontro rápido, mas muito intenso, e que eu jamais havia esquecido aquele dia. Só não imaginava que o encontraria novamente, pois achava que aquele encontro ficaria só na lembrança.

– Bem, não pensei que voltaria a encontrar você, e estou surpreso, sem ação, sem saber o que dizer...

– Você cuidou bem do livro que quase foi meu? – interrompi, mudando de assunto, porque eu também não estava sabendo como agir. Ele riu da pergunta.

– Muito bem. Aquele livro é minha relíquia – respondeu ele, sorrindo. – E, sempre que o abro, volto no tempo. Consigo até mesmo sentir o cheiro daquele lugar, como se sempre tivesse sentido aquele aroma. – Fiquei impressionada com as palavras dele, porque o que descrevia era o que eu sentia também. Para mim o cheiro daquele antiquário também parecia familiar.

– Alecrim e páginas envelhecidas – complementei. – Como poderia esquecer?

Ele me fitou, abrindo mais os lindos olhos azuis, como se eles falassem por ele; pude sentir a força de seu olhar.

– Exatamente! Foi tudo muito mágico. Aquele livro tem o poder de me transportar no tempo. Basta abri-lo para eu voltar àquele lugar. Depois vi que era coisa da minha cabeça. Cheguei a pedir a alguns amigos que abrissem o livro, para ver se sentiam o mesmo aroma, mas nenhum demonstrou a mesma reação. Aí, achei que era algo que só tinha a ver comigo e não dividi com mais ninguém.

Enquanto Léo falava, terminei de recolher meu material e comecei a andar em direção à porta. Ele se ofereceu para levar minhas coisas, e eu deixei; estava mesmo sobrecarregada.

– Onde está seu carro?

– Logo ali – respondi, apontando na direção do estacionamento –, você não vai ter que me acompanhar muito.

– Que pena... Quero dizer, ainda estou curioso, queria muito conversar com você. Ainda estou surpreso por virmos parar no mesmo lugar... de novo.

– Sinceramente, também estou, mas vamos ter mais tempo para falar sobre isso. Você falou que vai ficar um mês, não foi?

– Isso mesmo. Acho que vai levar esse tempo para André se recuperar.

– E como ele está?

– Muito feio – brincou ele, com um sorriso. – Na verdade, já é feio sem aquele monte de bolhas na cara... Mas vai ficar bem. Só precisa se cuidar e não sair de casa, para não contagiar outras pessoas.

– E você não tem medo de pegar catapora?

– Não. Tive catapora quando criança. E quero ajudá-lo, de qualquer maneira. Ele é um bom amigo.

– Você também parece ser um bom amigo. Fico feliz que André tenha um amigo como você.

– Quer dizer, então, que você mora no Rio – concluiu o jovem, mudando de assunto.

– Sim. Eu nasci aqui. E você? Mora em São Paulo?

– Não. Bem, eu morava em São Paulo, mas voltei para o Rio faz um ano. Na verdade, nasci no Rio. Depois, quando tinha 6 anos, fui para São Paulo com meus pais e fiquei lá até os 18. Mudei logo depois daquele nosso agradável encontro na livraria.

Nesse momento nos aproximávamos do meu carro. Peguei a chave na bolsa e apertei o botão para destravar as portas. Ele abriu uma das portas traseiras e acomodou meus livros no banco.

– É, parece que chegamos ao nosso destino – disse ele, baixinho.

– Obrigada por me ajudar com os livros.

– Não foi nada... Bia, você está indo para casa? Quero dizer, já está indo embora, saindo do *campus*?

Não entendi o porquê da pergunta.

– Não, ainda não. Preciso levar umas fotos da minha viagem à Itália para as meninas da secretaria. Elas estão curiosas para vê-las.

– Itália?

– Sim, Cinque Terre.

– Adoro aquele lugar! – ele exclamou, respirando fundo, como se sentisse saudade.

– Você conhece Cinque Terre? – perguntei, surpresa; Cinque Terre não era um lugar comum.

– Sim, conheço. Estive lá no ano passado, de férias, com minha tia. Conhecemos um pouco da Inglaterra, mas ficamos mais tempo na Itália. E eu me apaixonei por Cinque Terre, principalmente Vernazza.

– Vernazza também é a minha preferida entre as cinco províncias!

– Mais coincidências... – ele falou, como que para si mesmo. – Encontrei outros livros maravilhosos lá na Itália, embora eu já tenha o meu preferido. Se você quiser ver, pode ir a minha casa ou... posso trazer alguns aqui para você ver. Inclusive o que "quase" foi seu...

– Vou adorar! – respondi com entusiasmo, rindo do jeito como ele falava atrapalhando-se um pouco, por achar que tinha falado demais.

– Desculpe, se estou falando com você de um jeito meio informal demais. Afinal, você é professora universitária, com títulos e essas coisas que fazem com que os chamemos de "doutores". Mas é que nos conhecemos antes numa situação informal e, além disso, às vezes tenho a impressão de que conheço você há muito tempo.

– Mas quase três anos é de fato um bom tempo – eu disse, procurando uma justificativa para a sensação que nós dois tínhamos.

– Não, não estou me referindo ao nosso último encontro. Refiro-me há muito mais tempo, como se eu sempre a tivesse conhecido. Desculpe, não consigo explicar.

– Não precisa, então – falei, tentando escapar do assunto que também me desconcertava. – Vamos pular essa parte.

– Está bem. Bom, Bia... Posso continuar chamando você de Bia? Ou prefere "professora, doutora, senhora"? Eu, sinceramente, ia detestar isso, confesso. Você é jovem demais, mas...

– Apenas Bia – interrompi, dando-me conta de que a porta do carro ainda estava aberta. Foi quando olhei para ele e para a forma como segurava a porta aberta, como se quisesse mais tempo, mas ele percebeu e fechou a porta, depois voltou a falar:

– Bia, posso acompanhá-la até a secretaria? Assim, podemos conversar mais um pouco. Depois trago você de volta para o carro.

– Pode. Mas não se incomoda em esperar por mim enquanto mostro as fotos às secretárias?

– Não, não me importo. Espero você.

Peguei rapidamente as fotos, que estavam no banco do passageiro, e as coloquei na bolsa. Depois caminhamos juntos até a entrada da secretaria.

– Do que você mais gosta em Vernazza? – perguntou Léo, enquanto seguíamos para o bloco onde ficava a secretaria do *campus*.

– Gostei de tudo lá, embora estivesse muito frio, não estava acostumada. Mas adorei principalmente o píer, aquele pequeno caminho que leva ao encontro do mar, onde você pode ficar ali, olhando as ondas quebrando nas pedras... É tudo muito mágico. Também gosto do pequeno braço de terra, que mais parece uma concha protegendo um tesouro. A areia é escura, diferente da nossa... E aquela aparência de antiguidade, de histórias vividas, isso me envolve bastante. Fiquei imaginando quantas histórias aconteceram naquele lugar; histórias de amor, de poder...

– Eu... entendo o que está dizendo – falou ele, a voz fraca. Parecia emocionado, mas talvez fosse impressão minha. Tudo naquele dia parecia surreal mesmo, assim como aquele olhar.

– O píer também é o meu lugar favorito. Um dia quero voltar lá, sabe, morar lá. Quando nada mais fizer sentido aqui... ou quando eu quiser recomeçar, é para Vernazza que eu vou.

– Quem sabe? – eu disse, tirando-o daqueles devaneios.

– Quem sabe? – respondeu ele, voltando a me olhar, e rimos juntos.

– Parece que chegamos ao nosso destino – falei, olhando para a entrada do prédio. Ele abriu aquele sorriso infantil de meu pai, ao perceber que eu estava repetindo as palavras que ele mesmo dissera minutos antes, num sussurro.

– É... de novo. Bem, espero você aqui, mas não se apresse por minha causa. Posso esperar, não se preocupe.

Deixei-o, então, na entrada do prédio, enquanto subia os degraus para o primeiro andar, embora minha vontade fosse ficar, continuar conversando, saber mais.

Mostrei as fotos às secretárias às pressas, descrevi as pessoas e os lugares, enquanto Suzy e Beth passavam as fotos de uma para a outra e se revezavam para atender a um ou outro aluno no balcão. Eu estava com pressa, alguém me esperava no andar inferior e já estávamos havia um tempinho conversando ali.

Por sorte, quase não havia mais alunos no *campus*. Era horário de almoço e a maioria estava no restaurante universitário. Não demorei muito para voltar. Desci as escadas apressadamente, achando que não o encontraria mais lá embaixo. Havia se passado meia hora desde que o deixara na entrada... meia hora de espera. Mas, quando cheguei ao último degrau, ele ainda estava lá, os braços cruzados sobre o corrimão no final da escada, olhando para cima. Provavelmente, observando a minha pressa. Assim que encontrei o seu olhar, veio-me aquela sensação de paz e equilíbrio... mais uma vez.

– Calma! – disse ele, segurando carinhosamente meu punho quando desci o último degrau. – Correndo assim, você pode cair e se machucar.

– Bem, já faz mais de meia hora que deixei você aqui embaixo! Achei que não o encontraria mais.

– O que são trinta minutos? Esperei quase três anos... – Ele me olhou profundamente e depois não falou mais nada.

– Você não vai se atrasar para algum compromisso? Já faz muito tempo que está aqui.

– Não, pedi que me liberassem do estágio às terças e quintas-feiras durante este mês, para que eu pudesse assistir às aulas no lugar de André. Só tenho a faculdade à tarde, mas ainda posso ficar alguns minutos. Vamos, então? Deixo você em seu carro, depois sigo o meu caminho.

– Você está de carro? – perguntei, enquanto voltávamos ao estacionamento. – Precisa de carona para a faculdade?

– Obrigado, não vai ser preciso. Hoje estou de carro. A carona fica para outro dia. Vou cobrar, hein? – disse, brincalhão.

– Mas explique uma coisa: você saiu de Taubaté e veio para o Rio. E não pretende voltar para lá?

– Bem, meu pai tinha sido transferido para Taubaté na época, por causa do trabalho, mas não vai precisar voltar mais. Na verdade, eu adoro o Rio, e, mesmo que ele tivesse de voltar, eu ficaria. Naquela época, eu era criança, não havia nada que pudesse fazer. Mas agora, adulto, acho que já posso dizer "não". Logo vou estar formado e quero mesmo morar sozinho.

– E por que você não gostava de lá? – perguntei, curiosa pela maneira melancólica como ele falava de Taubaté.

– Eu não disse que não gostava. Disse que gostava mais daqui.

– É verdade. Mas foi o modo como falou... Bem, parecia triste.

– Você tem razão. Eu não gostava mesmo muito de Taubaté. Não sei explicar... de novo... Era como se me faltasse algo, e, às vezes, eu me sentia realmente triste. Ainda tinha o clima. Aquele ar abafado, sufocante me irritava. – Aquela foi exatamente a mesma sensação que senti quando estive em Taubaté... uma única vez.

– É bom ouvir você falar, sabia? – comentei, sem entender por quê.

– É bom poder falar essas coisas para alguém... para você. Acho que nunca falei a respeito desse assunto com ninguém. Acho também que ninguém nunca perguntou...

– Bem, Léo, agora preciso ir embora, de verdade. Você vem na próxima aula? – perguntei, e queria muito que ele fosse. – Talvez você não tenha se interessado muito pela aula...

– Pelo contrário! Você não vai se livrar de mim com tanta facilidade – disse ele, com um sorriso. – Estarei aqui na próxima aula, pode contar com isso.

– Então, nós nos vemos depois – eu disse, inclinando-me para dar um beijo no rosto dele, que retribuiu com outro. Em seguida, abri a porta do motorista e entrei, seguindo o meu destino. Ele ficou me observando, parado, fitando-me com os seus lindos olhos azuis.

• Capítulo 12 •
DESENTENDIMENTO

> OTELO – *Ora, vamos! Jura por Deus e condena-te ao inferno; isso para que, com essa tua aparência celestial, os próprios demônios não tenham medo de vir buscar-te. Que tu sejas, portanto, duas vezes amaldiçoada. Jura por Deus que és honesta.*
> DESDÊMONA – *Deus sabe que verdadeiramente o sou.*
>
> – William Shakespeare,
> *Otelo*, Quarto Ato

Quando cheguei em casa, depois daquela manhã surpreendente, encontrei Rodrigo sentado no sofá da sala, de cara amarrada.

– Qual o problema? – perguntei, enquanto deixava as chaves sobre o móvel ao lado da porta e ia para a cozinha. Ele me acompanhou.

– Você está atrasada para o almoço. Fiquei em dúvida se viria ou não, então acabei não almoçando... até agora.

– Desculpe. A bateria do celular descarregou. Não deu para avisar que ia me atrasar um pouco. Mas você deveria ter almoçado sem mim.

– Mas combinamos de sempre almoçarmos juntos quando eu não estivesse viajando, lembra? – disse ele, aborrecido.

– Sim, lembro. Mas é que você sempre está viajando e acabo não me lembrando de quando está em casa. Principalmente quando vai ficar tão pouco tempo na cidade, já que viaja amanhã outra vez.

– É verdade. Mas esse é mais um motivo para ficarmos juntos, para aproveitar o maior tempo possível.

Eu resolvi ficar em silêncio. Sentia que aquele diálogo acabaria levando a mais uma briga despropositada. Então, enquanto ele falava, fui cuidar dos últimos preparativos para o almoço, que Maria já tinha deixado pronto. Até a mesa já estava posta, só faltava um suco para refrescar, pois o dia estava quente. Peguei a jarra de suco na geladeira e comecei a encher meu copo. Depois perguntei se ele queria também.

– Você quer suco ou prefere outra coisa?

– Prefiro um vinho.

– Tem certeza? Álcool talvez não seja a melhor opção. Você não volta para o escritório hoje?

– Na verdade, preciso relaxar um pouco. E, não, não vou ao escritório hoje. Ricardo está lá, e não enfrentou dez horas de voo como eu.

– Tudo bem. Então, vinho – concordei, já procurando um vinho leve na pequena adega portátil.

– Vai me acompanhar?

– Infelizmente, não. Preciso voltar para a universidade. Vou aplicar uma prova e também preciso dirigir.

Coloquei um pouco de vinho numa taça e a entreguei a Rodrigo, enquanto terminava de servir o almoço. Ele pegou a taça e me olhou especulativamente.

– Está tudo bem, Bia?

– Sim. Por quê?

– Você está... diferente. Parece meio distraída e... feliz.

– E estar feliz não é bom?

– Claro, é bom, sim... – Ele fez uma pausa e continuou. – Como foi seu dia na universidade? – Rodrigo estava curioso. Ele me conhecia muito bem, conhecia as minhas expressões faciais, sabia como eu era.

– Foi tranquilo. Tive que ficar um pouco mais depois da aula para dar algumas orientações. Também parei para mostrar as fotos da minha viagem para as secretárias...

– Sei. Alguma novidade? – Ele não parecia satisfeito.

– Como assim? O que você quer saber, Rodrigo?

– Aconteceu alguma coisa diferente?

– Não, exatamente.

Rodrigo já havia tomado a primeira taça de vinho. Enquanto começávamos a comer, ele não parou de me observar.

– O que quer dizer com "não, exatamente"?

– É que aconteceu um fato surpreendente durante a aula hoje.

– E o que foi?

– Lembra uma viagem que fizemos há quase três anos a Taubaté?

– Lembro. O que tem isso?

– Lembra que lhe falei de um certo antiquário e do garoto que queria comprar o mesmo livro que eu?

– Claro que lembro – disse ele, sorrindo com um pouco de malícia. – Mas o que isso tem a ver com a sua aula?

– Bem, hoje, ao entrar na sala para dar aula, surpreendentemente, o garoto estava lá, no fundo da sala.

– Surpreendente mesmo – reconheceu Rodrigo. – Mas ele não mora em Taubaté? O que fazia em sua sala de aula?

– Uma incrível coincidência! Ele é do Rio de Janeiro. Morou alguns anos em Taubaté, mas agora voltou. Hoje ele foi a minha aula no lugar de um amigo que está doente. Foi pegar a matéria por ele.

– Muito nobre – concluiu Rodrigo, e tomou mais um gole de vinho, sem parar de me observar. – Mas como você soube de todos esses detalhes?

– Nós nos falamos um pouco depois da aula. Ele também ficou surpreso com a coincidência.

– Surpreso ou interessado? – especulou Rodrigo, maldoso. – Agora entendi o atraso e as "orientações" que você precisou dar...

– Acho melhor você parar com essas insinuações – alertei-o, parando de comer. – Vai começar de novo? Você sempre implica com o meu trabalho.

– Não é o seu trabalho que me incomoda, são as pessoas, Bia. Você trabalha sempre cercada de homens, e é impossível não sentir ciúme. E eles sempre têm mais a sua atenção do que eu!

Já alterado, ele parou de comer também e tomou mais uma taça de vinho de uma só vez.

– Não são homens, são alunos! E todos me respeitam. Também não tenho só aluno do sexo masculino, a sala é mista. – Estava magoada com as desconfianças dele. – E sabe de uma coisa? Eu nem deveria estar falando disso com você. É inútil. Já expliquei um bilhão de vezes. Por que é tão difícil entender?

– Porque você é bonita demais! E tenho certeza de que seus "alunos" – falou com desdém, fazendo o gesto de aspas com as mãos – não ficam pensando só na sua didática durante a aula... Fico imaginando coisas, Bia, e isso me deixa louco, possesso.

As palavras dele me ofendiam.

– Que tipo de coisas?! Não, acho melhor nem dizer, você já bebeu demais.

– Não, eu *quero* dizer, faço questão. Você acha que é fácil para mim ficar viajando e deixar você aqui na toca dos leões?

– Ah, pare com isso, por favor... Você está sendo grosseiro.

– Por quê? Não acha que é isso o que eles querem? Eu vejo, Bia, quando andamos juntos. Os homens olham para você com desejo. Eu me seguro, muitas vezes, para não dar um soco na cara de cada um que cobiça você assim.

– Ninguém fica me olhando dessa maneira, Rodrigo, é só o seu ciúme que o faz ver coisas maldosas onde não existem.

– Você sabe que é verdade, só não quer admitir. Para ser sincero, não acho que você corresponda, eu já teria percebido. Também acho que me ama, o que faz toda diferença. Mas sei que da parte deles é exatamente assim. Eles olham para você querendo levá-la para a cama.

– Ah, não, isso já é demais... Você quer mesmo brigar, ao que parece. – Quando tentei me levantar da cadeira, ele segurou minha mão, impedindo que me levantasse.

– Lembra aquele jantar de negócios em Belo Horizonte, no ano passado, em que levei você comigo? Lembra aquele idiota, um dos executivos que estavam no jantar? Aquele nojento que não tirava os olhos de você? Lembra que Ricardo teve que pedir para a mulher dele simular uma indisposição, para que vocês duas pudessem deixar o jantar mais cedo? Foi uma situação constrangedora aquela, embaraçosa, e é sempre assim que acontece. Eu quase cometi uma loucura aquele dia.

– Não aconteceu nada de mais. Você é que tem uma imaginação fértil demais.

– Não, os homens é que têm, Bia.

– E o que você sugere para acabar com tudo isso, para você parar de "sofrer" tanto? – falei, também com desdém.

– Que tal largar tudo e se dedicar a mim e ao nosso casamento?

– Como se isso fosse resolver alguma coisa. – Eu estava enfurecida, com um nó na garganta. – Sinceramente nem sei se podemos mais chamar o nosso convívio de casamento. Pode esquecer, você sabe que está fora de cogitação eu deixar o meu trabalho. Já conversamos sobre isso, e só me casei com você porque aceitou essa condição.

– Não foi porque você me amava?

– Sim. Sempre amei você, mas, mesmo assim, não abriria mão da minha carreira.

– Quer saber? Acho isso tudo muito errado. Acho que, se você me amasse de verdade, não me deixaria viajar assim sozinho o tempo todo. Você viria comigo, estaria ao meu lado. E, se o nosso casamento está assim agora, não é por falta de amor, porque eu a amei mais que tudo, mais que a mim mesmo. Se está assim é por descuido seu.

– Se você acha tudo isso, por que só está falando agora?

– Não sei. Talvez eu tivesse esperança de você mudar de ideia, de que pudesse amar só a mim e nada mais.

– Isso não existe, Rodrigo, você sabe disso. Ninguém deve amar uma pessoa mais que tudo, mais que a si mesmo. Isso é autoanulação!

O almoço, àquela altura, não tinha mais sentido. A comida havia travado na garganta, não descia mais. Desisti de continuar, aquela conversa já estava me cansando, tinha me deixado exausta. Eu precisava sair dali, antes que não houvesse mais jeito, antes de nos magoarmos ainda mais.

– E esse *Léo*? – perguntou Rodrigo, num tom irônico e depreciativo. – Ele está dando em cima de você também?

Como ele podia saber o nome dele? Eu não havia dito!

– Ah, pelo amor de Deus, ele é só um garoto! E como você sabe o nome dele? Não me lembro de ter comentado.

– Você falou, sim, há quase três anos. Acha mesmo que esqueci? Você ficou empolgadinha demais naquele dia. Nunca me esqueço de nada que você me diz. Ao contrário de você...

– Você deve estar bêbado. Está falando bobagem demais.

– Bia, você pode até não corresponder ao assédio dos seus admiradores, mas eles só estão esperando uma oportunidade, uma pequena brecha, esteja certa disso. Aposto que esse garoto, Léo, ficou relembrando os bons momentos que vocês passaram juntos anos atrás, não foi? Pela quantidade de informações que você tem, as que me disse e, provavelmente, as que não me disse, vocês conversaram bastante... enquanto o otário aqui ficava esperando...

Rodrigo se mostrava irredutível, irônico, sarcástico e extremamente ofensivo.

– Você está me ofendendo, e a ele também. Nada disso aconteceu, só na sua cabeça suja...

– Pelo menos vocês não vão se ver por muito tempo, afinal ele não é seu aluno...

Preferi não comentar nada. Queria que Rodrigo parasse de falar aquelas coisas, mas não pude fugir do seu olhar inquisitivo.

– O que foi? – perguntou, estranhando meu silêncio. – Quer dizer que haverá outros encontros?

– Não, não vai haver encontro nenhum. Eu apenas vou dar as minhas aulas e ele vai assistir a algumas, vai ficar em minha sala por um mês.

– E eu vou ter que aceitar isso calmamente?

– Quer você aceite ou não, esse é o meu trabalho. E pode ter certeza de que não vou desistir dele.

Rodrigo estava furioso. Ele me olhava como se quisesse me enfrentar, como se quisesse ir às últimas consequências. Mas parou, respirou fundo, e ficou me olhando por alguns segundos. Resolvi, então, sair dali e ir para o nosso quarto. Ele me seguiu.

– Você ainda me ama, Bia?

Eu entrava no quarto quando ele lançou a pergunta na minha cara. Parei, pensando por um segundo antes de responder. Rodrigo me olhava, exigindo uma resposta com seu olhar fuzilante.

– É claro que amo você, Rodrigo. Um amor como o nosso não acaba tão fácil assim. Mas é que, às vezes, você exige demais de mim, você me sufoca com seu ciúme, e não há como não ficar abalada com isso. É como se você me quisesses só para você, quisesse a minha alma e eu não pudesse mais ter a minha vida.

– Então, quer dizer que você me ama, mas com restrições, é isso?

– Não. Eu amo você, mas queria que me entendesse.

Notei que Rodrigo agora tentava se controlar, ficar mais calmo. Parecia querer repensar tudo o que disse. Então se aproximou mais de mim, segurou a minha mão e começou a falar:

– Bia, sei que exagerei... Eu não devia falar todas essas coisas, porque você não merece. Mas é que fico louco só de pensar em perdê-la.

– Você não vai me perder, Rodrigo – eu disse, apertando a mão dele em sinal de perdão. – Como falei, eu amo você, meu querido.

– Eu também a amo muito, Bia. Você pode me perdoar por isso? Por ter sido tão estúpido e grosseiro? – pediu ele, como sempre fazia depois de uma briga.

– Sim, tudo bem, está perdoado. Mas, por favor, tente se controlar – pedi, já sabendo que não demoraria a acontecer de novo.

– Claro, não vai mais acontecer. Deve ter sido o efeito do álcool. Perdi a razão. Desculpe, minha querida.

Observei-o com atenção e ele parecia sincero. Rodrigo olhou-me mais uma vez, ainda segurando minha mão. Depois, soltou-a e começou a acariciar o meu cabelo. Aproximou-se mais e beijou a base do meu pescoço. Com a outra mão, puxou-me pela cintura. Depois tocou meus lábios, com calma. Mas vi que ele queria mais, porque passou a me beijar com mais força e já me conduzia em direção à cama, atrás de mim. Eu me retraí, tentando afrouxar seu abraço.

– O que foi? Você não quer?

– Não é isso. É que preciso realmente voltar para a faculdade, e já estou bem atrasada...

Ele não pareceu conformado com a resposta e continuou beijando meu pescoço, meu ombro, puxando minha blusa.

– Tem certeza? Eu quero muito você, Bia.

– Por favor, Rodrigo. Preciso mesmo ir. Aproveite para pensar um pouco na nossa conversa e descanse também. Você parece exausto. À noite conversamos com mais calma.

– Você nunca disse "não" para mim – falou ele, triste, liberando-me do seu abraço.

– Isso não é bem um "não", é mais um "espere até um pouco mais tarde".

– Está bem, vou esperar. Vá para seu trabalho, então. Nós nos vemos à noite – concordou, beijando-me mais uma vez.

– À noite – assenti, tranquilizando-o. Em seguida, beijei o rosto dele e saí.

Embora Rodrigo tenha conseguido se controlar, embora tenhamos terminado aquela conversa de uma forma razoável, eu sabia que ele ainda estava contrariado. E eu não podia simplesmente fazer de conta que nada havia acontecido. Eu também estava chateada e me sentia mal. Na verdade, péssima.

Quando saí, melancólica, depois da discussão, enquanto dirigia a caminho da faculdade, não pude deixar de me lembrar de uma história triste – a história de um casal que se amava, mas cujo amor, por causa do ciúme, não teve a menor chance. Desdêmona e Otelo eram personagens trágicos, de um amor sincero, mas corroído pela desconfiança. Otelo não foi forte o suficiente para lutar por seu amor e superar suas dores, para vencer o ciúme que corroía sua alma, e não pôde evitar o fim fatal. O fim do amor.

Eu estava tão absorta em meus pensamentos que só quando estacionei pude ver no celular a mensagem que esperava já fazia dias. Vi que a mensagem era de Rapha e comecei a lê-la, ali mesmo, no carro.

Minha amiga querida, estou voltando... Ligo logo que chegar ao Rio... Aí, conversaremos bastante... Saudade. Amo você. Beijos.

Era tudo o que eu precisava ouvir para renovar as minhas forças. Rapha sempre tinha esse poder de me acalmar. Fiquei ali, pensando em como a amizade era algo essencial na vida de uma pessoa. Na minha, sem dúvida, era. E Rapha era a prova disso.

Continuei ali, parada no estacionamento, por mais alguns minutos, pensando em tudo o que estava acontecendo, na minha família, em Rapha; refletindo sobre a vida.

Certamente não era aquilo que eu sonhava para mim. Uma vida de brigas, de cobranças, de acusações injustas. Rodrigo também não merecia sofrer daquele jeito. Mesmo agindo da forma errada, ele sofria, isso era um fato, e não havia como não me sentir angustiada por ele. Eu ainda o amava. Não era mais aquela admiração que eu tinha pelo homem doce e envolvente que havia conhecido naquele restaurante anos antes, mas um amor sincero e fraternal, nascido da longa convivência. Mas isso seria o bastante? Fiquei pensando. Não tinha a resposta para as minhas dúvidas, minhas angústias.

A minha cabeça estava doendo de tanto pensar e repensar aquela última briga com Rodrigo. Ele não voltaria a ser como antes; já vinha mudando havia tempos. A nossa vida jamais voltaria a ser como no início do nosso relacionamento – feliz. Comecei, então, a pensar em Léo, nas coisas que Rodrigo tinha falado sobre ele, sobre mim. Ele estava enganado, não havia segundas intenções naqueles dois pequenos e inocentes encontros, não havia maldade alguma naquele garoto.

Mas não podia deixar de pensar em como eu me sentia com relação a Léo, no quanto era intensa a minha reação a ele e o quanto tudo aquilo mexia comigo, mesmo lutando para evitar. Eu me sentia inexplicavelmente feliz só pela ideia de ele estar por perto, de estar de volta. Era como um desejo que eu tivesse de revê-lo, mas que não tinha revelado – nem para mim mesma –, e que se confirmara no momento em que o vira. Sentia-me feliz por aplacar uma saudade que eu nem sabia ter.

Voltei a pensar em Rodrigo. Certamente, ele precisava de um tempo, tempo para pensar em suas atitudes e tentar voltar a ser o homem adorável que sempre tinha sido. Eu não era uma pessoa acomodada; jamais deixaria minha vida seguir da forma insípida – medíocre até – como vinha seguindo. Queria muito que ele fosse feliz, e ele não estava feliz. Nós não estávamos felizes. Alguma coisa precisava mudar para que encontrássemos o rumo... Ainda que fosse a separação.

• Capítulo 13 •
CONHECENDO

Fiz de mim o que não soube,
E o que podia fazer de mim não o fiz.
O dominó que vesti era errado.
Conheceram-me logo por quem não era e não desmenti, e perdi-me.
Quando quis tirar a máscara,
Estava pegada à cara.
Quando a tirei e me vi ao espelho
Já tinha envelhecido. [...]

– Fernando Pessoa,
O Eu Profundo e os Outros Eus, "Tabacaria"

Rodrigo tinha viajado fazia pouco tempo. E, embora eu me sentisse extremamente triste por ele, por nós, eu preferia a ausência dele em casa a ter que enfrentar nossas brigas. Não ajudava em nada chegar todas as noites do trabalho e ouvir a mesma coisa; só piorava a situação. Por isso, sentia-me profundamente triste.

A aula já ia começar quando meus olhos percorreram a sala, procurando outros olhos. Tinha esperança de que ele não estivesse lá, queria não sentir ansiedade para vê-lo novamente, queria poder esquecer tudo aquilo, queria que ele não voltasse mais à sala, que tudo ficasse no passado – mesmo recente – e nas recordações de bons momentos. Mas ele estava lá. Estava sentado no mesmo lugar, no fundo da sala, como quem não fizesse parte dela e não quisesse atrapalhar.

Quando o vi, e quando ele me viu, sorriu para mim. Eu quis retribuir, mas o sorriso não saiu, e ele pareceu perceber.

No final da aula, não esperou por mim. Seguiu junto com os outros alunos que saíam da sala. Estranhei um pouco, mas deixei que ele se fosse. Achei que ele falaria comigo, me cumprimentaria, mas não fez isso. Melhor assim, pensei.

Quando estava chegando ao meu carro, atrapalhada com os livros e a bolsa, tentando encontrar a chave, um par de mãos segurou os livros que caíam.

– Precisa de uma mãozinha? – perguntou Léo, pegando os livros. Nossas mãos se tocaram e eu estremeci. Por que aquele garoto mexia tanto comigo? Não conseguia entender. E por que ele não tinha ido embora?

– Claro, por que não? – respondi, procurando não demonstrar o que sentia.

– Onde estão os cavalheiros desta turma, que não a acompanham até o carro?

– Eles estão sempre com pressa – respondi com um leve sorriso. – E você, por que ainda está aqui?

– Estava a sua espera. Parece que está virando um hábito... Eu queria conversar um pouco. Tudo bem para você?

– Claro, alguma dúvida? – perguntei, tentando inutilmente manter distância, mas sabia que logo estaríamos completamente à vontade. Era inevitável, como se já fôssemos velhos conhecidos.

– Não, acho que as anotações são suficientes para o André. Vai dar para ele acompanhar a matéria. – Léo me olhava com atenção; não com curiosidade, mas com observação cuidadosa. – Bia, eu fui àquela palestra que você mencionou na aula passada.

– E gostou?
– Sim, muito. Mas senti sua falta, não a vi por lá.
– É, eu não pude ir, tive alguns probleminhas em casa... nada sério, mas, mesmo assim, não deu para ir. Mas o que você achou da palestra?
– Na verdade, o tema me atraiu muito, porque gosto de Fernando Pessoa.
– Sério? Não o perturba um pouco a multiplicidade dele? Você é tão jovem para entender...
– Não, ela me fascina, na verdade! Entendo perfeitamente o "eu poético" dele querer se multiplicar em seus heterônimos. É interessantíssimo perceber como eles são diferentes, cada um com uma identidade própria. Um engenheiro, Álvaro de Campos; um médico, Ricardo Reis; um camponês, Alberto Caeiros. Não é genial?
– Com certeza. E vejo que você realmente conhece o poeta e seus heterônimos.
– Mas o meu preferido é Álvaro de Campos.
– Por quê?
Ele, então, abriu a porta do meu carro e colocou meus livros no banco traseiro.
– Bia, você tem um tempinho para conversarmos um pouco?
– Acho que sim. Hoje vou almoçar aqui no *campus* mesmo. Se quiser me acompanhar...
– Adoraria. Daqui vou direto para o estágio e depois assisto a uma aula na faculdade.

O restaurante universitário estava ainda um pouco vazio, as pessoas só começavam a chegar. Pegamos nossas bandejas e fomos para a fila do bufê.
Duas funcionárias serviam as pessoas ao mesmo tempo. Elas colocavam as porções de arroz, feijão, legumes. Na hora da carne, bife acebolado, nós dois recusamos juntos, dizendo a mesma coisa: "detesto cebola". Então olhamos um para o outro, surpre-

sos com mais uma coincidência, e rimos. Era bom rir. Eu não ria desde a briga com Rodrigo. Optamos pelo frango grelhado e fomos nos sentar, procurando uma mesa um pouco mais afastada do barulho, onde pudéssemos conversar mais tranquilamente.

– Mas você não respondeu a minha pergunta sobre o Campos... – eu disse, sentando-me e colocando a bandeja na mesa.

– Não sei bem, mas gosto dele. Talvez pela profundidade dos poemas, a sensação de angústia. Um certo niilismo escondido nas entrelinhas... Tudo é colocado em discussão, nada passa despercebido em seus versos, principalmente a angústia pela falta de sentido e a busca de porquês para as coisas.

– É verdade, eu também noto essa busca pela essência nos versos dele, uma luta incessante motivada pela falta de respostas.

– Veja o poema "Tabacaria", por exemplo. É incrível a oscilação latente na poesia dele, a desesperança em torno do cotidiano, um desejo angustiado de liberdade. – Léo, então, começou a declamar um trecho do poema: – *Não sou nada/ Nunca serei nada/ Não posso querer ser nada/ À parte isso, tenho em mim todos os sonhos do mundo.* Incrível! Um sentimento contraditório, entre recusa e desejo...

Ele me lançou um olhar terno.

Eu estava maravilhada com a paixão com que Léo falava. E, embora estivesse diante de um garoto, ele parecia bem mais maduro. E eu conhecia bem aqueles versos, também era fascinada pelo mesmo autor. Continuei, então, com a parte de que mais gostava:

– *Fiz de mim o que não soube,/ E o que podia fazer de mim não o fiz./ O dominó que vesti era errado./ Conheceram-me logo por quem não era e não desmenti, e perdi-me./ Quando quis tirar a máscara,/ Estava pegada à cara./ Quando a tirei e me vi ao espelho/ Já tinha envelhecido.*

Nesse trecho parei e continuei calada. Não me sentia bem. E declamar aqueles versos só piorava o meu estado de espírito, que estava meio sombrio. Era como sentir várias vezes aquela mesma angústia, que Léo havia mencionado minutos antes. Então, fiquei séria, não consegui demonstrar diante dele a alegria que gostaria.

Léo era uma pessoa muito amável, vivaz, iluminada. A luz de um sol muito brilhante em um dia sem nuvens. E a energia que vinha dele, da bondade que transmitia, era fortíssima. Ele merecia que eu retribuísse aquela energia com palavras alegres, mas eu estava triste.

– O que foi, Bia? Falei alguma coisa que não devia? Você parece tão triste! Se eu estiver incomodando, se quiser ficar sozinha... Bem, posso ir embora – disse Léo, pesaroso, triste também, por mim.

– Não, Léo, não tem nada a ver com você. Desculpe, por favor. Você não precisa ficar vendo a minha falta de alegria.

– Tem a ver com os "probleminhas" que teve em casa?

– Você notou o que eu falei... Não achei que tivesse prestado atenção. Desculpe. Não devia ter comentado.

– Notei, sim. Aliás, desde a aula, percebi que você não está bem. Tenho tentado distraí-la esse tempo todo, para ver se coloco um sorriso nesse seu rostinho triste, mas não tem adiantado muito. Você parece prestes a desabar a qualquer momento.

– Está tão visível assim?

– Talvez não para os outros. Mas é que sou muito observador e já deu para perceber que você é uma pessoa alegre. Esse rosto triste não é o seu... Pelo menos, não o que eu conheço.

– Eu estava tentando disfarçar, para não contagiar você com a minha tristeza, mas parece que não deu certo.

– Então, está mesmo triste. Tem alguma coisa que eu possa fazer por você? Quer conversar sobre isso? – Como eu não falei nada, ele continuou. – Mas, se preferir ficar em silêncio, tudo bem, respeito esse seu momento, e a gente conversa um outro dia, quando estiver melhor. Só me diga se vai ficar melhor. É ruim vê-la assim.

– Obrigada, Léo, é muito gentil de sua parte se preocupar comigo. Não deveria passar de uma estranha para você e, no entanto, olha aí você demonstrando tanto carinho, como se eu fosse uma amiga, uma pessoa muito próxima.

– E você é, Bia. Sei que parece estranho, mas é como se já a conhecesse há anos, como se sempre tivéssemos sido amigos e nos reencontrássemos agora. Então, eu quero que, a partir deste momento, você me considere um amigo, alguém que se preocupa com você, que se importa e se interessa por você. Está bem assim? Amigos?

– Sim. Amigos.

– Então, quer me contar? Se não quiser, tudo bem...

– Está bem. – Queria realmente conversar com alguém, e ele me parecia uma ótima pessoa para isso. – Sabe, Léo, é que a minha vida pessoal não está muito boa...

– Algo com sua família?

– Com o meu marido.

– Sei. E está tudo bem com ele?

– Fisicamente, sim. Mas, psicologicamente, não. – Parei um pouco para tentar organizar as ideias. – O nosso casamento não está na melhor fase. E agora ele está numa neurose de ciúme que está me tirando a paz.

– Isso deve ser uma barra, e bem pesada... Mas o que aconteceu? Vocês brigaram?

– Feio. Na verdade, ele brigou. Eu praticamente só ouvi. Acho que não tenho mais paciência para esse tipo de discussão inútil.

– Mas pode me contar o que aconteceu? Se não for muito íntimo, é claro.

– Bem, Rodrigo sempre implicou com o meu trabalho e, de uns anos para cá, está piorando bastante. Ele passa a maior parte do tempo viajando, e acha que eu deveria largar meu trabalho para acompanhá-lo nas viagens.

– Mas você não vai fazer isso, vai? – perguntou ele, interrompendo-me, preocupado. – Você me parece independente demais... Não a imagino dependendo do seu marido. É algo incoerente para mim, além de injusto, privá-la do seu trabalho.

– Queria que ele pensasse assim também... Seria tão mais simples... Queria que ele entendesse a importância que o meu trabalho tem em minha vida, e que isso não diminui em nada o meu amor por ele.

– Então, você o ama?

– Sim – respondi, convicta. Mas depois olhei para ele e desviei o olhar rapidamente, brincando com a comida já fria na bandeja.

– Para mim, isso seria o bastante – concluiu ele, e repetiu meu gesto, desviando o olhar e comendo algo.

– Mas ele vê as coisas de uma maneira diferente. Rodrigo sente ciúme do meu trabalho, dos meus amigos e dos meus alunos. Ele acha que os homens só me olham com desejo, e se sente inseguro. Ele me quer com exclusividade, e isso infelizmente eu não posso dar.

– Isso me parece um tanto grosseiro, a maneira como ele a vê aos olhos dos outros. Se a observasse melhor, veria que nada disso acontece. Não que você não seja desejável, mas não é o tipo de mulher que dá abertura para esse tipo de coisa acontecer. Você impõe respeito, e ele deveria enxergar isso. – Léo falava como se soubesse exatamente quem eu era, como eu me comportava, como se me conhecesse desde sempre.

– Parece que você me conhece melhor do que ele, mesmo tendo convivido comigo tão pouco tempo. Você me entende – reconheci, numa espécie de agradecimento.

– Mas eu o entendo também.

– Então, acha que ele está certo?

– De modo algum. Mas consigo imaginar o medo dele.

– Medo?

– Sim. Medo de perder você, Bia. Ele está usando as armas que tem: o amor que sabe que você tem por ele. Mas está usando da forma errada.

– Como assim?

– Ele acha que, pressionando-a, você vai ceder. E você, por ser uma pessoa boa, justa, sente-se em dúvida sobre ceder ou não a esse apelo dele, embora, ao mesmo tempo, sinta-se acuada, obrigada a fazer algo que não quer. Você teme fazê-lo infeliz, mesmo sabendo que vai estar infeliz. E mais: sabendo que a sua infelicidade vai ser a dele também. Bem, eu acho que você já tem a resposta, só não tem ainda coragem de dizer a ele.

Léo descrevera exatamente como eu me sentia...

– Acho que você tem razão. Mesmo assim...

– Mesmo assim você ainda quer tentar. – Ele acariciou a minha mão, que estava sobre a mesa, num gesto de solidariedade. – Você ainda tem esperanças de que as coisas mudem, de que ele mude... Não é isso?

– Sim.

– Bia, você ainda não está pronta para o fim do relacionamento entre vocês.

– Eu sei... Mas sei também que esse dia vai chegar. Só não sei quanto tempo vai levar.

– Bem, agora você tem mais um amigo com quem vai poder contar. Sei que não tenho muita experiência de vida, mas tenho sensibilidade aos problemas das outras pessoas. Acho que isso conta.

– Conta muito! E acho que você é muito mais maduro do que a maioria das pessoas com mais de 30 anos que conheço.

– Isso é um elogio?

– Pode-se dizer que sim. Mas acho que em breve vou lhe fazer muitos outros elogios. Você tem se saído um ótimo amigo.

– Assim espero. Pelo menos agora sei que você não quer se livrar de mim. Se vai ter mais elogios, é porque vamos continuar nos vendo. Parece que agora somos amigos de verdade. – Ele parecia feliz com a constatação. Eu também me sentia melhor com aquela nova ligação, com aquela amizade tão sincera, que, de alguma maneira, eu sentia que seria para sempre.

Percebi, então, que o restaurante já estava vazio. Se não fosse por nós dois, ainda completamente entretidos na conversa, os funcionários já teriam fechado as portas.

– Somos, sim – eu disse, fitando-o nos olhos e concordando que a partir dali seríamos de fato amigos. – Mas acho que temos que ir embora agora. Só nós dois ainda estamos aqui...

Ele passou os olhos pelo ambiente vazio, sorrindo.

– Tem razão. Melhor irmos andando, antes que nos expulsem. – Dizendo isso, Léo se levantou da cadeira e segurou a minha mão, ajudando-me a levantar também.

Continuamos conversando enquanto caminhávamos em direção ao estacionamento do *campus*, onde estava meu carro.

– Você não falou nada sobre si mesmo hoje.

– Não seja por isso, moça. O que você gostaria de saber sobre mim? Pergunte o que quiser. Hoje estou aqui para servi-la. Mas já vou avisando que a minha vida é meio chata. Pelo menos, para as pessoas comuns. Embora não ache que você se encaixe nesse padrão.

– Você poderia falar, por exemplo, sobre sua vida pessoal, já que eu falei da minha... até demais.

– Tipo o quê? Vida amorosa?

– É. Se você tem namorada, por exemplo.

– Sim, tenho namorada – disse ele, com alegria e um sorriso leve e satisfeito nos lábios. Parecia que tinha uma vida amorosa bem resolvida... feliz, diferente da minha. – Ela está atualmente nos Estados Unidos, estudando. Também foi para lá ficar uns tempos com o pai dela, que é americano. Deve ficar mais um ano em Ohio.

– E como ela é? Espero que não seja ciumenta.

– Ela é linda... Chama-se Amanda e tem 18 anos, um a menos que eu. E, sim, ela é bem ciumenta... e possessiva também. Por causa disso, quase não foi passar esse tempo lá. Ela não queria ficar longe de mim. Mas a mãe exigiu que ela fosse e a convenceu de que seria muito importante para aperfeiçoar o inglês dela. Então, eu também dei muita força para que ela acompanhasse a mãe. E prometi fazer uma visita logo que pudesse. Bem, na verdade, ela não teve muita alternativa. Com os pais fora, precisava ir, e tenho certeza de que vai ser muito bom para ela.

– Ela deve amá-lo muito, Léo, por não querer se afastar por um período razoavelmente curto, e em favor de algo tão importante para a vida dela. Vejo que você deve ser bem mais importante que tudo isso para ela.

– Eu acho que ela me ama sim. Mas é mais complicado que isso. Um dia conto tudo.

– Vou cobrar! – Então nós rimos, porque, da última vez que havíamos conversado, tínhamos terminado assim também, com a mesma "cobrança".

– Chegamos – disse ele, quando nos aproximamos do meu carro. – Você não vai dar aula hoje à tarde?

– Não, hoje não. Vou para casa. Acho que preciso descansar um pouco.

– Sim, precisa mesmo. Você está em condições de dirigir, Bia? Quer que eu a leve para casa?

– Não, Léo, não precisa. Eu vou sozinha mesmo. Já me sinto melhor, e acho que já dei trabalho demais hoje. E você, tem como voltar para casa?

– Sim, mas não vou para casa. Marquei com um amigo do trabalho aqui, no estacionamento; combinei com ele enquanto esperava por você depois da aula. Ele já deve estar chegando. Mas, se quiser, ligo para ele e desmarco. Aí posso deixá-la onde for preciso. Levo você no seu carro e depois tomo um táxi.

– Não, está tudo bem. A gente se vê na próxima aula.

– Você vai ficar bem? – sondou ele, ainda preocupado. Eu assenti com um sorriso. – Então, tchau, Bia – disse ele, beijando a minha testa e fazendo um carinho em meu queixo. Depois, quando já estava indo embora, voltou-se de repente, como se tivesse esquecido algo. – Bia, espera. Pode me dar o número do seu celular? Gostaria de ligar mais tarde para saber se está bem. Se não tiver problema, é claro.

– Não, não vai ter problema. Pode anotar?

Léo discou meu número no próprio celular e meu aparelho vibrou dentro da bolsa.

– Agora tenho o seu e você tem o meu, como dois bons amigos.

· Capítulo 14 ·
TEMPO

Jantei fora. De noite fui ao teatro. Representava-se justamente Otelo, que eu não vira nem lera nunca; sabia apenas o assunto, e estimei a coincidência. Vi as grandes raivas do mouro, por causa de um lenço – um simples lenço! –, e aqui dou matéria à meditação dos psicólogos deste e de outros continentes, pois não me pude furtar à observação de que um lenço bastou a acender os ciúmes de Otelo e compor a mais sublime tragédia deste mundo.

– Machado de Assis,
Dom Casmurro

Não demorou muito para eu ver a pessoa que esperava fazia mais de um mês.

Naquele fim de semana, quando estava sentada à beira da piscina e admirava com melancolia uma flor solitária no meu jardim, alguém me surpreendeu, tirando-me daquele estado quase depressivo.

– Pensando em mim?

A voz do meu amigo, atrás de mim, soou como música aos meus ouvidos. Eu estava tão distante em meus devaneios que nem percebi sua chegada.

— Ah, Rapha, nem acredito que está aqui!... Preciso tanto de você, meu amigo! — Levantei-me para abraçá-lo.

— O que foi, meu amor? Que tristeza é essa?

Depois que ficamos abraçados por algum tempo, comecei a contar tudo o que havia se passado desde a última visita dele. Contei como havia adorado a Itália, falei da surpresa que tive ao reencontrar Léo e de como éramos parecidos e estávamos ligados. Contei da discussão com Rodrigo, das exigências dele e de como eu me sentia. Contei da última conversa que tivera com Léo, da maneira como ele me entendera perfeitamente e da forma como me sentia em paz com ele.

— Estou começando a gostar desse Léo — disse Rapha. — Não sabia que ele era uma pessoa tão bacana, tão humana. Que bom que tinha alguém aqui para amparar você na minha ausência, querida.

— Rapha, eu... sinceramente não sei o que fazer. Não acho que Rodrigo vá mudar. Ele está irredutível e a cada dia mais implicante, ciumento.

— Mas como está seu coração? Quero dizer, tirando as cobranças e tudo o mais, o que sobra em relação a Rodrigo?

— Eu gosto demais dele. Quando penso em como ele era no começo do nosso casamento, atencioso, cuidadoso, gentil, aí esqueço tudo e penso que vale a pena tentar mais um pouco.

— Talvez você deva fazer isso, então. Se me dissesse que não sente mais nada por ele, que se sente sufocada e não aguenta mais esse casamento, eu diria para você não pensar mais no assunto e simplesmente entrar com o pedido de separação. E você sabe que resolvo isso rapidinho.

— Eu sei, meu querido. Você é meu anjo da guarda. Sempre foi.

— Pois é, mas não é isso que eu vejo. Na verdade, vejo uma Bia relutante, uma mulher que ainda gosta de um homem e que não quer desistir desse amor.

— Mas a nossa relação está muito desgastada, eu sei disso, e não sei se é possível recuperar as perdas.

– E no quesito pele, como vocês estão? Ainda acontece? – perguntou ele, e riu um pouco da pergunta indiscreta, mas éramos íntimos o suficiente para falar sobre qualquer assunto.

– Claro que sim! Não há problema quanto a isso. Nós nos entendemos bem. Mas é que, quando estamos assim, magoados um com o outro, perco até mesmo a vontade. Ele até tenta, mas não dá. Não acho que as coisas se resolvam assim, na cama.

– Eu sei, amiga – disse ele, compreensivo. – Só perguntei para ter certeza de que as coisas não são piores do que eu pensava. Mas é só isso mesmo? Esse seu desinteresse não tem nada a ver com um certo rapaz?...

– Ah, você também?!

– Calma, Bia. Preciso ter uma visão ampla da situação para ser imparcial. Sou advogado, preciso de detalhes.

– Não vou negar que Léo mexe comigo, que me cobro por não entender bem o porquê de gostar tanto de uma pessoa que acabei de conhecer, mas é só isso, não há segundas intenções. Eu admiro e respeito Léo, e tudo o que desejo dele, no momento, é que esteja bem, que continue espalhando aquele sorriso dele por aí, fazendo bem também a outras pessoas, além de mim.

– Nossa, minha amiga! Na verdade, não sei o que dizer. É intenso o jeito como você fala dele, mas, ao mesmo tempo, é fraternal, até maternal. É como se você só quisesse a felicidade dele. Isso é maravilhoso, é um sentimento incondicional.

– É isso mesmo. Gosto dele de maneira incondicional. Não penso nele como um homem – embora ele fosse atraente –, mas sinto uma forte ligação, uma afinidade muito grande, e gosto quando ele está por perto, gosto de olhar para ele e ter certeza de que está bem. É apenas uma bonita amizade, que não pode nem vai passar disso.

– E Rodrigo, quando volta?

– Daqui a duas semanas. Vamos ver como ficamos. Talvez ele esteja mais calmo.

– Tomara, Bia. Não quero mais ver você triste assim.

Depois de desabafar com Rapha, senti-me mais tranquila. Os dias passaram, e a ausência de Rodrigo foi, de certo modo, boa para eu me acalmar e me recuperar. Eu e Léo continuamos com nossas conversas, todas as terças e quintas, depois da aula. Eu adorava aquele momento, sentia-me em paz; ele tinha o dom de me acalmar. Estávamos a cada dia mais próximos, conhecendo-nos cada vez mais. E eu não precisava dizer muito. Era como se ele já me conhecesse completamente, e eu a ele. Bastava um gesto, e já sabíamos o que queríamos dizer. Até ficar em silêncio com Léo era bom. Podíamos fazer isso sempre e não havia aquela necessidade de preencher o tempo com palavras; falávamos em silêncio.

O *campus* universitário, portanto, tornou-se um de nossos lugares preferidos. Qualquer lugar. Podia ser um jardim, um banco solitário, o carro com o ar-condicionado ligado, a sombra de uma árvore num lugar mais afastado – e tínhamos uma preferida: o nosso ipê-amarelo, que fazia uma sombra arredondada e colorida com suas lindas flores. Mas não importava onde, desde que estivéssemos ali, quase todos os dias, trocando ideias, confidências, ou sem dizer nada. Eram momentos bons, mas sabíamos que o fim estava próximo.

Fazia três semanas que Léo assistia às minhas aulas, e André já apresentava sinais de recuperação. Estava quase bom, faltando muito pouco para seu retorno à sala de aula. Depois disso, eu não sabia se voltaria a ver Léo. Não falávamos sobre essa pergunta latente, não pensávamos sobre esse momento. Ele apenas dizia que daria um jeito de estar comigo, que não podia mais ficar sem a nossa amizade, essencial para a vida dele. Eu preferia não opinar. Já sofria antecipadamente.

Na data prevista, Rodrigo voltou de viagem. Estava muito tranquilo, amoroso, cheio de saudade. A semana que se seguiu foi uma semana de paz. Também era a última de Léo como aluno ouvinte em minha turma, e ele já havia notado que eu repensava sobre meu casamento.

– Parece que seu casamento melhorou, não foi? – perguntou Léo, depois da nossa última aula.

– Por que você fala assim?

– Você está mais feliz... Vejo um raio de esperança em seus olhos – disse ele e depois se calou, afastando um pouco o olhar, como se refletisse.

Nesse dia, compramos sanduíches na lanchonete e fomos para debaixo do nosso ipê, que havia perdido as flores. Fomos, na verdade, aproveitar o último dia daquele mês em que estivemos juntos.

Procuramos não falar sobre aquele momento, mas havia chegado; isso era um fato. E, embora eu me sentisse triste por ter que dar adeus, sentia-me feliz também. Tinha sido uma época sublime, e já valera a pena, só por ter vivido aqueles bons e doces instantes ao lado de Léo, aquele garoto que me mantinha em equilíbrio e me mostrava dia após dia o quanto viver era maravilhoso. A luz dele me enchia de vida.

– Talvez a felicidade não seja exatamente por causa do meu casamento – respondi à conclusão dele sobre eu ter esperanças no relacionamento com Rodrigo. Ele voltou a olhar para mim.
– Esse tempo que você passou aqui, as nossas conversas, o convívio, tudo foi muito bom para mim. Isso me fez bem e me causou muita alegria.

– Eu também penso assim. Não pensei que seria desse jeito, não quis pensar nesse momento, mas não consigo deixar de me sentir triste – disse ele, sem sorrir.

– Você está triste? – perguntei, já preocupada.

– Um pouco.

– Ai, Léo, isso era tudo o que eu não queria. Queria que estivesse bem, feliz. Sua felicidade... acho que é tudo o que eu mais quero neste momento.

– Eu também quero que você fique bem, Bia.

– Eu sei. Mas como vai ser depois que André voltar? Sei que está evitando falar sobre isso, mas preciso saber se ainda vou ver você, quero saber notícias suas... sempre. – E trocamos um olhar profundo, apertando a mão um do outro, como se quiséssemos nos consolar mutuamente.

– Não se preocupe – disse ele, sem tirar os olhos dos meus. – Eu venho ver você... sempre.

– Vem mesmo? – perguntei, em dúvida.

– É tudo o que eu quero. Mas não sei explicar, não sei o que dizer. Queria que esse dia não terminasse.

– Então acho melhor não falarmos nada. Vai ficar tudo bem – tranquilizei-o.

Não falamos nada por um tempo. Passamos a tarde juntos, conversando, numa espécie de despedida. Depois ele fez o mesmo percurso de quase todos os dias, levando-me até meu carro no estacionamento, como se nada tivesse mudado. Abraçou-me e me deu um beijo no rosto. Mas eu não pude deixar de sentir uma dor enorme no peito, um vazio, quando o visualizei pelo retrovisor do carro, com uma mão no bolso de trás da calça e a outra puxando para trás o cabelo que pendia um pouco na testa. Ele não sorriu.

Quando cheguei em casa, já à noite, Rodrigo parecia bem chateado.

– O que está acontecendo com você, Bia? – disse ele, a voz levemente alterada, aborrecido. – Eu voltei para casa há uma semana, e desta vez vim para ficar mais tempo com você, e você pouco parou em casa. Não vem almoçar e, quando chega, já à noite, está cansada ou com essa cara de tristeza.

– Eu mandei uma mensagem avisando que não podia vir para o almoço. Por favor, hoje não quero brigar, estou sem ânimo até para isso.

Ele parecia estar realmente disposto a melhorar as coisas; não brigou comigo. Abraçou-me e depois me deu colo. Parecia mesmo o Rodrigo que eu amava.

– Calma, minha querida – disse Rodrigo num tom tranquilizador. – Aconteceu alguma coisa? Você parece cansada.

— E estou. É só cansaço mesmo. Sinto-me exausta.

— Então, deixa que eu cuido de você. — Ele me tomou nos braços e me levou para o quarto.

Quando Rodrigo ficava assim, era muito fácil amá-lo, era prazeroso. Rodrigo sempre foi um homem envolvente, e eu gostava de tudo nele, do abraço, do toque, do gosto da boca dele.

— Está mesmo muito cansada? — perguntou ele, depois de me colocar na cama e me abraçar, falando bem junto ao meu ouvido, acariciando meu cabelo. — Se quiser, posso fazer você relaxar.

— Eu quero — falei, respondendo aos carinhos dele.

E foi o bastante para me perder em seus braços, seus beijos, e tentar apagar o pensamento de um futuro incerto.

Dois dias depois da nossa verdadeira reconciliação, já no fim de semana, Rodrigo me perguntou sobre a minha turma de alunos. Quis saber sobre as pessoas, detalhes sobre os alunos.

— Bia, estive pensando... Não conheço seus amigos, além do Rapha, é claro, que também não conheço muito.

— Porque nunca se interessou. Rapha é uma pessoa maravilhosa e, certamente, adoraria conhecer você melhor.

— Sim, eu sei. Mas a questão é: será que não estou sendo radical demais com você?

A pergunta dele me surpreendeu.

— Nossa! O que foi isso? Essa mudança repentina?

— O que você acha de convidar alguns amigos seus para virem aqui? Alguns alunos, Rapha, Iris, Charles e as crianças... Estou achando você meio tristinha e quero me redimir. Não gostaria de uma reuniãozinha entre amigos? Só os seus amigos.

— Eu adoraria! Era tudo o que estava precisando, Rodrigo.

— Que tal amanhã? É domingo, parece um bom dia para reunir os amigos em casa. Ligue para as pessoas, e não se preocupe com nada; vou chamar o serviço de recepção do escritório, e Maria também ajuda... Só quero que se divirta.

Beijei muito Rodrigo depois disso. Em seguida, liguei para todos, que logo se dispuseram a aparecer, inclusive o meu querido Léo, que se despediu ao telefone com um "vai ser ótimo rever você! Já estava com saudade".

Charles, Iris e as crianças foram os primeiros a chegar. E foi bom terem chegado cedo, fazia tempo que eu não conversava com Iris e sentia muita falta da minha melhor amiga. As conversas entre mulheres eram sempre mais leves, divertidas, descontraídas; e eu amava a minha doce amiga! Era ótimo poder desabafar um pouco.

– Ai, amiga, tanta coisa se passando e só agora você me fala... – lamentou Iris, quando relatei os últimos acontecimentos. – Você podia ter ido lá em casa para conversarmos um pouco, ou me chamado. Eu viria aqui, você sabe disso.

– Eu sei, Iris. Desculpe. Mas você tem coisa demais com que se preocupar, por isso não quis dar mais trabalho.

– Bia! Você é como minha irmã! Há quanto tempo somos amigas? Vinte anos? Acho que é tempo suficiente para você não pensar em não me dar trabalho. Os amigos são para essas coisas. Eu jamais viraria as costas para você, Bia. Estar ocupada não me impediria de lhe dar atenção. Dá para dar conta de tudo, amiga.

– Está bem... desculpe.

– Promete que vai me manter informada? E que vai me ligar e falar o que está havendo? Você tem nosso apoio, meu e de Charles. Qualquer coisa que você decidir, estaremos do seu lado.

Rapha chegou logo em seguida. Rodrigo o recebeu bem, tentou ser amável, mas o fato é que eles nunca tinham sido amigos em todos aqueles anos e isso não aconteceria numa única noite. Mas eu tinha que admitir que Rodrigo se esforçava para ser gentil e, embora não fosse natural, estava se saindo bem.

Aproveitei para conversar bastante com Rapha. E, às vezes, via os olhos de Rodrigo pelo canto do olho, tentando não se irritar com a situação. Era como se ele ainda alimentasse aquela velha disputa para ter a minha atenção, já que sempre achava que Rapha tinha um papel muito especial em minha vida. E tinha mesmo. Então, isso certamente o irritava.

André e Lúcia chegaram logo depois, cumprimentaram-me e elogiaram a casa, dizendo que era bonita e espaçosa. Rodrigo os recebeu com gentileza e pediu que ficassem à vontade. Depois meus alunos iniciaram uma conversa paralela, ao lado da piscina, enquanto eu fui para a entrada da casa, receber o último convidado da noite: Léo.

– Olá, Bia! – cumprimentou-me ele, limitando-se a segurar a minha mão e beijá-la levemente, muito cavalheiro, como sempre.

– Olá, Léo! – respondi, sorrindo com timidez, evitando contato físico, mesmo o nosso costumeiro abraço. Com certeza Rodrigo não entenderia uma atitude tão simples de afeto e interpretaria mal.

– Você está bem? – perguntou ele, um pouco aflito, enquanto caminhávamos em direção aos outros convidados. Olhou-me bem dentro dos olhos, procurando a verdade.

– Sim, estou. Que bom que você veio – falei com sinceridade. – Mas agora venha cá, quero que conheça Charles, Iris, Rapha e Rodrigo.

– Claro! – disse Léo, com certeza entendendo meu leve distanciamento, porque apenas me seguiu, sem segurar minha mão.

Não dava para viver duas vidas se eu quisesse ter paz. E era isso que eu estava vivendo com relação à minha amizade com Léo: duas vidas. Mas não queria abrir mão dessa amizade, que era essencial para mim. Então precisava que todos o aceitassem. E para ter Léo em minha vida, teria que enfrentar muita coisa; teria que mudar conceitos preconcebidos, do tipo: "mulher casada não pode ter amizade com homens solteiros". Era assim que pensava Rodrigo. Mas sempre achei isso uma bobagem e nunca fui convencional a ponto de aceitar essa espécie de opinião. Mas era a favor da verdade, da confiança entre as pessoas, e estava disposta a enfrentar esse tipo de dificuldade para ter Léo por perto, como um verdadeiro amigo, que eu considerava e amava. Teria que mostrar para todas as pessoas que eu conhecia, e que também amava, que existia uma outra pessoa que faria parte do nosso convívio. Com certeza essa seria uma tarefa muito difícil, sobretudo com relação a Rodrigo. Seria quase impossível que ele aceitasse dividir o meu amor com mais uma pessoa. Quase impossível aceitar a minha amizade com Léo. Mas eu tinha que tentar.

– Rodrigo, este é Léo, meu aluno ouvinte de quem falei outro dia. – Léo estendeu a mão direita com simpatia, para um cordial aperto de mãos. Rodrigo hesitou um pouco de início, mas por fim retribuiu o gesto.

– Como vai, Léo? Então, você é o garoto da livraria?

– Estou bem, obrigado – respondeu Léo, e sorriu para Rodrigo. – Bia contou sobre a livraria? – Ele parecia surpreso com a pergunta.

– Sim, ela me conta tudo – disse Rodrigo, um pouco convencido, talvez irônico. – Mas achei que você fosse só um garoto, porém estou vendo que já é um homem-feito! – Ele começou a olhar para Léo daquele jeito que eu conhecia, e não gostava. Era como se o avaliasse. E, antes de Léo falar qualquer coisa, qualquer mínima coisa que pudesse enfurecer Rodrigo, cortei o diálogo para evitar um desastre iminente.

– Léo, venha aqui comigo – convidei, levando Léo para longe de Rodrigo, e vi que Rapha nos olhava, apreensivo. – Rapha quer conhecer você e Charles também. Depois você conversa um pouco mais com Rodrigo. – Meu marido permaneceu no mesmo lugar, sério, tomando mais um gole do uísque. Eu podia ver os dedos da mão dele apertando com força o copo.

Depois das apresentações, seguimos para o jantar, que se desenrolou de maneira aparentemente tranquila. Mas não pude deixar de notar a irritação de Rodrigo com a presença de Léo.

Ele conseguiu se controlar, com muito esforço, porque era visível que estava a ponto de explodir – pelo menos, era visível para mim. Eu já conhecia muito bem Rodrigo para saber que ele não estava nada confortável ali. E sabia que logo desabafaria, assim que estivéssemos a sós. E não foi preciso esperar muito.

– Então, o que tem a me dizer, Bia? – perguntou Rodrigo, mal esperando que o último convidado se retirasse.
– Sobre o quê?
– Sobre esse Léo – esclareceu, furioso.
– O que tem ele?
– Esperava que você me dissesse. Acha que eu sou idiota, Bia? Está na cara que a relação de vocês não é simplesmente de aluno e professora.
– E não é mesmo – reconheci. – Somos amigos. E achei que isso estivesse claro.
– E você acha que eu engulo essa história de "amigos"? Você é casada, Bia!
– Não me esqueci disso. E nunca desrespeitei você. Espero que isso também esteja claro.
– Mas não está. – Ele estava muito alterado, temi que aquela conversa não fosse acabar bem. – Depois desta noite, tenho muitas dúvidas sobre tudo. Eu marquei esta reunião hoje para me certificar de que não precisava me preocupar, você sabe com o quê...
– Não, não faço a menor ideia de quais sejam suas preocupações. Aliás, achei que estivesse tudo bem entre nós e que tivesse sugerido essa reunião porque estava disposto a ser mais tolerante, menos possessivo e ciumento. Mas vejo que me enganei. Vejo que você me enganou. Seus objetivos eram outros – concluí, decepcionada.

Rodrigo me olhava fixamente enquanto eu falava. Às vezes abaixava a cabeça e ria cinicamente, com a expressão de quem não concordava com nada do que eu dizia. Estava completamente transtornado, corroído pelo ciúme. Depois, quando parei de falar, ele se aproximou de mim e segurou os meus pulsos, apertando-os com raiva. Encarou-me novamente e recomeçou a falar:

– Bia, não vou aceitar que você me traia, está me entendendo? – Ele apertou ainda mais meus pulsos, prendendo a circulação, machucando-me. Eu comecei a ficar com medo dele. – Sou capaz de uma loucura.

– Pare com isso, Rodrigo! Você está me machucando. Não sei do que está falando.

– Ah, sabe, sim. Você pensa que eu não notei os olhares entre vocês dois? Você é transparente, Bia. Pode enganar seu irmão com palavras doces, ou seu amigo Raphael, mas não a mim. Eu sei exatamente o que está se passando pela sua cabeça.

– Então me diga, porque eu não sei.

– Não se faça de inocente. Vocês só estão esperando o momento apropriado para colocar um par de chifres na minha cabeça. Se é que já não colocaram. – Ele continuava me prendendo pelas mãos, exigindo respostas que eu não tinha.

– Rodrigo, você não tem o direito de falar assim comigo. Nunca lhe dei motivos para duvidar da minha fidelidade. Você está sendo maldoso, grosseiro e injusto! Não só comigo, mas com Léo também, que jamais fez qualquer coisa para merecer tamanha ofensa.

– Ora, veja, agora você o defende com unhas e dentes... Parece que a coisa é mais séria do que eu pensava... – Ele parecia falar para si mesmo, brincando comigo, como se quisesse me impor medo.

– Se não parar de me ofender agora, eu não fico mais nesta casa com você. Vou para a casa de Charles ou de Rapha – ameacei-o, tentando dar um ultimato, mas na verdade eu estava com medo. – E me solte, por favor, está doendo! Você está me machucando de verdade.

– Por que não a casa de Léo? – Ele disse o nome com zombaria, num descontrole total. Eu podia ver isso em seus olhos.

– Já vi que não dá mais para dialogar. Você está fora de si, Rodrigo, e eu não tenho que suportar isso. – Eu não sabia mais o

que dizer, mas precisava fazê-lo voltar a si, antes que fosse tarde.
– Rodrigo, a nossa convivência, se já estava difícil, agora, depois da forma descontrolada como está se comportando, vai ficar impossível. – Eu olhava fixamente nos olhos dele, tentando me manter calma.

Ele, então, olhou-me com tristeza, depois fechou os olhos, como se pensasse um pouco. Quando achei que finalmente me libertaria, ele juntou meus dois pulsos e os segurou com uma única mão, junto ao peito. Depois passou a me abraçar com o outro braço, forçando meu pescoço para aproximar meu rosto do rosto dele. Ele chorava. Tentei me soltar, mas ele era muito forte, não consegui. Nunca o vira daquele jeito, numa situação tão triste e humilhante. Então ele começou a forçar um beijo, pedindo perdão, pedindo que eu não fosse embora, que não o deixasse. Estava desesperado. Senti muita pena dele, Rodrigo estava sofrendo. Mas senti muito medo também. Não sabia se seria possível controlá-lo do jeito que ele estava se não saísse daquela casa naquele momento.

– Por favor, Bia, não vá. Não me deixe. Eu amo você, me perdoe. Eu me excedi, mas vou mudar, vou me controlar.

Então olhei novamente nos olhos tristes dele, que estavam úmidos e muito próximos aos meus. Mas, pela forma como me segurava, eu tinha que dizer palavras duras, talvez as palavras finais – palavras que eu vinha evitando dizer, na esperança de que as coisas melhorassem, mas que não podiam mais ser adiadas.

– Rodrigo, você não vai mudar. E eu também não. É inútil continuar. Sei que me ama, e eu também o amo, mas isso não é o bastante para ficarmos juntos, infelizmente. Nós vamos nos magoar se continuarmos assim, vamos nos ferir. E eu não quero levar essa lembrança de você. Por favor, me solte, me deixe ir. Pelo amor que ainda temos um pelo outro, me deixe fazer isso da maneira correta.

Ele por fim me soltou. Sentou-se na cama, abaixou a cabeça, apoiando-a nas palmas das mãos, como se tivesse, naquele exato momento, se dado conta do que havia feito e de que era tarde para voltar atrás. Então me fitou com olhos tristes e sinceros, e eu voltei a ver neles o Rodrigo que eu conhecia.

– Não, Bia, você não tem que sair. Me desculpe, por favor. Não sei o que aconteceu comigo, mas foi horrível... imperdoável – reconheceu ele, voltando a si. – Você tem razão, não há como ficarmos aqui juntos hoje. Conversaremos depois, quando eu estiver mais calmo. Você não precisa sair, esta casa é sua. Saio eu. Não se preocupe comigo. Sei que você é generosa o bastante para ainda se preocupar comigo. – Ele quis sorrir, mas não conseguiu; estava triste demais. Respirou fundo umas duas vezes, procurando uma solução, para só depois falar novamente. Eu o olhava... consternada. – Eu vou para um *flat* esta noite, meu antigo apartamento está ocupado. Vou antecipar a viagem que faria daqui a alguns dias. Bem, desta vez acho que vou ficar um tempo maior... ver como ficam as coisas. – Depois ele me olhou ternamente. – Mas não se esqueça, Bia, eu amo você.

Em seguida, levantou-se da cama, pegou o blazer, as chaves do carro e partiu. Não beijou meu rosto, como sempre fazia. Parecia muito envergonhado. Sofri por ele, por vê-lo sair assim, tão triste, mas precisávamos de um tempo.

• Capítulo 15 •
TRISTEZA E ALEGRIA

> *O dia seguinte foi, para Emma, uma jornada fúnebre. Tudo lhe parecia envolto numa atmosfera negra que flutuava confusamente no exterior das coisas; a tristeza aprofundava-se em sua alma com uivos suaves, como faz o vento do inverno nos castelos abandonados. Era aquela recordação que se tem daquilo que não volta, o desânimo que toma conta da gente depois dos fatos consumados, a dor, enfim, causada pela interrupção de todo o movimento habitual, pela cessação brusca de uma vibração prolongada.*
>
> – Gustave Flaubert,
> *Madame Bovary*

Naquela noite, não consegui dormir. Já havia dispensado todos os empregados antes mesmo da discussão com Rodrigo. Estava só. Pensei em ligar para Charles. Meu irmão sempre foi meu porto seguro e sempre tinha uma solução prática para tudo. Mas não achei prudente. Era tarde e ele já tinha muita coisa com que se preocupar. Depois pensei em Rapha, mas ele tinha uma de suas viagens rápidas – como me prometera – logo pela manhã.

Não dava para querer a presença dele naquele momento. Depois eu ligaria e lhe contaria tudo.

Pensei em Léo, na forma preocupada com que tinha saído da minha casa naquela noite. Pensei naqueles lindos olhos assustados, que me olhavam, que perguntavam em silêncio e me diziam muita coisa também, sem pronunciar uma palavra que fosse. Pensei em sua impotência diante de uma situação em que ele simplesmente tinha que esperar, já que nada podia fazer. E pensei, sobretudo, em seu desespero, quando, ao sair, disse-me:

– Ligue para mim, não hesite, a qualquer hora... Estou muito preocupado com você, Bia...

Fiquei assim, refletindo por longos minutos, pensando se deveria ligar, se poderia, na verdade. Mas precisava tranquilizá-lo. Continuei pensando por alguns instantes, até que disquei.

– Bia, como você está? – atendeu Léo, perguntando apressadamente, aflito e preocupado. – Não consegui dormir pensando em você, pensando na tensão desta noite. A reação de seu marido com a minha presença não me pareceu normal. Fiquei muito preocupado com você. Está tudo bem?

– Sim. Ele não está aqui. Só liguei para tranquilizá-lo. Vi que ficou abalado com o comportamento de Rodrigo.

– E fiquei mesmo. Mas o que aconteceu?

– Nós brigamos, para variar. Ele estava muito nervoso, descontrolado. Eu ia sair de casa, mas ele mesmo resolveu ir para um *flat*.

– Ele agrediu você? O que ele fez? Quer que eu vá até aí, Bia? Preciso ver se está realmente bem.

– Não, não precisa. Eu estou bem. Está tarde, Léo, e estou cansada. Você também deve estar cansado. Melhor nós dois irmos dormir. Amanhã eu conto o que aconteceu. Só queria tranquilizá-lo – repeti com voz triste.

– Mas não estou tranquilo. Não queria deixar você sozinha aí.

– Léo, escuta, está tudo bem. E eu quero mesmo ficar um pouco sozinha.

– Amanhã ligo para você, então. Tem algum problema eu ligar?
– Não. Mas deixe que eu ligo para você.
– Tem certeza?
– Tenho, sim. Durma bem, meu querido.
– Vai ser difícil... mas... boa noite pra você também, Bia. Descanse. Beijo.

No dia seguinte, tive que passar todos os relatórios. Primeiro Rapha, depois Iris e em seguida Charles. Era segunda-feira, eu precisava trabalhar, mas estava bem difícil. Rodrigo também me ligou, pediu mil desculpas, mas eu já tinha visto aquele filme. Depois disse que viajaria, que precisava ficar um pouco sozinho. Eu falei que entendia. Ele ficaria alguns meses fora desta vez. E, embora tivesse dito que estaria por perto, ele sabia que, para mim, algo havia se quebrado, e em pedaços tão pequenos que dificilmente seria possível juntar os cacos. Sabia também que as feridas causadas levariam tempo para cicatrizar. Então, esse tempo era realmente necessário.

A aula da manhã passou devagar, e foi maçante. À medida que o tempo se arrastava, crescia também a minha tristeza. Sentia-me completamente solitária e perdida, como se estivesse num deserto escaldante em que só havia eu, um turbilhão de pensamentos e o desgosto do fim. Tinha perdido alguém que eu amava e estava doendo. Era inquietante aquela angústia.

Não saí da sala para o intervalo do almoço. Pedi comida por telefone e continuei ali, escrevendo, corrigindo provas, perdida no meu deserto interior.

A turma do horário da tarde começou a entrar na sala. Seriam mais algumas horas que se arrastariam, até que eu conseguisse cumprir a minha rotina diária e fosse correndo para casa, para o lugar que me transportaria direto ao palco das minhas mais doces e tristes lembranças.

Por fim, a aula acabou e os alunos começaram a deixar a sala, o que indicava que eu tinha conseguido: vencera aquele dia interminável. Saí da minha sala com mais pressa que o normal, evitando as perguntas e discussões costumeiras com os alunos. A pressa era a desculpa ideal.

Quando cheguei ao estacionamento, vi uma figura recostada à porta do meu carro. Ele não estava feliz nem sorriu, como normalmente fazia ao me encontrar no final de uma aula.

– Você não ligou, por isso tive que vir aqui – disse Léo, aproximando-se de mim e me beijando a testa. Depois segurou meus livros com uma das mãos, e com o outro braço me puxou para um abraço terno. Eu retribuí o abraço, precisava dele. Ficamos assim por alguns longos segundos. E já podia sentir a minha paz voltando.

– Você não deveria estar aqui, Léo, sei que tem faculdade nesse horário. Deveria estar em aula.

– A aula pode esperar – disse ele, sério. – Precisava ver você, Bia. Como está? Por favor, não me esconda nada. – Léo estava preocupado e me olhava atentamente. – Bem, parece que existia algum tipo de incômodo do seu marido em relação a mim. Eu pude notar ontem.

– Estou péssima. Mas esse incômodo dele não é só em relação a você, é em relação a todos. Apenas ocorreu que ontem, infelizmente, você foi o alvo.

– Fui? Explique melhor isso. Mas, espera, você não prefere sair daqui? Ir a algum lugar onde possamos conversar sem que ninguém fique olhando? Conheço um lugar ótimo... Podemos ir lá. O que acha?

– Acho ótimo. Vamos no meu carro?

– Não. Hoje você vai relaxar um pouco. Vamos no meu. Eu dirijo. Depois passamos para pegar seu carro.

– Tudo bem.

Não conversamos muito durante o percurso. Ele se limitou a dirigir, falou um pouco do tempo, comentou uma música e, às vezes, passava a mão no meu cabelo, um carinho que ele sempre fazia e que eu adorava.

Levou-me a um lindo e aconchegante bistrô, não muito longe da universidade. Ao entrar no salão principal, Léo se deteve para falar com um garçom jovem e sorridente, como se já o conhecesse. Cumprimentou outros e depois seguiu para os fundos do restaurante, onde havia uma escada em espiral, que levava a uma área mais isolada, afastada do burburinho. Enquanto andávamos, ele segurava com força a minha mão.

– Antônio é quem sempre me atende quando venho aqui – disse Léo, referindo-se ao garçom sorridente. – Ele é muito atencioso, uma boa pessoa – comentava, enquanto subíamos os degraus da pequena escada. – Pedi que nos deixasse a sós por um tempo, depois nos levasse duas taças de sorvete de chocolate. Você gosta de chocolate?

– Gosto muito.

– Ótimo!

Quando chegamos à mesa, Léo puxou uma das cadeiras, educadamente, para que eu me sentasse. Depois se sentou em outra, de frente para mim. Ele gostava de me olhar nos olhos.

– Então? Será que agora você está em condições de me contar o que houve? – Ele buscava as respostas para as perguntas sobre a noite anterior.

– Acho que sim – respondi com lentidão. Parecia que tudo naquele dia estava mais lento. Mas ali, com Léo, sentia-me mais tranquila, mais segura, resgatada do meu deserto, da minha dor. Não me sentia mais só.

– Não se preocupe com o horário, eu tenho o tempo que for preciso. – Ele apoiou os braços na mesa e tocou minha mão. – E me fale só se realmente se sentir à vontade para isso.

– Sempre me sinto à vontade com você, Léo. É algo natural. Não entendo bem, mas acontece. – Era verdade. Eu me sentia bem ao lado dele, segura, à vontade, sem pressa, e em perfeito equilíbrio com o mundo, em paz, mesmo que tudo estivesse de cabeça para baixo, como naquele momento.

– Também me sinto assim. Por isso é tão angustiante não saber o que está acontecendo ou o que aconteceu ontem. É como se eu precisasse saber se você está bem, para que me sinta bem também.

Eu não queria que ele se sentisse assim. Queria que essa necessidade de vê-lo bem fosse algo só meu, que só eu sentisse. Não queria que ele sofresse por mim.

– Rodrigo saiu de casa.

– Pois é, você me contou. Mas antes, logo depois que os convidados saíram, o que aconteceu?

– Ele é muito ciumento. Rodrigo tolerava a presença de Rapha em minha vida, conseguia entender, mesmo com muito esforço, meu amor incondicional por minha família e tentava aceitar dividir minha atenção com essas pessoas que eu tanto amava, mas não estava preparado para mais um melhor amigo em minha vida. Ele desconfia de todo mundo, facilmente se irrita.

– Ele acha que eu tenho segundas intenções com você, é isso?

– Você concluiu rápido! É basicamente isso. Na verdade, ele acha que todo homem é assim em relação a mim. Ele se controla, porque confia no amor que sinto por ele. Mas acho que viu algo além em relação a nós dois. Acha que não está certo termos essa amizade, por eu ser casada.

– Bia, eu respeito muito você. Não é desse jeito que ele está pensando, e você sabe disso – Léo parecia ofendido, ou chateado por terem me ofendido. – É uma relação forte a nossa, acho que nos gostamos muito. Pelo menos eu tenho um sentimento muito forte por você. Mas nós nos respeitamos e respeitamos nossos companheiros. Não vai acontecer nada – dizia Léo, parecendo mesmo sincero, mas como se quisesse também convencer a si mesmo.

– Sei disso, Léo. E eu também gosto muito de você. Outro dia, Rapha até falou que meu sentimento por você é meio maternal.

– Maternal? – estranhou ele. – Não a vejo como mãe. Você é minha mais doce e amada amiga...

– Não pela questão afetiva entre mãe e filho, mas pelo sentimento de proteção que tenho em relação a você, pelo amor incondicional, por desejar a sua felicidade, e só. Como se isso fosse o suficiente.

– Eu sei. Ele tem razão, de certa forma. Ele é uma ótima pessoa, pude constatar isso ontem, e a ama muito, Bia.

– Eu também amo muito aquele meu amigo lindo.

– Estou ficando com ciúme – disse Léo, depois sorriu meio sem jeito. – Desculpe, é brincadeira; "ciúme" não é a melhor palavra neste momento, imagino.

– Que bom que você entende. Léo, meu coração é grande o bastante para amar todos vocês de maneiras diferentes. E isso não quer dizer que eu ame menos a qualquer um... Rapha, Charles, Lorenzo, Rodrigo e você, os homens da minha vida.

– Você nunca me falou de Lorenzo.

– Eu falo outro dia, está bem? É uma longa história.

– Que bom que estou no rol das pessoas amadas por você.

– Para sempre. Tenho certeza disso. – Léo, então, parou um pouco, olhando-me ternamente, antes de voltar ao assunto anterior.

– Bem... Mas você e Rodrigo, como ficaram? É o fim?

– Não sei. Ontem, quando, pela primeira vez, ele foi fisicamente agressivo... – Léo não me deixou continuar a frase.

– Ah, não, Bia, não me diga que ele machucou você? Não vou permitir que ele faça isso de novo... Aquele...

– Calma, Léo! Fique calmo, por favor, não aconteceu nada. Ele apertou meus pulsos, mas logo se controlou. – Léo estava inconformado. Olhou para minhas mãos e segurou-as, com as palmas para cima, depois acariciou levemente meus pulsos com movimentos circulares dos polegares, como se quisesse abrandar minha dor.

– Não, Bia. Isso também é inaceitável – Léo engoliu em seco, como se estivesse com raiva. – Você é uma pessoa tão generosa, amorosa e indefesa... Não há justificativa para se agir assim. Qual é o próximo passo? Bater em você? Juro que faço uma loucura se ele fizer qualquer coisa contra você...

– Ele percebeu isso também, Léo, que é inaceitável o que ele fez. Por isso saiu de casa.

– E espero que não volte mais... Desculpe, sei que você gosta dele, mas é que isso também já é demais. Ele passou dos limites!

– Eu e Rodrigo demos um tempo na relação. Ele vai ficar fora por alguns meses – expliquei, tentando fazê-lo se acalmar.

– Mas e você? Como se sente com tudo isso? Você ainda o ama, eu sei. – Ele já estava mais calmo, com sua ternura de sempre.

– Estou arrasada... Achei que envelheceríamos juntos. Não pensei que nosso casamento fosse acabar um dia, e isso é muito doloroso. – Léo apertou as minhas mãos, que ainda estavam unidas às dele, sobre a mesa. Ele também parecia triste.

– E acabou? – perguntou, olhando-me intensamente.

– Sinceramente? Não acho que eu possa mais viver com Rodrigo. Não como marido e mulher, depois de tudo o que aconteceu. Eu o amo, sim, nós nos damos muito bem em vários aspectos. – Léo, ao ouvir isso, respirou fundo e abriu mais seus lindos olhos azuis, tentando decifrar o que eu dizia. – Mas não acho que tenha volta. Vou sentir muita falta dele.

– É impossível não sentir. Foram muitos anos de convivência, e esse tipo de amor só cresce com o tempo. Bia, isso você não perde, e vai ser bom para vocês. Você não pode continuar sua vida como está.

Antônio estava no último degrau da escada, esperando que Léo o mandasse continuar. Léo acenou, e o simpático rapaz foi até a nossa mesa, carregando uma grande bandeja com duas taças cheias de sorvete de chocolate, copos e uma jarra com água. Antônio me cumprimentou, tocou o ombro de Léo mais uma vez, como se fossem amigos, depois nos serviu, informando que, se precisássemos de mais alguma coisa, era só chamá-lo. Léo agradeceu e o rapaz saiu com um sorriso. Era de fato uma boa pessoa, pude sentir a força positiva dele.

– Tome um pouco de sorvete – disse Léo, os braços cruzados e apoiados na mesa, e o olhar menos preocupado agora. Ele trazia um leve sorriso nos lábios. – Você vai gostar, o sorvete daqui é muito bom. – E, antes mesmo de eu me servir, ele pegou uma colher, encheu-a com o sorvete da taça dele e a colocou em minha boca.

– O que acha?

– Muito gostoso. Doce.

– Exatamente. O açúcar vai lhe fazer bem, Bia. – Ele afagou meu rosto. – E o chocolate também; é energético. Vai lhe dar uma sensação de conforto.

– Acertou. Já me sinto melhor. Mas você está parecendo Charles falando desse jeito.

– Charles é médico, não é? E você o idolatra. Seus olhos brilham quando fala dele.

– Você me conhece tão bem, Léo! Como é tão fácil para você captar os meus sentimentos? Não entendo.

– Eu gostaria de poder explicar, mas não posso... Também não entendo, só sinto.

Resolvi voltar ao assunto anterior, já que não tínhamos respostas para nossas perguntas.

– Eu amo muito o meu irmão superprotetor. Quando sofri o acidente, ele quase morreu junto comigo, junto com nosso pai.

– A leve cicatriz que você tem no tornozelo e na panturrilha foram desse acidente?

– Você percebeu?

– Eu sou bem observador, principalmente com as pessoas de que gosto. Mas não se preocupe, quase não dá para notar, elas são muito claras. Ninguém poderia percebê-las, além de mim. E, mesmo que percebessem, elas são muito bonitas.

– Desde quando uma cicatriz pode ser bonita? – perguntei, achando graça.

– Desde que passaram a fazer parte da sua vida, do seu corpo. Sendo assim, para mim, elas são bonitas, sim.

– Respondendo a sua pergunta, sim, elas foram do acidente que matou meu pai e quase me matou também.

– Não precisa falar disso, Bia, parece doloroso para você.

– É doloroso, sim... Mas faz muito tempo, e acho que já superei essa dor. Agora guardo apenas as boas lembranças de meu pai.

– Vocês eram muito ligados?

– Muito. Eu o amava demais...

– Uma pena você tê-lo perdido tão cedo – disse Léo, pesaroso. – Posso perguntar como aconteceu?

Antes que eu respondesse ele colocou outra colher de sorvete em minha boca.

– Você quer me engordar? – perguntei, brincando.

– Não. Só quero que coma um pouco mais. Aposto que se alimentou muito mal hoje.

– Acertou de novo. É que perdi a fome. Quando fico triste, não sei o que acontece, mas a comida não desce. – Ele, então, limpou um pouco de sorvete no canto de minha boca. A mão era macia, quente, e o contato de seus dedos com meus lábios me causou uma sensação boa, uma espécie de vibração. Eu ri levemente.

– O que foi? Minha boca também está suja? – ele perguntou.

– Não, não é isso. Só senti cócegas.

Ele deu um leve sorriso e me olhou nos olhos.

– Eu tinha 17 anos – recomecei. – Meu pai e eu voltávamos da serra de Petrópolis, onde temos uma casa. Chovia muito, o carro derrapou e capotou, e meu pai estava sem o cinto de segurança. – Eu dizia cada palavra e parava um pouco para respirar. Ele ouvia atentamente, absorvendo cada detalhe, franzindo a testa de vez em quando, como se as lembranças fossem dolorosas para ele também. Depois me olhava fixamente com ternura, com aqueles olhos preocupados que eu já conhecia.

– Ele foi jogado para fora do carro... – concluiu Léo.

Assenti com a cabeça e fiquei em silêncio.

– Chega, Bia, não precisa mais falar sobre isso... Você sofre, dá para perceber.

Mas eu continuei.

– Fiquei mais de dois meses em coma, e, quando acordei, tudo estava diferente. Havia muita luz...

– Como assim?

– Desde o acidente, passei a ver as pessoas de uma maneira diferente. É como se houvesse uma luz em volta delas. Uma espécie de aura, mas é mais uma sensação do que algo realmente visível.

– Jura? E eu? Tenho alguma luz à minha volta?

– Muita! Antes de conhecer você, Charles era quem tinha mais luz para mim. Mas a sua aura é ainda mais brilhante do que a dele. Foi assim quando o vi pela primeira vez, naquela livraria, em Taubaté. Era muito forte a força positiva que vinha de você, ofuscava a minha visão. Mas, ao mesmo tempo, era reconfortante, era agradável ficar perto.

– Nossa! E isso não é ruim? Ver a vibração das pessoas?

– No começo, sim, mas já me acostumei. Agora não percebo quase nada, me adaptei à situação. E você? Não acha tudo isso muito estranho? Não acha que sou louca?

– Não. Acho que você é especial.

– Obrigada por entender.

– Mas você ficou bem, digo, depois do acidente? Sequelas...?

– Charles era bem obsessivo com isso. Tinha medo que a pancada na cabeça tivesse deixado traumas mais graves, mas ficou tudo bem. Levei algum tempo para me recuperar. Foram anos de fisioterapia, muitas cirurgias. Por isso as cicatrizes. Mas, no fim de tudo, fiquei bem. Conheci Rodrigo... quando ainda usava muletas. – A dor da perda voltou ao meu peito.

– Parece que Rodrigo ainda mexe muito com você.

– Não posso negar que ele ainda mexe muito comigo. Eu o amei muito, e ainda amo.

– Posso perceber. – Léo pegou a colher rapidamente e ia colocá-la em minha boca de novo, mas eu fiz um movimento com a cabeça, e ele acabou tocando a colher em minha bochecha e sujando-a de chocolate. Então, começou a rir da situação, e eu também.

– Desculpe! Pode deixar que conserto isso. – Léo se inclinou para a frente, levantando-se um pouco da cadeira, puxando o meu rosto para mais perto, como se fosse beijar a minha bochecha, e beijou o lugar onde estava sujo, limpando com os lábios o sorvete da minha face. Depois riu de novo, ainda com os lábios em meu rosto. – Pronto. Está limpo.

– O que foi agora? – perguntei ao ver que ele ainda tinha um sorriso nos lábios.

– Nada... Senti cócegas. Foi bom, só isso.

E nós rimos ainda mais da situação. Eu já me sentia bem mais aliviada. Tinha sido um ótimo fim de tarde. E, embora me sentisse triste por tudo o que tinha acontecido, estava alegre também.

Léo não me levou de volta à universidade, como havia prometido. Levou-me para casa. Ele não queria que eu me preocupasse com mais nada naquela noite. Disse que eu precisava descansar, dormir, e que ele pediria a ajuda de um amigo para levar meu carro de volta. Então, encarregou-se de, dali para a frente, me fazer companhia e me distrair, na tentativa de fazer com que eu me sentisse feliz, dizendo que nos veríamos logo. E não seria difícil para Léo me proporcionar momentos alegres. Eu adorava a companhia dele. Ele me fazia muito bem.

Eu não sabia se meu casamento havia acabado de verdade. Não sabia o que faria depois de tudo. Mas sabia que precisava de um tempo para mim mesma, para ver a vida sem Rodrigo, para tentar ser feliz... sozinha.

• Capítulo 16 •
PROJETO

Furtei uma flor daquele jardim. O porteiro do edifício cochilava, e eu furtei a flor.

– Carlos Drummond de Andrade,
Contos Plausíveis, "Furto de Flor"

As semanas passaram rapidamente. Em pelo menos dois dias da semana, Léo ia à universidade para conversarmos um pouco. E eu adorava as visitas dele, apegava-me cada vez mais a sua amizade. Às vezes almoçávamos juntos, às vezes apenas caminhávamos pelo *campus* ou íamos da sala até o estacionamento – uma espécie de ritual que não queríamos deixar de cumprir. Havia dias em que eu o deixava em seu apartamento ou ele me deixava em minha casa. De vez em quando, ele assistia a uma aula minha também. Dizia que adorava me ver dando aula. Particularmente, eu não gostava de outras pessoas assistindo a minhas aulas, ainda mais se não fossem alunos, mas com Léo era diferente. A presença dele em minha sala só me trazia tranquilidade, talvez pelo fato de eu querê-lo por perto. E, vê-lo ali, assistindo a minha aula, era a forma mais real da presença dele em minha vida. Eu, sem dúvida, queria isso, mesmo sabendo que tinha prazo para terminar. Ele tinha uma vida só dele, um mundo no qual eu não estava inserida, do qual não fazia parte. Não demoraria muito para ele assumir inteiramente essa vida. E eu desejava que assim o fizesse, desde que estivesse bem, que fosse bom para ele. Eu ficaria feliz.

Mas o fato de Léo estar sempre por perto causava curiosidade nas pessoas. Havia sempre quem fizesse um comentário maldoso ou especulasse, mesmo que me conhecessem bem, conhecessem meu caráter. Talvez isso acontecesse porque essas pessoas estranhassem o fato de uma mulher casada andar com tanta frequência com um garoto – um aluno. Ninguém via ali uma bela e grande amizade, e sim apenas algo que não era convencional, e que, pela ideia que tinham da vida, parecia errado. Mas não havia como pessoas de fora entenderem algo que nem nós mesmos sabíamos explicar, algo que não entendíamos também, nem procurávamos entender. Algo que só vivíamos.

Certo dia, Suzy brincou comigo quando passei para deixar meu material apressadamente na secretaria, ao final de uma aula.

– Tanta pressa... E tão bem-disposta... Amigo novo?

Apenas sorri e pedi que guardasse meu material, mas não respondi ao comentário. Não costumava dar explicações da minha vida pessoal no trabalho.

Irritava-me um pouco a curiosidade das pessoas, a "preocupação" que alguns tinham em saber o que o outro estava fazendo, em querer se intrometer nos problemas alheios e não se limitar a resolver os próprios, que certamente existiam. Afinal, todo mundo tinha sua vida particular. Mas eu não podia deixar de reconhecer que a minha relação com Léo era, no mínimo, diferente, a começar pelo fato de eu ainda ser casada, pelo menos oficialmente, e andar havia meses encontrando com frequência um rapaz muito jovem. Sabia da nossa amizade, do nosso amor, e sabia da minha situação com Rodrigo, mas as outras pessoas não tinham conhecimento disso. Portanto, era normal que entendessem errado. Eu procurava ignorar tudo aquilo e me dedicar àqueles doces momentos, aos agradáveis encontros com Léo.

– Quando você pretende me falar sobre Lorenzo? – perguntou Léo, já dentro do carro, quando saímos do *campus* a caminho da faculdade dele.

– Quem? – Fiquei surpresa com a indagação. Não achava que ele se lembrasse de Lorenzo.

– Lorenzo. Um tempo atrás você o colocou na lista das pessoas que amava. Ele deve ser importante para você.

– Você ainda se lembra disso?

– Claro! Então, quem é ele?

– Lorenzo é um grande amigo italiano.

– É, o nome dele já dá uma dica da origem. Mas me fale mais sobre ele, sobre vocês.

– Eu o conheci há quase três anos, quando fazia a minha costumeira visita aos pacientes do hospital para ler obras de literatura...

– Visita costumeira? Ler obras de literatura? Ainda não estou entendendo – disse ele, atordoado com as novas informações.

– Há anos eu realizo um trabalho voluntário no hospital onde o meu irmão trabalha, Léo. Leio livros para os pacientes, e Lorenzo foi um deles. Desde então, nos tornamos amigos. Ele é muito especial para mim. Uma espécie de segundo pai.

– Sério? Por que ficaram com essa ligação tão forte?

– Ele havia perdido a memória na época, e, quando percebi que era italiano, li para ele um trecho de Petrarca, e ele reconheceu de imediato. Ele não falava, não se comunicava com ninguém, mas, a partir desse dia, voltou a falar. Desde então passei a me interessar pelo caso dele. Depois, Rapha me ajudou a descobrir a origem dele, e Lorenzo foi morar um tempo com Rapha; morou um tempo comigo também, e não nos separamos mais. Ele tem uma grande consideração por mim, e eu por ele. Sabe, Léo, eu sentia que ele precisava de mim. Ele teve uma história muito trágica, mas agora está bem. Disse que a literatura o ajudou e que poderia ajudar outras pessoas também. Por isso ele financia parte do meu projeto.

— Projeto? Posso saber do que se trata?

— Sim, mas preferiria mostrar, se quiser conhecer, é claro.

— Seria muito bom. Quando?

— Você tem tempo amanhã à tarde?

— Tenho, sim. Amanhã é minha folga.

Apressamo-nos para terminar o assunto, pois nosso percurso já estava no final. Parei em frente à universidade, no acostamento, e ele já ia saindo.

— Passo para pegar você e irmos juntos ao hospital — eu disse, enquanto nossas mãos se soltavam; ele já do lado de fora do carro. — Mas ligo antes.

— Combinado — disse ele, acenando de longe, e, como sempre, me deixando a mesma sensação de vazio. Eu o observei um pouco, esperando-o se juntar aos vários alunos que entravam no *campus*, caminhando na mesma direção, até que não pude mais vê-lo. Depois, saí.

Quando chegamos ao hospital, fui com Léo até Charles. Meu irmão era o diretor do Hospital Universitário, e eu não queria passar por cima da autoridade dele, levando uma outra pessoa comigo ao hospital sem que ele soubesse.

Charles agora era muito mais ocupado. Ele tinha uma família grande, sua clínica de oncologia, onde exercia a especialidade para a qual estudara tanto, e era diretor do Hospital Universitário. Ele não precisava mais estar ali, dando plantão num hospital público. A clínica dele era a mais requisitada da cidade, mas ele dizia que a vida era muito mais que ganhar dinheiro. Sentia prazer, felicidade, em trabalhar também naquele lugar e poder ajudar os menos favorecidos.

— Olá, Léo — cumprimentou Charles. — Como vai você, rapaz? Quanto tempo desde que nos vimos pela última vez na casa de Bia...

– É verdade. Estou muito bem. E você?

– Ótimo. Mas estou melhor por saber que Bia tem uma companhia tão boa. Você sabe, tão ocupado como sou, Iris sem tempo algum por causa das crianças, Rapha nos congressos e Rod... – Charles parou no nome de Rodrigo, provavelmente não querendo puxar o assunto. – Bem, fico feliz em saber que, graças a você, ela não passa seus dias triste, sozinha, e tem até um sorriso nos lábios.

– Mas eu diria que o felizardo sou eu! Na verdade, adoro sua irmã.

Eles falavam como dois bons amigos que se reencontravam depois de um tempo. Com Rodrigo as coisas não eram tão naturais. Talvez porque Rodrigo me monopolizasse, afastando-me um pouco das pessoas que eu amava.

– Eu entendo, meu amigo. Posso sentir a afinidade recíproca de vocês, é muito bonito isso. Bem, fique à vontade. Bia vai lhe mostrar o hospital e o projeto dos livros. Ela conhece as coisas por aqui muito bem.

– Estou ansioso para ver tudo. – Eles apertaram as mãos novamente, depois Léo e eu fomos ao projeto.

Primeiro apresentei Léo ao pessoal do hospital, meus amigos de ideais, de longa data. E foi tudo muito simples, já que Léo tratava as pessoas com naturalidade, era espontâneo. Apertava a mão de um, cumprimentava outro com uma batidinha no ombro, parabenizando pelo trabalho realizado, e beijava a mão das senhoras idosas, numa bonita atitude de respeito. Tudo nele me cativava e me fazia amá-lo cada vez mais.

Léo ficou especialmente comovido com a enfermaria das crianças com câncer. Passou muito tempo ali com elas, brincou, contou histórias e tentou distraí-las.

Vendo-o ali, com aquelas crianças, percebi que o modo como ele falava com elas era parecido com o que falava comigo, às vezes, tentando me distrair. Aquelas crianças precisavam de atenção, de cuidado. Então, me dei conta de que era isso que ele fazia. Léo cuidava de mim. Com generosidade e caridade, queria me ajudar de alguma forma, salvar-me de algo. Compaixão! Essa era a palavra.

Na ala das crianças com câncer, era visível o estado emocional dele. Quem o olhasse nos olhos, naquele momento, veria que ele chorava por dentro. E eu via, às vezes, aquele mesmo olhar quando ele me olhava, quando nos emocionávamos por algum motivo. Compaixão. Àquela altura, não sabia se isso realmente importava, saber que o amor dele por mim era compaixão. De certa maneira, importava muito saber o quanto ele era bom, e era ainda mais fácil amá-lo por isso... também.

Eu sempre defendi a ideia de que não importava o tamanho do amor que uma pessoa tinha por outra, nem a forma de amor. O que importava realmente era amar. Qualquer maneira de expressar amor era válida. Era assim que eu pensava, e não seria diferente com Léo. Eu me sentia feliz por ele me amar – mesmo daquele jeito.

Depois eu lhe mostrei a sala de leitura. Uma sala pequena, repleta de livros, destinada aos parentes, alunos residentes, funcionários e pacientes também, quando tinham permissão para deixar o leito. Na verdade, nós, os colaboradores, é que levávamos a leitura até eles em seus leitos. E toda a equipe do hospital ajudava.

Expliquei a Léo que a ideia era ter um lugar maior, fora do hospital também, com apoio psicológico, pedagógico, onde pudéssemos orientar e ajudar mais as pessoas necessitadas. Expliquei que o dinheiro que Lorenzo mandava mensalmente dava para manter a biblioteca do hospital, mas ainda não era suficiente para bancar uma obra tão grande e arcar com todas as despesas de manutenção. Era apenas um sonho que eu cultivava.

– Você vai conseguir, tenho certeza disso – disse Léo, depois que lhe expliquei tudo sobre o projeto.

– Estou tentando colocar isso no papel, mostrar a importância e os benefícios desse trabalho. Tenho coletado dados há anos, e estou terminando o projeto de pós-doutorado. Quero fazer disso um projeto internacional. Quem sabe eu consiga desenvolver esse projeto na Itália, não é?

– Com certeza! Eu não gostaria de me afastar de você, mas abriria uma exceção para uma coisa tão importante como esta.

– Você é bondoso, sabia?

– Por quê? Eu não acho. Concordar com seu projeto não faz de mim uma pessoa bondosa. Eu não faço nada pelos outros, Bia. Você, sim, é bondosa. Tanto, que me deixa curioso, além de orgulhoso.

– Curioso com o quê?

– Por que, Bia? Por que você faz tudo isso? Desgastar-se tanto, desdobrar-se em dez para ajudar... estranhos? Sei que você coloca aqui boa parte da sua renda pessoal. Então, não é só dedicação, é investimento financeiro também.

– Porque me faz bem, me dá felicidade. Eu estive aqui, no lugar dessas pessoas, passei muito tempo hospitalizada e sei exatamente pelo que elas passam, sei a importância de uma palavra amiga nessa hora. Eu não via isso antes do acidente, não me preocupava com nada.

– Ah, Bia, mas você era apenas uma menina. Não tinha mesmo que se preocupar.

– Essa é a questão. Eu mudei depois disso, Léo. Uma mudança irreversível. Passei a ver a vida de outro ângulo. Me assusta o fato de que, se não tivesse acontecido comigo, eu seria outra pessoa, uma pessoa menos sensível, alheia ao sofrimento do próximo.

– Eu não concordo com isso. Você é assim, Bia. Você não mudou por causa do acidente. Apenas o acidente lhe mostrou os meios de demonstrar sua bondade, o que aconteceria de qualquer jeito, mesmo que não fosse dessa maneira.

– Você enxerga em mim uma pessoa que não sou, ou mais do que sou na realidade.

– Discordo, de novo. Acho que enxergo bem menos, e me surpreendo a cada dia. Tenho certeza de que ainda vou descobrir muito mais sobre você, sua generosidade, seu amor incondicional, e me surpreender ainda mais. – Ele parecia sincero, orgulhoso de fato.

– Bem, acho que já ouvi elogios demais por hoje. Obrigada, meu querido. Mas será que agora você quer ver como a coisa funciona na prática?

– O quê? Não é só isso? Tem mais para mostrar?

– Quer vir comigo? Quer ler um livro para um paciente? Tem sempre alguém sozinho precisando de um pouco de distração.

– Você me mostra como fazer?

– Claro! Vamos lá.

Antes de sairmos da sala de leitura, mostrei a Léo o carrinho onde ficavam os livros. E pedi que ele mesmo escolhesse alguns livros que levaria nele. Ele fez muitas perguntas sobre como fazer a leitura para os pacientes e como ele deveria se comportar. Eu lhe disse que era tudo muito natural e que ele saberia o que fazer na hora certa. Ele me olhou em dúvida, mas aceitou minhas instruções, depois analisou o carrinho, achando muito interessante a maneira como eu tinha improvisado uma biblioteca ambulante. Em seguida, cumprimentamos a bibliotecária, que eu havia contratado para cuidar da sala e da organização dos livros, e depois saímos da biblioteca, arrastando meu bom e velho carrinho.

Fomos em direção a uma área de pós-operatório, onde ficavam aqueles que já tinham passado por uma cirurgia menos grave e aguardavam o momento de receber alta.

Entramos na sala em silêncio e ficamos observando a movimentação. Léo, ao meu lado, estava um pouco pensativo, mas tranquilo. Quase todos os leitos estavam ocupados e ladeados por um acompanhante. Mas havia dois em que os pacientes estavam solitários.

– E então? – perguntei, incentivando-o. – Quer ler para alguém?

Léo não respondeu. Simplesmente se aproximou de um dos leitos, no qual estava deitado um jovem mais ou menos da mesma idade dele.

– Posso me sentar aqui e fazer um pouco de companhia a você? – perguntou Léo ao jovem, apontando uma cadeira ao lado da cama.

– Pode – respondeu o rapaz, um pouco surpreso.

– Está esperando alguém chegar? – perguntou Léo, enquanto eu observava atentamente.

– Sim, minha mãe. Já tive alta e daqui a pouco ela vem me buscar.

– Eu me chamo Léo e estou aqui com minha amiga, Bia. – Léo apontou para mim, que estava atrás dele, recostada a uma parede. – Nós viemos ler um pouco para os pacientes. Você gostaria que eu lesse algo para você, enquanto espera sua mãe?

– Conheço a sua amiga, a Bia – disse o garoto. – Ela vem sempre aqui ler para os pacientes, conversar. Estou aqui há quase uma semana e já a vi duas vezes, mas ela ainda não leu para mim. – Léo me olhou e eu sorri para ele, como se pedisse desculpas.

– É mesmo? E você se importa que não seja ela a ler hoje? – perguntou Léo.

– Não. Você pode ler.

– Bem, eu ainda não sei seu nome... Como se chama?

– Felipe.

– Então, Felipe, você tem alguma preferência por autor ou tipo de texto?

– Não... Mas eu gosto de contos. Tem alguma coisa aí?

– Deixe-me ver. – Léo parou um pouco para procurar um livro, depois voltou a falar. – Bem, tenho o Drummond, que é meu preferido. Pode ser?

– Pode sim, pode ser esse mesmo.

Léo abriu o livro e folheou-o, procurando, por certo, algo que pudesse atrair o interesse do rapaz. Parou numa página e começou a ler:

– *Furtei uma flor daquele jardim. O porteiro do edifício cochilava, e eu furtei a flor.*

Ele lia de uma maneira tão profunda, tão bonita de se ver e ouvir, que outras pessoas próximas também pararam para ouvi-lo. Ele parecia emocionado, totalmente envolvido com a leitura.

Fiquei maravilhada ao vê-lo tão à vontade e absorto na leitura, principalmente por estar em um hospital – um lugar que, em geral, as pessoas procuram evitar e onde muitas vezes se sentem mal. Mas ele não pensou em nada disso. Só se deixou envolver pela mágica da leitura e pela boa ação que fazia. Depois, quando terminou de ler o pequeno conto, algumas pessoas que tinham parado para apreciar a leitura aplaudiram-no, e Léo ficou um pouco envergonhado, mas sorriu para todos, agradecendo.

Quando as pessoas voltaram ao que estavam fazendo, Léo conversou com o jovem sobre a leitura. Falou da importância da palavra *flor* no texto, da ideia de destino que transmitia pela sua repetição. Perguntou se ele havia gostado, se estudava. E descobriu que numa visita como aquela era possível conhecer muitas histórias, fazer amizades e, principalmente, ajudar pessoas.

– Gostou de conhecer o projeto da biblioteca? – perguntei a Léo, ao sair do hospital, depois de nos despedirmos de todos e de Léo prometer que voltaria.

– Gostar é pouco, eu adorei! – disse Léo, sorridente, dando-me um grande abraço. – Você é demais, sabia? – falou ele ao meu ouvido, enquanto me abraçava.

– Você foi demais hoje, Léo – retribuí, depois afrouxei o abraço. – Obrigada por me acompanhar. Sabe, você tem muito jeito com as pessoas, sabe dar apoio, dizer as palavras certas. É até estranho não ter feito medicina, em vez de jornalismo e música.

– É, pode parecer estranho, mas não tenho vocação para a medicina. Eu me compadeço demais com o sofrimento humano, com a dor física. Não sou forte o suficiente para suportar isso. A medicina é para os fortes de espírito, cabeça e coração, como o seu irmão Charles. Eu não sou assim. E, sabe, amo muito a música, que também me põe em contato com as pessoas, com a alma delas, e me faz feliz de um modo mais completo.

– E por que não se dedicou exclusivamente à música? Por que jornalismo também?

– Os meus pais não acham que a música vá garantir meu futuro. Acham uma carreira muito difícil, incerta. Como eu não quis ceder, pediram que eu me dedicasse às duas coisas, para ver depois o que seria melhor para mim.

– E como é isso de ter duas carreiras?

– É meio estranho mesmo, como você falou, principalmente porque gosto das duas. No começo, eu fazia jornalismo para satisfazer a vontade de meus pais, mas, depois, quando tive mais contato com os cursos, na prática, vi que gostava das duas coisas. Na verdade, comecei o ensino superior muito jovem; eu tinha 17 anos e logo no início percebi que me identificava tanto com jornalismo quanto com música. A faculdade de jornalismo me dava a chance de escrever e ler muito, que são coisas que adoro fazer. Pude, a partir daí, ter mais contato com a literatura e aliar isso à música, que acabou formando um casamento perfeito. Duas coisas diferentes, porém com características semelhantes. Pelo menos para mim. E vi que me sentia feliz com as opções. Então, tenho muito a agradecer a meus pais, por insistirem numa coisa que achavam importante para mim, e que, de um jeito estranho, acabou sendo mesmo.

– Isso tudo é muito interessante.

– É, sim. E o melhor é que, como você, estou o tempo todo conhecendo pessoas, histórias, e ajudando também, de certa forma.

– De que forma?

– Bem, a redação do jornal onde faço estágio me proporciona esse contato com as pessoas, com gente de verdade, que sente, sofre, tem uma história para contar, e também com os livros e com a escrita. E o conservatório de música me oferece a oportunidade de ter contato com a música em si, com o piano e o violão, que são instrumentos que amo, e lá posso passar também os meus conhecimentos para outras pessoas.

– Você dá aula de música?

– Sim. – Ele riu, meio sem jeito, como se revelasse um segredo. – É uma coisa minha, sabe, eu fico lá e ensino os garotos e garotas a tocar, a conhecer melhor a música, e isso me faz muito feliz. É incrível como eles têm interesse e como alguns têm um talento especial para a música.

Léo falava de tudo aquilo que fazia com um amor imenso e uma modéstia impressionante, como se ele não contribuísse, como se fosse um mero espectador. E o mais engraçado é que ele falava de garotos como se também não fosse um deles. Ele era realmente maduro para a sua idade. Como eu, anos antes, Léo havia amadurecido prematuramente.

– Posso conhecer o seu trabalho? – perguntei, sorrindo, feliz com o relato dele. – Bem, eu lhe mostrei um segredo meu... Gostaria muito de ver você tocar, Léo.

– Acho que posso abrir uma exceção para você. Levo você lá, logo que possível.

Ele parecia aliviado, como se tivesse falado algo que julgava importante, mas cujo momento certo de expressar não havia encontrado ainda. A expressão dele era de alegria, talvez pelo dia tão empolgante. Seu rosto estava mais iluminado que o normal.

– Estou impressionada com você, Léo. Quase chorei, lá dentro do hospital, quando você estava com aquelas crianças com câncer.

– Quase? E por que não chorou?

– Não consigo chorar – falei, olhando nos olhos dele, esperando sua reação. Era mais um segredo que eu revelava.

– Não consegue? Como é possível? Todo mundo chora... Eu choro... – Léo quis rir, mas depois ficou sério, vendo que não era brincadeira.

– Eu sei, mas parece que é algo clínico, um trauma, talvez. – Olhei-o de novo, meio tristonha, e ele percebeu como eu me sentia, já que se aproximou de mim como se quisesse me dar apoio. – Depois do acidente nunca mais chorei.

– Nunca mais?

– Não, não consigo. Sinto vontade, me emociono e choro internamente, às vezes, mas as lágrimas não descem.

– Nossa, Bia! Isso deve ser muito ruim, angustiante.

– E é mesmo. Às vezes, fico realmente desesperada com a situação. Foi assim quando minha mãe morreu. Eu me senti desesperada, uma angústia terrível me sufocando, uma tristeza gigantesca, uma imensa vontade de chorar, mas não aconteceu. Agora tento não pensar mais nisso, porque me faz sofrer.

– Ah, minha querida, eu sinto muito por você. Venha aqui... – Ele me puxou para seus braços e aninhou-me entre eles carinhosamente. Ficamos abraçados um pouco, ali na frente do hospital. Era difícil não querer ficar abraçada a Léo. Fazia-me bem demais sentir seu apoio. Eu me sentia liberta nos braços dele, aliviada de todas as dores do mundo, como se elas não existissem em minha cabeça. Como se fôssemos só nós dois e nada mais.

– Adoro abraçar você! – falei, respirando fundo, ainda com a cabeça pousada no peito dele.

– Eu também – disse ele. – Adoro abraçar você.

• Capítulo 17 •
CONSERVATÓRIO DE MÚSICA

É evidente que o amor é desejo. Sabemos, porém, que os que não amam também desejam os objetos que são belos. Como, pois, distinguiremos entre o que ama e o que não ama?

– Platão,
Fedro

[...]
E você era a princesa
Que eu fiz coroar
E era tão linda de se admirar
Que andava nua pelo meu país.

– Chico Buarque e Sivuca,
"João e Maria"

O final do primeiro semestre letivo havia chegado, e, com ele, as provas do mês de junho. Não houve como fazer a minha visita ao conservatório de música onde Léo estudava. Estava completamente ocupada com os alunos, alvoroçados por causa do período de provas. E Léo, em duas faculdades, também estava bastante ocupado, estudando muito para se sair bem nas duas. Aquele era seu penúltimo ano de faculdade, mas, mesmo em meio ao turbilhão de avaliações, ele dava um jeitinho de ir me ver na universidade. Léo passava lá por alguns minutos, só o tempo de um abraço e uma rápida conversa, mas era o bastante para me tranquilizar.

Rodrigo tinha ligado muitas vezes durante esse tempo. Dizia que ainda se sentia muito angustiado pelo acontecido meses antes, por isso preferia ficar longe. Contou que havia surgido a oportunidade de uma fusão da empresa dele com um grupo europeu, e que estava bastante animado em ampliar ainda mais os negócios, mas que, para isso, precisaria se preparar, aperfeiçoar-se naquele tipo de negócio internacional. Por isso tinha resolvido fazer um MBA em Portugal. Terminou a ligação com um "eu te amo cada vez mais".

Charles precisou fazer uma reforma na casa onde morava – a antiga casa da nossa infância –, que levaria alguns meses para terminar. Mas ele estava preocupado em não ter tempo suficiente para procurar uma boa casa onde acomodar a família durante a reforma.

Assim, vendo a aflição de meu irmão, conversei com Rodrigo sobre a possibilidade de emprestar a Charles a nossa casa, que parecia grande demais só para mim.

– A casa é sua, Bia – respondeu Rodrigo, com generosidade. – Faça o que achar melhor. Você pode ficar no apartamento onde eu morava antes de nos casarmos, se quiser. Ainda me pertence, e é seu também. É um bom apartamento, você vai ficar bem instalada lá, e no momento ele está vazio.

Sem dúvida, Rodrigo sempre fora um homem honesto, justo e generoso; à maneira dele, claro, mas ele era assim – um bom homem.

Quando liguei para Iris, no final de uma aula, ao sair da faculdade, e dei a notícia, ela morreu de felicidade.

– Amiga, você vai ficar com a gente lá, não vai?

– Não, Iris. Eu adoraria, mas não vou ficar com vocês. Sei que a casa é grande o suficiente para nós todos, mas eu já queria mesmo me mudar, sair de lá. Acho que vai ser bom eu me afastar um pouco, me afastar das lembranças do meu casamento. Um apartamento menor é o ideal para mim neste momento. Espero que você e Charles entendam; preciso disso, amiga.

– Sendo assim, certamente entendemos, Bia. Queremos o melhor para você, querida. Não vamos ocupar sua casa por muito tempo. Prometo.

– Fiquem o tempo que quiserem. Não há pressa.

Com o final de junho, enfim terminou o período de provas na universidade. Charles e a família se mudaram para a minha casa e eu me mudei para o apartamento, que ficava bem próximo à casa de Rapha. Isso seria ótimo para mim.

Quando eu e Rapha terminamos de desempacotar a última caixa, ele estava exausto. Tinha feito a parte mais difícil da mudança, que era carregar as pesadas caixas.

– Pronto, Bia! – Quando terminou de colocar a última pilha de livros no alto da estante, no pequeno gabinete de estudos, ele se jogou no tapete. Eu fiz o mesmo, me deitando ao lado dele. – Agora você já está de casa nova. Ficou muito bom. Nunca pensei que você tivesse tanta tralha!

– Ei, não chame os meus livros de tralha!

– É brincadeira, Bia. Mas, sinceramente, não sei para que você precisa de tanto livro. Deveria doar uma parte deles. Logo, logo não vai mais ter lugar onde colocá-los.

– Na verdade, já doei uma parte. – Ele me olhou, apoiando a cabeça na mão e fazendo uma cara de espanto. – Aqui estão apenas os mais importantes. E uma outra parte ficou na casa, não dava para trazer tudo.

– Nossa! A coisa é pior do que eu pensava. Bem, mas agora preciso de um açaí para renovar minhas energias. – Ele se levantou do chão e me deu a mão para que eu me levantasse também. – Topa ir comigo? É aqui perto. Lá fazem um açaí com granola que é uma maravilha.

– Claro que topo! Também estou precisando de energia.

Depois daquela avalanche de acontecimentos, julho chegou e com ele as férias universitárias. Léo ligou para mim, dizendo que estava passando para me pegar. Finalmente eu iria conhecer o conservatório onde estudava.

– E, então, como está no novo apartamento? – perguntou Léo, logo que entrei no seu carro, em frente ao meu prédio. Ele estava ansioso para saber tudo o que havia perdido.

– Está muito bom! Estou aliviada por sair daquela casa enorme.

– Mas você devia ter me chamado para ajudar na mudança.

– Não queria atrapalhar seus estudos, Léo. Sei que foi um mês difícil para você...

– Você nunca atrapalha, Bia! – interrompeu-me ele, como se estivesse ofendido. – Lembre-se sempre disso.

Léo dirigia devagar naquele dia. Talvez porque quisesse prolongar esses momentos de conversa que tínhamos quando íamos a algum lugar. Aproveitávamos sempre o percurso para conversar sobre tudo, para trocar o máximo de ideias que podíamos, no tempo em que nos era possível.

– Mas me fale um pouco de você, Léo. Como está? – perguntei, mudando de assunto. – Parece que tem algo a me dizer, parece meio ansioso, atropelando as palavras.

– Não adianta mesmo esconder nada de você. Você me conhece mais do que qualquer pessoa.

E era verdade. No tempo em que estivemos juntos, convivendo quase diariamente, descobrimos muita coisa um do outro, e muitas afinidades também. Conhecemo-nos mais em alguns meses do que muitas pessoas não o fazem numa vida inteira juntas.

– Então, diga o que tem tanto a me dizer.

– Bem, é que agora estou morando sozinho.

– Mas como? Quando? Por quê? E seus pais? – eu disse, apressadamente, atordoada com a notícia.

– Calma, moça! – disse Léo, tirando a mão do câmbio do carro e acariciando a minha. – Os meus pais voltaram para Taubaté. Foi tudo muito rápido, na verdade, por isso não tive tempo de contar. Surgiu uma oportunidade urgente de um trabalho melhor para meu pai lá. Ele vai assumir um cargo de chefia, na diretoria. E eles adoram aquela cidade abafada... Então, não tiveram dúvida.

– E você, não teve que ir com eles? – perguntei, sentindo um aperto no peito, pela distância que nem sequer existia. Era apenas uma suposição, mas já doía, mesmo que não fosse real.

– Não. Como lhe disse uma vez, se meus pais tivessem que voltar a morar em Taubaté, eu não iria com eles.

– E eles aceitaram assim facilmente a sua decisão?

– Não queriam aceitar, mas, quando viram que eu não cederia à pressão deles, acataram a minha decisão de ficar no Rio. Fiquei com o apartamento onde moramos e com o carro. Falaram que tudo já era meu mesmo e só estavam antecipando a entrega da herança.

– E eles? Já têm onde morar em Taubaté?

– Sim, não vendemos nossa antiga casa. Ela ficou alugada durante esse tempo que ficamos aqui no Rio. Agora eles vão voltar para ela. Na verdade, sempre tiveram esperança de voltar. Vão ficar bem.

– E você, vai ficar bem sem eles por perto?

– Confesso que vou sentir saudade, mas acho que já estava na hora de eu me virar sozinho. – Ele não parecia triste.

– Quer dizer que agora você é um homem responsável? E até vai morar sozinho? Parabéns, querido!

– Obrigado, Bia. E parece que você também. – Ele sorriu para mim e eu retribuí. Rimos da nossa situação parecida: ele, morando num lugar só dele, londe da proteção dos pais; e eu, saindo de um casamento desfeito e indo morar sozinha. Fases diferentes, mas situações iguais. Era uma espécie de independência para ambos, de um recomeço.

O conservatório de música ficava localizado na Lapa, no centro do Rio de Janeiro. Era um prédio simples e bem antigo, tombado pelo patrimônio público. Ali ficava a antiga Escola Nacional de Música, que passou, posteriormente, a ser a sede da Escola de Música da Universidade Federal.

Observando a fachada, pude perceber que ela remetia à história, à antiguidade, marcada já pela estrutura simples das grandes portas frontais, no desenho singular da construção e de cada peça e adorno que se distribuía pelo pequeno e admirável prédio.

Logo que chegamos, ainda no salão central da entrada, Léo me falou um pouco da história do prédio, de como havia sido incorporado à universidade em que estudava. Falou dos cursos, da empolgação dos alunos, do talento especial de alguns deles, e me apresentou a todo o pessoal que cuidava do lugar. Ele conhecia bem aquelas pessoas – alunos, equipe de apoio, professores e cada simples funcionário que passava por nós. Léo cumprimentava todos pelo nome. E as pessoas também o cumprimentavam, sempre sorrindo ao vê-lo.

Léo me levou, em seguida, a uma espécie de auditório, onde, no centro do palco, havia um pomposo piano de cauda. Fiquei impressionada com a exuberância da sala e daquele piano.

Ali, Léo falou do majestoso instrumento e do amor que sentia pela música. Explicou que aquele era um piano de cauda do final do século XVIII, e que era daquela forma, enorme, porque suas cordas ficavam na horizontal e ele precisava de uma caixa de ressonância, por onde o som era produzido, através da pressão das teclas.

Lembrou-se também do piano que tínhamos admirado na livraria, anos antes. Aquele, disse ele, era um modelo do final do século XIX, projetado para ambientes menores, com as cordas na vertical.

Depois de falar por um bom tempo sobre a estrutura do instrumento musical – informações que absorvi atentamente, já que adorava ouvi-lo falando –, ele passou a falar de como se sentia com aquele instrumento, quando tocava suas teclas, e de como percebia a vida correr em suas veias, como o próprio sangue sendo bombeado pelo coração. Léo pensava no som produzido pela música tirada do piano como as próprias batidas do coração. Ele elevava a alma e fazia com que se sentisse mais vivo. Não havia como não me emocionar com as palavras dele, com o seu amor pela música. E eu me senti, desde aquele momento, completamente envolvida e sensibilizada com tudo aquilo.

Léo se sentou, por fim, na banqueta em frente ao piano, e eu notei que ao lado da banqueta, recostado ao estofado do banco, havia um lindo violão clássico. Quando pensei que Léo abriria a tampa que cobria o teclado do piano, ele pegou o violão, posicionou-o sobre a perna, e me olhou com receio.

– O que está achando do lugar? – Ele afrouxou o braço que segurava o instrumento e segurou a minha mão, como se hesitasse, adiando o momento pelo qual eu esperava ansiosa, que era vê-lo tocar.

– É tudo maravilhoso, envolvente, mas continuo esperando para vê-lo tocar... Você já me mostrou tudo, agora só falta o principal.

– Ainda estou pensando se devo fazer isso... – disse ele, respirando fundo e ainda segurando a minha mão.

– Por quê? – Fiz um carinho em seu cabelo com a mão livre, sem querer pressioná-lo.

– Não sou tão bom quanto você dando suas aulas...

– Duvido muito! Deixe de ser bobo, Léo. Tenho certeza de que você é ótimo. E, mesmo que não fosse, não faria a menor diferença para mim.

Com uma das mãos, ele voltou a apoiar o violão na banqueta, depois apertou a minha mão e, ainda sentado, puxou-me mais para perto. Então soltou a minha mão e me segurou pela cintura, apoiando a cabeça na minha barriga, onde ficou, pensativo. Limitei-me a acariciar seus cabelos, pensando na posição íntima em que estávamos. Eu em pé entre as pernas dele, e ele praticamente beijando meu ventre. Mas Léo não parecia se importar com a intimidade. Apenas ficou um tempo ali, apoiado com naturalidade no meu corpo, como se já o conhecesse. Embora eu sentisse a doçura daquele toque, que me causava sensações desconhecidas, não pude pensar em nada que não fosse acalentá-lo. Sentia-me protetora, como uma mãe que protege seu filho, abraçando-o forte, incentivando-o a continuar.

Léo, então, beijou a minha barriga e me afastou um pouco. Sem dizer nada, pegou novamente o violão, posicionou-o mais uma vez sobre a perna e, fitando as cordas, colocou os dedos sobre elas, como uma carícia.

A música começou muito leve, encorpando a cada toque dos dedos dele sobre as cordas do instrumento. Demorei não mais que três segundos para reconhecê-la; eu adorava aquela música. E não foi só a melodia que ouvi. Léo começou a cantar baixinho, acompanhando o violão. Ele tinha uma linda voz, muito doce.

Léo me olhava, enquanto tocava, e sorria levemente. Não interrompi, embora muitas vezes sentisse vontade de dizer algo. Esperei até que ele terminasse de tocar a linda canção... que eu amava. Só quando terminou, pude enfim falar.

– "João e Maria"? – perguntei, depois que ele parou e me olhou com ainda mais intensidade. Mas eu não buscava confirmação, só saber por que ele tinha escolhido aquela música.
– Você gosta?

– É a minha preferida dele. Adoro Chico Buarque, e "João e Maria" é cativante para mim, um mistério, como se significasse algo que ainda não descobri.

– É também a minha preferida. Na verdade, Chico é o meu compositor preferido, e amo essa canção em particular. Como você sabia?

– Não tinha certeza. Mas sabia de sua preferência por Chico, já falamos sobre isso outro dia, e vi seus CDs no carro também. Então, escolhi a minha preferida para tocar para você.

– Eu amei! – afirmei, retribuindo seu olhar. – E você toca maravilhosamente bem, e canta igualmente bem. Você toca com o coração, Léo.

– Esta vai ser a nossa música. Nós ainda não tínhamos uma.

– Nossa música – confirmei. – Mas você sabe que tem várias interpretações para ela, não sabe?

– Sim, mas prefiro acreditar na que remete aos contos de fadas.

– Eu adorei tudo, Léo. Você me surpreendeu...

– Mas ainda não acabou.

– Não?

– Eu queria apresentá-la a algumas pessoas especiais. São meus... alunos... – Ele hesitou um pouco, tímido, como sempre, ao demonstrar suas habilidades. – Espere aqui, eu já volto.

Ele voltou trazendo duas meninas e dois meninos. Eles seguravam instrumentos, um violino, dois violões e uma flauta.

Apresentou-me aos garotos e disse que ele e aqueles jovens queriam fazer uma pequena apresentação para mim. Pediu, sorrindo meio sem jeito, para que eu não esperasse muito da apresentação, que seria algo simples, improvisado. Assenti, e eles começaram. Léo se sentou ao piano.

A música era simplesmente linda. Tive um choque de emoção logo de início. A garota do violino e Léo, ao piano, faziam a maior parte. Eu sabia exatamente que música era aquela, pude reconhecer a composição de Ennio Morricone, em *Cinema Paradiso*, peça pela qual eu era apaixonada.

Senti-me tomada pela música, imensamente emocionada. Cada toque das teclas, cada nota tirada do piano causava em mim uma elevação profunda de espírito. Léo me olhava ternamente enquanto tocava, com aqueles lindos olhos azuis que eu amava, como se estivesse vendo a minha alma, e demonstrando mais emoção do que eu mesma.

Não pude me controlar. A certa altura da música, senti que algo me doía por dentro. Vários pensamentos me vieram à mente. Minha vida passou-se ali em alguns segundos, ao som daquela linda canção. O acidente, a morte de meu pai, a morte de minha mãe, meu casamento, o fim dele... Havia um turbilhão de emoções dentro de mim. Lembranças, cenas vividas, e um amor gigantesco e incondicional dentro do meu peito, que me corroía a cada dia, mas que me fazia viver plenamente também. Não consegui suportar a pressão que irrompia do meu peito, do meu corpo. E, sem poder me controlar, chorei.

Uma única e solitária lágrima escorreu pela minha face. Mas foi o suficiente para Léo parar de tocar. Os outros garotos não entenderam, mas pararam também. Léo os olhou e agradeceu, e eles saíram logo em seguida. Eu permaneci imóvel, com aquela pressão ainda no peito, sufocando-me interiormente. Léo me abraçou com tanta força, tanto amor...

– Você conseguiu, minha querida – disse ele, baixinho, bem em meu ouvido, sem me libertar de seu abraço.

– É... eu... consegui – assenti, com a voz embargada pela emoção avassaladora que tinha causado aquela lágrima. Eu tinha chorado, depois de anos... Sem esperar, sem entender, eu havia chorado... Ali, ao som de um piano, nos braços de Léo.

No carro, a caminho do meu apartamento, Léo quis saber o motivo da minha lágrima.

– Você quer me contar o que sentiu lá no conservatório? – perguntou Léo, tocando de leve o meu rosto.

– Não sei bem. Mas a música me causou muita emoção. A forma como você tocou, você parecia emocionado também. Tudo junto, a música, você, aquele lugar, a minha vida...

– Sua vida?

– É. Quando você começou a tocar, me lembrei da minha vida, dos acontecimentos, antigos e recentes. Me lembrei das pessoas, do quanto eu gosto delas. Me lembrei de Rodrigo...

– Você chorou ao se lembrar dele? Está arrependida da sua decisão? – Ele parecia um pouco decepcionado.

– Não, não é isso. Não chorei ao me lembrar dele. Ele foi apenas um dos pensamentos, e foram muitos, foi um choque dentro de mim. Eu me lembrei especialmente de você. – Ele me olhou mais atentamente, depois voltou a se concentrar na direção. – De tudo o que temos vivido nesse pouco tempo em que nos conhecemos. Eu me senti feliz por tê-lo conhecido e depois me senti triste, como se algo fosse acontecer. Tive medo de você sair da minha vida, para viver a sua vida sem mim por perto. Mas aceitaria, agradecida, se estivesse feliz. – De um jeito esquisito, eu estava confessando meu amor por ele, a incondicionalidade desse amor.

– Isso não vai acontecer, Bia. Nós vamos dar um jeito... Eu também me sinto feliz em ter conhecido você, e também não quero nunca me afastar.

– Você não pode afirmar isso, Léo. É muito jovem. Logo vai se casar, ter filhos, ter a própria família. Nenhuma mulher vai entender nossa amizade.

– Isso não é algo definitivo em minha vida, Bia. Como você mesma disse, sou jovem, muita coisa pode mudar.

Léo apenas se justificou, mas não negou o fato de um possível casamento, principalmente sendo jovem como era. Era como se isso fosse algo já estabelecido. Mas não toquei mais no assunto.

– Por que você tocou o tema de *Cinema Paradiso*? – perguntei, tentando mudar de assunto, porque falar de um possível afastamento, ou de um motivo para isso, não era algo de que ele gostasse. Evitava, na verdade.

– Amo esse filme! E acho as peças de Ennio fabulosas. – Então ele sorriu, com aquele mesmo sorriso infantil que tinha meu pai, o sorriso mais lindo do mundo.

– Não pensei que você tivesse visto esse filme! É um pouco antigo.

– Acho que você pensa demais no tempo, preocupa-se demais com ele, Bia. E eu gosto desse tipo de coisa, filmes, livros antigos. São histórias vividas, eu já lhe disse isso antes.

– E os garotos? São seus alunos?

– Não oficialmente. Apenas nos reunimos para tocar; então, procuro passar para eles o que aprendi. Mas eu só ensino violão e piano.

– E você gosta de fazer isso?

– Adoro! Quero me formar logo para poder me dedicar mais. E, quem sabe, ensinar na universidade também.

– Você é muito talentoso. Não vai demorar muito para isso acontecer.

– Mas, por enquanto, acho melhor comermos algo. Já estamos fora há muito tempo. Não quer comer antes de ir para casa?

– Acho que seria bom. Que tal me levar àquele mesmo restaurante do outro dia?

Léo, então, levou-me ao restaurante. Eu queria perguntar algo mais sobre ele, parecia haver alguma coisa na vida dele que não era tão simples de resolver, mas que ele parecia não querer compartilhar comigo, porque não falava, embora eu soubesse que o incomodava.

Não falamos muito sobre nós naquela noite, apenas assuntos mais amenos. Aproveitamos a boa comida do restaurante. Antônio nos serviu muito bem, como sempre sorridente. E a noite terminou de maneira agradável. A partir dali, além de uma música e do nosso ipê-amarelo, tínhamos também um restaurante preferido.

• Capítulo 18 •
REVELAÇÕES

Não se afobe, não
Que nada é pra já
O amor não tem pressa
Ele pode esperar em silêncio
Num fundo de armário
Na posta-restante
Milênios, milênios
No ar...

– Chico Buarque,
"Futuros Amantes"

Léo ficou as duas primeiras semanas das férias de julho no Rio, e passou as outras duas com os pais, em Taubaté. Nesses dias, tentamos ficar juntos ao máximo. Fomos algumas vezes ao hospital – Léo adorava me acompanhar em minhas visitas –, e às vezes apenas conversávamos por horas, principalmente em algum lugar que tivesse algum significado para nós, como à sombra do nosso ipê-amarelo, que estava completamente florido. Assim, as semanas voavam quando eu estava com ele. Parecia que qualquer tempo que tínhamos era muito pouco para nos saciarmos da companhia um do outro.

Com o retorno das aulas, a rotina também voltara, e o novo semestre já estava acelerado. Não voltei a tocar no assunto proibido: "compromisso com a namorada". Deixei que Léo escolhesse a hora certa de me contar o que estava acontecendo entre eles. Afinal, embora soubéssemos que o amor que nos unia era forte – pelo menos o meu era – e talvez ultrapassasse as barreiras seguras da amizade, éramos apenas bons amigos.

Mas eu sabia que estava próximo o dia em que finalmente conheceria a parte da vida de Léo que eu ainda ignorava. E não tardou muito para que esse dia chegasse.

Cheguei em casa tarde naquele sábado, sentindo-me cansada. Havia passado boa parte do dia na casa de Charles, com Iris, as crianças e Rapha. Deitei-me um pouco na cama, antes de pensar em fazer qualquer coisa, e fiquei ali, lembrando-me das palavras de meu amigo, que não demorou muito para me interrogar sobre o assunto que estava engasgado na minha garganta. Logo que ficamos sozinhos na varanda da casa de Charles, depois do almoço, Rapha me interpelou:

– Você está estranha de uns dois meses para cá, Bia. O que há? Não quer mais dividir sua vida com esse seu amigo aqui?

– Você percebeu, é?

– É por causa dele? – Eu sabia que ele se referia a Léo. – Por que vocês não resolvem logo isso? Está na cara que estão apaixonados. Só não entendo por que não assumem.

– Ele é muito jovem para mim, Rapha.

– Você sabe que esse não é o problema. Quando estava casada, eu até entendia. Mas agora, que já teve tempo suficiente para entender que não vai mais voltar com Rodrigo, mesmo que ele insista nisso ainda, você não tem mais motivos para esconder seus sentimentos. Fale com Léo, diga o que sente.

– Não posso. Porque não é só isso, mesmo já sendo o bastante para mim, o fato de eu ainda ser oficialmente casada e de ser muito mais velha que ele.

– Então, o que é?

– É alguma outra coisa que eu não descobri ainda. Ele não fala no assunto. Evita falar, na verdade. Mas sei que tem a ver com a namorada dele. Parece que o compromisso entre eles é muito mais sério do que eu penso. Ele não quer me magoar, e vejo que se sente mal por não falar. Fica muito angustiado, mas tem evitado dizer do que se trata. Acho que é pressionado de alguma forma.

– E você acha que ele ama a namorada?

– Acho que sim. Ele fala dela com muito carinho.

– Isso me parece um problema.

– Eu sei. Mas não é isso que me preocupa. Não me importo que ele a ame. Eu desejo, sinceramente, que ele fique bem com ela, desde que seja feliz. O problema é que vejo que ele sofre, e isso me mata. – Meu amigo me olhou com uma expressão de pena, com cara de quem sentia muito, mas nada podia fazer. – Não queria que ele sofresse, Rapha. Dói muito, você entende?

– Entendo sim, minha amiga. E sinto muito por você; aliás, por vocês. Nenhum dos dois merece passar por isso. E acho que ele deve mesmo ter um motivo sério para agir assim. Léo é um bom rapaz, tem um grande coração. Queria poder ajudar, sinceramente. – Ao dizer isso, Rapha me abraçou.

– Só em me ouvir e me aconselhar, como você sempre faz, já ajuda muito, amigo. Obrigada.

– E quanto a você, Bia, o que acha que ele sente por você?

– Não sei explicar. Mas eu sei que não é só amizade. Ele se controla para não avançar o sinal, e sente que precisa ser assim... por enquanto, só amizade. Eu achava que era cuidado, instinto protetor, compaixão por causa dos meus problemas, que ele tem acompanhado de perto. Mas não vejo mais desse jeito. Na verdade, temos nos controlado muito, não só ele, e não sei por quanto tempo vamos conseguir ficar assim. Quando nos abraçamos, quando nos emocionamos, e, às vezes, quando ficamos sozinhos, longe dos olhares das pessoas, é quase incontrolável, chega a ser doloroso me distanciar dele. E tenho certeza de que ele sente o mesmo.

– E por que você não pergunta a ele o que o deixa tão angustiado?

– Porque não quero pressioná-lo. Sinto que ele já se martiriza muito, e não quero piorar as coisas. Quero facilitar as coisas para ele, mesmo que seja eu a sofrer.

– É, Bia, parece que você está vivendo um dilema. Mas eu não acho que isso vá demorar a se resolver. Vocês estão no limite.

– Eu sei disso.

O pior é que eu sabia também que o fato de Léo me falar o que estava acontecendo não iria resolver a situação. Talvez até a piorasse.

Quando me levantei da cama, depois de descansar um pouco e de pensar muito em Léo, fui checar os meus e-mails. Tinha esperança de encontrar alguma mensagem dele. Depois de poucos dias sem vê-lo, já estava ficando angustiada, com um aperto no peito. Sentia saudade e me perguntava como seria quando tivéssemos que dizer adeus.

Quando vi a mensagem dele, meu coração disparou.

Olá, minha querida.

Sinto sua falta...

Tive uns contratempos, por isso não liguei. Coisa de família. Mas já está tudo bem.

Você gostaria de passar o dia comigo amanhã? Não responda. Vou ficar esperando por você no meu apartamento. Chegue por volta da hora do almoço.

Ah, vista uma roupa leve, tipo jeans e camiseta. E leve outra roupa também. Não se preocupe com o que planejei para o nosso dia. Confie em mim... Beijo... Léo.

No dia seguinte, quando cheguei ao apartamento de Léo, a porta estava aberta. Entrei meio que pisando em ovos, receosa, esperando que ele me recebesse na porta. Estranhei quando vi que ele não estava ali para me receber.

– Entra! – gritou ele, de algum lugar no interior do apartamento. – Estou aqui na cozinha, Bia. Sem cerimônias, você já é de casa...

Ao entrar, vi que o apartamento estava limpo e arrumado. Era um bonito apartamento, pequeno, mas suficiente para uma pessoa ou um casal. A sala era ampla, com sofás brancos e grandes almofadas, e havia uma gravura de ruas molhadas na parede, muito parecida com a que eu tinha na casa de meus pais e ainda estava comigo agora.

Passei pelas duas salas conjugadas, contornando a mesa de jantar, e reparei num aparelho de som, de onde vinha uma música em volume baixo. Era apenas um som ambiente para relaxar, mas logo identifiquei quem estava cantando – meu compositor preferido. Reconheci de imediato a canção, *Futuros Amantes*, uma das minhas músicas prediletas, que Léo tocava para mim sempre que tinha oportunidade.

Senti o aroma que vinha da cozinha e reconheci instantaneamente o cheiro de bacon. Aquele era o cheiro característico do molho de macarrão que eu adorava! Segui o aroma e, na primeira porta antes do corredor, encontrei Léo.

– Que novidade é esta? Você na cozinha? – Ele segurava uma frigideira em frente ao fogão e mexia algo no fogo. – Ainda não conhecia esses seus dotes.

– Hoje você é minha convidada! Estou fazendo espaguete à carbonara... Acho que você gosta, acertei?

– Sim, é o meu preferido! Como adivinhou?

– É que outro dia, quando você falava de aromas e temperos de que gostava, sem perceber acabou descrevendo esse molho. Bem, moça, não sei se você sabe, mas entendo um pouco de cozinha, principalmente agora, que tenho de me virar sozinho. Não foi difícil adivinhar, Bia. Sem cebola, certo? – Ele desligou o fogo e, enfim, virou-se para mim. Olhou-me atentamente, depois me abraçou, e eu me senti no céu. – Desculpe, estou um pouco suado. – Ele estava sem camisa, mas não me importei. Eu estava adorando. Apertei um pouco mais o abraço e ele retribuiu. – Estava com saudade, Bia...

– Eu também, querido. – Ficamos um pouco ali, abraçados, ambos em silêncio. Depois afrouxei o abraço e o fitei. – Estou realmente impressionada. Como se lembrou de que não gosto de cebola?

– Lembra quando estávamos no refeitório do *campus* um dia e você não quis o bife acebolado?

– Lembro sim. Lembro-me de todos os momentos em que estivemos juntos.

– Há algumas semanas também, quando fomos comer um sanduíche, você quis o seu sem cebola e eu também, lembra? Você pode não ter percebido que eu não gosto de cebola, mas eu não pude deixar passar essa. Ah, carbonara também é o meu preferido. Na verdade, não sei fazer muitos pratos, mas esse molho eu fiz questão de aprender direitinho. Também faço um ótimo bolo de chocolate. Espero que goste, da massa e da sobremesa.

– Vou adorar, com certeza. E parece que temos mais em comum do que eu pensava... Também faço um ótimo bolo de chocolate, mas talvez porque adoro bolo de chocolate. Bem, acho que só faltou o vinho.

– Aí que se engana! – disse ele, sorrindo. – Não reparou na mesa ao seu lado?

Sobre a mesa posta havia uma garrafa de vinho tinto dentro de um balde com gelo e um suporte vazio, ao lado do balde, para que o vinho fosse servido logo que saísse do gelo... na temperatura certa.

Léo ficou observando a minha reação, quando sorri meio sem jeito, e depois já começou a servir o nosso almoço. Pegou a massa, pronta sobre o fogão, e começou a servi-la nos pratos sobre a mesa.

Só então o observei com mais calma. Ele estava lindo, e feliz, mas havia certa tensão em seu olhar. Embora estivesse empolgado com aquele primeiro almoço que havia preparado pessoalmente para mim, não estava totalmente relaxado. Não perguntei o que o preocupava, preferi esperar o momento certo.

– *Cabernet*? – perguntei, olhando o vinho e me virando para ele.

– Acertou. Tentei deixá-lo na temperatura ideal. Não sei se acertei, não sou nenhum especialista como você, mas... Bem, você é quem vai me dizer se cheguei perto.

Léo pegou a garrafa do balde, enxugou-a no avental branco amarrado à cintura, depois abriu uma gaveta do armário e pegou o saca-rolha. Encaixou o objeto na garrafa de vinho, girou algumas vezes e retirou a rolha. Em seguida, entregou-me a rolha, como se esperasse uma reação minha. Eu a peguei e aspirei um pouco do seu aroma.

– O cheiro está muito bom!

– Posso? – Ele segurava a garrafa próximo a minha taça, sobre a mesa.

– Claro! – respondi, observando o cuidado dele com os detalhes.

Como se seguisse um ritual, Léo, por fim, colocou um pouco de vinho na taça, tomando cuidado para não derramá-lo na toalha, e me entregou para que o provasse.

– Então, o que acha?

– Está ótimo, Léo! Tudo perfeito. E o vinho está na temperatura ideal. Bem, pelo aroma, a massa também deve estar maravilhosa. Ah, meu querido, você não tinha que se preocupar tanto, já bastava a sua companhia, que estava me fazendo muita falta... Mas vamos parar com essa formalidade toda, está bem? Você já é perfeito para mim do jeito que é. Sem cerimônia, lembra?

– É verdade. Mas é que eu queria impressionar você.

– Já impressionou. Você sempre me impressiona, Léo... Bem, acho melhor começarmos a comer, antes que esfrie.

– Lembrou bem. – Léo puxou a cadeira para mim, depois se sentou. – Antes que eu me esqueça, você está linda assim de jeans e camiseta. Está sempre linda para mim, na verdade. Mas é que eu não estou acostumado com você assim tão informal, sem a roupa mais clássica, os saltos, e... gostei muito.
– Também não estou acostumada com você... tão... informal. – Olhei para o peito dele nu, agora sem o avental. E ele se olhou também, meio sem jeito.
– Ah, desculpe, Bia. É que estava fazendo muito calor e só tenho ar-condicionado no quarto. Também me sinto muito à vontade com você... Mas, espera um pouco, vou colocar uma camiseta.
– Não precisa, Léo. Sem problema. E sem cerimônias. Foi você mesmo quem me disse isso.

Quando terminamos de almoçar – um almoço maravilhoso em que nos divertimos muito –, ajudei-o com a louça. Enquanto guardava as coisas no armário, notei que ficou pensativo, e ainda parecendo preocupado. Senti que ele queria conversar, e achei que aquela seria uma boa hora para fazer as perguntas que não tive coragem de fazer ao chegar.
– Está tudo bem, Léo? Quer me dizer alguma coisa? Você parece preocupado... – Ele guardou o último prato e se virou para mim, recostando-se na pia. Depois me olhou com seu jeito terno, mas com a testa franzida.
– Sinceramente? Sim.
– Então tinha um motivo especial para este nosso almoço?
– Não pense assim, Bia. Só queria estar com você, estava morrendo de saudade. Mas, sabe, já faz um tempo que quero contar uma coisa, e acho que chegou o momento. Não quero esconder nada de você. – O momento, então, havia chegado. Meu coração disparou, mas procurei me acalmar. – Venha cá. – Ele pegou minha mão e me puxou em direção à sala. Sentamos no espaçoso sofá, um de frente para o outro. Olhei para ele, tentando pare-

cer tranquila, compreensiva. Seus olhos fitavam o chão, como se procurasse as palavras ou aguardasse a hora certa. Depois de um tempo, ele me olhou também e pude ver sua dor. Vi que precisava de mim.

– Eu já desconfiava, Léo. Não se preocupe, pode falar o que quiser, não precisamos esconder nada um do outro.

– Eu sei, mas é que não quero magoar você.

– Fale primeiro. Depois a gente vê o que pode fazer. Só não quero que fique tão triste.

– Bia, quero que saiba, antes de qualquer coisa, que eu amo você. E, mesmo que ame outras pessoas também, sempre vou amar você, e nunca vou amar ninguém mais do que a amo.

– Por que está falando assim?

– Não sei se você notou, mas ando meio angustiado, e não sei o que fazer. Antes de conhecer você era muito fácil cumprir minhas promessas, mas, agora que a conheço, tem sido uma tortura não pensar nisso, não pensar em voltar atrás. E eu não posso fazer isso, porque muita gente vai sofrer. Pessoas que amo vão sofrer.

– A que tipo de promessa você se refere?

– Lembra que contei que tenho uma namorada?

– Lembro, claro. Qual o problema em ter uma namorada?

– Na verdade, ela não é só uma namorada. É algo mais, Bia. O que temos é uma espécie de noivado tácito, e que não demora muito para se tornar oficial.

Não sabia o que dizer. Essa era de fato uma surpresa, mas não parecia ser a única. Ele continuava extremamente angustiado, com uma expressão de quem estava falando algo que não queria dizer e que não acreditasse que fosse verdade.

– Já esperava por isso, Léo. Você sempre falou com muito carinho dela, e me disse outro dia que a amava. É normal que fiquem juntos.

– Eu a amo, sim, mas é diferente.

– Diferente como?

– Ela é extremamente frágil, Bia. Me ama mais que tudo, e conta como certo o nosso... casamento. – Léo engoliu em seco ao pronunciar a palavra "casamento".

– E você, o que sente sobre isso? – Eu tentava entender melhor a angústia dele.

– Eu a conheço desde criança. Nós somos primos. Não temos laços sanguíneos, porque ela é adotada pela irmã de minha mãe, mas sempre fomos muito ligados e acabamos nos apaixonando. – Era uma notícia boa, de certa maneira, saber que ele estava apaixonado – eu queria a felicidade dele –, mas ele não dizia aquilo com alegria; parecia, aliás, agoniado ao me contar a notícia.

– Isso é normal, Léo. Por que você se martiriza tanto por causa de uma coisa tão boa? Estar apaixonado... Nossa! Não posso me magoar por saber disso, sempre quis o seu bem.

– O fato é que eu não tenho certeza, e quero outras coisas... Não posso falhar com elas. – O que ele disse me deixou um tanto confusa.

– Do que você não tem certeza, Léo?

– De estar apaixonado... por ela... agora... Sei que a amo, mas é muito parecido com o que sinto por minha mãe, meu pai ou minha tia. Eu não tinha problemas em aceitar essa nossa união como algo natural, e até queria isso. Nunca havia me sentido atraído por ninguém antes. Ela foi a... única. E era muito fácil ficar com ela, sempre nos demos bem. Mas agora, depois que conheci você, eu vi que existem outras formas de amor e de... desejo... E vejo que você também sente o mesmo. Não quero magoar você, Bia. E isso tudo me mata...

Léo tentava me dizer que me amava, mas que amava outra pessoa também. E que não tinha coragem de terminar seu relacionamento para tentar viver outro.

– Léo, você não precisa se angustiar tanto. Sou capaz de entender o que você está tentando me dizer. Você vai ficar bem, acredite. Só me diga, para que eu possa entender melhor, por que se sente tão preso. É como se estivesse obrigado a alguma coisa.

– Eu amo muito minha tia, mãe da minha namorada. E minha tia me fez prometer que eu cuidaria de Amanda. Temos uma família muito pequena, e ela acha que Amanda não vai aguentar se me perder ou se ficar sozinha no mundo.

– Mas *cuidar* não significa um compromisso de casamento.

– Para mim, nesse caso, significa.

– Sinceramente, ainda não entendo, Léo.

– Como eu disse, Amanda é muito frágil. Sempre dependeu muito de nós, do nosso amor constante. Ela se deprime muito facilmente. Tem problemas de oscilação de humor. Às vezes está ótima, à maneira dela, mostra independência, mas em outras está em profunda depressão, caso até de internação.

– Está me dizendo que ela é bipolar?

– Sim, e num grau elevado. O marido de minha tia é americano e minha tia teve que fazer uma especialização nos Estados Unidos, por isso foram todos juntos. Amanda não queria ir, queria ficar aqui comigo, mas ainda somos muito jovens para assumirmos um compromisso tão sério como morar juntos. Eu precisava me formar, conquistar minha independência para levar esses planos à frente. Bem, o fato é que ela não está bem lá, está piorando. Pedi que ela ficasse mais um pouco, que não prejudicasse a mãe. Prometi que a encontraria lá no início do ano, e que oficializaríamos nosso compromisso.

– E você vai se casar desse jeito? E sua tia, o que acha?

– Ela acredita sinceramente que podemos ser felizes. Na verdade, acha que Amanda jamais será feliz com outra pessoa que não seja eu. Ela não quer fazer isso, mas acaba sempre me pedindo para não abandoná-la. Sei que Amanda precisa de mim. Não posso abandoná-la.

– Ah, meu querido, você está com um grande problema, com certeza. Conhecendo-o bem como conheço, sabendo da sua generosidade, da sua capacidade de se doar, você deve realmente estar sofrendo muito.

Ainda estávamos sentados no sofá, um de frente para o outro, concentrados em nossa conversa. Ele estava muito aflito, e me olhava com aqueles olhos, pedindo-me ajuda. E eu não podia fazer outra coisa que não fosse facilitar tudo para ele, tornar a vida dele menos dolorosa. Doía-me a alma vê-lo daquele jeito, tão triste, tão vulnerável. Léo sofria principalmente por mim, porque não queria me magoar. Então, eu tinha que ajudá-lo.

Olhei-o mais um pouco e afaguei seu rosto. Depois, fiz um gesto para que deitasse em meu colo. Fiz um carinho em seu cabelo e esperei um pouco, para que ele relaxasse, se acalmasse. Estava realmente triste.

– Estava precisando disso – falou Léo.

– Disso o quê?

– Colo.

– Você pode sempre contar com ele... comigo. E, sabe, entendo o seu desespero. Tive alunos com esse mesmo problema que tem Amanda. Era muito sofrimento para a família. Eles acabavam perdendo a noção de certo e errado, pelo menos quando estavam em crise. Largavam a faculdade, nunca se dedicavam a nada, às vezes acabavam destruindo o patrimônio da família, se isolavam. Um caso mais grave foi uma tentativa de... suicídio. – Quando pronunciei a palavra "suicídio", percebi que Léo contraiu os músculos. Eu o abracei em meu colo e o apertei mais em meus braços. – É realmente muito difícil. Queria poder fazer algo para ajudá-lo.

– Você já faz, Bia. A nossa amizade, o amor que sinto por você me cura o tempo todo, me renova. O que mais me doía nisso tudo era magoá-la, esconder qualquer coisa que fosse de você. Isso é que era insuportável.

– Bem, se o problema era esse, vai ficar tudo bem. Agora eu já sei, entendo que você precisa ficar com ela, que ela precisa de você. Uma vez você me disse que daríamos um jeito. Estamos felizes, não estamos? As coisas não precisam mudar, Léo. Podemos continuar como estamos... sendo amigos. Sei que você vai achar o caminho, vai decidir o que é certo. Só me prometa que vai tentar ficar bem... Não suporto que sofra tanto. Pode fazer isso por mim?

– Vou tentar. – Ele apertou minha mão em seu peito.

– Ótimo. Isso é o bastante para mim.

– Obrigado, Bia.

– Pelo quê?

– Por me entender.

– Descanse um pouco, meu querido. – E de repente me lembrei de uma coisa. – Ei, espere aí, acho que você tinha outras ideias para hoje, não tinha? – Ele abriu um sorriso, talvez se lembrando de seus planos. Precisava fazê-lo voltar à realidade, esquecer um pouco aqueles momentos de tensão, voltar a sorrir. – Por que tantas exigências? Jeans e camiseta? Uma roupa extra? Não era para o nosso almoço, era? – Ele passou a demonstrar um pouquinho da sua costumeira alegria, do seu brilho encantador.

– Não – respondeu, sorrindo de novo. Continuou no meu colo, mas se virou de frente para mim, os olhos nos meus. – Eu queria levar você ao Maracanã para assistir ao jogo do Paulista comigo. Você quer ir? Se não quiser, não tem problema, desmarco com meus amigos.

– Amigos? Vai mais gente conosco?

– Então isso é um sim? Quer ir ao Maracanã comigo? – perguntou ele novamente, ainda em dúvida.

– Claro! Nunca fui a um estádio de futebol, mas sempre tive curiosidade... E você, torce pelo Paulista?

– É o time de meu pai, e eu morei a minha vida quase toda lá, em São Paulo, lembra?

O Maracanã era de uma estrutura colossal, e tinha muita gente lá naquele dia. Era a final do Campeonato Brasileiro. Léo me falou, enquanto caminhávamos em direção à entrada do estádio, que o Maracanã tinha mais de trezentos metros de extensão e mais de oitenta mil lugares. Disse que, em jogos como aquele, as torcidas eram separadas para evitar confusão.

Entramos pelo portão 18, que era por onde se tinha acesso às cadeiras. Fiquei meio assustada com tanta gente reunida num único lugar, mas tentei aproveitar o momento. Afinal, não era todo dia que se podia ir ao estádio de futebol para ver uma final de campeonato como aquela.

Os amigos aos quais Léo havia se referido eram André e João, que estavam eufóricos, com bandeirolas e até vuvuzelas nas mãos, felizes, parecendo crianças num parque de diversão.

Todos estavam vestidos de maneira informal e confortável, por isso o jeans e camiseta que ele me sugeriu. Léo estava de bermuda jeans velha, camiseta, tênis e óculos escuros; um estilo próprio dele, que eu adorava.

Estava ainda mais cuidadoso comigo do que de costume, preocupado em me proteger, possivelmente por causa da multidão e por perceber que eu estava assustada. Mantinha-me andando na frente dele, bem próxima a seu corpo, as mãos quase abraçando minha cintura. Tínhamos que andar numa espécie de fila indiana, e rápido, embora fosse quase impossível, devido à multidão. Era assustador, mas excitante também, e ter Léo ali comigo, abraçando-me o tempo todo, era extremamente agradável. O toque de sua pele me acalmava e ao mesmo tempo me causava arrepios.

O jogo começou e a gritaria era tanta que mal podíamos ouvir o que o outro falava. Ele ria o tempo todo, e me olhava, certificando-se de que eu estava bem. Era bom vê-lo feliz de novo, descontraído, sem aquela tristeza no olhar.

O primeiro gol do Paulista levou a torcida à loucura. A estrutura do Maracanã tremia debaixo dos meus pés. Todo mundo pulava, gritava e se abraçava ao mesmo tempo, cantando o hino do time em coro. A sensação era que havia uma cumplicidade entre aquelas pessoas estranhas, reunidas por alguns minutos, extasiadas e felizes por causa de uma partida de futebol.

No final do segundo tempo, o Paulista fez o terceiro gol, selando sua superioridade e vitória diante do time adversário. Léo estava exultante e, naquele momento, não havia problemas. Ele estava feliz e eu me sentia feliz por ele.

– Eu a amo ainda mais, Bia, depois de hoje! – disse ele, quase gritando em meu ouvido, em meio à loucura daquele gol, abraçando-me com força como se quisesse que fôssemos uma só pessoa.

Então, vi que não importava se eu ficasse infeliz depois, se eu tivesse que enterrar para sempre o meu amor por ele. Só o que importava era ele. Léo não poderia causar dor à família, pois era um homem bom. Mas eu certamente conseguiria viver sem ele, quando partisse da minha vida. Mesmo que não fosse mais uma vida, propriamente, eu sobreviveria no fim.

– Você ainda está com disposição? – perguntou Léo depois do jogo, enquanto saíamos do estádio em direção ao estacionamento.

– Para o quê?

– Para ir a uma balada, dançar. A outra roupa, lembra? – disse ele com um sorriso enorme.

– Balada? Será que já não estou um pouco velha para ir a uma balada com vocês?

– Você só pode estar brincando! Vou adorar ter você ao meu lado, Bia, e todo mundo vai morrer de inveja, porque a mulher mais linda da noite vai estar comigo. – Ele riu, tirando-me dos meus pensamentos sombrios e me fazendo feliz de novo.

· Capítulo 19 ·
VIAGENS

Passaram-se poucos meses entre o começo e o fim daquele relacionamento; mas alguns meses não foram suficientes para pôr um fim nos sofrimentos que ele provocara em Anne. Durante muito tempo, o amor e as saudades empanaram todas as alegrias da juventude, e uma perda precoce do viço e do entusiasmo foi seu persistente efeito.

– Jane Austen,
Persuasão

O segundo semestre de 2006 tinha chegado ao fim, e as férias de dezembro haviam começado. Léo teve que ir a Taubaté, passar esse período com os pais. Eu não sabia se Amanda estaria no Brasil para ficar com Léo em Taubaté, mas existiam grandes possibilidades. Não perguntei se ela estaria presente, e ele também não falou.

Começamos a nos preparar para as festas de final de ano. Minha família estaria toda reunida na minha antiga casa. Charles ainda não havia voltado para a casa dele, e deveria ficar mais um tempo com a família na casa que era minha e de Rodrigo.

Passado o Natal, com Rodrigo ainda ausente, havia chegado o Réveillon. Rodrigo dissera que iria comemorar essa data conosco.

A casa estava cheia. A família compareceu inteira, inclusive Fê, que, mesmo não morando mais no Rio, passou o Réveillon com a família. Charles e Iris quiseram caprichar. Achavam que seria uma noite diferente, uma vez que não estavam na casa deles. Rapha apareceu, e, desta vez, não estava sozinho. Ele estava namorando, para a minha felicidade. Meu amigo não podia ficar só, ele era bom demais e tinha que dar um pouco desse amor, dessa bondade a mais alguém, além de mim. E tinha escolhido bem. Sophia era uma ótima moça e parecia gostar muito dele também.

– Só estamos nos conhecendo, Bia – disse Rapha, meio na defensiva.

– Estou muito feliz por você, amigo.

Léo não tinha ligado durante todo o mês, mas nunca deixou de escrever. Era algo que ele realmente gostava de fazer.

E havia me dito, num de seus e-mails, que estava com muita saudade e voltaria em pouco tempo. Disse também que tinha voltado ao antiquário onde havíamos nos encontrado pela primeira vez. Falou que o atendente tinha perguntado por mim.

Sinceramente, não entendia como uma pessoa poderia se lembrar de outra que só vira uma vez, principalmente tendo contato com centenas de pessoas todos os dias. Léo disse que também achou estranho e perguntou ao atendente como ele poderia se lembrar de nós, se nos viu uma única vez. Explicou-me que o senhor dissera: "Nunca vi um casal com tanta sintonia; isso é algo que não se esquece facilmente". Depois falou que ligaria na noite de Réveillon.

A noite de Ano-Novo estava bem animada na casa de Charles, além de quente. Só o meu coração estava frio. Ele já tentava se acostumar com a ausência daquele que o fazia bater mais forte.

Preferimos ficar ao ar livre, uma vez que o Rio estava realmente quente. Então, Charles organizou um jantar no jardim, para que tivéssemos mais espaço e mais ar.

Todos se preparavam para a contagem regressiva, com as taças nas mãos, à espera da espumante que seria aberta à meia-noite, quando meu celular tocou no bolso lateral da calça, fazendo meu coração vibrar no mesmo ritmo. Eu trazia o celular colado ao corpo naquela noite, na esperança de receber a ligação que Léo me havia prometido, mas estava quase desistindo. Afastei-me um pouco e atendi rapidamente, sem sequer verificar de quem era a chamada.

– Feliz 2007! – disse a voz do outro lado da linha, no mesmo momento em que todos ao meu redor gritavam e se abraçavam pela chegada do novo ano.

– Feliz 2007! – respondi, muito emocionada e aliviada com o telefonema de Léo.

– Precisava passar essa data com você, Bia. Por isso estou ligando só agora. – Eu mal podia ouvi-lo, por causa do barulho da noite de Réveillon carioca, mas estava tão emocionada com a ligação que minhas pernas tremiam.

– Obrigada, querido. Achei que você tivesse me esquecido. – Respirei fundo para manter a calma.

– Está aí uma coisa impossível de acontecer. Eu amo você, Bia. Eu a amo mais que tudo, mais do que amo qualquer pessoa, mais que a mim mesmo. A minha vida pouco importa sem você.

Nesse momento pude entender exatamente o que Rodrigo queria dizer, meses antes, quando justificava seu amor por mim. Porque a minha vida nada significava diante de algo que eu considerava infinitamente mais importante: a vida de Léo; e só ali, ouvindo aquelas palavras, pude entender, porque eu sentia muito forte em mim aquele amor por ele e sabia que eu o amava mais que tudo.

Com o retorno às aulas, já no final de janeiro de 2007, fiquei mais ocupada, e isso me obrigou a me dedicar mais ao meu trabalho e menos aos meus pensamentos em Taubaté.

Pouco mais de uma semana depois do começo das aulas, quando me dirigia ao estacionamento da universidade, reparei que Léo me esperava recostado ao capô de meu carro. Quando me viu, sorriu, e não demorou muito para me tomar nos braços e me girar no ar, cheio de saudade.

– Nossa, Bia, como eu precisava disso! Esses foram os dias mais longos da minha vida. Pensei em você todo dia.

– Sinto o mesmo – falei, ainda nos braços dele.

– Como você está? Como foram seus dias? – Ele me colocou no chão.

– Longos. Mas estou bem.

– O que você acha de darmos uma volta? Pegar um cinema? Você ainda vai dar aulas hoje?

– Podemos ir, sim. Só volto amanhã para a faculdade.

Pude sentir a paz voltando para a minha vida com o retorno de Léo. Era ótimo poder olhar para ele, constatar com meus próprios olhos que ele estava bem e saudável. Tinha necessidade de saber disso, de saber que ele estava bem, como se só isso importasse, e nada mais. E os e-mails não bastavam para me acalmar.

Enquanto eu dirigia a caminho do shopping, Léo escolheu um de meus CDs e o colocou para tocar, em volume baixo para que pudéssemos conversar.

– Seus CDs são muito bons! Gosto de quase tudo.

– Mas, me fala, como foi em Taubaté? – Ele parou de mexer nos CDs, dando-me total atenção. – Seus pais estão bem?

– Estão ótimos. Adoram Taubaté. Mas ficaram mais felizes ainda com a minha presença. Eu tinha que ficar lá, devia isso a eles. E estava com saudade dos meus pais também, então foi bom. – Ele fez uma pausa e olhou para mim. – Você parece bem. Como foi por aqui? Sua família, como está?

– Todos bem. Foi meio parado. Li bastante.

– O que você leu?

– Recentemente reli *Persuasão*.

– Anne Elliot e Frederick Wentworth? Um ótimo livro!... Inglaterra do século XVIII...

– Eu gosto dos diálogos. São inteligentes, instigantes.

– Também gosto. Separados pelo tempo e cercados por valores muito rígidos, uma história de espera. Simpatizo com esse casal, é um dos meus preferidos.

– Eles também me agradam. Mas agora estou preocupada com outro casal.

– Quem?

– Você e Amanda – eu disse, olhando nos olhos dele. Ele abriu mais os lindos olhos azuis, surpreendido. Pelo visto não esperava o comentário. Ficou sem fala por alguns segundos, mas depois de alguns instantes perguntou.

– O que você quer saber?

– Ela estava em Taubaté com você?

– Não. Ela queria estar, mas eu sabia que, se viesse agora para o Brasil, não voltaria mais para Ohio e teríamos que ficar juntos desde já. Bem, não acho que seja o momento ideal. Estou me formando, preciso de um pouco de tranquilidade para finalizar os cursos, e também não daria a atenção de que ela precisa...

– E vocês estão bem? Ela está bem?

– Ela não está muito bem. Está muito inquieta, sente a minha falta ao lado dela.

– E você, como está com relação a isso?

Ele respirou fundo antes de responder, como se estivesse incomodado.

– Bem, Bia, eu ia deixar para falar sobre isso mais tarde, queria aproveitar o máximo deste momento com você, mas, já que surgiu o assunto, acho melhor falar logo.

– Aconteceu alguma coisa?

– É que vou ter que viajar. Vou para os Estados Unidos ficar um pouco com ela. Minha tia está muito preocupada e tem receio de que precise interná-la. Ela acha que minha presença lá vai evitar isso.

Embora Léo já tivesse me falado que a veria no início do ano, não podia deixar de sofrer, principalmente pela ausência dele. Já sentia saudade só com a perspectiva de ficar sem a companhia dele. Provavelmente nunca estaria preparada para me afastar de Léo. Isso sempre seria uma dor para mim.

– Você vai ficar muito tempo?

– Um mês.

– E a faculdade?

– É meu último semestre. Só tenho cadeiras de monografia, não tenho necessariamente que estar em sala de aula. Já falei com os professores, e eles me disseram que não vai ser problema. Só vou ter que me esforçar dobrado depois, para recuperar o tempo que fiquei fora. Mas é realmente necessário, não posso evitar. Desculpe.

– Não precisa se desculpar, eu sabia que isso ia acontecer. Você já tinha me dito. Entendo que precise ir. – Parei um instante para respirar fundo, tentando me concentrar na direção do carro e me acalmar. – Parece que agora vocês vão acertar os ponteiros... – Não pude evitar a dor em meu peito.

– Não sei, Bia. Estou tentando não pensar nisso. Só sei que preciso ir.

– Tudo bem, meu querido. Na verdade, eu sabia que seria assim. Só não consigo deixar de sentir saudade. Juro que queria poder controlar isso, mas não posso. Sabe, você ainda está aqui, e já está doendo.

– Eu também não consigo evitar. – Ele afagou o meu cabelo e me olhou com tristeza, enquanto eu estacionava o carro. Era como se estivesse se sentindo impotente por algo que não podia mudar. Tentei sorrir para amenizar a dor dele.

O cinema estava vazio, pois era meio da tarde. Compramos pipoca e entramos na sala para ver o filme, que não nos demos o trabalho de escolher. Só queríamos ficar juntos por algumas horas. Nossas cabeças recostadas uma na outra e mãos entrelaçadas, do começo ao fim da sessão. Às vezes, nos encostávamos mais um no outro, porque descobrimos que havíamos escolhido um filme de terror – e era realmente assustador. Então, passei a maior parte do tempo escondendo o meu rosto no ombro dele, e ele passou a maior parte do tempo rindo de mim.

– Definitivamente, o filme foi bem ruim... – falei, e ele ainda ria ao sair da sala de cinema. – Acho que jogamos dinheiro fora.

– Não, não concordo. Estávamos juntos, e isso foi ótimo. Além do mais, o que seria dos filmes bons, se não fossem os filmes ruins? Não teríamos como comparar.

– Tem razão. Nunca pensei por esse ângulo. Mas agora fiquei curiosa com uma coisa... Que tipo de filme você prefere? – perguntei, enquanto caminhávamos em direção ao carro.

– São muitos, mas alguns me interessam mais.

– Tipo?

– Sem citar nomes, posso dizer que gosto do cinema nacional. Gosto, sobretudo, dos filmes antigos e alguns estrangeiros, principalmente os italianos.

– Mas parece que eles têm uma coisa em comum.

– O quê?

– Sua preferência por coisas antigas. Você já me falou desse seu gosto por filmes e livros antigos. Então, o que chamou tanto a sua atenção nesses filmes de que gostou?

– Não sei bem, talvez a interpretação. A atuação é excelente, e o mais interessante é que você não percebe que eles estão atuando, parece real. Isso faz o filme extremamente verossímil, e eu gosto disso, de absorver os sentimentos do personagem como se fossem verdadeiros, e não um filme.

– Você está me saindo um ótimo crítico de cinema.

– E essa é uma segunda opção de carreira que gostaria de seguir. Não necessariamente a de crítico, mas de diretor ou roteirista.

– Você leva jeito.

– E o seu filme preferido?

– Você já sabe qual é. Tocou o tema do filme para mim no conservatório.

– *Cinema Paradiso?*

– Isso.

– É um excelente filme. Emocionante e inesquecível, assim como você.

– Quando você viaja? – Mudei de assunto, querendo saber quando começaria meu martírio.

– Depois de amanhã. – Parecia um pouco tristonho.

– Você mal chegou e já vai partir... – Eu já estava morrendo de saudade. – Vou sentir sua falta, sentir falta disso.

– Eu também. – Léo segurou a minha mão, apertando-a com carinho.

Todo dia eu recebia e-mails de Léo, durante o tempo em que ficou fora. Ele se limitava a falar dos lugares, das pessoas, das comidas – coisas de que realmente não gostava, sobretudo do café, porque era fraco demais –, mas não falava da noiva. Ele sabia que me magoaria se ficasse contando o que estava acontecendo, por isso não dizia nada. Certa vez apenas comentou: "no mais, está tudo bem, mas prefiro falar pessoalmente".

Aproveitei para me dedicar mais a Rapha. Embora agora morássemos perto, passávamos muitos dias sem nos falar. O namoro fazia isso, distanciava um pouco os amigos. Mas eu estava muito feliz por ele, porque ele parecia feliz também.

Num fim de semana, fomos correr em Copacabana, no calçadão, e ver o mar, sentindo a brisa soprando no rosto. Rapha adorava me cansar. Ele dizia que eu relaxava mais quando estava cansada, e pensava menos. Ele sabia em quem eu andava pensando e de quem sentia falta. E sabia também que eu estava me preparando para o fim iminente; sabia que eu estava sofrendo.

– Então, como vai o namoro com Sophia? – perguntei, enquanto parávamos para tomar uma água de coco.

– Está ótimo! – Ele pagou pelos cocos, depois foi até um dos bancos do calçadão, sentando-se ali e me entregando o meu, esperando o momento em que eu quisesse falar sobre os meus sentimentos. – Mas é estranho para mim. Ainda estou me acostumando com a ideia. Sempre fui muito... solteiro... Nunca tive um relacionamento realmente sério.

– Quer dizer que é sério mesmo?

– Vamos viajar juntos... – Isso respondia à minha pergunta. – Vamos passar esses dois meses, março e abril, em Recife. Vou cobrir as férias de um colega na filial, e ela, como você já sabe, é advogada, e vai aproveitar para fazer uns cursos e participar de alguns congressos. Vamos ficar juntos lá. Quero dizer, no... mesmo... apartamento... durante esse período. – Ele falou meio sem jeito, como se assumisse algo difícil para ele, mas desejando aquilo também.

– Ai, meu Deus! É mais sério do que eu pensava! – Estava surpresa com a notícia, mas feliz.

– E você, fica chateada com isso?

– Claro que não, amigo! – A pergunta me deixara até um pouco ofendida. – Adoro você, e torço muito para que dê certo. Sophia é encantadora. Ela foi a única garota que achei boa o suficiente para você.

– Tenho sua aprovação, então?

– Com certeza!

– Você sabe que eu não poderia fazer isso sem a aprovação da minha melhor amiga, não sabe?

– Sim, eu sei. Obrigada, querido, pela consideração.

– E Rodrigo, como está?

– Insistindo bastante em voltar...

– E você?

– Sinceramente, tenho pensado nisso, em considerar a ideia.

– Ah, não, Bia! Não posso acreditar que esteja pensando numa coisa dessas. Isso não vai dar certo! Bia, a história de vocês já acabou. É por causa de Léo, não é? Você quer tornar as coisas mais fáceis para ele, quer dar um motivo para ele se decidir, seguir a vida dele, não é isso? – Rapha tinha captado exatamente as minhas intenções. Meu amigo me conhecia mesmo.

– Seria muito feio fazer uma coisa dessas com Rodrigo? Ele não merece, eu sei.

– Seria muito feio fazer uma coisa dessas com você mesma, Bia! Seria cruel. E, quanto a Rodrigo, você só estaria lhe dando tudo o que ele mais quer. Pode ter certeza, minha cara, ele ficaria muito feliz, mesmo sabendo que você não o ama mais. A única que não estaria feliz nessa história toda seria você.

Os dias sem a presença de Léo passavam lentamente. Parecia um filme, uma daquelas projeções antigas em câmera lenta. Eu ansiava que o final chegasse, que o tempo passasse, mas ele não chegava nunca! A ideia de que o tempo passa mais rápido quando se está com a pessoa amada, algo que a gente escuta nas letras das músicas românticas, pode parecer meio clichê, mas é a mais pura verdade. Eu contava as horas, os minutos, os segundos para vê-lo de novo, mesmo que por pouco tempo, só o suficiente para ter certeza de que ele estava bem. Mas o tempo era cruel. Teimava em não passar. E, com a viagem de Rapha, tudo ficou pior. Eu parecia prestes a enlouquecer.

No final de março, por fim, a minha tortura acabou, e a minha cura estava sentada bem ao fundo da minha sala de aula, como havia acontecido pouco mais de um ano antes. Quando o olhar dele encontrou o meu na hora em que entrei na sala, o sol finalmente voltou a brilhar na minha vida, porque ele sorriu para mim.

Léo fez como da outra vez. Esperou-me na saída da sala quando a aula terminou, já me abraçando logo que eu saí, derrubando meus livros no chão, tamanha a urgência de seu abraço.

– Não fale nada, por favor – ele pediu. – Só me deixe ficar um pouco assim com você, eu... preciso... muito... disso. – Então eu só o abracei forte. Precisava muito mais daquilo do que ele. E também não queria falar nada, só queria tê-lo ali comigo, poder vê-lo novamente. Senti uma enorme vontade de chorar, chorar de felicidade por ele estar em meus braços, mas me segurei.

Depois de alguns instantes, o abraço, de urgente, tornou-se terno. Léo afagou meus cabelos, tocou meu rosto com doçura, com as duas mãos, e colou seu rosto no meu, beijando um dos lados da minha face, bem próximo à boca. Demorou-se um pouquinho naquele carinho inocente, mas intenso, tamanha era a nossa saudade. Vi, então, que o silêncio já podia ser quebrado.

– Como você está? – Ele me olhou nos olhos.

– Melhor agora. E você?

– Melhor agora. – Isso era uma coisa que sempre fazíamos, repetir palavras iguais. Os sentimentos eram iguais, na verdade.

– O tempo demorou muito a passar, e eu fiquei angustiada sem notícias suas.

– Mas escrevi todo dia... – Ele me abraçou mais uma vez.

– Mas você não descrevia como estava se sentindo. Aliás, disfarçava, o que me angustiava ainda mais.

– Desculpe, Bia. Era o tipo de coisa que eu não podia falar por e-mail ou por telefone.

– Eu sei. Mas agora você pode.

– Vamos para a sombra da nossa árvore, vou contar o que aconteceu.

Guardamos minhas coisas no carro e nos sentamos sob a leve sombra do nosso ipê-amarelo, que ainda não começara a florir.

– Amanda está péssima, está em crise – começou Léo. – O pai dela está procurando alguns tratamentos alternativos e não aceita que Amanda volte agora para o Brasil. O ideal é que ficasse mais uns três meses, mas ela está irredutível. E está muito deprimida... Eu tive que ficar mais tempo com ela, por isso demorei mais que o previsto.

– E sua tia?

– Ela voltou comigo. Precisava de alguns documentos que só poderia conseguir aqui no Brasil. Vai ficar alguns dias, e depois volta. Daqui a uns três meses, todos voltam juntos para o Brasil.

– E você e Amanda, como estão? – quis saber, mas tive medo da resposta.

– Na mesma. Para Amanda sou o futuro marido dela e ponto final. Na visão dela isso é um fato. E eu não tenho como mudar a situação, pelo menos não neste momento. Nosso compromisso é uma espécie de tábua de salvação para Amanda, e ela se agarra a isso com todas as forças. Tirar isso dela agora seria...

– Não precisa dizer mais nada, Léo. Posso entender que nada mudou e que ela ainda o tem.

– Eu sinto... muito – disse ele, apertando minha mão e encostando a cabeça na minha, enquanto me fitava com intensidade.

– Eu sei. Posso sentir sua tristeza... Se pelo menos você estivesse feliz... Talvez... se eu me afastar, você possa...

– Não fale isso, por favor... Estamos juntos aqui. Sei que não é o bastante, e não é justo com você, mas não quero abrir mão de estarmos juntos, mesmo que seja desse jeito. Eu preciso disso.

– Tudo bem, vai dar tudo certo – tranquilizei-o. – Agora só preciso do seu abraço.

– Venha cá. – Ele me colocou no colo e me aninhou em seus braços como a uma criança. – Desculpe por tudo isso – disse ele baixinho. – Por não ter coragem de jogar tudo para o alto e ficar só com você.

– Não estou pedindo isso. E você não pode abandonar sua família.

Ele assentiu com a cabeça.

– E me desculpe por também não jogar tudo para o alto, meus valores, e não me entregar a você plenamente, mesmo que por pouco tempo. Sei que poderia fazer isso, e quero muito você, mas não iria conseguir dividi-lo com outra mulher...

– Não estou pedindo isso também. Jamais faria algo assim com você. – Depois de uma pausa, ele continuou: – Sabe, embora eu deseje você do fundo da minha alma, mais que tudo... Bia, você foi a única mulher por quem me senti assim... E esse desejo e esse amor que tenho por você são tão fortes que chegam a doer... Mas, embora eu queira desesperadamente ficar com você, mesmo desse jeito, mesmo por pouco tempo, também não quero isso para você. Renego essa ideia. Você merece alguém só seu, por inteiro, e eu não estou inteiro para você. Não seria justo submetê-la a uma situação dessas. Eu me odiaria depois. Não suportaria ver você infeliz, principalmente se fosse eu a causa dessa infelicidade. Portanto, tudo o que posso fazer, no momento, é implorar para que você não tire isso de nós, esses pequenos momentos juntos. Isso me fortalece.

– Não vou abandonar você, Léo. Não posso fazer isso agora. O que importa é ficarmos juntos neste momento, enfrentarmos tudo isso unidos.

· Capítulo 20 ·
TEATRO

> MACBETH – *Falem, se é que sabem falar: o que são vocês?*
> PRIMEIRA BRUXA – *Salve, Macbeth; saudações a vós, Barão de Glamis.*
> SEGUNDA BRUXA – *Salve, Macbeth; saudações a vós, Barão de Cawdor.*
> TERCEIRA BRUXA – *Salve, Macbeth, aquele que no futuro será Rei.*
>
> – William Shakespeare,
> *Macbeth*, Primeiro Ato

Quatro dias se passaram depois do meu último encontro com Léo. Pouco tempo, mas o suficiente para a saudade e a vontade de estar com ele começarem a doer em meu peito.

Assim, eu não sabia se era pior reconhecer que Léo e eu nos amávamos como homem e mulher e não podíamos viver esse amor, ou não reconhecer e apenas vivê-lo como uma terna amizade, como vínhamos fazendo havia algum tempo. As duas formas eram formas cruéis de amar. Por quanto tempo seria assim, eu não sabia, mas sabia que não poderia deixá-lo, não podia me afastar dele, precisava ficar perto. Queria isso.

Eu estava pensativa naquela sexta-feira, e saía do banho quando o telefone fixo tocou. Alguém queria se certificar de que eu estava em casa.

Embora me sentisse sufocada pela saudade e um pouco cansada, por causa do trabalho, corri para atender, enrolada na toalha, pois o telefonema de um amigo era sempre motivo para me deixar mais animada.

– Pronto – atendi, com esperança de que fosse Léo.

– Oi, Bia.

– Oi, Léo! – Reconheci a voz dele. – Espera só um instante, não desliga, que já falo com você. – Não devo ter demorado mais que dez segundos para pegar o roupão, mas, quando voltei ao telefone, Léo repetia o meu nome, como se achasse que havia algo errado.

– Bia? Bia? Cadê você? Ainda está aí?

– Estou aqui, desculpe a demora, querido.

– Estou atrapalhando? Quer que eu ligue depois? – perguntou, meio sem jeito.

– Não, está tudo bem. É que estava saindo do banho e molhando todo o piso, por isso fui vestir um roupão.

– Ah, foi isso... – Ele parecia aliviado. – Imaginei outra coisa, que você não pudesse atender...

– O que você imaginou?

– Sei lá, que talvez estivesse com alguém...

– Bobo... Se eu estivesse com alguém, não seria motivo para não atender a uma ligação sua.

– Bem, é bom saber disso. Desculpe... É que às vezes é fácil ficar imaginando coisas.

– Sim, eu sei, mas como você está? Sinto sua falta, sabia?

– Eu também sinto sua falta... Bem, vamos resolver isso, então... Você está ocupada agora?

– Não, por quê?

– É que eu queria apresentar você a uma pessoa, uma pessoa importante para mim. Bem, estou com algumas entradas para o teatro, a peça é *Macbeth*, e acho que você gosta...

– Com certeza!

– Então, aceita o convite?

– Aceito, sim. Mas não vou atrapalhar?... – Nesse momento me perguntei se ele não estaria pensando em me apresentar à namorada. Mas ele não faria isso, não daquele jeito. Paranoia minha, claro, porque eu sabia que ela não estava no Brasil. A não ser que tivesse chegado de surpresa... Fiquei tensa novamente.

– Se fosse assim, acha que eu ligaria convidando?

– Você tem razão... – eu disse, rindo. – Agora quem parece boba sou eu.

– Quer que eu a pegue aí em seu apartamento?

– E seu outro convidado, vai sozinho? – Eu estava ansiosa para saber de quem se tratava.

– Convidada. Não falei que era um homem.

– Ah, convidada... Então, sua convidada não vai precisar de carona?

– Na verdade, não. Mas não se preocupe com isso, só me diga se quer que eu vá pegá-la.

– Eu estou mesmo cansada. Acho que uma carona seria bom.

– Então vá se arrumando que chego aí em uma hora e meia. Está bom para você?

– Sim, acho que é suficiente.

Enquanto eu me arrumava, pensava em quem seria a pessoa que ele queria que eu conhecesse. Não poderia ser a noiva. Mas era uma mulher. Então, por que ele a deixaria sozinha e iria ao meu apartamento para me pegar? Não fazia sentido. Ou será que ele já estava com ela e os dois iriam ao meu encontro? Que situação a minha se fosse esse o caso! Eu, no banco traseiro do carro de Léo, enquanto o casalzinho matava a saudade, bem ali na minha frente. Mas isso era loucura. Léo jamais faria uma coisa assim comigo, ele sabia que me magoaria.

Mesmo assim, deveria ter recusado a carona. Não só por esse motivo, mas por dar trabalho de alguma forma, pensava comigo mesma. Mas não queria perder a oportunidade de estar com Léo ao meu lado, dividindo o mesmo espaço, como se aquilo fosse essencial naquele momento, como se a minha vida fosse acabar caso eu não o tivesse comigo. Então, eu não resistia a qualquer subterfúgio para tê-lo por perto, ainda que tivesse que sofrer sozinha. Porque eu sentia que era o princípio do fim e que não o veria mais.

Os meus pensamentos foram interrompidos pelo interfone. O porteiro, Jair, informava que o senhor Léo estava na portaria, à minha espera, e perguntava se eu queria que ele subisse.

Fui pega meio de surpresa. O meu coração reagiu com a ideia, acelerando. Embora Léo já tivesse estado em minha casa outras vezes, nunca havia entrado em meu apartamento. Sempre me deixava em frente ao prédio ou me esperava no carro.

Numa fração de segundo, pensei mil coisas. Se a casa estava arrumada para receber uma visita – "sem cerimônias", ele tinha dito um dia –, mas provavelmente sim, já que o apartamento se mantinha na maior parte do tempo intacto, com exceção do meu quarto e da cozinha, que eram mais usados. Então, pensei de imediato em meu quarto, que não devia estar mal, visto que eu não tinha feito muita bagunça nos últimos dias e a diarista já tinha feito uma limpeza naquele dia. Com certeza, estava tudo em ordem, inclusive a cozinha. Fazia mais de um dia que eu não tocava nela.

– Pode mandá-lo subir, Jair. Ainda não estou pronta, não quero que ele fique esperando aí de pé. – Não entendi por que estava dando explicações ao porteiro; acho que estava nervosa.

Quando a campainha tocou, corri para atender a porta. Ao abrir, Léo estava de costas e, mesmo assim, pude perceber que estava impecável. Com uma elegância, juventude e beleza de deixar sem chão uma pobre alma apaixonada como a minha. Tive que disfarçar minha reação, o meu nervosismo aparente, apoiando-me um pouco na lateral da porta.

– Oi, Bia! Cheguei cedo?

– Não, querido, acho que eu é que estou um pouquinho atrasada.

– Tudo bem, temos tempo. A peça ainda demora para começar.

Só ao convidá-lo para entrar, reparei que ele tinha um ramalhete de flores nas mãos.

– Trouxe isso para você. – Enquanto eu fechava a porta, ele me entregou o presente. – Nunca lhe dei flores antes, mas imagino que goste, já que usa sempre um perfume floral.

– Acertou, gosto muito. Mas você não tinha que se incomodar...

– Incômodo algum, eu queria agradar você.

O ramalhete, de muito bom gosto, tinha flores variadas. Um pouco de alecrim, flores-do-campo, jasmim, lavanda e lírios, que, juntos, davam cor e alegria ao ambiente. Sem falar no perfume, delicioso.

– Como sabia que eu gostava desse tipo de flor?

– Eu não sabia. Na verdade, pensei em você na hora de escolhê-las. Pedi à atendente que me deixasse sentir o perfume das flores, para tentar achar algo parecido com você. Ela achou estranho, disse que normalmente os homens pedem a opinião dela na hora de comprar. Mas achei que não devia deixar a cargo de uma estranha a escolha de um presente para você, que é tão especial para mim. Eu queria flores que combinassem com você.

– E por que acha que combinam comigo?

– O perfume combina... – Ele se aproximou um pouco mais de mim e quase tocou meu ombro com a boca, para sentir o cheiro da minha pele. – E acertei. O cheiro da sua pele é infinitamente melhor, mas elas combinam com você, sim. – Ele olhou nos meus olhos. – Adoro seu cheiro, sabia? Ele está sempre na minha mente, nas minhas lembranças.

– Obrigada, querido, pela gentileza. Adorei! Mas acho melhor terminar de me arrumar, senão vamos nos atrasar.

Tentei ser rápida ao finalizar a maquiagem, calçar os sapatos, pôr os brincos e colocar o colar, mas foi uma tentativa inútil. Estava nervosa, minhas mãos estavam suadas e eu não conseguia fechar o maldito colar. Ficava repetindo: "calma, Bia", mas não adiantava, eu não estava calma. Pelo menos ele estava sozinho. E não deixaria outra pessoa esperando no carro por tanto tempo.

– Posso ajudar? – Ele surgiu na porta do quarto, causando-me um sobressalto, enquanto eu tentava colocar a joia. – Desculpe entrar assim em seu quarto, mas você estava demorando, então resolvi ver se havia algo errado... E parece que há. – Ele me olhava com ternura, ainda na porta do quarto.

– É verdade... Não consigo acertar o fecho do colar... – disse, com as mãos trêmulas.

– Deixa que eu faço isso pra você. – Ele veio até onde eu estava, parou às minhas costas e começou a afastar meus cabelos com delicadeza. Pegou o colar que eu ainda segurava junto ao pescoço e prendeu o fecho, deixando as mãos se demorarem um pouco mais ali. Então beijou ternamente minha pele descoberta entre o pescoço e o ombro. A sensação de seus lábios quentes me tocando foi maravilhosa.

– Pronto – disse Léo, depois daquele beijo inocente, dando-me um aconchegante abraço. – Vou ficar muito envaidecido por ter uma mulher tão deslumbrante ao meu lado esta noite.

– Não vão pensar que eu sou sua mãe? – Ele riu, achando graça.

– Você e essa preocupação com a idade de novo... Quem pensaria algo assim?

No carro, enquanto seguíamos para o Teatro Municipal, Léo aproveitou para me falar um pouco do lugar. Disse que o teatro tinha uma arquitetura diferente, entre o moderno e o antigo, e que, desde sua construção, em 1909, até aquela data, aquele lugar havia sido palco de grandes apresentações, com peças memoráveis. Disse também que o espaço tinha sido construído por causa da grande atividade artística que passava pelo Rio e que, por não haver, na época, salas para apresentações que correspondessem às necessidades do público, iniciaram o projeto de construção do belo teatro, com a participação de muitos colaboradores, artistas, em sua decoração.

Quando chegamos ao teatro, estava lotado. Muitos carros chegando, muita gente elegante. As peças encenadas no Teatro Municipal eram sempre recebidas à altura, e os apreciadores da arte costumavam marcar presença em alto estilo. Havia muitos vestidos longos, muito preto e muito brilho. E os homens com blazers ou ternos bem cortados.

Léo vestia um blazer e uma camisa social; estava diferente do seu estilo habitual, mais despojado. A roupa caía muito bem nele, delineando o contorno perfeito do seu corpo naturalmente bonito. Ele não era musculoso, mas tinha ombros largos e uma silhueta bem definida, mantida talvez pelas corridas e pedaladas que adorava fazer. E a vibração positiva que emanava dele, sua aura angelical, em conjunto com a doçura do olhar e o lindo sorriso de criança, tudo isso conferia o equilíbrio exato entre sua beleza exterior e interior.

Eu me sentia feliz ao lado dele, como se meu lugar sempre tivesse sido ali, nessa e em todas as vidas. Eu sempre tinha a sensação de tê-lo conhecido outras vezes... e de tê-lo amado profundamente em todas elas.

Depois que chegamos, continuamos falando do teatro, da arquitetura e das peças ali apresentadas. Esse era um mundo de que ele gostava muito, até mais do que eu, principalmente por causa da música, que lhe proporcionava ainda mais proximidade com as artes. Por isso Léo tinha um conhecimento tão vasto, mesmo sendo tão jovem, e isso me fascinava ainda mais.

Enquanto nos dirigíamos para o teatro, passando em meio às muitas pessoas que chegavam para a peça, notei que, enquanto falava comigo, ele procurava algo ou alguém com os olhos.

Quando estávamos bem diante da porta principal, parou de falar de repente e abriu seu lindo sorriso, que não era para mim. Imaginei que tivesse encontrado quem procurava.

– Vem, Bia, quero que conheça uma pessoa. – Ele se aproximou de uma mulher e abraçou-a, mas não pude ver de quem se tratava, porque ela estava de costas para mim.

Depois do afetuoso abraço, Léo e a mulher se viraram de frente e eu fiquei sem voz ao ver a pessoa que ele queria me apresentar.

– Bia, essa é minha querida tia Márcia – disse ele, com o braço ainda nos ombros da tia. – E essa é uma amiga dela, Leila. – Ele apontava para outra jovem senhora ao lado dela.

Sem ação, eu me limitei a abraçar Márcia, extremamente emocionada e perplexa com a enorme coincidência. Estávamos ali, abraçadas, quando percebi que Márcia chorava. Ao olhar para Léo por cima do ombro da tia, vi sua expressão de surpresa.

– O que foi? Perdi alguma coisa? – Ele não entendia absolutamente nada.

– Senti muito sua falta, Márcia – eu disse, afastando-me dela e enxugando suas lágrimas com os dedos.

– Eu também, minha linda!

– O quê? Vocês se conhecem? Como? – Léo continuava atordoado.

– Coincidentemente, sua tia foi minha professora no ensino médio. E já faz uns bons anos que não nos vemos.

– Nossa, que mundo pequeno! – ele exclamou. – Mas, sinceramente, acho isso ótimo. Pelo menos, sei que não vou precisar dizer muita coisa, pois parece que vocês têm muito que conversar.

– Com certeza! – Eu estava feliz com a coincidência. – E, agora que nos reencontramos, vamos ter tempo para isso.

– E vocês também se conhecem há muitos anos, não é? – Márcia olhava para nós dois, como se mencionasse outra coincidência de que ainda não tínhamos nos dado conta.

– Uns quatro anos, se levarmos em conta nosso primeiro encontro anos atrás, em Taubaté, quando fiz uma viagem com meu marido... – Léo, nesse momento, desviou os olhos para mim.

– *Ex-marido*, você quer dizer – corrigiu-me.

– Bem, na época, éramos casados, e, legalmente, ainda somos – complementei, achando que deveria explicar.

– Não é disso que estou falando – interrompeu-me Márcia. – Esse encontro de Taubaté não foi o primeiro encontro de vocês. Estou dizendo que vocês já se conhecem há muitos anos; mais ou menos, uns quinze anos.

– Como assim? Não estou entendendo, Márcia.

– Léo era criança, na época, quando conheceu você, Bia.

– Eu também não estou entendendo, tia. Pode explicar melhor?

– Bem, lembra o seu baile de formatura, Bia?

– Sim, claro.

– Lembra de um garotinho que foi falar com você? E que queria dançar com você, mesmo de cadeira de rodas?

– Claro que sim! Na verdade, nunca me esqueci do cavaleiro da armadura dourada! O garotinho me deu a maior força naquela noite tão difícil para mim.

– Pois bem, aí está seu cavaleiro! – Ela apontou para o sobrinho, que mais parecia uma estátua diante da revelação, olhando-me fixamente com seus lindos olhos cor de anil.

– Minha nossa! Eu não acredito! – Ele estava visivelmente feliz. – Então, você é a princesa da armadura prateada? Tenho uma vaga lembrança dessa ocasião. É meio como um sonho, lembranças da infância que ficam distorcidas pelo tempo. Mas nunca, nunca esqueci totalmente dela... de você. – Ele ficou tão emocionado que me abraçou ali mesmo, na frente da tia. – Minha sempre amada princesa... – disse ao meu ouvido.

Depois de alguns segundos, achei melhor me afastar um pouco do abraço emocionado de Léo, porque Márcia talvez não entendesse tanta proximidade entre nós.

– Eu, bem, não tinha como me lembrar de tudo... – Tentei disfarçar a emoção, mesmo com a voz embargada –, de associar com você aquela criança... Você era muito pequeno... Mas eu realmente nunca me esqueci daquele dia. E muitas vezes, quando estava triste por alguma coisa, me lembrei dele... Da alegria e gentileza, da vibração interior, da aura do garotinho. Você, mesmo de forma involuntária, foi uma espécie de "Jogo do contente" ao longo da minha vida. Sempre foi uma lembrança boa nos momentos em que eu não estava bem.

– A minha vibração? Está se referindo ao seu dom? E que história é essa de "Jogo do contente"? – Léo não estava entendendo meus argumentos.

– Depois explico melhor – disse eu a ele, para conter sua curiosidade. – O mais incrível é ver que nossos caminhos se cruzaram tantas vezes, mesmo havendo essa diferença entre nós... você sabe, de tempo.

– Não, não sei do que está falando. – E ele sempre ignorando o fator tempo... – Para mim, não existe essa "diferença" entre nós. E agora, mais do que nunca, posso ver o quanto somos iguais, e o quanto tínhamos que nos conhecer...

– Acho melhor entrarmos – eu disse, interrompendo-o. Ele parecia emocionado, empolgado, e outras pessoas jamais entenderiam isso. – Acho que a peça já vai começar.

– Claro! – Ele entendeu que devíamos mudar de assunto e pôs um fim à conversa, conduzindo-nos à sala de espetáculo. Léo ficou entre mim e a tia. – Bia, a tia Márcia é mãe da minha namorada, que está com o pai dela em Ohio – ele explicou, enquanto andávamos.

– Sei, a mãe de Amanda... Eu só não podia imaginar que sua tia fosse minha querida ex-professora Márcia. – Esbocei um sorriso para ela.

A peça foi maravilhosa. *Macbeth*, a tragédia mais curta de William Shakespeare, foi recepcionada com todas as honras, encenada com maestria e devidamente reconhecida pelos aplausos do público no final. Em meio a um jogo de intrigas e assassinatos, a trama se passava num ambiente ameaçador e sombrio. Havia bruxas e profecias, além de um clima sobrenatural. Os trovões e relâmpagos, iniciando o primeiro ato, com a presença das bruxas, marcavam a atmosfera de tensão que envolvia a tragédia. Complementada pela suntuosidade do teatro, com seus adornos dourados, remontando a outras épocas, ela predispunha todos à fantasia e evasão, transportando-nos a outras épocas, outras histórias.

Não pude deixar de notar a expressão de Léo, sobretudo no início da peça, com a tensão crescente transmitida pelo cenário e atuação dos personagens. Em cada cena, cada ato, os olhos dele se abriam mais ou se estreitavam, demonstrando o sentimento que lhe despertava o desenrolar da trama. Era impressionante o quanto os olhos de Léo me diziam sobre as coisas, sobre o mundo, sobre ele; impressionante como era fácil, para mim, desvendá-lo através de seu olhar.

Depois de nos despedirmos, ao final da peça, Márcia foi embora com a amiga, e combinamos um café, para que pudéssemos conversar um pouco mais.

Léo me levou de volta ao meu apartamento e se ofereceu para me acompanhar. Estávamos esperando o elevador quando algo me ocorreu.

– Léo, agora me veio um detalhe sobre aquele nosso primeiro encontro no baile. Não me lembro de sua tia chamando você pelo seu nome. Na verdade, ela disse um nome, mas não "Leonardo" ou "Léo".

– Não seria "Pedro"? – Ele abriu um leve sorriso.

– Sim, isso mesmo! Ela chamou você de Pedro... Por quê?

– Bem, na verdade, tenho dois nomes. Assim como você é a Anna Beatrice, eu sou o Pedro Leonardo. Sinceramente, acho horrível, por isso nunca conto a ninguém, mas vai entender a cabeça dos pais quando escolhem o nome dos filhos... Quando eu era criança, minha tia me chamava de Pedro, mas acho que ela percebeu a minha preferência por Léo, então passou a me chamar assim também.

Quando chegamos ao meu andar, achei que Léo me deixaria na porta, mas, quando a abri, ele me seguiu, entrando também. Estava com uma expressão que eu não soube desvendar. Logo que fechei a porta ele me abraçou ternamente, pegou uma mecha do meu cabelo e o enrolou em seu dedo.

– Amo você, Bia – disse ele, abraçando-me com mais força. – O tempo só tem aumentado esse sentimento.

– Com certeza eu posso dizer o mesmo. – Com delicadeza me desvencilhei dos braços dele e segui para a cozinha. Estava um pouco nervosa com a presença de Léo no meu apartamento, mas ele me seguiu. – Vou pegar um copo d'água. Estou morta de sede! Quer alguma coisa, Léo? – Na cozinha, enchi um copo e recostei-me ao balcão, com o coração acelerado.

– Acho que essa não é uma boa pergunta... – disse ele, com um olhar envolvente. Depois, contornou o balcão e aproximou-se novamente de mim. – Porque eu quero muitas coisas... embora agora eu só consiga pensar em uma, e esteja lutando desesperadamente para não fazer o que quero de fato...

– Do que está falando? – perguntei, mas eu sabia do que ele falava, porque o desespero dele era também o meu. Mas eu precisava sair daquela situação, antes que fosse tarde demais, porque isso só nos magoaria mais tarde.

Léo não poderia mudar a vida dele. Não que ele não quisesse, eu via que ele sofria, via que ele queria ser só meu. Mas ele era bom, e precisava fazer a coisa certa.

Ele não queria causar sofrimento à família, mas não queria me fazer sofrer também. Ficar comigo ali e depois ir embora, isso lhe causaria muita angústia, e ele lutava contra seus sentimentos para não magoar as pessoas. Portanto, se eu cedesse aos nossos desejos, seria pior para ele depois. Eu sabia que ele sofria, e precisava agir por ele.

Léo se aproximou de mim, apoiou-se no balcão e me puxou pela cintura, para que eu ficasse de frente para ele, entre suas pernas entreabertas. Ainda com as mãos na minha cintura, encostou a cabeça no meu ombro e aspirou o perfume dos meus cabelos. Deixei que ele ficasse assim, também necessitava do corpo dele junto ao meu.

A nossa respiração pouco a pouco se sincronizou, e senti nossos corações começarem a desacelerar dentro do peito. Então, ele afagou meu queixo, olhando-me profundamente nos olhos, sem nada dizer. Eu também não disse nada, só senti e retribuí seu olhar, agora cheio de tristeza.

Com ternura, Léo juntou seu rosto ao meu e me puxou pelo pescoço, como uma carícia, tocando os lábios delicadamente nos meus. Eu podia sentir o corpo dele cheio de desejo, tanto quanto o meu, quase suplicando para que nos rendêssemos, para que nos amássemos também fisicamente. Bastaria um beijo, um único toque mais íntimo, e não haveria mais como segurar tanta vontade contida, tão intensa a ponto de doer.

Ele segurou com mais força a minha nuca e intensificou a carícia, começando a mover os lábios contra os meus.

– Por favor, Léo... – pedi numa negativa, tentando evitar que aquilo acontecesse. Mas eu me sentia sem forças para impedir. Precisava que ele pensasse, que ele desse um passo para trás e pensasse na minha ruína. Porque era amor demais para ser vivido apenas em parte, e eu não saberia se poderia mais viver sem ele se não parássemos enquanto havia tempo.

Com os olhos ainda fechados, ele apenas voltou a me abraçar.

– Me desculpe, meu amor... – Ele me apertou mais em seu abraço. – Isso não é justo com você, eu sei, mas é que... Você não faz ideia do quanto é difícil me afastar de você, do quanto a desejo.

– Faço ideia, sim, Léo, porque sinto o mesmo. Amo você demais, e é justamente por isso que estou pedindo para não seguirmos em frente. Você sabe que as coisas não vão mudar para nós, e vamos sofrer ainda mais. Sei que é doloroso, mas prefiro não ter essa lembrança, porque é só isso que vou ter de você, e sei que não vou aguentar quando me deixar.

– Me perdoe, meu amor, desculpe por tudo não ser diferente. Não quero fazer você sofrer... nem quero que ela sofra. Só quero que saiba que, apesar de tudo que nos separa, apesar de eu não poder ser só seu, eu a amo, Bia, muito. Mesmo que eu não possa resolver a minha vida neste momento, nada muda o que sinto por você.

Eu queria poder dizer a ele que nada daquilo importava, que só ele importava para mim, que queria que ele ficasse, que fizesse amor comigo, mesmo que fosse por uma única noite, mas não consegui. Então nós só nos abraçamos por mais um longo instante, e ele foi embora, deixando a lembrança daquela noite maravilhosa e a saudade que eu sempre sentia quando ele se afastava.

Depois que Léo saiu e fechei a porta, tudo o que consegui foi me arrastar até o sofá e ficar ali, infeliz, chorando durante todo o resto da noite.

• Capítulo 21 •
MUITO PRÓXIMOS

Erguer a cortina e passar para o outro lado, eis tudo! Por que hesitar e ter medo? É porque se ignora o que está por trás do outro lado, e porque não há caminho de volta? E também porque é próprio do nosso espírito imaginar confusão e trevas ali onde não sabemos ao certo o que haverá?

– Goethe,
Os Sofrimentos do Jovem Werther

  Duas semanas depois do nosso surpreendente reencontro no teatro, Márcia teve que deixar o Brasil e voltar para junto do marido e da filha, em Ohio. Vimo-nos apenas mais uma vez nesse período, num encontro rápido para um café no fim de tarde. Falamos de nossas vidas e lhe contei o que havia me acontecido durante o tempo em que estivemos longe uma da outra. Falei da minha formatura, a morte de minha mãe, o casamento com Rodrigo e a relação com Léo, omitindo apenas o fato de que eu e Léo nos amávamos perdidamente. Ela sofreria pela filha se soubesse, e já havia sofrimento demais nessa nossa história.
  O mês de maio começava e, embora Léo tentasse estar comigo algumas vezes por semana, para um almoço em nosso restau-

rante preferido ou uma das nossas longas conversas à sombra do nosso ipê, esses encontros estavam ficando mais difíceis para ele. Aquele era o último semestre das duas faculdades que fazia, e ele tinha que se desdobrar para dar conta de tudo. Então, eu pedia que ele não se esforçasse tanto por minha causa e me conformava com uma conversa por telefone ou uma troca de e-mails, ou um "Boa noite... Eu te amo" quando ele me mandava uma mensagem pelo celular.

O fato é que, por mais que tentássemos, Léo e eu definitivamente não conseguíamos nos afastar, mas também não podíamos nos entregar um ao outro por completo. Estávamos cada vez mais próximos e nos amávamos cada dia mais, mas vivíamos como dois bons amigos, amigos que estavam apaixonados, mas não queriam viver esse amor pela metade, ou vivê-lo tendo que suportar a dor de outras pessoas amadas. Na verdade, não importava mais se não pudéssemos ficar juntos no futuro, desde que não tivéssemos que dizer adeus enquanto ainda era possível viver assim, amando infinitamente, mesmo como amigos, mas ainda juntos. Então, procurávamos ficar na companhia um do outro o máximo de tempo possível, embora isso não dependesse da nossa vontade, já que era muito mais uma necessidade, uma forma que encontrávamos para ter um pouco de paz.

Eu voltava para casa depois de um dia de trabalho, dirigindo pela avenida João Cabral, um pouco distraída com a chuva que caía no para-brisa. Pensava em mim e Léo, em tudo que nos unia e nos separava, lembrando cada bom momento que tínhamos passado juntos, quando ouvi a chamada de Charles no celular. Coloquei o fone de ouvido e apertei o botão do celular para atender a ligação.

– Oi, Charles! – atendi, ainda concentrada no trânsito.

– Olá, Bia.

– Que voz é essa? – Estranhei o tom profissional com que ele falava. – Aconteceu alguma coisa?

– Aconteceu. Você pode falar agora?
– Acho que dá para falar. O que foi?
– Você se lembra do nosso primo Arthur? Já faz uns bons anos que ele nos fez uma visita...
– Claro. O que tem ele?
– Bia, ele se matou... – Eu fiquei em silêncio por um instante, tentando assimilar a informação. Charles continuou calado, e pude sentir que ele estava arrasado também. Meu irmão lutava constantemente para salvar vidas, e ver alguém tirar a própria vida era algo que ele jamais entenderia.

Fiquei mais um tempo em silêncio, sem fala, tentando reavivar na memória a imagem enevoada de Arthur na minha festa de aniversário, muitos anos antes. Lembrei-me do rosto triste, do sorriso forçado e da falta de luz em torno dele. Meu primo não tinha me causado uma sensação boa. Senti isso, enxerguei isso e não fiz nada. Aos poucos comecei a sentir uma grande angústia crescendo interiormente, mas continuei completamente sem ação. Apenas sentia uma avalanche emocional dentro de mim.

– Bia? Bia! – A voz de Charles me chamando arrancou-me do transe momentâneo. – O que há com você? Está tudo bem?

– Não, Charles, não está nada bem – falei, atordoada. – Fiquei muito abalada com a notícia. Está um pouco difícil falar agora, querido. Será que podemos conversar depois? – Sentia um nó na garganta.

– Claro, minha querida. Eu também me sinto péssimo e entendo seu estado de espírito. Bem, mas acho que vamos ter que falar sobre isso outro dia mesmo. É que vou ter que ir a Florianópolis. Nossa tia está muito abalada e precisa de um apoio. Vou viajar hoje à noite e volto depois de amanhã. Mas queria saber se você pode me ajudar.

– Sim, claro. Você quer que eu vá junto?

– Não, minha irmã. É justamente o contrário. Queria que você ficasse aqui e cuidasse de tudo por mim, das crianças, Iris, e desse uma passada amanhã na clínica para saber como vão as coisas.

– Sem problemas, Charles – disse com dificuldade, minha voz falhava. – Pode deixar, cuido de tudo e o mantenho informado. Por favor, ligue quando chegar lá. E mande um abraço meu para nossa tia.

– Está bem. Obrigado, Bia. Vou fazer o possível para não demorar. Um beijo.

– Até logo, querido. Beijo.

Continuei dirigindo, com o mesmo sentimento crescente de angústia me oprimindo, até não ver mais nada à minha frente, por causa da chuva e das lágrimas que começavam a transbordar. Não conseguia parar de pensar no rosto de meu primo Arthur. Queria ter contado a Charles como eu me sentia, mas não era o momento. Quando não aguentei mais a montanha-russa na minha cabeça, dei vazão ao desespero que explodia dentro de mim e chorei convulsivamente.

Enquanto chorava de desespero e repassava as imagens daquele jovem transtornado, sentindo-me mal por não tê-lo ajudado, o meu celular tocou novamente. Pensei que fosse Charles e atendi de imediato. Sentia-me disposta a falar com ele dessa vez, a dizer que estava péssima e precisava de ajuda. Mas, quando atendi, a voz que ouvi do outro lado da linha não era a de Charles.

– Alô? – A voz doce do outro lado da linha era de Léo, mas eu não consegui falar. – Alô, Bia, você está aí?

– Oi... Léo... – respondi com voz trêmula.

– Bia, o que há? Você está bem? Está chorando?

– É... es...tou... – Eu chorava ainda mais.

– Onde você está, meu amor? Eu vou aí. Você está em casa?

– Não... eu estou... dirigindo.

– Dirigindo?! – Ele ficou indignado. – Você está doida? Dirigindo neste estado! Encosta, Bia! Por favor! Encosta o carro, meu amor... Eu vou aí pegar você...

– Não dá... Estou numa... avenida... muito movimen... tada... – Com a voz trêmula, as palavras não saíam direito. – Não posso... parar... aqui...

– Então pegue a primeira rua que você encontrar pela frente, está bem?

– Está bem... Estou entrando a... go... ra... Desculpe, não dá para... falar... direito...

– Fique calma, meu amor... Pare um pouco de chorar. Vai ficar tudo bem... Agora, diga onde você está. Tente localizar o nome da rua para eu poder encontrar você...

– Estou saindo da João Cabral e entrando na... acho que é a rua dos Jacarandás...

– Rua dos Jacarandás... Ótimo... Muito bem, agora encoste o carro aí mesmo. Quero que fique no carro, tranque as portas e espere um pouco, uns cinco minutos, que já estou chegando. Fique calma, minha querida. Estou entrando no táxi agora. Estava saindo da faculdade quando liguei e estou perto daí; não demoro a chegar. Só tente se acalmar um pouco.

Não demorou muito até Léo chegar. Mas, mesmo assim, não consegui ficar no carro, como ele pediu. Estava sufocando, e o barulho da chuva no para-brisa me deixava em pânico; então, saí do carro. Foi quando vi o táxi parar atrás do meu carro.

Léo mal esperou que o táxi parasse. Simplesmente saiu apressado do carro e correu até onde eu estava, abraçando-me forte, enquanto a chuva encharcava nossas roupas e lavava as minhas lágrimas.

– Você não tem juízo? – disse Léo, com carinho enquanto me abraçava. – O que foi que eu disse ao telefone, hein? Para você ficar no carro... Bia, meu amor, você está ensopada, precisa tirar essa roupa ou vai ficar doente... Quer ir para casa?

Eu não conseguia falar, soluçava por causa do choro descontrolado e apertava ainda mais Léo, como se quisesse absorver um pouco do seu calor. Sentia-me melhor só por ele estar ali comigo, abraçando-me.

– Ei, calma, menina... Eu estou aqui, vou cuidar de você, nada de mau vai acontecer – acalmou-me Léo, retribuindo meu abraço apertado.

Então, sem dizer mais nada, ele me pegou nos braços, levou-me até o meu carro, abriu a porta do carona e me acomodou gentilmente no banco. Colocou o cinto de segurança em volta do meu corpo e depois fechou a porta, contornando o carro para se sentar no banco do motorista. Olhou-me carinhosamente por alguns segundos, com uma expressão de alívio, e limpou as minhas lágrimas com as costas da mão. Depois ligou o carro e partiu.

Ele ficou em silêncio enquanto dirigia, certamente esperando que eu me acalmasse. Não disse nada por vários minutos, só me olhava com afeto, um pouco assustado, com seus lindos olhos da cor do céu em dia de sol.

– Chegamos. – Entrávamos na garagem de um prédio.

– Para onde você me trouxe? – Ainda chorava, mas já conseguia falar.

– Para o meu apartamento. Eu não sabia para onde você queria ir, você não conseguia falar, e tínhamos que sair daquele lugar; é meio perigoso ali a essa hora da noite. Pode ficar um pouco aqui comigo até se acalmar? Levo você para seu apartamento mais tarde.

– Não, aqui está ótimo. E você está comigo, então, está tudo bem.

– Não precisa falar nada se não quiser, Bia – disse ele, estacionando ao lado do elevador social. Depois saiu do carro e abriu a porta do carona, já me pegando no colo novamente.

– Espera! Eu posso andar.

– Sinceramente, não tenho certeza disso – Léo me olhava como se me avaliasse, ainda preocupado. – Você está tremendo, em choque e provavelmente com muito frio. Deixa que eu a levo.

Ele passou o braço direito por baixo das minhas pernas, depois apoiou a outra mão em minhas costas, beijou-me no alto da cabeça e me ergueu, num movimento único e leve. Fechou a porta com as costas, depois seguiu para o elevador social.

Quando a porta do elevador se abriu diante da porta do apartamento de Léo, ele me colocou no chão, mas sem me soltar, apoiando minha cabeça em seu peito, segurando todo o peso do meu corpo com um dos braços. Com a mão livre, destrancou a porta, me pegou no colo de novo e entrou em casa.

– Bia, vou levar você para o meu quarto, mas você vai precisar tirar essas roupas molhadas e vestir outra coisa. Não se preocupe com nada, minha querida, você está segura aqui. Vou pegar uma camiseta minha para você vestir, e preparar algo quente para beber. Você acha que consegue ficar de pé? Consegue andar? – perguntou Léo, parando diante da porta do banheiro do quarto dele.

– Acho que sim.

– Então vou deixar você aqui no banheiro para se trocar, está bem? Tem toalhas limpas lá dentro. – Por fim, ele me colocou no chão. – Fique à vontade – disse, beijando meu rosto. – Amo você.

– Obrigada, Léo – agradeci, abraçando-o. Sentia-me realmente segura ali com ele, tranquila e em paz.

– Não há o que agradecer. Já volto, meu amor.

Quando saí do banheiro, vestindo a camiseta dele, achei que estivesse sozinha no quarto, mas Léo esperava pacientemente por mim, sentado numa cadeira ao lado cama.

– Bati na porta, mas, como você não respondeu, resolvi entrar para checar se estava bem. – Ele sorria levemente. Olhei para ele, bem mais calma, e retribuí o sorriso.

– Ganhei o meu dia com seu sorriso. – Parecia aliviado por me ver melhor. – Está mais calma?

Ver Léo assim, tão fraternal, carinhoso e preocupado comigo, fazia com que eu me sentisse no lugar mais seguro do mundo, era como se nada me faltasse. Ele nem parecia só um garoto, tão maduras eram suas atitudes, deixando-me ainda mais orgulhosa do homem que ele era e que eu amava.

Por que eu tinha que amar tanto assim essa pessoa? Por que tudo era tão perfeito quando estávamos juntos? E por que eu não me afastava dele, se sabia qual seria o fim da nossa história? Talvez eu quisesse aproveitar aqueles momentos de felicidade com ele, antes do fim. Talvez o amor verdadeiro não precisasse ser realmente vivido, mas sentido plenamente, mesmo que em silêncio. Vê-lo assim, sorrindo, era o paraíso para mim. E, se tivesse que sofrer sozinha mais tarde, se ele estivesse bem, feliz em sua nova vida, já valeria a pena desfrutar daquele sorriso. Podia ser pouco, mas era tudo para mim.

– Sim, estou melhor.

– Então, por que você não se senta aqui perto de mim? – Ele bateu a mão sobre o colchão.

– Você deve estar me achando ridícula – eu disse, enquanto me sentava na cama. Recostei-me na cabeceira, bem próxima a ele, tão perto que nossas pernas se tocavam. Peguei a mão dele e agradeci.

– Obrigada, Léo. Eu estava desesperada naquela hora, descontrolada. Desculpe também por tudo isso, por causar esse incômodo.

– Não fale nada agora, Bia. Primeiro, quero que coma alguma coisa e beba algo quente. Depois, se quiser, se sentir vontade, você me conta o que aconteceu. Você continua gelada. – Ele apertou a minha mão e me olhou. – Não quero que fique resfriada. Preparei um chá com torradas para você. Gosta de chá?

– Gosto. – Olhei para a pequena bandeja na mesinha de cabeceira. – Mas seu chá tem uma cor estranha.

– É chá com leite. Adquiri esse hábito depois que estive na Inglaterra, há algum tempo, com minha tia Márcia. Os ingleses costumam tomar chá com leite. Experimentei e gostei muito. Por que não experimenta?

Peguei a xícara com as duas mãos, temendo deixá-la cair por causa do tremor. Experimentei e o gosto era realmente agradável.

Léo sorriu ao ver minha expressão de surpresa.

– Gostou?

– Sim, muito! Dá mais sabor ao chá.

– É verdade, também acho. Coma uma torrada agora. Você passou por um estresse emocional muito grande hoje. É bom comer alguma coisa.

Léo colocou uma torrada gentilmente na minha boca, para que eu não precisasse largar a xícara, ou talvez por perceber o meu receio de derrubá-la. Mordi a torrada, ainda estava morna. Era boa a sensação de beber e comer algo quente; estava mesmo gelada. E ainda melhor era a sensação de conforto que sentia ali com Léo ao meu lado. Tomei mais alguns goles do chá e pousei a xícara na bandeja.

– Você quer descansar um pouco?

Eu assenti com a cabeça e Léo levantou-se da cadeira e contornou a cama. Depois se sentou ao meu lado, na cama, e fez um gesto para que eu me aproximasse.

– Venha cá. Fique aqui perto de mim. – Ele passou o braço pelos meus ombros e apoiou minha cabeça em seu peito. – Está confortável assim? Você ainda está fria, vou cobri-la.

Ele pegou um cobertor dobrado num canto da cama e me cobriu com ele. Fechei os olhos e fiquei ali, sentindo o calor que vinha dele. Léo me abraçava forte, como se quisesse estancar todas as minhas dores.

– Um parente meu, meu primo Arthur, se suicidou hoje, e não aguentei a notícia.

– Então foi por isso seu desespero. – Era mais uma conclusão do que uma pergunta.

– Sim... – Minha voz ainda estava rouca. – Mas o que mais me abalou, além da notícia terrível, foi o fato de eu ter percebido, há alguns anos, o estado de espírito sombrio de Arthur, a depressão dele, mesmo com ele sorrindo para mim, aparentemente feliz. Mesmo assim pude enxergar a dor dele, que já estava ali, criando raízes, e não fiz nada para ajudá-lo. Deixei que ele me enganasse, fazendo parecer que estava tudo bem. Perguntei, mas ele fingiu, disfarçou, e deixei passar.

– Foi seu dom que lhe mostrou isso? A depressão dele?

– Foi. Mas eu era muito jovem e não soube interpretar muito bem. E também não estava no meu melhor momento, porque me recuperava do acidente. Bem, falhei. Podia ter oferecido ajuda, insistido mais, mas falhei com ele.

– Não é verdade, Bia. Você mesma disse que tentou saber o que se passava com ele, mas que ele disfarçou. Você não pode se responsabilizar por isso, não tinha como prever. O fato de poder sentir a vibração das pessoas não quer dizer que tenha que resolver a vida delas. Você não tem culpa, minha querida. Eu sei, é muito triste que uma pessoa pense numa coisa dessas: suicídio; e, ainda pior, que o pratique. Mas o ser humano é frágil por natureza. Às vezes, ele não aguenta a pressão, e a dor é tão grande, que ele acha que o caminho mais fácil é acabar com a própria vida, ou com a dor. Mas isso é algo imprevisível. Não há como entender o que se passa no mundo interior de uma pessoa. – Nesse ponto, Léo ficou em silêncio, como se lembrasse de algo ou alguém, depois continuou: – É uma luta consigo mesmo, não com o mundo. Não dá para prever uma coisa dessas.

– Mas eu previ.

– Ei, ei, moça... Não, você não previu. Você sentiu que ele estava triste, mas daí a prever que pudesse se matar há uma distância muito grande. Bia, não vá por esse caminho, não vale a pena. Você não tem responsabilidade alguma sobre isso, e vai precisar se conformar, minha querida. – Ele me olhava atentamente, com certeza tentando ver se eu estava melhor, se não ia recomeçar a chorar. Depois me apertou em seu abraço e beijou minha face. – Durma um pouco. Você deve estar exausta. Fique aqui esta noite. Espero você dormir, depois vou para o quarto de meus pais.

– Bem, vou aceitar sua oferta, mas prefiro ficar no outro quarto. Não é justo que tenha de sair da sua cama por minha causa.

– De jeito nenhum, Bia. Você fica aqui e ponto final. Vai ficar mais confortável. – Eu não ia discutir. Estava adorando todo aquele cuidado dele comigo, então, mudei de assunto.

– Léo, onde deixou seu carro? Você foi de táxi me pegar.

– Na faculdade. Mas não se preocupe, ele está bem guardado lá. Sabe, quando ouvi o seu desespero, não pensei em nada, simplesmente peguei o primeiro táxi que vi na minha frente. Você me assustou, moça... Eu também fiquei meio em pânico, com medo de que algo acontecesse a você. Mas fique tranquila, o carro está bem seguro. Amanhã levo você para o seu apartamento e volto para pegar meu carro na faculdade.

– Você ficou tão preocupado assim comigo?

– Muito. Você não faz ideia do quanto... Só me acalmei quando senti você aqui em meus braços... e segura. Pensei que ia morrer quando vi você tão mal. Tive medo de não conseguir ser forte o suficiente e piorar a situação. Sinceramente, nessa hora eu quis ser mais velho, mais maduro, e não me sentir tão inseguro.

– Inseguro? Você se saiu perfeitamente bem, Léo... Foi corajoso, protetor... Não poderia ter sido melhor, acredite. E eu me senti muito segura, amparada, com você ao meu lado.

– Que bom que consegui não estragar tudo! – Ele parecia aliviado. – Agora durma, você precisa descansar. Não vou sair daqui enquanto estiver acordada. Não quero deixar você sozinha.

– Então, fique aqui comigo a noite toda. – Eu necessitava da presença dele. – Também não quero ficar sozinha.

– Tem certeza?

– Tenho, sim.

– Está bem, fico aqui com você.

– Amo você, Léo... – Aconcheguei-me nos braços do meu amor.

– Também amo você... muito...

De manhã, depois de passar a noite toda nos braços de Léo, eu me sentia revigorada. E, apesar da angústia do dia anterior, aquela havia sido uma das melhores noites da minha vida. Estava extremamente confortável com Léo ao meu lado, abraçando-me, cuidando de mim. O corpo dele parecia se amoldar com perfeição ao meu. Mas constatei, naquela noite, que nosso amor estava muito além do físico, que não era só uma paixão passageira, ávida por um contato íntimo, mas amor mesmo, daquele tipo que cuida, que protege, que sofre quando o outro sofre e que se colocaria no lugar do outro simplesmente para evitar seu sofrimento. Vi que nosso amor não acabaria nunca; que, mesmo que nos afastássemos – como era o esperado –, continuaríamos nos amando... para sempre.

Depois que quase obriguei Léo a comer alguma coisa, pois ele se preocupou em cuidar de mim e se esqueceu dele, saímos apressadamente. Meu dia seria cheio, pois eu teria que passar em casa para trocar de roupa, depois ir à faculdade para dar aula, e ainda tinha que fazer o que Charles havia me pedido – cuidar de Iris, que estava grávida de novo, ver se as crianças estavam bem e passar na clínica. Léo, por sua vez, deveria ir à faculdade e ao estágio no jornal.

Ele fez questão de me deixar em casa. Em frente ao meu prédio, nós nos despedimos e, antes de entrar num táxi, ele me olhou nos olhos.

– Bia, sei que foi um momento triste para você ontem, mas queria dizer que essa foi uma das noites mais incríveis da minha vida. Desculpe estar sendo tão insensível agora, mas só estou sendo sincero. Acho que foi porque ficamos ainda mais próximos ontem. – Dizendo isso, ele me abraçou.

– Não se preocupe, Léo, eu entendo. Obrigada por tudo. Não sei o que seria de mim sem você ontem por perto. – Apertei-o mais e beijei seu rosto. – Eu também adorei a noite. Mas, sabe, você é muito jovem, vai ter milhares de outras noites incríveis e vai esquecer essa.

– Tenho certeza de que isso não vai acontecer... – disse, afrouxando o abraço e abrindo a porta do táxi.

– Léo! O que você ia me dizer ontem quando me ligou?

– Nada de importante, falo amanhã, no restaurante. – Ele já entrava no táxi.

– É verdade! Doze de maio. Amanhã é seu aniversário e temos um jantar de comemoração.

– Isso mesmo. Ligo para você antes de sair para o nosso restaurante. – Ele fechou a porta do táxi e fez um sinal para que o motorista saísse, depois sorriu lindamente para mim, iluminando o meu dia.

• Capítulo 22 •
COMEMORAÇÃO

> *A mulher de trinta anos satisfaz tudo, e a jovem, sob pena de não ser, nada deve satisfazer. Essas ideias desenvolvem-se no coração de um homem jovem e formam nele a mais forte das paixões, pois esta reúne os sentimentos artificiais criados pelos costumes aos sentimentos reais da natureza.*
>
> – Honoré de Balzac,
> A Comédia Humana, "A Mulher de Trinta Anos"

Aquela seria uma noite especial para mim: era a noite de comemoração do aniversário de Léo, o primeiro que festejaríamos juntos. Ele faria 21 anos – um garoto ainda.

Era o dia 12 de maio de 2007, e já vivíamos o nosso amor, só como amigos, havia quase um ano e meio, embora fizesse apenas um ano que tínhamos plena consciência de que o nosso amor não era só amizade. Então, ficávamos na companhia constante um do outro, amando perdidamente, ainda que não pudéssemos viver esse amor em sua plenitude.

Rodrigo, depois da nossa última grande discussão algum tempo antes – e que resultou numa separação dolorosa –, ficou afastado por um período. Nós havíamos decidido que precisávamos desse tempo para avaliar o nosso relacionamento. E fazia pouco mais de um ano que tínhamos deixado de viver como um casal.

O tempo falava por si só, porque, mesmo com toda a insistência de Rodrigo para voltarmos a morar juntos, não havia como eu reatar com ele, uma vez que meu coração não lhe pertencia mais. Eu amava Léo desesperadamente, e não havia mais como mudar isso. Era algo permanente e inalterável em mim. E, embora eu e Léo não tivéssemos nos amado em termos carnais, como homem e mulher, eu não poderia mais ser de Rodrigo fisicamente. Nesse momento da minha vida, só poderia pertencer a um homem, Léo, e a mais ninguém. Talvez nunca mais pudesse, mesmo que jamais ficássemos juntos. Eu só tinha olhos para ele, e meu corpo só respondia aos sinais do corpo dele – algo sobre o qual não tinha mais controle, nem queria ter.

Por isso, naquela noite, eu estava extremamente ansiosa. Era a primeira noite em que eu e Léo estaríamos juntos publicamente, assumindo que nos amávamos – e isso era notório –, ainda que só pudéssemos demonstrar esse amor como amigos. Eu conheceria a família dele, com exceção de Márcia, que já conhecia e não estaria presente no aniversário do sobrinho, e também os amigos dele. Como também fazia mais ou menos um ano da minha separação com Rodrigo, aquela noite também marcaria uma realidade que seria a minha dali para a frente. Portanto, tinha dúvidas sobre tudo. Eu não sabia como deveria me comportar ou me vestir. Não sabia se devia tentar parecer mais jovial, solteira, ou manter a aparência mais reservada de mulher casada. Também não fazia a menor ideia de como deveria ser a aparência de uma mulher que estava se separando. Bem, só queria estar bonita para o meu amor, queria que ele ficasse feliz com a minha presença, queria que não houvesse "diferença" entre nós, mas sabia que isso era impossível. Então, tentei relaxar, sentei-me na cama e comecei a pensar na roupa que escolheria para aquela ocasião, o que ficaria bem em mim, sem chamar muita atenção.

Por fim, já impaciente com a indecisão, optei por um vestido preto sem alças, de tecido leve, na altura do joelho, e sapatos de bico fino e salto bem alto. Queria me sentir uma mulher forte e decidida naquela noite.

Estava quase pronta e ainda não havia decidido se chamaria alguém para me acompanhar ou se iria desacompanhada. Pensei em Rapha, mas meu amigo estava fora da cidade havia mais de dois meses, numa viagem prolongada com Sophia, e só deveria voltar dali a um ou dois dias. O sonho de Rapha já era real: ele havia conquistado prestígio profissional, era dono de um dos mais conceituados escritórios de advocacia do Rio, com uma filial em Recife, e, como era especialista em Direito Internacional, estava sempre viajando, sendo convidado para eventos e para ministrar palestras. Portanto, sem meu amigo para me acompanhar, não me restava opção a não ser ir sozinha. Mas não queria passar a imagem de mulher recém-separada, ou casada, mas sem o marido. Na verdade, não queria que ninguém notasse a minha presença. Desejava apenas estar com Léo naquela noite e poder abraçá-lo e felicitá-lo pelo dia de seu aniversário.

Então, ficava repetindo: "você não é assim, Bia, você nunca se preocupou com a imagem que os outros fazem de você". E era verdade. Nunca tinha sido uma pessoa muito convencional, mas uma mulher decidida, independente, e só me preocupava com o que minha família pensava de mim. Por isso, aquelas dúvidas começaram a parecer bobagens, insegurança comum de uma pessoa que estava tendo que enfrentar uma nova realidade, embora soubesse que me sairia bem, que só precisava relaxar. Nesse momento, enquanto eu concluía o óbvio, ou o quanto eram tolos os meus temores, meu celular tocou. Olhei o visor e vi quem ligava, acalmando-me de imediato, pois só ele tinha o poder de equilibrar meu mundo interior.

– Oi – disse Léo quando atendi.

– Oi, Léo. Você não sabe o quanto é bom ouvir sua voz. Acho que é saudade. Então, como vai o mais belo aniversariante da cidade?

– O "belo" fica por sua conta, mas estou bem. E você, como está, depois da noite de ontem? Me perdoe por não ter ligado mais cedo, mas é que meus pais chegaram de Taubaté e não tive tempo para nada. Bem, pelas mensagens alegres que me passou hoje, imaginei que estivesse tudo bem. Mas queria muito que você tivesse me ligado, fiquei até meio ansioso.

– Imaginou certo, estou bem. E você está se preocupando demais comigo, Léo. Você não me deve nada, nos falamos bastante ontem. Obrigada pela preocupação, querido. Na verdade, adoro isso. Bem, quanto a hoje, não liguei porque não achei conveniente. Você me falou que seus pais chegariam, eu não quis atrapalhar.

– Bia! Quantas vezes vou ter que dizer que você não atrapalha nunca, que fico feliz quando está por perto?

– Eu sei, Léo, mas não sei se sua família pensa assim. Não é normal que um jovem como você passe tanto tempo na companhia de uma mulher muito mais velha. Os pais, principalmente as mães, não costumam ver uma relação dessas com bons olhos, e querem "proteger" seus filhos. Acho que você entende...

– Bia, por favor, deixa disso. Na verdade, meu sentimento por você está acima desse tipo de coisa. – Ele não contestou o que eu havia falado, o que confirmava a minha suspeita de que existia de fato algum incômodo por parte da família dele com relação à nossa proximidade cada vez maior. – Bem, mas estou ligando para saber se você quer companhia. Quero ir com você à minha comemoração de aniversário, e também preciso lhe agradecer pessoalmente, você sabe pelo quê. – Léo não especificou do que se tratava o agradecimento, provavelmente meu presente havia chegado a tempo.

– Parece que você adivinhou meus pensamentos. Eu estava agora mesmo pensando nisso, se iria sozinha ou se levaria alguém, uma amiga talvez. Estava me sentindo um pouco insegura em chegar lá sozinha.

– Então, isso é um sim? Passo aí em meia hora...

– Ei, calma, ainda não respondi!

– Mas sei ler nas entrelinhas. E não quero que saia sozinha hoje. Ainda estou preocupado com a noite passada. Quero acompanhá-la, Bia.

– Mas sua família toda vai estar presente, Léo. Todos vão querer sua atenção hoje. Eu até pensei que sua namorada pudesse estar aqui com você. Talvez não seja uma boa ideia irmos juntos.

– Bia, fique tranquila, meus pais são ótimas pessoas e vão adorar você, tenho certeza. Bem, quanto a Amanda, ela ainda não veio. O pai dela achou arriscado deixá-la vir para o Brasil agora. Para ela, seria a desculpa perfeita para não voltar. E, como minha tia acabou de voltar para Ohio, ele jamais deixaria a filha aqui sem um dos pais. Sabe que o problema dela é sério.

– Bem, sinto muito, sei que você gostaria que ela estivesse aqui. Mas, respondendo à sua pergunta, sim, aceito sua companhia. Depois de tantos argumentos, não tenho como contestar, e também quero muito ir com você.

Exatamente meia hora depois da nossa conversa ao telefone, Léo chegou ao meu prédio e foi anunciado por Jair, pelo interfone.

– Alô, dona Bia, o Léo está aqui embaixo à espera da senhora.

– Então, não é mais "senhor Léo", Jair? – perguntei, achando graça.

– Desculpe-me, dona Bia, a senhora tem razão, mas é que ele é muito gente boa e me pediu para chamá-lo assim, mas, se a senhora quiser...

– Não, Jair, fique tranquilo, eu só estava brincando. Pode chamá-lo assim mesmo, combina com ele. Ah, diga a Léo que estou descendo em um minuto.

– Está bem, dona Bia.

Quando saí do elevador, Léo me esperava bem diante dele. Ao me ver, respirou fundo e abriu mais seus claros olhos, depois sorriu para mim.

– Uau! Você está muito linda, sabia? – disse ele, enquanto eu me aproximava, abraçando-o carinhosamente.

– Parabéns, meu querido! – eu disse ao ouvido dele, baixinho. – Obrigada, mas você é que é lindo... E eu amo você. Sinceramente, hoje, quando me vesti para sair, procurei uma roupa que me deixasse meio invisível, não queria que ninguém olhasse para mim.

– Vai ser muito difícil isso acontecer... Mas fique tranquila, eu protejo você – falou Léo, usando quase as mesmas palavras que dissera anos antes, quando ainda era criança, e procurava me proteger em minha festa de formatura. – E então, vamos? – Ele me ofereceu o braço para acompanhá-lo.

– Vamos – respondi, respirando fundo.

Depois de nos despedirmos do porteiro, saímos do prédio. Ele abriu a porta do carro para mim e depois se sentou no banco do motorista. Mas, antes de dar partida, acariciou meu rosto e ficou me olhando.

– O que foi, querido? Algo errado?

– Não, nada. Só estou admirando você, sua beleza, e pensando em quanto a amo. Ah, antes que eu me esqueça, quero agradecer pelo presente. Você não devia ter feito isso, Bia. Deve ter custado uma fortuna, mas adorei. Na verdade, foi o melhor presente da minha vida, principalmente porque veio de você.

– Mas foi só um piano...

– Não, não é verdade. O piano que você me deu é o mesmo piano que vimos naquele antiquário. É uma verdadeira relíquia, deve ter sido muito caro. Também tem a questão do transporte; o frete deve ter custado o olho da cara. Se queria me presentear com um piano, poderia ter comprado um aqui mesmo, que teria custado bem mais barato.

– Mas não seria "aquele" piano. E foi aquele que atraiu a sua atenção. Ele tem uma história, a nossa história, e quero que você guarde essa lembrança minha.

– Por favor, Bia, não fale assim! Isso não é uma despedida, é uma comemoração. E não é o piano que vai fazer com que me lembre de você. Na verdade, penso em você todo dia, toda hora, todo minuto... Você já faz parte de mim, meu amor, de tudo o que sou, para sempre... Isso é imutável. – Ele parecia apaixonado, mas melancólico também.

– Mas você gostou? – Mudei de assunto, não queria chorar naquele dia tão especial.

– Muito! Você não imagina o quanto fiquei emocionado quando recebi o piano hoje à tarde. Não havia cartão, mas só poderia ser um presente seu. Ninguém sabia da história do piano, da nossa história... Meus pais não entenderam nada. – Ele parou um pouco de falar, rindo. – Como foi que conseguiu comprar aquele piano? Ele não estava à venda...

– Liguei para a loja há alguns dias. – Eu ria também enquanto contava. – Deu um pouco de trabalho para encontrar o número, mas consegui localizá-la. Falei com aquele senhor que nos atendeu, disse quem eu era, descrevi o nosso encontro e ele se lembrou de mim. Depois tentei convencê-lo a me vender o piano, e achei que seria difícil, mas foi bem fácil. Ele disse que o piano não tinha sido vendido antes porque não tinha encontrado o dono ideal, mas que havia acabado de encontrá-lo. Não fez nenhuma exigência, só perguntou para onde deveria mandar o piano. Achei também que não daria tempo para entregá-lo no dia certo, mas ele chegou a tempo. Que bom!

– Só você mesmo para me tratar com tanto carinho... Obrigado, Bia! – Ele me abraçou e me beijou no rosto. – Bem, acho que agora precisamos ir.

Quando chegamos ao restaurante, já estavam todos lá. Antônio foi quem nos recebeu na entrada, cumprimentando Léo com um abraço amigo, depois beijando educadamente minha mão.

Ao nos aproximarmos da mesa reservada, já pude ver Leila, a amiga da família, os pais de Léo, alguns amigos dele da faculdade, colegas do trabalho – eu já conhecia alguns –, André e mais dois alunos meus, que também eram amigos de Léo. Havia, pelo menos, doze pessoas à mesa, além de nós dois.

– Bia, como você está? – perguntou Leila, levantando-se para me abraçar. – Que bom que você veio. Márcia pediu que a representasse e lhe desse esse abraço por ela. – Depois abraçou Léo também.

Léo, em seguida, fez as apresentações, pois eu não conhecia todos, começando por dois amigos, que nos cumprimentaram com um aceno, e finalizando com os pais dele, que fizeram questão de se levantar e apertar a minha mão.

– Bia, esta é minha mãe, Sônia, e este é meu pai, Arnaldo – disse Léo, apontando o casal à minha frente.

– Como vai, senhor Arnaldo, dona Sônia, é um grande prazer conhecê-los. – Cumprimentei os pais de Léo um pouco nervosa, enquanto a mãe, desconfortável, olhava-me com um ar especulativo.

– Como vai? – cumprimentou-me com simpatia o pai de Léo. – Meu filho não exagerou quando disse que você era bonita, acho até que o elogio dele não fez jus à sua beleza. – Ele me deu a mão ainda sorrindo e percebi de onde vinha a simpatia de Léo. – Posso chamá-la de Bia também?

– Obrigada, senhor Arnaldo, é muita gentileza sua. E, sim, pode me chamar de Bia.

– Olá, Bia, como vai? – disse a mãe de Léo, sem acrescentar mais nada.

– Muito bem, e a senhora?

– Pode me chamar de você – disse ela, sem sorrir. – Afinal, somos quase da mesma idade, não é mesmo?

– Sim, claro, se prefere assim – respondi educadamente.

Fiquei sentada entre Léo e André, que logo começou a falar comigo com um ar galanteador, bem diferente do modo como costumava se dirigir a mim na sala de aula. Percebi que Léo ficou meio irritado com a insistência e as indiretas do amigo, mas não teve condições de intervir muito, visto que era o aniversariante e tinha que dar atenção a todos. Mesmo assim, era evidente o incômodo dele, pois mesmo enquanto sorria e conversava com os outros, parecia distraído, como se estivesse com a atenção em outro lugar. Resolvi, então, parar um pouco de conversar com André, para deixar Léo mais confortável.

– Léo, e Márcia? Quando retorna ao Brasil? – perguntei a ele.

– Deve ficar lá por mais dois ou três meses. Amanda não gosta de Ohio, então eles devem voltar juntos para Taubaté, ou para o Rio.

– Pena que ela teve que voltar tão rápido. Ainda tínhamos tanto que conversar...

– É verdade, e ela adora você, sabia? – disse Léo, tocando a minha mão distraidamente e olhando-me nos olhos. Nesse instante, senti o olhar da mãe dele sobre nós. – Mas não vai faltar oportunidade quando ela estiver de volta...

– Filho! – chamou a mãe de Léo. – É verdade que Márcia e Bia já se conheciam? – Léo olhou para a mãe, surpreso. Aparentemente ele não havia contado aquilo à mãe.

– Sim, mamãe. Bia foi aluna da tia Márcia no ensino médio, até pouco antes de nos mudarmos para Taubaté. Desde então, ficaram distantes uma da outra. Mas, por coincidência, reencontraram-se recentemente, quando fomos ver uma peça no Teatro Municipal. Ela ficou muito feliz ao saber que Bia e eu somos amigos...

– Amigos... – sussurrou ela, com ironia. – E você, Bia, não é casada? Por que não veio com seu marido, para que pudéssemos conhecê-lo também?

– Mamãe, por favor! – Léo apertou a minha mão embaixo da mesa, visivelmente constrangido com as insinuações da mãe.

– Tudo bem, Léo – eu disse, só para ele. – Sônia, meu marido está em Portugal atualmente. Infelizmente, não pôde estar aqui agora. Mas por certo adoraria conhecer todos vocês.

Eu podia dizer àquela senhora que eu não tinha mais marido, que estava separada, mas teria que dar muitas explicações e não queria falar de mim, não queria dividir minha vida com mais ninguém. A minha separação só dizia respeito a mim mesma.

Léo estava realmente desconfortável com tudo aquilo e eu sentia muito por ele, por ser a causa do seu embaraço, justamente no dia do seu aniversário, quando ele deveria apenas estar feliz. Depois, todos voltaram às suas conversas paralelas, e Léo voltou a conversar comigo.

– Desculpe, meu amor, por minha mãe – disse ele ao meu ouvido. – Ela só está com ciúme, tem medo de me perder. Acha que toda mulher quer me tomar dela. Ser filho único é isso!

– Eu entendo, Léo. Na verdade, sua mãe me vê como uma ameaça. Ela só enxerga em mim uma mulher madura que quer fisgar o filho dela. Com certeza, não acha nada saudável a nossa relação, e me considera um problema. Talvez ela tenha uma certa razão. Certamente ela acha que Amanda é a pessoa perfeita para você. – Léo me olhou, sem saber o que dizer por um instante.

– Mas é principalmente porque Amanda é da família e sempre vai estar conosco – disse ele, sem negar que Amanda de fato era a escolhida da mãe.

A certa altura, quando alguns convidados já começavam a se despedir, Léo segurou minha mão por baixo da mesa e tocou minha aliança de casamento, que ainda continuava em meu dedo anular. Girou a aliança com os dedos, sem olhar para mim ou tirar a atenção dos convidados. Depois, como se fizesse um carinho, começou a tirar a aliança do meu dedo, enquanto continuava a conversar normalmente com as pessoas. Disfarcei também, sem saber exatamente o que ele pretendia, mas não disse nada. Por fim, depois de alguns instantes, ele conseguiu tirá-la. Então, fazendo uma breve pausa na conversa, ele se aproximou de mim, quase tocando os lábios na minha orelha.

– Você não precisa mais dela. – Então abriu aquele sorriso maravilhoso que eu adorava e pegou minha mão entre as suas. Retribuí seu sorriso com outro da mesma intensidade, mas percebi nesse momento que a mãe de Léo nos observava, atenta à nossa cumplicidade. Era claro o seu desconforto com minha presença na vida do filho.

    Eu, ao contrário, estava feliz. Queria sair dali com Léo, que ele me levasse para casa para podermos ficar a sós. Eu tinha muito a dizer, queria lhe contar o quanto ele me fazia bem, o quanto significava para mim. Justamente quando ia pedir para que ele me levasse, a mãe dele perguntou se ele poderia lhes dar uma carona na volta. Justificou-se dizendo que tinham ido ao restaurante com Leila, que precisara sair mais cedo. Léo quis se desculpar, dizendo que não poderia, mas eu fiz um gesto para que ele atendesse ao pedido da mãe.

    Léo ficou sem jeito, porque havia me levado ao jantar e queria voltar comigo. Vi que estava contrariado, mas não queria desagradar a mãe. Sugeriu que deixaria os pais no apartamento dele, onde estavam hospedados, e depois me levaria para casa, mas não achei delicado. Os pais de Léo estavam na cidade exclusivamente para o aniversário do filho, e mereciam toda a atenção dele. Imaginei que ele também não quisesse que eu ficasse dentro do carro com a mãe dele, pois temia o que ela poderia me dizer. Foi então que André resolveu oferecer ajuda.

    – Pode deixar, Léo, eu levo a Bia para casa. – Léo reagiu de imediato à oferta do amigo, olhando-o surpreso e recusando a ajuda. Disse que não era preciso, que ele mesmo me levaria para casa. Mas André insistiu e já foi me perguntando se eu estava de saída.

    – Sim, já está na minha hora. – Apertei a mão de Léo sob a mesa, para que ele não contestasse e me deixasse ir com André. Depois, me levantei e me despedi dos pais de Léo e dos poucos convidados que ainda restavam. Léo se levantou em seguida, parecendo aflito. Queria dizer algo, mas sabia que a situação não era propícia. Afastamo-nos um pouco da mesa, Léo me puxando pela mão e André seguindo na frente, em direção à saída do restaurante. Diante da porta, com André do lado de fora, ele me fez parar um pouco.

– Bia, não quero que você vá com ele. Por favor... – Mas eu não tinha escolha.

– Léo, não há problema em André me levar para casa. Fique tranquilo, vou estar bem.

– Não é a isso que me refiro, Bia.

– Então, qual é o problema?

– É que André sempre foi louco por você, e só está esperando uma oportunidade para lhe dizer isso. Ele sabe que gosto de você, mas sabe também que não podemos ficar juntos, então, vê o caminho livre... Por favor, Bia, você... é... minha...

– Ei, calma, querido... Vai ficar tudo bem. Ele só vai me levar em casa, nada mais do que isso. Léo, você precisa ir com a sua família. André é um bom rapaz, e tenho certeza de que não vai tentar nada; não vou permitir.

– Jura? – Eu o abracei, como se o parabenizasse, e ele retribuiu, apertando-me mais em seus braços.

– Juro.

– Então, vamos? – perguntou André, do lado de fora do restaurante, interrompendo nosso abraço.

– Vamos.

– Cuida bem dela, cara – pediu Léo ao amigo. – E se comporte!

– Fique tranquilo que vou cuidar muito bem da Bia. Saiba que gosto dela tanto quanto você.

– Duvido muito. Bem, é melhor vocês irem, já está ficando tarde. Eu ligo amanhã – disse Léo, dirigindo-se a mim.

– Está bem. Feliz aniversário, meu amor! – sussurrei para ele, já saindo do restaurante.

– Obrigado. – Ele sorriu, aceitando a situação. – Ah, depois devolvo algo que pertence a você. – Eu já estava do lado de fora e só assenti com a cabeça. Certamente ele se referia à grossa aliança que retirara do meu dedo. E parece que havia tirado uma tonelada de cima de mim.

Depois que André me deixou em casa, não demorou muito para o meu celular tocar. Era Léo.

– Bia? Você chegou bem? André se comportou bem? Fiquei aflito por não poder levá-la para casa.

– Estou ótima, Léo. E André se comportou como um perfeito cavalheiro. Você deveria confiar mais no seu amigo e em mim. Eu jamais ficaria com alguém por quem não estivesse apaixonada. E, neste momento, só amo uma pessoa, e você sabe quem...

– Acho que lhe devo desculpas, então... Me perdoe, minha querida. Na verdade, eu estava muito chateado por não ter sido eu a levá-la para casa. Tinha tanto a dizer... E André ainda ficou se insinuando para você, fiquei com medo de perdê-la.

– Está perdoado. Então, ontem você tinha algo a me dizer? Será que pode me falar agora?

– Bem, é que vou ser efetivado no jornal. Daqui a dois meses, com a formatura, vou ser um homem oficialmente empregado. – Eu podia sentir o quanto ele estava contente.

– Nossa, meu amor! Que maravilha! Essa é realmente uma boa notícia. Parabéns! Você merece essa e muitas outras conquistas, que eu sei que vai fazer.

– Obrigado, Bia. Sua opinião é muito importante para mim, por isso quis que você fosse a primeira pessoa a saber.

– Obrigada também pela confiança. – Depois de uma pausa, mudei de assunto. – Eu queria lhe perguntar uma coisa, mas ontem não foi possível. Estava pensando em reunir alguns amigos em minha casa na serra de Petrópolis no fim de semana. O que você acha?

– Por mim, vai ser ótimo. Mas, Bia, há anos você não volta àquele lugar. Você me disse que não teve mais coragem, depois da morte do seu pai. Você vai ficar bem?

– Sinceramente, não tenho certeza, mas gostaria de tentar mesmo assim. É a primeira vez, depois do acidente, que tenho essa vontade... de voltar lá, de superar totalmente esse trauma. E preciso de você lá comigo... Você vai?

– Claro, Bia! E não vou sair um minuto sequer do seu lado. Vai ser bom para você, tenho certeza. – Era tudo o que precisava ouvir para me decidir.

– Então, combinado?

– Combinado.

– Ah, por favor, avise André e o resto da turma, que me encarrego de chamar Charles e a família. E Rapha, claro, que está chegando de viagem. Você pode levar seus pais, se quiser.

– Está bem, chamo o pessoal. Mas meus pais estão voltando para Taubaté amanhã. A presença deles vai ter que ficar para uma próxima vez.

– Tudo bem. Léo, você sabe como chegar a minha casa na serra? Vou fazer um mapinha.

– Não, não precisa. Vou com você. Não quero que dirija por aquelas estradas. Mas, se não quiser, tudo bem...

– Eu quero – eu disse prontamente. Queria muito Léo ao meu lado.

– Então, passo em sua casa cedo, no sábado... Às oito horas está bom?

– Está ótimo.

– Boa noite, então... Já está tarde, melhor você dormir.

– Eu sei... Mas é que adoro ficar conversando com você.

– Eu também... Mas em alguns dias vamos estar juntos, e vai ser... bom.

– É sempre bom quando estou com você, Léo. Boa noite, querido.

– Durma bem, meu amor.

• Capítulo 23 •
CASA DA SERRA

– O sono é o descanso do guerreiro, disse Martim; e o sonho a alegria d'alma. O estrangeiro não quer levar consigo a tristeza da terra hospedeira, nem deixá-la no coração de Iracema!

A virgem ficou imóvel.

– Vai, e torna com o vinho de Tupã.

Quando Iracema foi de volta, já o Pajé não estava na cabana; tirou a virgem do seio o vaso que ali trazia oculto sob a carioba de algodão entretecida de penas. Martim lho arrebatou das mãos, e libou as gotas do verde e amargo licor.

Agora podia viver com Iracema, e colher em seus lábios o beijo que ali viçava entre sorrisos, como o fruto da corola da flor. Podia amá-la, e sugar desse amor o mel e o perfume, sem deixar veneno no seio da virgem.

O gozo era vida, pois o sentia mais forte e intenso; o mal era sonho e ilusão, que da virgem não possuía senão a imagem. Iracema afastara-se opressa e suspirosa.

Abriram-se os braços do guerreiro adormecido e seus lábios; o nome da virgem ressoou docemente.

José de Alencar,
Iracema

Léo me distraiu durante toda a viagem até a serra de Petrópolis. Falou sobre como o piano com o qual eu o havia presenteado era maravilhoso, praticamente me dando uma aula a respeito da estrutura, da história do piano e da música que produzia. Depois falou da visita dos pais e de como tinham sido os dias na companhia deles. Falou, ainda, da relação com a mãe e de que tinha mais afinidade com a tia Márcia, mas sem nunca demonstrar falta de amor pelos pais. Muito pelo contrário. A relação de Léo com eles era de admiração e respeito. Com a tia era diferente. Embora ele a amasse quase na mesma proporção, o que sentia por ela era uma grande cumplicidade e imensa consideração. Eles eram verdadeiramente amigos. Era com a tia que ele conversava sobre a vida, sobre seus desejos e dúvidas. Ele a amava muito, e ela o amava igualmente. Falou também de Taubaté, do tempo em que viveu lá e de suas impressões sobre o lugar. E me perguntou também sobre tudo, sem me dar tempo para pensar ou me lembrar de coisas tristes. Até que, enfim, chegamos à casa da serra.

Sinceramente, não era fácil voltar àquela casa. Embora Léo tivesse me distraído o suficiente para que eu tentasse relaxar, não pude conter o sentimento de angústia que me dominava, só diminuído pela presença do meu doce amor, que estava comigo no carro, dando-me a força de que precisava para enfrentar a situação.

Aquela casa representava para mim principalmente a ausência, a dor da perda. Por isso eu resistia em ir ao encontro dela. Não queria reviver a dor tão dilacerante da ausência de meu pai. Mas sabia que, se quisesse continuar minha vida em paz, teria que passar por aquilo, voltar ao lugar que representava um divisor de águas na minha vida.

O grande portão de madeira estava fechado, como se assim estivesse havia séculos. Pedi que Léo buzinasse para anunciar a nossa chegada, e o caseiro, José, logo veio abrir o portão, olhando-nos com ar de surpresa.

– Dona Bia, quanto tempo! Quase não reconheci a senhora! A última vez, a senhora era só uma menina, agora é uma mulher-feita... e muito bonita, como sempre... Seja bem-vinda, patroinha!

As palavras dele soaram como se minha presença ali não fosse mais cogitada. Mas era a minha vida, minha história que estava ali, e eu tinha que voltar, passar tudo a limpo para poder recomeçar, virar a página.

– Olá, José. Faz muito tempo mesmo. Mas o importante é que estou de volta, não é?

– Claro, dona Bia. O seu Charles ligou ontem, avisando da sua chegada. Mas, confesso que, mesmo sabendo, achei que não viria, que seria difícil demais para a senhora. A gente gostava muito do seu Marcos, a senhora sabe, e foi muito difícil também para todos nós.

– Tudo bem, José – falei, tranquilizando-o, e Léo apertou a minha mão. – Um dia eu tinha que voltar, e a hora chegou. Bem, quero lhe apresentar uma pessoa. José, este é o Léo, um amigo muito querido. Ele veio me trazer e vai ficar com a gente no fim de semana.

– Muito prazer, seu Léo. Espero que o senhor goste do fim de semana – disse José, hospitaleiro.

– O prazer é todo meu, José. Mas pode me chamar só de Léo.

– Está bem, então, Léo. Fique à vontade.

Entramos na residência, atravessando o gramado bem tratado. Cada instante que passava, cada coisa que eu via era uma lembrança revivida. Quantas vezes eu tinha corrido por aquele gramado, de pés descalços para "sentir a terra", como dizia meu pai? Quantas vezes tínhamos nos sentado sob aquelas árvores, levando uma cesta cheia de guloseimas preparadas por Mundinha, a cozinheira, e eu ficava ouvindo meu pai me contar histórias, sem ter hora para voltar à grande casa? Ficávamos horas ali, esquecidos de tudo, até que Charles ia nos buscar a pedido de mamãe e todos terminávamos mais um dia feliz juntos, jantando alegremente, para depois nos reunirmos na varanda antes de dormir? E assim se passaram os anos, até que não nos reunimos mais no casarão, porque faltava alguém, e não era mais a mesma coisa.

– No que está pensando? – perguntou Léo, estacionando o carro, quando me viu absorta em pensamentos.

– Na minha infância, nos momentos maravilhosos que passei aqui.

– Isso é bom. É sinal de que você foi feliz, muito amada... e ainda é. Bia, sei que deve estar sofrendo. Na verdade, dói muito ter que vê-la passar por isso, voltar aqui, relembrar coisas. Mas, sabe, acho sinceramente que vai ser bom para você. Não queria que você sofresse, mas, infelizmente, só posso oferecer meu apoio.

– Eu sei, Léo. E você já está me ajudando muito, acredite.

Quando saímos do carro, Léo me amparou com um abraço carinhoso. Depois seguimos de mãos dadas para encontrar José, que, ao nos ver assim, numa demonstração tão clara de carinho recíproco, olhou-nos meio curioso, mas se conteve, desviando o olhar. Não pude recriminá-lo, pois nosso sentimento era mesmo incompreensível para quem estava de fora. Para José, eu ainda era casada com Rodrigo, que ele conhecia bem. Meu ex-marido costumava ir à casa da serra para resolver problemas cotidianos, quando Charles não podia ir. Certamente não era uma situação que José pudesse entender com facilidade. Mas ele me conhecia e conhecia a minha família, por isso eu sabia que não faria julgamentos precipitados.

– Dona Bia, a casa já está pronta para receber seus convidados – disse José, quando eu e Léo nos aproximamos. – Mandei arrumar as camas, fazer uma faxina geral, porque a casa estava fechada fazia muito tempo. Espero que esteja tudo a seu gosto. Ah, já mandei encher o freezer e a geladeira como o seu Charles pediu, e a churrasqueira e a piscina também já estão prontas pra uso.

– Está tudo ótimo, José, muito obrigada.

– E Mundinha já está preparando o almoço. Vai sair uma galinhada no capricho!

– Muito bom, meu amigo. Está perfeito. E, por falar em Mundinha, como ela está? E as crianças?

– Ela está ótima, muito feliz com seu retorno, e quer que tudo fique do seu gosto. Quanto às crianças, não são mais crianças. Diana já tem 19 anos e Marcos tem 21.

– Nossa! Não me dei conta de quanto tempo já se passou! Depois vou falar com eles. Agora quero tomar um banho e relaxar um pouco.

José, gentilmente, havia dado o nome de meu pai a seu primeiro filho – uma homenagem ao amigo. Ele estava na casa fazia muitos anos, desde que meu pai a comprara, e, além de ser um empregado fiel, era como se fizesse parte da família.

Afastar-me por tanto tempo de pessoas tão bondosas e dedicadas não tinha sido uma atitude muito delicada, mas eu precisava respeitar o meu tempo e sabia que, mais cedo ou mais tarde, retornaria e tudo ficaria bem. Eles me receberiam como antes. Talvez por isso Charles nunca tivesse proposto a venda da propriedade. Ele tinha esperanças de que um dia eu voltasse e enfrentasse meus medos.

Meu pai era apaixonado pela casa. Ela era o refúgio dele, e foi ali que passamos os melhores momentos de nossa infância e adolescência, eu, Charles e Fê. Tínhamos sido muito felizes naquele lugar. Portanto, eu só precisava de um tempo para encarar aquela realidade que fazia parte de minha vida.

Subi os primeiros degraus da varanda acompanhada de Léo, que segurava com força a minha mão. Era incrível como ele podia entender os meus sentimentos, chegando até mesmo a senti-los – eu podia ver isso nos olhos dele.

Quando passei pela porta da frente, vi que nada havia mudado. Era uma casa grande e térrea, em estilo colonial, mas com uma aparência simples e aconchegante. Charles sempre fizera questão de manter o estilo da casa, com seus móveis e acabamento rústicos, e só cuidara da manutenção, renovando a pintura e providenciando pequenos reparos, sem nunca modificar o aspecto antigo do casarão. Até a cor, o azul-piscina que eu e meu pai preferíamos, ele tinha feito questão de manter. Provavelmente não queria que eu encontrasse nada diferente, pois tinha certeza de que eu voltaria um dia.

Mas, de todas as coisas que encontrei ali, o que mais me chamou a atenção foi o cheiro do lugar. Logo que entrei, pude sentir o aroma de lavanda característico da casa da serra e que eu adorava na minha infância e adolescência. Essa era, na verdade, uma delicadeza de Mundinha, que costumava deixar uma panela de água fervendo o dia inteiro, com folhas de lavanda e eucalipto, exalando um cheiro maravilhoso que enchia cada cômodo da casa. E não havia como entrar e não relembrar cada instante que minha família vivera ali, reunida e feliz. Lembranças que o tempo nunca apagaria.

– Azul-piscina? – indagou Léo, ao entrar na sala, maravilhado com o que via.

– Da cor dos seus olhos, que eu adoro.

– É tudo muito bonito aqui, Bia. Tudo muito mágico. E o cheiro, nossa! Perfeito! Você deve ter passado momentos maravilhosos aqui. – Ele respirou fundo, olhando para mim e me abraçando. – Você está bem, minha querida?

– Sim, estou. Vai ser bom, Léo. Agora posso ter certeza. – Abracei-o com mais força.

– O que acha de me mostrar o resto da casa? Depois você me apresenta às outras pessoas e esperamos os outros hóspedes, que já devem estar chegando.

Já passava das onze horas da manhã, e eu e Léo esperávamos nossos amigos na varanda, ele sentado numa das namoradeiras e eu, deitada, com a cabeça no colo dele. Enquanto aguardávamos, contava sobre minha infância, enquanto ele me ouvia pacientemente, sempre acariciando meus cabelos e sorrindo das travessuras que eu e meus irmãos aprontávamos.

Por volta da hora do almoço, André chegou, com outros dois amigos da faculdade. Léo foi logo abraçando o amigo e cumprimentando os outros dois.

– Foi difícil encontrar o caminho?

– Não, Bia – respondeu André. – A casa é muito bem localizada. E aqui em Petrópolis sua família é bem conhecida, bastava perguntar aos moradores onde ficava a casa. Bem, sem falar da viagem, que foi maravilhosa.

– É, nossa viagem até aqui também foi muito boa – Léo me olhou com cumplicidade, assentindo. – Bem, meus queridos, acomodem-se. José vai levá-los até o quarto de vocês. Depois nos encontramos aqui na piscina para o almoço, que será ao ar livre. Espero que gostem.

– Está tudo perfeito, Bia, não se preocupe – disse André. – Ah, trouxemos umas coisinhas: vinhos, queijos... Mas é melhor não deixar que Léo tome muitas taças... – André riu para o amigo e bateu no ombro dele em tom de brincadeira. – Ele é meio fraco para bebida... Tem amnésia, se passar da conta...

No final da tarde, dez pessoas estavam reunidas na casa. André, João e Carlos – todos meus alunos. Charles, Iris e meus três sobrinhos. Eu e Léo. Só faltavam Rapha e a namorada, que só chegaram no início da noite.

– Olá, querido! – Abracei Rapha ternamente, que acabava de chegar com Sophia.

– Oi, minha amiga querida! – Rapha retribuiu o meu abraço, levantando-me do chão.

Rapha cumprimentou Léo também, enquanto eu saudava Sophia, e ficamos um pouco assim, os quatro, conversando, até que a noite caiu e nos juntamos aos outros, que conversavam alegremente em frente à piscina.

A noite estava muito agradável, mas a temperatura tinha caído um pouco, talvez para uns quinze graus. Depois do jantar, ficamos à beira da piscina tomando vinho para esquentar um pouco, conversando e ouvindo Léo tocar violão.

Charles foi o primeiro a pedir licença e se retirar com a mulher e os filhos.

– Bia, Iris e eu já vamos nos recolher, se você não se importar – disse meu irmão ao se levantar. – Está ficando tarde, e Iris está com sono e anda enjoando muito.

– Claro, Charles, vá, querido. Iris precisa dormir, ela parece cansada – falei, acariciando a mão de minha amiga, que quase dormia abraçada a Charles.

– Três filhos já dão trabalho, e nesta gravidez tenho enjoado demais... – explicou Iris. – Me deixa meio esgotada.

– Tudo bem, meus queridos. A gente se vê amanhã. Durmam bem.

Depois foi a vez de Rapha, que, embora entretido na conversa, também parecia cansado. Afinal, tinha chegado de viagem havia pouco tempo e logo subira a serra para vir ao meu encontro. Também havia o fato de ele e Sophia estarem naquela fase mais apaixonada da relação e, pelos seus olhares, entendi que queriam ficar a sós.

– Ah, amigo, tem certeza de que vai voltar para o Rio amanhã cedo? – perguntei, quando Rapha usou esse pretexto como desculpa para se retirar.

– É que eu e Sophia precisamos voltar para Recife ainda no domingo, Bia. E não quero que ela se canse muito. Sabe, esse ritmo de viagem é meio estressante. – Rapha se preocupava com a namorada. Com certeza estava apaixonado.

Continuamos ali, à beira da piscina, eu, Léo – que não largou a minha mão nem por um segundo –, André, João e Carlos. José já havia me pedido permissão para se recolher, no que concedi prontamente, agradecida por tudo.

Já havíamos tomado bastante vinho, principalmente porque os garotos resolveram fazer uma brincadeira em que era obrigado a tomar uma taça de vinho aquele que errasse a resposta para determinadas perguntas. Todos acabaram bebendo várias taças, inclusive Léo, para a minha preocupação. Por duas vezes me ofereci para tomar a taça no lugar dele, pois não queria que ele exagerasse. Depois de trabalhar como *sommelier*, eu era mais resistente ao vinho do que ele, com certeza.

Por volta de uma hora da madrugada, embora continuássemos conversando, pedi que os garotos me entregassem as taças, para que não bebessem mais. Eles reclamaram um pouco, mas concordaram. Enquanto levava os copos até a mesa, eu não tirava os olhos de Léo, que parecia alterado pelo vinho e sonolento.

João, Carlos, André e Léo estavam na borda da piscina, rindo e brincando de um empurrar o outro, quando João deu um empurrãozinho de leve em Léo, que, sem condições de se equilibrar, caiu com tudo na água. Os amigos riram, sem se preocupar muito, esperando apenas que Léo voltasse à superfície, enquanto conversavam. Provavelmente estavam meio bêbados e não tinham percebido o quanto a brincadeira era arriscada e perigosa.

Com os olhos pregados na piscina, notei que Léo demorava a emergir e comecei a ficar realmente preocupada. Então, sem suportar mais a espera, num impulso saltei na água, mergulhando para ajudar Léo a voltar à superfície.

Embaixo d'água, vi que ele lutava para voltar à tona, tentando encontrar a borda da piscina. Fui até onde ele estava e ajudei-o a emergir, empurrando-o para cima. Léo, por fim, tocou a borda e se segurou, arquejante. Subi também e o abracei, quase chorando, certificando-me de que ele estava bem. Ele não conseguiu falar, ainda recuperando o fôlego, mas afagou meu rosto.

– No que estavam pensando? – falei com rispidez para os três amigos, que me olhavam surpresos com a minha reação – Que ele conseguiria subir sozinho? Não viram que ele não estava em condições de fazer uma brincadeira dessas?

– Desculpe, Bia – disse André na defensiva. – Não ia acontecer nada, calma. Léo nada muito bem.

Os outros ficaram calados, talvez bêbados demais para esboçar uma reação.

– É verdade – respondi, chateada. – Ele nada muito bem, mas quando está sóbrio. Não sei se perceberam, mas ele está bêbado. Mal consegue ficar de pé.

– É, tem razão, Bia. Desculpe, foi uma idiotice nossa – desculpou-se André.

– Então, por favor, me ajudem a tirá-lo da água – pedi, já mais calma.

– Tudo bem, eu faço isso. – João estendeu o braço, mas ao se abaixar quase caiu na água também. Então os outros o ajudaram, e nós tiramos Léo da piscina.

– Levamos o Léo para onde, Bia? – perguntou André, amparando o amigo em pé com a ajuda de João.

– Para o quarto principal. Venham, eu mostro onde fica. Vai ser melhor, porque José já acendeu a lareira e Léo está congelando com essa roupa encharcada.

A casa estava silenciosa, como se só nós estivéssemos acordados. Os amigos levaram Léo pelo corredor, semiacordado, tropeçando nos próprios pés. Quando entrei no quarto, entraram atrás mim, já se dirigindo para a cama.

– Esperem só um instante. – Fui até um armário e peguei uma grande toalha, envolvendo Léo com ela, antes que os amigos o colocassem na cama.

– Não se preocupe, Bia, ele está bem, só está bêbado – disse André, fitando o amigo na cama, imóvel. – Bem, se não se importar, agora vou para o meu quarto. Não estou mais me aguentando de pé...

– Tudo bem, André, pode ir. Vou pedir a José que ajude Léo a se trocar.

Na verdade, eu sabia que José devia estar dormindo e não queria incomodar o pobre homem no meio da noite. Resolvi eu mesma cuidar de Léo, tirar suas roupas molhadas, antes que ficasse resfriado. Mas antes tirei as minhas próprias roupas molhadas e fiquei só com o biquíni que vestia por baixo. Precisava agir rápido, porque ele tremia.

Primeiro virei-o de frente para mim, pois estava de bruços. Ele era pesado, o que tornava a operação mais difícil, mas, mesmo assim, consegui. Depois comecei a tirar a camiseta, deslizando-a pelas costas até que, enfim, consegui tirá-la pela cabeça. Faltava a bermuda. Abri o botão e depois o zíper, e ele riu, como se sentisse cócegas. Puxei a bermuda aos poucos, primeiro um lado, depois o outro, para não acordá-lo.

Por fim consegui tirar a roupa dele, que ficou só de sunga e tremia de frio, mesmo coberto com o lençol. Resolvi pegar um edredom no armário e me levantei da cama. Logo que me afastei, ouvi a voz de Léo.

– Bia, é você quem está aqui? Posso sentir seu perfume... – De olhos fechados, ele estava com uma aparência angelical.

– Sim, sou eu, querido. Mas você precisa dormir, acho que bebeu demais...

– Não, venha aqui perto de mim, estou com frio. – Ele parecia tão indefeso, tão carente, que não pude negar seu pedido.

Sentei-me na cama e toquei o rosto dele, que entreabriu os olhos. Ficou assim me olhando, sem que eu soubesse se estava me vendo realmente. Então tocou meu rosto e me puxou com carinho pelo pescoço, aproximando meu rosto do dele. Depois de alguns segundos, um pouco ofegante e com o rosto ainda colado ao meu, Léo tocou meus lábios com os seus, pressionando-os com delicadeza. Aos poucos o toque foi se intensificando e ele entreabriu a boca, tocando sua língua na minha. O toque era irresistível, algo absolutamente novo para mim. Jamais havíamos nos beijado de verdade, porque sabíamos o que aconteceria depois, e não estávamos preparados para as consequências – viver separados, tendo sentido o verdadeiro gosto do amor, ou pelo menos a parte dele que faltava: o sexo. Por certo sofreríamos muito depois, e não seria bom. Por isso, resistíamos. Era quase uma tortura, mas resistíamos.

Porém, ali sozinhos, cheios de desejo, praticamente nus e sentindo o gosto daquele beijo, não havia mais como continuar resistindo.

Não sei se por causa do vinho ou do amor desesperado que eu sentia por aquele garoto, não tive forças para impedir que ele continuasse a me beijar, e cedi.

Léo me beijou um pouco mais, devagar, talvez esperando que eu me decidisse. Afastei um pouco o lençol que o cobria e me deitei ao lado dele. Sem nada dizer, Léo me beijou de novo, mas desta vez já não houve espera. Beijou-me ardentemente, com urgência, embora de maneira doce também. E aquele beijo, tão esperado, tão desejado, chegou até a ser doloroso, tamanho era o prazer. Eu nunca, jamais, havia experimentado algo assim, tão completo, tão infinito, e certamente eterno. Era como se fôssemos um único ser, almas iguais, separadas, mas que naquele momento se reencontravam e, por fim, se completavam.

Senti muito medo também. Medo, sobretudo, de que ele não soubesse que era eu ali, medo de que não se lembrasse depois, medo de que só eu estivesse sentindo aquela intensa emoção, pois, para mim, era como se eu nunca tivesse feito amor antes, como se fosse a minha primeira vez. Tive medo também de que Léo agisse só por instinto e não fosse delicado comigo, já que não estava sóbrio. Mas percebi que não. Léo foi a mais doce das criaturas, a mais gentil, a mais perfeita, como se soubesse que fazia amor com a mulher que o amava mais que tudo. E meus medos, por fim, desvaneceram-se totalmente, quando ele olhou para mim e disse:

– Eu amo você, Bia, muito, mais que tudo...

Quando Léo me tocou da maneira mais íntima e nos unimos como se fôssemos um, não tive mais dúvidas. Porque aquele momento foi, para mim, único, sublime. Vi que, de toda experiência que já tinha vivido de amor, de sexo, nada podia se comparar àquela que eu vivia com Léo, meu único, verdadeiro e eterno amor. Jamais haveria outro. Então, chorei novamente nos braços dele.

– Bia, meu amor, fiz algo errado? Você está chorando... – Ele me abraçou mais.

– Não, meu querido, está tudo bem. Eu... eu... só estou feliz – respondi, soluçando. – Também estou com um pouco de medo que você esqueça esta noite... – Léo, ainda em êxtase, fitava-me, e havia lágrimas também em seus lindos olhos azuis.

– Bia, este momento foi único para mim, inesquecível!

– Você ainda está com frio? – Sentia o corpo dele tremer em meus braços. – Está tremendo...

– Eu sei – disse ele, sussurrando ao meu ouvido. – Não é frio, meu amor, é desejo... – Léo me apertou mais uma vez em seus abraços e não nos separamos mais. Nós nos amamos por um longo tempo naquela noite única.

Quando o dia estava amanhecendo, afastei carinhosamente os braços de Léo, que me envolviam, e saí da cama. Ele dormia como um anjo. Sentei-me ao lado dele e olhei seu rosto mais uma vez. Ele parecia sorrir, parecia feliz. Depois me levantei, recolhi minhas roupas que havia largado pelo quarto e fui até o banheiro. Sabia que ele acordaria de ressaca, por causa do vinho, por isso encontrei um remédio no armário do banheiro e o coloquei na mesinha de cabeceira. Mas pensei melhor e resolvi levar o remédio comigo. Pediria que alguém o levasse para ele depois.

Beijei o rosto dele e saí do quarto, seguindo em direção ao meu. Pensava em como enfrentaria aquela nova realidade, de amar desesperadamente Léo, tê-lo por uma noite apenas, e tentar viver com aquela doce lembrança da nossa primeira e única noite de amor, mesmo sabendo quão impossível seria, porque eu já sentia uma saudade louca dele e estava sofrendo muito.

· Capítulo 24 ·
UM SONHO INCRÍVEL

Doce sonho, suave e soberano,
Se por mais longo tempo me durara!
Ah! quem de sonho tal nunca acordara,
Pois havia de ver tal desengano!

– Luís Vaz de Camões,
200 Sonetos, "Doce Sonho,
Suave e Soberano"

Quando acordei, com o sol já alto, estava em meu quarto sozinha, sentindo um grande vazio sem Léo ao meu lado. Mas depois de um instante, lembrei que Rapha iria embora cedo. Então eu me vesti correndo e saí apressada para tentar me despedir do meu amigo, antes que ele se fosse. Eu precisava muito do carinho de Rapha.

Quando cheguei ao portão, ele já acenava para José, deixando a casa da serra. Gritei por ele.

– Rapha! – Ele freou, ouvindo meu apelo. Saiu do carro e correu até mim, abraçando-me com carinho.

– Minha amiga, eu não queria sair sem falar com você, mas não podia mais esperar. Voarei para Recife ainda hoje.

– Tudo bem, Rapha. Só queria abraçar você. Boa viagem. – Não dei nenhuma pista de como me sentia, do quanto queria desabafar com ele, pois sabia que seria melhor guardar segredo. Um abraço amigo já era de grande valia naquele momento.

Era quase hora do almoço. Eu havia tomado café com Charles e a família, e me sentia um pouco entediada. Fui ao encontro de José e pedi que fosse ao quarto de André e lhe entregasse o remédio para enjoo, para que ele tomasse e levasse em seguida para Léo, que certamente também precisaria dele.

Depois de caminhar um pouco ao redor da propriedade, resolvi que estava na hora de entrar e esperar até que os outros acordassem. Peguei o livro de sonetos de Camões, que meu pai adorava ler para mim, e fui me recostar numa das poltronas da sala, ao lado da janela que dava para a varanda. Ali seria um lugar tranquilo para ler, enquanto esperava todos se reunirem para o almoço, que encerraria o nosso fim de semana – o marco das mais doces lembranças de um amor que não seria vivido.

Comecei a ler alguns sonetos, na esperança de que o tempo passasse e eu me distraísse um pouco, desviando os pensamentos das minhas maravilhosas e dolorosas lembranças. Mas os versos que eu lia só falavam de amor, amores não vividos, principalmente, e comecei a ficar angustiada. Resolvi parar de ler, respirando fundo, procurando conter as lágrimas.

Quando decidi me levantar, comecei a ouvir pessoas falando. E eu conhecia bem aquelas vozes: eram Léo e André. Sem se dar conta de que eu estava lendo na sala, eles tinham se sentado nas cadeiras da varanda, atrás da mesma janela ao lado da qual estava a minha poltrona.

Tinha resolvido ir ao encontro deles, mas, quando estava prestes a me levantar, algo na conversa entre eles me fez parar.

– E aí, dormiu bem? – perguntou André a Léo.

– Bem demais. Sonhei a noite toda.

– Sonho bom?

– Não poderia ser melhor...

– Agora fiquei curioso. Tem mulher no meio desse sonho?

– Deixa pra lá. Melhor falarmos de outra coisa.

– Por quê? Eu sabia que tinha uma mulher nesse sonho... – concluiu André, malicioso. – Alguém que eu conheça? – Léo continuava sem responder às perguntas do amigo, como se não quisesse falar a respeito. Mas depois de ficar um pouco em silêncio, voltou a falar.

– André, foi você quem deixou aquele remédio para enjoo na minha mesa de cabeceira?

– Sim, foi. Mas não foi ideia minha. Bia achou que você acordaria mal, por isso pediu a José que me entregasse o remédio para levar a você. Entrei no quarto, mas, como ainda estava dormindo, deixei o remédio lá. Está se sentindo mal por causa do efeito do vinho?

– Não, estou ótimo. Acordei meio enjoado, mas passou logo que tomei o remédio.

– Você ainda não me contou sobre o sonho. Foi bom mesmo? – André insistia no assunto.

– Um sonho incrível! Ainda não consigo parar de pensar nele, e o pior é que eu não deveria pensar... – Pelo tom de voz ele parecia meio tristonho.

– E o que tem de mau em pensar num sonho?

– É que eu queria que fosse verdade...

– Nossa! Deve ter sido bom mesmo! Pena que não quer me contar...

Os dois ficaram um minuto em silêncio, depois Léo voltou a falar:

– André, o que aconteceu ontem à noite? Quero dizer, depois de eu ter bebido todo aquele vinho? Não me lembro de quase nada. Quem me colocou na cama?

– Você não lembra que caiu na piscina e tivemos que levar você para o quarto?

– Não. Quem tirou minhas roupas e me colocou na cama?

– Foi José. Já era tarde, estávamos todos bêbados, também não me lembro de muita coisa. Mas lembro que, ontem à noite, a certa altura, começamos a brincar perto da borda da piscina. Então, de brincadeira, João o empurrou e você caiu na água. Ninguém fez nada na hora, estávamos meio sem reflexo, e sabíamos que você nadava bem. Mas, de repente, Bia pulou na água e puxou você do fundo da piscina. Depois a gente ajudou a tirar você de dentro da água e o levamos para o quarto. Foi José quem tirou a sua roupa molhada. Bia ficou possessa com a gente. Nunca a vi tão chateada. Ficou muito preocupada com você.

– E depois disso, o que aconteceu?

– Nada. Todo mundo foi para o quarto dormir. E só hoje de manhã fui ver se você estava legal.

– Quer dizer que ela me tirou da piscina e depois pediu que você fosse me ver de manhã com o remédio?

– Foi... Mas você ainda não me contou sobre o sonho. Vai amarelar? Sou seu *brother*, cara. Não confia em mim?

– Confio. Mas é que é íntimo demais...

Então desconfiei que Léo não se lembrava da nossa noite de amor. Pelo menos parecia pensar que tudo tinha sido um sonho. E era bom que fosse assim, que ele tivesse apenas a lembrança de um sonho. Eu não queria que se sentisse mal por mim ou se obrigasse a fazer qualquer coisa para a qual não estivesse preparado. Um sonho. Era do que eu precisava para que aquela história ficasse apenas na lembrança e não trouxesse maiores consequências, além da minha dor.

– Léo, alguma coisa aconteceu com você ontem. Você está esquisito, parece que está meio distraído, suspirando...

– Sonhei com Bia – confessou Léo ao amigo.

– Cara! Então foi sonho mesmo... Algum desejo reprimido...

– Por que diz isso?

– Porque eu estava lá e vi. Foi José quem cuidou de você. Pouco antes de irmos para o quarto, Bia falou que José tinha acabado de acender a lareira e ela ia chamá-lo para tirar a sua roupa molhada. Depois você caiu no sono e todos fomos dormir também, inclusive ela. E você estava totalmente apagado ontem à noite. Ela se certificou de tudo, se você estava bem, e foi dormir também. – Reparei que André lembrava-se apenas parcialmente dos acontecimentos.

– É que foi real demais! Ainda consigo sentir a respiração dela perto de mim. E mais, sinto vontade de que aconteça de novo.

– O quê? Sonhar com ela? – André ainda brincava com o amigo.

– É, pode ser, sim. Só queria sentir isso de novo... Não queria ter acordado; queria continuar sonhando.

– Foi tão bom assim?

– Não consigo nem descrever como me sinto agora, de tão mágico que foi...

– Por causa de um sonho? Ah, fala sério, Léo! Você está delirando...

– Você pode achar que estou ficando louco, mas fazer amor com Bia, mesmo em sonho, foi... foi... a melhor coisa que já senti na vida, foi o prazer mais intenso, mais profundo que já senti... E foi também doce, terno... perfeito...

Naquela hora senti vontade de chorar de novo, porque as palavras dele descreviam exatamente o que eu havia sentido. E, mesmo triste por não poder dizer a ele que fora real, que o que ele descrevia havia sentido de fato; mesmo tendo que guardar segredo, ainda assim eu estava feliz, porque sabia o que era amar de verdade e que havia sido bom para ele também. Ele se lembrava, ainda que de uma maneira diferente, mas se lembrava. Então, ouvindo-o falar, senti-me completa, embora também pela metade. Completa porque Léo me completava como ninguém mais era capaz, e pela metade porque não o teria mais em meus braços. Eu seria sempre metade de mim sem ele em minha vida, sem poder amá-lo completamente.

– Eu me senti... completo! – concluiu Léo. – E foi também... único. Como se... como se eu nunca tivesse feito amor com uma mulher antes, como se tivesse sido a minha primeira vez.

– Posso até tentar entender o que está sentindo, mas discordo de você. Baseado em que você concluiu isso? Você não é tão experiente assim, meu amigo. Provavelmente só transou com sua namorada. Por isso não dá para ter tanta certeza assim, de achar que foi tudo tão completo; sua experiência é muito limitada, Léo. E isso tudo é muito louco para mim.

– Eu sei, é meio louco mesmo. Mas a questão não é só essa, André. Não importa quantas vezes ou com quantas pessoas já transei. A questão aqui é o significado, o sentimento. Sabe, esse sonho mexeu muito comigo. Foi profundo demais. E, mesmo sendo um sonho, deixou uma marca que jamais esquecerei. Não dá para simplesmente ignorar isso.

– Não sabia que tinha sido tão forte assim. Achei que fosse um desses sonhos dos quais a gente não se lembra de muita coisa, só algumas imagens...

– Não! Foi totalmente nítido. Com perfume, cor, sabor, temperatura... – Léo parecia meio atordoado.

– Não vai mesmo me contar os detalhes? – pediu André, com um sorriso na voz.

– Não, só o básico, sem os detalhes. E só vou falar porque foi um sonho. Jamais contaria algo tão íntimo assim. Jamais desrespeitaria uma mulher desse jeito, principalmente Bia. Você sabe o quanto gosto dela.

– Tanto cuidado! Só pode estar apaixonado...

– André, deixa eu explicar uma coisa para você. Não posso lidar com essa situação de forma irresponsável. Não estou falando de uma aventurazinha de garoto. Estou falando de algo que, para mim, foi sério, mesmo que tenha sido irreal. E falando de uma pessoa muito importante para mim, que eu considero de um modo muito especial.

– Como assim, de um modo muito especial?

– Bem, lembre-se de que Bia ainda é casada, pelo menos oficialmente, e eu sou noivo. Portanto, por mais que goste dela, por mais forte que seja esse sentimento que nos une, só podemos vivê-lo como amigos, e precisa ser assim. Na verdade, não consigo ficar longe de Bia, mas também não posso ficar tão perto. Essa parece ser a única forma de viver o nosso amor. Uma forma estranha, eu sei, mas esse amor existe, e de maneira muito especial. Então, André, não consigo fazer nenhum comentário maldoso a esse respeito, brincar com isso, porque, na verdade, o assunto é muito sério para mim. Bia é uma das coisas mais importantes da minha vida. Bem, talvez ela não sinta o mesmo, talvez ela me veja apenas como um garoto de quem ela goste, mas não o suficiente para assumir uma relação, e eu, bem... você sabe, também não posso assumir nenhum compromisso com ela, mesmo desejando muito... porque a amo. Mas, sinceramente, não importa. Nunca vou desrespeitá-la, nem magoá-la. – Léo não parecia ter dúvida sobre seus sentimentos, embora houvesse tristeza em suas palavras.

Tanta coisa ele havia dito, palavras fortes, profundas, que me deixaram sem chão. Queria poder correr para ele e dizer o que eu sentia, como eu me sentia, dizer que ele também era muito importante para mim, a coisa mais importante da minha vida. Mas eu não podia; tinha que deixá-lo seguir com a vida dele, com os planos dele, em paz. Amigos. Era isso que seríamos. Como ele mesmo havia dito. Tínhamos vidas separadas pelo destino, pelo tempo. Como poderia tirar isso dele? Como poderia fazê-lo magoar a família, quebrando promessas, compromissos, e deixando uma pessoa fragilizada que dependia tanto dele? Jamais pediria isso a ele. E ele se casaria com alguém que também amava; já havia me confessado isso. Portanto, seria feliz. E nada mais importava... Ele seria feliz.

– Não vai contar mais nada? – perguntou novamente André.

O pior era que, enquanto aquela conversa durasse, eu não poderia sair de onde estava. Eles poderiam perceber que eu tinha ouvido tudo, e seria muito constrangedor. Queria sair dali, já tinha ouvido o bastante; era doloroso escutar Léo falando de um momento tão especial como se tudo não passasse de um sonho. Não queria mais ouvir, mas não tinha escolha.

– Você não vai desistir, não é? – perguntou Léo ao amigo.

– De jeito nenhum! Mas relaxa, foi só um sonho...

– Não me lembro de muita coisa. Mas me lembro de estar deitado e sentir muito frio. Senti também que havia uma lareira acesa, e foi aí que achei que estava sonhando, porque a atmosfera era mágica. Eu ouvia o barulho do fogo, da madeira queimando. E tive certeza de que era um sonho quando senti o perfume da Bia no ar. O aroma floral misturado ao cheiro da pele dela; totalmente surreal. E eu sentia isso muito forte, mesmo sem estar acordado. Parecia que o mundo havia parado, que só existia eu – morrendo de desejo – e a sensação da presença dela. E aquilo foi me envolvendo, crescendo dentro de mim. Eu só pensava nela, desejava-a desesperadamente.

– E o que aconteceu depois? Depois que percebeu que estava sonhando e que sentia Bia ali no quarto?

– Eu chamei o nome dela... E ela respondeu! Depois passou a mão na parte de trás da minha cabeça, nas costas e no meu pescoço. Mas não consegui ver o rosto dela, porque estava meio escuro, só havia a luz da lareira.

Léo parou um pouco, como se estivesse perdido em suas lembranças.

– Ouvi a Bia me dizendo que eu estava com frio, que precisava trocar minha roupa. E eu estava mesmo. Mas por dentro eu estava ardendo. Sentia uma vontade incontrolável de amar aquela mulher... Por isso pedi que ela me abraçasse, tinha esperança de ter pelo menos aquele abraço, como sempre fazíamos. Mas ali, naquele quarto, sonhando, eu me sentia tão livre, livre de todas as coisas que me impediam de tê-la em meus braços... Como se, no sonho, eu pudesse tudo. Então, ela se aproximou mais de mim, um pouco tímida... Tentando me aquecer, me cobrindo com o lençol... Mas eu puxei a mão dela para que envolvesse meu corpo. Queria muito aquilo, senti-la.

– E ela?

– Ela se assustou e recuou um pouco, na defensiva. Ela estava pensando, eu não. Bia relutava, porque podia sentir que eu não tinha mais forças para lutar contra o desejo. Pedi que ela ficasse comigo, implorei, e a abracei forte. Precisava mais daquilo do que do ar em meus pulmões. Era vital.

– E...?

– E você não acha que está querendo saber demais?

– Ah, não, cara, você não vai fazer isso comigo. Logo agora que estava ficando bom! Por favor, fala... Não precisa dos detalhes, basta me contar aonde isso vai dar.

– Você já sabe aonde vai dar...

– Mas não sei como aconteceu. Está parecendo um daqueles romances picantes. Excitante demais!

– Para, André – falou Léo, irritado. – Se continuar se comportando assim, como um idiota, não digo mais nenhuma palavra, e vamos acabar discutindo também.

– Não! Juro que vou me comportar. Continue.

– Bem, depois que implorei pelas carícias dela, depois que a beijei, não consegui me segurar. Ela continuava relutando, mas eu podia sentir que nós dois queríamos aquilo, era recíproco. Daí não tive mais dúvida. Eu a beijei com toda a vontade que explodia dentro de mim.

– E foi bom? Quero dizer, as sensações nos sonhos normalmente não são como na vida real, como as de verdade.

– Esse foi melhor que a realidade. Infinitamente melhor.

– Nossa! Você só pode estar exagerando...

– Não. Foi o melhor sonho da minha vida. Nunca senti nada tão intenso, tão definido. E nunca ansiei tanto por algo quanto aquele beijo. Não havia espaço para mais nada ali entre nós, não havia o mundo, e eu não sabia mais quem eu era, ou o que fazia. Tudo o que eu queria era morrer ali mesmo, nos braços dela, porque estava completamente feliz... – A voz de Léo estava emocionada.

– Léo, sinceramente, isso não é normal. Ninguém fica assim por causa de um sonho. Você pirou, cara. Mas e depois? Depois do beijo, quero dizer...

– Preciso mesmo responder?

– Por favor?

– Eu tive a melhor noite de amor da minha vida. A sensação de êxtase que senti não pode ser descrita. Por isso, nem adianta perguntar, porque não haveria palavras para descrever o que aconteceu.

– Sem palavras? É só isso que você tem para me dizer? – André parou um pouco, depois voltou a falar: – A melhor, é?

– Sem dúvida.

– Mas foi só um sonho. A realidade é sempre melhor...

– Cara, eu chorei! Você tem ideia do que isso significa? Na verdade, não sei explicar, nem quero pensar em nada agora. Como eu disse, só sei que é assim que me sinto... completo. E não importa se foi um sonho. Foi algo muito especial, e jamais vou esquecer.

– Realmente, não faço ideia do que isso signifique mesmo. Só sei que é muito doido para mim. Você está parecendo um bobão. Todo apaixonado, e nem aconteceu nada de verdade. Bem, de qualquer forma, acho que você vai ter que parar de flutuar e voltar à realidade. Esqueceu que Amanda está chegando?

– Eu sei... – Léo parecia triste.

– É, mas agora chega de conversa, porque já está na hora de pensarmos na volta. A que horas você pretende voltar para o Rio?

– Daqui a pouco, logo depois do almoço.

– Então, acho melhor ir ver onde estão os outros. Já devem estar à nossa procura.

Ouvi se levantarem. Quando tudo ficou em silêncio, indicando que já haviam se afastado, vi que podia sair também.

Enquanto guardava o livro na estante, decidindo o que fazer, pensando também em tudo o que havia escutado, José entrou na sala.

– Dona Bia, o almoço já está pronto. Colocamos mesas no jardim e já está quase todo mundo lá fora à sua espera.

– Está bem, José. Por favor, diga a todos que já estou indo.

– Ah, dona Bia, será que a senhora podia dar uma carona ao meu filho até o Rio? Ele precisa resolver uns assuntos lá. Mas, se der trabalho, ele vai de outro jeito.

– Claro, meu amigo. Ele vai com a gente.

Eu precisava me recompor um pouco. Estava nervosa, confusa. E teria que encarar Léo, fingir que nada havia acontecido. Teria que compactuar com os delírios dele, fazê-lo ter certeza de que o que contara ao amigo não passava de fantasia, que era tudo um sonho. E seria muito difícil, porque, além de ser péssimo ter que esconder algo de Léo, na verdade eu desejava que ele pudesse saber que tudo tinha sido verdade, e não só um sonho, como pensava.

O almoço foi muito alegre e divertido. Todos riram bastante e expressaram o desejo de que houvesse uma outra oportunidade de estarmos reunidos novamente.

Léo não saiu do meu lado, tal como havia me prometido. Mas pude notar que ele me olhava bastante, parecia querer conversar, poder dividir comigo seus pensamentos, mas eu sabia que ele não faria isso. Na verdade, eu rezava para que não fizesse, porque eu não seria capaz de mentir para ele, e teria que contar a verdade sobre seu "sonho".

Como já era a hora da despedida, consegui segurar a minha vontade de falar toda a verdade para Léo. Precisava me segurar, por ele. Já estava na hora de começar o nosso distanciamento. Seria muito doloroso, eu sabia, e sofria antecipadamente com a decisão, mas era preciso. A noiva dele chegaria logo e com certeza não poderíamos ficar sempre juntos, como fazíamos havia um ano.

– Bia – chamou Léo quando eu terminava de acenar para o último carro que saía.

– Sim? – Virei-me na direção dele e lhe dei um abraço.

– Está pronta para voltar? – perguntou, apertando-me mais nos braços.

– Estou. – Beijei seu rosto, como se nada tivesse mudado.

– Percebeu que conseguiu superar o desafio de voltar à casa da serra?

– Graças a você, meu amor. Muito obrigada. Sem você, sem seu apoio, sem sua mão para segurar a minha o tempo todo, com certeza não teria conseguido.

– Você sempre vai poder contar com o meu apoio. – Ele me ergueu do chão com um abraço apertado.

– Então, vamos? Vou avisar o Marcos, filho do José.

– Ele vai com a gente?

– Vai sim. Já deve estar nos esperando.

– Marcos é um bom rapaz. Tivemos a oportunidade de conversar um pouco ontem e gostei muito dele. Também toca violão, sabia?

– Verdade? Parece que alguém arranjou um novo amigo... Bem, vocês têm a mesma idade, têm coisas em comum, acho que não vai faltar assunto durante a viagem.

Léo e Marcos conversaram durante todo o percurso de volta ao Rio, mas Léo sempre dava um jeito de me incluir na conversa. Ele sabia que a volta seria a parte mais difícil da viagem, porque fora justamente quando acontecera o acidente anos antes. Ele estava preocupado comigo, eu podia notar seu olhar cuidadoso. Segurava minha mão sempre que possível e a beijava, como se dissesse que estava ali para me amparar. Eu me senti bem durante o trajeto. Achei que não conseguiria, que entraria em pânico, mas não. Com Léo por perto, todos os meus medos haviam desaparecido. Por fim, chegamos ao meu apartamento e pude ter certeza de que havia conseguido.

Léo me deixou primeiro em casa, para só depois levar Marcos ao lugar onde precisava ir. Mas fez questão de me deixar dentro do condomínio, saindo do carro para nos despedirmos. Não sabíamos quando seria nosso próximo encontro, que talvez demorasse um pouco para acontecer.

– Bia, já estou com saudade de você, sabia? – Ele me abraçou mais uma vez novamente, já dentro do prédio. – Não gosto quando temos que nos despedir ao final de nossos encontros.

– Mas moramos na mesma cidade, esqueceu? Você pode vir me ver quando estiver com saudade. – Mesmo sem que eu quisesse, minhas palavras já davam uma pista de que nos afastaríamos.

– Eu sei... – Ele fez uma pausa e olhou nos meus olhos. – Sabe, Bia, este ano que passamos juntos foi maravilhoso. Não queria que nada mudasse. – As palavras dele soavam como uma despedida.

– Está falando isso por causa de Amanda? Ela está chegando, não está?

– É também por isso. Eu vou ter que dar muita atenção a ela, e isso significa...

– Significa menos atenção para mim. Fique tranquilo, Léo. Mais cedo ou mais tarde, isso ia acontecer. No fundo, eu já sabia. Vai ficar tudo bem, querido. Não estou cobrando nada.

– Eu sei disso, Bia. O problema é que não sei se sou forte o bastante para aceitar essa mudança em nossas vidas. Queria poder sempre estar em sua companhia, mas preciso cumprir meu outro papel também... – Era como se pedisse desculpas.

– Mas você sabe que isso não é possível. Sabe que vai haver um distanciamento, é inevitável. – Eu fitei os olhos dele. – Mas quero que saiba que nunca vou esquecê-lo, que você jamais vai sair do meu coração. Cada momento, cada conversa, cada sorriso, tudo o que passamos juntos, nada nem ninguém vai apagar. Nem o tempo vai ter esse poder.

– Não fale assim, Bia. – Ele fechou os olhos. – Essa não pode ser a hora de dizermos adeus, não aceito isso... – Sua voz era triste.

– Vamos fazer assim: essa é a hora de um "até breve". Você pode me ligar, lembre-se disso. – Eu tentava confortá-lo, tornar as coisas mais simples, mas o sofrimento era visível em nós dois. – Agora você precisa ir, querido. – Abracei-o forte, e depois o libertei. Tinha que ser assim.

– Amo você – disse Léo ao meu ouvido, e beijou meu rosto, já se afastando.

– Eu também – falei baixinho, enquanto ele entrava no carro novamente.

Eu me segurava para ser forte, lutava para aceitar o fim da minha história com Léo. E, embora aquele não fosse exatamente o momento do adeus, sabia que era o começo do nosso distanciamento. E não havia como não ficar triste, como não sentir uma dor terrível me destruindo por dentro, principalmente depois da nossa noite de amor. Não adiantava lutar, era inútil, eu sabia disso.

Esperei o carro partir e acenei, como se estivesse tudo bem. Depois, fechei os olhos e fiquei parada um pouco ali, na entrada do prédio, tentando encontrar forças para sair do lugar.

– A senhora está bem, dona Bia? – perguntou Jair, estranhando minha atitude.

– Sim, estou. – Abri os olhos, depois forcei um sorriso.

Então, comecei a andar bem devagar, pensando em tudo o que havia acontecido, pensando em Léo, enquanto lutava para prosseguir com minha batalha inútil, que era tentar viver sem o meu grande, verdadeiro e único amor.

• Capítulo 25 •
SEM SAÍDA

> *Embora vestisse um terno de sessenta francos, mantinha certa elegância enganosa, um pouco comum, mas assim mesmo real. Grande, bem-feito, loiro, de um loiro-castanho levemente arruivado; com um bigode arqueado, que parecia roçar seus lábios; os olhos azuis, claros, com pupilas muito pequenas; cabelos frisados naturalmente, repartidos no meio. Parecia-se com o vilão dos romances populares.*
>
> – Guy de Maupassant,
> Bel-Ami

Maio havia terminado e o mês de junho já estava a todo vapor. Eu e Léo nos falávamos pouco desde o fim de semana na serra. Ele estava cada dia mais angustiado e se afastando gradativamente. Era também o período de provas finais e o semestre da formatura dele. Eu queria acompanhar tudo, dar apoio, assisti-lo em sua defesa de monografia, mas não podia me aproximar muito. Amanda provavelmente deveria estar chegando ao Brasil, e eu tinha que me manter distante. Resolvi, por fim, sair um pouco e atender ao chamado de minha amiga Iris.

Quando cheguei à casa de Charles, Marquinhos, o caçula, me recebeu logo na entrada, e fui coberta de beijos e abraços.

– Marquinhos, você está a cada dia mais crescido e mais lindo – eu disse, beijando meu sobrinho.

– Obrigado, tia. Sabia que estou ficando forte também? Igualzinho ao tio Rapha. – Ele me olhou sorridente, mostrando os bracinhos.

– É, estou vendo! Mas cadê a mamãe, que não veio me receber?

– Ela está lá dentro, no quarto. O bebê na barriga dela está enjoado, aí ela correu para o banheiro...

– É mesmo? Será que não é sua mãe que está enjoada?

– Não, a minha mãe não é enjoada, é ele que é enjoado.

– Está bem, entendi. Acho que tem alguém aqui com ciúme do bebê... – Beijei seu rostinho, sorrindo. – Pode deixar, que vou lá dentro ver como sua mãe está.

Iris e Charles esperavam o quarto filho. Já havia Nicole, a mais velha, Clarice, a do meio – que era a mais parecida comigo –, e Marquinhos, o primeiro menino, que recebera o nome de meu pai. Mas, depois de poucos anos do nascimento de Marquinhos, Charles e Iris tiveram uma grande surpresa: Iris engravidou do quarto filho, que também era um menino, e estavam todos muito felizes. Charles sempre quisera uma família grande e vivia reclamando por eu ainda não lhe ter dado um sobrinho.

Deixei Marquinhos brincando no jardim e entrei na casa à procura de Iris. Encontrei-a no banheiro, pálida.

– Olá, amiga! Como vão as coisas aí?

– Sinceramente, Bia, estou feliz por faltar poucos meses para o final da gravidez. Nunca pensei que esse bebezinho fosse me dar tanto trabalho... – Iris enxugou a boca numa toalha, depois se virou para mim.

– Muito enjoo?

– Você não faz ideia! Charles falou que seria só nos três primeiros meses, mas fico o tempo todo enjoada. Até seu irmão está me dando enjoo. E essa é a primeira vez que me sinto assim; deve ser a idade, já não sou tão jovem.

– Você está ótima, Iris, totalmente saudável. E logo vai estar com um bebezinho lindo no colo. Então, vão ser dois casais. Não é maravilhoso? – Minha amiga concordou com a cabeça, ainda se sentindo enjoada. – Mas, me diga, está precisando de algo? Quando você ligou, me chamando, fiquei até preocupada.

– Quer dizer que não posso mais chamar minha amiga em casa para uma conversa?

– Claro que sim, Iris. Mas é que foi meio que uma convocação. Achei estranho, só isso.

– Não é nada de mais, Bia. Apenas queria contar que a reforma da nossa casa está terminando e logo poderemos devolver a sua.

– Ai, Iris, falando assim, até parece que estou cobrando alguma coisa!

– Não, amiga, desculpe. Você é um amor e nunca cobrou nada, mas é que eu já estou com saudade da minha casinha...

– Eu entendo, Iris. Mas você não acha melhor esperarem o bebê nascer? Falta tão pouco. Quando sua casa fica pronta?

– Em um mês, talvez dois.

– Então, não vai ser bom levar um recém-nascido para uma casa com cheiro de tinta. Melhor ir decorando aos poucos, levando algumas coisas para lá e, daqui a três ou quatro meses, vocês se mudam. O que acha?

– Acho uma boa ideia, amiga. Obrigada. Você é sempre muito prática!

Enquanto Iris falava, meu celular tocou e pedi licença para atender. Olhei o número no visor e vi que era Léo. Senti uma grande alegria, pois fazia dias que não nos falávamos pessoalmente ou mesmo por telefone, só por e-mail.

– Oi, Léo!

– Oi, Bia! Você está em casa?

– Não, estou na casa de Iris. Vim para uma visita rápida.

– Não gostaria de ir comigo até a redação do jornal? Queria lhe mostrar meu trabalho, já que conheço o seu, vivo por lá, na verdade. Acho que já está na hora de você conhecer o meu.

– Claro! Preciso dar uma passada em casa antes, mas posso pegar você no caminho, se quiser.

– Vamos fazer de outro modo. Você vai para o seu apartamento e eu pego você lá, para irmos juntos no meu carro. O que acha?

– Por mim, tudo bem. Espero você lá.

– Não demoro.

Quando desliguei, Iris me olhava curiosa. Talvez porque eu sempre estivesse com um sorriso nos lábios depois de falar com Léo. Para as outras pessoas isso parecia estranho.

– Vocês ainda estão na mesma? – Ela me olhava especulativamente, percebendo de quem se tratava a ligação.

– Sim. – Já não havia um sorriso em meus lábios. – Mas não vai demorar muito para ficar tudo resolvido. Sinto isso.

– Ô, amiga, você não imagina o quanto eu queria que tudo fosse mais simples. Você não merece sofrer tanto. Esse amor parece que a consome a cada dia.

– Vai ficar tudo bem, Iris.

– Tomara, minha amiga. Tomara.

Léo trabalhava num dos maiores jornais do país. A empresa tinha uma estrutura gigantesca. Em suas salas trabalhavam centenas de pessoas, freneticamente mas de forma organizada, como formigas, sempre juntas, em prol do todo. Eu nunca tinha visto nada igual. Até o *campus* universitário parecia pequeno diante daquilo. E Léo não era mais um estagiário, era redator, e liderava uma equipe. Talvez esse fosse o motivo porque ainda não tivesse me mostrado seu trabalho. Acho que queria mostrar que já havia galgado alguns degraus em sua carreira. Então, aquele parecia o momento ideal.

– Bia, só vou poder lhe apresentar a algumas pessoas – disse Léo, ao entrar na empresa. – É que aqui tudo é muito corrido. Estamos 24 horas ligados nas notícias do país e do mundo.

– E onde você trabalha?

– Eu trabalho na redação. Mas no meu setor há muitos profissionais diferentes. Editores, repórteres, redatores, entre outros...

Léo ia me apresentando a algumas pessoas enquanto falava, mostrando o cotidiano da redação de um jornal. Cumprimentava a todos, desde os que ocupavam os cargos mais simples até o editor-chefe, a quem chamou de "comandante do navio". Ele se dava bem com todo mundo, era fácil perceber isso.

– E o que exatamente você faz? – Estávamos agora numa sala imensa, cheia de pessoas diante de computadores, separadas apenas por divisórias baixas. – Já li algumas crônicas suas, mas o que faz aqui, especificamente?

– Esta aqui é a minha equipe. – Ele acenou para algumas pessoas que nos cumprimentaram, à distância, sem parar o que estavam fazendo. – Redijo crônicas, mas também editoriais e comentários sobre política e outros assuntos da atualidade. Sou um formador de opinião, Bia.

– Nossa, Léo, seu trabalho é tão importante! Eu nem sabia que você era tão ocupado. Ah, e adoro suas crônicas...

– É? Mas será que isso não tem a ver com o fato de você gostar de mim?

– Tem. Na verdade, me interesso por tudo que faz parte da sua vida. Mas não é só por isso. Você é realmente bom no que faz, meu querido. Suas matérias são maravilhosas, e você é mesmo talentoso.

– Obrigado, meu amor. Sua opinião é muito importante para mim. – Continuamos percorrendo a redação do jornal, enquanto ele me descrevia suas funções. – Bem, também costumo redigir matérias a partir dos textos que os repórteres nos trazem. Na verdade, não sou só eu que faço isso, somos uma equipe, já que o jornal é muito grande. Mas adoro redigir essas histórias trazidas

das ruas. É empolgante dar um aspecto literário a situações vividas de verdade.

Os olhos de Léo brilhavam quando ele falava do trabalho, do amor que sentia pela profissão.

– Empolgante é ouvir você falando, meu querido. Eu poderia fazer isso por toda a minha vida e jamais ficaria entediada... – Nesse instante parei, achando que havia falado demais. Léo também sentiu algo, porque me olhou com tristeza, e eu não queria vê-lo triste.

Não demoramos muito na redação do jornal. Léo parecia ansioso com alguma coisa. Eu ainda não havia descoberto o que o perturbava, mas sabia que não demoraria muito para saber, pois ele era muito transparente e eu conseguia captar seus sentimentos com muita facilidade. Os gestos dele, a expressão do olhar, o tom de voz, a postura, tudo me dizia que ele não estava bem.

– Algo errado? – perguntei, procurando entender a inquietação dele.

– Por quê? – Léo respondeu com outra pergunta, num tom um tanto pesaroso.

– Tenho certeza de que você não está bem. Suas emoções são muito claras para mim, Léo. Está tentando disfarçar, mas tem uma ruguinha na sua testa que me diz que há algo errado.

– Tenho uma coisa para falar com você, Bia, mas preferiria que fosse em outro lugar, um lugar mais reservado.

Andávamos por um longo corredor cheio de pessoas indo de um lado para o outro.

– Tenho a impressão de que você já me disse isso em outra ocasião... – Estávamos agora do lado de fora da empresa, quase chegando no carro.

– Talvez. Você se importa se formos até seu apartamento conversar um pouco?

– Claro que não me importo... Parece que o assunto é bem sério. Agora entendo por que não quis a minha carona e preferiu vir com seu carro.

No trajeto para o meu apartamento, procurei distraí-lo. Achei melhor tornar a espera mais agradável, já que Léo estava visivelmente aflito. Eu não queria tornar as coisas ainda mais difíceis para ele.

– Sabia que você me lembra um personagem de um livro? – perguntei, tirando-o de seus pensamentos sombrios.

– É? Qual?

– Georges Duroy, o personagem principal de *Bel-Ami*.

– Não acredito que está me comparando a Georges Duroy! – Ele pareceu meio contrariado, mas mesmo assim riu da estranha comparação. – Ele é um tanto inescrupuloso, não acha? Pareço um alpinista social?

– Não, não é por isso. Eu me referi às coincidências. O personagem é um jovem bonito e sedutor, que também trabalha como redator num jornal. Até as descrições físicas são parecidas, como o cabelo claro, os olhos azuis, a altura, a beleza.

– Bonito e sedutor, eu? Acho que você gosta realmente de mim, Bia. Com certeza só sou bonito aos seus olhos. Bem, o personagem pode até ter valores distorcidos, mas a obra em si é maravilhosa. Guy de Maupassant tem um estilo que me agrada muito. E esse livro, especialmente, é excelente. Cheio de características da *belle époque*, é uma verdadeira viagem pela França, com seus cafés parisienses, teatros, ruas e praças. Não há como não gostar do modo como ele joga com os personagens, a descrição psicológica que faz. É tudo muito instigante. E o desfecho da história é simplesmente genial.

– Sim, mas eu não diria que Georges Duroy é um personagem mau. Ele só é humano, sem muito talento, cheio de defeitos, como todos nós somos.

– É verdade. Quem sou eu para condenar Georges Duroy?

– Não diga isso, Léo. Você só está passando por um momento difícil, mas não há ser humano melhor do que você. Aliás, você só se sente assim, tão angustiado, por ser uma pessoa boa, por não querer magoar quem você ama.

Estávamos no elevador do meu prédio. Léo fez um breve silêncio, esperando para começar nosso assunto pendente, e me olhava com aqueles olhos ansiosos quando o elevador parou no meu andar e eu saí para abrir a porta. Ele só me acompanhou, em silêncio.

– Entre, Léo. – Fechei a porta, sentando-me em seguida no sofá. – Sente-se aqui ao meu lado. Não acho que você vá querer adiar essa conversa por muito mais tempo, não é mesmo? Parece que está a ponto de explodir! O que você tem a me dizer? – Preferi ir direto ao assunto. Não havia mais por que adiar o fim. E eu sabia que era isso o que ele queria dizer.

Léo, que ainda estava de pé, olhando para mim com carinho, sentou-se ao meu lado, segurou a minha mão e ainda ficou um tempinho em silêncio, respirando pausadamente, como se buscasse uma coragem que ele não tinha.

– Bem, a primeira coisa a lhe dizer é que preciso ir a Taubaté. Devo ficar alguns dias lá.

– Algum motivo especial? Pergunto porque sei que você está na fase final da graduação, tem a monografia para apresentar...

– Eu sei, mas é que existe um motivo especial, sim... E essa é a outra coisa que tenho para falar...

– O quê? – Meu coração já estava disparado de tanto nervosismo.

– Amanda está em Taubaté com a tia Márcia.

– E você precisa ir até lá, para ficar com ela, certo?

– Certo. Mas não é só isso. – Ele continuava misterioso.

– Ai, Léo, estou ficando angustiada com esse mistério todo!

– Desculpe, minha querida. É que é muito difícil falar essas coisas. Sei que preciso falar, mas sei também o quanto vai doer, porque está doendo muito em mim. – Estávamos de mãos dadas, um de frente para o outro, adiando o inevitável.

– Fala logo, por favor! – Já estava implorando.

– John, o pai de Amanda, faleceu. Ela está arrasada, minha tia está arrasada e todos estamos sofrendo muito.

– Então, é por isso que você parece tão triste?

– Também. Eu gostava muito dele e contava com ele para deixar a filha mais forte, para prepará-la para a vida e não depender tanto de mim.

– Agora você se sente ainda mais responsável por ela e pela mãe, e se vê ainda mais obrigado a cumprir a sua promessa.

– Sim. Elas só têm a mim, Bia. Não consigo ver outra saída. Elas me amam muito, e eu a elas, e contam comigo mais do que nunca. Sabe, minha tia teme por Amanda e me pede constantemente para não abandoná-la. É como se soubesse que eu não sou mais a mesma pessoa.

– E você não é?

– Não, não sou. O Leonardo que fez uma promessa a elas não existe mais. Mesmo assim, isso não me dá o direito de voltar atrás, porque eu também as amo, não quero que sofram. Mas sei que o amor que sinto por Amanda não é mais o mesmo. Assim como eu também não sou mais o mesmo. Conheci um outro tipo de amor, Bia, o seu amor... Um amor que eu não fazia ideia que existisse e que pudesse ser tão forte. O meu amor por você, Bia, me transformou em outra pessoa e transformou o amor que eu sentia por ela. E me sinto feliz por sentir isso por você, por amá-la tanto, mesmo que...

– Mesmo que isso não mude nada em nossas vidas.

– Ela está grávida, Bia. – Léo me fitou com uma expressão arrasada, e o meu mundo desmoronou no mesmo instante. Tive que respirar fundo para poder voltar a falar.

– Como? Quando? – Não sabia o que dizer, o que perguntar, estava atordoada.

– Não tenho como duvidar dela. Estive nos Estados Unidos com ela, há dois meses... – Ele dizia isso entristecido, como se pedisse perdão.

– Quer dizer que vocês...? – Não terminei a frase, era óbvio.

– É difícil controlá-la! – Ele não me olhava nos olhos. Estava de cabeça baixa, arrasado por me dar notícias tão dolorosas. – Sinto muito, meu amor. Não queria nada disso, não queria magoar você.

– Sei... – Já sofria horrores por dentro. Eu queria muito chorar, mas me contive. – Vocês não se preveniram?

– Sim, mas... Não entendo como, mas aconteceu. Ela ainda não fez nenhum tipo de exame. Diz que tem certeza, que não vai a nenhum hospital.

– Ela não toma remédio para a depressão? Uma gravidez nessas condições não é prejudicial ao bebê?

– Pode ser prejudicial, sim. E isso também me preocupa muito. Mas parar a medicação também não é uma boa ideia. Pelo que a tia Márcia me disse, é péssimo. O quadro clínico dela pode se agravar, ela pode entrar numa crise ainda pior, o que também pode causar mal à criança.

– Então, mais do que nunca, ela precisa muito de você.

– Bia, hoje me sinto a pior pessoa da face da Terra. Só por ter que fazer você ouvir todas essas coisas. Eu me sinto muito mal por tudo isso. Mas tinha que contar. Nós sempre fomos sinceros um com o outro, nunca houve segredos entre nós.

Nessa hora eu me lembrei de um segredo que existia entre nós e que, por mais que eu me sentisse péssima por não revelá-lo, por não contar a ele sobre nossa noite de amor, ainda assim eu não podia dizer, sobretudo naquele momento.

– Se nós dois não ficamos juntos até agora – continuou Léo –, não foi por desentendimentos, mentiras, incompatibilidades. Se não estamos juntos é porque o destino nos pregou uma peça. Ele nos aproximou e nos manteve separados, como dois condenados, impedidos de viver o mais verdadeiro amor. E é por isso que me odeio tanto.

– Por me amar?

– Não, meu amor. Por não poder viver esse amor. Não agora. E por fazer você passar por isso, fazê-la sofrer tanto. Bia, amar você foi a melhor coisa que podia ter acontecido comigo, foi um presente divino, acredite. Esse tempo em que estivemos juntos, em que nos conhecemos, convivendo quase diariamente, foram os melhores dias da minha vida. – Ao dizer isso, ele me olhou e me abraçou. Eu retribuí, mas logo afrouxei o abraço, olhando-o de frente, segurando de novo suas mãos.

Nessa hora, vi que os olhos de Léo estavam cheios de lágrimas, que ele lutava para não deixar cair. Nunca o tinha visto tão triste. E esse era o momento que eu adiava, mas que havia chegado. Não havia saída. Eu precisava terminar logo com aquele sofrimento dele, aquela angústia. Não dava mais para aguentar vê-lo assim, numa eterna gangorra de sentimentos.

– Léo, você tem noção de tudo o que está me dizendo? – Comecei a preparar o terreno para o fim. – Você tem ideia de como sua vida está complicada e do quanto está sendo impossível que eu continue fazendo parte dela e aceite tudo isso?

– Eu sei, Bia, é loucura o que estou fazendo com você, mas... mas não quero perdê-la....

– E o que você quer que eu faça? Quer que eu aceite continuar a nossa vida juntos como se nada estivesse acontecendo? Que eu feche os olhos para o fato de que você tem uma carga enorme sobre os ombros, o que inclui até uma mulher grávida? Quer que eu seja sua amante? É isso?

– Não! Nunca, Bia... – disse ele, destruído. – Sabe que não é isso que eu quero. Já falamos a respeito. Só preciso de um tempo, meu amor... Espere só mais um pouco... – Era uma súplica carregada de dor.

O tempo só conspirava contra nós, empurrando-nos cada vez mais contra a correnteza. E nós estávamos cansados de nadar. Não havia mais o que esperar. Eu sabia que ele precisava se afastar de mim, mas não conseguia. Eu também me sentia assim, mas tinha que fazer alguma coisa. Como dizia Rapha, reconhecendo minhas intenções, eu tinha que tornar as coisas mais fáceis para Léo.

– Léo, olhe para mim. – Toquei o rosto dele, que estava abaixado, para que ele me olhasse nos olhos. – Vamos ser realistas... Não há saída para nós. Amanda, a mãe dela e sua família precisam muito de você. Neste momento, nosso relacionamento é inviável. É inútil lutar, estamos nadando contra a corrente, e ela é forte demais... Sinto-me cansada, sinceramente. Não consigo mais lutar, estou exausta.

– Eu também, Bia, sinto-me exausto... E esse é mais um motivo para eu não querer me afastar. Não sei se vou ter forças para enfrentar tudo isso sozinho. Também não quero deixar você sozinha.

– Eu não vou estar sozinha. – Léo me olhou assustado. – Talvez já esteja na hora de eu recomeçar a minha vida e você a sua. A nossa história é muito bonita, mas é complicada demais. É mais uma daquelas histórias que não vão acontecer nunca, que só vão deixar lembranças e um rastro de dor.

– Do que está falando? Sobre não estar sozinha...

– É isso mesmo que você ouviu. Rodrigo tem insistido muito para voltarmos, para reatarmos nosso casamento. Pedi um tempo para pensar, e acho que já tenho a resposta para ele. – Precisava dar a Léo um motivo para continuar sua vida sem mim. Ele sofreria, mas seria melhor darmos um basta na nossa história.

– Quer dizer que vai voltar para Rodrigo? – Ele estava ainda mais angustiado com a notícia.

– Sim. Rodrigo sempre foi o homem certo para mim, Léo. Nós nos damos muito bem, e assim fica tudo resolvido. Você fica totalmente livre para cuidar da sua vida em paz, da sua... família.

– Não é tão fácil assim, Bia. Por favor, não faça isso, você não pode... Se pelo menos eu tivesse certeza de que você ficaria bem... Vou me preocupar muito com você...

– Por quê? Por que eu não posso? – Eu estava muito triste, principalmente por causa da tristeza dele, que era evidente.

– Porque você vai ser infeliz, e sabe disso, mas, mesmo assim...

— Mas eu estou infeliz, Léo. Infeliz por você, por vê-lo sofrer tanto; infeliz por mim, por amar tanto, e de maneira tão insana, a ponto de me anular, de parar a minha vida na esperança de que fosse possível, mesmo sabendo que não é. Não é! Mas que droga!

— Mas esse momento apaga todos os outros? — Ele tentava me abraçar, mas parecia sentir medo da minha reação. — As nossas alegrias, risos, afinidades, esperanças... Apaga a intensidade do nosso sentimento?

— Não. Nem o tempo, nem a distância e nem outro amor, se é que isso é possível, vai poder apagar o nosso sentimento. Mas vamos ter que aprender a viver assim. E você sabe que não há alternativa.

Nossos dedos estavam entrelaçados com firmeza, como se tivéssemos medo de soltá-los e não poder mais uni-los depois. Mas então ele soltou a minha mão e me abraçou novamente, com amor. Embora não quisesse tê-lo tão perto, seu corpo tão junto ao meu, porque sabia que seria mais difícil manter minha decisão depois, mesmo assim abracei-o ainda mais forte, ternamente.

— Isso não é o fim, Bia. Não pode ser, não é justo. Por que dói tanto? Por que tinha que ser assim? — Léo chorava, deixando que as lágrimas, até aquele momento contidas, rolassem pelo rosto. E eu chorava com ele.

— Calma, meu querido. — Limpei suas lágrimas e acariciei seu cabelo, então abracei-o com mais força. — Não pense em nós agora. Você já me falou tudo, não foi? Está tudo bem, você vai ficar bem. Olha, quero que vá para casa agora. Descanse esta noite. Viaje amanhã para Taubaté e faça o melhor que você conseguir, Léo. Sei que você me ama e nada vai mudar isso. Sei que vai ser forte para enfrentar tudo isso. Você consegue, meu amor. Por favor, não quero que fique triste. E é só o que lhe peço, Léo, que tente ser feliz. Pode tentar fazer isso por mim?

— E você, Bia, como vai ficar?

– Vou ficar bem – menti. – Se você ficar bem, estarei bem também. Você quer me ver bem, não quer?

– É só o que quero.

– Então, não há mais no que pensar. Por favor, vá. – Libertei-o do nosso abraço de despedida e ele também me soltou. Já havia entendido.

– Sabe que eu amo muito você, não sabe? – sussurrou, olhando-me bem dentro dos olhos.

– Sim, eu sei. Também amo muito você... para sempre. – Era a última declaração do nosso amor, agora que estávamos mais calmos, resignados.

Léo então se levantou do sofá, hesitante, acariciou meu cabelo, meu rosto, depois respirou fundo e seguiu até a porta... Parou ali, mas não olhou para trás.

– Para sempre, meu amor – disse ele, diante da porta. Em seguida partiu.

Eu continuei imóvel no sofá, exatamente como estava, pelo resto da noite... chorando de desespero.

• Capítulo 26 •
SAUDADE

Traziam-[n]a os horríficos algozes
Ante o Rei, já movido a piedade;
Mas o povo, com falsas e ferozes
Razões, à morte crua o persuade.
Ela, com tristes e piedosas vozes,
Saídas só da mágoa e saudade
Do seu Príncipe e filhos, que deixava,
Que mais que a própria morte a magoava [...].

– Luís Vaz de Camões,
Os Lusíadas, Canto Terceiro, 124, Episódio de Inês de Castro

O dia, enfim, clareou, mas eu continuava submersa na escuridão da minha tristeza. Tentei livrar a minha mente de todos os pensamentos torturantes da noite anterior e apenas chorar, chorar por todas as lembranças que tentava esquecer, chorar por tudo o que não seria mais vivido. E estava assim, no mesmo estado de amargura que estivera desde que Léo se fora, até que fui desperta do meu torpor pelo toque do interfone. Não tinha ânimo para me levantar do sofá, queria ficar ali para sempre, mas o aparelho na parede não parava de tocar, então me arrastei para atendê-lo.

– Alô, dona Bia? – chamou Jair ao interfone.

– Sim? – Tentei disfarçar a voz de quem havia chorado.

– O doutor Rapha está aqui na portaria e quer subir...

– Pode deixá-lo subir, Jair.

Não esperei Rapha tocar a campainha. Logo que o elevador se abriu, joguei-me nos braços dele, aos prantos, totalmente descontrolada.

– Meu amor, que desespero é esse? Por que você está assim? – Rapha me abraçava com força, sem nada entender.

– Acabou, Rapha. Minha história com Léo, que nem sequer começou, acabou.

– Ei, calma... Estou aqui, Bia. Você não está sozinha nessa. Calma. Vamos entrar, aí você me conta o que aconteceu.

Sem conseguir parar de chorar, contei tudo a Rapha. Não escondi nada dele. Disse exatamente o que havia se passado na noite anterior, contei que minha história com Léo não podia mais seguir em frente, que todas as minhas esperanças vãs haviam se dissipado com a notícia da gravidez de Amanda.

Rapha nada disse, apenas deixou que eu desabafasse e chorasse por um tempo, depois voltou a falar:

– Bia, você não pode ficar aqui sozinha. Vou levar você para minha casa. Você passa uns dias comigo. Estou de folga, e vim mesmo para ficar um pouco com você. Parece até que estava adivinhando. Vamos agora mesmo, depois passo aqui e pego algumas coisas para você.

Não pude recusar o convite do meu amigo. Precisava da companhia dele mais do que nunca. Só Rapha poderia me acalmar naquele momento, além da outra pessoa que também tinha esse poder sobre mim, mas que não estava mais disponível.

Durante o trajeto até a casa de Rapha, ele procurou não dizer nada, apenas pediu que eu tentasse relaxar, que procurasse descansar e dormir.

Quando chegamos, Rapha me disse para ficar à vontade e ofereceu o quarto de hóspedes para mim, por tempo indeterminado. Depois de ter me deixado sozinha por alguns minutos no quarto, Rapha voltou com algo na mão.

– Tome isso, Bia – disse, entregando-me uma minúscula cápsula verde. – É um calmante homeopático. Vai fazer você dormir melhor. Você está muito abalada, abatida, não deve ter dormido nada à noite. Vai precisar de um incentivo para relaxar e conseguir dormir.

– Tudo bem, Rapha. – Peguei o comprimido e o copo com água que ele me oferecia. – Acho que estou mesmo precisando. Obrigada, amigo.

Não demorou muito para eu cair no sono. Eu estava muito cansada, exausta. Mas o sono, que era para ser reconfortante, foi inquietante e perturbador.

Durante todo o tempo, sonhei com Léo; mais precisamente, com a noiva dele. Sonhei que eu e Léo nadávamos num rio muito bonito e rodeado de flores. Parecia primavera num lindo dia de sol.

De repente, tudo ficou escuro, como se houvesse trevas; era como eu mesma me sentia naquele momento. Havia trovões, tempestade, e me senti como na peça *Macbeth*, no momento em que as bruxas apareciam. Então fui separada de Léo. Mas algo me mantinha presa, algo parecido com tentáculos, que me prendiam na superfície do rio. Ao mesmo tempo, outros tentáculos puxavam Léo para as profundezas, e eu não podia ajudá-lo, porque estava presa. Ele estendia a mão, chamava meu nome, querendo me ajudar também, mas algo o levava cada vez mais para longe de mim. Quando tentei ver o que o arrastava para dentro da água, vi que era uma mulher, jovem e bonita. Aí ela me olhou e disse numa voz estridente:

– Agora, ele pertence só a mim!

E não o vi mais. Ela o havia arrastado para o fundo do rio, e ele estava perdido na escuridão.

Acordei assustada, e devo ter gritado, porque, quando abri os olhos, Rapha estava ao meu lado, mais assustado do que eu e me olhando ansioso.

– Bia, era para você descansar e sair um pouco da realidade, esquecer tudo por algumas horas, mas nem dormir direito você consegue... – disse, penalizado. – O que eu faço com você, hein?

– Não é tão fácil assim, amigo. Desculpe.

– É, eu sei, minha querida. Você o ama muito, não é?

– Mais do que tudo. Eu daria a minha vida por ele, se fosse preciso.

– Não fale isso nem brincando, Bia...

– Mas é verdade. Só estou falando o que sinto, Rapha. Eu não pensaria sequer uma vez, se tivesse que morrer para salvar a vida dele. Não suporto nem imaginar que ele esteja sofrendo. Isso me destrói. Se puder evitar isso, não vou medir esforços. Nunca pensei que a felicidade dele, o bem-estar dele fosse tão maior e tão mais importante que...

– Ai, Bia, para com isso. Esse assunto já está me deixando nervoso. Vamos parar com isso, está bem? Ei, você não gostaria de sair um pouco?

Neguei com a cabeça. Não tinha disposição nenhuma para sair.

– Por que não, Bia? A gente podia ir ao Jardim Botânico, fazer a trilha da Mata Atlântica. Poderíamos passar pelos monumentos de que tanto gosta. Seria bom para você se distrair.

– Outro dia, querido. Não estou disposta para nenhum passeio hoje. Só quero mesmo descansar e dormir mais um pouco.

– Tudo bem, Bia. Só queria animá-la, mas você precisa mesmo dormir. Você só dormiu umas seis horas; é muito pouco.

– E você, Rapha, não tem compromissos marcados? E Sophia?

– Não se preocupe comigo, Bia. Hoje só vou cuidar de você. E Sophia teve que ficar mais alguns dias em Recife. Bem, mesmo que ela estivesse aqui, eu não abandonaria você nunca, minha amiga. Você sempre foi e sempre será prioridade para mim, e ela vai ter que entender isso. Acho mesmo que já entendeu, na verdade.

Havia se passado uma semana desde minha última conversa com Léo. Ele não tinha ligado desde então, mas me escrevera quase todos os dias. Provavelmente não ligava para me dar o tempo que eu havia pedido, mas também não se afastava completamente, não conseguia.

Quase sempre as mensagens dele eram para saber notícias minhas. Ele sempre dizia: *Como você está, Bia? Estou preocupado com você, e... sinto muito a sua falta... Me perdoa...*

Por fim decidi responder uma das mensagens, antes que ele resolvesse me ligar. Estava arrasada, não queria ouvir a voz dele, não queria ter certeza da tristeza dele, que eu percebia nas entrelinhas. Precisava me afastar um pouco, e ouvir a voz dele me faria negar tudo o que eu desejava para ele naquele momento. Faria com que eu o quisesse por perto novamente, e isso não era bom. Então, ele não precisava saber a verdade sobre como eu estava, saber o quanto estava péssima.

Eu estou bem, meu querido. Não se preocupe comigo. As aulas estão terminando e eu realmente estou muito ocupada. Rapha tem me feito muita companhia. Então, está tudo bem. Espero que esteja bem também... Você me prometeu isso...

Passadas duas semanas, as aulas por fim acabaram. E eu, que andava me arrastando infeliz pelos corredores da universidade, desde o meu encontro fatídico com Léo, dando aulas mecanicamente e trabalhando até tarde, corrigindo provas e trabalhos para preencher totalmente o meu tempo, agora estava de férias, com todo o meu tempo livre – tudo o que eu não queria e de que não precisava naquele momento.

Resolvi, então, ministrar um dos cursos de férias, que me manteria boa parte do dia ocupada.

Mas os dias pareciam intermináveis. Por mais que me ocupasse com as aulas extras e o projeto do hospital – que havia ganhado um voluntário permanente, Felipe, o garoto para quem Léo havia lido um conto uma vez –, e mesmo com todo o apoio de Rapha, Charles, Iris e até Lorenzo, isso ainda não era suficiente para afastar meus pensamentos de Léo.

Depois de três semanas na casa de Rapha, decidi que estava na hora de voltar para meu apartamento.

– Rapha, não posso ficar aqui para sempre. – Tentava convencer meu amigo de que precisava retomar a minha vida.

– Pode, sim, se quiser. Amo você, Bia. Você é a irmã que eu tive o privilégio de escolher, e sempre vai haver um lugar para você na minha vida, na minha casa.

– Eu sei, amigo, eu sei... Mas realmente preciso retornar, voltar para a minha vida normal. Já estou um pouco mais forte, e acho que posso voltar para meu apartamento.

– E vai ficar bem?

– Vou fazer o melhor possível.

– Mas, se quiser voltar para cá, nem precisa avisar, é só chegar e ocupar novamente seu quarto.

– Está bem, vou me lembrar disso. Ei, não fique tão preocupado, amigo, somos praticamente vizinhos. E obrigada por tudo, querido.

Despedimo-nos com um longo abraço.

Meu apartamento estava com aparência de abandono. Escuro, silencioso, triste, como eu. Não consegui evitar as lembranças do que havia acontecido ali três semanas antes. Parecia que o tempo não havia passado, a dor era exatamente a mesma. Talvez até maior, porque ali só havia a lembrança e a ausência de Léo. Doía muito não tê-lo perto de mim.

Foram dias difíceis os que se seguiram. A vontade de chorar me perseguia com frequência e, às vezes, era realmente inevitável. Eu me pegava debruçada sobre a bancada de um banheiro, na universidade ou em qualquer lugar, sem conseguir controlar as lágrimas insistentes.

Foi uma surpresa para mim quando, na mesma semana do meu retorno ao apartamento, Rodrigo me ligou.

– Bia. Olá, meu amor. Como você está?

– Bem, e você, Rodrigo? – Não tinha muito ânimo para falar.

– Sentindo sua falta todos os dias. – Então ele parou um pouco. – Mas não foi só por isso que liguei.

– E qual foi o motivo?

– Bem, queria fazer um pedido...

– Faça. Se estiver ao meu alcance...

– É que vou estar aí no início da semana e devo ficar dois dias. Bem, queria saber se você se importaria se eu ficasse esses dois dias com você no apartamento, já que a nossa casa está ocupada, e, sabe, estou um pouco cheio de ficar em hotel.

Rodrigo me pegou desprevenida com o pedido. Por um momento não sabia o que dizer e pensei em negar, mas não seria justo. O apartamento era dele e ele havia sido muito generoso ao concordar em ceder a nossa casa a Charles. Eu devia isso a ele.

– Tudo bem, Rodrigo. Você é muito bem-vindo.

– Obrigado, Bia. Prometo que não vou atrapalhar. Fico no quarto de hóspedes. Aproveitamos também a situação para conversar sobre nós. Acho que já está na hora.

– Faça como quiser.

– Chego na segunda-feira, às nove horas. Tudo bem para você?

– Sem problemas.

Ter Rodrigo em casa não foi tão ruim quanto eu pensava. Ele estava tranquilo, e nos demos muito bem. Os muitos anos de convivência serviram para que nos conhecêssemos e nos entendêssemos, com exceção apenas do último ano do nosso casamento, é claro, em que mais brigamos do que conversamos, como duas pessoas civilizadas deveriam fazer.

Mas agora era diferente. Não tínhamos mais o laço do matrimônio e, portanto, nem as cobranças que nos impediam de ter uma convivência amorosa e pacífica. Havia apenas o respeito entre duas pessoas que tinham se amado um dia e ainda se queriam bem.

O primeiro dia em que ele ficou no apartamento foi meio estranho, e não sabíamos bem como nos comportar; até rimos da situação. Mas Rodrigo estava realmente de bom humor, sempre muito gentil, muito educado e preocupado também.

– Bia, você está bem mesmo? – Ele me analisava. – Estou achando você muito séria, parece angustiada. Tem algo que eu possa fazer por você? Sabe que pode contar comigo, não sabe? Sempre seremos amigos, mesmo que você nunca decida reatar nosso casamento e mesmo que eu nunca perca as esperanças de isso acontecer. O meu amor por você está acima da separação.

Rodrigo havia chegado no dia anterior e já tinha percebido a minha melancolia e angústia interior. Então, quando nos sentamos diante da pequena mesa da cozinha para almoçar e ele me disse aquelas doces palavras de apoio, não pude negar que ele estava correto em suas observações sobre meu estado emocional.

– Sempre soube disso, Rodrigo. Sempre soube que podia contar com você. E, nesses meses em que estivemos separados, vi que estava certa sobre a pessoa generosa que você é. Você nunca me deixou só, sempre cuidou de mim, mesmo distante, e isso conta muito.

Mas, quando eu terminava de falar e Rodrigo fazia menção de dizer alguma coisa, meu celular tocou sobre a mesa de centro da sala.

– Você me dá licença um minutinho?

– Claro! – Ele não parou o que fazia. Continuou se servindo, como se não estivesse interessado em quem quer que estivesse me ligando.

O telefone já havia tocado várias vezes, por isso, na pressa de atender, não me dei o trabalho de olhar quem chamava.

– Pronto? – Só houve silêncio do outro lado da linha. Alguém parecia estar em dúvida se deveria falar ou não. – Alô?

— Bia? — O meu coração disparou feito um louco com o som daquela voz. A saudade era insuportável, difícil de controlar, e doía demais. — Bia, minha querida, eu estava em dúvida se deveria ligar, você me pediu para eu resolver as coisas, mas... não aguentei... Queria ouvir sua voz, saber se você está bem... — Ele falou e depois parou. — Você ainda está aí? Fale alguma coisa, por favor...

— Sim, estou aqui. — Estava meio atordoada com a surpresa, e o fato de Rodrigo estar ali tão próximo tornava as coisas mais difíceis. Eu tinha muito a dizer, queria contar da falta imensa que ele me fazia, do quanto tudo era vazio sem ele, mas não podia. — Estou bem, querido... E você?

— Na mesma. Muito atormentado, e sem você tudo fica pior...

— Não há como ser diferente, você sabe disso.

— É, eu sei, mas não consigo aceitar.

Senti o olhar de Rodrigo sobre mim. Ele pegou algo na geladeira e me olhou, perguntando:

— Tinto ou branco? — Falou alto para que eu pudesse ouvi-lo, e o suficiente para que Léo também pudesse ouvir.

— Só um segundo, Léo. — Baixei um pouco o celular e respondi a Rodrigo.

— Tanto faz... Escolha você. — Depois voltei ao celular, afastando-me um pouquinho, para ter mais privacidade.

— Pronto — disse, voltando à ligação.

— Você não está sozinha... — concluiu Léo.

— Sim, mas não é o que você está pensando.

— Pode ser que não, e sei que não deveria me importar, mas me importo. Estou muito infeliz, queria que as coisas fossem diferentes, mas estou aqui de mãos amarradas... — Ele parecia tão arrasado quanto eu.

— Ai, Léo, não fale assim, você me deixa ainda mais triste. A minha vida não está tão melhor do que a sua. Por favor, você prometeu que tentaria fazer o melhor, que tentaria ser feliz... por mim.

– Eu disse, mas não achei que seria tão difícil. E agora, ouvindo um outro homem aí com você... É Rodrigo, não é? Bem, eu deveria estar feliz. Pelo menos você não está arrastando correntes como eu... Mas estou morrendo de ciúme...

– Eu... sinto muito. – Para mim era insuportável a tristeza dele. – Se eu pudesse fazer algo por você, com certeza faria. Mas, infelizmente, não posso. Só posso torcer para que fique bem...

– Preciso desligar agora, Bia – disse ele, interrompendo-me. – Amo você; nunca se esqueça disso.

– Eu também. E não vou esquecer.

O silêncio do outro lado da linha indicava que ele já havia desligado. Soltei o aparelho no sofá e fiquei ali, sentada, sem conseguir forças para me levantar, tentando respirar, puxando o ar com dificuldade. Parecia que ia morrer sufocada, não consegui segurar as lágrimas que desciam por minha face. Foi quando senti a mão de Rodrigo em meu ombro.

– Você está bem? – Pus minha mão sobre a dele, e tentei forçar um sorriso, mas ele não saiu. – Sempre soube que você o amava, antes mesmo de você saber disso. – Olhei para Rodrigo, surpresa, ao vê-lo se referindo ao meu amor por Léo. – Só não queria admitir, porque, na verdade, a dor era insuportável. Mas agora, vendo você assim, sem vida, nada do que eu sentia importa mais. – Rodrigo ficou de joelhos, de frente para mim, e secou minhas lágrimas com a mão. Eu podia ver que ele também estava triste. – Bia, o que eu faço para você não sofrer tanto assim? Isso é pior que a morte, ver tanto sofrimento seu.

– Não pode fazer nada. Mas ficar aqui comigo ajuda. Obrigada. Sei o quanto deve ser difícil para você dizer essas coisas, reconhecer o meu amor por outra pessoa. Isso é muito mais do que eu mereço.

– Vem cá, que eu coloco você na cama. Acho melhor descansar um pouco. Mais tarde preparo alguma coisa para você comer.

Rodrigo me tirou do sofá e me aconchegou em seus braços. Depois me colocou na cama, cobriu-me com um edredom e apagou as luzes. Em seguida, beijou-me levemente no rosto e saiu.

Na manhã seguinte, ele teve que voltar para Belo Horizonte, mas não saiu sem antes falar comigo.

– Bia, você não está sozinha. – Ele segurava minha mão diante da porta, antes de ir embora. – Não peço que me aceite de volta hoje, como marido. Apenas pense em como seria bom se pudéssemos viver juntos como amigos. Com o tempo, as coisas poderiam voltar ao normal... ser como antes. Pense nisso.

Deixei o tempo passar. A semana terminava, e o dia estava morno e preguiçoso. Fechei o livro no exato momento em que Inês de Castro era levada por seus algozes ao encontro da morte. Não aguentei o sofrimento daquela mulher; a dor da perda, sobretudo a saudade imensa dos que ela amava, e que doía em mim também. Resolvi, por fim, fazer uma pausa em meus pensamentos, porque já sabia aonde aquilo iria dar. Sair para espairecer seria bom, então decidi visitar Charles.

– Faz tempo que você não me visita aqui, Bia! – disse Charles, estranhando minha chegada em seu consultório. – Já estava sentindo sua falta. Mas parece que você não está muito para visitas, não é, minha irmã? Bem, posso entender.

– Foram dias difíceis para mim, Charles. Você já sabe a história toda. Iris, provavelmente, deve ter contado com mais detalhes.

– É, eu sei, sim. Alguma novidade? Tem algo que eu possa fazer por você?

– Talvez. Como médico, você poderia esclarecer umas dúvidas minhas. Mas, como irmão, só seu apoio já é suficiente.

– Do que se trata, Bia? Se eu puder ajudar...

– Na verdade, eu queria saber um pouco mais sobre o transtorno bipolar. Dei uma olhada na internet, mas muita coisa não vale nem a pena ser lida. Queria saber de você, que, com certeza, dirá a verdade.

– Bem, Bia, como você sabe, essa não é a minha área da medicina. Então, posso tentar explicar de forma genérica.

– Tudo bem.

– O transtorno bipolar é uma doença um tanto grave. Causa oscilações intensas no humor, que podem levar a pessoa a sentir desde euforia até uma profunda tristeza, como também pode se tornar crônica e provocar uma depressão profunda...

– E por que isso ocorre? – Interrompi o que ele dizia, eu estava muito curiosa.

– As causas não são totalmente conhecidas. Fatores genéticos, biológicos, até sociais podem contribuir para o surgimento da doença, mas é difícil precisar.

– E o que acontece com a pessoa quando está em crise?

– Isso varia de situação para situação, dependendo do estágio da doença. O bipolar não tem total controle sobre a vida dele. Pode estar ótimo hoje e amanhã, péssimo. E esse comportamento desajustado pode até causar prejuízos financeiros e sociais à família.

– E quais os sintomas mais comuns da doença?

– São muitos. Mas os picos de humor, indo da euforia à depressão, são bastante comuns. O paciente pode demonstrar um otimismo exagerado, fazer mil planos, mas acabar não concluindo nenhum. A capacidade de julgamento também se altera, assim como a concentração e o impulso sexual, que pode ficar mais intenso.

Nesse momento, quando Charles se referiu ao impulso sexual, lembrei imediatamente das palavras de Léo, "é difícil controlá-la".

– O que mais?

– Bem, como falei, existem estágios da doença, que é classificada em tipos. Um primeiro momento, que é o mais leve. Uma segunda fase, em que os sintomas se alternam. E há momentos em que essas crises de alteração de humor são mais acentuadas e os sintomas, mais severos.

— Nossa! Parece uma doença realmente séria. E como fica a família? Como é o tratamento?

— A família sofre tanto ou mais do que o próprio paciente. Muitas vezes, o abalo é tão grande que não dá para prever as consequências. Mas o amor, o carinho ajudam muito, e o tratamento, que é à base de medicamentos, acaba tendo um bom resultado.

— Obrigada, Charles. Me ajudou a entender melhor.

— Entender o que ele está passando ou o que você está sentindo?

— Estou muito mais preocupada com ele, meu irmão.

— Tenho certeza disso, minha querida. Mas você não pode fazer nada para ajudá-lo neste momento, Bia. Ele é um bom garoto e vai fazer a coisa certa.

— Tem razão.

— Está tudo muito ruim para você, não é? — perguntou ele, vendo minha expressão de infelicidade.

— Charles, minha vida agora é só saudade.

• Capítulo 27 •
VISITA

[...] Mal estes se haviam acomodado, saíram dos seus esconderijos soldados que os abateram mortalmente, Giovanni e todos os outros.
Após esse morticínio, Oliverotto montou a cavalo, correu pela cidade e sitiou no palácio o Magistrado Supremo, de modo que, aterrorizadas, as lideranças de Fermo viram-se coagidas a obedecê-lo e a instaurar um governo do qual ele se fez o chefe.

– Maquiavel,
O Príncipe

Quando saí da sala de aula, na segunda-feira, após o último horário da manhã, resolvi checar minhas ligações, pois costumava desligar o celular quando estava dando aula. Ao verificar a caixa de mensagens, vi que havia uma de um número desconhecido.

Preciso falar com você. Encontre-me no Café com Chocolate, às quinze horas. Assunto do seu interesse. Por favor, não comente esse nosso encontro com ninguém. Amanda.

Achei muito estranha a mensagem da noiva de Léo para mim. Em primeiro lugar, não tinha nada para falar com aquela garota. Depois, como ela sabia meu número? Mas, embora eu não tivesse nada a conversar com ela, tínhamos um assunto em comum: Léo. Apesar do tom ríspido e autoritário da mensagem, sem cumprimentos ou despedidas, eu precisava saber se estava tudo bem com ele. Então, tinha que ir àquele encontro.

Amanda pedira para não comentar com ninguém sobre nosso encontro. Pensei por um momento em ligar para Léo, para saber se ele sabia de alguma coisa. Mas, quando ela dissera para não contar a "ninguém", certamente estava se referindo a ele. Portanto, era bem provável que Léo não soubesse de nada. Melhor seria verificar o que ela queria, para só depois decidir se valia a pena comentar com Léo sobre o assunto. Quinze horas eu já estaria livre dos meus afazeres e não haveria problemas em ir ao encontro.

Cheguei ao local marcado com um atraso de dez minutos, para que ela já estivesse esperando por mim na cafeteria. Eu não a conhecia pessoalmente, mas já tinha visto uma foto dela, que Léo me mostrara. Eu estava até com uma certa vantagem, pois provavelmente ela não me reconheceria. Pelo menos, eu achava que Léo não tinha fotos minhas, que pudesse ter mostrado a ela.

Quando entrei, a recepcionista me cumprimentou e indicou uma mesa vazia. Eu expliquei que uma jovem chamada Amanda me aguardava e ela assentiu com a cabeça, como se já soubesse de quem se tratava, e me levou a uma das mesas no fundo da cafeteria.

Quando me aproximei da mesa, pude ver uma bonita jovem de cabelos loiros, longos e ondulados, sentada sozinha ao fundo, tomando um café. Era de fato parecida com a foto que Léo me mostrara da noiva certa vez.

– Boa tarde – cumprimentei-a, estendendo a mão, mas sem me sentar. Ela hesitou, mas acabou aceitando o cumprimento. Era visível a hostilidade em suas feições, e o mais estranho: a moça tinha uma aura sombria, um tanto assustadora.

– Olá – respondeu em tom seco. – Você é exatamente como a descrição que Leonardo me fez. "Traços delicados e expressivos... uma beleza surreal." – Seu tom de voz era cheio de ironia. – Com certeza ele deve ter prestado bastante atenção, pelo tanto de detalhes com que a descreveu. Não tenho dúvidas de que eu a reconheceria em qualquer lugar, até mesmo se passasse por mim na rua, no meio de uma multidão.

Achei estranho o jeito como aquela moça falava de mim, como se me conhecesse, como se estivesse traçando meu perfil psicológico, sem mesmo eu ter noção da minha existência para ela; pelo menos, até aquele momento. Mas parecia que ela tinha bastante interesse em mim e pretendia me cobrar por algo que eu desconhecia; até aquele momento.

– Bem, confesso que fiquei surpresa com seu convite. Melhor seria ter marcado um encontro com você e Léo juntos. Seria uma oportunidade para ele me apresentar você, já que somos amigos. Sinceramente, não entendi o mistério.

– "Amigos"... – ela repetiu com sarcasmo. – Sim, claro, por que não um encontro a três? Mas é que eu precisava falar com você a sós, queria me certificar.

– Certificar-se do quê?

Continuava sem entender quais eram as intenções dela, e me sentia desconfortável também, já que ela praticamente me fuzilava com os olhos inquisitivos, como se sentisse ódio de mim. Mas por quê?

– Na verdade, queria conhecê-la melhor, conversar com você, antes de encontrá-la em público, socialmente.

– Pois bem, estou aqui; pergunte o que quiser.

– Espero que não se importe. Prometo ser breve.

– Tudo bem. Mas continuo curiosa. Por que quer me conhecer?

– Antes de qualquer coisa, quero lhe fazer uma pergunta.

– Pois faça. – Aquilo já começava a me irritar.

– Bem, parece que você é uma pessoa direta, não gosta de rodeios. Você não quer se sentar? – Ela apontou a cadeira à sua frente e eu assenti com a cabeça, sentando-me. Nesse momento a garçonete se aproximou com o cardápio, mas eu a dispensei, agradecendo e dizendo que não pediria nada ainda.

– Normalmente não faço rodeios com as pessoas que não conheço.

– Bia. É assim que a chamam, não é? – Com a voz dura de rancor, ela não esperou que eu respondesse. – Pois bem, Bia, vou ser direta com você também. Na verdade, queria muito saber o que você quer com o meu noivo. – Ela parou e olhou dentro dos meus olhos. – O que pretende com esse joguinho?

Fiquei alguns segundos sem ação, chocada com a pergunta insolente de Amanda, com a agressividade da jovem que me olhava com ar de desafio. Eu nem sequer a conhecia. Tentava entender o que ela queria dizer com aquilo, buscar uma resposta, mas a minha vontade não era responder. Sentia um forte impulso de me levantar e ir embora. Era uma pergunta ofensiva e me irritava, porque eu sabia o tipo de pensamento errado, sujo, que se passava na cabeça dela – um pensamento que não tinha lugar no meu relacionamento com Léo. Soava feio, maculado, e não éramos assim. O que existia entre nós era um sentimento puro, bonito, e se não o vivíamos plenamente era justamente porque respeitávamos aquela pessoa que estava na minha frente e me acusava injustamente. Não existia o "joguinho" a que ela se referia. Eu queria ir embora, porque ela não merecia uma resposta. Mas queria também saber quem era aquela pessoa, saber principalmente por ele. E aquela era a melhor oportunidade. Talvez eu jamais tivesse outra.

– Como assim, joguinho? Do que você está falando?

– Pensa que não conheço o seu tipo de mulher? – Amanda soava ainda mais agressiva.

– Agora você me deixou realmente curiosa. – Eu ri levemente da acusação ridícula. – Qual é o meu tipo de mulher?

– O tipo que se finge de ingênua e vai aos poucos seduzindo um homem. Você deve estar insatisfeita com seu casamento e agora quer roubar meu noivo, quer roubar a minha felicidade. Pois saiba que isso não vai acontecer. Ele nunca vai me deixar, e eu tenho meios para impedir que isso aconteça.

– Do que você está falando, garota? Não existe nada entre mim e seu noivo, além de amizade, claro.

– "Amizade." – Ela repetiu a palavra, rindo ironicamente. – Você pretende enganar a quem com isso? Não existe amizade entre um homem e uma mulher. Principalmente uma mulher muito mais velha, como você.

– Além de tudo, você é preconceituosa.

– Sou pragmática, queridinha. Sei o que estou vendo, e vou agir para impedir que aconteça. Não vou deixar que seus planos deem certo.

– Pois saiba que não há plano algum, Amanda. Isso só existe na sua cabecinha perturbada.

– Ah, existe, sim! Acha que não percebi que vocês estão apaixonados? – Eu me assustei com a afirmação, com a frieza com que a fazia, completamente alheia ao sentimento do noivo. – Só não entenderam ainda, ou não quiseram assumir por algum motivo idiota, ou "nobre", como compaixão pela dor alheia. Isso é bem a cara dele, você deve saber. Mas vou impedir que ele reconheça isso, que entenda que está errado. Sabe, ele sente pena de mim, acha que sou frágil. Pobrezinho. E eu vou deixar que ele continue pensando assim, até que não possa mais voltar atrás. Ele acha que tem um compromisso eterno comigo, ou uma dívida, ou uma promessa a ser cumprida, não sei. E você sabe como ele é, todo bondoso, e sabe também que não vai deixar de cumprir a promessa que fez à minha mãe.

– Eu também tenho pena de você, garota. Você é má. E tenho mais pena ainda dele, que merecia coisa melhor. – Estava enojada com aquela criatura.

– Alguém como você?

– Não. Ele merecia alguém que o amasse de verdade, alguém para quem ele não fosse apenas um capricho infantil.

– Mas eu o amo. E é exatamente por isso que não vou aceitar perdê-lo.

– Não, você não o ama. Você o quer, e não admite perder. Foi você quem fez do seu relacionamento um joguinho, fútil e perigoso. Será que não vê que pode estar jogando a sua felicidade e a dele no lixo por puro capricho?

– Talvez você tenha razão, mas, mesmo assim, vou pagar para ver. Ele vai ser meu de qualquer jeito. E tenho um plano para garantir isso.

– Você é, definitivamente, desequilibrada, diabólica. Está bem longe da pessoa frágil e boa que Léo me descreveu. Uma pena ele se enganar tanto com alguém. Você é monstruosa, garota.

– Eu sei. – Ela riu, divertindo-se com a situação. – Mas ele não sabe, nem precisa saber. Acha que tem que me dar apoio, ficar comigo. Que, se me deixar, morro. E faço questão de deixar isso bem claro para ele. Léo é muito generoso, você sabe. Ele não vai me magoar. Mas, como ele parece estar prestes a mudar de opinião, tive que usar outras armas. É muito fácil convencer Leonardo a nunca mais me deixar. Uma mulher doente, frágil e sozinha, ele pode até pensar em me deixar, mas, se essa mulher, com problemas psicológicos, estiver com um filho dele na barriga, ele não vai abandoná-la. Disso tenho certeza. Ele até ficaria feliz, sabia? Ele é muito emotivo, derrete-se todo com essa coisa de família, filho...

– Então essa sua gravidez foi proposital? Você foi capaz de usar uma criança, de engravidar para segurar seu noivo?

– Sou capaz disso e de muito mais, queridinha – confessou Amanda cinicamente. – E pode ter certeza de que não vai ser nenhum sacrifício para ele. Sabe, nós nos damos muito bem entre quatro paredes, Bia, se é que você me entende.

– Pelo seu entusiasmo, posso entender. – Eu queria encerrar o assunto, mas ela continuou. Parecia querer me maltratar.

– Ele é muito bom nisso, Bia, mas, provavelmente, você não deve saber... – Ela me olhava nos olhos, como se quisesse ver a dor dentro deles, como se sentisse prazer com aquilo. – Ah, desculpe, não devia estar falando disso com você, não é mesmo? Uma pena que nunca vá experimentar...

– Bem, acho melhor eu ir embora. Acho que já ouvi o bastante.

– Não, espere um pouco mais. Quero lhe contar uma história, uma historinha meio picante.

– Não vai ser necessário. – Fiz menção de me levantar, mas ela segurou a minha mão e continuou falando.

– Você sabia que fui a primeira mulher da vida dele? A única, na verdade? – Ela me olhava com um brilho de vitória nos olhos.

Queria poder dizer àquela mulher horrível que ela estava errada. Dizer que eu já sabia como ele era, que o conhecia também, dizer que ela não era a única. Mas não consegui falar. As palavras dela eram feias, ofensivas, e eu sentia raiva daquilo. E, quando abri a boca para responder, ela me interrompeu e continuou a despejar seu veneno:

– Ele era virgem, e eu também, quando o seduzi. Ele estava relutante naquela noite, gosta das coisas certinhas, sabe? Eu era muito jovem, tinha 16 anos, mas já o desejava mais que tudo. E ele também era bem jovem, só tinha 17. Mas foi muito fácil para mim. – Parecia se deliciar com as palavras. – Ele estava eufórico, feliz por ter conseguido a transferência da faculdade para o Rio. Eu não podia perder mais tempo, queria um vínculo mais forte com ele, e tinha que ser aquela noite.

Depois de alguns instantes de silêncio, ela prosseguiu:

– Aproveitei que ele estava assim, muito feliz. Queria me contar que tinha encontrado um livro precioso num velho antiquário e o jeito interessante como tinha acontecido, mas não dei ouvidos. Eu só o queria muito. Ele estava diferente naquele dia, os olhos dele brilhavam e ele estava "interessado" no que eu queria dele. Por isso, aquela era a noite perfeita, porque Léo estava inspirado, inspirado como nunca. E, a partir dali, vi que não podia mais ficar sem ele. Aquele homem seria só meu e de mais ninguém. Bia, eu sei exatamente como prender Leonardo. Sei tudo dele, tudo de que ele gosta. Portanto, desista, querida. Leonardo jamais vai me trocar por alguém como você.

– O que há de errado comigo? Não entendi.

– Você é velha. – Ela disse isso com um sorriso, divertindo-se com a minha dor. – Não percebeu? Ele é jovem, lindo, e tem uma noiva que sabe como deixá-lo satisfeito. Você acha mesmo que trocaria uma jovem linda como eu por alguém da sua idade? O que você pode oferecer a ele, além das historinhas da sua vida e dessa baboseira de arte que vocês tanto adoram? Nem filhos você vai poder dar a ele. Se não teve até agora, certamente não vai ter mais, nem vai mais ter tempo para isso, provavelmente.

Eu não aguentava mais aquilo. Queria poder responder à altura a todas aquelas ofensas, mas eu não estava acostumada àquilo. Ela falava de Léo de uma forma feia, como se fosse um objeto que ela possuía, e desmerecia todas as qualidades maravilhosas que ele tinha. Eu queria bater naquela garota, dizer a ela tudo o que pensava, que ele já havia amado outra mulher, que havia me amado, e que não tinha sido daquele jeito leviano como ela descrevia a relação dos dois. Havia sido lindo, perfeito. Queria dizer que nada daquilo, daquela disputa, importava para mim, que eu não o queria daquele jeito, que tudo o que desejava era que ele estivesse bem, seguro e feliz. Mesmo que para isso eu não pudesse mais vê-lo, mesmo que eu tivesse que aceitá-lo acorrentado para sempre a uma pessoa nociva como ela. Se ele estivesse feliz – e parecia que estava, da maneira como ela descrevia –, eu ficaria bem também, ficaria feliz por Léo. Mesmo que tivesse que viver infeliz, aceitaria de bom grado a distância.

– Você parece bem informada a meu respeito – falei. – E, para quem acabou de perder o pai, não parece nada triste; parece satisfeita.

– Fiquei triste com a morte de meu pai, sim. Não tanto quanto Léo pensa, mas fiquei. Na verdade, a morte dele foi providencial. Não posso negar que meu querido pai me ajudou muito, porque eu tinha que voltar para o Brasil. – Como se fosse desprovida de sentimento, ela continuou: – Bem, quanto a você, Bia, eu precisava saber quem era a minha rival.

– Não existe nenhuma rivalidade, Amanda, entenda isso. Tudo o que quero é que Léo seja feliz. Você não precisa se preocupar comigo. Nunca pensei em Léo dessa maneira que você descreve, isso só existe na sua cabeça. Certamente, ele também não pensa assim. Portanto, pode relaxar. – Peguei minha bolsa na cadeira ao lado e coloquei-a no ombro. – E não vou ficar discutindo aqui com você sobre minha idade, ou fazer qualquer comentário sobre o que você falou sobre seu pai. Não vale a pena. Não temos nada mais a conversar. Só me prometa uma coisa, por favor...

– Se eu puder ajudar... – Ela abriu um sorriso dissimulado, no rosto angelical. Com uma expressão tão doce, não havia como não acreditar naquela moça.

– Faça-o feliz. Você pode fazer isso? – Eu imploraria se fosse preciso.

– Claro que sim. E ele era bem feliz antes de você aparecer para atrapalhar. Mas garanto que posso fazer as coisas voltarem a ser como antigamente. É só você ficar longe. Foi você mesma que disse que só quer a felicidade dele, não foi?

– Sim, é tudo o que quero.

– Então, saia do caminho, que tudo vai ser como antes. Ele vai ficar feliz, eu prometo.

– Bem, era só o que eu precisava ouvir. Adeus, Amanda. – Levantei-me rápido. Precisava sair dali, pois tudo aquilo estava me fazendo muito mal.

– Espera! – chamou Amanda, quando eu já estava de costas para ela. Virei-me para ouvi-la. – Esse encontro é um segredinho nosso. – Riu de modo cínico. – E, se você contar a ele qualquer coisa, vou negar tudo. Não tenha dúvidas de que ele acreditará em mim, querida. Ele me adora.

– Imagino. Como eu disse, não precisa se preocupar comigo, apenas o faça feliz.

Saí da cafeteria desesperada. Sentia-me, sobretudo, preocupada com Léo. Ele provavelmente não tinha ideia de quem era realmente aquela moça. Mas eu não sabia o que pensar. Talvez fosse eu quem não o conhecesse tão bem. Precisava refletir sobre tudo o que havia acontecido, e precisava de Rapha para me ajudar. Só ele saberia o que dizer para me devolver a calma.

Peguei meu carro e dirigi até Copacabana, onde ficava o escritório de Rapha. Bati na porta da sala dele, mas não entrei. Só a abri um pouco e olhei para meu amigo. Meu olhar certamente dizia muito.

– Será que esse advogado tão importante e tão ocupado teria um tempinho para conversar com essa amiga chata e chorona? – Ele me olhou como se enxergasse de imediato a minha profunda tristeza. Não respondeu à pergunta, mas entendeu o que se passava, pelo tom sério com que falou.

– Vamos dar uma volta. – Ele largou os papéis sobre a mesa, tirou o paletó e colocou-o sobre as costas da cadeira. Depois pegou a minha mão e saiu, me puxando para fora do escritório, instruindo a secretária para desmarcar todos os compromissos dele pelo resto da tarde.

Fomos caminhar na orla da praia, como sempre fazíamos quando queríamos conversar. Paramos à sombra de uma árvore e ele me deixou ali, enquanto foi comprar duas águas de coco, entregando-me uma ao retornar. Então sentou-se num banco de pedra do calçadão e puxou minha mão, pedindo que eu me sentasse ao lado dele.

– Agora fala. Que dor é essa que vejo em seus olhos, Bia?

Chorei um pouco no ombro dele, enquanto a tarde caía, passando do laranja para o rosa, depois para o negro. Só então consegui falar, contar tudo o que acontecera naquele dia louco, desde a mensagem inesperada de Amanda até o final nefasto da nossa conversa na cafeteria. Rapha ouviu tudo pacientemente. E eu sabia que ele estava tão triste quanto eu, mas podia ser mais prático naquele momento, e esse era um dos motivos por que eu estava ali. Precisava da opinião dele, do apoio do meu fiel amigo.

– Que amor é esse, minha amiga? Será que vale a pena tanto sofrimento? – Ele fez uma pausa, enquanto olhava para mim. – Não quero mais ver você assim, Bia. Mas parece que já tomou a sua decisão, não foi? Só precisa do meu aval, estou certo?

– Sim. – Eu não tinha mais nada a dizer.

– Bia, você resolveu deixar o caminho livre para Léo e Amanda, quer que ele tente ser feliz sem você. Na verdade, você acha que esse amor faz mal para ele também e que ele nunca vai tomar a decisão de se libertar dela. E nem sequer se importa se ele vai ficar com você, tudo o que deseja é a felicidade dele. Estou certo?

– Completamente certo.

– E você quer saber se essa é a coisa certa a fazer? Sair de vez do caminho?

Assenti com a cabeça.

– Minha amiga querida, infelizmente não posso lhe dizer se essa é a coisa certa a fazer. Não tenho como lhe dizer se ele vai ficar bem, ou se você vai ficar bem sem ele. Mas posso dizer com certeza que as coisas não podem continuar assim. Você está sofrendo muito, Bia, e ele também. Então, talvez seja mesmo bom se afastar um pouco e ver como ficam as coisas, ver o peso desse amor de vocês, ver se ele resiste. Isso você pode fazer.

– Eu tenho tentado fazer isso, Rapha. Mas está difícil me manter longe. Sei que corremos o risco de ceder a qualquer momento e ir contra as nossas próprias decisões. Vamos acabar nos braços um do outro, por causa da saudade, e sofreremos ainda mais. Então, não sei como continuar, como manter essa minha decisão. O que faço, amigo? O que faço para ajudá-lo?

– Bia, ficando aqui, tão próxima dele, acho realmente difícil manter essa distância. Mas e se você se afastasse de verdade? Se fizesse uma viagem?

– Viajar para onde?

– Uma vez você me falou sobre uma bolsa para fazer pós-doutorado na Itália, lembra?

– Lembro, sim.

– Então? Esse pode ser um bom motivo para se afastar. Pense nisso, Bia. Você adora a Itália, e tem também Lorenzo lá, que adora você. Não acho que vá ser nenhum sacrifício passar um tempinho na Itália, num lugar de que gosta e com uma pessoa cuja companhia você adora. Vou morrer de saudade, não nego, mas sei que vai ser bom para você.

– Acho que tem razão, Rapha, como sempre. Vou pensar bem sobre o assunto e, depois, ver se a bolsa ainda está disponível. Bem, não é à toa que estou sempre buscando seu apoio, você sempre sabe o que me dizer. Sempre sabe o melhor para mim. E eu te adoro.

– Idem, minha amiga. Idem.

• Capítulo 28 •
CARTAS NA MESA

> *– Que segredo guardas em teu seio, virgem formosa do sertão?*
> *– Iracema não pode mais separar-se do estrangeiro.*
> *[...]*
> *– Iracema te acompanhará, guerreiro branco; porque ela já é tua esposa.*
> *Martim estremeceu.*
> *– Os maus espíritos da noite turbaram o espírito de Iracema.*
> *– O guerreiro branco sonhava, quando Tupã abandonou sua virgem. A filha do Pajé traiu o segredo da jurema.*
> *O cristão escondeu as faces à luz.*
> *– Deus!... clamou seu lábio trêmulo.*
>
> – José de Alencar,
> *Iracema*

Estava com uma sensação estranha. Algo me apertando o coração e me dizendo que alguma coisa ia acontecer. Antes do acidente, nunca me ligava nessas coisas inexplicáveis, que não estavam associadas única e exclusivamente à realidade. Mas, depois, isso passou a se tornar frequente na minha vida, e eu me via sempre envolvida em situações sem explicação. Como aquela em que eu estava no momento, quando tinha sensações de angústia, coração acelerado, boca seca e um nó na garganta, sem que eu soubesse por quê.

Já se haviam passado alguns dias desde minha conversa com Rapha e meu terrível encontro com Amanda. Desde então eu vinha refletindo sobre a ideia que Rapha me dera: ir para longe de todos aqueles problemas. Angustiava-me a ideia de me afastar das pessoas que eu amava, da minha família, do meu amigo confidente... e de Léo, mesmo que o principal objetivo da viagem fosse justamente ficar longe dele. Ainda assim, eu estava quase decidida. Já tinha até verificado sobre a bolsa de estudos e confirmado que estava à minha espera. Não era uma decisão fácil. E talvez fosse esse o motivo da minha aflição.

Porém, não demorou muito até eu descobrir o que se passava comigo, até aquela sensação de angústia se transformar em realidade.

O meu celular tocou e eu olhei o visor: Léo. Estranhei a ligação, estranhei o dia, uma sexta-feira à noite. Sabia que ele não estava sozinho, que a noiva estava no Brasil, e no Rio. E estranhei também o horário, mais de onze horas da noite.

– Oi – disse Léo, logo que atendi, parecendo infeliz.

– Oi. – Ele ficou em silêncio, então resolvi dizer alguma coisa. – Está tudo bem, Léo? Confesso que estou estranhando sua ligação. Aconteceu alguma coisa?

– Aconteceu. Não estou conseguindo fazer nada, não paro de pensar em você, em nós. Estou angustiado e queria muito conversar com você, Bia. Pode ser? Estou atrapalhando? Você está ocupada agora? Se não der, tudo bem...

– Não, tudo bem, Léo. Acabei de chegar e já ia para a cama, mas podemos conversar, sim. Sei que pedi um tempo, mas acho que já está na hora de nos falarmos.

– Mas você pode me encontrar agora? Passo para pegar você em seu apartamento, então a gente sai.

– Não, não precisa me pegar. Prefiro ir no meu carro mesmo, sozinha. Na verdade, tenho a impressão de que essa conversa não vai ser das melhores. Estava agora há pouco me perguntando sobre a sensação de angústia que sentia, como você mesmo acabou de descrever. Então, acho que foi transmissão de pensamento. Na verdade, preciso mesmo conversar com você, meu querido. Onde o encontro?

– Bem, pensei no nosso restaurante – disse ele, e parou em seguida. – Quero dizer, naquele restaurante que você gosta... Ele fica aberto até tarde. O que acha?

– Parece uma boa ideia. Encontro você lá daqui a uma hora.

Tomei banho e me arrumei apressadamente para encontrar Léo. Mas sabia que não seria um encontro fácil, que seria definitivo para nós. Antes de sair, fiquei pensando um pouco sobre tudo o que havia acontecido, em como eu amava desesperadamente aquele garoto, em como era difícil sentir a imensa tristeza dele, vê-lo tão angustiado, infeliz. Seria difícil demais dizer adeus em definitivo.

Já nos conhecíamos havia algum tempo. Sabíamos absolutamente tudo um do outro, sabíamos de todas as afinidades que tínhamos e de todas as possibilidades que não tínhamos. Não havia como ignorar mais o amor imenso que sentíamos, a atração física e o desejo enorme de estarmos juntos, a ponto de ser doloroso ficarmos longe um do outro por muito tempo. Nós sofríamos demais com isso. Mas aquela era a única maneira de continuarmos vivendo o nosso amor.

Alguma coisa me dizia que algo iria acontecer naquela noite, algo que nos separaria em definitivo e que me daria a resposta de que eu precisava para decidir partir.

Desde o retorno da noiva de Léo, ele estava diferente, não era mais o mesmo garoto sereno e de bem com a vida que eu havia conhecido. Léo vivia inquieto e infeliz. Ele sofria, sim, com a distância; eu podia perceber isso apenas pelo som de sua voz. Mas ele parecia sofrer ainda mais com a minha presença. Portanto, talvez uma ausência consciente, por um motivo justo, fosse bom para os dois. Só precisava sentir que ele ficaria bem. No momento em que percebesse isso, a possibilidade de ele ficar melhor sem mim, a decisão estaria tomada. E eu estava prestes a ter essa certeza... Faltava menos de uma hora.

Do lado de fora, pela porta de vidro, pude ver que o restaurante estava quase vazio. Provavelmente porque já era quase uma da madrugada, pois ele estava sempre cheio. Não era por isso, claro, que aquele lugar tinha adquirido um significado especial para nós. Eu e Léo tínhamos ido àquele restaurante em muitos momentos especiais da nossa vida, em muitas das nossas "noites eternas". E foi ali também que reconheci como definitivo o fim do meu casamento, precisamente no dia em que Léo tirou a aliança do meu dedo, dizendo que eu não precisava mais dela. Foi ali que descobrimos o quanto éramos parecidos e o quanto precisávamos um do outro, o quanto nossas almas se amavam profundamente. Foi ali que percebemos que nosso amor seria eterno, como se já nos conhecêssemos de outras vidas, como se já tivéssemos nos amado em todas elas, em cada vez que nossos caminhos se cruzavam.

Então, entrei. Passei pela recepcionista, que me recebeu com simpatia, perguntando se eu tinha preferência por alguma mesa e informando que logo um garçom iria me atender. Respondi que esperava uma pessoa e, por enquanto, não comeria nada.

– Ah, deve ser o rapaz que a espera no reservado, lá em cima – concluiu ela, visto que havia pouquíssima gente no restaurante.
– Ele disse que esperava uma moça chamada Bia.
– Sim, sou eu mesma.

Se eu tivesse encontrado Antônio ali, não seriam necessárias tantas explicações. Mas o sorridente rapaz não tinha ido me receber, eu não o vira em lugar nenhum.

– Quer que eu a acompanhe?

– Não será necessário, conheço bem o caminho, obrigada. Não vamos precisar de nada por enquanto. Mas onde está Antônio? Não veio hoje?

– Não. Hoje é a folga dele. Se precisarem de alguma coisa, façam um sinal que peço ao garçom para atendê-los.

– Obrigada, Cristina – agradeci, ao ver o nome dela no crachá.

– Não há de quê – respondeu ela educadamente.

Passei pelo longo corredor, repleto de mesas vazias, e segui em direção à escada em caracol ao fundo, que dava acesso ao lugar onde sempre ficávamos quando queríamos ficar a sós, conversar, esquecer o mundo lá fora e nos lembrar apenas da nossa existência ali, juntos.

Quando pisei no último degrau da escada, eu o vi. Léo estava na nossa mesa de sempre, mas não com a mesma expressão. Parecia sério demais, algo que era incomum, pois tinha sempre uma expressão descontraída e juvenil que eu adorava.

Léo avistou-me também, mas não sorriu, pelo menos não com aquele seu sorriso que fazia o meu mundo parar, me tranquilizava – um sorriso único, que se comparava apenas ao sorriso infantil do meu pai. Amores diferentes, mas, certamente, incondicionais e verdadeiros. O sorriso que Léo tentou me lançar parecia apenas um repuxar de lábios, uma intenção fracassada de sorriso, embora fosse o melhor que pudesse fazer naquele momento. Mas os olhos dele brilharam quando encontraram os meus, assim como os meus ao encontrar os dele. Era inevitável, como se o sentimento do reencontro fosse o mesmo, a saudade fosse a mesma.

– Oi, Bia. – Ele se levantou para me receber, depois beijou minha face, demorando-se um pouco no toque, como se quisesse me abraçar, mas relutasse.

– Oi, querido. Vim o mais rápido que pude. Na verdade, não esperava por seu convite. – Sentei-me na cadeira ao lado da dele e o observei. Queria abraçá-lo, beijá-lo, porque estava louca de saudade, mas sabia que não podia. – Você não parece bem, Léo. Seus olhos estão tristes. O que houve? Aconteceu algo? Querido, você me prometeu que não ficaria triste...

– É, eu sei, mas não dá, Bia. – Ele parecia arrasado. – Na verdade, aconteceu, sim, alguma coisa. Aconteceu "muita" coisa, Bia, e ao mesmo tempo não aconteceu nada. Minha vida tem sido um nada. – Ele riu de si mesmo. – E é isso que tem me angustiado.

– Calma... – Acariciei seu rosto e ele pegou a minha mão, segurando-a com força. – Me explique melhor o que está se passando, Léo, embora eu desconfie. Acho que o conheço demais, meu amor, para saber que há algo bastante sério perturbando você, e isso me angustia também, porque não suporto seu sofrimento, por menor que seja. Então, seja sincero, e fale. Se eu puder ajudar, vou ajudar, você sabe disso.

– Sabe que eu amo muito você, não sabe? – Ele parecia querer justificar algo que iria me dizer.

– Sei. E eu também amo muito você.

– Pois é, e aí está o problema... – Ao dizer isso ele baixou a cabeça, ainda mais triste.

– Como assim? É um problema eu amar você?

– Não, meu amor, não é isso. O fato é que nós vivíamos como dois amigos, mas essa situação não é mais possível, você sabe. É praticamente impossível ficarmos separados. Tem sido muito difícil para mim. O problema é querer estar com você, amá-la, e não poder...

– Também tem sido difícil para mim, Léo... Eu tenho pensado bastante em...

– Bia... – ele disse meu nome, olhando-me com carinho –, até pouco tempo atrás, estava tudo bem, eu não conseguia ver nada de mal em Amanda. Ela estava longe, era só uma ideia de realidade, e eu não pensava muito nisso. Mas agora, depois que passei essas semanas com ela e me afastei de você... E com a notícia da gravidez... Bem, está tudo muito confuso. – Ele passou as mãos no rosto, parecendo exasperado. – Sei que tenho que ficar com ela, que preciso ficar, mas não consigo me manter longe de você. Ela não tem ninguém, só a mim e a minha tia; não tem outros parentes, não tem um amigo sequer. Ela não é como você, que tem uma família amorosa, com irmãos, sobrinhos, alunos que a adoram, muitos amigos que a idolatram. Ela não é forte como você, Bia.

Vi, naquele momento, que Léo estava completamente enganado sobre Amanda. A pessoa que havia falado comigo dias antes não era a garota frágil, insegura e solitária que ele descrevia. Era, sim, uma pessoa um tanto perturbada e dissimulada, mas longe de ser frágil. Queria poder dizer a ele que estava errado sobre ela, que ela se viraria muito bem sem ele, pois era uma mulher astuta. Mas havia uma criança nisso tudo, uma criança que precisaria da presença do pai, principalmente nessa hora, principalmente porque a mãe dessa criança era uma criaturazinha desprovida de amor e desequilibrada. Ela havia me prometido fazê-lo feliz, havia me prometido que o amaria. Ela podia não amar ninguém, mas era fácil perceber que a Léo ela amava. Era mais obsessão que amor, mas havia uma semente de amor. Com o tempo, com certeza, ele encontraria forças para se libertar, ainda que já não fosse mais possível estarmos juntos. Mas esse não era o momento. Ele precisava ficar com ela, isso era certo.

– Léo, está me dizendo que vai ficar com Amanda, mas que, para isso, vai ter que se afastar definitivamente de mim, não é? Seu filho precisa de você, já entendi, fique tranquilo.

– Eu só estou confuso, Bia. Não quero pedir para que entenda isso, mas tenho responsabilidades. Era para ser fácil, mas não é... Tenho duas monografias para apresentar na semana que vem e mal consigo me concentrar, não consigo me concentrar em nada. Para todo lugar que eu vá, lembro-me de nós, das nossas conversas, e vejo sua imagem na minha frente. Sabe, às vezes, me pego pensando em algo engraçado que vivemos juntos e rio sozinho, porque era tudo muito... perfeito. – Ele já usava o tempo passado para se referir a nós. – E Amanda, ou qualquer outra pessoa que esteja comigo, me pergunta por que estou rindo, que pensamento tão bom era aquele que me fazia rir.

– E o que quer de mim, Léo? Diga-me, por favor, que eu faço... Faço qualquer coisa para ver você menos infeliz...

– Bia, amo você, mas não posso mais continuar vivendo assim, nessa gangorra. Não posso mais viver ao seu lado como um amigo, isso está me matando. Porque, embora sinta uma dor terrível só em pensar nisso, em me afastar de você, também me sinto extremamente angustiado com a ideia de ter você por perto, de pensar tanto em você, de ter que aceitar que outros vão amá-la. Sinto-me oprimido e sufocado com a necessidade que tenho da sua presença constante.

– Você está muito angustiado mesmo, querido. Isso faz mal a qualquer pessoa. – Afaguei a mão dele com tristeza, por tudo o que passava.

– Amanda tem reclamado muito do meu ar ausente, mesmo quando estamos juntos, e fica me perguntando qual é o problema. Pergunta se é por sua causa. – Nesse ponto, ele me encarou. – Ela me cobra atenção, cobra minhas responsabilidades para com ela, e me parece tão frágil nesse momento, tão desamparada, que não há como não me comover com o estado de espírito dela. Sei que não vai aguentar se eu me afastar, e eu não vou aguentar a culpa se algo acontecer a ela ou ao bebê. Sabe, ela acha que você é tudo para mim, que é responsável por me deixar assim, que está roubando toda felicidade que lhe resta na vida.

– Para, Léo! Já chega! Amanda não precisa sofrer tanto por minha causa, nem você. Não sei se percebeu, mas você acabou de me dizer que eu o sufoco, que a minha presença o perturba. É isso que vem tentando me dizer? Não se preocupe, não vou ficar chateada com você por isso.

– Não é desse jeito que você está falando, Bia.

– Bem, você me deu a resposta de que eu precisava para me decidir, querido. Fique tranquilo, você e sua família vão ficar bem. Olha, Léo, eu amo muito você, já lhe disse isso diversas vezes, mas não quero que sofra mais por minha causa. Sinceramente, não é nada bom escutar de você o que estou escutando. Queria que fosse diferente, que você pudesse conversar com Amanda sobre a vida de vocês, de modo que ela entendesse que ninguém é de ninguém e não fizesse de você esse trapo que estou vendo na minha frente. E queria que você não deixasse que ela o fizesse se sentir tão culpado por tudo o que acontece a ela. Mas estou vendo que não é possível. Na verdade, queria que nosso sentimento fosse mais forte, forte o suficiente para superar tudo isso, mas parece que não é...

– O que está pensando em fazer, Bia? – perguntou ele, com um olhar preocupado. – Por que está falando assim?

Eu estava realmente irritada, e ele havia me dado a desculpa de que eu precisava para aceitar a bolsa na Europa. Naquele momento, resolvi que era a hora de partir, de deixá-lo, para que ele pudesse reconstruir sua vida com a família. Dois anos, que era o tempo que eu estimava ficar na Itália, seria um tempo razoável para que as coisas se resolvessem. Em dois anos, eles poderiam se acertar, e eu precisava contribuir para isso.

– Só quero que você seja feliz, Léo. Mesmo que para isso eu tenha que abrir mão de tudo de bom que já passamos juntos, e que ainda passaríamos, se você pudesse ter uma vida. Não quero mais que pense nisso, meu amor. – Falei ternamente, tentando acalmá-lo. – Estou libertando você de mim. Vou ficar distante por um tempo, Léo, e vai ser melhor assim, acredite. Se vai tornar sua vida melhor, eu farei isso. Eu me mantive por perto porque achava que isso lhe faria bem. Achava que você precisava da minha força, da minha amizade. Mas agora vejo que a coisa mudou de figura e preciso que você saia dessa, que pare de sofrer tanto. Preciso muito da sua felicidade para eu poder ser feliz também. Por favor, não fique mais tão triste. Você a ama também, já me disse isso uma vez. – Ele só me olhava, assustado. – Com ela, você pode aprender a ser feliz e é com ela que tem de ficar. Vá para casa, meu querido, vá ficar com sua mulher e seu filho, e fique bem com sua família. Assim vai ser melhor para todos. Tudo o que vivemos já valeu muito a pena, e nosso amor vai estar guardado em nossos corações, Léo. É o suficiente para mim. – Ao dizer isso já fui me levantando. Tinha que ir embora, antes que mudasse de ideia.

– Espere, Bia, não vá ainda, por favor! – Era uma súplica. – Eu... eu... preciso tanto de você, meu... amor... Desculpe por tudo o que eu disse, me perdoe... Eu amo você...

Ele me puxou de volta para a cadeira e me colocou de frente para ele, abraçando-me com tanta força que nossos rostos ficaram colados. Queria me afastar dele, mas precisava desesperadamente daquele abraço, daquele último toque de sua pele, que ardia como brasa na minha. Sabíamos que era o adeus e queríamos ficar ali abraçados um pouco mais. Era uma despedida, uma lembrança que desejávamos guardar na memória.

Ele então beijou meu rosto, segurando firme minha cabeça, na base do pescoço. Depois contornou minha boca com os lábios, e eu hesitei àquele toque, mesmo querendo muito que ele continuasse. Beijou meus olhos, meu nariz, minhas bochechas – úmidas pelas lágrimas. E não aguentamos, de tanto desejo que havia entre nós. A atração que nos envolvia era mais forte do que qualquer decisão que havíamos tomado. Era uma fúria reprimida que queria irromper, que necessitava daquele beijo mais do que tudo. Era uma dor dilacerante por aquele toque contido, um desejo guardado por muito tempo, pulsando com tamanha intensidade que não tínhamos mais como vencer tanta vontade. E eu me entreguei ao beijo dele, que foi forte demais, exposto demais, ansioso e urgente demais, além de terno e carinhoso.

Nossas bocas se encaixaram com perfeição. O toque de sua língua na minha, como uma única vez antes, era a expressão perfeita de dois desejos iguais, que acabavam por extravasar, revelando, naquele momento, um segredo também guardado.

Foi um beijo demorado, que repassava toda a nossa vida e trazia consequências com ele. Não nos retraímos, não nos afastamos por um longo tempo. Beijamo-nos até que nos acalmamos um pouco, até que o beijo se tornasse suave, sublime, uma completa sensação de paz. E o nosso gosto se misturava às lágrimas que desciam por nossas faces, como na primeira vez, na casa da serra, causando aquela sensação única de pura perfeição. Depois, paramos, mas os rostos continuaram juntos, e Léo ainda segurava minha cabeça, tocando minha nuca com os dedos entrelaçados em meus cabelos, ainda mantendo as bocas próximas, respirando e esperando um momento de mais tranquilidade. Em seguida, ele se afastou um pouco de mim e me olhou com seus lindos olhos azuis molhados de lágrimas. E eu sabia que tinha algo a dizer.

– Foi real – disse Léo, emocionado, mas triste também. – Não foi um sonho, como eu pensava que havia sido. Jamais seria capaz de esquecer esse beijo. Por que você não me falou, Bia? Por que deixou que eu pensasse que era um sonho?

– Porque tive medo. Não queria que você se lembrasse de mim daquele jeito, de um jeito irreal, como num sonho. Você não estava sóbrio nem totalmente consciente de suas ações. Tive medo de você se afastar. Também não queria que tivesse qualquer obrigação para comigo.

– Me afastar? Como pôde imaginar uma coisa dessas? Eu amava você mais que tudo.

– Eu me senti insegura. Você era só um garoto, Léo. Um garoto que eu amava muito e que me amava também, mas só um garoto. E, mesmo sabendo disso, fiquei com receio de você duvidar desse amor.

– Você só pode estar brincando! Não é sobre mim que está falando. Não sou assim... Eu nunca liguei para a sua idade, Bia. Só você vê isso. – Ele me olhava ofendido.

– Você sempre foi para mim a perfeição em pessoa; em tudo, não só fisicamente. Lindo, bom filho, justo com todos, generoso, amoroso, bom amigo, cheio de talentos, com uma noiva jovem e um futuro brilhante pela frente. Estava loucamente apaixonada por você, Léo, e queria que tivesse a vida que traçou para si antes de me conhecer. Sabia que o sexo entre nós tornaria as coisas ainda mais difíceis para você. E, por mais que tivesse certeza do seu amor por mim, senti medo, principalmente por você, de sermos infelizes por causa do que havia acontecido. E tive medo de não ter sido tão bom para você quanto havia sido para mim.

– Não, você está enganada. Não tinha o direito de me esconder isso, Bia. Nossa! Aquilo que eu achava que era um sonho foi tudo para mim, algo que nunca tinha experimentado antes. Mas era um sonho para mim, embora parecesse muito real! Eu me senti péssimo por isso, por achar que a melhor experiência da minha vida, de amor, de sexo, não havia passado de um sonho, um sonho desejado e impossível, porque havíamos decidido isso, que viveríamos como amigos. Fiquei tão doido com isso que nem tive coragem de comentar com você. Me achei ridículo. Apaixonado e ridículo. Você riria se eu tivesse contado o sonho.

– Não, querido. Jamais riria de você, sobretudo por um assunto tão sério.

– Bia, eu sempre a desejei muito. Muitas vezes senti vontade de deixar de lado todos esses valores que venho lutando para manter. Quis amar você, muito, mas, às vezes, me sentia inseguro também, só um garoto; desajeitado até. Eu respeitava você mais que tudo, não queria magoá-la. Sabia que seria difícil depois, e tive medo de não ser forte o bastante para assumir o nosso amor. Mas, além de tudo isso, eu sentia medo de não ser bom o suficiente para você. Você está acima de mim em tudo, uma mulher linda, resolvida, que tinha um marido loucamente apaixonado, sempre muito segura e querida. Eu via o quanto você era desejada. E morria de ciúme só de pensar em você saindo com alguém. Quase morri quando me deixou naquele dia do meu aniversário, aqui mesmo neste restaurante, e foi com André para casa, de carona com meu melhor amigo.

– Bobo... – Eu o olhava com carinho, reconhecendo nossos medos infundados, mas sentia-me triste.

– E pensar que André estava cheio de expectativas, louco para ter uma oportunidadezinha com você. Eu não entendia por que me sentia assim, devia ficar feliz, já que não podia ficar com você. Devia querer que você encontrasse alguém, assim como você fica feliz por mim, como torce para que eu fique bem com Amanda. Mas não era assim. Era doloroso pensar em você nos braços de outro homem. Sempre fui louco por você, desde a livraria. – Ele me olhou meio sem jeito, como se confessasse um segredo. – Só nunca pude assumir isso como deveria. Você foi a primeira mulher que eu realmente desejei como homem. Isso foi novo para mim, e foi bom o sentimento. Uma pessoa que eu nunca tinha visto antes! Mas aconteceu. E agora, sabendo o que houve, eu me sinto ainda pior. Pior por não poder fazer nada para mudar tudo isso, porque a minha vida continua o mesmo caos, e, pior, por você não ter me falado a verdade. Me sinto enganado. Porque, apesar das minhas fraquezas, sempre fui muito sincero com você, sempre falei a verdade, por mais que doesse. Achava que não havia segredos entre nós, Bia. Eu me sinto um idiota... E com raiva. – Ele parou, respirando fundo.

– Me perdoe, Léo, por ter escondido isso de você. – Eu fitava seu semblante decepcionado. – Sei que não foi correto o que fiz. Deveria ter contado, mas saiba que o que fiz foi pensando principalmente em você. Achei que era o melhor a fazer. Você já tinha muitos problemas para resolver, e não queria piorar ainda mais as coisas. Sua carga já era grande demais, querido. E, no fundo, eu também me convenci de que tudo havia sido um sonho. Um lindo sonho, do qual eu me lembraria para sempre. Será que você pode me perdoar?

– Bia, nossa história não tem sido fácil. Desde o começo foi assim. Não posso culpá-la por tudo, por querer me poupar também. Sinceramente, queria muito que tivesse me falado, que tivesse ficado comigo naquela noite, que tivéssemos acordado juntos e procurado uma solução juntos, como sempre fizemos. Mas também não posso apagar o significado disso tudo para mim. Fico triste com a maneira como tudo aconteceu, estou triste agora, mas não é só por isso, é por tudo o que não foi possível e que me dói tanto.

– Mas você me perdoa? Preciso do seu perdão antes de partir, antes de viajar... – Ele não se deu conta do que eu dissera. Ainda estava muito abalado com as revelações, e apenas me abraçou.

– Eu a perdoo, meu amor. – Ele me abraçou ainda mais forte, mas de repente pareceu raciocinar, porque voltou a me olhar especulativamente. – Você falou em viajar?

– Léo, quando você me ligou, quando falou das suas angústias, não tive mais dúvidas, querido. Está na hora de nos afastarmos por completo.

– Não, Bia. Eu fui um idiota falando todas aquelas coisas para você. Você não merece... Eu a amo tanto... Não sei se posso viver sem você.

– Também não sei se posso, meu amor. Mas acho que precisamos tentar. – Eu reconhecia que ele estava certo, mas precisava nos convencer de que tínhamos que tentar. – Olhe para mim, Léo. – Ele se afastou um pouco e me encarou. – Não há outro jeito. Temos que tentar viver longe um do outro.

– Por favor, não me deixe...

– Léo, vou passar um tempo fora, mas, para que eu consiga ir, preciso que me liberte também. Estamos sofrendo demais, e isso só vai piorar com o tempo. Sabíamos, desde o início, que acabaria assim, só estávamos prolongando nosso tempo juntos. Por favor, querido, você me deixa ir? Pelo nosso amor, deixe-me ir... Não aguento mais, Léo... – Apertei as mãos dele com desespero e ele entendeu que estava na hora de me deixar ir e me soltou por completo, assentindo com a cabeça. Levantei-me e já estava de saída, mas ele me chamou mais uma vez.

– Para onde você vai, Bia?

– Vou estudar fora. Tentar concretizar os projetos de que lhe falei. Mas é melhor você não saber detalhes, nem datas. Ainda vou ficar um tempo por aqui, só precisava que você soubesse disso e que aceitasse. Sem isso, com certeza, não conseguiria partir. Mas, por favor, não me procure nesse tempo. Você pode fazer isso? Tenho medo de não conseguir, de voltar atrás, e é vital que eu vá, Léo. Por nós dois...

– Não sei se posso, mas vou tentar ficar longe. Também quero que seja feliz, Bia. E, sinceramente, fico feliz por saber que você conseguiu a bolsa, que vai se empenhar pelo seu projeto. Uma vez eu lhe disse isso, que aceitaria ficar distante de você por um motivo como esse... Isso é realmente bom. Estou orgulhoso, minha querida. E a amo demais, lembre-se sempre disso. Muito mais do que imagina. – Ele não se atreveu a se levantar para me dar um último abraço, nem eu fiz menção de abraçá-lo. Não nos arriscaríamos.

– Eu também amo você – falei, de costas para ele. Não queria que ele visse a tristeza em meu rosto, nem quis ver a dele. Saí quase correndo, descendo a escada apressadamente.

Para minha sorte, meu carro estava estacionado quase em frente ao restaurante. Tudo o que eu queria naquele momento era desaparecer dali, afastar-me o mais rápido possível. Mas não sabia se poderia fazer isso sozinha, pois estava nervosa demais, abalada demais.

Liguei o carro uma vez, com as mãos trêmulas, e o motor não pegou. Tentei novamente, e da segunda vez funcionou. Acelerei e saí com rapidez, quase cantando pneus. Mas não consegui ir muito longe, só o bastante para sair dali. As lágrimas toldavam minha visão.

Minha cabeça estava totalmente fora do ar e latejava. Meus pensamentos vagavam num vazio enorme e, de vez em quando, traziam-me a imagem de Léo. Estava totalmente desconcentrada, sem a mínima condição de dirigir. Minhas mãos tremiam cada vez mais e eu só sentia vontade de chorar.

Então, depois de algumas ruas, parei o carro. Pensei em chamar um táxi, mas já era muito tarde, não acharia um táxi facilmente. Também não tinha condições de dar instruções sobre a minha localização por telefone, para pedir o serviço de táxi. Só havia uma pessoa capaz de me socorrer naquela hora sem fazer perguntas, sem pensar, apenas agir. Peguei o celular e disquei o número do meu amigo.

– Alô? – Rapha atendeu meio sonolento.

– Oi, amigo. Preciso muito de você... – Eu já estava chorando.

Rapha chegou muito rápido. Abriu a porta do carona de meu carro, entrou e apenas me abraçou com força, depois falou:

– Ei, amiga, não fique assim... – Ele fitava com preocupação meu choro desesperado. – Seja lá o que tenha acontecido, vai passar, vamos dar um jeito. Vem. Vamos para o meu carro, que levo você para casa. Amanhã pego o seu.

Continuei chorando por todo o percurso. Rapha não disse nada. Apenas puxou minha cabeça para seu ombro e continuou dirigindo, esperando que eu me acalmasse. Lembrou até uma situação que eu havia passado com Léo, quando ele me tirou de um momento difícil. E chorei ainda mais... Não queria pensar nele, mas era só no que pensava.

– Obrigada, amigo, por me ajudar sempre que preciso, pela sua amizade... Não sei como você me aguenta, vivo alugando você... – Rapha já estacionava o carro na garagem do meu prédio.

– Que nada, sua boba. Isso faz parte do contrato de amizade. – Ele riu para mim, já menos preocupado por eu estar em condições de falar. – Ombro amigo e coisa e tal, você sabe... Acho que é assim que funciona...

– É, é assim. E ultimamente tenho precisado demais desse seu "ombro amigo".

Abri a porta do apartamento e entramos. Acendi a luz da cozinha e fiz um gesto para que Rapha me acompanhasse até meu quarto. Ele não esperou muito para começar a fazer as perguntas.

– Léo? – Ele nem esperou a resposta. – Sinceramente, Bia, isso já está saindo do controle. Não falei nada no carro, mas será que agora você pode me dizer alguma coisa, para que eu entenda?

– Desculpe, Rapha. Não queria assustar você, mas estava tão mal... Não pensei em outra pessoa que não fosse você para me dar uma força.

– Estou aqui... Fale, minha querida.

Deitamos em minha cama, como sempre fazíamos, e comecei a explicar tudo a Rapha. Ele não me interrompeu enquanto eu lhe contava tudo. Apenas as feições se alteravam, exibindo alguma expressão nos momentos tensos ou mais calmos do relato, relaxando os ombros quando eu fazia uma pausa na história. Até que terminei de falar e ele pôde dar sua opinião.

– Nossa, Bia! Que relação mais doida essa de vocês! Parece coisa de filme, em que, por mais que o casal se ame, nunca consegue ficar junto. Seja por um motivo realmente sério ou por algo extremamente banal, mas sempre há alguma coisa que impeça a felicidade deles. Vocês são como almas gêmeas que ainda não encontraram o tempo para viver sua história, e que precisam de várias vidas para acertar os ponteiros. Bem, o fato é que não dá mais para continuar assim, minha amiga. E você sabe disso.

– Eu sei. Mas o fato é que essa história é bem real, e tem gente sofrendo por causa dela, principalmente ele. Não suporto mais isso.

– Então, o que pensa em fazer? Vai aceitar a proposta do pós-doutorado na Itália?

– Agora, mais do que nunca.

– Com certeza, isso é o melhor a fazer, Bia. Vou sentir muito sua falta, mas a gente dá um jeito nisso. Bem, lá, além de Lorenzo, tem também minha família, com quem você sabe que pode contar, não sabe?

– Sim, sua tia Anna sempre foi um doce comigo. Nas vezes em que nos falamos por telefone e quando a conheci, quando estive na Itália, pude ver que ela é uma alma amiga. Gosto muito dela.

– Ela também adora você. Mas, agora, chega de papo. Você precisa dormir. Vou ficar aqui com você esta noite, e amanhã falamos mais sobre os detalhes da viagem. Durma, minha amiga.

– Ele beijou minha testa.

Rapha ficou comigo por toda a noite, e eu dormi aconchegada em seu ombro protetor. Quando acordei, ele já havia saído. Era um pouco tarde, passava das dez da manhã, e ele tinha uma reunião importante. Mas, antes de sair, deixou um bilhetinho na mesa de cabeceira.

Bia, não pude esperar você acordar... Desculpe! Tenho uns compromissos ainda pela manhã, como te falei. Mas ligue para mim logo que acordar... Quero saber como você passou a noite e se está melhor. Bem, temos muito a conversar sobre sua viagem. Até daqui a pouco... Beijo do seu eterno amigo, Rapha.

• Capítulo 29 •
ENCONTRO ESPECIAL

Amo-te tanto, meu amor... não cante
O humano coração com mais verdade...
Amo-te como amigo e como amante
Numa sempre diversa realidade.

– Vinicius de Moraes,
Antologia Poética, "Soneto do Amor Total"

O fim que eu tanto temia havia chegado. Enquanto a dor era muito mais minha, enquanto podia acreditar que era possível me manter perto de Léo e que isso, de alguma forma, nos ajudaria, eu estava segura. Enquanto ele precisava de mim, eu ficava, porque nunca suportei a dor dele. Mas, vendo que Léo sofria ainda mais com a minha presença, com a impossibilidade de vivermos juntos, e agora que ele sabia da nossa noite de amor, e que a dor de ficar separados amando perdidamente um ao outro era uma dor dele também, não dava mais para adiar a ruptura. As angústias dele eram grandes demais; matavam-no aos poucos, e a mim também. Precisávamos desse tempo, ainda que soubéssemos que era inútil. Ainda que soubéssemos que estávamos condenados pelo amor. Mas, naquele momento, era uma necessidade mútua, e precisávamos tentar.

Só havia uma forma viável de me manter longe de tudo, mas me sentir segura e não tão sozinha. Ficar com Lorenzo nesse momento era a maneira mais sensata para não sucumbir. Com ele, eu conseguiria me manter viva. Haveria amor, haveria amizade e eu iria para um lugar de que gostava. Se não fosse pelas circunstâncias traumáticas, aquele seria o lugar que escolheria para viver e ser feliz. A Itália seria o meu refúgio dali em diante.

Foram duas semanas de preparativos, desde a noite em que eu e Léo havíamos concordado com nossa separação. Liguei para a Universidade de Gênova, onde me haviam oferecido a bolsa de estudos para o pós-doutorado, certifiquei-me de que ainda estava à minha disposição e a resposta foi positiva. O meu projeto de pesquisa sobre os benefícios da literatura na recuperação de pessoas hospitalizadas ou em convalescença foi muito bem aceito pela universidade, e eu podia começá-lo de imediato. Por isso, não foi difícil providenciar os trâmites legais, e tudo foi resolvido com muita rapidez.

O curso de férias estava terminando, e não foi problema eu me afastar das minhas atividades no Brasil. Nunca havia utilizado da minha prerrogativa de fazer pós-graduação no exterior, e ainda manter o meu cargo disponível quando do retorno ao país. Por isso, solicitei meu afastamento como professora titular de Literatura para os semestres seguintes, até a conclusão do pós-doutorado na Itália.

Liguei para Lorenzo para saber se ele me aceitaria em sua casa por algum tempo, enquanto procurava um outro lugar, e ele ficou quase ofendido com a pergunta.

– Bia, se não ficar aqui comigo, em minha casa, vou ficar muito triste com você.

– Meu amigo, é que não gosto de incomodar, já estou muito acostumada a resolver minhas coisas sozinha.

– Bia, *cara mia*, você é a minha família, eu só tenho você. Por favor, quero muito ajudá-la. Você fez isso por mim, e agora é a minha vez. Não me tire essa oportunidade de retribuir o que você fez por mim no Brasil, embora eu saiba que jamais vai ser o suficiente. Sabe, eu já estava mesmo pensando em passar um tempo aí com você; sinto sua falta. E agora que surgiu esse projeto de pesquisa, é algo mesmo providencial.

– Mas Lorenzo...

– Nada de mas. Já está decidido, *carina*. Você vem para a minha casa. E, se mais tarde você quiser um lugar só seu, não se preocupe, que dou um jeito nisso.

Lorenzo morava em Gênova, a cidade onde ficava a universidade. Certamente, seria muito prático para mim ficar com ele em Gênova. E seria muito agradável, já que eu adorava Lorenzo e sentia muita falta dele. Mas a minha vontade era morar em Cinque Terre. Esse era o lugar que mais me atraía na Itália, onde meu coração batia mais forte e eu me sentia mais viva, como se algo estivesse ali a minha espera.

– Obrigada, meu amigo. Eu tinha certeza de que podia contar com você.

Depois fui encontrar Rapha na casa dele. Ele havia acompanhado tudo desde a minha decisão, na qual ele teve uma participação fundamental, porque, sem ele, eu não teria tido a coragem de me decidir. Mas, mesmo estando completamente de acordo e incentivando minha viagem, porque sabia que eu vinha sofrendo demais, mesmo assim ele se lamentava e não achava justo que nos afastássemos, que eu tivesse que praticamente fugir.

– Então, tudo pronto para a fuga? – perguntou ele, sentado numa poltrona da sala, depois que percebeu que tudo estava providenciado e sentiu o peso da minha decisão.

– "Fuga" não é bem o termo. Preciso ficar longe, Rapha. Essa história está me fazendo muito mal, e a ele também. Tinha que ter um fim, não é mesmo? Amigo, sei que concordou com minha decisão e já me apoiou também, mas está sendo difícil para você. Portanto, só peço que continue me apoiando. Isso é importante para mim.

– Desculpe, minha amiga. Entendo, sim, fique tranquila. Eu, mais do que ninguém, vejo o quanto isso a machuca, e quero, sinceramente, que você melhore. Mas é que tenho certeza de que vou morrer de saudade. Você é a minha família, Bia.

Era a segunda vez no mesmo dia que eu ouvia a mesma frase: você é a minha família. Isso era realmente reconfortante.

– Rapha, já provamos um para o outro que nossa amizade é mais forte que o tempo, mais forte que a distância. Vamos nos falar o tempo todo, por telefone, e-mail. E você vai me visitar também. Vai passar rápido. Você também é minha família, querido. E sabe que só estou fazendo isso porque é imprescindível.

– É verdade, Bia. Desculpe o meu egoísmo momentâneo. Vá, sim, minha amiga. Sei que é necessário. O importante agora é que você fique bem. O resto a gente vê depois.

– Eu te amo, meu aventureiro preferido. Obrigada por tudo.

Charles não foi tão fácil de convencer. O meu irmão nunca suportou a ideia de ficarmos longe um do outro, pois sempre fomos muito ligados.

– Bia, o que eu posso dizer para convencê-la a ficar? – Ele falava emocionado, depois de várias tentativas infrutíferas de me convencer a não viajar. Mas já sabia que estava perdendo a batalha.

– Nada, Charles. Eu o amo muito, meu irmão. Vai ser difícil para mim também, mas ficar aqui está sendo insuportável. Não estou conseguindo trabalhar, também não me divirto mais. Minha vida está um caos. E continuar aqui não o ajuda em nada. – Nem sequer pronunciei o nome de Léo, mas Charles sabia de quem eu falava.

– Então, é por ele?

– É por mim principalmente. – Não era bem verdade.

– E você acha que lá vai ser diferente para você? Acha que vai ser feliz?

– Feliz, não. Mas estudar de novo é algo diferente, talvez seja boa essa mudança. E preciso dar a ele essa chance de viver sem mim por perto. – Charles me olhou triste, mas me abraçou, se rendendo.

– Promete que vai ficar em contato sempre? Promete que não vai abandonar esse seu irmão que a ama mais que tudo? Promete, Bia? – Ele abraçou-me mais.

– Sim, prometo, querido. Você vai enjoar de tanto que vou ligar e escrever para você.

– Duvido muito... – Já aceitando minha viagem, ele riu um pouquinho.

Comecei a fazer os preparativos finais para a viagem. Passagens, passaporte, roupas, malas... Já quase em meados de agosto, finalizei a última semana de aula na universidade e tive a surpresa de ganhar uma festinha de bota-fora. Todos se reuniram para me desejar boa viagem. Suzy e Beth foram as primeiras a me abraçar.

– Vá em paz, amiga – disse-me Beth, seguida por Suzy. – E volte logo para nós, sentiremos sua falta.

– Eu também vou sentir falta de vocês. Foram muitos anos, e aqui sempre foi minha casa também.

Abracei as duas. Em seguida alguém me chamou, e reconheci a voz de André.

– Então, sua viagem era segredo? Só soube hoje, e quase não deu tempo de me despedir de você, Bia. Léo já sabe?

– Não. Pelo menos, não a data do embarque. E por favor, não conte a ele. Melhor assim, sem despedidas.

– Tudo bem. Também não tenho conseguido falar com Léo há dias, e ele não respondeu às minhas mensagens. Esteve aqui há duas semanas com a noiva. Veio apresentar a monografia, depois voltou de novo para Taubaté. E foi a última vez que nos falamos.

Só disse que estava voltando para o Rio e que conversaríamos quando chegasse.

– Ele está bem? – Estava angustiada sem notícias.

– Sinceramente, não sei. Como disse, não tenho falado com ele ultimamente. Mas dizem que o tempo cura tudo, não é? Bem, não sei se isso vale para todo mundo, principalmente em se tratando do meu amigo, que não é lá muito igual a ninguém, mas torço muito por isso. Por ele e por você.

– Obrigada, André. Vou ficar bem, sim. E Léo certamente também vai ficar. – Eu esperava isso desesperadamente, já que era o motivo pelo qual eu estava "fugindo".

Em minha casa não foi diferente. Iris quis fazer uma recepção para a família, na noite anterior ao meu embarque. Ela achava que a família precisava se reunir antes da minha partida, pois queria que eu sentisse que todos estavam torcendo por mim.

Além de meu irmão, Iris e as crianças, estavam presentes Rapha e Rodrigo. Fê havia ligado mais cedo, pedindo desculpas por não poder ir, mas desejando boa viagem.

– Quer dizer que a sua viagem é um não à minha proposta? – perguntou Rodrigo, quando paramos em frente à piscina, depois do jantar, para conversar um pouco.

– A sua proposta era muito boa, Rodrigo. Seria uma honra, na verdade, aceitá-la, poder dizer sim a você. Mas eu não seria uma boa mulher para você agora, e você merece ter ao seu lado alguém que o faça feliz... Não seria justo.

– Mas caberia a mim julgar isso, aceitar o seu amor nessas condições... Eu seria feliz com você, Bia... Eu queria isso.

– Eu sei. E é por isso que não o mereço. Você é um homem muito bom, querido. Qualquer mulher seria feliz com você, seria fácil largar tudo e ficar só com você, e eu não fui capaz disso. Mas quero que saiba que sempre o amei muito.

– Não tenho dúvidas, Bia. Bem, não queria qualquer mulher, queria você, e talvez por isso eu a ame tanto. – Rodrigo não usou o passado. – Você sempre foi diferente, sempre lutou por seus ideais, sempre soube se impor, e isso me fascinava, sempre me manteve apaixonado por você... até hoje...

– Eu sinto muito... Queria poder corresponder à altura, mas não posso.

– Eu não sinto... Valeu a pena cada segundo.

– Bia, amiga! – Iris me chamava, tirando minha atenção da conversa com Rodrigo.

– Todos querem um pouquinho da sua atenção hoje. – Rodrigo me deu um beijo no rosto e saiu, para que eu pudesse atender à minha amiga.

Iris aproveitou para fazer todas as recomendações que queria. E, embora estivesse emocionada, porque sabia que nos afastaríamos por um tempo, estava entusiasmada com a viagem e achava que, de alguma forma, ir para a Itália me faria bem.

De longe, vi que Rapha falava seriamente com alguém ao celular e, às vezes, parecia aborrecido. Fui até ele, para ver do que se tratava, mas, no momento em que me aproximei, ele se virou para mim e sorriu, desligando o telefone. Parecia disfarçar.

– Meu amor – Rapha falou comigo –, está quase na hora de levar você para casa. Você precisa dormir um pouco antes do embarque. Nem viajou ainda, e eu já estou com saudade... – Ele continuava disfarçando.

– Algum problema? – Eu estava desconfiada do jeito estranho do meu amigo.

– Não. Por quê?

– Você parecia aborrecido ao telefone. Só estranhei.

– Não foi nada, Bia. Coisa minha. Nada com o que você precise se preocupar.

– Tem certeza?

– Absoluta.

Por fim, Rapha me levou para casa, quando terminou minha agradável recepção familiar. Na manhã seguinte estaríamos todos no aeroporto para o embarque.

– Até amanhã, Bia... Você tem certeza de que não quer que eu durma aqui esta noite? – perguntou Rapha, no carro, em frente ao meu prédio.

– Não, Rapha, prefiro ficar sozinha. Preciso terminar de arrumar algumas coisas ainda. A gente se vê amanhã.

– Está bem. Passo às dez horas para levá-la ao aeroporto.

– Combinado.

Entrei em casa e olhei as malas à minha espera, prontas para meu novo caminho. Na verdade, eu não tinha mais nada para arrumar, queria mesmo ficar sozinha. Eu estava pensando muito em Léo naquela noite, e isso parecia muito evidente em meu rosto. Não queria ver a minha imagem arrasada refletida nos olhos dos outros. E não queria que vissem a saudade que me corroía por dentro.

Fui até a cozinha verificar se estava tudo pronto para receber Rodrigo na semana seguinte, já que ele estaria voltando para o apartamento dali a alguns dias. Não queria que pensasse que eu não havia cuidado bem do imóvel na ausência dele. Depois peguei um copo com água, tomei um gole e resolvi levar o copo para o quarto. Estava sentindo muita sede naquela noite, talvez pela ansiedade.

Entrei no quarto e pus o copo na mesa de cabeceira, depois fui ao banheiro trocar de roupa. Mas, enquanto eu soltava os cabelos, presos num coque, a campainha tocou. Estranhei, porque o interfone não tinha tocado para avisar que alguém estava subindo. Imaginei, então, que Rapha havia esquecido alguma coisa. Parei o que fazia e fui até a porta.

Abri a porta num impulso e já ia me dirigindo a meu amigo.

– Rapha, você... – mas não continuei, porque percebi que não era Rapha quem estava parado diante de mim na porta.

Um braço estava apoiado na lateral da porta, o outro solto ao lado do corpo, e a cabeça um pouco abaixada.

Quando falei, ele levantou a cabeça e me olhou dentro dos olhos. Nesse exato momento, todos os meus medos se foram e eu me senti em paz.

Ele respirou fundo, antes de falar:
– Por favor, Bia, não me mande embora. Preciso muito de você hoje. – Eu não tinha a menor intenção de fazer qualquer coisa que o repelisse, porque, muito mais do que ele, eu precisava daquele momento, ansiava desesperadamente pela presença dele.
– Você... demorou... – Não tive tempo para falar mais nada. Léo me beijou demoradamente, cheio de desejo, ali mesmo, com a porta aberta. Sua boca invadia a minha, com ânsia, com loucura, e eu só retribuía cada vez mais seus beijos desesperados, porque necessitava mais daquilo do que o ar que eu respirava. Tinha muita sede naquela noite, muita sede do meu amor.

Depois de muitos minutos ininterruptos de beijos apaixonados, Léo diminuiu o ritmo, mas nossas bocas continuaram coladas, tocando-se levemente. Nós nos desejávamos mais do que seria possível imaginar.

Então ele continuou me beijando, só que um pouco mais calmo. Empurrou-me com carinho para dentro do apartamento, sem parar de me beijar e de me acariciar com suas mãos quentes, em toda parte. Minha cintura, meu pescoço, meus cabelos. Cada sensação, cada movimento, cada toque era perfeito, mas ainda era pouco. Queríamos mais.

Léo conseguiu, por fim, fechar a porta, empurrando-a com o pé, e me levou até o sofá. Do jeito que estávamos, sem conseguir fôlego para pronunciar uma única palavra, não conseguiríamos chegar ao quarto.

Então, ele parou um pouco de me beijar, mas continuou a acariciar minhas costas e meus cabelos, enquanto beijava meu rosto e a base do meu pescoço. Depois pousou os lábios bem próximos ao meu ouvido.

– Me deixa amar você, Bia? Eu quero você mais do que tudo... Por favor, não me rejeite... Eu te amo... muito.

Respondi num sussurro, o meu corpo estava em chamas.
– Eu também quero... muito...

Ele começou a desabotoar a minha blusa e continuou a me beijar. Eu não conseguia separar meus lábios dos dele, tinha necessidade daqueles beijos.

Então, sem pensar em mais nada e completamente tomados pelo desejo, nós nos amamos, da forma mais infinita, mais intensa, mais pura e mais bonita que um homem e uma mulher poderiam se amar. Ali mesmo, no sofá da sala.

Depois de algumas horas, acordei com o toque dos lábios de Léo em minha pele descoberta, beijando carinhosamente meu ombro.

– O que está fazendo? – O sono me dominava.

– Tentando acordar você, para levá-la para a cama. Aqui está um pouco desconfortável.

– Pois saiba que nunca me senti tão bem. E me acordar agora é um perigo... Ainda não sei se estou satisfeita.

– Talvez por isso eu tenha acordado você...

Léo me abraçava, eu de costas para ele, no sofá apertado. Talvez ele tivesse mesmo razão em pensar que eu estava desconfortável, mas a simples ideia de me separar dele já doía.

Então, ele se sentou num movimento suave, pegou-me nos braços e me ergueu do sofá. Eu quis falar, mas ele me impediu.

– Não fale, querida, continue dormindo, que a levo para o quarto. – Ele se levantou do sofá comigo em seus braços e foi para meu quarto.

Assim, com todo amor, Léo me colocou na cama, depois se deitou ao meu lado, mas não me deixou dormir. Continuou me beijando, primeiro no ombro, depois nos cabelos e em seguida na boca. Depois de uma doce demonstração de carinho como aquela, eu não poderia continuar dormindo... Fizemos amor novamente... mas desta vez não havia mais urgência. Foi calmo e demorado. E ali, sem qualquer medo ou dúvida, percebi, mais uma vez, que eu não sabia ainda o que era amar infinita e ilimitadamente um homem. Até aquele momento...

De manhã, Léo voltou a me acordar carinhosamente. Tocou minha cicatriz nas costas, bem na altura da cintura, passando os dedos com suavidade sobre ela.

– Ela é bonita – disse, logo que percebeu que eu estava acordada.

– O que é bonita?

– Sua cicatriz, aqui... – Tocou a minha pele e um arrepio percorreu todo o meu corpo. – E as outras também são lindas, eu já disse isso...

– Só você mesmo para achar uma cicatriz linda...

– Estou falando sério. Acho tudo em você lindo. – Enquanto falava, beijava a minha pele, meu queixo, procurando minha boca.

– Você ainda tem fôlego? – Eu me virei de frente, para ver seu rosto à luz da manhã.

O rosto dele estava terno, e parecia radiante. Léo sorriu para mim. O sorriso mais lindo, mais tranquilo de todos os que ele já me havia dado. E eu só pude dizer uma coisa nessa hora:

– Amo você.

Léo não respondeu com palavras.

Eu não queria parar, eu o amava demais, mais do que nunca. Uma noite não era suficiente para eu saciar toda a vontade que tinha dele, mas precisava parar. Pois, embora tudo ali fosse perfeito, as coisas não haviam mudado. Apenas nós tínhamos parado no tempo, por uma noite, como uma espécie de despedida. Mas tudo continuava como antes. Nossas vidas seguiriam, separadas.

– Léo, espera... Só um pouco. Olha para mim. – Ele me olhou, parando com seu toque mais que perfeito.

– Tem certeza de que não quer? – Senti um quê de insegurança em seu olhar.

– Quero, meu amor. Mas já é de manhã. Foi maravilhoso, eu sei, e nunca vou esquecer esta noite. Na verdade, foi a melhor noite da minha vida, mas tenho um voo para pegar daqui a pouco.

– É, eu sei. Você está certa de que não quer ficar? Podemos dar um jeito, Bia. Agora tenho certeza absoluta de que é impossível me separar de você, meu amor.

Continuamos abraçados, como se fosse o único jeito de ainda permanecermos juntos, mesmo que por mais alguns minutos.

– Desculpe, mas preciso ir. Eu amo você, Léo, e isso não vai mudar, onde quer que eu esteja, mas preciso ir. Por favor, peço que entenda... Nossas vidas têm que continuar.

Com um pouco de esforço, já que Léo me abraçava forte demais e eu também queria ficar, consegui que me deixasse sair da cama. Beijei seu rosto lindo e iluminado, depois me levantei. Ele ficou me olhando enquanto eu me dirigia ao banheiro.

Liguei o chuveiro para que enchesse a banheira. Eu não tinha muito tempo até a hora em que Rapha chegaria para me levar ao aeroporto.

Léo chegou perto de mim e continuou me olhando. Foi difícil não retribuir àquele olhar... Ele era lindo. E era difícil manter a minha concentração, tendo aquele garoto ali comigo. O homem que eu amava perdidamente e que não tinha mais dúvida de que era o grande amor da minha vida. Para todo o sempre, meu verdadeiro e único amor.

Ele me recostou na bancada da pia, segurou-me pela cintura e tocou meu ventre com a mão, fazendo movimentos circulares com o polegar. Meu corpo tremia por inteiro com o toque dele. Ele riu com a minha reação, depois me abraçou.

– Ainda temos um tempinho? – perguntou ao meu ouvido, já concordando com a ideia da nossa separação, mas querendo prolongar o nosso encontro até o último instante.

– Uma hora, no máximo.

– Então, ainda posso amar você um pouco mais.

Nossas mãos se entrelaçaram na banheira e imergimos em um pouco mais de amor, naquela água morna, que envolvia nossos corpos quentes e ainda sedentos de mais e mais amor.

Capítulo 30
EMBARQUE

Eu sei que vou te amar
Por toda a minha vida eu vou te amar
Em cada despedida eu vou te amar
Desesperadamente, eu sei que vou te amar

– Tom Jobim e Vinicius de Moraes,
"Eu Sei que Vou te Amar"

Quando Léo teve que ir embora, não fizemos promessas. Ele apenas se despediu dizendo:
– Eu amo você mais do que tudo, para sempre, aconteça o que acontecer.
Rapha notou o meu estado de espírito quando passou para me levar ao aeroporto.
Colocava as malas no porta-malas do carro, mas me observava também. Então, parou, fechando a porta traseira.
– Tem alguma coisa para me contar?
– Por que a pergunta?
– Não sei bem... Mas estou achando você um pouco mais animada, embora ainda tenha uma ruguinha de preocupação na

testa. Ontem, quando a deixei em casa, você parecia arrasada, e agora tem até um leve sorriso nos lábios.

– Você me conhece mesmo, não é?

– Então, tem realmente algo?

– Tem. – Eu ri, meio desconcertada.

– Léo tem alguma coisa a ver com essa corzinha em suas bochechas e esse brilho em seus olhos?

– Ele apareceu em meu apartamento ontem à noite.

– E...?

– E o quê?

– E o que aconteceu, Bia? Quero saber... Na verdade, eu temia que isso pudesse acontecer. Ele me ligou ontem, durante a recepção na casa de Charles.

– Então era ele ao telefone naquela hora em que você parecia aborrecido?

– Sim, era.

– E por que você escondeu isso de mim?

– Porque ele parecia meio desesperado, queria ver você de qualquer jeito, e eu tive medo de você sofrer ainda mais ao saber como ele estava. Tentei acalmá-lo, pedi que aceitasse sua decisão e que deixasse você viajar tranquila. Ele me prometeu que não atrapalharia e que a faria feliz. Mas parece que não cumpriu a promessa.

– Depende da perspectiva. Ele disse que não atrapalharia, não foi?

Ele concordou com a cabeça, enquanto dirigia. Já estávamos quase chegando ao aeroporto.

– Léo não fez nada para atrapalhar, Rapha. Ele aceitou minha decisão. Portanto, acho que cumpriu o que disse. E, quanto a me fazer feliz, não acredito que possa existir no mundo uma mulher mais feliz do que eu fui ontem à noite. Bem, do jeito dele, ele cumpriu a promessa.

– Como assim, "uma mulher mais feliz do que eu"? Aconteceu?

Sorri para ele e balancei a cabeça afirmativamente. E nesse

momento nós já carregávamos as malas em direção ao *check-in* – no mesmo momento em que Iris, Charles e Rodrigo se aproximavam de nós. Todos estavam lá para a despedida, como haviam prometido.

Rapha ficava o tempo todo rindo e tentando achar uma oportunidade para continuarmos com a nossa conversa, mas não havia como.

Então, ele se sentou ao meu lado, quando todos resolvemos tomar café da manhã juntos, antes do embarque. Ele me abraçou um pouco e colocou os lábios bem perto da minha orelha para dizer o que não conseguia segurar.

– Quero saber dessa história toda...
– Agora não dá.

Rapha estava curioso, mas um pouco preocupado também, porque sabia que, por melhor que tivesse sido a minha noite com Léo, eu sofreria depois.

– Só me diga se foi bom.
– Foi tudo!
– E você vai ficar bem?
– Não sei...

As outras pessoas nos olhavam, também curiosas. A nossa conversa sussurrada parecia não agradar.

– O que vocês cochicham tanto? – perguntou Charles. – Não vão dividir conosco?

– Desculpe. É coisa do Rapha, mas vamos deixar nossa conversa para depois.

Nosso café chegou logo em seguida, e Iris quis saber detalhes de tudo o que eu iria fazer na Itália. Rodrigo se prontificou para qualquer coisa, dizendo que poderia ligar para ele se precisasse. Que, se eu não estivesse gostando, voltasse antes do planejado, e sempre mantivesse contato. Eu concordei, tranquilizando-o.

Charles continuava procurando motivos para que eu não viajasse, para que não me afastasse dele, mas eu sabia que meu irmão não estava torcendo contra, ele apenas sentia saudade antecipada, porque me amava demais.

Depois ele pediu para que eu levasse seu abraço a Lorenzo, e Rapha fez o mesmo.

Terminamos o café bem na hora de seguirmos para o portão de embarque. O alto-falante do aeroporto já anunciava a primeira chamada do meu voo. Todos me olharam emocionados.

Rapha me tirou do chão num grande abraço e me girou no ar.

– Vou sentir sua falta, minha amiga querida.

– Eu também, querido, eu também.

Depois foi a vez de Charles, que me abraçou forte e me beijou no alto da cabeça. Eu vi que ele me olhava meio de lado, escondendo o rosto. Seus olhos estavam úmidos pelas lágrimas que tentava segurar.

– Não demore a voltar para nós, Bia. Amo muito você, minha irmã, não se esqueça disso.

– Esses dois anos vão voar, Charles, você vai ver. E eu amo você também... demais. – Charles enxugou a lágrima que não conseguiu conter; eu olhei para ele e sorri. – Bobo. Não chore, querido, vou ficar bem lá.

– Isso é a única coisa que me consola, porque sei que você não estava feliz aqui, Bia. Vou torcer para que corra tudo bem.

– Obrigada... por entender.

Depois Iris também me abraçou, e, por último, Rodrigo.

– Por favor, Bia, qualquer coisa, basta ligar, que vou na mesma hora buscá-la... Eu ainda a amo muito, meu amor.

– Eu sei. – Então beijei o rosto dele e tive que ir.

– Obrigada por tudo, amores da minha vida! – disse a todos, em voz alta, enquanto atravessava a barreira que dava passagem ao portão de embarque.

Embora eu estivesse bem, embora eu me sentisse feliz com a presença da minha família ali, vendo-me partir, estava com uma sensação de vazio enorme. Havia muita gente que eu amava ali comigo, mas faltava alguém. Sabia que ele não poderia ir ao aeroporto, mas tinha esperança de vê-lo uma última vez, já que sabia que demoraria muito para nos encontrarmos novamente. Na verdade, eu nem podia ter certeza de que um dia nos veríamos de novo. Nossas vidas mudariam nesses dois anos que viriam pela frente. Admitir isso, e saber que talvez eu não pudesse mais ver Léo era uma dor terrível, insuportável, que começava a me torturar lentamente, e talvez não cessasse jamais.

Passei pelo longo corredor que levava à sala de embarque carregando aquela dor enorme dentro de mim. Caminhava lentamente, de cabeça baixa, já quase chegando à sala, quando levantei a cabeça por um instante e vi Léo recostado num canto. E ele me sorriu lindamente, devolvendo o ar que me faltava e a paz que eu precisava para equilibrar o meu mundo interior em frangalhos.

Então, corri para os braços dele. E nos beijamos apaixonadamente, antes mesmo de dizer qualquer palavra.

– Como você conseguiu entrar aqui? – perguntei, depois do nosso beijo rápido, mas intenso.

– Sou da imprensa, lembra? Temos algumas regalias. Também tenho alguns amigos aqui no aeroporto.

– Achei que não o veria mais.

– Não diga isso, por favor. – Ele me apertou um pouco mais em seus braços. – Não vamos falar disso neste momento, Bia; não temos muito tempo. Seu avião decola em quarenta minutos, e meu amigo aqui – ele apontou para o guarda da sala de embarque – disse que consegue nos dar vinte.

– Vinte minutos? É tudo o que temos?

– Proponho que falemos só coisas boas, como fazíamos em nossas conversas no estacionamento do *campus*, sobre a sombra do nosso ipê-amarelo. – Nós nos olhamos profundamente.

– É verdade... Nosso lindo ipê. Está bem. Do que você quer falar?

– Por enquanto, só quero ficar um pouco assim, abraçados como estamos agora. – Eu o abracei mais, minha cabeça em seu peito, ouvindo seu coração bater acelerado.

– Léo, agora que você está aqui, estou me lembrando de uma coisa.

– O quê?

– Desde ontem estou curiosa.

– Curiosa? Sobre o quê?

– Como você fez para subir ao meu apartamento sem ser anunciado pelo interfone? – Ele começou a rir.

– Do que está rindo?

– Eu subornei seu porteiro. – Ele ainda ria.

– O quê? Você subornou meu porteiro para subir ao meu apartamento? Achei que eu pudesse confiar em Jair...

– Brincadeira, Bia. Jair e eu ficamos meio amigos. Ele já estava acostumado com minha presença por lá, e sabia que sou uma pessoa de confiança, que nunca lhe faria mal algum. Bem, aí pedi que ele me deixasse subir sem avisá-la. Eu disse a ele que, se ele perguntasse se eu poderia subir, talvez você não permitisse.

– Você sabe que eu não faria isso com você... – Estava meio ofendida.

– Na verdade, eu não tinha certeza. E depois, quando falei com Rapha e ele me disse que era sua última noite no Brasil, eu me desesperei, não podia arriscar, tinha que vê-la mais uma vez. Estava louco de tristeza, de saudade. Eu tinha que fazer algo.

– É, Rapha me falou hoje de seu telefonema. Ele devia ter me contado ontem mesmo...

– Ele só queria poupá-la, Bia.

– Eu sei.

– Você contou para ele sobre ontem?

– Só que você esteve lá casa.

– Só isso?

– Não deu tempo de falar muita coisa no caminho até o aeroporto.

– Mas teria contado, se desse tempo?
– No geral, sim. Confio em Rapha. Ele é meu melhor amigo, meu irmão. Não temos segredos, Léo, e ele sempre esteve comigo em todos os momentos da minha vida, nos bons e nos ruins. Mas eu não contaria detalhes, não há necessidade. É algo nosso, pertence só a nós...
– Eu entendo. E também confio em Rapha. Ele é um bom amigo, um verdadeiro amigo. Gosto dele.
– Ele também gosta de você, sabia?
– É mesmo? É uma grande vantagem conquistar o melhor amigo do meu amor... – Léo pareceu triste.

Nesse momento, olhamo-nos mais uma vez, sabendo que a hora de nos distanciarmos estava próxima, que era inevitável, e que esse amor do qual ele falava ficaria só em palavras e em nossas lembranças. Procurei mudar de assunto. Eu não suportava a tristeza no olhar de Léo.

– Mas e o Jair? Ele aceitou a sua desculpa e deixou você subir, assim, tão fácil?
– Não foi tão fácil – respondeu Léo. – Só depois de eu me ajoelhar aos pés dele e confessar meu amor por você, e dizer que aquele poderia ser nosso último momento juntos. Só então ele ficou com pena de mim, da minha situação miserável, e me deixou subir.

Mais uma vez nos deparamos com as mesmas palavras... "Último momento juntos", exatamente como aquele momento, ali, no embarque, em que tínhamos não mais que cinco minutos.

– Como você está, Léo? Sei que está tentando disfarçar... Seja sincero.
– A minha vida está um caos. – Ele usou as mesmas palavras que eu havia dito a Charles dias antes, e parou um pouco, ficou com os olhos fechados, o rosto colado ao meu. – Mas isso não importa agora... De todas as coisas difíceis pelas quais eu tenho passado, o que mais sinto é por você, por não ter sido possível fazê-la feliz, sermos felizes juntos.

– Mas você me fez feliz, Léo. Cada momento em que estivemos juntos foi um momento de felicidade. Mesmo agora, prestes a ir embora, ainda assim, estou feliz. Você está aqui comigo. Mas fico triste quando sinto que está triste. E vejo que você está triste, e não fiz nada para ajudar, para aliviar sua tristeza.

– Não, meu amor... Não fique assim. Você me deu o melhor ano da minha vida. Só estou cansado, muito cansado de tudo. E é por isso que não posso me opor a sua viagem. Não quero que participe dos atuais acontecimentos da minha vida. Quero que você guarde apenas as boas lembranças. Sei que tudo vai piorar com você longe, eu não vou conseguir respirar direito, mas não posso mais envolvê-la nisso. Nada mudou para mim, Bia... Mas pode mudar para você, e é só isso que eu quero, que tenha uma oportunidade de tentar ser feliz.

Léo estava dizendo quase as exatas palavras que usei com Charles e Rapha, que eu precisava me afastar para que ele pudesse viver a vida dele sem mais pensar na possibilidade de nós dois. Os objetivos eram os mesmos. Precisávamos dessa chance.

Atenção passageiros do voo 9987, com destino a Milão, embarque imediato.

Nesse momento em que o alto-falante anunciou o fim do nosso encontro, o guarda, amigo de Léo, fez sinal, dizendo que não poderia mais esperar. Léo me olhou profundamente, pegou meu rosto com as duas mãos e tocou seus lábios suavemente nos meus.

– Você precisa ir. Aconteça o que acontecer. Lembre-se sempre disso.

Ele tentou me dar o sorriso infantil que eu tanto adorava, mas foi inútil.

– Eu também amo você – falei, entendendo e complementando a frase que ele acabara de pronunciar.

Léo, então, soltou-me e me colocou bem diante do túnel que levava para dentro da aeronave.

– Agora vá.

Dei o primeiro passo para o túnel, minha mão ainda segurava a dele. Dei o segundo passo, nossas mãos se soltaram, e o guarda começou a fechar a entrada.

A última imagem que tive dele foram seus lindos olhos azuis me olhando partir. E não pude controlar as lágrimas que desciam por minha face.

– Bem-vinda a bordo, senhorita – disse o comissário de bordo na entrada do avião.

O jovem comissário me cumprimentava para a minha nova vida, que eu sabia que seria triste. Não veria mais o meu amor, não sentiria mais o calor da sua pele, sua voz ao meu ouvido, seus beijos inigualáveis, sua mão segurando a minha, nossas conversas, seu lindo sorriso infantil. Eu era apenas metade de mim, e teria que viver assim: incompleta.

As portas do avião se fecharam, e o comissário de bordo que havia me cumprimentado me seguiu até o meu assento. Disse que eu precisava colocar logo o cinto de segurança, que o avião já ia decolar. Todos os outros passageiros já estavam acomodados, prontos para a decolagem.

Ocupei meu assento na parte dianteira da aeronave, na janela. Eu queria ver as imagens do Rio de Janeiro, já que demoraria a voltar a ver a minha cidade novamente.

O comissário se certificou de que eu estava no lugar correto e depois me olhou; viu que eu chorava.

– A senhorita precisa de mais alguma coisa?

Mas não havia nada que ele ou qualquer pessoa pudesse fazer por mim naquele momento. O meu destino já estava traçado, e eu só podia chorar.

– Não, obrigada – respondi ao jovem que me fitava com curiosidade. Com um aceno de cabeça, ele sorriu e saiu.

O avião começou a se mover, saindo da plataforma de embarque e indo em direção à pista de voo. Parou diante da enorme pista e começou a deslizar sobre ela, com pouca velocidade. Depois acelerou, tornando-se mais veloz, o suficiente para sair do chão e começar a pairar no ar. Senti o tremor da decolagem, da mesma forma que eu também tremia, mas depois o avião se estabilizou e tudo ficou calmo.

 Em seguida, a grande ave do meu destino fez uma longa curva sobre o céu da cidade maravilhosa, circulando a Baía de Guanabara, e pude ver a linda imagem soberana do Cristo Redentor, com seus braços abertos, saudando quem chegava e quem partia; cada um com sua história, suas alegrias, suas dores.

· Capítulo 31 ·

LIMBO

Entramos no primeiro círculo, em que o abismo já começava a estreitar-se. Prestei atenção: não mais havia choro lastimoso, só suspiros, que murmuravam, ecoando suavemente por todo o espaço. Tais suspiros nasciam de um sofrimento sem martírio, experimentado por homens, mulheres e crianças que ali se aglomeravam.
[...]
Tal revelação encheu-me o coração de dor. Na verdade, conheci muitas almas de grande valor que não haviam sido poupadas da desolação do Limbo.

– Dante Alighieri,
A Divina Comédia, Primeira Parte, "Inferno"

Dia primeiro de setembro de 2007. Essa foi a data em que desembarquei pela segunda vez no aeroporto de Milão. Já era madrugada na Itália, do dia em que começaria minha nova vida, e com ela o meu tormento.

Quando saí pelo portão de desembarque, esperavam-me no saguão do aeroporto Lorenzo, tia Anna e a filha dela, Letizia.

Todos me receberam com muito carinho, e, depois dos abraços de boas-vindas, combinei com tia Anna que a visitaria em casa logo que me recuperasse do cansaço da viagem e me adaptasse ao fuso horário.

Em seguida, fui com Lorenzo para a casa dele, em Gênova, como havíamos decidido antes.

O percurso foi um pouco demorado. De Milão a Gênova eram algumas horas de carro. Fiquei quase o tempo todo dormindo, recostada ao ombro de Lorenzo, enquanto o motorista nos levava ao nosso destino.

Lorenzo entendeu o meu desânimo, meu cansaço físico e emocional, e não exigiu muito de mim. Ele sabia parcialmente de tudo o que havia me acontecido, sabia um pouco das minhas dores. Por isso conversamos apenas o suficiente para que ele pudesse saber notícias dos meus familiares – amigos dele também. Depois, só voltamos realmente a conversar pela manhã, quando me sentia mais recomposta.

Como previsto, o clima na Itália estava quente, o outono apenas começava, e eu só deveria passar a me preocupar com as roupas para o inverno rigoroso dali a três meses, quando as intensas chuvas, o frio e a neve por fim chegariam à cidade. E eu precisava estar preparada, já que não estava acostumada com aquele clima. O Rio de Janeiro era quente quase durante todo o ano.

Faltava uma semana para o início dos estudos do projeto que eu deveria desenvolver na universidade de Gênova. Assim, teria uma semana livre para conhecer melhor o lugar onde iria morar pelos próximos dois anos. Uma semana livre para pensar no que não devia, para me lembrar das coisas maravilhosas que tinha vivido com meu amor e às quais não teria mais acesso. Uma semana livre para me lembrar de Léo e para sofrer com a distância.

Mas tinha que começar a viver aquela nova vida. Portanto, resolvi começá-la pela visita que havia prometido fazer a tia Anna.

Eu já conhecia bem a casa de Lorenzo, a linda e enorme casa com ares de castelo. Isso me incomodava um pouco, já que gostava de lugares mais simples, mais parecidos comigo. Lorenzo, vendo meu desconforto, pediu-me alguns dias para resolver a situação. Mas eu não conhecia a casa de tia Anna, embora tivéssemos nos falado algumas vezes por telefone e até mesmo nos encontrado para um passeio pela cidade da última vez em que eu estivera na Itália. Sendo assim, aquela era a primeira vez que ia à casa dela. E o lugar me pareceu, à primeira vista, muito agradável.

A casa de tia Anna também ficava na região da Ligúria, mas não na mesma cidade em que Lorenzo residia. Ficava em Rapallo. Mas tudo era muito próximo, já que as cidades ali não são grandes como as do Brasil.

Letizia foi me receber na entrada, logo que o motorista de Lorenzo parou em frente à casa.

Quando entrei, percebi que era uma residência muito bonita. Havia um jardim na frente, entre o portão externo e a porta de entrada, e tudo era muito florido e colorido.

Internamente, a casa era bem espaçosa, embora, por fora, a fachada parecesse estreita.

Tudo era decorado com mobília antiga, como daquelas que passam de geração para geração. E, ao que parecia, tia Anna se preparava para a chegada do frio, pois havia uma pessoa fazendo a manutenção do aquecedor da sala, enquanto outra pessoa instalava cortinas grossas e escuras nas janelas.

Era domingo, e, como Rapha havia previsto, toda a família estava reunida para me receber.

Tia Anna fez as apresentações, mas sem demorar muito em cada membro da família, uma vez que havia muita gente ali na casa. Apenas mostrou cada pessoa, dizendo seus nomes e o grau de parentesco com ela. Certamente levaria algum tempo para eu me acostumar com os nomes e rostos, até porque havia muitos nomes iguais. Só Fabrizio e Anna, devia ter pelo menos dois de cada.

A tia de Rapha, seu marido Carlos – que era brasileiro –, Letizia e os outros filhos e netos falavam bem o português, mas havia aqueles que só falavam italiano, embora isso não tenha sido um problema para mim. A não ser quando se tratava de dialetos, que eram completamente diferentes da língua italiana oficial, falada e ensinada nas escolas, eu entendia bem o italiano.

Fui conduzida até os fundos da casa, onde, para minha surpresa, havia um quintal enorme. Era difícil pensar que um lugar como aquele, aparentemente uma vila rústica, pudesse ter tanto espaço externo, com um quintal cheio de árvores frutíferas e uma piscina.

Nos fundos do quintal, havia também uma mesa enorme de madeira, cheia de travessas de massas e garrafas de vinho. Alguns pratos eu conhecia, mas outros eram completamente estranhos para mim.

Tia Anna fez logo questão de encher meu prato com vários tipos de comida, dizendo que eu estava muito magrinha e que um período ali convivendo com ela me faria muito bem, pois ela se encarregaria de aumentar o meu peso. A ideia não me agradou muito, já que eu gostava de ser magra, mas não contestei àquela demonstração de carinho.

O dia na casa da tia de Rapha foi muito agradável. Todos me receberam com muito carinho, e pude perceber o quanto a família italiana é unida e gosta de uma boa reunião, sobretudo para comer, beber e conversar.

Depois daquele dia especial, não foi fácil convencer tia Anna de que eu preferia ficar na casa de Lorenzo. Ela insistira em me hospedar desde o momento em que Rapha lhe falara da minha temporada na Itália. Mas entendeu o fato de que as acomodações de Lorenzo eram melhores, por ter mais espaço e ser mais silencioso para o desenvolvimento do meu projeto. Na verdade, a casa dela estava sempre cheia de gente, por isso ela aceitou que eu ficasse com o meu amigo; disse que seria melhor. Mas pediu que fosse sempre visitá-la e eu prometi que iria.

A semana seguinte foi dedicada a conhecer as cinco províncias, pois da outra vez em que estive na Itália, o tempo estava muito ruim e não permitiu uma exploração a contento. Lorenzo, então, se dispôs a me mostrar tudo, a contar a história de cada lugar.

Mas eu preferi caminhar sozinha, claro; estava numa fase muito introspectiva, em que não importava se estivesse cercada de pessoas por todos os lados, ainda assim me sentia extremamente só.

Era como se estivesse no limbo, onde não era aceita nem no céu nem no inferno. Por isso, o limbo era o lugar mais adequado para mim naquele momento. Eu não poderia considerar tudo ali ruim o bastante para me sentir no inferno, porque, embora estivesse sofrendo muito, eu gostava daquele lugar, daquelas pessoas, mesmo que a tristeza e a depressão quase me dominassem. Também não poderia considerar aquele lugar o céu, porque tinha problemas suficientes para não me sentir feliz, e o céu deveria ser um lugar de completa felicidade; então, ali não era o céu. Mas o limbo era uma boa denominação.

Antes de começar minha excursão pela região, tive que dar notícias da minha chegada aos meus parentes queridos. É claro que eu já os havia informado sobre minha chegada à Itália, bem e segura, na medida do possível. Essa foi a primeira providência de Lorenzo quando chegamos do aeroporto. Mas eu não havia conversado de verdade com eles.

Rapha foi o primeiro. O meu amado amigo sempre me entendeu, e ele sabia que os meus dias ali seriam difíceis, por isso não podia deixar de falar tudo com ele.

Inicialmente, contei da chegada, dos parentes dele no aeroporto e da visita à tia Anna. Contei da italianada reunida no domingo e de como todos eram calorosos e simpáticos. Mandei todos os beijos e abraços que os familiares dele me pediram que lhe transmitisse, e as recomendações de tia Anna para com o sobrinho. Mas depois, como previsto, Rapha quis saber de mim, de como me sentia. Não queria saber dos momentos em que eu estava cercada de pessoas, embora estar cercada de pessoas não fizesse a menor diferença para mim. Meu sentimento de solidão era uma constante. Ele queria saber como eu me sentia quando estava sozinha. Eu disse a Rapha que não fazia diferença. Contei ao meu amigo que não importava se havia gente por perto, companhia para me distrair; o vazio era o mesmo.

Rapha ficou triste por mim. Ele tinha esperanças, pequenas, mas tinha, de que pudesse ser diferente, de que eu realmente pudesse me distrair. Ele sentiu o fato de estarmos tão distantes e de não poder me dar o costumeiro abraço consolador de amigo. Mas já prevíamos isso, e nos dispusemos a estar sempre em contato, para diminuir a distância, a saudade e a minha solidão.

Depois falei com Charles, que passou horas fazendo recomendações e aconselhando. Também, vez ou outra, assumindo o lado médico dele, querendo saber se eu estava bem, se precisava de alguma coisa. Meu irmão, às vezes, tratava-me como se eu tivesse 5 anos de idade, enchendo-me de cuidados e mimos. Mas não podia reclamar disso, pois precisava desse amor que ele me dedicava. Era uma forma de saber da minha existência, das minhas raízes, principalmente quando me sentia como ali, tão sem rumo.

Embora tivesse pedido a Léo para que não me escrevesse, pelo menos no início, para que me desse um tempo para me acostumar com a nova fase, ainda assim tinha a esperança de que ele não cumprisse a promessa, sobretudo porque ele só a fizera por se sentir forçado. Ele não queria, tanto quanto eu, ficar tão afastado, cortar totalmente os laços. E sabíamos que, a partir dali, depois da nossa última noite de amor, longa, linda, intensa, perfeita e apaixonada, seria ainda mais difícil cumprir o prometido. Seria um verdadeiro suplício.

Mesmo assim, eu checava os e-mails. Mas parecia que ele queria tentar, queria me manter longe dos problemas dele, como me havia falado, porque não havia mensagem nenhuma de Léo.

Eu sentia uma dor imensa só de pensar em não ter notícias dele, mas esse era o objetivo da viagem, afastar-me. Por isso, conformava-me logo que desligava o computador.

Rodrigo também não tardou a ligar para a casa de Lorenzo. Depois de conversarmos por alguns minutos, ele se contentou com as notícias alegres que eu lhe transmitia. Não podia me ver, não podia olhar nos meus olhos, não podia enxergar a minha dor, por isso era mais fácil disfarçar para ele que estava tudo bem comigo, diferentemente de Rapha, que sabia mais detalhes de tudo o que havia acontecido entre mim e Léo, e sabia do nosso último encontro; sabia como seria dolorosa a distância e o fato de ter que esquecer o que vivemos – algo provavelmente impossível.

Mas Rodrigo se importava muito com o lado prático. Disse que se eu precisasse de alguma coisa, qualquer coisa – até mesmo dinheiro –, era só avisar que ele providenciaria. Mas, estando com Lorenzo, certamente eu não precisaria de nada; meu amigo jamais me deixaria desamparada.

Comecei, enfim, a minha excursão pela região. Gênova eu tinha deixado para a semana seguinte, uma vez que era lá que iria morar, pelo menos parte do tempo, e era lá que iria começar o projeto de estudos na universidade.

A região de Cinque Terre era o meu maior interesse. Eu era apaixonada pelo clima bucólico das cinco pequenas províncias montanhosas. E era em Vernazza que eu realmente desejava ficar, enquanto estivesse trabalhando no projeto. Com certeza eu me sentiria melhor lá, mais próxima de mim mesma. Mas sabia que não seria fácil conseguir morar em Vernazza, sabia das dificuldades para realizar esse desejo – e por vários motivos, a começar pelo acesso ao vilarejo.

Na verdade, não era muito fácil estabelecer moradia numa das províncias. Além de não haver imóveis disponíveis – pelo menos não que eu pudesse pagar –, o acesso às cidadezinhas era mais complicado, pois nelas não se entrava de carro. O principal acesso para as vilas era por via férrea. De Gênova, havia um trem que passava em cada uma das belas cidadezinhas, e, em todas elas, partia-se da estação a pé. Entre as cidades, porém, a locomoção não era tão difícil, pois tudo se resumia a uma distância de mais ou menos oito quilômetros.

E ali, em Cinque Terre, tudo era muito bonito, muito mágico. A paisagem era praticamente esculpida em pedra, já que as cidadelas ficavam nas encostas das montanhas, rodeadas pelo oceano. Um lindo cenário, que banhava de alegria os olhos e a alma. Riomaggiore, Manarola, Corniglia, Monterosso e Vernazza eram simplesmente um pedacinho do céu na terra.

Aproveitei para conhecer cada centímetro daquele pedacinho de céu e me apaixonar ainda mais pelo lugar, principalmente Vernazza, que sempre foi a minha preferida.

Durante toda a semana caminhei por todos os lugares, conheci pessoas, ouvi suas histórias, e o cansaço ajudou a manter a minha mente ocupada. Mas até isso me causava estranheza; eu me sentia cansada. E isso realmente me surpreendia, visto que estava acostumada a fazer aquele tipo de passeio. O meu amigo aventureiro raramente me deixava fora de suas aventuras, por isso estranhei.

Depois chegou a vez de Gênova. Precisava me apresentar na universidade, conhecer as instalações e catalogar material para o estudo. E foi Lorenzo quem me mostrou tudo, uma vez que ele conhecia muito bem o lugar e ainda ocupava seu cargo de honra no *campus*. E estava gostando muito da incumbência.

A aparência era de antiguidade. O prédio trazia traços característicos da construção de séculos passados. Os pilares de pedra bruta, os bancos ornamentados com gravuras romanas, o jardim projetado para encontros com mundos longínquos. Era o antigo e o moderno convivendo em harmonia, porque, embora externamente a estrutura fosse antiga, no interior tudo era muito bem equipado, totalmente informatizado, atualizado e avançado. Qualquer dado de que se precisasse, se não fosse encontrado nos milhares de arquivos digitalizados do *campus*, era possível achar em livros, aos milhares também, devidamente conservados, catalogados, organizados e disponibilizados para qualquer pesquisa.

Era impressionante o mundo que se tinha nas mãos, estando naquele lugar. Então, eu me via triste novamente, porque até um fato simples como aquele, que era a estrutura da universidade, despertava o meu estado latente de melancolia. Eu ficava imaginando o quanto Léo se sentiria feliz num lugar assim, pois tudo ali se parecia com ele.

O primeiro mês, por fim, passou, e procurei me manter ocupada, entregar-me ao trabalho, debruçada sobre dezenas de livros, desde a hora em que acordava até a hora de dormir, na esperança de que o tempo fosse generoso comigo e minha dor, que passasse rápido e levasse consigo as minhas lembranças para longe. Mas eu sabia que era uma esperança inútil.

Lorenzo, como havia me prometido, tratou de encontrar um lugar para mim, que, segundo ele, era bem mais parecido comigo. Um lugar onde eu pudesse me sentir menos infeliz, embora não fosse essa a palavra que usasse.

Certo dia, ele me disse que um pequeno apartamento da propriedade dele, num prédio antigo de dois andares em Vernazza, havia sido desocupado, e ele só esperava o momento oportuno para me fazer a oferta. Como sabia da minha simpatia e encantamento pela mágica cidade, falou que o apartamento seria meu, desde que eu prometesse que ficaria metade do tempo lá e a outra metade na casa dele.

Lorenzo achava que aquele lugar seria bom para os momentos em que não precisasse estar na faculdade, quando poderia fazer meus estudos em casa mesmo, como é comum no desenvolvimento de uma pesquisa. Nessas ocasiões, disse ele, eu poderia ficar estudando em Vernazza, ao passo que nos momentos em que tivesse que coletar dados para entregar parte da pesquisa na universidade, eu ficaria com ele, em Gênova.

Essa era a condição para Lorenzo me deixar ir, embora eu soubesse que ele me liberaria de qualquer jeito. Ele me amava, queria a minha felicidade. Por isso, aceitei a condição imposta por meu amigo. E, mesmo desejando ficar sozinha, não queria deixá-lo. Ele era a minha família ali.

O meu apartamento de Vernazza tinha realmente muito a ver comigo. Simples, aconchegante, pequeno e bem localizado. Ficava no térreo e tinha uma linda entrada, com um minúsculo jardim e um portãozinho vermelho que combinava com a porta da frente, também vermelha. Era o apartamento da Rua das Flores, perto da praia e do píer, um dos lugares de que eu mais gostava na cidade e onde podia me sentir um pouco em casa.

O fim do segundo mês da minha estada na Itália estava ficando ainda mais cansativo. Eu não sabia se era por causa dos estudos, uma vez que não parava em quase nenhum momento do dia, ou se era o início do frio, que me deixava normalmente lenta e preguiçosa. Mas o fato era que eu me sentia bastante indisposta, e isso estava me preocupando, principalmente por causa das leves dores de cabeça que vinha sentindo, algo incomum em mim.

Resolvi, então, que estava na hora de procurar um médico. Faria isso dali a alguns dias, quando começasse o recesso da faculdade no final de novembro.

Os dias me pareciam cada vez mais difíceis. Além do meu particular desânimo interior, havia o frio, que já estava intenso, embora ainda faltassem alguns dias para dezembro, o início da época gelada na região.

Eu sempre conversava com meus amigos e familiares, com Rapha principalmente, que estava muito preocupado com a minha saúde e insistia para que eu procurasse um médico com urgência.

Charles também ligava constantemente, e parecia estar me escondendo algum fato. Era como se eu sentisse que algo estava acontecendo. O meu corpo e meus sentidos reagiam de uma maneira estranha e, de um jeito inexplicável, eu sentia que coisas importantes estavam se definindo. Eu ainda não conseguia identificar do que se tratava, mas sentia que não demoraria muito para saber.

Comecei a insistir com Charles, perguntando sobre tudo no Brasil, sobre ele, meus sobrinhos, Iris e Rodrigo. Queria saber o que estava acontecendo, porque sentia que algo não estava bem, mas Charles apenas falava que eles estavam bem e perguntava sobre meus exames. Ele queria saber a origem do meu cansaço. Na verdade, eu desconfiava do que pudesse ser, já havia conversado um pouco com o médico, mas, ao mesmo tempo, achava uma possibilidade remota. Precisava da confirmação e não podia ainda falar nada para Charles, pois não era uma coisa que se pudesse contar levianamente, enquanto fosse apenas uma desconfiança.

Então, não aguentei a sensação de angústia que me cercava. Pedi, por fim, a Charles que ele procurasse saber de Léo, que me desse notícias dele, porque eu me sentia aflita, não conseguia me acalmar, e achava que tinha a ver com ele. Eu precisava saber como ele estava.

Charles pediu que eu me acalmasse, que me concentrasse em mim naquele momento e me prometeu que me daria notícias logo que pudesse. Depois mudou de assunto e quis saber quando eu teria o resultado dos exames que havia feito. Falei que em alguns dias receberia os exames, e ele me pediu que eu ligasse logo que tivesse os resultados, complementando que talvez antes disso ele mesmo ligasse para mim. Então nos despedimos, mas a melancolia e a angústia continuaram a me atormentar.

· Capítulo 32 ·
NOTÍCIAS

A Morte que da Vida o nó desata
Os nós que dá o Amor cortar quisera
Com a ausência, que é contra ele espada fera.
E com o tempo, que tudo desbarata.

– Luís Vaz de Camões,
200 Sonetos, "A Morte que da Vida o nó desata"

Antes do prazo combinado, Charles me ligou. Não esperou que eu ligasse com o resultado dos exames. Parecia que havia algo mais urgente e, naquele momento, ele parecia decidido a falar.

Fazia muito frio e, embora não fosse comum um inverno tão rigoroso naquela região, a temperatura estava gélida e nevava. Eu mal conseguia me mover por causa do frio. Então fiquei deitada em minha cama, sob grossos cobertores, tentando me aquecer um pouco. Mas a tempestade do lado de fora era quase tão forte quanto a angústia e o mau pressentimento que sentia dentro de mim. Um vazio devastava meu peito, aliado ao estado depressivo que me consumia. E tudo só não era pior porque, não havia muito tempo, tivera a certeza de algo que eu já desconfiava fazia dias, mas que, a partir dali, era fato.

Segurava aquele papel sem acreditar no resultado do exame. E, embora me sentisse tão desolada, não estava mais sozinha e precisava ficar bem. Precisava tentar melhorar, porque não era mais só eu com a minha dor – havia um outro alguém que precisava de mim, que dependia de mim.

Assim, enquanto fitava o papel e pensava em tudo aquilo, enquanto repassava tudo o que havia me acontecido, olhando calmamente o clima, vendo a fina neve que caía atrás da vidraça do meu quarto, o celular tocou, tirando-me daquele estado de evasão. Olhei o pequeno aparelho, sentindo de imediato que se tratava do meu irmão querido.

– Oi, Charles – atendi um tanto preocupada, diferente das outras vezes, em que respondia calmamente à ligação dele. Desta vez não estava calma, porque, além do sentimento de aflição que vinha sentindo, eu já me preparava para dar a notícia ao meu irmão amado.

Um turbilhão de sensações rugia dentro de mim. Lembranças, porquês, saudade, e tudo junto me causava aquela apreensão que eu vinha sentindo fazia meses. Mas, bem lá no fundo, eu me sentia mais feliz – feliz com a novidade na minha vida. Então, não entendia o porquê de me sentir tão estranhamente incomodada, sufocada, nostálgica. Era uma dor ainda desconhecida.

– Olá, Bia – Charles respondeu, sem a costumeira alegria, sem a eterna doçura. Parecia não o irmão, mas o médico. Estava com aquele tom profissional que eu conhecia tão bem e que às vezes me assustava, embrulhava meu estômago, como se eu fosse receber notícias não muito agradáveis. Depois de me cumprimentar, ele ficou em silêncio e nem sequer perguntou pelos exames.

– O que foi, meu irmão? Conheço você, Charles, e esse não é o seu "olá" costumeiro. Está tudo bem?

– Não muito. Na verdade, não estou ligando só como irmão, o irmão que a adora e que sempre vai estar ao seu lado.

– Charles?! Você está me assustando...

– Bia, eu ligo também como médico. É que tenho que lhe dizer uma coisa e não sei como dar essa notícia, mas não posso mais adiar.

– Charles, você está me deixando nervosa... Não enrola... Aconteceu alguma coisa com você? Iris e as crianças? Fê? Fala logo...

– Não, Bia. Não é com nenhum de nós. Mas é com alguém que você ama muito, tanto ou mais do que a nós, e é por isso que não consigo falar. Dói dizer isso a você.

– Com Léo? – Estava certa de que Charles falava dele; eu sentia isso. – O que tem ele? Estava mesmo sentindo que havia algo errado; fale logo... Por favor, Charles, diga que está tudo bem com ele!

– Bia, tente se acalmar, querida. A história é um pouco longa, por isso você precisa se acalmar para ouvir e entender a situação.

– Vou tentar. Mas fale, por favor.

Charles fez uma pausa para respirar e depois recomeçou a falar. Procurei ficar em silêncio e me manter calma, como ele havia pedido, para não perder nada das explicações dele. Mas era difícil, eu estava muito apreensiva com a ideia de que alguma coisa ruim pudesse ter acontecido ao Léo.

– Depois que você partiu – começou Charles –, há três meses, não tive mais notícias de Léo. Com exceção das primeiras semanas seguidas ao embarque, em que falei algumas vezes com ele, e que foi quando ele me falou da noiva dele, que a suspeita de gravidez havia sido alarme falso. Falou, na verdade, da gravidez psicológica que Amanda havia desenvolvido. Mas isso você já sabe, o próprio Léo me pediu que lhe contasse...

– Sim, eu sei. E parece que ele realmente está decidido a cumprir a palavra de não me procurar, de não me envolver mais nos problemas dele... Embora eu saiba que essa notícia não melhora as coisas para ele... Uma gravidez psicológica é algo sério...

– Eu sei, querida, mas com o devido acompanhamento, ela vai ficar bem logo...

– Eu espero que sim... Mas continue, por favor...

– Bem, depois de algumas semanas, ele parou de me ligar para saber notícias suas e eu estranhei, confesso, porque, embora ele tivesse prometido não entrar em contato direto com você, estava sempre muito interessado em ter notícias, e não parecia que ia desistir tão fácil. Mas o fato é que não ligou mais. Eu tentei entrar em contato, porque sabia o quanto era importante para você ter notícias, mas não consegui falar com ele. Depois de várias tentativas frustradas, no celular dele, na casa dele e por e-mail, resolvi ligar para Márcia; não era uma situação normal.

– O que ela disse? – Eu estava cada vez mais aflita, meu coração parecia que ia sair pela boca.

– Ela já foi logo atendendo totalmente descontrolada, chorava muito, e me disse que precisava muito falar comigo, que já ia me procurar para pedir uma opinião médica, que confiava muito em mim, essas coisas...

– Charles, o que o Léo tem? – Eu estava a ponto de explodir de desespero. – Se não falar logo, acho que vou morrer, só em pensar que ele... Eu imploro, fale, meu irmão.

– Léo tem um tipo de câncer, Bia. Mas preciso que me escute, antes de tirar conclusões precipitadas.

– Não, não é possível! – Eu fiquei desesperada. – Seja mais específico, Charles – Meus olhos já transbordavam. – Charles, por favor?

– Ao que tudo indica, ele tem um tipo grave de leucemia, que, no meio médico, chamamos de leucemia linfoide aguda.

Não tive como me segurar. As lágrimas escorriam sem controle. Charles não disse nada por alguns minutos, esperando que eu me acalmasse. Depois de algum tempo, consegui falar novamente.

– Como? Ele não merece isso, Charles... Léo é bom... e tão jovem! Não é justo, meu irmão...

– Eu sei, Bia... Convivo com isso o tempo todo, e é realmente muito triste, doloroso. Mas só o que posso fazer é agir, fazer a minha parte.

– Então faça, irmão. Faça o que puder por ele, por mim. Charles, já estava me acostumando com a ideia de que não o teria mais, de que ele seria de outra, de que teria uma outra vida em que não haveria espaço para mim. Mas imaginava que ele seria feliz, viveria com saúde, e isso era o bastante. Mas saber que ele está sofrendo, que pode... morrer... Isso não, isso eu tenho certeza de que não vou aguentar...

– Calma, Bia, você está muito alterada, muito nervosa. Irmã, não é hora para desespero. Tem certeza de que quer ouvir o resto da história? Talvez seja melhor você se acalmar um pouco. Não prefere que eu ligue depois? Aí, conto o restante...

– Não! Charles, quero saber tudo agora, preciso saber, eu não vou conseguir me acalmar. Pode falar. – Continuava chorando, mas baixinho.

– Tem certeza?

– Tenho. Vou tentar me controlar, mas preciso saber.

– Bem, depois que Márcia contou um pouco sobre a situação, pedi que ela me encontrasse em meu consultório. O fato é que Léo não está bem. De acordo com o relato dela e com alguns exames preliminares que ela me levou, não há dúvidas de que ele tenha a doença. Mas, mesmo assim, pedi outros exames mais conclusivos e orientei o início do tratamento imediato, para tentar reverter a situação, fazer regredir o quadro clínico dele.

– Explique melhor, Charles. Por que ele pode ter desenvolvido essa doença?

– Bia, as causas desse tipo de doença são desconhecidas, não há como ter certeza. Mas, segundo a tia dele, pouco mais de um mês depois da sua partida, Léo começou a ficar deprimido e apresentou um quadro parecido com uma virose. Ficou adoentado, cansado e desinteressado de tudo. Então, Márcia e os pais dele, que estavam em Taubaté, na ocasião, começaram a se preocupar. Márcia insistiu com Léo para que ele fosse ao médico, praticamente o obrigou.

– E o que o médico disse?

– Depois dos exames laboratoriais, ele suspeitou da possibilidade da doença e pediu outros exames complementares. Então o diagnóstico se confirmou. Léo teve sorte de ter descoberto a doença bem no início.

– E o que isso significa? Vai ajudar no tratamento?

– Em tese, sim. O problema é que esse tipo de leucemia, comum em crianças e jovens, é extremamente agressivo e progressivo também. Hoje em dia, uma boa porcentagem dos pacientes se cura só com o tratamento, mas, como a doença se desenvolve muito rápido, caso o paciente não responda bem ao tratamento, a indicação do transplante de medula óssea é inevitável para salvá-lo. E achar um doador compatível em tão pouco tempo não é fácil.

– Por que com ele, Charles? – Eu estava inconformada com as palavras alarmantes do meu irmão. – Podia ser comigo. Não me importaria em trocar de lugar com ele...

– Nunca mais fale uma coisa dessas, Bia. Você não pensa em nós? Nós a amamos. Sei que está sofrendo, sei o quanto você o ama, mas não há nada que possa fazer. Estou muito triste também, queria não ter que lhe dizer da gravidade que o assunto inspira e queria poder estar com você agora, olhar nos seus olhos e segurar a sua mão. Mas eu não podia mais esperar para lhe falar sobre isso.

Eu estava simplesmente paralisada. Aqueles eram golpes fatais direto na minha alma, e era como se eu pressentisse que algo de ruim estava para acontecer; eu e Léo éramos muito ligados. Com certeza, esse seria o pior dos fins. A nossa distância só era suportável porque, apesar da saudade, eu sabia que ele estava bem, seguro. Mas ficar sem ele porque ele deixaria de existir, essa dor com certeza eu não suportaria. Seria o meu fim também. Seria como se arrancassem o meu coração, como se sugassem a minha energia vital, puxassem o fio que me conectava ao mundo. Seria a morte, e uma morte cruel. Léo morto. Não.

Não era possível, não era concebível. Era injusto, errado. Por que tinha que ser assim?!

– Bia, fala comigo, meu amor. – Charles me chamava, preocupado. – Você está bem? Responda, querida. Diga alguma coisa... Bia! – Só quando ele gritou meu nome pude ouvi-lo, tão perdida estava em meus pensamentos.

– Ele não, Charles! Não Léo! Ajude-o, por favor... Não está certo isso...

– Eu sei, eu sei, meu amor. É tudo muito inaceitável. Mas, olha, ainda não é o fim. Calma, temos que ter esperança...

– Charles, conheço você muito bem. Não ligaria assim se a coisa não fosse séria.

– Não disse que não era sério, que não era preocupante. Só disse que há esperanças. Quero que me dê alguns dias. Solicitei outros exames mais precisos, para saber do andamento da doença, daí poderei dizer exatamente o que está acontecendo e quais as nossas chances.

– Fale-me dele, Charles. Como ele está se sentindo? Está sentindo dor?

– Esse também é um problema. – Eu não entendi a princípio. – Ele está feliz, Bia. Na verdade, ele quer isso, e não está se importando com o que vai acontecer com ele. Léo não quer lutar pela vida. É como se quisesse apenas esperar para se libertar de algo. E um dos fatores que ajudam no tratamento é a vontade de viver do paciente, porque assim ele reage melhor aos medicamentos, mas Léo parece que desistiu.

– Isso só pode ser um pesadelo... Diga que isso não está acontecendo, Charles, por favor... Vou voltar para o Brasil, preciso vê-lo.

– Não, Bia. Não vai adiantar. Ele me pediu isso. Léo me disse que prometeu a você que não a envolveria mais nos problemas dele, que não a procuraria mais. Ele me pediu que lhe dissesse que agora tudo vai ficar bem. Na verdade, ele está deprimido e não quer que você o veja assim. Quer que você se lembre dele como antes. Além do mais... a... família dele prefere não ter você por perto, se é que me entende. Então, minha irmã amada, eu te peço, espere um pouco. Não quero que sofra ainda mais do que já está sofrendo. Nem ele quer.

– Mas, Charles, não vou conseguir ficar aqui, só esperando. Essa agonia é insuportável!

– Vai, sim. Você é forte, Bia. E já passou por coisas bem difíceis.

– Mas se tratava só de mim. Agora é diferente. Agora se trata de alguém infinitamente mais importante, você sabe...

– Pare com isso. Você sabe que não concordo com o que está falando, sabe o quanto você é importante para mim. Você não pensa nisso?

– Então, ajude-me, irmão. O que devo fazer?

– Por enquanto, quero que apenas espere.

– Por quanto tempo, Charles? De quanto tempo dispomos num caso como o dele? O que pode acontecer?

– Não tenho como dizer com precisão, Bia. Mas, em casos como o dele, se o paciente reage bem ao tratamento, pode ter uma sobrevida de alguns anos.

– Sobrevida?! Não me diga uma coisa dessas, irmão! Dói só em pensar...

– Mas é a realidade, Bia. Não posso mentir para você. E, se continuar como está, vamos ter que contar com a sorte. O fato é que Léo é filho único, não tem irmãos para ter mais chances de compatibilidade. Os pais dele já fizeram os exames, mas não são compatíveis. Então, excluindo um doador aparentado, restam apenas os não aparentados, e ele vai ter que entrar na fila de espera. Bem, a possibilidade de encontrar um doador em tão pouco tempo é pequena, mas não impossível. Por isso temos que ter esperanças. Se, pelo menos, ele tivesse filhos, aumentariam as chances...

– E ele... tem – falei meio sem jeito, interrompendo Charles.

– Como assim? Não, não tem. Ele e Amanda não estão esperando nenhum filho, a gravidez dela não era real.

– Não me referi a ela... mas a mim. Eu estou grávida, Charles.

– Co... mo... é que é? – Charles pareceu ficar sem voz por alguns segundos. – Do que está falando, Bia? Como é que você me dá uma notícia dessas desse jeito? Quer dizer que vou ser tio, é isso?

– Vai.

– E por que você não me disse antes? Por que me escondeu? Pensei que não houvesse segredos entre nós.

– Na verdade, não há, meu irmão. Eu também soube há muito pouco tempo e fiquei bastante surpresa. Lembra dos exames?

– Lembro. Então era isso?

– Pois é, recebi hoje o resultado. Acabei de imprimir, e estava olhando para ele quando você ligou, sem acreditar. Eu já desconfiava, mas precisava ter certeza.

– Explique isso direito, Bia, que não estou entendendo.

– Bem, eu não achava possível que eu fosse engravidar um dia. Meu ciclo menstrual nunca foi regular e, como durante o casamento nunca engravidei, não achei que fosse possível. Você sabe que teve uma época em que eu e Rodrigo deixamos de nos prevenir. Achávamos que um filho pudesse ser bom para o nosso casamento, mas não aconteceu. E, como ele havia me falado de um aborto espontâneo de uma ex-namorada, achei que o problema fosse comigo, aí não tomei os cuidados necessários. Sei que é uma idiotice, que deveríamos ter tomado mais cuidado, mas, naquela noite, não havia tempo para pensar em nada.

– Bia, isso é uma irresponsabilidade. Como irmão e principalmente como médico, estou decepcionado. Sempre a orientei nesse sentido.

– Decepcionado porque vai ser titio? – brinquei com ele.

– Não é isso, estou feliz... Bem, pelo menos, temos uma notícia boa em meio a tanta tristeza. É que me sinto traído. Você nem sequer me falou que havia transado com Léo, e agora me diz que vai ser mãe de um filho dele. É uma surpresa e tanto, moça! Como acha que devo me sentir?

– Ah, meu querido, não fique assim. Essa minha história com Léo sempre foi meio fantasia, meio impossível, meio sonho, você sabe disso. Bem, quis guardar isso só para mim. Pode me perdoar?

– Você sabe que a perdoo. Eu a amo, Bia. E, apesar do susto, não deixa de ser uma ótima notícia. Estou realmente feliz. E é uma esperança a mais...

– Você, como médico, acha que esse filho pode ser compatível? Qual a probabilidade?

– Sim, Bia, pode ser, mas eu diria que temos uma chance de cinco por cento, talvez um pouco mais, mas não muito... E, acredite, minha irmã, é uma grande possibilidade, mesmo parecendo tão pouco. Então, devemos ter esperança.

– E daria tempo? Você me disse que, se ele não responder bem ao tratamento, não dispõe de muito tempo... De quanto tempo estamos falando?

– Talvez um ano. Mas vamos acreditar, Bia. A medicina está avançada, muitos se curam desse tipo de doença... Vou fazer tudo o que estiver ao meu alcance para ajudá-lo. Vamos pensar positivo e acreditar na força divina também.

– E o que preciso fazer agora? O bebê ainda não nasceu...

– É um pouco complicado, Bia, porque temos que contar com o fator tempo também. Bem, primeiro preciso saber como você está de saúde, como está a gestação e como está o bebê. Você está grávida de quantos meses?

– Vou completar três meses em dois dias.

– Então, aconteceu justamente quando você viajou?

– Na véspera da viagem, para ser mais precisa. Depois foi tudo muito corrido. A minha adaptação aqui, muitos estudos, e eu não fazia ideia, por isso nem cogitei a possibilidade. Cheguei até mesmo a menstruar no mês seguinte à minha chegada, mas foi um fluxo escasso e breve. Aí, nos dois meses seguintes tive um atraso longo; estava acostumada com essa irregularidade, mas nunca tive um intervalo tão longo entre um ciclo e outro, então estranhei.

– Tudo bem, entendo... Mas o que você teve não foi uma menstruação, Bia, e sim, provavelmente, o sangramento de implantação do embrião. E como está agora? Você andou se queixando ultimamente.

– Confesso que continuo indisposta, mas pode ser por causa do frio; não estou acostumada.

– E, além disso, mais alguma coisa?

– As dores de cabeça continuam... Têm aumentado, na verdade, e isso me irrita bastante.

– Isso não é bom, Bia, você nunca teve dores de cabeça.

– Pode haver algum problema com o bebê? Fale a verdade, Charles... O que devo fazer? – Eu estava ficando nervosa.

– Não exatamente com o bebê, mas com a gestação em si. Você pode estar com a pressão arterial alta, por exemplo, e isso não é bom. Mas não posso afirmar nada ainda. Vou precisar que faça alguns exames. Não precisa voltar agora para o Brasil, você pode fazer esses exames aí mesmo. Tenho um amigo que pode ajudá-la. Quero que você o procure. O nome dele é Jonas, Jonas Michelli. Por coincidência, ele trabalha no hospital municipal de Gênova.

– Mas o que eu digo a ele, Charles?

– O doutor Jonas Saraiva Michelli é um grande amigo meu, Bia, além de colega de profissão. Estudamos juntos aqui no Brasil, e, quando ele se formou, foi morar na Itália. Está aí desde então. Diga-lhe que você é minha irmã. Ele vai atendê-la muito bem, não se preocupe. Vou ligar para ele e explicar a situação, a parte clínica, pelo menos, daí você conversa com ele detalhadamente.

– Ele é da sua mesma área?

– Sim, mas Jonas tem também especialização em hematologia e uma equipe à disposição dele. Ele deve encaminhá-la primeiro para um ginecologista da confiança dele, para avaliar seu estado gestacional, e só depois é que podemos pensar no caso de Léo, ou na possibilidade de doação do sangue do cordão umbilical. Sabe, já é possível saber, hoje em dia, se existe compatibilidade, mesmo antes do nascimento do bebê. Bem, tudo depende da urgência do caso, do estado de saúde da gestante e do feto. O importante agora é que você esteja bem e tenha uma gravidez saudável. Isso já vai ajudar muito.

– Então, vou ter que esperar o neném nascer para ajudar o Léo?

– Sim, porque, mesmo que saibamos que existe compatibilidade, o procedimento de coleta do sangue do cordão umbilical é feito na hora do nascimento da criança. Mas não é só isso, Bia. O fato é que você está na idade limite para uma possível doação, e, mesmo em se tratando de doação direcionada, o caso inspira cuidados. Não podemos colocar você e o bebê em risco. Então, vamos ter que agir com muito cuidado e paciência. E, como você já demonstra sinais de fragilidade na gestação, talvez não possamos realizar nenhum procedimento, nem mesmo para saber da compatibilidade; é perigoso. É provável que tenhamos de esperar, mesmo.

– E se o bebê for realmente compatível, como funciona?

– Bem, nesse caso, na hora do parto, o sangue vai ser colhido. Na verdade, as células-tronco vão ser coletadas e transplantadas para Léo através de transfusão. E o melhor é que, num caso como esse, em que o doador é aparentado, a possibilidade de rejeição é quase zero. Mas você precisa cuidar da sua saúde e da saúde do bebê. Esse é o primeiro passo para ajudá-lo.

– E quando devo ir ao consultório do doutor Michelli? – Estava ansiosa para poder ajudar o meu amor.

– O mais breve possível. Você pode amanhã?

– Claro, o quanto antes. E depois, o que faço?

– Nada, só esperar, torcer para que você tenha uma boa gestação e que o bebê seja compatível. O resto é conosco, minha querida.

– Vai ser, Charles, tenho certeza disso. É como se eu sempre soubesse que precisava fazer algo por ele. Talvez seja um sinal, um sinal de que há chances para ele. Léo vai conseguir esperar, tem que conseguir.

Eu pronunciava cada palavra com a maior dor e a maior esperança que um coração podia ter. E não foi possível conter meu choro. A emoção foi tanta, que Charles não teve palavras para me consolar. Mais uma vez, chorou comigo, como sempre havia feito em momentos de dor.

– Bia, meu amor, nós vamos conseguir – disse Charles, emocionado. – Vou fazer tudo o que puder para ajudá-lo. Fique calma, não se altere tanto, não adianta desespero. Você precisa, mais do que nunca, manter-se calma. Lembre-se de que carrega dentro de si seu filho e uma grande esperança de vida para ele. Concentre-se nisso, por favor.

– Eu sei, Charles. E você tem toda a razão. – Eu ainda chorava. – Mas é que é muito doloroso para mim saber que Léo está sofrendo e que pode...

– Nem fale isso, querida. – Charles percebia a minha extrema dor. – Prometa-me que vai se cuidar... Você promete?

– Prometo, irmão. Amanhã procuro seu amigo, está bem assim?

– Agora está melhor. Essa é a irmã que conheço e adoro.

– Só tem mais uma coisa que eu gostaria de falar, Charles. Na verdade, de pedir.

– Diga. O que é?

– Bem, eu queria que essa história do filho de Léo ficasse só entre nós. Quero que seja um segredo nosso, ou só da nossa família. Não quero que ele e a família dele saibam. Promete que não vai contar? E promete que vai fazer de tudo para que ele siga o tratamento corretamente?

– Nem precisava pedir, Bia. Eu já imaginava que você queria isso. Mas prometo. Esse assunto é algo que só cabe a você decidir quem deve e quem não deve saber. Pelo menos, sou o primeiro a ser informado. Já é um conforto, mesmo tendo sido de uma maneira tortuosa e inusitada.

– Desculpe de novo, querido. E, se tudo der certo, quero que seja um sigilo profissional. Não quero que seja divulgado o nome do doador. Só quero que ele fique bem.

– Está bem, Bia. Fique tranquila, e descanse. Foram muitas emoções para um único dia. Ligo para você em breve. Amo você.

– Também amo você.

Depois que Charles desligou, continuei chorando por um longo tempo. Queria me controlar e havia prometido isso a meu irmão. Precisava cuidar do tesouro que eu carregava. Mas era muito difícil não ficar desolada, descontrolada, quando se estava tão triste, tão mortificada e temerosa pela vida de alguém que eu amava muito.

Então, fiquei ali, deitada na cama, quietinha, deixando que as lágrimas rolassem, enquanto olhava pela janela do quarto o vento forte balançar as árvores e a tempestade de neve rasgar o céu e castigar a terra, enchendo o chão de flocos brancos, representando uma paz que ela não trazia e intensificando também a minha total falta de paz.

• Capítulo 33 •

CARRASCO

– Esta é a cadeia de galeotes, gente forçada da parte de el-rei, para ir servir nas galés.
– Como "gente forçada"? – perguntou Dom Quixote – é possível que el-rei force a nenhuma gente?
– Não digo isso – respondeu Sancho –; digo que é gente que, por delitos que fez, vai condenada a servir o rei nas galés por força.

– Miguel de Cervantes,
Dom Quixote de la Mancha, Primeiro Volume

Na manhã seguinte, embora o frio ainda castigasse, não havia mais neve e o céu estava limpo. Sentia-me exausta da noite anterior, da dor imensa que despedaçava meu peito. Mas era hora de me mexer, de fazer o que Charles havia me recomendado. Não havia tempo a perder.

Cheguei a Gênova por volta de uma hora da tarde. Não era tão fácil chegar lá, pois me encontrava em Vernazza, e havia a dificuldade de acesso, principalmente depois de uma noite de nevasca.

Antes de procurar o doutor Michelli no hospital municipal, fui à casa de Lorenzo. Precisava colocar o meu amigo a par de tudo, antes de seguir ao encontro do médico. Lorenzo era a minha família ali e eu o amava muito.

Não foi surpresa para mim a extrema alegria de Lorenzo com a chegada de um bebê e seu total apoio. Ele já foi logo se autodenominando vovô.

Depois de ouvir toda a história e se compadecer com o caso de Léo, Lorenzo se dispôs a me acompanhar ao médico, dizendo que eu não ficaria sozinha nem mais um minuto, que ele estaria sempre comigo.

Quando chegamos ao hospital, perguntei pelo doutor Michelli e me encaminharam à sala dele.

– Bia, prazer em conhecê-la! Como vai você? – cumprimentou-me o doutor Michelli, apertando a minha mão, depois que a enfermeira anunciou a minha chegada.

Ele era uma pessoa muito simpática, e parecia até mais jovem que Charles, mas tão doce quanto ele. Era como ter um pouquinho do meu irmão ali comigo.

– Estou bem, doutor, na medida do possível.

– Eu sei, Bia. Charles me ligou hoje de manhã e me explicou tudo. Também vai me mandar, por e-mail, os exames de Léo. E me disse que você me procuraria para que eu a acompanhasse.

– É. Ele me pediu que o procurasse e disse que o senhor me diria o que fazer.

– Sem o "senhor", por favor, Bia. Não sou tão velho assim, sou? Pode me chamar de Jonas mesmo.

Eu apenas sorri.

– Então, Jonas, o que devo fazer para ajudar Léo?

– Por enquanto, Bia, não há nada que você possa fazer em relação a Léo. Antes de qualquer coisa, você precisa de um acompanhamento gestacional, fazer os primeiros exames de pré-natal e uma avaliação geral do seu estado de saúde. Só depois disso é que vamos falar do Léo.

– Podemos começar hoje os exames? – Eu tinha pressa.

– Sim, mas não serei eu a acompanhá-la. Você sabe que a minha especialidade é a mesma de Charles, não sabe?

– Sim, Charles comentou. E então, como faço?

– Bem, eu vou encaminhá-la para um colega da minha equipe. Não se preocupe com nada, o doutor Mandrini é um excelente profissional e vai orientá-la em tudo. Ele é ginecologista e obstetra. Ele deve ficar alguns dias com você, fazendo uma avaliação, e depois voltamos a conversar. Vou estar em contato constante com ele e com você nesse período. Está bem assim?

– Claro. Obrigada, Jonas.

– Não há de quê. – Ele sorriu. – Vamos? Vou levá-la ao consultório do doutor Mandrini.

Quando eu e Lorenzo chegamos em casa, depois do hospital, liguei para Rapha, mas o celular dele estava na caixa postal. Possivelmente estava em alguma reunião, mas eu precisava muito dele.

Estava em dúvida sobre voltar ou não para Vernazza, mas, diante da situação, resolvi ficar com Lorenzo em Gênova, pelo menos nas semanas seguintes, já que deveria voltar ao hospital com frequência e ali o acesso era mais fácil. E foi Lorenzo mesmo quem exigiu isso, dizendo que seria melhor para mim e o bebê, e logo me convencendo.

O meu quarto na casa de Lorenzo estava sempre pronto. Sempre havia nele flores naturais recém-colhidas, dando a impressão de que eu não havia me afastado.

Quando entrei no quarto, liguei imediatamente o computador e escrevi uma mensagem ao meu amigo.

Rapha, preciso falar com você com urgência. Ligue para mim logo que receber esta mensagem. Não importa a hora. Saudades. Beijo. Bia.

Não demorou muito para o meu amigo me ligar. Ele parecia preocupado quando eu disse "alô".

– Você quase me matou de susto, Bia! Está tudo bem com você?

– Comigo, sim, amigo.

Então contei tudo a ele. Falei sobre meus exames, da ligação de Charles, de Léo, e da grande novidade, que o deixou exultante.

– Caraca, Bia! Você vai ser mãe? E eu vou ser tio? Isso é demais, maravilhoso!

Rapha sempre foi muito espontâneo. Ele costumava achar solução para tudo e ter as palavras certas para qualquer situação.

– Bia, vai dar tudo certo. Seu filho vai nascer lindo, saudável e vai salvar a vida do pai dele. Tenho certeza disso. – Rapha estava radiante.

– Obrigada, amigo.

– Mas, me fala, como você está se sentindo? Estou preocupado com você, com esse cansaço e desânimo... Você não é assim.

– Sinceramente?

– Sinceramente. Por favor, não me esconda nada.

– Estou tentando ser forte, Rapha, mas...

– Mas?

– Mas sinto que morro um pouco a cada dia...

– Ai, Bia, não fale assim... Você só está preocupada, nervosa. Deveria estar feliz por haver esperanças, e não ficar deprimida desse jeito. Isso faz mal para o bebê.

– Eu sei disso, mas é muito difícil para mim. E não tenha dúvida, estou muito feliz com esse filho, amigo, muito... Mas é inevitável que eu me sinta assim. Não suporto a ideia do sofrimento dele. É como se eu sentisse o mesmo, e ainda é pior, porque sofro por ele e sofro de saudade também. Queria poder vê-lo, abraçá-lo, beijá-lo, dizer que estamos juntos nessa luta, e não posso. Aí o meu corpo também sente tudo isso, então, me sinto frágil.

– Você quer que eu vá encontrá-la aí na Itália, minha amiga? Não posso deixar você sozinha nessa. Sei que não é a mesma coisa, mas também não aguento vê-la assim.

– Por enquanto, não, amigo... Talvez eu é que volte para o Brasil em breve. Mas, se não der para aguentar, prometo que chamo por você.

– Jura?
– Juro. Mas eu gostaria que você fizesse uma coisa por mim.
– Qualquer coisa, Bia, é só falar.
– Eu queria que você procurasse Léo e me mantivesse informada sobre tudo o que estiver acontecendo com ele aí no Brasil. Eu já pedi a Charles, que de agora em diante vai ter bastante contato com ele, mas Charles vai observar só o lado clínico, e não é só isso que preciso saber. E também sei que ele vai me esconder a parte mais dolorosa, tentando me proteger. Na verdade, quero que você o procure como amigo. Léo gosta de você, e vai ser bom ter um amigo por perto. E, por favor, tente convencê-lo a fazer tudo o que Charles pedir.
– Está bem, Bia. Já ia fazer isso mesmo. Também gosto muito dele, ele é meu amigo de verdade. Pode deixar comigo. Bem, você me conhece, sabe que sei convencer. E não se preocupe com o que me contou. Seu segredo está seguro.

O tempo, a partir de então, passou a ser o meu carrasco. Era como se o relógio fosse uma arma apontada para mim a todo momento, ameaçando disparar a qualquer instante.

As instruções eram para que eu tivesse uma gravidez tranquila, que ficasse saudável. Mas eu não me sentia saudável, tampouco conseguia me sentir tranquila, sabendo que, se o tempo não fosse generoso, eu poderia jamais voltar a ver Léo. Ele poderia não suportar a espera.

No meu quarto mês de gravidez, estive diversas vezes no hospital, com o doutor Jonas e o doutor Mandrini, que me deram mais detalhes sobre o problema de Léo e o meu problema, que, até então, não era um problema, mas passou a ser, porque, segundo eles, eu estava com a pressão alta e precisavam de alguns dias para um diagnóstico mais preciso. Para isso, o doutor Mandrini pediu que eu medisse a pressão arterial com frequência e seguisse uma dieta alimentar com restrição de sal. Receitou-me também um medicamento leve para controlar a pressão e amenizar as dores de cabeça.

Por fim, Charles me ligou para explicar melhor sobre o meu estado.

– Bia, hoje Jonas deve conversar com você mais detalhadamente sobre seu estado clínico. – Senti Charles cuidadoso com as palavras. – Mas, como seu irmão e médico também, queria conversar antes com você. Já falei com Jonas, e ele me recomendou que tivéssemos essa conversa.

– Por quê? É grave? Tem alguma coisa errada com o meu bebê?

– Não. Está tudo bem com seu filho. O problema é com você, Bia. E isso inspira cuidados.

– O que eu tenho?

– No começo, eram só suspeitas. E nesse pouco mais de um mês em que esteve sob os cuidados de Jonas e Mandrini, eles tentaram reverter o quadro, controlando sua pressão arterial, mas seu estado está bem definido.

– E?

– Bem, você tem um quadro claro de pré-eclampsia, evoluindo para uma pré-eclampsia grave.

– Isso quer dizer que a minha gravidez é de risco, não é?

– Sim. E você vai ter que se cuidar ainda mais, Bia. Sua pressão está alta, e não abaixa nem com medicamentos. Seus batimentos cardíacos estão acelerados, as dores de cabeça são frequentes e seus pés estão constantemente inchados. E tem mais, de acordo com os exames de urina, você tem também proteinúria. Está perdendo proteína pela urina. Tudo isso são sintomas definidos da pré-eclampsia, e isso tem me tirado o sono. Queria ir ao seu encontro, mas não posso me afastar daqui também, você sabe.

– Quer dizer que não vou poder voltar ao Brasil? Por favor, não me diga isso, Charles. Preciso ter o meu filho aí.

– Eu sei, Bia. Nós vamos dar um jeito nisso. Mas, por enquanto, você não pode fazer uma viagem dessas. É muito arriscado. Você está entre o quarto e o quinto mês de gestação, e, com seu quadro tão evoluído, há riscos de aborto. E não podemos correr esse risco. Precisamos controlar o seu estado e dar mais um tempo para o bebê ficar mais forte, desenvolver-se mais, e, caso haja necessidade de antecipar o parto, precisamos desse tempo para que ele esteja pronto para nascer. Você tem que ficar em repouso absoluto, Bia, entende?

– Sim, Charles. Você tem razão, fico mais algum tempo na Itália. Mas, me fala, como vão as coisas por aí? Como ele está?

– Aparentemente, bem. Já iniciou a quimioterapia, mas fica muito abatido, pois o tratamento exige muito dele. Os remédios são muito fortes, por isso os procedimentos têm que ser feitos no hospital. Então ele fica bastante tempo internado. Também tem as transfusões de sangue, que...

– Chega, Charles, não diga mais nada. – Já estava mortificada com as palavras do meu irmão. – É muito doloroso ouvir isso e nem sequer poder vê-lo, segurar a mão dele.

– Talvez seja melhor assim, Bia. Certamente você sofreria mais ao vê-lo, e não seria bom para a sua gravidez. Não é aconselhável expor seu filho a esse ambiente. Você está melhor aí, e está fazendo a sua parte.

Quinto mês de gravidez. Além de me sentir fisicamente doente e fragilizada, eu estava muito deprimida, por todas as notícias que recebia por intermédio de Rapha – como a de que Léo estava muito magro, fraco e sem cabelos. Pensar nos lindos cabelos loiros de Léo e em toda a vida que eu vira naqueles olhos agora se apagando, esvaindo-se como água entre os dedos, só isso já era motivo suficiente para acabar comigo.

Também havia o fato de eu estar praticamente em prisão domiciliar, porque a minha gravidez passou a ser mesmo de risco. Eu tinha que ficar em total repouso, deitada quase o tempo todo.

Tive que parar por completo os estudos. O projeto na universidade ficou em segundo plano, já que nada importava mais do que manter a minha gestação, manter meu filho vivo. Portanto, só saía para passear no lindo jardim de Lorenzo, que também passou a se dedicar inteiramente a mim. Ele tentava tornar os meus dias menos torturantes, fazendo-me o máximo de companhia possível e lendo com frequência histórias agradáveis, divertidas, para que eu risse um pouco, mesmo que fosse um riso forçado. Então, havíamos invertido os papéis. Antes era eu quem lia para Lorenzo, tentando colaborar com a cura dele, e, naquele momento de dor, era Lorenzo quem lia para mim, para me confortar, para me ajudar a lutar contra o meu carrasco.

Lorenzo era meu grande companheiro ali, minha família. Charles não podia sair do Brasil, não podia se afastar de Léo; era uma exigência minha. E eu não podia voltar, ainda não era recomendado.

Depois que Lorenzo soube do meu real estado de saúde, da gravidade da situação, pediu afastamento de suas atividades na universidade para ficar constantemente comigo, acompanhar-me em tudo.

Naquele dia, eu estava na varanda, de frente para o jardim, sentada numa espreguiçadeira, quando Lorenzo chegou com um de seus livros para ler para mim e conversarmos um pouco.

– Você gosta deste? – Lorenzo me mostrou o livro que segurava, já se sentando na cadeira ao lado da minha.

– *Dom Quixote*? Quem não gosta? Eu adoro, amigo, é um livro maravilhoso.

– Por isso escolhi este, achei que você gostaria. Vai ser bom você se distrair com as histórias de Dom Quixote, com o jeito romântico que ele tem de encarar a vida. É um bom sujeito.

– É verdade, e generoso. Gosto quando ele se preocupa com os seus. Isso faz dele mais humano.

– Posso ler, então?

– Sim, mas daqui a pouco. Primeiro vamos conversar um pouquinho. Quem era ao telefone? Ouvi quando tocou.

– Era Charles.

– E por que você não me chamou?

– Ele só queria saber como você estava hoje. Você sabe que ele liga diariamente. Estava um pouco ocupado, mas vai ligar mais tarde para falar com você.

– Ele disse mais alguma coisa? – Eu estava apreensiva.

– Não. Sei que está querendo saber de Léo. Mas, não, ele só perguntou de você.

– O que você disse?

– Diga-me você, *carina*. Como você está?

– Ansiosa. Acho que mais do que ontem. Sinto as mãos tremerem também, e é um pouco estranho. Sinto-me muito cansada, amigo.

– Então, acho melhor eu ligar para o Charles. Ele precisa saber; esse não parece seu estado normal. – Lorenzo já se levantava da cadeira ao meu lado.

– Espere, amigo. Vou com você. Ajude-me aqui a me levantar.

– Venha, *figlia*. – Ele segurou meu braço, enquanto me levantava.

Mas, quando fiquei de pé, tomei um susto. Vi uma pequena mancha de sangue no vestido, e Lorenzo também viu. Comecei a me desesperar, quis andar para o banheiro, mas Lorenzo me conteve, mesmo tão assustado quanto eu.

– Não se levante, Bia! Fique aqui, que vou ligar para o doutor Michelli e o doutor Mandrini. Vão mandar uma ambulância.

– Ah, meu Deus, Lorenzo!... Ainda não está na hora de o bebê nascer... – Apertei a mão do meu amigo, nervosa, segurando a barriga. – Vá rápido, por favor!

Minutos depois, eu também já falava ao celular com Charles.

– Calma, Bia – disse Charles ao telefone. – Isso é normal. Pequenos sangramentos acontecem. Só tente se acalmar e não se mover. Vai ficar tudo bem.

Permaneci na varanda do jardim, recostada na cadeira almofadada, esperando a ambulância, imóvel, com Lorenzo ao meu lado, na mesma expectativa que eu.

Quando viu doutor Jonas e doutor Mandrini, foi ao encontro dos médicos para recebê-los e começou a explicar ao doutor Mandrini o que havia acontecido, enquanto Jonas seguia em minha direção.

Jonas foi logo pegando meu pulso.

– Ei, moça, parece que você vai mesmo me dar trabalho – disse o médico, profissional, mas alegremente. – Me diga exatamente o que está sentindo.

– Jonas, Charles quer falar com você. Ele está aqui no celular.

– Me deixe falar com ele, então. – O médico parou de me examinar e começou a falar com Charles num linguajar médico que eu pouco entendia.

– É um sangramento leve – explicou Jonas a Charles –, e já cessou.

Depois Charles disse alguma coisa a Jonas.

– Sim, eu sei – respondeu Jonas. – Poderia deixá-la aqui, em casa mesmo, mas prefiro levá-la para o hospital, Charles. Não quero arriscar. Lá ela vai fazer exames e ter acompanhamento médico diário.

Charles perguntou mais alguma coisa, ao que parecia.

– Não num voo comum – respondeu Jonas a alguma indagação de Charles. – É arriscado demais. Sei que quer ficar perto da sua irmã, meu amigo, mas é impossível agora.

Em seguida, Charles falou novamente.

– Se você conseguir esses recursos, acho que é possível, sim. Num avião apropriado, ela vai ter todo o acompanhamento que teria no hospital. Bem, se for assim, avise-me, que vou junto. Preciso mesmo passar uns tempos no Brasil, para rever meus pais.

Charles falou algo mais.

– Vou passar para ela, meu amigo. Até breve, então.

Depois Jonas parou de falar e me olhou, sorrindo, como se dissesse que tudo ficaria bem. Aquele médico era realmente simpático.

– Charles quer falar com você, Bia. – Ele me entregou o telefone.

– Olá de novo, querido.

– Bia, escute, agora você vai para o hospital com Jonas. Mas logo vamos nos ver, querida. Estou procurando uma maneira segura de você voltar para casa. Vou providenciar um avião UTI, na verdade. Só procure ficar bem, que logo estaremos juntos. Fique calminha e obedeça a Jonas, está bem, meu amor? – Charles estava emocionado com a ideia do meu retorno para junto dele.

– Está bem, meu irmão querido. O que você resolver, eu faço. Confio em você, Charles. – De um modo estranho, naquele momento, fiquei completamente calma. A notícia de que estava voltando para junto dos meus me causou uma sensação de felicidade. A simples ideia de saber que estaria perto de Léo me trouxe a paz de que precisava; eu já me sentia um pouco mais viva.

Passei o dia todo no hospital. Foram feitos vários exames, de sangue, urina, ultrassonografia, e tive que tomar medicação também. Depois da avaliação, o doutor Mandrini me tranquilizou, dizendo que estava tudo bem com o bebê, mas que eu precisava ficar mais um tempinho no hospital, em observação. Jonas também foi conversar comigo.

– Olá, Bia, está se sentindo melhor? – perguntou, sentando-se ao lado da cama, de frente para mim.

– Sim, estou ótima, e ansiosa para voltar para casa.

– Posso imaginar. E acho que seu irmão está ainda mais ansioso. Ele adora você, menina. Vocês são muito ligados, não é?

– Muito. Não vejo a hora de abraçar meu irmão. Ele vem me buscar?

– Não. Vai mandar outra pessoa. Mas você vai estar logo em casa, fique tranquila. Bem, não especificamente em casa, já que vai direto para o hospital, logo que chegar. E eu vou com você. Vou acompanhar tudo de perto.

– Obrigada, Jonas. Sei que isso está além das suas obrigações de médico.

– Eu também gosto muito de seu irmão, Bia. E vai ser bom voltar ao Brasil.

– Mas é realmente necessário voltar para o hospital, doutor?

– Sim. O seu caso é grave, Bia. O que aconteceu hoje está controlado, e precisamos que continue assim. Em casa, não há como tomar os cuidados necessários para seu problema clínico. Você está com leves tremores, pequenos sangramentos, e seu bebê ainda não está pronto para nascer. Precisamos garantir que ele nasça em segurança e que você tenha um parto seguro também. O hospital é o melhor lugar para nos prepararmos para isso.

– Ainda vou ficar muito tempo aqui?

– Não. Provavelmente daqui a alguns dias seu avião chega. Mas tem alguns procedimentos legais a serem resolvidos no Brasil para autorizar seu embarque aqui na Itália. Depois seguimos para o Rio, eu, você e Lorenzo.

De manhã, acordei um pouco indisposta. Era fevereiro e fazia frio. O frio já me causava uma indisposição natural, principalmente por causa do meu estado de espírito, melancólico e fragilizado.

Olhei para os lados, tentando me situar melhor. Ainda não estava acostumada com a ideia de estar num hospital, e vi que Lorenzo dormia calmamente no sofá-cama, próximo ao meu leito. Nesse momento, o meu celular tocou.

– Meu amado amigo! – Atendi à chamada de Rapha um pouco sonolenta, talvez por causa da medicação intravenosa.

– Minha linda! Daqui a algumas horas já estarei pousando aí em Gênova para encontrar você.

– Como assim? Não estou entendendo. Você está vindo para cá? E o escritório?

– Bia, o trabalho é só uma das coisas importantes em minha vida, mas não é a única. Você é muito mais importante para mim. Eu diria essencial, minha amiga.

– Então, quando você chega?

– Logo. Conversei com Charles e estamos providenciando um avião para trazê-la de volta. Isso deve levar uns dois ou três dias, mas não quero esperar. Quase morri quando seu irmão me falou o que aconteceu. Vou aí buscar você e resolver a parte legal da sua saída do país. Bem, você não quer que Charles saia do Brasil, eu sei. Não sou seu irmão médico nem nada, mas quero ficar com você nesse seu retorno, quero segurar a sua mão.

– Ai, meu querido, você não imagina o quanto isso é importante para mim. Mas, Rapha, isso tudo deve ser muito caro. Como vocês vão fazer? Lorenzo está por trás disso?

– Não se preocupe com nada, amiga. E não, não é Lorenzo, é Rodrigo. Ele fez questão de arcar com todas as despesas. E a parte jurídica, a autorização para entrar e pousar em solo de outro país, bem como sair dele transportando uma pessoa doente, essa parte ficou comigo. Logo tudo vai estar resolvido. Você me espera por algumas horas? E me desculpa pela demora?

– Claro que espero, amigo. Estou ansiosa para ver você. E você não tem que se desculpar por nada, Rapha. Sua presença era exatamente o que eu precisava para aguentar um pouco mais aqui.

– Já estou no aeroporto, minha amiga, e quase embarcando. Descanse, e me espere... Amo você.

– Não demora!

– Vou voando!

Os três dias seguintes, com Rapha ao meu lado, foram muito mais tranquilos.

Ele só saiu de perto de mim duas vezes, quando teve que resolver problemas jurídicos fora do hospital e quando foi à casa da tia se despedir, embora a tia Anna fosse também uma presença constante junto a mim no período em que estive na Itália.

No dia da partida, fomos de ambulância até o aeroporto e Rapha segurou a minha mão durante todo o percurso, como havia prometido. Lorenzo também ficou ao meu lado, mas estava mais tranquilo com a presença de Rapha. Ele confiava muito em nosso amigo.

Depois que chegamos ao aeroporto, fui retirada da ambulância e levada com todo cuidado para dentro do avião, sempre deitada na maca.

Durante o voo, estavam comigo os paramédicos, o doutor Jonas, Rapha e Lorenzo. E tudo milimetricamente calculado pela equipe, muito organizado. Provavelmente, devia ter custado muito caro todo aquele aparato profissional. Rodrigo era mais generoso do que eu imaginava. Não só pelo dinheiro despendido, mas pelo esforço pessoal em fazer tudo aquilo por mim, sabendo que eu esperava um filho de outro homem. Devia ser muito difícil para ele passar por cima de todos os detalhes dolorosos, apenas para me ajudar. Esse era um lado dele que eu ainda não conhecia; seu amor incondicional.

Foram muitas horas de voo. Eu enjoava frequentemente, e havia muita tensão no ar. Via que todos estavam mais preocupados comigo que o normal. Com certeza porque eu corria riscos. Não sabia o quanto, mas isso era visível nos rostos preocupados daquelas pessoas queridas que me olhavam com apreensão.

Pousamos no aeroporto do Rio de Janeiro ao entardecer, e eu já conseguia sentir a diferença no ar. A sensação de estar em solo brasileiro foi magnífica; era a sensação de estar em casa. A troca do frio que eu vinha enfrentando pelo calor que senti quando me transportaram de dentro do avião para a pista foi reconfortante. Até o cheiro era diferente. A minha cidade continuava linda, hospitaleira e maravilhosa.

Da posição em que eu estava, deitada na maca, não era possível ver quem me esperava do lado de fora da pista, mas podia ver o céu límpido e ensolarado do Rio de Janeiro, o que me causou alegria e ofuscou um pouco a minha visão, turva pelo efeito dos remédios. Mesmo assim, foi uma visão paradisíaca.

Sentia-me bem ao desembarcar. Queria sair do avião apoiada apenas numa pessoa ou sentada numa cadeira de rodas. Seria menos assustador para quem me esperava do lado de fora do que a visão de uma maca hospitalar acompanhada por enfermeiros vestidos de branco. Mas não me deixaram fazer isso. Era preciso seguir os procedimentos legais e de segurança.

No caminho para a ambulância, Charles me esperava emocionado.

– Quando você vai parar de me dar sustos, hein? – Ele me olhava com ternura e lágrimas nos olhos. Então acariciou meu rosto, enquanto apertava minha mão que não estava com o soro.

Ao ver a emoção do meu irmão, chorei também. Mas não era um choro de tristeza ou de dor; eu estava mesmo era feliz por tê-lo ali comigo.

Tentei levantar a mão que estava no soro, mas Charles me impediu, segurando minha mão inchada.

– Não, querida, fique quietinha, está bem?

– Estou aqui... – Eu mal podia acreditar que estava no meu país, junto dos meus. – Não chore, Charles. Estou bem.

– É, você está, mesmo. Seja bem-vinda, minha querida. Agora você não sai mais de perto de mim.

– Assim espero. Eu estava morrendo de saudade de você.

– Eu também, Bia.

Depois, outros se juntaram a Charles, e tentaram segurar a minha mão também, olhando-me com ternura. Iris, Rodrigo, Fê – o que era uma grande surpresa para mim; eu não sabia que ela estava no Brasil – e Márcia! A surpresa foi ainda maior quando eu a vi ali, já que não era para ninguém saber o que estava acontecendo comigo. Márcia chorava muito, mais que os outros.

– Eu estou bem, meus queridos – foi só o que pude dizer, enquanto apertava a mão deles, especialmente a mão de Rodrigo, para quem sussurrei um "obrigada".

A equipe de paramédicos me conduziu até a ambulância, concluindo o serviço de transporte de UTI, e fiquei apenas com Charles e Jonas, que cumprimentou saudosamente o amigo. Eu sentia muito sono. Dormi.

• Capítulo 34 •
RENASCIMENTO

[...] O pássaro que oferecia esse presente os surpreendeu ainda mais. Era do tamanho de uma águia, porém tinha os olhos tão doces e tão ternos assim como a águia os tem orgulhosos e ameaçadores. O bico era cor-de-rosa e parecia ter algo da linda boca de Formosante. O pescoço reunia todas as cores do arco-íris, porém mais vivas e mais cintilantes. O ouro em mil nuanças luzia sobre a plumagem. Os pés pareciam uma mescla de prata e púrpura; e a cauda dos lindos pássaros, que, depois, foram atrelados ao carro de Juno, não tinha comparação com a sua.

– Voltaire,
A Princesa da Babilônia

Acordei com muita sede. Quando levantei a cabeça, logo Iris procurou me ajudar.

– Como está se sentindo, amiga? – Ela me olhava um pouco assustada.

– Com sede – respondi, tentando alcançar a jarra com água na mesinha ao lado da cama.

– Espera! Eu a ajudo, amiga, não se esforce tanto.

Iris foi até a mesinha, do outro lado da cama, e pôs um pouco de água no copo. Depois voltou e me ajudou a bebê-la, segurando a minha cabeça e colocando o copo em minha boca.

– Eu devo estar horrível! Olhe para as minhas mãos, amiga. – Vi que as minhas mãos e pés estavam muito inchados, por isso a dificuldade para me movimentar. – O meu cabelo também deve estar um horror... – lamentei, passando a mão pelos fios ressecados e desalinhados.

– Confesso que já vi você melhor... – Minha amiga soltou um risinho sem graça, compadecendo-se da minha dor, mas querendo me alegrar. – Mas, no seu estado, Bia, não havia como ser diferente. Quanto ao cabelo, vamos dar um jeito nisso. Trouxe seus objetos pessoais e vou ajudá-la a tomar um bom banho. Depois arrumamos seu cabelo, pois, daqui a pouco, você terá muitas visitas.

– Você passou a noite aqui?

– Sim. Lorenzo foi descansar. Ele já é idoso e estava visivelmente cansado. E, à noite, é melhor uma companhia feminina. Bem, eu queria ficar aqui com você, minha amiga. Senti muito a sua falta, e estava preocupada.

– É verdade. Meu amigo tem sido um grande companheiro, e incansável. Já estava na hora de ele dormir um pouco. Mas e você, não deveria estar com o seu bebê? Charles só tem meses, Iris... Você não devia estar aqui, não é justo...

– Ei, deixe disso, Bia. Maria está com ele. E Clarice e Nicole já estão grandinhas; podem muito bem cuidar do irmão. Você é quem mais precisa de mim agora, amiga, e vou ajudá-la no que puder. Ah, Maria já avisou que, "quando a dona Bia voltar, vou com ela para casa. Ela e o bebê vão precisar de mim". Vou sentir falta dela, confesso. Ela tem sido uma mãe para meus filhos. Mas adora você, e não fala em outra coisa desde que soube que estava grávida e voltaria para o Brasil.

— Maria é maravilhosa mesmo. Talvez ela nem precise deixar você, Iris... — Eu me sentia cansada e desesperançada, e Iris me olhou com repreensão.

— Bia, nem fale a bobagem em que está pensando!

— Mas é uma realidade, Iris, uma realidade possível... Estou no sexto mês, e olha para mim... Estou inchada, cansada, exausta mesmo, mal consigo andar... Tem também os vômitos e os enjoos, que me deixam ainda mais fraca.

— Vai ficar tudo bem, Bia! — Iris tentava me convencer, mas ela via a minha realidade, via o quanto eu tinha razão. — Seu filho está bem, está saudável. Vão ser só mais uns dois meses, amiga. E você só está assim agora, depois do parto volta ao normal. E provavelmente o parto será antecipado, como você deve saber.

— É, já imaginava.

— Agora, vamos lá, que você precisa de um banho. Vamos logo, que Charles e Jonas estão vindo aí conversar com você.

Eu já tinha percebido que não estava na clínica de Charles. Mas eu conhecia muito bem aquele lugar onde me encontrava, pois já estivera ali muitas vezes. Aquele quarto, as paredes, os equipamentos, tudo me era familiar. Estava no Hospital Universitário.

Iris me explicou, durante o banho, que as instalações da clínica não eram as ideais para mim. Lá não havia uma maternidade, e não estavam preparados para uma situação como a minha. Ali, no Hospital Universitário, eu teria tudo de que precisava para um parto seguro.

Quando voltei para a cama, não era Charles quem me aguardava no quarto, mas uma bonita moça, pacientemente recostada ao meu leito.

— Fê, que saudade de você, minha irmã! — cumprimentei-a com alegria, enquanto Iris empurrava a minha cadeira de rodas em direção a ela. — O que você faz aqui?

— Olá, Bia! — Minha irmã veio até mim, beijando-me e logo assumindo o controle da cadeira, ao perceber minha irritação por ter que permanecer sentada. – Também senti sua falta. E esqueceu que sou obstetra, é?

– Não, não é isso... – tentei me corrigir. – Perguntei o que você faz no Brasil. Não devia estar nos Estados Unidos?

– E você acha mesmo que ia me deixar fora dessa, minha irmã? Vim para cuidar de você, querida.

– É muito estranho isso. Você, minha irmã mais nova, a caçulinha, cuidando de mim. Não era para ser o contrário?

– Pode até ser. Mas você está esquecendo que eu já tenho mais de 30 anos, e, embora aos seus olhos eu ainda seja uma jovenzinha, na verdade já sou uma mulher madura. E agora você precisa de mim, e posso cuidar perfeitamente de você, como fazia comigo quando eu era criança.

– Então, como estou, doutora Fernanda?

– Bem, eu queria poder dizer que você está ótima, Bia, mas não posso. E, infelizmente, vai ter que ficar aqui no hospital até o final da gestação. Sei que fica incomodada com isso, que gostaria de ir para casa, mas a sua pré-eclampsia é bem preocupante. Não podemos arriscar. Aqui você tem acompanhamento constante, e vai ser mais seguro, para você e o bebê.

– E como ele está? – Estava preocupada com meu bebê.

– Ele está bem – disse ela, para a minha alegria. – Mas vamos precisar fazer um novo exame para avaliar a maturação dos pulmões, já que eles demoram mais a se formar, e precisamos saber como estão para podermos antecipar o parto e já definir a data.

– Que exame é esse, Fê?

– Chama-se amniocentese.

– Não vai prejudicar o bebê?

– Não, não se preocupe. Vai ser necessário para ajudar o bebê, e vai ser feito com toda a segurança.

– Então, tudo bem.

Enquanto ela me explicava como seria o exame e o que ele avaliaria, Charles chegou, juntamente com o amigo dele, doutor Jonas.

– Oi, Bia! – Charles me cumprimentou com um beijo. – Desculpe não estar aqui quando você acordou. Queria muito estar, acredite, mas tive que ir à clínica. Alguns casos urgentes.

– Alguém que eu conheça? – Fiquei preocupada com a possibilidade de Charles estar se referindo a Léo, e todos me olharam, como se já soubessem a quem eu me referia.

– Bia, preocupe-se com seu estado, você precisa se cuidar – Charles falou com um olhar levemente repreensivo, por isso não insisti mais.

– E então, o que veio me falar?

– Vim conversar um pouco com você. Estava pensando na possibilidade de fazermos um exame de HLA, mas...

– HLA? O que é isso?

– É um exame específico para comparar as características genéticas. É o exame de histocompatibilidade. Nesse caso, seria para saber sobre a compatibilidade entre Léo e o bebê, mas, sinceramente, levando em conta o seu quadro, não acho prudente agora.

– Mas, se é importante para Léo, quero fazer.

– Na verdade, não o ajudaria, Bia, apenas teríamos mais dados técnicos para trabalhar com o fator tempo. E, com a ajuda do outro exame que a Fê vai fazer, e esse sim é estritamente necessário, porque vai avaliar a saúde do bebê, teríamos mais informações, que ajudariam, por exemplo, a saber se devemos esperar o peso ideal do bebê para uma possível doação. E também correríamos menos riscos com você.

– Então, vamos fazer. Se pode ajudar os dois, vamos fazer.

– Bia, entenda – Jonas se antecipou, antes de Charles recomeçar a falar –, você não está bem, e vamos ter que antecipar o parto. Na verdade, se Léo e o filho não forem compatíveis, não há por que esperar muito, mas também não queremos arriscar um procedimento desses. O seu caso é grave. E nós não podemos arriscar uma complicação. E poderia prejudicar o bebê também, ele ainda não está pronto para nascer.

– Se é assim, é melhor esperar, então. Quero muito ajudá-lo logo, mas não posso prejudicar meu filho. Queria ter essa certeza e poder ter meu filho em segurança, e fazer sem demora a doação para Léo.

Charles voltou a falar:

– Bia, mesmo que fizéssemos isso agora, que soubéssemos da compatibilidade, e seu filho já pudesse nascer no tempo seguro, ainda assim teríamos que esperar. Léo não pode fazer esse procedimento neste momento.

– Por quê? Ele piorou? – Fiquei ainda mais nervosa.

– Bia, acalme-se, minha irmã. Você está muito nervosa e não pode ficar desse jeito.

– Então me fala! – Já estava quase chorando.

– Promete que vai tentar relaxar?

– Prometo – afirmei, respirando fundo.

– Bem, Léo está com algumas infecções. Está hospitalizado agora. Temos que cuidar disso primeiro. – Sem poder conter as lágrimas, fui confortada pelo abraço do meu irmão. – Bia, isso acontece em casos como esse, mas ele vai superar. Precisa tomar medicações para combater as infecções, mas vai melhorar. Portanto, temos que esperar de qualquer forma; só depois disso é que faremos uma nova avaliação.

– Mas ele está sofrendo, Charles.

– Isso é inevitável, meu amor. Não vamos perder as esperanças. Ele tem uma chance, minha querida, e temos que acreditar nisso.

– Mas, me fala, como a doação do sangue do cordão umbilical vai ajudá-lo, se for compatível? Esse procedimento é tão eficaz quanto um transplante de medula?

– Não é bem assim. O tratamento por células-tronco, dependendo da situação, das condições gerais do quadro, pode ter um resultado até melhor do que o transplante de medula óssea. A célula-tronco do sangue do cordão umbilical não exige que a compatibilidade seja total, de cem por cento; admite-se uma parcialidade. E tem a doação em si. É preciso levar em conta uma possível rejeição. Mas já adianto que a possibilidade, no caso de um doador aparentado, é mínima, quase nenhuma. Só é preciso que você tenha paciência, fique calma, para prolongar a gravidez o máximo possível, já que não temos muitos dados e só podemos esperar. Pelo menos o exame de amniocentese vai nos ajudar com relação ao bebê.

– E se eu conseguir levar a gravidez até o final, o que acontece? Como o bebê vai ajudá-lo? Como é o procedimento?

– Bem, com o nascimento, o sangue vai ser coletado e preparado para que Léo o receba. Uma bolsa de sangue pode ser suficiente para uma pessoa de até sessenta quilos. Vai depender da quantidade de células-tronco coletadas. E, embora Léo seja um garoto alto, ele é magro. Neste momento, não pesa muito mais do que isso. Acredito que, depois de o prepararmos para o procedimento, o sangue de seu filho pode ser suficiente para salvá-lo.

– E se não for?

– Já estamos procurando nos bancos de dados um doador compatível para essa complementação, ainda que não totalmente compatível. Estudos divulgados recentemente dizem que é possível juntar dois cordões. Nesse caso, havendo compatibilidade de seu filho com Léo, as células totalmente compatíveis devem se expandir, dominando as parcialmente compatíveis e fazendo o trabalho por completo sozinhas. Até o parto, é possível que encontremos.

– E até lá, o que fazemos?

– Até lá precisamos cuidar ainda mais de você. Você vai ficar em repouso absoluto, deitada pelo restante da gestação. Vai fazer exames diários, dieta, controlar a pressão arterial e esperar.

E foi o que fiz: esperar.

Durante aquela longa espera, recebi visita de pessoas queridas, como os leitores do projeto de literatura, que passaram a fazer parte da minha rotina no hospital. Mas recebi outras visitas muito agradáveis, e Márcia foi uma delas.

– Como você está, minha linda? – Foram essas as primeiras palavras dela quando entrou no quarto, beijando meu rosto e me olhando, um pouco assustada com o que via.

– Estou levando, Márcia.

– Estou vendo... – Ela observava meu estado de fragilidade, toda inchada, cheia de aparelhos ao meu redor, medicação intravenosa e cercada de olhos cuidadosos. – Sua irmã me falou que seu caso é delicado e que dificilmente uma mulher consegue levar a termo uma gravidez assim. Disse que é praticamente um milagre.

– A causa é nobre. Se posso fazer alguma coisa por Léo, vou fazer. E eu amo esse filho mais do que tudo; estou fazendo todo o possível para que ele nasça bem.

– Só posso agradecer, Bia. Obrigada por tudo, por esse amor que você tem por meu sobrinho. Sabe, fiquei muito feliz com as chances, ainda que pequenas. E eu vou ser tia-avó... Não é maravilhoso? Obrigada! – Márcia acariciou meu rosto, como uma mãe faz para acalentar um filho.

– Obrigada também, Márcia. – Parei de falar, um pouco triste, lembrando-me de Léo, do seu lindo sorriso. Então, olhei para minha barriga enorme e a acariciei. – Deve ser difícil para você esconder dele toda essa situação. Como ele está?

– Também levando.

– E sua filha, como vai? Melhor? Léo sempre foi muito preocupado com todos vocês.

– Eu sei. Ele é de uma generosidade que não tem tamanho. Mas agora é ele quem requer cuidados. Amanda tem estado ao lado dele, mas, sinceramente, embora ela seja minha filha, sei que está longe de ser uma pessoa bondosa, como Léo e você.

– E por que você fala assim?

– Ela o ama. Do jeito dela, é claro. Mas notei que ficou até aliviada quando soube que não era compatível com Léo. Foi a partir daí que comecei a avaliar as minhas atitudes com relação a ela e meu sobrinho. Eu não tinha o direito de pressioná-lo daquela forma, Bia... – Márcia parecia triste. – Fui egoísta, egoísta como Amanda. Ela sempre foi assim, desde criança; nunca soube dividir nada com ninguém. E Léo, minha querida, Léo merecia uma pessoa melhor, uma pessoa bondosa como ele, alguém como você, e, de certa forma, acabei impedindo o amor de vocês dois. – Ela parou de falar por um segundo, abaixando a cabeça e acariciando uma de minhas mãos que estava livre, depois voltou a falar. – Me perdoe pelo meu egoísmo...

– Não, Márcia. A nossa história estava fadada ao fracasso. Olha onde estou agora; olha onde ele está... E você não foi egoísta, você foi mãe. Eu faria tudo por meu filho. Também faria tudo por Léo.

– Você já está fazendo, minha querida. E vou ser grata a você pelo resto da vida. E ainda vou ganhar um sobrinho! – Ela sorria levemente. – Existe presente melhor do que esse?

Rodrigo me levou flores quando esteve no hospital.
Depois de me beijar e dizer que eu estava linda, ficou sentado de frente para mim, olhando-me com olhos assustados.

– O que foi, Rodrigo? Mudou de ideia sobre eu estar linda? Você parece assustado com o que vê.

– Não, não é você, Bia. É que odeio hospital. É involuntário, fico apavorado quando tenho que entrar em um.

– Mesmo assim você veio.

– Tinha que vir. Você é muito importante para mim, meu amor. Sempre será. Quero ficar perto de você até... – Rodrigo parou de falar.

– Até o bebê nascer? – complementei, mas sabia que não era a isso que ele se referia. Ele queria dizer, na verdade, que ficaria comigo até o fim, sentindo, talvez, que eu não resistiria.

– É, até o bebê nascer. Mas não pretendo sumir depois. Bia, se quiser, eu posso ser o pai dele, ou dela. Você não está sozinha, minha querida.

Mas, enquanto eu pensava no que dizer a Rodrigo, em como explicar de uma maneira delicada que o meu filho tinha pai e que ele iria sobreviver, mesmo que não ficasse por perto, Fê entrou no quarto.

– E então, como estamos hoje? – Minha irmã me dirigiu um sorriso.

– O bebê parece bem.

– Sim, mas e você?

– Eu me sinto muito cansada.

– Eu sei, querida. – Ela começou a checar minha pulsação e se eu tinha febre. – Mas tudo isso vai passar, logo que o bebê nascer. – Terminada a avaliação, ela beijou meu rosto. – Bem, mas não vim aqui só para saber de você. Vim trazer o resultado do exame de amniocentese que você fez há alguns dias.

– E são bons? – Estava preocupada com o bebê.

– Sim! – disse ela, para meu alívio. – O bebê está ótimo. Os pulmões estão se desenvolvendo muito bem, e talvez possamos antecipar o parto para a trigésima quarta semana.

– Não é muito cedo? Ele precisa ganhar peso, Fê. Eu posso esperar mais um pouco.

– Normalmente é cedo, sim. Mas esse não é um caso normal, Bia. Estou pensando em vocês dois. Ah, e não é só isso, preciso dizer mais uma coisa sobre o exame.

– É? O que tem mais? – Ela olhou para Rodrigo, que estava calado no canto da cama só ouvindo a conversa.

– Ah, olá, Rodrigo! Não o cumprimentei, desculpe.

– Oi, Fernanda. E então, o que você ia dizer? – Ele também estava curioso e preocupado.

– Bem, Bia, nos primeiros exames que você fez, não foi possível saber o sexo do bebê, e depois você não quis saber por opção.

Mas esse exame revelou o sexo. Portanto, imaginei que pudesse querer saber agora... – Rodrigo me olhou com olhos calorosos; parecia emocionado com a notícia.

– Claro, Fê. Eu quero, sim, preciso saber antes... – Não completei a frase. – Fale, então... É menino ou menina?

– É um menino, Bia! E, graças a Deus, ele está bem saudável, minha irmã. – Feliz com a notícia, minha irmã levou a mão ao canto olho, para conter uma lágrima. – Fiquei muito aliviada com os resultados do exame, além de feliz.

Quanto a mim, não pude segurar as lágrimas. Deixei que elas caíssem copiosamente. Rodrigo tentou enxugá-las com um lenço que tirou do bolso, enquanto me abraçava, também muito feliz. E eu pude sentir que era sincero.

Quando se iniciou a trigésima quarta semana da gestação, eu já não tinha mais forças e não saía mais da cama. Tudo de que eu precisava era feito ali mesmo, como banho, comida, necessidades fisiológicas. Tudo ficou extremamente difícil e doloroso para mim.

O quarto estava ainda mais equipado para uma situação de emergência. Monitores, oxigênio, desfibrilador. Era tudo muito assustador, mas estava muito perto de acabar.

Os meus braços, pernas e rosto estavam muito inchados, e, com isso, as enfermeiras tinham dificuldade para encontrar a minha veia e introduzir a medicação, o que me causava ainda mais dor. A dificuldade para respirar também surgiu, para piorar a minha situação, então havia sempre um condutor de oxigênio em meu rosto, que me ajudava a respirar melhor. A minha pressão arterial passou a ser verificada de hora em hora, e, em conjunto com o quadro geral, tudo era realmente doloroso e cansativo, e eu não sabia mais quanto tempo aguentaria.

Charles queria antecipar o parto para logo depois da trigésima quarta semana. Meu irmão temia por minha vida e não queria mais esperar, mas eu recusei. Então, juntei o que ainda restava de vida em mim e fingi uma melhora, na tentativa de poder esperar mais um pouco. O bebê precisava de mais tempo.

Assim, cheguei, com dificuldade, ao final da trigésima quinta semana. E, um dia, enquanto eu lamentava o meu estado deplorável e acariciava minha barriga, ouvi o som de uma voz que eu adorava, o som da voz do meu amigo Rapha, um som que sempre me trazia muita paz.

– Como está a minha doente preferida? – Essa era a primeira vez que via meu amigo com pena de mim. Ele parecia estar se segurando para não chorar, enquanto se aproximou e se deitou ao meu lado na cama. – Tem lugar para mim aqui? – perguntou, disfarçando sua tristeza.

– Sempre tem lugar para você em minha vida, você sabe disso. Por que está chorando, Rapha? Eu ainda não morri – falei, brincando.

– Eu não estou chorando.

– Conheço você, amigo. Estou tão feia assim, a ponto de fazer você chorar? – brinquei novamente.

– Não, você está sempre linda. É que é muito ruim vê-la assim, minha amiga. Sei que está sentindo dor, mas fica disfarçando para não nos ver sofrer.

– Eu estou bem, Rapha, não chore. Só preciso aguentar mais umas duas semanas. Charles falou que, depois desse tempo, o bebê vai estar seguro. – Rapha ficou em silêncio, deitado ao meu lado, segurando delicadamente minha mão inchada e roxa, então resolvi falar: – Você tem ido lá?... – Não precisava explicar. Rapha sabia exatamente a que eu me referia.

Ele me olhou com carinho.

– Frequentemente.

– Como ele está?

– Não muito melhor do que você...

– Por que não foi fácil para nós, Rapha? Como é para você e Sophia, por exemplo... Tanto amor, e olha só como estamos. Os dois morrendo.

– Psiu! Você não vai morrer, Bia. Nem ele. Você vai ver seu filho crescer, e vai ser feliz. Bia, cada pessoa é diferente. Não é todo mundo que está destinado a grandes amores. Minha querida, você vai superar tudo isso e vai ser muito feliz.

– Não acho que eu possa ser feliz sem Léo, Rapha. Sabe, às vezes entendo o fato absurdo de ele se sentir feliz e conformado com tudo isso, com o fim.

– Bia, para com isso. Eu não admito que você entregue os pontos desse jeito. Nunca mais diga isso. Nunca. E você quer ou não saber dele?

– Desculpe. – Enxuguei as lágrimas que caíam. – Claro, quero muito. Fale, por favor.

– Outro dia ele tocou violão para mim, quando não estava tão fraco. – Eu me encolhi com as palavras dele; não suportava saber que Léo sofria tanto.

– O que ele tocou?

– No começo não identifiquei, não sou tão bom de ouvido para música. Mas depois reconheci a melodia. Era "João e Maria", do Chico.

– É a nossa música! Quero dizer, "era" a nossa música.

– Ele me disse isso. E disse também que gostava quando eu ia visitá-lo, que a minha presença lembrava você. Falou que eu e você somos parecidos em muitos aspectos.

– Ele gosta de você, Rapha.

– Ele ama você, Bia. – Tentei não pensar muito naquilo; não fazia mais diferença.

– Fale mais, por favor! – Eu precisava saber dele, senti-lo ali comigo.

– Ele costuma ler sempre, e isso me lembra muito você. É incrível o quanto vocês são iguais... – Ele sorriu para mim. – Sabe, tem um livro que está sempre com ele, sempre na mesa de cabeceira, como uma espécie de amuleto.

– Qual?

– É um livro estranho, antigo. E o título não é em português. Parece italiano, mas não reconheci a escrita. – Eu sorri, lembrando-me do dia em que eu e Léo nos conhecemos, lembrando-me do antiquário. Conhecia bem aquele livro.

– Então, ele guarda o livro... – falei mais para mim mesma.

– Você sabe que livro é?

– Sim, foi o livro que ele comprou em Taubaté, quando nos conhecemos.

– Mais uma prova de que vocês estão muito ligados.

– Nunca tive dúvidas disso, Rapha. Mas parece que não adiantou muito. Estamos separados, e não vejo como essa situação possa mudar.

– Como não? Você vai ter um filho dele, minha amiga. Isso muda completamente a situação, ainda que vocês não estejam compartilhando desse momento juntos. E você, se tudo der certo, vai salvar a vida dele. Como não adiantou?

– E se eu não conseguir, Rapha? – Eu estava com medo. Medo pelos dois, por Léo e meu filho. E essa era a única coisa que importava para mim: a vida deles.

– Você vai conseguir – afirmou Rapha.

– Bem, se ele viver, e se nosso filho viver, já vai ter valido a pena.

– Odeio quando você fala assim. – Mas Rapha não rebateu minhas conclusões. Era como se ele soubesse que me restava pouco tempo, como se concordasse.

Trigésima sexta semana. Dia 12 de maio. Uma data que representava muito para mim. Era o dia do aniversário de Léo. Queria estar com ele, poder desejar feliz aniversário, dizer o quanto eu o amava. Queria ver o sorriso dele mais uma vez. Aquele sorriso infantil, igual ao sorriso de meu sempre amado pai. Mas eu sentia que não o veria mais.

Acordei atordoada com a imagem de Léo sorrindo para mim, a imagem que ansiava ver para, finalmente, poder partir.

Depois vi a imagem de meu pai, também sorrindo para mim. Mas a imagem não era sonho, como fora com Léo. Eu já estava acordada. A imagem de meu pai era real, bem ao lado de minha cama, olhando-me ternamente e sorrindo. Ele estava muito sereno, estava feliz por me ver. Eu também estava feliz, em paz.

Charles tocou a minha mão na mesma hora em que sorri para meu pai.

– O que você tem, Bia? O que está sentindo? – Charles já estava nervoso com a minha falta de resposta, pois eu não conseguia falar com ele. – Fale comigo, meu amor, responda! – implorou Charles, já com a voz alterada.

Nesse momento, eu puxei meu irmão para bem perto do meu rosto, para que ele pudesse me ouvir, e sussurrei ao ouvido dele:

– Cuide de meu filho, Charles. Ele é seu agora. Salve a vida de meu filho, não a minha, e salve Léo. Eu sempre vou amar você, onde quer que eu esteja, meu irmão.

– Bia, pare com isso! Fale comigo... – Ele estava desesperado; eu podia ouvi-lo, mas não conseguia mais falar. – Enfermeira! Enfermeira! – ele gritou, sem conseguir me deixar, abraçando-me.

Alguém falou com ele, e ele respondeu.

– Chame a doutora Fernanda e a doutora Fátima. Com urgência! Preparem o centro cirúrgico. – Ele estava muito abalado, mas continuava ao meu lado. Tocou meu pulso, minha garganta, porém não saiu dali.

Nessa hora, meu corpo começou a tremer, e eu não conseguia respirar. Charles me examinava, tentava me reanimar.

– A respiração está muito fraca – disse ele a alguém. – Bia, reaja, garota, respire! Vamos entubá-la. Ela está com convulsões.

Eu conseguia ouvir as pessoas correndo de um lado para o outro e sentia muitas mãos em mim, mas não tinha reação a nada.

– Ela está com hemorragia. A doutora Fernanda... Rápido! – gritou Charles novamente.

– Ela está vindo. Só mais alguns segundos, doutor – alguém respondeu.

Eu podia sentir as lágrimas de Charles molhando meu rosto.

– Não vá, querida. Não me deixe... – Enquanto várias pessoas me tocavam, tentando me reanimar, a voz de Charles parecia cada vez mais distante.

Senti outra mão tocando minha barriga, apertando com força. E uma voz de mulher falou, ao longe. Então, colocaram alguma coisa na minha boca. Meus braços e pernas não paravam de tremer, e uma dor dilacerante contraía cada vez mais a minha barriga.

– Descolamento total. Cesárea, urgente! – disse a voz feminina.

Charles me abraçou em desespero, enquanto me retiravam de onde eu estava.

– Ela está entrando em coma! – falou de novo a mulher.

– Amo você, Bia! – disse Charles ao meu ouvido, e foi a última coisa que consegui ouvir; depois, tudo ficou em silêncio.

Capítulo 35
DESTINO

De repente do riso fez-se o pranto
Silencioso e branco como a bruma
E das bocas unidas fez-se a espuma
E das mãos espalmadas fez-se o espanto.

– Vinicius de Moraes,
Antologia Poética, "Soneto de Separação"

[...] Depois de te perder
Te encontro, com certeza
Talvez num tempo da delicadeza
Onde não diremos nada
Nada aconteceu
Apenas seguirei, como encantado
Ao lado teu

– Chico Buarque e Cristóvão Bastos,
Francisco, "Todo o Sentimento"

Tudo era muito silencioso no lugar onde me encontrava. Não havia luz, não havia som, não havia nada. Só o silêncio e o vazio... e uma longa espera.

Abri os olhos e a primeira coisa que vi foram os olhos de Charles. Eles sorriam para mim, não choravam, como da última vez. Tentei falar, mas minha voz não saiu.

– Não fale ainda, Bia. – Charles parecia contente. – Você passou muito tempo desacordada. Vá com calma, moça. E seja bem-vinda.

Engoli em seco e tentei falar novamente.

– Meu filho? Léo?

– Eles estão vivos. E graças a Deus você também está, minha querida.

Depois Charles pegou um copo com água, umedeceu um lenço e molhou meus lábios. A sensação foi muito boa.

Ainda não conseguia pensar, lembrar-me dos últimos acontecimentos. Só recordava do silêncio interminável, do vazio, do meu filho e do sorriso de Léo.

Tentei me levantar, mas também não consegui; doía tudo.

– Não se mova, querida – pediu Charles. – Espere seu corpo se acostumar. Fique calma, que vou explicar tudo o que aconteceu. Agora, deixe-me abraçá-la. Senti muito a sua falta. – Enquanto ele me abraçava, pegou o celular e discou um número. – Preciso avisar a todos que você acordou. Todo mundo está ansioso e preocupado. E tem um garotinho que precisa muito de você também.

– Como está meu filho, Charles?

– Ele está perfeito, e é tão lindo quanto a mãe dele.

Charles passou a me explicar tudo e eu soube o quanto meu parto havia sido traumático. Disse que, embora eu estivesse em estado de choque naquele momento, mantive todos os sinais vitais por tempo suficiente para que meu filho nascesse. Eles também tiveram tempo para me estabilizar e evitar o óbito, possível em casos tão graves de eclampsia. E mesmo não tendo sido possível evitar o coma decorrente do trauma, a recuperação poderia ser ótima. Dependeria apenas de mim, da capacidade do meu corpo de lutar pela vida. Ele contou também que, dali em diante, todos ficaram esperando ansiosos durante os três meses e meio em que fiquei em coma.

Mas Charles disse que tinha certeza de que eu retornaria do coma. Disse que, a partir do momento em que Léo começou a melhorar, ele sabia que eu também melhoraria, que só precisava de tempo para meu corpo se recuperar de tudo pelo que havia passado. Contou-me ainda que eu nunca fiquei sozinha por nem um minuto sequer, que meus familiares e amigos se revezavam para ficar comigo, mesmo sabendo que todos seriam avisados imediatamente se houvesse qualquer mudança no quadro. Charles, mesmo sabendo de tudo isso, foi quem ficou a maior parte do tempo ao meu lado.

Após as primeiras explicações do meu irmão, eu quis saber detalhadamente do meu filho, como ele tinha ficado depois do parto. Estava ansiosa por notícias dele e para segurá-lo em meus braços.

Charles falou que o bebê tinha ficado um tempo na UTI neonatal, mas apenas por precaução médica, já que ele havia nascido perfeito, com peso suficiente para não necessitar de tantos cuidados. Ele era saudável e forte. Mesmo assim, foram necessários muitos exames para se ter certeza. Duas semanas depois do parto, ele foi para casa, nos braços de Iris, que o amamentou por todo o período em que estive no hospital. Iris tinha bastante leite, ainda amamentava o filho, por isso tinha se tornado "mãe de leite" do meu. E, quando Iris foi até o hospital, logo que acordei, levando consigo meu filho, abracei-a muito e agradeci por tanta amizade, por tanto amor. Ela ficou emocionada.

– Bia, ele é a coisa mais linda do universo, até mais lindo do que os meus bebês! – falou ela, feliz.

Depois, Charles entregou meu filho a mim, colocando-o em meu colo. E aquele foi o momento mais mágico da minha vida; eu não sabia se conseguiria ver meu filho, se eu sobreviveria. Então, chorei de alegria ao tê-lo em meus braços.

– Ele é a cara do pai, Charles! – Fiquei profundamente emocionada ao ver o lindo rostinho do meu filho e senti-lo ali comigo, vivo e saudável.

– É, eu sei, nós todos percebemos a semelhança. E, como você ainda não havia escolhido um nome para ele, resolvemos chamá-lo de Leozinho. Mas é claro que vamos nos acostumar com outro nome, se preferir mudar.

– Não, Leozinho é perfeito.

Mas havia algo que eu tinha muita urgência em saber: como estava Léo, o que havia acontecido com ele enquanto eu estava em coma no hospital.

Meu irmão me disse que, depois do parto, Jonas é quem tinha acompanhado o caso de Léo. Não havia nada nem ninguém que pudesse afastar Charles de mim naquele momento. Então, Jonas assumiu temporariamente os pacientes de Charles, inclusive os da clínica.

Charles explicou que Jonas era especialista em casos como o do Léo, e havia incluído no tratamento técnicas inovadoras na área da oncologia e hematologia. Disse que o bebê era totalmente compatível com o pai, e por isso Léo não apresentara nenhuma rejeição ao sangue do cordão, contendo as células-tronco. Ele, na verdade, já estava se curando.

Embora normalmente só se possa utilizar o sangue doado depois de três meses, no caso de Léo não foi preciso esperar tanto, pois a doação era direcionada e aparentada – Rapha colaborou, agilizando os procedimentos legais – e Léo já vinha sendo preparado para o transplante havia algum tempo. Em menos de um mês depois do meu parto, ele pôde receber, por transfusão, o sangue que salvou sua vida. E, a partir daí, a recuperação foi espantosa, "quase um milagre", como disse Charles, maravilhado.

Léo teve que receber algumas medicações para a rejeição e ainda mantinha o tratamento, mas não precisou mais ficar no hospital; recuperava-se em casa.

Depois que saí do hospital, não voltei mais para o apartamento, tampouco para a casa em que morava quando casada, que estava vazia com a saída de Charles e a família. Mas eu já tinha outros planos para aquela casa.

Fiquei um tempinho com Charles e Iris, na casa que fora dos meus pais, e que depois passou a ser de meu irmão. Até porque todos amavam o pequeno Léo, e não queriam ficar longe dele, nem de mim.

Lorenzo comprou um apartamento na Lagoa, um lugar que ele sabia que eu adorava e onde ele passara a morar desde nossa volta para o Brasil. Mas disse que o apartamento era um presente dele para o netinho, que já amava muito.

Assim, eu morava um pouco com Charles e um pouco com Lorenzo. E a nossa família ficou completa com a chegada do mais novo membro, Leozinho.

Rodrigo, nesse meio-tempo, encarregou-se de custear todos os gastos hospitalares e providenciar um bom retorno para mim, seguro e confortável. Também nunca se afastou de mim nem de meu filho, por quem ele era completamente apaixonado.

A primeira atitude dele, depois que voltei, foi oferecer seu sobrenome para meu filho. Dizia ele que não queria que Leozinho ficasse sem um pai. E me disse que, se um dia eu mudasse de ideia, quanto à paternidade afetiva dele, ele entenderia e aceitaria, mas implorou para que eu não tirasse isso dele naquele momento.

E, embora não fosse correto, embora fosse estranho dar o sobrenome de Rodrigo ao filho de Léo, era o próprio Rodrigo que queria isso; ele estava passando uma borracha em todos os sentimentos tristes, mágoas e orgulho que uma pessoa poderia ter numa situação como a que vivemos. Ele estava dizendo que me amava e que amava meu filho acima de tudo.

Rodrigo havia sido uma pessoa espetacular durante todo o tempo da minha difícil gravidez e da minha convalescença. Nunca me abandonando e totalmente desprendido de valôres econômicos. Ele nada me cobrava; havia sido simplesmente generoso e humano.

Então, eu tive dúvidas nesse momento e pensei realmente em aceitar a proposta dele; eu não queria que meu filho ficasse sem pai. Mas, mesmo assim, tive que dizer não a ele. Mas disse que ele poderia ser um pai para meu filho, se assim quisesse, e poderia ficar próximo de nós e acompanhar o crescimento de Leozinho, como se fosse pai dele, pai por laços afetivos. Não prometi nenhum envolvimento íntimo; não seria justo, nem com ele nem comigo, porque, certamente, eu nunca conseguiria amá-lo, amando tanto Léo como eu amava; Rodrigo sofreria se voltássemos a ser um casal.

Na verdade, eu não sabia se toda aquela situação mudaria, mas sabia que um dia teria que dizer a Léo que ele tinha um filho comigo. Não naquele momento, pois ele estava prestes a se casar e retomar sua vida, e eu não queria atrapalhar isso. Eu precisava de um tempo para mim e precisava dar um tempo a ele para que voltasse a viver. Mas ele era o pai de meu filho, por isso eu não poderia aceitar dar o sobrenome de Rodrigo ao filho de Léo.

Então, tive que ser honesta com Rodrigo, dizendo como eu me sentia, dizendo que não aceitaria que ele registrasse meu filho como se fosse dele também, mas que ele poderia amá-lo como filho, e deixando claro que ele não deveria esperar nada de mim. E ele aceitou feliz o encargo, dizendo que ser o pai de meu filho já bastava para ele, que era mais do que ele esperava e que era tudo o que desejava. Certamente ele seria um bom pai.

A casa que era minha e de Rodrigo, ele quis que ficasse comigo. Então, resolvi que ela seria um centro de ajuda a pessoas doentes. Uma espécie de ONG, na qual pessoas em recuperação e seus familiares, com poucas condições financeiras, poderiam contar com serviços que iam desde uma simples leitura até algo mais especializado, como um acompanhamento psicoterapêutico pós-trauma.

Para isso, contaríamos com a ajuda de vários órgãos governamentais para oferecer serviços, como busca a pessoas desaparecidas, cadastro de emprego, consulta com psicólogos e cursos, como o de arte dramática e música.

Além de uma pequena participação financeira e técnica do Estado, contaríamos também com a generosidade de Lorenzo, que não media esforços para transformar meu sonho em realidade.

Inaugurada cinco meses depois que voltei do hospital – um tempo recorde, sem dúvidas –, a casa, que passamos a chamar de Brilho da Alma, ainda não era o esperado, pois levaria algum tempo para funcionar plenamente, com a qualidade e a organização necessárias que eu desejava. Mas estávamos nos empenhando, e seria exatamente como eu e meus colaboradores havíamos imaginado.

Continuei também o desenvolvimento do projeto que havia começado na Itália, mesmo estando no Brasil. Aquele projeto era parte do trabalho que eu estava realizando no meu país, com o funcionamento da casa. Mas eu precisava voltar à Itália ainda por um tempo, para a finalização do pós-doutorado, e trazer mais recursos para o Brilho da Alma.

Rapha era um dos mais interessados em levar em frente meu projeto para ajudar pessoas doentes, hospitalizadas, muitas delas sem familiares. Ele era um voluntário extremamente engajado, e não havia impedimento jurídico para o andamento da obra que ele não se esforçasse para resolver. Esse rapaz amava mesmo a profissão.

E, durante todo o tempo, Rapha foi o mais presente e mais fiel amigo que uma pessoa poderia ter, mais que um irmão, ele sempre foi, na verdade, o meu anjo da guarda. E esse anjo lindo estava muito feliz por mim e pelo nascimento bem-sucedido de meu filho, e mais feliz ainda por ser oficialmente o padrinho de Léo, título do qual Rapha se orgulhava muito. Era até engraçado ver Rapha perto do bebê. Ele tinha longas conversas com ele, como se conversasse com um adulto, e já combinava várias aventuras para um futuro próximo. Depois olhava para mim e dizia: "se sua mãe deixar, claro, mas a gente dá um jeito nisso, cara. Eu sempre convenci sua mãe a ir comigo, e vou convencer de novo".

O tempo passou, e eu partiria para a Itália dali a uma semana, onde ficaria por cerca de dois meses, para entregar a pesquisa e finalizar o pós-doutorado, visto que os dois anos de prazo para a conclusão do projeto estavam se esgotando. E Lorenzo iria comigo; ele não queria mais ficar longe da família.

Leozinho acabara de fazer 11 meses. A semana estava correndo e já estava tudo pronto para a viagem à Itália. Charles estava aborrecido com a ideia, que chamava de "absurda". Não queria que eu saísse de perto dele, mas, antes de começarmos a discutir inutilmente, porque eu não mudaria de ideia, preferi sair, dar uma volta na Lagoa, para acalmar os ânimos, levando meu filho comigo. Assim ele tomaria um pouco de sol naquela linda manhã.

O dia estava realmente espetacular. O sol, nascido não fazia muito tempo, espalhava seus raios claros e quentes, banhando a todos que estavam ali na Lagoa Rodrigo de Freitas para um passeio matinal.

Leozinho dormia no carrinho, que eu empurrava na calçada. Resolvi parar um pouco e me sentar num dos bancos de pedra que ladeavam a lagoa para verificar como ele estava. Encostei o carrinho perto do banco e fiquei sentada ali, admirando-o.

Olhar para meu filho era uma das coisas que eu mais gostava de fazer na vida. Tinha adoração por ele! Era a criança mais bonita e mais doce do mundo. Mas eu era suspeita por pensar assim, porque, além de amá-lo mais que tudo, ele representava um pedacinho de outro alguém que eu também amava, e que não via já havia algum tempo.

– Amo muito você, querido – falei para o meu filho enquanto o admirava, acariciando sua bochechinha rosada, maravilhada e feliz por poder estar ali com ele e por ele estar bem. – Você é muito lindo, sabia? É a cópia do seu pai! – Pensei, naquele exato momento, em como o pai de meu filho era bonito, de várias formas, como homem e ser humano. E fiquei imensamente feliz por ele estar vivo e continuar oferecendo seu sorriso e sua beleza a quem convivesse com ele.

Acariciei novamente o rosto de Leozinho e me levantei, para continuar o passeio pela calçada. Mas, quando me virei, num movimento rápido, alguém que ia passando esbarrou em mim sem querer.

– Desculpe, moça. Eu não a vi. Machuquei você?

Foi tudo muito rápido. Só tive tempo para ouvir aquela voz jovem falando comigo e sentir um braço me segurando, para evitar que eu caísse. Estava nos braços de um homem e totalmente paralisada com a situação inusitada e embaraçosa. Mas o que mais me causou impacto não foi a situação em si, e sim o fato de que eu conhecia muito bem aquela voz, eu a reconheceria em qualquer circunstância, mesmo que tivesse ficado sem ouvi-la por séculos. Ela já fazia parte de mim, parte das minhas lembranças eternas. E, inesperadamente, eu estava ali, diante de Léo, nos braços dele. Não sei se por acaso ou por força do destino, mas nossas vidas tinham se cruzado novamente.

Léo também me reconheceu de imediato e pareceu extremamente emocionado com o encontro inesperado. Mesmo que não houvesse mais o risco de eu cair, ele não me soltou. Ao perceber que estávamos um diante do outro, Léo me puxou para junto dele, num abraço apertado e saudoso. Pousei a cabeça no peito dele, com seus braços ao redor de mim, envolvendo-me carinhosamente.

Indescritível. Essa foi a sensação que tive naquele encontro com Léo, depois de tanto tempo separados. Só sabia que me sentia feliz e segura nos braços dele, como sempre me sentia quando estava com ele; nada havia mudado. Percebi, então, que continuava amando profundamente aquele garoto. Como se os acontecimentos que nos mantiveram separados não tivessem ocorrido e ainda fôssemos os mesmos de quase dois anos antes. Como se o tempo tivesse parado e voltasse a correr a partir dali.

– Bia, meu amor! – disse Léo, atordoado, ainda me abraçando com saudade. – Não sabia que estava no Brasil.

Quase chorei quando olhei para o rosto de Léo e ele sorriu para mim. Ele estava lindo, saudável, e sua aura, sua luz, era incrivelmente forte. O sorriso continuava com aquela inocência infantil que eu tanto amava. Não havia qualquer resquício nele da doença que quase o matara. Eu o abracei também; a saudade era grande demais.

– Estou, sim. Mas não vou ficar por muito tempo, meu querido. Estou voltando amanhã para a Itália.

– Por que não me avisou que estava aqui? Bia, tanta coisa aconteceu, você não faz ideia. E Rapha me pedia para não procurá-la. Tia Márcia também me pedia isso, e me diziam que você estava bem. Era tudo o que eu queria, que estivesse bem. Se eu soubesse que estava no Brasil, teria procurado você. Na verdade, fiz isso, mesmo com todo mundo pedindo que eu não fizesse... – Ele falava rapidamente, tropeçando nas palavras, como se tivesse muito a dizer e não houvesse tempo suficiente. – Fui à universidade, mas me disseram que você estava afastada. Depois fui ao seu apartamento e Jair disse que você não voltou mais para lá depois que viajou para a Itália, que quem morava lá agora era Rodrigo. Eu liguei, mas seu celular estava fora de área, e escrevi dizendo que queria lhe contar muita coisa, mas também não houve resposta. Depois preferi não procurar mais e respeitar a sua vontade de ficarmos afastados. Então, apenas fiquei feliz por você estar bem, mas lembrei de você em cada dia que ficamos longe um do outro. Nunca a esqueci.

– Eu também me lembrei de você todos os dias, Léo, mas tinha que ser assim. Como você mesmo disse, muita coisa aconteceu e nos perdemos no tempo, nos perdermos um do outro.

– Nossa, Bia, mas você está ainda mais linda!... A minha linda princesa! Você está bem? Está feliz? – Enquanto falava, ele continuava me olhando dentro dos olhos, como sempre fazia, tentando conseguir as respostas às suas perguntas através do meu olhar. Mas, nesse momento, percebeu que eu não estava sozinha. Viu o carrinho de bebê logo atrás de mim.

– Estou bem agora, Léo. – Levei a mão aos olhos, eles estavam úmidos. – Desculpe, é que estou muito feliz por ver você, e por ver que está recuperado.

– Você soube?

– Sim. E me perdoe por não ter ficado ao seu lado num momento tão doloroso. Mas eu asseguro que não foi por vontade própria, tive impedimentos. – Eu me lembrava com pesar dos momentos difíceis que havíamos passado.

– Eu sei, querida... – Provavelmente pensava que eu me referia ao meu curso fora do Brasil, sem nada saber sobre o que havia me acontecido. – Eu também não a queria ao meu lado. Não era algo bonito de se ver. Você tinha que ficar distante. Foi melhor assim.

Léo não parava de olhar para o carrinho, sem entender nada. Tinha chegado a hora de ele saber, não havia como fugir. Só não sabia como dizer a ele que aquela criança dormindo no carrinho era seu filho.

– Léo, tem alguém que quero que conheça – eu disse por fim, resolvendo revelar a verdade enquanto ele olhava para o carrinho, onde meu filho acabara de acordar e brincava alegremente com os raios de sol que tocavam sua mãozinha.

– É... seu? – Ele me libertou do seu abraço e se aproximou do carrinho, com um olhar apreensivo.

– É, sim. Chegue mais perto. Vai ver que ele é um garoto bonito, muito parecido com o pai... – Léo me olhou curioso, mas não perguntou nada.

Ele se sentou no banco de pedra, onde eu estava minutos antes, e inclinou a cabeça na direção do carrinho. Ficou assim por alguns segundos, olhando a criança. Então, sorriu para o bebê, que parecia sorrir para ele também. Não havia como negar a semelhança, os dois eram praticamente iguais!

– Ele não se parece com Rodrigo, Bia... – Então ele parou. – Os olhos, os cabelos... – Léo estava confuso e ao mesmo tempo emocionado, como se estivesse diante de uma revelação muito importante. Tocou o rosto do filho e depois voltou a olhar para mim, com um ar de assombro. – Bia, ele se parece... – A mão dele tremia e ele pareceu perder a voz, tamanha a emoção que deixava transparecer. – Co... como ele se chama?

– Ele tem o nome do pai.

– Bia, ele é meu filho? – perguntou Léo, sem rodeios, e eu tinha que dizer a verdade.

– Sim, ele é seu.

O rosto de Léo foi tomado pela surpresa. E ele não conseguiu segurar a emoção. As lágrimas transbordaram dos seus olhos e desceram pelas faces, enquanto olhava enternecido para o filho, que acabava de conhecer. Tirou o bebê do carrinho e o segurou carinhosamente à sua frente. Depois o abraçou com ternura.

– É um prazer conhecer você, Leonardo.

– Nós o chamamos de Leozinho. Ele é um bebê muito amado.

Léo, então, ergueu a cabeça e olhou para mim, com a mágoa estampada nos olhos.

– Por que não me contou, Bia? Por que escondeu de mim que estava grávida e teve um filho meu? Por que me privou disso? Eu tinha o direito de saber.

– Eu sei, Léo. Mas, acredite, não pude contar naquele momento. Foram tempos muito difíceis, tive uma gravidez de alto risco... Sinceramente, só desejava que você ficasse bem e que nosso filho nascesse com saúde. Você estava doente, precisava se cuidar...

– Mas e depois? Depois que ele nasceu, por que não me procurou?

– Você não estava em condição de saber nada, nem eu em condição de contar...

– Como assim? Não estou entendendo... Quantos meses ele tem, Bia? – Estava se aproximando da verdade.

– Fez onze meses hoje.

– Onze meses atrás... – Ele pensava em voz alta. – Essa é exatamente a data da doação. A doação do sangue do cordão umbilical do bebê que me salvou. – Ele estava ficando nervoso, pois começara a compreender a história toda. – Por favor, Bia... Não me diga...? – Ele, então, juntou as pontas que faltavam para entender a situação pelos fatos, pelas datas. E, com certeza, esses fatos e datas eram coisas que ele tinha muito claras na lembrança; estava chegando lá. – Você teve alguma coisa a ver com a doação?

– Olha, Léo, essa história faz parte do passado, não precisa mais vir à tona...

– Eu preciso saber, Bia! Será que não consegue entender? Não tire isso de mim... Conte, por favor... – Eu não podia mais fugir, ele precisava saber.

– Esse bebê que você está segurando, seu filho, foi o seu doador. O sangue dele curou você. E, embora você possa estar chateado comigo por eu não ter contado, não tive escolha. Estava numa situação tão difícil quanto a sua. Mas saiba que tudo o que importava para mim era que você vivesse.

– Então, ele foi o milagre que me salvou? E você foi a mãe que permitiu a doação e que exigiu sigilo absoluto?

– Sim, foi assim que aconteceu. – Estava aliviada por não haver mais segredos.

– Ah, meu Deus! Tudo isso é muito louco, muito inacreditável... Eu quis tanto saber de tudo, na época, agradecer às pessoas que me ajudaram, mas ninguém nunca me falava nada. E era você?

– Por favor, não me odeie por isso.

– Odiar? Eu nunca odiaria você, Bia... Eu te amo, meu amor. Sempre amei e sempre vou amar. E agora, sabendo que você salvou a minha vida e me deu um filho, além do meu amor, você tem também a minha gratidão eterna. Mas eu queria saber de tudo, queria entender como tudo aconteceu. – Ele ainda estava atordoado com a surpresa.

– Você vai saber, Léo. Eu já pensava em procurá-lo para contar, mas soube que tinha marcado a data do seu casamento, então achei melhor adiar isso por mais um tempo. Eu não queria interferir nas suas decisões, atrapalhar sua vida.

– Atrapalhar minha vida? – Ele me olhava chateado. – O que mais precisa acontecer para você entender que as nossas vidas sempre vão se cruzar, Bia? Que nós não podemos lutar contra o destino? Agora, principalmente... Um filho... O que vamos fazer agora, me diga?

– Calma. Não pretendo afastar você dele. Mas preciso de um tempinho, Léo. Está bem?

– Não. Por favor, Bia, eu imploro... Não quero mais ficar longe. Eu sou o pai dele e quero conviver com ele, viver esse momento, dar o meu sobrenome a ele...

– Ele tem um pai, Léo – eu disse, e pude ver a expressão de tristeza no rosto dele.

– Bia, você não... – disse ele, engasgado com as palavras. – Você não fez isso, fez? Diga que não... Não é justo...

– Eu sei, Léo. Perdoe-me. Sei que é tudo muito inaceitável agora, mas, olha, Rodrigo sempre esteve comigo. Ele foi uma pessoa incrível, de um amor incondicional. Ele ama sinceramente seu filho. Só o que ele quer é isso, poder amá-lo, poder ficar perto, ser um pouco pai dele também. Eu não pude dizer "não" a ele, e deixei que ele fosse o pai de Leozinho. Não aceitei que ele registrasse nosso filho, mas aceitei que fosse um pai por laços afetivos. Ele ajudou muito, ajudou você também; você não faz ideia do quanto. E eu não sabia quando poderia contar tudo a você. Então, por favor, não tire isso dele. É só o que peço.

– Mas e eu, Bia? E quanto a mim? E quanto ao fato de eu também querer amá-lo, querer ser o pai dele? Como vou viver depois de saber dessa história toda? Não é fácil... – Ele parecia arrasado.

— Eu sei que não é fácil, Léo. Mas estou pedindo. Você me disse que me ama e que é grato também. Deixe as coisas como estão, por enquanto. Pode fazer isso por mim?

— E nós, Bia?

— Não existe mais nós, você sabe. — Meu coração continuava aos pedaços, de tanto amor que sentia, sem poder vivê-lo. — Você vai se casar, Léo. Não há mais como falar em nós. Você precisa viver a sua vida, e eu a minha. — Eu continuava negando meu amor, minha existência, minha vida; mas tinha que ser assim.

— Por favor... Não, Bia... — Ele estava inconformado, podia ver em seus olhos. E isso doía mais em mim do que nele. Eu jamais fora capaz de aceitar a tristeza de Léo, era inconcebível para mim. Mas a nossa história não podia dar certo. Nunca tinha dado. Nunca daria.

Enquanto Léo olhava ternamente o filho recém-descoberto, colocando-o de volta no carrinho, o carro de Rodrigo parou no acostamento. O vidro do carro foi baixado e Rodrigo fez sinal para mim.

— Preciso ir, Léo. — Eu já sentia uma dor imensa da saudade que ainda me corroía por dentro. Queria abraçá-lo, beijá-lo e dizer que o amava desesperadamente, mas não podia. — O sol já está ficando quente, preciso levá-lo para casa.

— Como ficamos, então?

— Como eu disse, vou viajar, Léo. Me dê o tempo que estou pedindo. Converse com sua tia, que ela vai lhe contar tudo. Ela sabe de toda a história. Vai ficar tudo bem, meu querido. Por favor, faça isso. Pode tentar aceitar essa situação por mim?

Ele ainda parecia atordoado.

— O que você está me pedindo é muito difícil, você sabe. Mas tudo o que sempre quis foi ver você bem, feliz. E parece que você está feliz. Acho que, por enquanto, não tenho outra escolha — concluiu, melancólico.

Olhei para Léo, segurei seu rosto e ficamos por alguns segundos assim, um bem próximo do outro, ele segurando a minha cintura, como se nos despedíssemos mais uma vez, como tantas outras vezes. Quase nos beijamos, mas contivemos nossa vontade.

– Eu amo você, Bia – disse ele, baixinho, ao meu ouvido. – Sempre vou amar...

– Eu também amo você, Léo.

Léo olhou mais uma vez para o bebê, depois para mim, e então soltou a minha cintura, deixando-me ir.

Estava muito nervosa com aquele encontro, meio sem saber o que fazer. Mas peguei o carrinho e saí, a dor imensa esmagando meu peito. Fui até o carro. A babá abriu a porta, depois veio na minha direção. Pegou Leozinho e o acomodou dentro do carro.

Nesse momento, olhei novamente para o meu amor, que estava sentado no banco de pedra, vendo-me partir. Uma das mãos atrás da cabeça e a outra apoiada no banco, como se ainda não entendesse tudo, como se não se conformasse, aparentemente desesperado. A cabeça baixa. Triste.

Entrei no carro e não voltei a olhar para trás.

· Capítulo 36 ·
BIA E LÉO

E você era a princesa
Que eu fiz coroar
E era tão linda de se admirar
Que andava nua pelo meu país

– Chico Buarque e Sivuca,
Chico ao Vivo, "João e Maria"

Quando voltei a Cinque Terre, a minha ideia era me desligar do mundo. Queria pensar, avaliar a minha vida, decidir como seria dali para a frente. Agora que Léo sabia da verdade e da existência do filho, não seria fácil, principalmente porque ele estaria casado.

Eu havia lutado muito contra tudo – contra o tempo, contra o meu amor por Léo, contra a doença, contra a morte – e me sentia cansada, pois muitas vezes essa luta fora solitária e só eu podia vencê-la. Mas não estava mais só. Então, retornei a Vernazza com meu filho, que era o símbolo vivo e real da minha vitória. Precisava muito descansar, e Cinque Terre parecia o lugar certo para isso.

Já fazia quase três semanas que estava na Itália. Às vezes eu ficava em Vernazza, e às vezes com Lorenzo, em Gênova. Mas gostava de ficar um pouco sozinha em meu apartamento na pequena e linda cidade que tanto significava para mim.

Quando cheguei em casa, naquela noite, depois de voltar de Gênova, onde havia deixado meu filho com Lorenzo, liguei o *notebook* para, finalmente, checar as minhas mensagens. Estava tentando me afastar um pouco das notícias que não fossem exclusivamente da minha família, por isso a ordem era falarmos apenas pelo celular, nada de computador.

Abri a caixa de mensagens, estava lotada. Comecei a apagar o que não tinha importância e lia outras mensagens de conhecidos que pediam notícias minhas. Algumas mensagens eu não estava com paciência para ler, então reservava-as para uma leitura posterior.

Mas, entre as centenas de mensagens, uma chamou a minha atenção. Não era uma mensagem comum, era direcionada a mim. O título dizia: "Você sempre foi a minha princesa".

Eu sabia exatamente quem havia escrito a mensagem. Não porque o endereço eletrônico era conhecido, mas porque já tinha ouvido aquela frase outras vezes, e de uma única pessoa. Só Léo falava daquele jeito comigo, como se estivesse num romance, como na literatura. Só ele tinha o poder de me transportar para o mundo da fantasia e de fazer meu coração pular dentro do peito, de tocar a minha alma.

Fiquei feliz com a mensagem, mas, mesmo assim, hesitei em saber o que ele queria me dizer. Tive medo, na verdade. E, só depois de pensar por alguns segundos, comecei a ler a mensagem.

Meu amor,

Já faz algum tempo que nos falamos pela última vez, precisamente desde o dia em que nos reencontramos na Lagoa e você me deu a melhor notícia da minha vida. Mas ficar longe, Bia, é como se faltasse um pedaço de mim. Não me sinto inteiro, falta-me o ar, e só existe o vazio aonde quer que eu vá. Mesmo que eu esteja no meio de uma multidão, ou que pessoas estejam falando comigo, é tudo vazio sem você aqui, só há a angústia que me cerca. Mas não pretendo falar disso agora, não nesse momento. Não haveria palavras nem espaço suficiente na sua caixa postal para eu descrever como me sinto sem você, sem nosso filho.

Bem, conversei com minha tia Márcia, como você pediu. E, me perdoe, minha querida, eu não sabia o que você tinha sofrido e tudo pelo que passou, até ela me contar. Sinto muito por não ter podido estar ao seu lado. Nossa! Uma gravidez traumática e quase impossível como a sua, um coma de meses... Você deve ter sofrido demais... Não sei se vou ser capaz de me perdoar por ter ficado longe de você, por não ter segurado a sua mão em cada dia difícil que você passou.

Bia, lembra uma vez, numa de nossas conversas eternas, em que falei o quanto desejava ir à Itália um dia? Lembra que eu disse que, quando a hora chegasse, eu iria para Cinque Terre? Que quando nada mais fizesse sentido ou eu quisesse recomeçar, iria para lá, você lembra?

Pois é, acho que esse momento chegou. Não há sentido a minha vida sem você aqui. E agora que você partiu, não sei se consigo viver. Não sem você. É como na nossa canção, Bia, porque você sumiu no mundo sem me avisar. E agora eu era um louco a perguntar. O que é que a vida vai fazer de mim.

Então, não vou poder atender seu pedido para ficar distante. Não desta vez. Eu não vou mais cometer o mesmo erro e deixar você se afastar. Por isso, desisti do meu casamento, mas explico depois, e parto amanhã para a Itália. Sinceramente, não sei o que vou encontrar aí, talvez eu nem a encontre, mas preciso tentar.

Descobri que você está em Gênova. Pensei em ligar, mas mudei de ideia, pois o que tenho a dizer não é algo que possa ser dito por telefone, preciso dizer olhando nos seus olhos. Agora peço que me envie o seu endereço. Mas, aviso que, mesmo que sua resposta não chegue a tempo, vou para a Itália de qualquer maneira, mesmo que sem destino certo. Tenho esperança de encontrá-la num dos lugares de que me falou quando esteve na Itália, lugares de que você gosta. Na verdade, não tenho mais nada a perder; só me resta a esperança. Você, Bia, era o que eu tinha de melhor na vida, e eu, idiota, deixei que você partisse. Você sempre foi a minha princesa, desde criança, como na canção: você era a princesa que eu fiz coroar. E era tão linda de se admirar, que andava nua pelo meu país.

Bia, eu quero poder ter a chance de lhe dizer o quanto você é importante para mim, o quanto a minha vida não tem sentido algum sem você por perto. A chance de lhe pedir perdão por não ter tido a coragem de enfrentar o mundo por você.

Eu não sei se você ainda sente o mesmo que eu, mas sinto que sim. Porque, quando olho nos seus olhos, vejo que o mundo desaparece aos nossos pés, e que só há nós dois nessa hora. Então, isso não pode ser um sentimento só meu. E você vai ter que me dizer isso, olhando nos meus olhos.

Eu criei um mundo só nosso, e agora não sei mais sair dele. Uma fantasia de criança, que permaneceu comigo por toda a minha vida, e eu não acho que ela vá passar. Porque, no meu mundo, Bia, só existia você, sempre: e pela minha lei, a gente era obrigado a ser feliz.

Sabe, algumas pessoas falam em amor à primeira vista, e eu acredito sinceramente nisso, porque amei você desde a primeira vez em que a vi, minha princesa da armadura prateada.

Mas acho que o nosso caso é um pouco diferente, mais que amor à primeira vista. O nosso caso está mais para amor a todas as vistas, porque foi isso que aconteceu comigo. Eu amei você, Bia, em cada vez que a vi, em cada encontro que tivemos, mesmo sem saber que você era você. Cada vez que meus olhos encontraram os seus, eu a amei. Cada contato, cada conversa, em cada riso nosso, cada vez que pensei em você, cada segundo que ficamos separados, amei você. Cada vez que fizemos amor, eu a amei ainda mais.

Então, espero chegar a tempo de mudar essa história. De começar realmente a vivê-la. E não vou desistir.

Amo você. Léo.

Quando terminei de ler a linda mensagem, percebi que chorava. Eu me sentia feliz por todas as coisas que ele dizia sobre nós; e era exatamente o que eu sentia. Ficar sem Léo sempre foi como se me faltasse o ar, e eu não me sentia inteira também sem ele. Sempre fui só uma parte de mim sem o meu amor.

Depois olhei a data da mensagem. Fazia algum tempo que ele a havia escrito. Menos de uma semana depois do nosso último encontro. Ele já devia estar na Itália havia, pelo menos, duas semanas, e não tinha me encontrado ainda. Então, comecei a me preocupar. Eu sempre me preocupava com Léo, temia por seu bem-estar – isso era uma constância em minha vida. Resolvi, então, ligar para ele, mas, quando liguei, a chamada não completava, era como se o celular estivesse fora de área, preocupando-me ainda mais. Digitei rapidamente o endereço, como ele pediu, mas não escrevi mais nada, pois, como ele havia dito, precisávamos nos falar pessoalmente, olhando nos olhos um do outro.

Fui dormir pensando naquele homem que eu amava tanto, disposta a procurá-lo também. Ele havia desistido de tudo e estava vindo ao meu encontro – Louco! – eu dizia para mim mesma. – Ele tinha que pensar em ficar totalmente bem, recuperado, e não em sair viajando por aí, como um nômade sem destino. E o casamento dele? O que poderia ter acontecido para ter se decidido pelo nosso amor e largado tudo? – eu continuava pensando alto, mas certamente não obteria as respostas às minhas perguntas naquela noite. Resolvi dormir, por fim, e procurar notícias dele na manhã seguinte.

Acordei inquieta. Eu não ficaria muito tempo em Vernazza, mas, se Léo estava pensando em me procurar nos lugares de que eu gostava, era ali que provavelmente iria me procurar. Sabia que aquele era o meu lugar preferido na Itália. Sendo assim, eu teria que ficar mais um tempinho naquela pequena cidade montanhosa.

Fui a Gênova; era preciso. Estava morrendo de saudade do meu filho. Era quase insuportável ficar uma noite sem ele, eu o amava demais. Mas havia muito a ser feito em Vernazza. Eu permaneceria apenas mais três semanas na Itália e havia muito que fazer em meu apartamento, antes da partida de volta ao Brasil. Eu o estava esvaziando e deixando-o a disposição de Lorenzo, para vendê-lo. Combinei com ele, então, que eu ficaria pouco mais de uma semana em Vernazza, e que, passado esse tempo, ficaríamos alguns dias em Gênova, antes de partirmos todos para o Brasil, sem data de retorno à nossa bela Itália. Eu deixaria para trás as pungentes lembranças de uma época difícil da minha vida.

Uma semana se passou desde que eu lera a mensagem de Léo. E, a cada dia que passava, eu ficava mais aflita; temia pela saúde dele. Aquele frio de final de inverno não era fácil para ninguém, principalmente para uma pessoa como ele, que acabara de se recuperar de uma grave doença.

Durante aquela semana de aflição, eu passei os dias em Vernazza, no meu pequeno apartamento térreo da Rua das Flores, e sempre ligava para Léo, na tentativa de encontrá-lo, mas não conseguia contato. Mas o mais difícil era ficar longe do meu filho, que estava em Gênova, com Lorenzo e a babá. Por mais que quisesse Leozinho ao meu lado, refreava minha vontade de levá-lo comigo, por causa do frio rigoroso. Eu sentia muita falta dele, mesmo que a distância fosse mínima. Mas, por outro lado, precisava ficar um tempo em Vernazza, tinha que ficar. Eu não podia perder as esperanças de encontrar Léo.

Aquela era a última semana que passaria em Vernazza, pois na seguinte eu ficaria em Gênova, antes de partir para o Brasil. Numa noite de angústia e aflição, não consegui ficar no apartamento, não aguentava esperar, então resolvi sair, andar pela cidade. Aproveitei que o frio havia dado uma trégua e era suportável andar na rua, e saí, fui caminhar na praia.

Adorava aquelas luzes, aquela luminosidade estranhamente amarelada das montanhas quando vistas da praia, em contraste com as luzes da cidadezinha. Eu caminhava pela areia escura até os degraus que levavam ao píer. Ali o vento era ainda mais frio, mas precisava me despedir daquele lugar. O píer representava algo especial para mim, e eu não sabia se faria tempo bom ainda naquela semana para que eu pudesse fazer um passeio tranquilo, sem ser açoitada pelo vento, que parecia cortar a pele como navalhas. Resolvi subir até o píer e contemplar as ondas quebrando nas pedras mais uma vez.

Andava de cabeça baixa, contando os passos, seguindo pelo caminho natural ao pé da montanha, quando avistei o meu coração, que estava perdido. Ele estava de costas, com as mãos apoiadas na proteção de madeira e cordas que cercava o caminho do píer.

Assim, de costas, poderia se tratar de qualquer pessoa, já que era noite e todos estavam muito agasalhados. Não era possível sequer distinguir se era um homem ou uma mulher, tão escuro estava. Mas não tive dúvida. Era ele quem estava ali, a poucos metros de mim.

Depois que retornei do coma, uma das coisas inexplicáveis que aconteceram foi o fato de eu não poder mais ver a aura das pessoas, a energia delas. As pessoas; elas não se mostravam mais para mim, e eu não podia mais ver a luz interior delas. E foi assim até o dia em que vi Léo pela última vez. Ele estava completamente iluminado naquele dia. Percebi, então, na hora do meu reencontro com Léo, na calçada da Lagoa, que eu não conseguia ver a aura dos outros, mas a dele, sim. E isso não havia mudado, porque, ali, no píer, a pessoa de costas que olhava o mar tinha uma aura linda, de ofuscar a visão, a mesma aura que eu havia visto em Léo semanas antes. Portanto, não podia ser outra pessoa.

Fui ao encontro dele. Meu coração já saltando de tanta alegria, por ver que ele estava bem e que eu o havia encontrado. Léo tirou as mãos das cordas do píer e enfiou-as nos bolsos do casaco. Eu estava a alguns metros dele, mas, antes de alcançá-lo, ele se virou e imediatamente seu olhar cruzou com o meu. Abriu um sorriso para mim, um sorriso radiante, reconhecendo-me também. E o meu coração que, até então, vinha batendo descompassado, entrou no compasso do universo e eu me senti em paz.

Sorri para ele e corremos na direção um do outro, até que, finalmente, nos reencontramos.

Não falamos nada, apenas nos abraçamos por um longo tempo e nos beijamos, apaixonadamente, por um tempo ainda maior. A saudade era imensa. Depois ficamos assim, juntos, nossas faces unidas e nossos olhos fechados, sentindo a emoção daquele encontro tão desejado, até nos olharmos profundamente e conseguirmos falar, por fim.

– Tivemos que esperar muito tempo por esse encontro... – Ele me olhava nos olhos, completamente entregue àquele momento.

– Só uns vinte anos... – Toquei a face dele e acariciei seus lábios. – Você está bem, Léo? Fiquei tão preocupada com você, meu amor, depois que li sua mensagem e você não apareceu. – Abracei-o mais forte.

Léo parecia cansado. Seu rosto tinha uma sombra de barba – diferente do habitual, sempre lisinho, com a barba feita –, suas roupas estavam amarrotadas, mas ele parecia sereno e saudável; só estava cansado.

– Estou bem, minha querida. Bem melhor agora que encontrei você. – Então me abraçou novamente e eu retribuí.

– Você é doido, sabia? Largando tudo e fazendo uma viagem dessas, sem rumo certo!... Neste frio!... – Precisava extravasar toda minha preocupação. – E você não aparecia. Quase morri de preocupação. Nunca mais faça isso comigo, está bem?

– Calma, Bia... Eu estou bem. – Passou a mão no meu cabelo, acalentando-me e devolvendo a minha calma, como sempre fazia. – Só estou um pouco cansado, mas estou ótimo. Você me curou, lembra? O seu amor me curou, Bia – disse ele, sorrindo.

– É. Mas não faça mais isso, por favor... – Parei um pouco de falar, abraçando-o novamente, pousando a cabeça em seu peito, e ele me abraçou mais. Depois o soltei e recomecei, olhando-o ternamente. – Você desistiu do seu casamento... – falei, quase afirmando, esperando a confirmação dele.

– Sim, desisti, meu amor. Estava muito enganado sobre Amanda... Mas não quero falar disso agora...

– Desistiu de tudo e decidiu vir para cá me procurar – interrompi, afirmando novamente.

– Eu tinha que vir, Bia. Precisava pedir perdão. De joelhos, se preciso. – Ele já se ajoelhava.

– Não faça isso, Léo! – Puxei o braço dele, impedindo que se ajoelhasse. – Você não precisa me pedir perdão por nada. Eu faria tudo de novo, esperaria mil anos, se fosse preciso. Cada momento, os bons e os ruins, os alegres e tristes, tudo valeu a pena, meu amor. Não há nada a ser perdoado.

– Há, sim, Bia. – Ele voltou a me fitar nos olhos, abraçando minha cintura. – Eu quero pedir perdão por ter ficado em cima do muro, por não ter tomado a decisão certa na hora certa, que era ficar com você. Perdão por ter sido um fraco, por ter esperado tanto para estar aqui diante de você, implorando para que aceite o meu amor. Por favor, Bia... você pode me dar a chance de fazer você feliz e ser também o homem mais feliz do mundo?

– Léo, eu sei que você quer tentar, mas confesso que ainda tenho medo... A nossa história nunca foi possível, e tenho medo de que não possa dar certo...

– Por quê? Nada mais nos impede de ficarmos juntos. Não me diga que é porque sou mais jovem do que você. Será que não está sendo preconceituosa... de novo? Lembra o nosso encontro no antiquário? Em como você me interpretou equivocadamente?

– Não é isso. É que... Eram tantos os impedimentos, Léo. A doença da sua namorada, a promessa que fez a sua tia, a sua dor pelo sofrimento delas... E agora resolve jogar tudo para o alto. Eu sei o quanto você é um homem bom, Léo, então, será que vai ficar bem depois da decisão que tomou? E elas, como vão ficar? – Eram muitas as perguntas, tantas as dúvidas!

– Quando eu contar o que aconteceu, você vai entender. Minha tia me compreendeu e elas vão ficar bem. Mas o que quero que saiba agora é que eu me sinto um homem livre, meu amor, livre para você, para viver o nosso amor.

– Isso me parece complicado, Léo... Nem nos livros, nos filmes, histórias como a nossa costumam dar certo, que dirá na vida real?... Quais são as nossas chances? Será que não chegará um dia em que você vai olhar para mim e perceber que a diferença de idade realmente pesa? Será que não vamos nos magoar?...

– Eu... não... sei... Não há como saber, na verdade... Bia. Só posso dizer que, na literatura e nos filmes, a relação pode ser baseada em qualquer coisa... autopreservação, autoafirmação, sexo... Mas a nossa se baseia no amor. No amor, Bia!... Nossa história vai muito além da idade, muito além de qualquer convenção social, porque nos amamos, minha querida. Pelo menos, eu estou certo dos meus sentimentos, porque amo você mais que tudo. Sempre foi assim, desde a primeira vez que a vi, quando a encontrei naquele baile, quando eu ainda era uma criança... E depois, na livraria, quando eu era adolescente. E depois, na sua sala de aula. E agora. Sempre fui e sempre serei completamente apaixonado por você. Eu sei que existe uma diferença de idade entre nós, mas e daí? Quando eu era ainda muito jovem, como quando nos encontramos no antiquário, e por todas as circunstâncias que nos cercavam, posso até tentar entender... Mas agora, Bia, agora eu sou um adulto, um homem. Quantos anos vão ter que passar para que você entenda isso? Eu vou fazer 23 anos em alguns dias. Bem, sei que pode parecer pouco para você, mas não é para mim. Porque eu sei que nunca, jamais, vou amar alguém como eu amo você. Mesmo que eu tenha 50, 100, 200 anos, isso não vai mudar dentro de mim. E agora temos nosso filho, que já amo demais, mesmo tendo-o visto uma única vez. Você não pode ignorar tudo isso...

– Eu sei... Sei de todas essas coisas, Léo. Eu também sempre amei você e sofri calada cada momento desse amor. E sinto muito por ter escondido tudo de você, por tê-lo privado de conhecer seu filho. Mas era o melhor a se fazer naquele momento. Foi a vida que decidiu por mim. E tudo o que me importava era que estivesse bem, e você estava bem. E agora, Léo, quando eu venho aqui para repensar a minha vida, para começar de novo, com o meu filho, encontro você neste píer, por acaso...

– Não foi por acaso. Eu sempre tive certeza de que encontraria você aqui, Bia. E, quando soube que tinha viajado para Gênova, tive fé que pudesse estar em Cinque Terre. Em Gênova, era impossível achar você sem um endereço. Então, apostei todas as cartas em Cinque Terre. E lembra de uma de nossas conversas em que eu disse que viria para Vernazza?

– Sim, lembro. Você disse que gostaria de recomeçar sua vida nesta cidade... Então passou todos esses dias aqui?

– Não exatamente em Vernazza, mas eu sabia que a probabilidade de você estar aqui era maior. Então, na última semana, passei todos os dias aqui nesta praia, procurando você, em toda a cidade. Eu perguntava a todas as pessoas por você, mas ninguém cooperou muito. Depois de muita insistência, quando consegui descobrir que, às vezes, nos fins de tarde, uma mulher com a sua descrição vinha caminhar nesta praia, resolvi fazer plantão aqui. Passei a vir a este píer todos os dias nessa última semana. Costumava ficar até tarde, pensando em nós, depois ia para um albergue aqui perto. Sinceramente, já estava quase desistindo, mas parece que o destino quer que nos encontremos e acertemos nossos ponteiros.

– Meu Deus, Léo! Você deve ter passado por maus momentos nesta aventura. Com o frio, a solidão, a incerteza... Está até de barba... – Toquei o rosto dele, áspero com a barba crescida. – E deixei meu endereço, há uma semana, quando li sua mensagem. Por que não me procurou?

– Não cheguei mais meus e-mails na última semana; desisti de olhar quando não vi sua resposta e resolvi arriscar – disse ele, e sorriu levemente, talvez pensando em nossos desencontros. – Mas valeu a pena cada momento. A minha vida sem você não tem sentido algum, Bia. Então, por favor, me dê a chance de provar que uma história como a nossa pode dar certo... Como na nossa canção... Bia, você sempre foi a minha princesa. Lembra que eu falei que a regra era que fôssemos felizes? – Ele fez silêncio por alguns instantes, depois continuou: – Eu não posso ser feliz sem você, meu amor.

– É, eu me lembro. Mas as personagens eram outras, eram "João e Maria".

– E que tal "Bia e Léo"? – Então ele me abraçou, mas com mais ânsia que da última vez, e me beijou, no rosto, nos cabelos, na boca. Em seguida, tocou seus lábios em minha orelha. – Me dá uma chance? – Eu já estava completamente entregue aos seus apelos e carícias. – Eu amo você – respondi, pressionando os lábios nos dele.

– Acho que você está começando a me convencer... – Cheios de desejo, trocamos mais um longo beijo. Eu podia sentir seu sorriso enquanto me beijava. A felicidade dele só não era maior do que a minha. Quando nossos lábios finalmente se afastaram, perguntei: – Quer conhecer meu apartamento da Rua das Flores? – enquanto fazíamos uma breve pausa em nosso momento de intenso carinho.

– Quero conhecer tudo que diz respeito a você, meu amor. De agora em diante, você não me escapa mais.

– E eu não estou com vontade nenhuma de escapar...

– Espera aí, você falou Rua das Flores?

– Sim. – Caminhávamos, abraçados, quase chegando ao meu apartamento.

– Essa é a rua do albergue em que estou há mais de uma semana! – Depois apontou para um pequeno edifício a duas esquinas do meu. – Minha nossa! Você estava tão perto, e eu feito louco à sua procura.

Estávamos tão perto e ao mesmo tempo tão distantes...

Passamos pelo pequeno portão vermelho de metal, na entrada do meu prédio. Sempre me abraçando e rindo de felicidade, Léo me beijava o tempo todo. Depois atravessamos o pequeno jardim e subimos abraçados os dois degraus que davam acesso ao meu apartamento, sem querer mais nos soltar. Girei a chave e abri a porta, enquanto Léo me abraçava pelas costas e me beijava a nuca. Eu não conseguia fazer mais nada, só pensava nele, no desejo que eu tinha por ele.

– Entre e seja bem-vindo no "nosso" apartamento... – Olhei nos olhos dele com um sorriso malicioso, dando a resposta que ele queria sobre ficarmos juntos a partir dali. – Quer conhecê-lo agora?

– Adoraria conhecer o "nosso" apartamento... – disse ele, ofegando mais do que eu e me beijando, já dentro do apartamento, com a porta ainda aberta –, mas não exatamente agora. Neste momento, tenho coisas mais importantes e urgentes para fazer... – Ele fechou a porta. – O resto do mundo pode esperar.

Todo o frio, todo o medo, toda a angústia que eu vinha sentindo passou naquele exato instante.

Percebi, então, ali com o meu grande, único e eterno amor, que éramos duas partes de um todo, duas almas iguais, que haviam se separado por um longo tempo, mas que se uniam, por fim. Eu não era mais só uma parte de mim. Estava completa, como nunca estivera antes. Feliz.

• Capítulo 37 •
EPÍLOGO

*Não se afobe, não
Que nada é pra já
O amor não tem pressa
Ele pode esperar em silêncio
Num fundo de armário
Na posta-restante
Milênios, milênios
No ar*

– Chico Buarque,
Chico ao Vivo, "Futuros Amantes"

    Eu e Léo resolvemos ficar em Vernazza com o nosso filho por mais um mês. Léo conheceu Lorenzo e logo ficaram amigos.

    O nosso apartamento da Rua das Flores seria nosso eterno refúgio. E combinamos que sempre voltaríamos àquele lugar, pois ali era um mundo só nosso.

    Quando voltamos para o Brasil, não demorou muito para oficializarmos a nossa união. Logo que saiu o meu divórcio, marcamos a data do casamento para quatro meses depois.

Desta vez eu não me opus a entrar numa igreja, vestida de noiva e com Charles me conduzindo até Léo, que esperava ansioso e alegre por mim no altar.

E, embora eu tenha relutado um pouco com a ideia irredutível de Léo de se casar no civil e no religioso – segundo ele, uma união eterna –, essa foi a primeira vez que senti realmente vontade de me casar, já que, por mim, eu e Rodrigo teríamos apenas morado juntos. Mas com Léo era diferente. Eu sabia que estava me unindo ao meu grande e eterno amor, e chorei praticamente durante toda a cerimônia.

Quando resolvi contar a minha história, minhas memórias, eu queria apenas que esta história não se perdesse no tempo, queria que alguém um dia pudesse lê-la, e que soubesse, cem, duzentos, trezentos, mil anos depois, que existiu um casal que se amou perdidamente, que teve que enfrentar as coisas reais da vida, como a doença, o tempo, a morte, a distância para, finalmente, começar a viver sua história de amor.

Na verdade, não sei se alguém, em algum lugar ou em um tempo longínquo vai ler a minha história, mas, se ler, deve estar se perguntando agora o que aconteceu com Amanda e com os outros. Então, esse leitor, você, você mesmo, meu caro leitor, que está lendo agora, deve estar se perguntando: acabou? Acabou assim a história de Bia e Léo?

Bem, eu vou tentar esclarecer então as suas dúvidas, vou explicar o que aconteceu.

Amanda? Fiz essa mesma pergunta a Léo, depois de nossa primeira noite de amor em Vernazza. Perguntei a ele o que o fez deixar Amanda às vésperas do casamento. E ele me disse que foi o fato de ela ter falado mal de mim. Léo disse que ela cometeu o único erro que não podia. Que, a partir daquele momento, ele percebeu que ela não era a pessoa que ele imaginava, a frágil e doce garota indefesa por quem ele lutava e se anulava. Disse que simplesmente foi embora sem olhar para trás, apenas pedindo o apoio da tia. Márcia falou ao sobrinho que já estava mais do que na hora de ele viver a vida dele e ser realmente feliz, que o libertava da promessa que fizera de se casar com Amanda, pois ela já o fizera sofrer demais e estava na hora de a filha caminhar com os próprios pés; que sabia que ele não a abandonaria, que teria sempre o amor da família e ela ficaria bem.

Rodrigo ficou deprimido por algumas semanas, depois que pedi o divórcio, mas acabou iniciando um relacionamento com a doutora Fátima, minha ginecologista, com quem fizera amizade durante o tempo em que fiquei no hospital. Ele foi generoso o bastante para aceitar a minha felicidade, mesmo que ao lado de outro homem. Só me pediu para não afastá-lo de Leozinho, que ele já amava muito. Eu não me opus, nem Léo. Certamente, Rodrigo e meu filho, dali em diante, seriam grandes amigos.

Charles ficou muito feliz com o desenrolar da minha história com Léo. Ele sempre sofrera junto comigo por causa da minha infelicidade. E agora parecia descansado e em paz com seus filhos maravilhosos e ao lado da minha doce, amada e eterna amiga Iris.

Rapha só aceitou a ideia de não me conduzir até o altar, mesmo sabendo que esse era o papel de Charles, porque ele também estava lá. O meu querido amigo Rapha se casou com Sophia no mesmo dia em que me casei com Léo. E, desde então, ele e Léo se tornaram praticamente irmãos, amigos verdadeiros, como eu e Rapha sempre fomos.

Fê voltou para os Estados Unidos, mas não por muito tempo. Depois que me recuperei, ela e o doutor Jonas começaram a namorar, então ela se mudou de vez para o Brasil e passou a trabalhar com Charles e Jonas, que se tornou sócio de meu irmão na clínica.

Tia Márcia passou a morar definitivamente em Taubaté com a filha, mas sempre contando com o apoio e dedicação de Léo; ele nunca as abandonaria.

A mãe dele, embora não morresse de amores por mim, agora me tinha respeito e admiração; ela me era muito grata pela saúde e felicidade do filho.

E, quando um novo ano chegou, em janeiro de 2013, quase cinco anos depois do nascimento de Leozinho, tivemos uma grande surpresa: eu estava grávida novamente. E isso foi motivo de muita alegria para a família toda, inclusive para Lorenzo, que seria vovô novamente e me dizia que eu havia devolvido a felicidade à vida dele.

Mas, embora todos tivessem ficado muito felizes com a novidade, ficaram também apreensivos, principalmente Léo, que me olhou assustado quando Charles mostrou o resultado do exame. Ele só pareceu mais calmo quando meu irmão assegurou que eu seria acompanhada de perto por uma equipe de especialistas, para que minha segunda gravidez fosse mais tranquila.

E o Brilho da Alma, meu projeto de pós-doutorado, progredia cada vez mais, sobretudo porque passou a contar com o apoio da Universidade de Gênova, que reconheceu o seu valor.

Léo, depois de passados os cinco anos de sobrevida e possível risco de reincidência da doença, estava completamente curado. E ele sempre me diz que o nosso amor o curou, de todas as formas que um homem poderia ser curado.

Passeávamos pela Lagoa Rodrigo de Freitas, eu, Léo e nosso filho, quando resolvemos nos sentar em um dos bancos de pedra, deixando nosso filho brincar no parquinho ao lado. Estava sentada entre as pernas de Léo, de costas para ele, enquanto ele acariciava carinhosamente a minha barriga de cinco meses.

Tínhamos acabado de saber que era uma menina.

– Como vamos chamá-la?

– Pensei em Laura – respondi. – O que você acha? Era o nome da esposa de Lorenzo. Acho que ele ficaria feliz se déssemos o nome dela a nossa filha. E também acho um lindo nome.

– Laura... – ele pensou em voz alta. – Eu gosto. É perfeito!

Eu e Léo, após pensarmos um tempo, decidimos armazenar as células-tronco de nossa filha. Achamos que seria importante.

O nosso filho, que brincava ali bem perto, acenou para nós com um sorriso. Ele tinha o mesmo sorriso do pai e do avô, aquele sorriso infantil que enchia o mundo de alegria. Sorrimos para ele também.

– Você está feliz? – perguntei a Léo, olhando seu sorriso lindo.

– Feliz?! Feliz é pouco para descrever como eu me sinto. Estou muito feliz, imensa e indescritivelmente feliz... Acho, sinceramente, que ainda não criaram uma palavra para me definir neste momento. Sou o homem mais feliz, mais completo e mais realizado do mundo – e beijou os meus cabelos.

– Você sabia que essa praça, essa Lagoa Rodrigo de Freitas, guarda a história de um grande amor?

– Não, mas estou curioso para saber.

– É a história de Petronilha Fagundes, uma mulher de 35 anos que se casou com um jovem oficial da cavalaria portuguesa, Rodrigo de Freitas, em 1702. E Rodrigo de Freitas tinha apenas 18 anos de idade. Bem, diz a história que, apesar da diferença de idade, eles foram muito felizes, e que depois que ele morreu a lagoa passou a ser conhecida como Rodrigo de Freitas em lembrança ao amor dos dois.

– Jura? Então quer dizer que existe uma história como a nossa? Real? E com um final feliz?

– Parece que sim. Mas este ainda não é o nosso final feliz.

– Não?

– Não. Porque não é o final. Nossa história está apenas começando. E eu não estou com pressa alguma que se acabe.

– Nem eu. Aliás, já disse hoje que amo você?

– Não nesta última hora...

– Amo você, Bia! – Ele me fitou com um olhar profundo.

– Também amo você, Léo.

E, respondendo à sua possível última pergunta, caro leitor, a história de Bia e Léo não acabou aqui. Na verdade, ela está apenas começando. E não vai acabar nunca, porque é uma história como a de muitas pessoas, que sempre vai existir; uma história que vai ser contada e recontada, em cartas, poemas, livros, e plenamente vivida, como a minha história com o meu grande e único amor.

Sinceramente, espero que um dia alguém leia a minha história, a história de duas pessoas perdidamente apaixonadas, e que levou muitos anos para começar a ser realmente vivida. E só vivida, porque a parte que precisava ser contada você já conhece, através destes meus escritos. Agora, estimado leitor, se me der licença, vou apenas vivê-la.

Rio de Janeiro, 12 de maio de 2013
Beatrice Prado

AGRADECIMENTOS

Ao meu ex-marido e amigo, Ariston. Obrigada por ter sido o primeiro a ler o livro e obrigada pelas opiniões valiosas. Obrigada pelo apoio e carinho.

À minha amada irmã, Iris. Obrigada por ter sido a segunda leitora do livro, por ter me ajudado e me aturado durante todo o percurso. Obrigada por sua paciência e amizade.

Ao meu melhor amigo, Charles. Obrigada por sua presença em minha vida e por sua doce e sincera amizade.

À minha querida sobrinha, Bia. Obrigada por ter emprestado seu lindo nome à minha personagem principal.

À minha família. Obrigada pelo amor incondicional, que nutre e fortalece nossos laços a cada dia.

Aos meus editores. Obrigada pelo profissionalismo e atenção que me dispensaram, e por acreditarem em meu trabalho. Obrigada.

PRÓXIMOS LANÇAMENTOS

JANGADA

Para receber informações sobre os lançamentos da
Editora Jangada, basta cadastrar-se
no site: www.editorajangada.com.br

Para enviar seus comentários sobre este livro,
visite o site www.editorajangada.com.br ou mande
um e-mail para atendimento@editorajangada.com.br